www.b-books.co.kr

www.b-books.co.kr

솔직히 말해서 너를 좋아해

DAHYANG
ROMANCE STORY

솔직히
말해서
너를 ♥
좋아해

욱수진 장편 소설

목 차

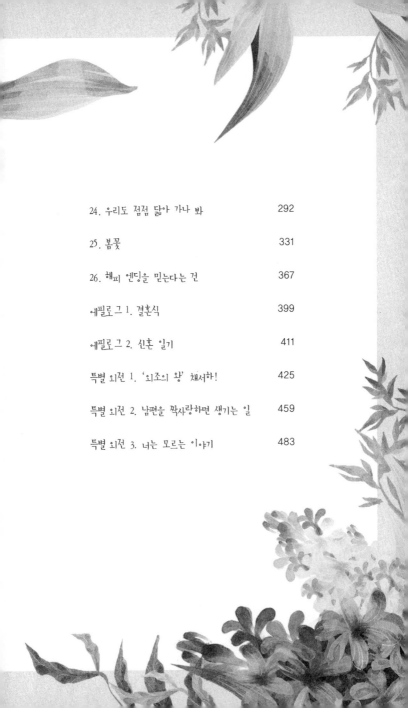

오늘 밤은 내 옆에 있어 줘

"그냥 여주가 예뻐서 첫눈에 뿅 반한 거죠. 대부분 청춘 로맨스 영화가 그렇잖아요."

기획 피디의 말에 유경이 고개를 갸웃하며 반대 의견을 냈다.

"저는 배우 얼굴이 개연성인 영화는 별로인 사람이라서요. 현소정도 하차한 마당에 여주는 신인으로 가야 할 것 같은데, 그렇다면 더더욱 주인공 서사에 중점을 두고 시나리오를 수정해야 한다고 생각해요."

"나도 우 감독 의견에 찬성. 기존 시나리오에 서사가 없진 않아. 그게 잘 안 드러나서 문제지. 그럼 우 감독, 시나리오는 언제까지 가능할까?"

"음…… 일단 이번 달에 트리트먼트(시놉시스를 발전시킨 형태) 완성되면, 다음 달 안에 시나리오 초고 나올 수 있을 것 같아요."

"오케이. 그럼 김 피디는 여배우 좀 물색해 보고, 정 안 되면 남주에 박보검 캐스팅됐다고 일단 여기저기 흘리고 다녀. 그럼 시나리오 달라고 할 거야. 그렇게라도 읽게 만들어야지 뭐, 어쩌겠어."

문 감독의 너스레에 회의 분위기는 금세 화기애애해졌고, 그렇게 기분 좋게 회의가 마무리되었다. 스태프들이 모두 나가고, 문 감독이 유경에게 물었다.

"애인이랑은 화해했어?"

"네. 어젠 정말 죄송했어요. 다시는 개인적인 일로 피해 끼치지 않도록 하겠습니다."

"피해는 무슨. 내가 눈치도 없이 첫날부터 너무 오래 붙잡고 있었지. 어제 우 감독 가고 우리도 바로 회의 접었어. 어제 더 무리했으면 김 피디 오늘 그만둔다고 했을걸?"

　문 감독이 농담 섞어 말하자 유경이 살짝 미소 지었다.

"맞다. 우 감독이 어제 했던 얘기 참 좋더라. 성공한 후에 주변을 돌아봤는데 내게 남은 사람이 아무도 없으면, 그게 진짜 성공한 인생일까? 그런 성공은 무슨 의미가 있을까? 생각이 많아지더라고."

"사실 저도 어제까진 입봉하는 게 성공하는 거라고 생각했어요. 근데 아니더라고요."

"그럼 어떤 게 성공일까?"

"결국, 사람 아닐까요? 사랑이거나."

"하하하. 그런가? 우 감독 애인은 어떤 사람이야?"

　서하를 떠올리던 유경의 뺨이 금세 발그레해졌다. 그녀가 천천히 입을 열었다.

"옆에서 항상 넌 소중한 사람이다, 넌 분명 잘될 거다, 날 엄청 귀하게 여겨 줘요. 비록 저는 입봉도 못 하고 알바나 전전하면서 작은 원룸에 살지만, 그래도 행복해요. 그 사람이 저한테 그랬어요. 가슴이 설렐 만한 꿈을 가지고 있는 건 부러운 일이라고. 그렇게 내가 가진 사소한 장점 하나라도 칭찬해 주고 존경해 줘요. 그 사람은 그런 사람이에요."

"우 감독 애인 진짜 멋있네."

"네. 멋있어요."

배시시 웃으며 대답하던 유경은 문득 호텔을 나오기 전까지도 나를 품에서 놓지 못하던 녀석이 떠오르자 얼굴이 빨개졌다. 분명 아무것도 안 하고, 서로 안고만 있었는데도 엄청 야한 짓을 한 것 같은 기분이 들었다.

"우리 시나리오에 그걸 잘 녹이면 좋을 것 같은데."

"뭐, 뭘요?"

"그런 감정들 말이야. 시나리오에 잘만 녹이면 아주 좋은 작품이 나올 것 같아. 테크니컬적으로 부족한 게 있으면 나한테 언제든지 물어보고. 앞으론 애인이랑 싸우지 말고. 오케이?"

"네!"

유경이 웃으며 그러겠다고 대답하며 자리에서 일어났다.

"응. 이제 집에 다 왔어."

유경이 통화를 하며 골목을 올라가고 있었다. 통화 상대는 당연히 서하였다.

— 이제 뭐 할 거야?

"나 시나리오 작업해야지."

— 같이할래?

"같이? 어디서?"

— 어디긴 어디야. 너 어제 술 먹고 뻗은 룸에서지. 여기서 작업하면 금. 방. 끝낼 수 있을걸?

"너 죽을래? 그만 좀 놀려."

그놈의 '금방' 소리 오늘 열 번도 넘게 들은 것 같다. 수화기 너머로 서하의 기분 좋은 웃음소리가 들렸다. 나 놀리는 데 아주 재미가 들렸나 보다.

"아침엔 내가 술이 덜 깨서 판단력이 흐려졌었나 봐."

— 이거 조금 기분 나쁜데? 판단력이 흐려져야 나랑 잘 생각이 드는 거야?

"치이. 먼저 거부한 게 누군데."

— 그건 다 널 위해서.

"그럼 앞으로도 날 위해서 계속 참아."

유경이 역공을 펼치며 그를 놀리듯 말했다. 그러곤 웃음을 꾹 참았다. 반대로 이번엔 서하가 약이 바짝 올라 툴툴거렸다.

— 쉬는 날 언제야? 하루 날 잡고 제대로 하자. 그날은 진짜 나 안 참아.

"뭐래. 나 이제 집에 들어간다. 너도 얼른 전화 끊고 작업해. 그럼 내일 보자."

녀석이 또 놀리기 전에 유경이 서둘러 전화를 끊었다.

"귀여운 녀석."

유경이 웃으며 주머니에 핸드폰을 넣고 건물 안으로 뛰어 들어가려던 그때, 누군가 뒤에서 유경의 어깨를 잡았다. 고개를 돌리자, 정장 차림을 한 낯선 남자가 서 있었다.

"사모님께서 기다리십니다."

남자가 뒤쪽에 있는 고급 세단을 가리키자 안에서 누군가 내렸다. 차에서 내린 사람은 다름 아닌 하이힐 마녀…… 아니, 서하의 생모 윤성희였다.

유경이 놀란 얼굴로 윤성희를 쳐다봤다. 그러자 윤성희가 어이가 없다는 표정으로 웃으며 다가왔다.

"이렇게 다시 만나게 될 줄은 꿈에도 몰랐네. 그래, 내 아들이 많이 사랑해 주니? 넌 돈 많은 남자보다 널 사랑해 주는 남자 만나겠다면서.
내 아들은 돈도 많은데, 넌 더 행복하겠구나?"

윤성희의 비아냥거림에도 유경은 그저 얌전히 그녀를 향해 고개 숙여
인사했다.

"저번엔 죄송했어요. 서하 어머님일 줄은 몰랐어요."

"이제 알았으면 어떻게 행동해야 하는지 알지?"

"네. 당연히 알죠. 잠시만요."

유경이 주머니에서 다시 핸드폰을 꺼내 어디론가 전화를 걸어 귀에
가져다 댔다.

"너 지금 뭐 하니? 어른 말씀하시는데."

"서하한테 전화 좀 하려고요. 아줌마가 저 찾아오면 알려 달라고 했
거든요."

"뭐?"

윤성희가 기겁하며 유경의 핸드폰을 뺏어 버렸다. 그러곤 통화를 종
료시키려고 액정을 봤는데, 통화 창이 없었다. 유경은 애초에 서하에게
전화를 걸 생각이 없었던 것이다.

유경에게 속았다는 생각에 화가 난 윤성희가 핸드폰을 바닥으로 내던
지며 유경을 노려봤다.

"뭐 이딴 계집애가 다 있어!"

약정도 한참 남은 핸드폰이 박살 났다. 유경은 열이 받았다. 하지만
상대는 녀석의 생모였다. 애써 화를 억누르며 유경이 입을 열었다.

"이만 돌아가세요. 오늘 오신 건 서하한테 말 안 할게요. 그건 아줌마
를 위해서가 아니라, 서하를 위해서예요."

유경이 박살 난 핸드폰을 주워 들고 건물 안으로 들어가려는데.

"애, 정말 서하를 위한 일이 뭔지 내가 알려 줄까?"

뒤에서 윤성희의 목소리가 들렸다.

명성병원, VIP 병실 안.

잠에서 깬 지웅의 시야로 옆에서 꾸벅꾸벅 졸고 있는 생록의 모습이 보였다. 주말에 데이트가 아닌 직장 상사 병간호나 하고 있는 생록의 처지가 딱했다. 하지만 이 녀석마저 없었으면 병실에 혼자 있었을 자신의 처지는 더 비참했을 것이다.

누가 누굴 걱정하는 건지. 지웅은 헛웃음이 절로 나왔다.

"깨셨어요? 몸은 좀 어떠세요?"

지웅이 말 대신 어깨를 으쓱이며 괜찮다는 제스처를 취했다. 그것을 찰떡같이 알아들은 생록의 잔소리가 시작되었다.

"괜찮기는요. 아니, 그렇게 아픈 사람이 회사는 왜 나오시냐고요. 새벽에 그 보안 직원이 사장님 발견 못 했으면 진짜 큰일 날 뻔했다고요."

잔소리하는 생록에게 눈길도 주지 않고 지웅은 그저 창밖을 응시했다.

어제 비가 왔는지 거칠게 흐르는 강물을 바라보고 있는데, 노크 소리와 함께 문이 열리더니 갑자기 의료진들이 들이닥쳤다.

"지금 뭐 하시는 겁니까!"

생록이 놀란 얼굴로 자리에서 벌떡 일어났다. 의료진들이 지웅의 몸에서 링거 바늘을 제거하는 것이 아닌가.

생록이 의료진들에게 항의하자, 밖에서 경호원이 달려왔다. 그는 서회장의 사람이었다. 생록이 경호원을 향해 열을 냈다.

"이게 어떻게 된 겁니까?"

"사장님 퇴원 수속 방금 끝냈습니다."

"퇴원이요?"

"회장님께서 지금 바로 사장님 모시고 오라고 하셨습니다. 이 옷으로 갈아입고 오시랍니다."

경호원이 생록에게 커다란 쇼핑백을 내밀었다. 안에 든 것은 명품 슈트였다. 환장할 노릇이다. 생록이 버럭 화를 냈다.

"사장님 오늘 새벽에 열이 40도가 넘어서 탈진해서 응급실 실려 왔어요. 걸을 힘도 없으시다고요."

"저는 잘 모르겠습니다. 회장님 지시……."

"그랜드호텔 맞지? 늦지 않게 갈 테니까. 다들 나가."

경호원의 말을 막으며 지웅이 침대에서 내려왔다. 며칠 사이 많이 야윈 그의 얼굴은 창백했다.

지웅의 지시에 병실엔 생록만 남고 모두 나갔다. 지웅이 태연한 얼굴로 환자복을 벗었다.

"최 비서, 뭐 해? 옷 이리 내."

머뭇거리던 생록이 쇼핑백에서 새하얀 셔츠를 꺼냈다. 지웅이 셔츠를 받아 몸 위에 걸쳤다.

"이건 진짜 말도 안 됩니다. 어떻게 아픈 사람을……. 그깟 맞선이 뭐라고."

"인마, 그깟 맞선이라니. 오늘이 얼마나 중요한 자린데."

"진짜 그렇게 생각하십니까? 그 결혼 사장님께 정말 중요해요?"

셔츠 단추를 잠그며 지웅이 피식 웃는 얼굴로 대답했다.

"가 보면 알겠지."

회사 사무실에서 시나리오 작업을 하던 유경은 며칠 전 윤성희가 집 앞에서 했던 말이 머릿속에 자꾸 맴돌았다.

'우리 서하 계속 만나고 싶으면, 일요일 5시까지 그랜드호텔 파인 홀로 오렴. 그리고 내가 너 찾아왔다는 거 서하한테 말해도 좋아. 그럼 우리 모자는 또 싸우겠지. 너 때문에.'

'그게 무슨…….'

'오기 싫으면 안 와도 돼. 대신 그 녀석을 괴롭힐 거야.'

미쳤어. 자기 아들을 괴롭히겠대. 아무리 생각해도 그 여잔 제정신이 아니야. 유경은 머리카락을 움켜쥐었다.

어떻게 그런 아줌마가 다 있지? 부모님에게 사랑과 애정을 듬뿍 받으며 자란 유경의 입장에선 도저히 이해할 수 없는 행동이었다. 생모 얘기를 할 때마다 서늘해지던 녀석의 눈빛이 충분히 이해가 되었다. 오죽했으면 저를 낳아 준 부모를 미워할까.

"우 감독! 저녁에 약속 있어?"

미팅 갔다가 돌아온 문 감독이 책상에 노크를 했다. 상념에 빠져 있던 유경이 뒤늦게 대답했다.

"네? 약속이요?"

"응. 약속 없으면 저녁이나 같이 먹자. 주말에도 나와서 고생하는데 내가 한턱 쏘려고. 천천히 정리하고 내려와. 김 피디하고 성아 씨랑 길 건너 고깃집에 먼저 가 있을게."

문 감독이 나가고 사무실에 홀로 남은 유경은 가방에서 핸드폰을 찾다가 멈칫했다.

"아, 그저께 수리 맡겼지."

그 하이힐 마녀 때문에. 유경은 사무실 전화를 들어 녀석의 번호를 꾹꾹 눌렀다. 서하가 바로 전화를 받았다.

— 핸드폰 수리 아직도 안 됐어?

"주말이잖아. 다음 주까진 기다려야 해."

— 안 되겠다. 새로 하나 사자.

"됐거든요?"

— 내가 답답해서 그래.

녀석이 정말 답답해 미치겠다는 목소리로 말했다. 유경은 말을 돌렸
다.

"지금 어디야?"

— 작업실. 넌 회사지? 데리러 갈까?

"아니. 나 회식 있다고 해서……."

— 술은 안 돼.

"한 잔은 되지 않을까?"

— 응. 안 돼.

"알았어."

지은 죄가 많으니 참아야지.

— 몇 시에 끝나? 데리러 갈게. 만나서 술 마셨나 안 마셨나 검사할
거야.

"어떻게 검사할 건데? 한 잔 정도는 냄새도 안 날걸?"

— 냄새 말고 다른 걸로 검사하면 되지. 예를 들면 먹어 본다든지. 내
가 미각도 예민하거든. 먹어 보면 딱 알아.

"뭐, 뭘 먹어 봐?"

— 뭐겠어?

"흠흠."

유경은 괜히 헛기침을 하며 아무도 없는 주변을 살폈다.

— 술 꼭 마셔라. 내가 너 몇 잔 마셨는지 다 맞출 때까지 집에 안 보
낼 거니까. 이번엔 절대 안 참아. 진짜 안 참을 거야.

"그러게 누가 저번에 참으랬나."

— 기회가 또 금방 올 줄 알았지. 그 뒤로 누가 계속 철벽 칠 줄은 몰

랐지. 너 왜 내 작업실 안 놀러 오냐? 나 엄청 순수한 목적으로 오라고 한 건데.

"아닌 거 다 알거든? 아무튼 이따 보자. 나 지금 나가야 해."

— 알았어. 맛있게 잘 먹고, 끝나면 회사 사람 폰 빌려서라도 꼭 전화해. 데리러 갈게.

"응. 너도 저녁 먹어. 끊는다."

전화를 끊은 유경의 귀가 빨개져 있었다.

저번 날 스위트룸에서 아주 뜨거운 포옹을 나눈 후부터 녀석은 졸업에 더욱 집착했다. 틈만 나면 자기 작업실로 오라는 것도 어딘지 수상하고, 말도 더 노골적으로 야하게 하고, 데이트하다가 키스라도 하게 되면 멈추는 것을 아주 많이 힘들어했다.

그러게 그때 그냥 하지, 바보. 옴마얏, 내가 지금 무슨 생각을 하는 거야!

유경은 고개를 절레절레 흔들며 자리에서 벌떡 일어났다. 그러곤 짐을 챙겨 사무실을 나왔다.

엘리베이터에 올라탄 유경은 자연스럽게 벽에 걸린 시계를 올려다봤다. 4시 반이었다.

'오기 싫으면 안 와도 돼. 대신 그 녀석을 괴롭힐 거야.'

빠르게 도는 시곗바늘을 응시하는 유경의 마음이 착잡했다.

그랜드호텔 파인홀.

지웅이 며칠 굶은 사람처럼 스테이크를 썰어 맛있게 먹었다. 그런 지응을 서 회장이 탐탁지 않은 표정으로 바라봤다. 그 옆에 있던 윤성희도 지웅을 흘끔 쳐다봤다.

저 녀석이 드디어 미쳤나 보네. 새벽에 응급실까지 갔다 왔다더니. 윤성희가 속으로 지웅을 비웃으며, 겉으로는 온화한 얼굴로 부영식품 정회장 내외 앞에서 지웅을 두둔했다.

"우리 애가 원래 아무거나 잘 먹어요. 참 보기 좋지 않나요? 호호."

웃으며 가식을 떠는 윤성희의 연기에 지웅이 기가 찬 듯 헛웃음을 지었다. 그러곤 냅킨으로 입가를 닦은 후, 와인을 마시려다가 맞은편에 앉아 있는 커트 머리를 한 여자와 눈이 마주쳤다. 여자는 도살장에 끌려온 것 같은 얼굴이었다.

저 여자 이름이 뭐였더라? 모르겠다. 알 게 뭐야.

지웅은 잔을 들어 여자를 향해 내밀며 건배 제의를 했다. 하지만 여자는 그를 본 척도 하지 않고 고개를 홱 돌려 버렸다. 어이가 없었다. 이 자리 저만 싫은 줄 아나 보다.

지웅은 다시 고기를 먹었다. 억지로 먹었다. 살기 위해 먹었고, 버티기 위해 먹었다.

정신 차리자. 이게 얼마짜리 계약인데. 내가 이 자리까지 어떻게 올라왔는데.

"그럼 결혼식 날짜는 저와 사부인이 회장님 스케줄에 맞춰서……."

윤성희가 대화를 주도하며 한창 결혼식을 추진하고 있던 그때였다.

철컥.

문이 열리고 유경이 들어왔다. 고기를 썰던 지웅이 나이프질을 멈추고 고개를 들었다.

지웅과 눈이 마주친 유경은 놀라 뒷걸음을 쳤다. 그녀는 영문을 모르겠다는 얼굴로 두 눈을 깜빡이며 지웅과 그 옆에 있는 윤성희를 번갈아가며 쳐다보고 있는데, 밖에서 경호원이 달려왔다.

"여기 들어가시면 안 됩니다."

경호원이 유경을 끌고 밖으로 나가자, 윤성희가 지웅을 보며 말했다.

"어머, 여기 경호가 엉망이네. 아무나 막 들어오고. 지웅아, 안 그러니?"

윤성희가 이 상황이 아주 재밌다는 듯 빙긋 웃었다. 그런 그녀를 노려보던 지웅이 갑자기 자리에서 일어나더니 다부진 눈빛으로 입을 열었다.

"드릴 말씀이 있습니다."

"앉거라."

"못 앉습니다."

"이 녀석이!"

"아버지, 저 이 결혼 안 합니다."

"앉지 못해!"

서 회장의 고함에도 지웅은 아무런 타격이 없었다. 그리고 5년 전에는 감히 입 밖으로 내뱉지 못했던 말을, 이제야 했다.

"결혼은 제가 사랑하는 사람이랑 하고 싶어요. 그거 하나라도 내가 하고 싶은 대로 하려고요."

그 선택 하나로 모든 걸 다 잃게 될지라도.

지웅은 그렇게 자리를 박차고 룸을 빠져나왔다. 복도를 달려 유경을 찾던 지웅은 엘리베이터에 올라타고 있는 유경을 발견했다.

"우유경!"

그녀의 이름을 부르며 달려가려던 그때, 누군가 지웅의 어깨를 잡아끌고 텅 빈 연회장으로 들어갔다.

쾅!

지웅의 어깨를 벽으로 세게 밀어 제압한 사람은 바로 서하였다.

"또 너냐?"

이젠 놀랍지도 않다는 듯 서하를 바라보며 지웅이 피식 웃었다.

"윤성희가 시켰나 보지? 내 앞길 막으라고. 아주 모자가 돌아가면서 사람 환장하게 만드네."

"별 볼 일 없는 니 앞길을 내가 왜 막아?"

"나한테 우유경 뺏길까 봐, 너 두렵잖아. 아니야?"

"미친놈."

"어. 나 미쳤어. 그러니까 제대로 한번 붙어 보자. 나 방금 내 전부를 걸었거든. 우유경 그 여자한테."

지웅의 멱살을 잡은 서하의 손에 힘이 잔뜩 들어갔다.

"입 닥쳐. 니가 뭔데 내 여자한테 전부를 걸어!"

"사랑하니까."

"……."

"내가 그만큼 그 여자를 사랑해. 그렇게 돼 버렸어."

서하는 너무 기가 막혀 말을 잇지 못했다. 이 자식이 지금 뭐라고 하는 거야? 분노가 치받아 표정 관리가 어려울 정도였다.

반면 지웅은 너무나도 평온한 얼굴이었다. 서하는 그래서 더 열이 받았다. 애인 있는 여자를 사랑한다고 말하고도 아무런 죄책감이 없는 미친놈. 이 자식을 어떤 말로 죽여 버릴까. 순간 서하의 눈빛이 맹수처럼 살벌해졌다.

"강소윤이나 지금처럼 사랑해 주지 그랬어."

"뭐?"

"너 유경이 사랑하는 거 아니야. 집착하는 거야. 왜? 죽은 강소윤에 대한 죄책감 때문에."

"닥쳐."

"사죄는 강소윤 무덤에나 가서 해. 남의 여자한테 사랑한다느니 개소리 지껄이지 말고."

"……."

소윤의 이름을 들은 지웅의 눈빛이 마구 흔들렸다. 서하는 사납게 지웅을 노려보다가 연회장을 나가려는데.

퍼억!

지웅이 주먹으로 서하의 얼굴을 강타했다.

"너 따위 애송이가 뭘 안다고 함부로 지껄여! 너 따위가 뭔데!"

지웅이 악에 받쳐 소리를 질렀다. 그리고 급기야 의자를 번쩍 들어 서하를 향해 내던졌다. 갑자기 의자가 날아오자 서하가 반사적으로 오른팔을 들어 막았다.

"!!"

쾅! 하고 의자가 바닥으로 떨어졌고, 서하는 팔을 붙잡고 뒤로 밀려났다. 고통이 상당했다. 정신이 아찔할 정도로.

서하가 일그러진 얼굴로 정신을 차리려고 노력하고 있는데, 이번엔 지웅의 발이 얼굴을 향해 날아왔다. 뒤로 넘어진 서하의 몸 위로 지웅이 올라타더니 주먹을 마구 날렸다.

한쪽 팔을 움직일 수 없는 서하는 미쳐 날뛰는 지웅에게서 벗어날 재간이 없었다. 그대로 날아오는 주먹을 맞고 견디는 수밖엔······.

퍽! 퍽! 퍽!

지웅이 미친 듯이 주먹을 날리고 있던 그때였다. 연회장 문을 열고 누군가 들어왔다.

하지만 뒤엉켜 싸우고 있는 두 사람은 보지 못했다. 지웅은 계속 주먹을 날렸고, 서하는 날아오는 주먹을 맞고 있었다.

퍼억! 쨍그랑!

연회장에 들어선 누군가가 테이블 위 화병을 번쩍 들어 지웅의 머리를 향해 던져 버렸다. 아주 세게. 화병은 깨져 산산조각이 났고, 유리 파편은 여기저기 튀었고, 서하는 두 눈을 감아 버렸다. 얼굴 위로 뜨거운 것이 뚝뚝 떨어졌다. 비릿한 냄새.

서하가 천천히 눈을 뜨자 지웅이 보였다. 지웅의 이마에서 피가 흐르고 있었다.

지웅은 비틀거리며 일어났고, 자신을 습격한 사람이 누군지 확인하기 위해 몸을 돌렸다.

서하의 시야로 지웅과 마주 보고 서 있는 누군가의 실루엣이 어렴풋이 보였다. 이내 그 실루엣의 주인이 누구인지 알아차린 서하는 체념하듯 다시 두 눈을 감아 버렸다.

"니가 감히 내 새끼 몸에 흠집을 내?"

그동안 멱살을 잡히고, 바닥에 패대기쳐져도 단 한 번도 지웅의 몸에 손을 댄 적 없던 윤성희가 아주 표독스러운 눈빛으로 지웅을 노려보고 있었다.

명성병원.

명성그룹 서 회장이 로비에 도착했다는 소식에 병원장을 비롯한 병원 관계자들이 엘리베이터 앞에 길게 늘어섰다.

"도대체 이게 무슨 난리야. 서지웅 사장 오전에 퇴원하지 않았어?"

"1시간 전에 라세레이션(열상)으로 응급실 실려 왔어요. 20바늘 꿰맸대요."

"20바늘이나? 그 양반 또 손목 그은 거야?"

"이번엔 여기라던데요."

외과 과장이 머리를 가리키자, 병원장이 혀를 내차며 고개를 흔들었다.

"참 이해가 안 된다니까. 도대체 명성그룹 후계자가 왜 죽고 싶은 거야? 나 같으면 그 재산 아까워서라도 못 죽겠…… 어이쿠. 오셨습니까,

회장님."

갑자기 엘리베이터 문이 열리자 병원장이 수다를 멈추곤 잽싸게 머리를 조아렸다.

"뭐 좋은 일이라고 이렇게 환대를 하나. 자네만 따라오고 다들 가서일 보게."

비서를 대동하고 엘리베이터에서 내린 서 회장의 지시에 병원장을 제외한 나머지 의료진들이 각자 자리로 돌아가기 바빴다.

"그럼 제가 병실로 모시겠습니다."

"그 녀석 상태는 어떤가?"

병원장이 서 회장을 병실로 안내하며 조금 전에 외과 과장에게서 들은 지웅의 상태를 열심히 설명했다.

"흉터 남지 않도록 저희 의료진들이 최선을 다해……."

병원장의 말이 끝나기도 전에 서 회장이 병실 안으로 들어가 버렸다. 병원장이 얼른 서 회장을 따라 안으로 들어가려고 하자, 비서가 앞을 막아섰다.

침대에 비스듬히 누워 창밖을 바라보고 있는 지웅을 걱정스레 쳐다보던 생록이 넌지시 물었다.

"정말 얘기 안 해 주실 겁니까?"

"뭘, 인마."

"맞선 보러 가신 분이 뒤통수는 왜 깨져서 왔는지 궁금해서요."

지웅의 뒷머리에 붙은 흰색 거즈를 보며 생록이 길게 한숨을 내쉬고있는데.

쾅.

문이 열리고 서 회장이 들어왔다. 생록이 화들짝 놀라 자리에서 벌떡 일어났다. 그러곤 서 회장 앞으로 달려가 고개 숙여 인사했다.

"회장님 오셨습니까."

짝악!

서 회장이 한 치의 망설임도 없이 생록의 **뺨**을 내리쳤다.

"아버지!"

그 모습을 본 지웅이 놀라 소리쳤지만, 서 회장은 들리지 않는지 반대쪽 **뺨**도 날릴 기세로 생록을 노려봤다. 생록의 **뺨**이 금세 벌겋게 부어올랐다.

"최 비서, 내가 전에 경고했을 텐데? 저놈이 잘못된 길로 가려거든 내게 바로 보고하라고. 그 말이 무슨 뜻인지 못 알아들은 게야? 대체 이 사달이 날 동안 네놈은 어디서 뭘 한 게야!"

"죄송합니다."

"이 버러지 같은 놈! 당장 나가!"

생록을 향해 서 회장이 호통을 쳤다. 그러자 묵묵히 서 있던 생록이 서 회장에게 고개 숙여 인사를 하고 뒤로 물러섰다.

그리고 그대로 나가려던 생록이 멈칫했다. 행여 지웅이 저 때문에 서 회장과 맞서다가 또 맞고 다칠까 봐 걱정이 됐다.

생록은 저는 괜찮으니 가만히 있으라는 눈빛을 지웅에게 보낸 뒤 조용히 밖으로 나갔다.

생록이 나가자 지웅의 눈빛이 차갑게 돌변했다.

"아버지."

"내일부터 박 비서 보내마. 넌 대체 저렇게 느려 터지고 무능력한 놈을 왜 데리고 있는 게야!"

"보셨잖아요. 최 비서는 나 때문에 억울하게 **뺨**은 맞아도, 내 뒤통수는 안 때려요. 그리고 잘못은 내가 했는데, 왜 애먼 사람을 잡으십니까?"

"잘못한 줄은 아는 게야! 너 그런다고 그 혼사가 그렇게 쉽게 깨질 것 같으냐?"

"혼사 깨질까 봐 걱정되세요? 내 머린 왜 깨졌는지 안 궁금하고?"

"자업자득이지. 경호원 피해 도망가다가 계단에서 굴렀다더니, 입은 멀쩡하구나."

"아…… 나 계단에서 구른 건가? 그 여자가 그래요?"

지웅이 기막혀 헛웃음을 짓고 있는데, 마침 문이 열리고 윤성희가 들어왔다. 윤성희는 초조하고 불안한 기색을 숨기지 못하고 서 있었다.

그런 윤성희를 물끄러미 쳐다보던 지웅의 얼굴엔 먹잇감을 찾은 듯 생기가 돌았다.

"아줌마, 마침 잘 왔네. 나 계단에서 굴렀어? 내 기억엔 그게 아니었는데."

"!!"

지웅이 조소를 날리며 묻자, 윤성희가 당황해 하며 말을 잇지 못했다. 옆에서 두 사람을 지켜보던 서 회장이 뭔가 이상함을 느꼈는지, 매서운 눈초리로 윤성희를 쳐다봤다.

"당신, 어떻게 된 거지? 두 사람 나한테 뭐 숨기는 거라도 있는 게야?"

"그게……."

윤성희는 심장이 조여 올 정도로 잔뜩 겁을 먹었다. 서 회장이 자기 분신처럼 아끼는 막내아들 서지웅. 그런 그를 건드렸으니 이제 그녀는 맨몸으로 쫓겨날지도 모른다.

실제로 셋째 아들이 그래서 쫓겨났다. 지웅의 얼굴을 때려 상처를 냈기에.

그렇다. 명성가(家)에서 지웅을 건드릴 수 있는 사람은 서 회장이 유일무이했다. 그건 절대 깨면 안 되는 불문율과 같았다. 서 회장이 그를 얼마나 아끼면, 명성자동차 사장 자리에 이미 앉아 있던 둘째 아들을 밀어

내고 막내아들인 지웅을 앉혔겠는가.

서 회장은 이미 오래전부터 네 아들 중 자신을 가장 많이 닮아 명석하고 사업 수완이 좋은 지웅을 후계자로 낙점했고, 5년 전 그를 사장 자리에 앉히면서 본격적으로 후계 작업을 시작한 것이다.

"바른대로 말하지 못해!"

참다못한 서 회장이 윽박질렀다. 긴장한 탓에 윤성희의 얼굴엔 미세한 경련이 일었다.

그 모습을 흥미롭게 지켜보던 지웅이 소리 내어 웃으며 비아냥거리듯 말했다.

"아버지, 저 아줌마가 뭘 알아야 대답을 하죠."

서 회장의 시선이 다시 아들에게로 향했다.

"그러게 아줌마는 왜 괜히 아는 척을 해서 회장님한테 혼이 나실까? 아버지, 그 아줌마 아무것도 몰라요. 또 애먼 사람 잡지 말고, 둘 다 이만 나가시죠. 저는 안정을 취해야 하는 환자라서."

"이놈! 감히 지 애비랑 애미를 가지고 놀아?"

"제 어미는 돌아가셨고요. 누구 때문에."

지웅이 정확히 윤성희를 보며 싸늘하게 말했다. 그러자 할 말이 없어진 서 회장이 헛기침을 하며 말을 돌렸다.

"언제까지 그렇게 애처럼 굴 게야! 봐주는 건 이번만이야. 정신 똑바로 차려. 퇴원하는 대로 정 회장 댁에 가서 사과하고 결혼 다시 진행시켜."

"싫습니다."

"그래? 그럼 지금 당장 사장 자리에서 사퇴하고, 상속포기각서도 작성하고, 니가 가진 거, 입은 거, 갖기로 한 거, 전부 다 내놓고 내 집에서도 나가!"

"……."

지웅이 대답을 머뭇거리자, 서 회장은 그럴 줄 알았다는 듯 만족스러운 표정으로 웃음을 터뜨렸다. 그러곤 뒤도 돌아보지 않고 병실을 나가 버렸다.

지웅이 주먹을 꽉 움켜쥐었다. 모든 걸 버리고 나가겠다고 바로 대답하지 못한 자신이 너무 한심하고, 굴욕적이었다.

그런데 그때.

"저기⋯⋯."

아직 병실을 나가지 않은 윤성희가 조용히 지웅을 불렀다.

"지웅아, 오늘 있었던 일은 회장님께는 비밀로⋯⋯."

"세상에 비밀이 어딨어? 오늘 아버지한테 보고하지 않은 건, 내가 직접 아줌마와 아줌마 아들을 응징하기 위해서니까 그냥 조용히 기다려. 알았어? 나가."

지웅이 먼저 뒤를 돌았다.

지웅의 커다란 등을 노려보던 윤성희가 바르르 떨리는 입술을 꽉 깨물며 병실을 나왔다. 윤성희는 기다리고 있던 비서를 손으로 불렀다.

"난 지웅이 간호 좀 하다가 갈 테니까, 자넨 회장님 모시고 먼저 집으로 가."

"알겠습니다. 사모님."

윤성희의 지시에 비서가 얼른 복도 끝으로 달려갔다. 윤성희는 혹시라도 누가 따라오는 사람은 없는지 연신 주변을 살피며 어디론가 향했다.

그녀가 도착한 곳은 응급실이었다. 빠른 걸음으로 응급실 안을 돌아다니며 서하를 찾던 윤성희가 하얗게 질린 얼굴로 간호사를 붙잡았다.

"20대 중반 남자앤데⋯⋯ 키도 크고, 잘생겼고, 그러니까⋯⋯ 팔 다쳐서 아까 실려 왔는데⋯⋯."

워낙 튀는 외모라 간호사가 단번에 누굴 말하는지 알아차렸다.

"그 환자 아까 다른 병원에서 치료받는다고 나갔는데요."

"뭐라고? 그렇다고 다친 환자를 그냥 보내면 어떡해!"

윤성희가 갑자기 소리를 버럭 지르자, 간호사가 당황한 얼굴로 그녀를 피해 자리로 돌아갔다.

응급실을 나온 윤성희는 머리카락을 신경질적으로 쓸어 넘기며 서하에게 전화를 걸었다. 하지만 언제나 그랬듯이 전화 연결은 되지 않았다.

얼마나 아픈지 물어도 대답도 하지 않고, 꼴도 보기 싫은 엄마 앞이라 아픈 내색 하나 하지 못한 채 식은땀만 흘리던 아들의 안쓰러운 모습이 떠오르자 윤성희의 가슴이 미어졌다.

그 시각, 고깃집.

유경은 그 좋아하던 고기가 목으로 넘어가지 않았다. 아까 호텔 연회장에서 있었던 일이 떠오른 것이다.

윤성희가 약속 장소로 오지 않으면 서하를 괴롭히겠다고 했다. 그런 윤성희의 협박을 유경은 그냥 무시할 수 없어 그곳으로 향했고, 연회장 문을 연 순간 함정에 빠졌다는 걸 알아차렸다. 누가 봐도 그 자리는 상견례 자리였다.

당황한 지웅의 표정 그리고 그 상황을 즐기는 듯한 윤성희의 얼굴이 생생하게 떠오르자 화가 치밀었다.

'미쳤어. 그 여잔 도대체 무슨 생각으로 날 그런 자리에 부른 거야?'

그곳을 도망치다시피 빠져나와 회식에 합류한 유경은 저도 모르게 잔에 맥주를 가득 따랐다. 그리고 술을 마시려는데.

'몇 시에 끝나? 데리러 갈게. 만나서 술 마셨나 안 마셨나 검사할 거야.'

아! 서하가 술 마시지 말랬는데. 유경은 아까 통화로 녀석이 했던 말이 번뜩 떠올라 얌전히 잔을 내려놓았다.

술도 고기도 제대로 먹지 못하는 유경을 걱정스레 보던 문 감독이 물었다.

"우 감독, 아까 잠깐 누구 만나고 온다더니 무슨 일 있었어?"

"아니에요. 별일 없었어요."

"혹시 남자 친구랑 또 싸웠어?"

"아니요. 저희 사이좋아요."

유경이 손사래를 치며 말하자, 김 피디와 홍보팀 성아가 끼어들었다.

"우 감독님, 문 감독님한테 다 들었어요. 남자 친구분 완전 멋지다면서요? 저희도 얘기해 주세요."

김 피디와 성아가 눈을 반짝이며 유경에게 더 자세한 연애사를 말해 달라며 졸라 댔다.

"남자 친구는 뭐 하는 분이세요?"

김 피디의 물음에 유경은 고민했다.

뭘 한다고 해야 할까? 소설가? 아니면 시나리오 작가? 그럼 분명 무슨 작품을 썼냐고 물을 텐데. 「피어싱」을 쓴 추리 소설가라고 하면 난리가 날 거고, 존 라이너 감독 얘기는 대외비라 말할 수 없고. 아쉽지만 그냥 시나리오 작가 지망생이라고 해야겠다.

유경은 서하가 얼마나 대단한 사람인지 자랑하고 싶은 마음을 꾹 눌러 참으며, 녀석의 직업을 대충 둘러댔다.

"그냥 글 쓰는 친구예요."

"오, 그럼 작가예요? 사실 제가 전부터 궁금하던 건데, 같은 계통에서 일하는 애인은 어때요?"

성아의 질문에 유경은 뭔가 떠올리는 듯 생각에 잠겨 있다가 피식 웃었다.

"저는 되게 좋아요."

"오올. 어떤 면이요?"

"어쨌든 같은 창작자잖아요. 그러니까 관심사도 비슷하고, 이쪽 시스템이 어떻게 굴러가는지 잘 아니까 내가 굳이 말하지 않아도 내 상황이 어떤지 다 알고 이해해 주고, 기다려 주고, 배려해 주고. 다른 사람은 모르겠는데, 제 남친은 그래요."

말하다 보니 녀석이 너무 보고 싶어진 유경의 얼굴이 발그레해졌다.

"우 감독, 말 나온 김에 지금 불러 봐. 나랑 우 감독 애인이랑 왠지 대화가 잘 통할 것 같단 말이지."

"정말요? 사실 저도 그렇게 생각했거든요."

"그래? 그럼 불러."

"오늘 데리러 온다고 하긴 했는데……."

"잘됐네. 저녁 안 먹었으면 같이 먹자고 해 봐."

한국 멜로 영화 역사상 가장 흥행한 작품 '봄이 오는 소리'를 연출한 문정환 감독을 녀석에게 꼭 소개해 주고 싶었던 유경은 고민에 빠졌다.

'서하가 문 감독님과 대화를 나누다 보면 로맨스 영화 각색하는 데도 분명 큰 도움이 될 텐데……. 근데 녀석이 이런 식의 만남을 좋아할까?'

곰곰이 생각에 잠겨 있던 유경은 드디어 결심이 섰다. 녀석이라면 내가 존경하고 좋아하는 사람들을 같이 좋아해 줄 거라는 확신이 생긴 것이다.

유경은 얼른 문 감독의 핸드폰을 빌려 서하에게 전화를 걸었다.

— 여보세요?

"나야. 유경이. 이거 문 감독님 번호야. 나 지금 회식하고 있는데……."

— 아…… 맞다. 아까 내가 데리러 간다고 했었지.

"혹시 지금 올 수 있어?"

— 미안해. 내가 일이 좀 있어서 데리러 못 갈 것 같아.

"일? 알았어. 그럼 어쩔 수 없지. 근데 너 목소리가……. 혹시 안 좋은 일 생긴 건 아니지?"

— 아니야. 글이 잘 안 풀려서 그래. 늦으면 꼭 택시 타. 조심히 들어가고.

"응. 끊을게."

유경이 전화를 끊자 사람들의 실망한 눈초리가 보였다.

"못 온대요?"

"어. 사실 지금 집필 중인 작품이 있는데 잘 안 풀리나 봐. 내가 생각이 짧았지 뭐. 하하. 앗, 고기 타겠다! 다들 얼른 먹어요!"

유경이 애써 밝은 척 고기를 뒤집었다. 그리고 열심히 쌈을 싸 먹으면서도 마음 한구석이 계속 불편했다. 무겁게 가라앉은 녀석의 목소리가 내내 마음에 걸렸다.

2시간 후, 호텔 앞.

결국, 여기까지 오고 말았다. 녀석이 걱정되기도 하고, 보고 싶기도 하고, 여러 가지 감정이 교차했다.

정신을 차려 보니 집이 아닌 녀석이 묵고 있는 호텔 앞이었다. 유경은 스스로 매우 놀라는 중이다. 내가 그 녀석을 정말 많이 좋아하긴 하나 봐. 사귀기 시작할 때만 해도 이 정도로 좋아하게 될 줄은 진짜 몰랐는데. 난 어쩌다 녀석에게 이렇게 푹 빠져 버린 걸까?

호텔 로비에 들어선 유경은 다시 발걸음을 돌려 후다닥 밖으로 나왔다.

아무래도 안 되겠어. 바쁜데 괜히 방해한 거면 어떡해? 게다가 이 밤에 여기까지 왔다는 건…….

유경의 얼굴이 빨개졌다.

그 녀석은 분명 졸업 때문에 온 걸로 오해할 거야. 난 그냥 보고 싶어서 온 건데…….

복잡한 머리를 안고 유경은 정문으로 나가 택시를 잡아타려고 손을 흔들다가, 뒤로 휙 돌아 호텔로 달려갔다.

오해하면 뭐 어때. 사귀는 사이에 못 할 게 뭐가 있어. 까짓것 하면 되지.

유경은 다부진 눈빛으로 다시 로비에 들어섰다. 그리고 엘리베이터를 타고 녀석이 머물고 있는 룸으로 향했다.

그런데 문 앞에 선 유경의 심장이 갑자기 미친 듯이 뛰기 시작했다. 자꾸만 이 룸 안에서 앞으로 벌어질 수많은 일들이 절로 상상되었다.

유경이 고개를 절레절레 흔들며 정신을 차리려 노력했다. 그녀는 애써 태연한 얼굴로 힘차게 벨을 눌렀다.

그런데 안에서 아무런 인기척도 들리지 않자, 이번엔 노크를 하며 녀석의 이름을 작게 불렀다.

"서하야, 안에 아무도 없어요? 채서하…….."

아무 반응이 없던 안에서 갑자기 쿵쾅거리며 요란한 소리가 나더니 문이 철컥, 열렸다.

"!!"

고개를 든 유경의 두 눈이 커다래졌다. 문에 몸을 기댄 채 겨우 서 있던 녀석의 얼굴이 상처로 얼룩져 있었기 때문이다. 누군가에게 잔뜩 얻어터진 얼굴이었다. 게다가 오른쪽 팔은 반깁스까지 한 상태였다.

"서하야, 너 무슨 일…… 으악!"

정신을 잃지 않으려고 무던히도 노력하던 녀석이 결국 그녀의 몸 위로 엎어져 버리고 말았다. 유경이 다리를 휘청거리며 녀석이 넘어지지 않도록 꽉 껴안았다. 녀석의 몸이 불덩이였다.

"서하야! 정신 차려. 채서하!"

"……미안."

신음 섞인 작은 목소리로 녀석이 사과를 했다. 녀석은 정신을 차리려 애썼지만, 도저히 힘이 나지 않는 모양이다.

유경이 젖 먹던 힘까지 내서 룸으로 들어가 녀석을 겨우 침대에 눕혔다. 아픈 녀석을 보자 유경은 속이 상했다.

"넌 왜 맨날 이렇게 누구한테 맞고 다니는 거야! 아휴, 진짜."

유경은 마음이 너무 아팠다. 한숨을 푹푹 내쉬며 욕실로 달려간 유경은 수건에 물을 적신 후 들고 나왔다. 유경이 녀석의 이마에 수건을 올리며 걱정했다.

"열이 너무 많이 나는데……. 서하야, 우리 병원 가자."

"그 정돈…… 아니야……."

"그럼 옷 좀 벗어 봐."

"안 되는데……. 나 지금 힘없어서 너 못 안아 줘……. 우리 내일 하자. 나 내일은 할 수 있을 것 같아."

"뭐라고? 아씨, 야! 넌 이 와중에 농담이 나와?"

그녀가 째려보자, 서하가 힘없이 웃었다. 그러다 상처 난 입가가 쓰리린지 미간을 찌푸렸다.

"빨리 옷 벗어."

"벗겨 줘……. 나 진짜 힘없어서 그래."

뭔가 의심쩍긴 했지만, 정말 녀석은 힘이 쭉 빠진 듯했다. 게다가 팔도 다쳤으니 셔츠를 벗는 데 매우 불편할 것 같았다.

"그럼 내가 버, 벗긴다?"

말은 왜 더듬었을까. 쪽팔려. 유경은 애써 아무렇지 않은 척, 손을 뻗어 녀석의 셔츠 단추를 하나씩 풀었다. 풀어 헤친 셔츠 사이로 녀석의 탄탄한 복근이 드러나자, 유경은 저도 모르게 침을 꼴깍 삼켰다.

미쳤나 봐. 아픈 사람 앞에서 내가 지금 무슨 생각을 하는 거야.

유경은 고개를 살짝 돌린 후 대충 감으로 녀석의 몸을 젖은 수건으로 닦기 시작했다. 녀석의 몸이 얼마나 뜨거운지 수건이 금세 말랐다. 아예 욕실에서 물을 가져와야겠다는 생각으로 유경이 침대에서 내려가려는데.

"으앗."

힘이 없어서 손가락 하나 까딱 못 하던 녀석이 유경의 손목을 잡아끌어 품에 안았다. 녀석의 단단한 가슴에 이마를 쿵, 박은 유경은 심장이 빠르게 뛰기 시작했다.

"우유경……."

"……."

"아무 데도 가지 마. 오늘 밤은 내 옆에 있어 줘……."

"……."

"이렇게 같이 자자."

두근두근.

이렇게 자자고? 난 심장 떨려서 못 자, 라고 말하려던 유경은 새근새근 들려오는 숨소리에 살며시 고개를 들었다. 녀석은 아주 평온한 표정으로 정말 잠을 자고 있었다.

16.

내 남자 친구를 소개합니다

사무실에 들어선 문 감독이 졸고 있는 유경을 발견했다. 그는 행여 지신 때문에 유경이 깰까 싶어 까치발을 들고 조심조심 자리로 향했다. 그러다 책상 모서리에 다리가 걸려 쾅, 하고 책상이 흔들리며 책들이 와르르 무너지고 말았다.

"!!"

그 소리에 놀란 유경이 두 눈을 번쩍 떴다.

"어? 감독님 언제 오셨어요?"

"아이고, 미안. 나 때문에 깼지?"

"아니에요. 깨워 주셔서 감사해요."

유경이 두 눈을 비비며 다시 모니터를 응시했다.

"우 감독, 요새 시나리오 때문에 너무 무리하는 거 아니야?"

문 감독이 걱정스레 묻자 유경이 멋쩍게 웃었다. 사실 시나리오도 시나리오지만, 어젠 다른 일로 무리를 했던 유경은 괜히 양심에 찔렸다.

어젯밤 저를 품에 안고 아기처럼 세상 편하게 잠을 자던 녀석의 얼굴이 떠오르자, 유경의 두 뺨이 발그레해졌다. 가슴 떨려서 밤새 잠 한숨도 못 잔 유경은 고개를 절레절레 흔들며 다시 워드 창에 집중하려고 노력했다. 하지만 또 금세 두 눈이 스르륵 감겼다.

그 모습을 애잔하게 바라보던 문 감독이 그녀를 불렀다.

"우 감독!"

"네!"

유경이 언제 졸았냐는 듯이 두 눈을 번쩍 뜨고 대답했다. 그런 그녀가 귀여워 문 감독이 작게 웃으며 말했다.

"너무 피곤하면 오늘은 집에 가서 좀 쉬고 기분 전환 좀 해. 남자 친구랑 낮에 데이트도 좀 하고. 그게 또 우리한텐 아주 중요한 원동력이 되니까."

"하하. 그럼, 그럴까요?"

"응. 어서 가 봐."

문 감독이 사람 좋게 웃으며 어서 가라고 손을 흔들었다. 거기에 힘입어 유경이 자리에서 일어나 주섬주섬 노트북을 챙기고 겉옷을 입었다.

"그럼 감독님, 저 먼저 가 보겠습니다. 수리 맡긴 핸드폰도 좀 찾아야 하고, 사실 남자 친구가 좀 다쳤거든요. 오늘은 병간호를 좀 해 줘야 할 것 같아서요."

"어디 많이 다쳤어?"

"네. 팔에 깁스까지 했어요."

"저런. 글 쓴다는 사람이 어쩌다."

"그러게요."

유경은 시무룩해졌다. 녀석의 얼굴에 난 상처, 그리고 부러진 팔이 떠오른 것이다. 어쩌다 그렇게 엉망으로 다친 걸까? 아무리 생각해 봐도 걸리는 건 단 하나였다. 역시, 그 여자 때문일까?

생각에 잠겨 있던 유경은 뒤늦게 문 감독에게 인사하고 사무실을 나왔다.

"나 핸드폰 고쳤어. 응. 지금 문 앞이야. 열어 줘."

유경의 말이 끝나기도 전에 녀석이 문을 활짝 열었다. 마치 기다렸다는 듯이. 서하가 웃으며 문을 잡고 서 있자, 유경이 들고 있던 쇼핑백을 흔들며 말했다.

"너 점심 아직 안 먹었지? 내가 죽 사 왔어."

유경이 자연스럽게 안으로 들어가며 코트를 벗어 옷걸이에 걸었다. 그러곤 테이블 위에 식기를 세팅하고 죽을 꺼냈다. 마치 제집처럼 편안한 모습이었다.

그런 유경을 빤히 보던 서하가 성큼성큼 걸어가 그녀를 뒤에서 와락 껴안았다. 그녀의 작은 어깨에 얼굴을 묻고 서 있던 녀석이 투정 부리듯 말했다.

"그렇게 오랄 땐 안 오더니. 지금 나 아프다고 무시하는 거야? 아파도 웬만한 건 다 할 수 있는데."

순간 유경이 픔, 하고 웃음을 터뜨렸다. 어젯밤 곯아떨어진 녀석의 모습이 떠오른 것이다.

"왜 웃어?"

서하가 샐쭉한 표정으로 그녀를 쳐다보며 물었다. 그러자 유경이 뒤로 휙 돌아 녀석의 품에서 벗어나며 얼버무렸다.

"그냥 사무실에서 재밌었던 일이 생각나서."

유경이 배시시 웃으며 녀석을 끌어다 의자에 앉힌 후, 왼손에 수저를 쥐어 줬다.

"어서 식기 전에 먹어."

유경의 명령대로 녀석은 죽을 먹기 시작했다. 왼손으로도 잘 먹는 녀석을 신기하게 쳐다보던 유경이 대뜸 물었다.

"너 혹시 양손잡이야?"

"응."

"어쩐지. 안 흘리고 잘 먹네. 불편해하면 내가 먹여 주려고 했더니…… 야, 일부러 흘리면 죽는다!"

갑자기 어설프게 수저질을 하려던 녀석이 유경의 호통에 김샌 얼굴로 다시 수저를 바로잡았다. 찍소리도 못 하고 다시 얌전히 죽을 먹는 녀석을 보며 유경이 몰래 웃음을 참았다. 갈수록 귀여워지네. 아파서 그런가?

"남기지 말고 다 먹어."

"당연하지. 누가 사다 준 건데."

그렇게 녀석은 죽 한 그릇을 뚝딱 비워 냈다.

팔 다친 서하를 대신해 후식으로 유경이 커피까지 타 왔고, 두 사람은 마주 보고 앉아 커피를 마시며 얘기를 나누었다.

"근데 왜 아무것도 안 물어봐?"

서하가 유경을 향해 넌지시 물었다. 뜨거운 커피를 호호 불며 홀짝홀짝 마시던 유경이 눈빛으로 뭘 안 물어보느냐며 녀석을 향해 되물었다. 그러자 녀석이 잠시 뜸을 들이다가 말을 이었다.

"나 왜 다쳤는지 궁금하지 않아?"

"궁금하지. 근데…… 그냥 기다리려고. 니가 말하고 싶을 때 말해. 나한테 억지로 설명하지 않아도 돼."

"……."

"난 그냥 너 빨리 낫게 하려면 어떻게 해야 하는지 그 궁리만 할래."

이러니 안 좋아할 수가 있나. 서하가 그윽한 미소를 지으며 그녀를 바라봤다.

"왜 그렇게 봐?"

"이상해서."

"뭐가?"

"난 니 얼굴만 보면 걱정, 아픔, 슬픔, 미움, 내 안에 자리 잡고 있던 안 좋은 감정들이 싹 다 사라져. 진짜 이상하지?"

"뭐야. 너 요즘 로맨스 각색하더니 멘트가 많이 늘었다?"

"좋다는 거지?"

"응. 듣기 좋네. 으히히."

유경이 철부지처럼 웃었다. 그런 그녀가 귀여워 서하도 웃음을 터뜨렸다.

"근데 작업하고 있었어?"

부끄러워진 유경이 말을 돌리며 자리에서 일어나 작업실 책상으로 향했다. 펼쳐진 노트북 화면을 가만히 보던 유경이 놀란 얼굴로 물었다.

"벌써 신리스트(시나리오 작업 전 단계) 하고 있어? 그나저나 너 그 손으로 어떻게 작업했어?"

"손가락은 움직일 수 있으니까."

"그래도 조심해야지."

"마감 지키려면 어쩔 수 없어."

"마감이 언제까진데?"

"신리스트는 내일까지."

"뭐? 어떡해!"

"괜찮아. 금방 할 수 있어. 이미 머릿속에 다 있어서 쓰기만 하면 돼."

그래도 그렇지, 유경이 중얼거리며 녀석의 팔을 걱정스레 쳐다봤다. 그러다 무슨 좋은 수가 떠올랐는지 책상 앞에 앉았다.

"너 당분간 될 수 있으면 손 안 쓰는 게 좋아. 그래야 빨리 낫지. 대신 내가 타이핑해 줄 테니까, 불러. 얼른 끝내자."

빨리 원고를 보내고 녀석을 쉬게 해 주고 싶었던 유경의 얼굴이 전투적으로 변했다. 그 모습을 기특하게 쳐다보던 서하가 테이블 의자를 끌어 그녀 옆에 앉았다.

"그럼 14신부터 해 볼까?"

"잠깐. 어디 보자, 14신……. 응! 여기부터구나. 시작해 봐."

유경이 자판 위에 가지런히 두 손을 올려놓았다. 그리고 서하가 말을 시작하기를 조용히 기다렸다.

"신 14, 호텔 안, 밤."

드디어 녀석이 입을 열었다.

타닥타다닥.

서하의 말을 따라 유경이 열심히 타이핑을 했다.

"샘, 애니를 안고 문을 열고 들어온다. 두 사람 격정적인 키스를 나누며 침대로 향하고, 애니의 셔츠 단추를 푸는 샘의 손길이……."

머릿속 시나리오를 읊던 서하가 말끝을 흐렸다. 유경이 타이핑을 중간하고 저를 째려보고 있었기 때문이다.

"왜? 왜 그렇게 봐? 영화 속 장면인데."

능청스러운 녀석의 변명에 유경이 고개를 갸웃했다.

"진짜야? 이게 니가 각색한 거라고?"

"응."

"두 사람이 이렇게 빨리 잔다고? 14신이면 만난 지 얼마 되지도 않았는데?"

"별로야? 난 각색에 소질이 없나."

서하가 자신감이 떨어진 얼굴로 시무룩하게 말하자 유경이 서둘러 변명했다.

"소질이 없긴! 니가 이렇게 각색한 이유가 있겠지. 난 그냥 궁금해서 물어본 거야. 일단 계속 가 보자. 앞에 다시 불러 줘."

서하가 고개를 끄덕이며 다시 말을 이었다.

"샘은 애니의 셔츠를 벗기고, 애니는 샘의 바지를……."

"야! 이건 너무 야하잖아. 이 영화 전체 관람가 아니야?"

"뭐가 야해?"

"갑자기 바지를 왜 벗겨?"

"난 벗긴다고 안 했는데? 애니가 샘의 바지에 묻은 거 뭐 떼 줬다 하려고 했는데."

"그, 그래?"

"풉."

그걸 또 믿고 민망해하는 유경이 너무 귀여워 서하가 또 한 번 웃음을 터뜨리고 말았다.

"너 진짜 왜 이렇게 귀엽냐."

"아우 씨! 너 지금 나 놀리는 거지?"

"이제 알았어?"

서하가 유경이 앉은 의자를 휙 돌려 자신과 마주 보게 했다. 토라진 유경이 녀석을 예쁘게 흘겨보며 툴툴거렸다.

"이런 거 가지고 장난치면 어떡해. 난 진짜 니가 각색에 소질이 없나 심각하게 고민했잖아."

"미안. 니가 여기까지 와 가지고 일하자고 하니까 심통 나서 장난 좀 쳤어."

"너 아프니까 내가 오늘은 특별히 봐주는 거야."

"어디까지 봐줄 건데?"

짓궂었던 녀석의 얼굴이 어느새 농염해졌다. 녀석은 유경의 입술에 시선을 고정시켰다. 그것을 유경도 느꼈고, 얼굴이 화락 달아오른 순간 녀석의 얼굴이 가까이 다가왔다.

쪼옥.

서하의 입술이 유경의 입술에 닿았다 떨어졌다. 아쉬워할 틈도 없이 다시 입술이 맞붙었다. 녀석은 사탕을 빨아 먹듯 유경의 윗입술과 아랫 입술을 번갈아 가며 핥았다. 때론 강하게, 때론 부드럽게.

쪽, 쪽, 쪼옥.

유경의 입술은 어느새 번들번들해졌고, 서하의 눈빛엔 열기가 올랐다. 녀석은 아예 자리에서 일어나 그녀의 턱을 잡아 제 쪽으로 살짝 당겼다. 그리고 이번엔 입술을 깊게 겹쳤다.

정신없이 입술 안을 파고드는 힘에 유경은 저도 모르게 서하의 팔을 꽉 잡았다. 그러지 않으면 뒤로 밀려날 정도로 진한 키스였다.

녀석이 키스를 마구 퍼붓자 유경은 정신이 아찔했다. 어쩜 이 녀석, 키스가 점점 더 느는 것 같지? 또 녀석의 리드에 질질 끌려가기만 하던 유경은 달뜬 숨을 내뱉으며 서하를 올려다봤다. 마찬가지로 거친 숨을 몰아쉬며 서하가 말했다.

"하아, 우리도 침대로 갈까? 단추도 풀고, 바지에 뭐 묻은 거 떼 주면 서?"

"자, 잠깐…… 으흣!"

녀석의 젖은 입술이 그녀의 목 그리고 쇄골에 닿더니 점점 밑으로 내 려갔다. 유경이 다급한 손길로 녀석의 얼굴을 잡아 올렸다. 그러자 녀석 이 매우 곤란한 표정으로 그녀를 바라봤다.

"왜? 오늘은 봐준다면서. 나 아픈 사람이잖아."

"그러니까 안 되지. 너 아프잖아. 그리고 너 내일 마감이잖아."

"몰라. 지금은 이게 더 중요해."

"나도 가서 일해야 하는데……."

"언젠 일보다 내가 더 중요하다며."

"그래도 지금 하고 있는 일엔 최선을 다해야지. 저기 서하야, 어이! 정신 차리고. 너 다 나으면 그때 하자. 응?"

"나 오늘은 진짜 못 참을 것 같은데……."

"아니야. 참을 수 있어. 내가 대신 안아 줄게."

유경이 얼른 일어나 서하를 꽉 안고 등을 토닥거리며 달랬다. 그리고 내일부터는 함부로 이곳에 오면 안 되겠다는 생각을 하며, 서하의 깊은 한숨 소리에 유경은 조마조마했다.

"나 진짜 빨리 나을 거야. 너 기대하고 있어."

저 스스로에게 다짐이라도 하듯 녀석이 다부진 목소리로 말했다.

며칠 후.

오래간만에 녀석과 데이트 겸 저녁을 먹으러 전골집에 온 유경은 두부만 열심히 건져 먹는 서하를 보며 고개를 절레절레 흔들었다.

나 보라고 일부러 저러는 건가? 녀석은 얼마 전부터 빨리 나아야 한다며 만날 때마다 우유를 1리터씩 먹었고, 메뉴를 선택할 때도 보양식 위주로 고르더니, 밥을 다 먹은 후엔 칼슘제까지 챙겨 먹었다.

어떡하지. 나 얘 조금 무서워.

녀석은 빨리 팔의 깁스를 풀어야겠다는 의지가 아주 강력했다. 뭔가 선후가 바뀐 것 같지만, 그래도 빨리 낫겠다며 잘 먹고 잘 지내는 녀석을 기특하게 생각해야 하는 건지. 유경은 알쏭달쏭했다.

녀석의 그릇에 국물을 덜어 주며 유경이 놀리듯 말했다.

"채서하 완전 두부 귀신이었네?"

"나 원래 두부 안 좋아해. 뼈 붙는 데 콩 요리가 좋다고 해서 억지로 먹는 거야. 빨리 나아야 너랑 빨리 하지."

"야, 너 진짜 너무 노골적인 거 아니야? 이렇게 막 대놓고……."

유경의 얼굴이 빨개지자, 서하가 장난이었다는 듯 미소 지으며 다정하게 말했다.

"긴장 풀어. 나 다 나아도 서두르지 않을 거니까. 내가 아니라 니가 준비됐을 때 할 거야."

"진짜?"

"응."

서하가 고개를 끄덕이며 그녀의 그릇에 국물을 덜어 주었다.

"이제 칼국수 사리 달라고 할까?"

유경이 오케이를 외치자마자 서하가 곧장 주문을 했다. 언제나 그랬듯 마무리로 칼국수를 먹으며 두 사람은 얘기를 나누었다.

"아, 맞다. 우리 제작사 식구들이 이제 너 다 알아. 내가 남자 친구 있다고 했거든."

"잘했어. 여기저기 소문 다 내고 다녀. 너 남자 친구 있다고. 딴 놈들 얼씬도 못 하게."

"미안한데, 니 애인 인기 별로 없거든요?"

"그건 니 생각이고."

"치이. 지는. 너 저번에 졸업식 때 가서 보니까 인기 장난 아니더만. 와, 나는 연예인인 줄."

"그래서 사람들한테 내 얘기 뭐라고 했는데?"

괜히 할 말이 없어진 서하가 말을 돌리자, 또 금세 거기에 넘어간 유경이 바로 대답했다.

"그냥 글 쓴다고만 하고, 어떤 작품을 쓰는지 그런 건 얘기 안 했어. 사실 좀 자랑하고 싶었는데. 근데 그런 거 얘기하면 안 되지?"

"하고 싶으면 해도 되는데, 내가 자랑할 만한 사람이 되나?"

"당연하지. 「피어싱」 작가인 것도 그렇고, 존 라이너 감독님 작품 각

43

색하고 있는 것도 그렇고. 난 너 엄청 자랑스러운데."

"그래? 그럼 다행이고."

"근데 넌 유명해지고 싶은 마음은 없어? 아, 없겠구나. 그러니까 「피어싱」 작가인 것도 숨긴 거고. 그치?"

하긴, 그럴 만도 했다. 어렸을 적부터 '천재 소년'이라는 타이틀 때문에 언론에 그토록 시달려 왔으니.

"난 앞으로 두 번 다시는 대중 매체에 얼굴 드러낼 생각 없어. 이미 한번 겪어 봤잖아. 우리 엄마가 그거 때문에 많이 힘들어하셨고."

"맞아. 그때 숙영 아줌마 힘들어하셨지……."

가끔 동네에 기자라도 찾아오면 그 순하던 숙영 아줌마가 돌변해 카메라를 박살 내곤 했다. 유경은 그 모습이 아직도 생생했다. 왜냐면 그 당시엔 숙영 아줌마의 행동이 이해되지 않았기 때문이다. 다른 부모들은 자기 자식이 TV에 못 나가서 난리인데. 아줌마는 왜 그토록 아들이 유명해지는 걸 두려워했던 걸까?

유경은 녀석과의 대화를 통해 그 이유를 알게 되었다.

"이제 겨우 잠잠해졌는데, 또 나 때문에 엄마 힘들게 만들고 싶지 않아. 사실 그래서 「피어싱」도 실명으로 출간할 생각 없었어. 근데……."

녀석이 길게 한숨을 내쉬었다.

필명으로 출간하려던 녀석의 계획을 방해한 건 생모 윤성희였다고 한다. 서하의 허락도 없이 중국에 소설 판권을 팔아 버린 것도, 〈빅토리픽쳐스〉에 시나리오를 보낸 것도, 전부 서하를 유명인으로 만들려는 윤성희의 음모였다. 어쩌면 훨씬 더 전부터 윤성희는 서하의 삶에 개입하고 있었는지도 모를 일이었다.

"내가 성인이 되던 해부터 엄마가 여행을 자주 다니시더라. 줄곧 떠나고 싶으셨던 것 같아. 그동안 나 때문에 참고 또 참았을 거야. 그 여자한테서 날 지키느라……."

녀석의 눈빛에 엄마를 향한 그리움이 번졌다. 유경이 녀석의 손을 부드럽게 잡아 주며 물었다.

"아줌마는 언제 돌아오셔?"

"글쎄, 이번 여행은 꽤 길어지네? 사실 겨울에 너 안 만났으면 나도 떠났을지도 몰라."

"어디로?"

"어디든."

"이제 그 생각 접어. 너 앞으로 나한테 말도 없이 어디 가면 진짜 혼나. 알았지? 특히 미국……."

유경이 또 미국행 얘기를 꺼내려고 하자, 서하가 남은 오이를 유경의 입에 물렸다. 아삭, 오이를 한입 베어 먹으면서도 유경의 잔소리가 끊이지 않았다. 재잘거리는 유경을 바라보는 서하의 눈빛에서 꿀이 뚝뚝 떨어졌다.

서하는 내일 병원에 가서 뼈가 붙었든 안 붙었든 당장 깁스를 풀어 달라고 할까, 심각하게 고민했다.

"비켜!"

윤성희가 자신의 앞을 막아선 경호원을 밀치고 병실 문을 벌컥 열었다.

"사모님, 지금 들어오시면 안 됩니다. 사장님 주무시고 계세요."

이번엔 생록이 윤성희 앞을 가로막았다. 그러자 윤성희가 씩씩거리며 핸드백에서 종이 한 장을 꺼내 내밀었다.

"최 비서, 니가 이 고소장 내 방에 놓고 갔니?"

생록이 윤성희가 내민 고소장을 물끄러미 보더니 대답을 머뭇거렸다.

그러자 윤성희가 침대에 누워 자고 있는 지웅을 매섭게 노려봤다. 어차피 저 자식이 시켜서 한 짓이겠지.

윤성희는 기가 차서 말이 안 나왔다. 하마터면 서 회장이 고소장을 볼 뻔했다. 아마 봤다면 자신은 그 자리에서 바로 맨몸으로 쫓겨났을 것이다. 제 핏줄도 가차 없이 내치는 양반이니.

윤성희가 또각또각 구두 소리를 내며 생록을 지나쳐 지웅에게로 향했다.

"너 나랑 얘기 좀 하자."

"……."

"안 자는 거 다 알아."

윤성희의 말에 지웅이 미간을 구기며 눈을 떴다.

"왜?"

지웅이 심드렁한 눈빛으로 물었다. 윤성희는 애써 화를 억누르며 입을 열었다.

"이 고소장은 뭐니? 너 도대체 무슨 꿍꿍이냐고."

"글자 못 읽어? 나 아줌마 때문에 전치 15주 나왔어. 거기 쓰여 있잖아."

"그러니까 내가 지금 그걸 묻는 거잖아. 여기 적힌 합의금은 뭐냐고."

"이번 주 내로 입금해. 안 그럼 당신 새끼한테 청구할 거니까."

"내가 이렇게 큰돈이 어디 있니? 10억은커녕 1억도 없다고. 너한테 다 뺏겨서."

"그래? 정 없으면 채서하가 내야지 뭐. 그 새끼 돈 많다던데? 건물도 있고, 땅도 있고. 잘됐네. 그 새끼가 가진 거 다 나한테 가지고 와."

"뭐라고?"

"그게 아줌마가 살길이야."

"……."

"그날 그 호텔 연회장에 있던 CCTV 영상 전부 다 내 손에 있다는 것만 알아 두고."

"!!"

"아줌마가 내 뒤통수 내리친 거, 그 영상 아버지가 보시면 참 재밌겠다. 그치?"

윤성희가 초조한 기색으로 지웅의 눈치를 살폈다. 그러곤 비굴하게 말했다.

"10억이면 되니? 이번 주까지 보내면 정말 그날 일 없었던 일로 해 줄 거야?"

"글쎄, 생각해 보니까 10억은 너무 적네? 내가 뒤통수를 몇 바늘이나 꿰맸는데. 정신적으로 쇼크도 받았고."

"그래서 니가 진짜 원하는 게 뭐야. 제대로 말해."

"채서하 끌고 와. 내 앞으로."

"대체 서하가 너한테 무슨 잘못을 했길래 이러는 거야!"

"내가 말했을 텐데? 당신 아들인 게 그 새끼 잘못이라고."

"……."

"원만한 합의를 원하면 그 자식 나한테 보내. 날짜와 장소는 최 비서가 알려 줄 거야. 난 할 얘기 다 끝났으니까 나가."

지웅이 턱 끝으로 문을 가리키자 윤성희는 찍소리도 못 하고 병실을 나왔다. 밖으로 나온 윤성희는 손에 쥔 고소장을 마구 찢어 바닥에 뿌려 버렸다. 그래도 분이 풀리지 않는지 빌어먹을! 하고 욕을 읊조리며 어디론가 급히 향했다.

페이퍼에 열심히 메모를 하며 각색 작업 중이던 서하가 자리에서 일어나 냉장고 문을 열었다. 맥주를 꺼내려던 그의 손이 방향을 틀어 우유를 집어 들었다. 아무래도 깁스한 팔 때문에 그녀와 데이트를 할 때 제약이 많았다.

예를 들면, 걸을 때 반지가 끼워진 그녀의 왼손을 잡기 힘들었고, 포옹할 때 그녀를 더 꽉 안아 줄 수 없었고, 키스할 때 한 곳밖에 만질 수 없었다. 손이 두 개일 땐 여러 가지를 한 번에 할 수 있었는데…….

문득 침대에 시선이 닿자 서하의 귀가 빨개졌다. 갑자기 호랑이 기운이 불끈 솟아오른 서하가 몸을 식히기 위해 우유를 벌컥벌컥 마셨다.

그리고 다시 의자에 앉아 차분히 작업을 시작하려던 그때였다.

딩동딩동.

벨이 울렸다.

이 시간에 올 사람이……. 서하가 혹시나 하는 마음으로 달려가 문을 활짝 열었는데.

"넌 왜 이 엄마 전화를 안 받니? 걱정했잖아!"

윤성희가 서하의 다친 팔을 흘끔 보더니 안으로 들어갔다.

"여긴 또 어떻게 알고 왔어?"

"미행 붙였지. 우유경한테."

자신도 모자라 그녀까지 미행하다니, 서하의 얼굴이 분노로 일그러졌다.

"나가. 당장 나가!"

더는 참지 못하고 서하가 소리를 버럭 질렀다. 그는 당장이라도 생모를 끌어 밖으로 쫓아낼 기세였다. 평소보다 훨씬 더 화가 난 듯한 아들의 얼굴을 마주한 윤성희가 갑자기 애원했다.

"서하야, 이 엄마 한 번만 도와줘."

"……."

"이번 한 번만 도와주면 다신 니 앞에 나타나지 않을게."

"내가 그 말을 믿을 것 같아?"

"이번엔 진짜야. 니가 원하면 각서도 쓸게. 공증도 받아 올 수 있어. 그러니까 제발 한 번만 도와줘. 안 그럼 진짜 다 끝나. 내 인생도 니 인생도 정말 여기서 다 끝이라고."

서하가 들은 척도 하지 않고 문을 열었다.

"나가."

매몰찬 서하의 말에 윤성희의 표정이 표독스럽게 돌변했다. 그녀는 테이블 위 메모지에 뭔가를 적었다. 그리고 종이를 곱게 접어 서하의 셔츠 주머니에 꽂은 후 차분히 말했다.

"종이에 적힌 장소로 늦지 말고 가. 가서 서지웅한테 싹싹 빌어. 무조건 잘못했다고 해. 필요하면 무릎이라도 꿇어. 그래야 내가 살아."

"당신이 죽든지 말든지 난 관심 없어."

"내가 나 혼자만 죽을 것 같니? 우유경 그 여자애도 같이 죽여 버릴 거야!"

윤성희가 고함을 지르며 서하를 향해 경고의 눈빛을 내비쳤다. 그리고 서둘러 룸을 나갔다.

닫힌 문을 싸늘한 눈빛으로 노려보던 서하가 셔츠 주머니에서 메모지를 꺼내 펼쳤다.

[금요일 2시, 그랜드호텔 크리스탈홀.]

메모지에 적힌 장소는 저번 날 서지웅이 생모에게 화병으로 머리를 맞았던 그곳이었다. 장소 선정부터가 복수하겠다는 의도가 다분했다. 그런 곳에 저 살겠다고 아들을 내보내려는 생모를 생각하니 헛웃음이 나왔다.

이럴 거면 애초에 그 자식 머리에 화병을 던지지 말든가. 역시 모성애 같은 건 절대 있을 수가 없는 여자다. 정말 평생 가도 그 속은 알 수도 없고, 알고 싶지도 않았다.

서하는 메모지를 구겨 쓰레기통에 처박았다.

"다들 회의실로!"

오전에 미팅을 끝낸 문 감독이 상기된 얼굴로 사무실에 도착해 회의실로 스태프들을 집합시켰다. 시나리오 작업을 하던 유경도 얼른 자리에서 일어나 회의에 참석했다.

"먼저, 굿 뉴스! 드디어 우리 영화에 투자하겠다는 회사가 나타났어."

"어딘데요?"

김 피디의 빠른 질문에 문 감독도 빠르게 대답했다.

"제이미디어."

"거기가 어디예요? 처음 듣는 회산데."

"제이미디어가 어디냐면, 자그마치 명성그룹 산하의 미디어 회사야."

대박이라며 스태프들이 웅성거리고 있는 가운데, 유경은 혼자만 심각한 얼굴로 문 감독을 바라보고 있었다.

"우 감독, 표정이 왜 그래? 나한테 무슨 할 말 있어?"

"네? 아니에요……."

유경은 이 상황을 문 감독에게 어떻게 설명하면 좋을지 막막했다.

제이미디어는 곧 서지웅이었다. 서지웅이 우연히 문 감독이 제작하려는 영화에 투자를 하게 된 걸까? 아니야. 아무리 생각해 봐도 이건 우연이 아닌 것 같아. 분명 나 때문이야. 내가 문 감독님 밑에서 일하는 거 알고 일부러 접근한 거야.

유경은 도저히 이해할 수가 없었다. 대체 서지웅이 자신을 왜 이렇게까지 괴롭히는지.

회의실을 나온 유경은 곧장 생록에게 전화를 걸었다. 그러자 생록이 기다렸다는 듯이 전화를 받았다.

— 유경 씨, 그동안 잘 지내셨어요?

"아까까지만 해도 잘 지냈는데요. 방금 굉장히 나쁜 소식을 들었어요."

생록의 한숨 소리가 들렸다. 뭔가 아는 눈치였다.

— 그렇지 않아도 제가 연락드리려고 했는데. 혹시 지금 시간 되세요?

"할 말 있으시면, 그냥 전화로 하세요."

— 직접 뵙고 해야 하는 이야기라서요. 시간 오래 안 뺏겠습니다. 제발 한 번만 만나 주세요.

생록의 간절한 부탁에 유경은 고민하다가, 약속 장소와 시간을 정했다.

텅 빈 커피숍에 들어선 유경이 당황한 얼굴로 서 있는데, 마침 2층에서 생록이 뛰어 내려왔다. 유경이 생록을 째려봤다.

"대표님! 이거 또 서지웅 씨가 시켰죠? 안 되겠어요. 저 갈래요."

"잠깐만요!"

생록이 잽싸게 유경의 앞을 가로막았다.

"유경 씨, 진짜 죄송한데요. 사장님이 유경 씨한테 꼭 하실 말씀이 있다고 하셔서요."

"투자 문제는 어떻게 된 거예요? 갑자기 왜 제가 연출하기로 한 영화에 제이미디어가 투자를 해요? 이거 우연 아니죠?"

"올라가시면 사장님께서 다 설명해 주실 거예요. 저는 잘 몰라요."

"알겠어요. 제가 그분한테 직접 들을게요."

이참에 아주 단단히 혼을 내 줘야겠다는 생각을 하며 유경이 계단을 올라갔다. 2층에 올라와 보니 넓은 홀에서 지웅이 혼자 느긋하게 커피를 마시고 있었다.

저건 또 뭐야? 지웅의 뒤통수에 붙은 거즈를 보고 유경은 눈살을 찌푸렸다. 그러다 문득 얼마 전 상처투성이인 얼굴로 나타난 서하가 떠올랐다. 설마…….

유경이 지웅의 뒤통수를 노려보며 걸어가 맞은편 의자에 털썩 앉았다.

"야, 눈알 튀어나오겠다. 만나자마자 날 왜 그런 눈으로 보는데?"

"혹시 그쪽이 우리 서하 때렸어요?"

"우. 리?"

"아니, 사람을 그 지경으로 만들어 놓고, 느긋하게 커피가 입으로 들어가요?"

"난 그 새끼 엄마한테 뒤통수 맞아서 20바늘이나 꿰맸는데?"

"맞을 만하니까 맞았겠죠."

"그 새끼도 맞을 만하니까 맞은 거야."

"어디 가서 맞을 만한 짓 하고 다닐 사람 아니에요."

"나는?"

"서지웅 씨는 저한테도 여러 번 맞았잖아요. 맞을 짓 해서."

"커피나 마셔."

그 얘긴 별로 떠올리고 싶지 않았던 지웅이 말을 돌렸다.

유경은 고소한 커피 냄새 때문에 잠시 까만 커피에 시선을 빼앗겼다.

"왜 안 마셔? 그거 니가 좋아하는 커피잖아. 내가 특별히 강남에서 바리스타까지 데리고 왔는데."

"네? 왜요?"

"니가 여기서 보자고 했으니까. 근데 난 프랜차이즈 커피는 안 마시거든."

밖에서 커피 마시겠다고 바리스타를 데리고 다니다니. 돈지랄도 참 여러 방면으로 하는구만.

어휴, 내가 이럴 때가 아니지. 이 사람이랑 말 길게 해 봤자 좋을 거 하나 없어. 또 휘둘리지 말고, 빨리 본론부터 꺼내자.

"도대체 이유가 뭐예요? 투자 말이에요. 그쪽이 왜 우리 영화에 투자해요?"

"대리비라고 생각해. 니가 나 두 번이나 병원 데려다줬잖아."

"서지웅 씨가 사는 세계에선 대리비가 50억이에요?"

"그 액수는 대리 기사가 누구냐에 따라 다르지. 왜? 부족해? 부족하면 언제든지 말해. 니 영화엔 전액 투자할 마음도 있으니까."

"말장난 그만하고, 투자에서 손 떼세요."

"내가 손 떼면, 그 영화 엎어질 텐데?"

"다른 투자자 찾으면 돼요."

"내가 다 막을 건데?"

"이봐요!"

"다시 한번 말하지만, 내가 투자에서 빠지는 순간, 그 영화는 엎어지는 거야. 그렇게 되면 넌 입봉 못 하고, 문 감독도 재기 못 하고. 알아들었어?"

지웅의 말도 안 되는 협박에 유경은 너무 답답해서 미칠 것 같았다.

"도대체 나한테 왜 이러는 거예요? 이렇게까지 해서 서지웅 씨가 얻는 게 뭔데요! 얼마 전에 나한테 미안하다고 사과하지 않았어요? 나 진짜 그건 진심이라고 생각했는데……."

"진심이었어."

53

"……."

"근데 내가 왜 이러냐고? 너 정말 몰라서 물어?"

지웅의 진지한 눈빛을 마주한 순간, 유경은 답을 들은 듯했다. 유경이 당황한 얼굴로 자리에서 벌떡 일어났다.

그러자 지웅이 유경의 손목을 덥석 잡았다. 유경이 뿌리쳐 봤지만 소용없었다. 지웅의 힘이 너무 셌다.

"놔요."

"싫어."

"아……파요!"

유경이 인상을 찌푸리며 지웅을 노려보자, 지웅이 자리에서 일어나며 그녀의 손을 놓아주었다.

"나 너한테 부탁 하나만 하자."

"……."

"날 좋아해 달라고 강요하지 않을게. 넌 그냥 내 옆에 있어 주기만 하면 돼."

강요하지 않는다면서, 애원하는 말투로 또 강요하고 있었다. 나더러 자기 옆에 있으란다. 유경은 말문이 막혔다.

"너만 내 옆에 있어 주면 나 진짜 행복해질 수 있을 것 같거든?"

"……."

"나 진짜 니가 하라는 대로 다 할게. 내 어디가 마음에 안 드는데? 말해 줘. 고칠게. 그러니까 제발…… 그 자식한테서 떨어져. 그리고 나한테 와."

유경은 무슨 말을 어떻게 꺼내야 하는지 알 수 없었다. 지웅은 계속 애원했고, 유경은 납득할 수 없는 표정으로 그를 쳐다봤다.

"서지웅 씨."

유경이 다부진 눈빛으로 그를 불렀다.

"왜 제 생각은 안 하세요?"

"니 생각 맨날 하는데?"

"근데 왜 모르세요? 옆에 있기만 해도 행복해지는 존재. 저한테도 있어요. 그게 서하예요. 당신은 아니에요."

"……."

"그러니까 이쯤에서 그만하세요. 서지웅 씨가 앞으로 무슨 짓을 해도 제 마음은 변하지 않아요. 그럼 이만 가 볼게요."

유경이 딱 잘라 말했다. 그러곤 뒤도 돌아보지 않고 계단을 내려가 버렸다. 또 홀로 남은 지웅은 절망적인 얼굴로 다 식어 빠진 커피를 응시했다.

"오늘은 투자받은 기념으로 내가 한턱 쏜다!"

문 감독의 말에 스태프들이 환호했다.

세상을 다 얻은 듯 행복해 보이는 문 감독 때문에 유경은 죽을 맛이었다. 저렇게 좋아하시는데 어떻게 말하지? 곧 제이미디어에서 발을 뺄 거라고. 유경은 울상을 지으며 머리카락을 쥐어뜯었다.

"우 감독!"

"네?"

문 감독의 부름에 유경이 고개를 번쩍 들었다. 그러자 문 감독이 기분 좋게 웃으며 말했다.

"오늘 회식할 때 남자 친구도 부르라고."

어휴, 큰일 날 소리. 오늘만큼은 절대 녀석을 부를 수 없었다. 녀석이 행여 우리 영화에 서지웅이 투자했다는 사실을 아는 날엔……. 그 후폭풍은 상상도 하기 싫었다.

"감독님, 죄송해요. 제 남자 친구가 요즘 바빠서요. 그리고 저도 오늘은 속이 좀 안 좋아서 회식 못 갈 것 같은데……."

"에이, 우 감독이 빠지면 안 되지. 그럼 회식은 내일 할까?"

"아니에요. 괜히 저 때문에 미루실 필요 없는데……."

"속이 많이 안 좋아?"

"네. 그럼 저 먼저 일어나 보겠습니다."

"그래, 그럼. 들어가서 푹 쉬어."

유경이 시름이 가득한 얼굴로 자리에서 일어났다. 그녀가 서둘러 건물을 나오자마자 핸드폰이 울렸다. 서하였다.

"여보세요."

— 무슨 일 있어? 표정이 안 좋아 보이네?

"안 좋아 보인다고? 내 얼굴이 보여?"

— 응. 앞에.

서하의 대답에 유경이 재빨리 고개를 들었다. 맞은편에서 서하가 핸드폰을 흔들며 다가오고 있었다.

"여긴 어떻게 왔어? 추운데 밖에서 기다린 거야?"

"지나가다가 너 퇴근한다길래 시간 맞을 것 같아서 데리러 왔지. 근데 회사에서 무슨 일 있었어?"

서하가 유경의 손을 잡으며 걱정스레 물었다. 잠시 고민하던 유경이 오늘 있었던 일을 털어놓으려고 입을 열었다.

"사실, 오늘 투자……."

"우 감독!"

그러나 갑자기 저를 부르는 소리에 유경이 놀라 뒤를 돌아봤다. 문 감독을 비롯한 스태프들 대여섯 명이 우르르 건물 밖으로 나오고 있었다. 회식 가는 길인가 보다. 오늘따라 왜 이렇게 일찍들 나오신 건지, 유경은 당황스러웠다.

"옆에 분은 우 감독 남자 친구?"

문 감독의 시선이 서하에게로 향했다. 서하가 당황한 그녀 대신 대답했다.

"아, 네. 안녕하세요, 문 감독님. 저는 우유경 감독 남자 친구 채서하라고 합니다. 말씀 많이 들었습니다."

서하가 예의 바르게 고개 숙여 인사했다. 그러자 문 감독도 얼른 서하에게 오른손으로 악수를 청했다가, 깁스한 팔을 보고선 왼손을 다시 내밀었다.

"오. 서하 씨, 만나서 반가워요. 나도 우 감독한테 얘기 많이 들었어요. 얘기만 들었을 땐 나이가 좀 있는 분일 줄 알았는데, 이렇게 젊은 분일 줄은 정말 상상도 못 했네요."

문 감독을 포함한 스태프들 모두 내심 놀란 얼굴이었다. 유경에게 들기론 남자 친구 직업이 작가이고, 유경을 항상 배려하고 잘 챙겨 준다기에 연상의 남자일 거라고 다들 생각했던 것이다.

하지만 눈앞에 나타난 유경의 남자 친구라는 남자는 딱 봐도 그녀보다 연하였고, 작가보다는 배우에 더 어울릴 만한 수려한 외모를 가졌다. 이미 여자들 눈에는 하트가 뿅뿅 튀어 오르고 있었다.

그 모습을 지켜보는 유경의 기분이 썩 좋지만은 않았다. 어딜 가나 인기가 많은 남자 친구 덕분에 유경은 마음의 짐을 가득 안고 회식 자리에 끌려갈 수밖에 없었다.

고깃집 안.

유경의 예상대로 서하와 문 감독은 어떤 이슈가 나와도 대화가 잘 통했다. 특히 영화 얘기는 그렇게 죽이 잘 맞을 수가 없었다.

"그럼 서하 씨는 시나리오 잘 안 풀릴 때 어떻게 해?"

"저는 주인공의 감정선을 처음부터 끝까지 쭉 써 보고 그 안에서 답을 찾는 편이에요."

"오, 나도 그래! 영화 장르가 스릴러가 됐든, 로맨스가 됐든, 뭐가 됐든 간에 중요한 건 사람이거든. 결국 우린 사람을 그리는 직업이니까. 이거 참, 오래간만에 말이 통하는 상대를 만났구만."

문 감독의 말에 서하도 미소를 지으며 얘기를 계속했다. 그렇게 두 사람은 대화를 나누느라 고기는 뒷전이었다.

옆에서 열심히 고기를 굽던 유경이 잔소리를 시작했다.

"감독님, 고기 좀 드시면서 얘기하세요. 서하야, 너도 얼른 먹어. 밥 안 먹었잖아."

유경이 녀석의 앞접시에 고기를 올려놓으며, 빨리 먹으라고 눈치를 줬다. 하지만 녀석은 문 감독과 대화하느라 정신이 없었다.

왜 저렇게 열심이지? 제게 눈길도 주지 않고 문 감독과 대화 중인 녀석을 쳐다보던 유경은 문득 그런 생각이 들었다. 혹시 내 주변 사람들과 잘 어울리려고 애쓰고 있는 건가? 유경은 문 감독의 말을 열심히 경청하고 있는 서하를 기특하게 바라보았다.

그러다 화장실을 가기 위해 자리에서 일어났는데, 녀석이 고개를 돌려 즉각 반응했다. 문 감독과 대화를 나누면서도 유경이 고기를 몇 점 먹었는지까지 살피고 있던 서하는 갑자기 그녀가 자리에서 일어나자 놀란 눈으로 물었다.

"어디 가?"

"나 화장실 좀 갔다 올게."

"여기 화장실 밖에 있던데. 내가 같이 가 줄게."

서하가 자리에서 일어나려고 엉덩이를 떼는 순간, 유경이 녀석의 어깨를 눌러 다시 앉혔다.

"무슨 화장실을 같이 가."

"밖이라 위험해."

"바로 앞인데 위험하긴 뭐가 위험해. 얼른 갔다 올게."

"감독님! 저랑 같이 가요."

서하가 계속 걱정스러운 얼굴로 있자, 옆에 있던 김 피디가 나섰다.

"저도 화장실 가려고요. 그럼 감독님은 제가 잘 모시고 다녀오겠습니다."

김 피디가 얼른 일어나 유경의 팔을 잡아끌고 밖으로 나왔다.

"감독님! 남자 친구분 진짜 잘생겼어요. 대박."

김 피디는 연신 뒤를 돌아보며 녀석의 얼굴을 보고 감탄사를 내뱉었다.

"근데 이거 실례되는 질문일 수도 있는데요……."

"연하 맞아요."

"헉. 그거 물어볼 줄 어떻게 아셨어요?"

"옆 테이블에서 얘기하는 거 다 들리거든요? 김 피디님 목소리가 제일 커요."

"하하. 죄송해요. 근데 몇 살 연하예요?"

"……."

선뜻 입이 떨어지지 않는 이유는 무엇일까. 두세 살도 아니고, 남자 친구와 여섯 살이나 차이 난다는 사실을 남들이 알면 뭐라고 생각할지 갑자기 걱정됐다. 명색이 앞으로 이 팀에서 영화를 이끌어 갈 수장인데, 나이 차이 많이 나는 남자랑 사귀는 여자, 너무 철없어 보이는 건 아닐까?

갑자기 이런저런 남들의 시선과 반응이 상상되어 유경의 머릿속이 복잡했다.

아니야, 당당해지자. 내가 그 녀석이 어려서 좋아한 것도 아니고, 그냥 내가 좋아하는 사람이 나보다 나이가 조금 어릴 뿐이라고.

'내가 좋아하는 건 그냥 우유경이야. 그건 나이가 적고 많고의 문제가 아니야. 그러니까 넌 아무 노력도 하지 않아도 돼.'

순간, 첫 데이트에서 녀석이 내게 했던 말이 떠올랐다. 유경은 갑자기 용기가 불끈 샘솟았다. 그리고 당당하게 입을 열었다.

"우린 여섯 살……."

"어머, 현소정이 여길 왜 왔지?"

김 피디가 유경의 말을 자르고 놀란 얼굴로 고개를 돌렸다. 유경도 김 피디가 응시하고 있는 쪽으로 시선을 돌려 보니, 커다란 밴에서 현소정이 내리고 있었다. 한겨울에 미니스커트 차림이라니. 게다가 얼굴 뽀얀 것 좀 봐. 역시 나이가 깡패인가 보다.

현소정이 뒤늦게 김 피디와 유경을 발견하곤 대충 고개를 까닥하며 인사했다.

"소정 씨가 여긴 어쩐 일이에요?"

김 피디의 물음에 현소정이 뒤쪽으로 우르르 몰려오는 스태프들을 가리키며 건성으로 대답했다.

"저 요즘 예능 하거든요. 스튜디오 녹화 끝나고 회식 왔어요. 혹시 안에 문 감독님도 계세요?"

"네. 당연하죠. 우리 영화 회식인데."

"장소 완전 잘못 잡았네. 문 감독님 또 캐스팅 얘기 꺼내면 곤란한데. 아, 짜증 나."

인상을 잔뜩 찌푸린 현소정이 구시렁거렸다. 저 싸가지 없는 것. 유경과 김 피디가 현소정을 흘겨봤다.

그러자 현소정이 후다닥 고깃집 안으로 도망치듯 들어가 버렸다.

"성격도 얼굴처럼 예쁘면 얼마나 좋을까."

유경이 혀를 내차며 말하니, 김 피디가 맞장구를 쳤다.

"그러니까요. 근데 감독님, 그래도 현소정 쟤 연기는 진짜 끝내주게 잘하잖아요. 이번에 놓친 거 아깝긴 해요."

"하긴, 요새 배우가 없죠?"

"네. 여배우 기근이란 말이 괜히 나온 게 아니라니까요. 현소정을 대신할 만한 20대 배우가 없어요. 감독님은 따로 생각해 둔 배우 없으세요?"

"음…… 지금 시나리오 수정하면서 느낀 건데, 피디님 혹시 강소윤 선배님 데뷔 때 얼굴 기억나요?"

"당연하죠. 안 그래도 저도 그 생각 했어요. 20대 초반 강소윤의 마스크를 가진 배우가 있음 딱 좋겠다고."

"맞아요. 현소정이 그나마 비슷하긴 한데, 소윤 선배님의 그 아우라는 절대 흉내 못 내죠."

유경은 소윤이 20대 초반에 찍었던 영화 속 한 장면을 떠올렸다. 배우 '강동원' 하면 자동 반사적으로 영화 속 우산 신이 떠오르듯, '강소윤' 하면 기찻길 신이 떠오른다. 말 한마디 없이 그냥 기차에서 내렸을 뿐인데, 너무 예뻐서 두고두고 회자되는 장면.

그 장면을 떠올리며 유경은 김 피디와 함께 화장실이 있는 건물 뒤로 향했다.

화장실을 다녀온 유경의 두 눈이 휘둥그레졌다. 현소정이 녀석의 옆자리를 떡하니 차지하고 있는 것이 아닌가! 쟤가 왜 내 자리에 앉아 있거?

"어머, 문 감독님도 참. 제가 언제 그랬어요? 호호홍."

애교 섞인 웃음소리. 현소정은 서하를 의식하며 예쁘게 웃었다. 그러면서 은근히 녀석의 팔에 기대려고 몸을 기울이기도 하고, 손으로 녀석의 팔을 살짝 만지기도 하면서. 저 계집애가 진짜.

자리를 뺏긴 유경이 구시렁거리며 두 사람 맞은편에 앉았다. 그러곤 현소정을 주시했다. 유경이 고기를 맛있게 먹는 척하며 귀를 쫑긋 세워 세 사람의 대화를 엿들었다.

"넌 이 영화 왜 안 한다고 한 거야?"

서하가 현소정에게 물었다. 반말이었다. 뭐야? 두 사람 아는 사인가?

유경이 고개를 번쩍 들어 현소정을 쳐다봤다. 그녀는 부끄러워하며 녀석과 눈도 제대로 마주치지 못하고 대답했다.

"내가 안 한다고 한 게 아니라, 회사에서 이제 비슷한 역할은 그만하자고 하니까……."

웃기네. 회사에서 그렇게 하라고 했는데도 지가 안 한다고 했으면서 저 여우 같은 년!

유경이 홧김에 소주를 원샷했다. 그러다 녀석과 눈이 딱 마주치고 말았다. 깨깽. 유경이 슬그머니 눈을 내리깔고 다시 고기를 열심히 먹었다.

술 마시는 유경을 포착한 서하는 미간을 찌푸리며 다시 현소정에게로 시선을 돌렸다. 그리고 차분한 목소리로 말했다.

"사실 나도 이 시나리오 읽어 봤는데, 보면서 니가 주인공 역할에 딱이라고 생각했거든. 주인공 캐릭터 진짜 매력 있더라. 너 매번 비슷한 역할 많이 맡았지만, 흥행한 적은 없었잖아. 이번 영화는 캐릭터 연구 잘하고 들어가면 좋은 결과 있을 것 같아. 내 생각은 그래. 그러니까 너도 잘 생각해 봐."

진심이 담긴 조언. 그 목소리가 너무 다정하게 들려 유경은 괜히 기분이 나빴다. 반면 현소정의 두 뺨이 발그레해졌다.

"그럼 회사에 다시 얘기해 볼까? 니가 이렇게까지 추천하는데 모른 척할 순 없지."

세상에. 그 콧대 높은 현소정이 출연을 다시 생각해 보겠단다. 분명 좋은 일인데, 너무나도 잘된 일인데, 유경은 기분이 썩 좋지 않았다. 아예 귀를 닫아 버리자. 닫고, 술이나 마시자.

유경이 잔에 소주를 가득 따랐다. 서하가 걱정스러운 눈빛으로 보고 있는 것도 모르고.

서하는 유경을 계속 흘끔 보면서, 현소정과 대화를 계속했다. 결국, 현소정은 영화에 출연하겠다고 구두 계약을 했고, 멀리서 일행들이 부르자 아쉬운 표정으로 일어났다.

"서하야, 그럼 다음에 또 보자."

현소정이 떠나고, 문 감독이 서하를 향해 엄지를 추켜세웠다.

"서하 씨, 진짜 대단하다. 현소정이 저렇게 말 잘 듣는 건 처음 보네. 허허 참. 동기가 좋긴 좋네. 그나저나 우 감독은 왜 저기서 혼자 술 마시고 있어?"

문 감독의 말에 서하는 맞은편에서 혼자 열심히 술을 마시고 있는 유경을 걱정스레 쳐다봤다.

"자, 마셔."

회식이 끝나고 서하는 유경을 데리고 편의점으로 갔다. 그리고 상혁에게 추천받은 숙취 해소제를 유경에게 건넸다.

"남기지 말고 다 마셔."

"으으. 죽겠다."

테이블 위에 시체처럼 엎드려 있던 유경이 앓는 소리를 하며 상체를 일으켰다. 그러곤 녀석이 건넨 음료를 벌컥벌컥 들이켰다. 하지만 숙취가 내려가기는커녕 더 올라오는 것 같았다. 유경은 지끈거리는 이마를 손가락으로 꾹꾹 누르며 괴로워했다.

미치겠다. 나 벌받나 봐. 어리고 예쁜 여자 질투해서.

"머리 많이 아파?"

"조금."

"그러게 술 마시지 말랬잖아. 아깐 왜 그렇게 많이 마신 거야?"

몰라서 묻나? 유경은 잔뜩 속이 상한 얼굴로 녀석을 흘겨봤다.

"나 때문에 마셨다고?"

유경이 고개를 격하게 끄덕였다. 그러자 녀석이 잔뜩 억울한 표정을 지었다.

"현소정 걔는 그냥 같은 과 동기라니까."

"누가 뭐래?"

"그럼 뭐 때문에 이렇게 화가 났는데? 아까부터 계속 나한테 시비 걸고 있잖아."

나도 모르겠다. 그냥 녀석이 나한테만 다정한 줄 알았는데, 다른 여자한테도 엄청 세심하고, 다정하게 조언해 주고, 응원해 주고.

"너 현소정한테 되게 친절하더라?"

서하가 뚱한 표정으로 유경을 쳐다봤다.

"뭐야. 현소정한텐 엄청 잘 웃어 주더니, 나는 왜 그런 표정으로 보냐?"

"뭘 자꾸 웃어 줬대."

"웃었잖아. 그것도 엄청 예쁘게."

"너 때문이잖아."

"그게 왜 나 때문이야?"

"앞으로 서지웅 투자 빠지면 문 감독님이랑 너 곤란해지니까. 그러니

현소정이라도 잡아 놔야지. 나중에 투자받기 수월하게."

"……."

유경의 얼굴이 빨개졌다. 너무 수치스러웠다. 녀석의 그런 깊은 속도 모르고 바보같이 질투나 하고 앉아 있고. 한심하다 정말.

"서지웅 씨 일은 어떻게 알았어?"

유경이 잔뜩 미안한 얼굴로 서하를 바라봤다.

"너 화장실 갔을 때 문 감독님한테 들었어. 제이미디어 투자 받았다고 자랑하시더라. 거기 서지웅 회사잖아."

"미안. 그렇지 않아도 아까 너한테 말하려고 했는데, 타이밍을 놓쳤어. 근데 진짜 이제 어떡하지? 제이미디어 투자 빠지면……."

"다른 투자자 찾으면 되지."

"그게 쉽지 않을 것 같아."

"왜?"

"사실 낮에 서지웅 씨를 만났는데……."

이번엔 서하가 유경을 째려봤다. 순식간에 전세가 역전됐다. 서하의 반응에 유경이 말끝을 흐리며 이마를 긁적이다가 뒤늦게 변명했다.

"서지웅 씨를 만나려고 만난 게 아니라, 최 대표님 만나러 간 거였는데 거기 서지웅 씨가 와 있어 가지고……."

"그래서 그 자식이 뭐래?"

"우리 영화 투자 막을 거래."

"그리고 또 다른 얘긴 안 해?"

자기 옆에 있어 달라고 진지하게 고백하던 지웅이 떠오르자, 유경은 녀석의 눈치를 보며 손가락을 만지작거렸다.

다른 얘기 한 거 맞네. 서하는 유경의 미세한 표정 변화 하나까지도 놓치지 않았다.

"그 자식이 너한테 좋아한다고 고백이라도 했어?"

"그, 그게 무슨 소리야! 고백은 무슨. 아니야. 절대 아니야!"

유경은 술이 확 깨는 기분이 들었다. 강하게 부정해 봤지만, 녀석의 얼굴에 피어난 의심은 수그러들 생각을 하지 않았다. 급기야 냉장고에서 맥주를 꺼내 와 까더니 벌컥벌컥 마신다. 가시방석이 따로 없었다.

녀석은 숨도 안 쉬고 목울대를 꿀렁이며 맥주를 마셨다. 그런 녀석의 눈치를 흘끔 보던 유경은 결국 이실직고했다.

"난 분명하게 거절했어."

녀석이 탕, 하고 맥주 캔을 테이블 위에 내려놓았다. 어찌나 세게 손에 힘을 줬는지 캔이 구겨져 있었다.

"뭐라고 거절했는데?"

녀석이 퉁명스레 물었다. 그러자 유경이 아주 떳떳하게 대답했다.

"내가 좋아하는 건 너라고. 그쪽이 무슨 짓을 해도 이 마음 절대 변하지 않는다고."

말을 하고 보니 부끄러움이 밀려왔다. 유경은 화끈 달아오른 얼굴을 손으로 부채질하며 열기를 식히려 애썼다.

그런 유경을 보며 서하는 속으로 반성했다. 그녀가 지웅을 만났다는 소리에 아주 잠깐이지만 불안했던 자신의 연약한 마음을 꾸짖었다.

서하는 그녀를 물끄러미 바라봤다. 언제부터인지 사랑 고백에 거침없어진 그녀가 너무 사랑스럽고 고마웠다. 몇 달 전 이곳에서 그녀를 몰래 지켜보며 혼자 마음을 키울 때만 해도, 이런 날이 오게 될 줄은 정말 꿈에도 몰랐는데. 그런데 이렇게 그녀와 나란히 서 있다니.

서하는 자꾸만 올라가는 입꼬리를 억지로 내렸다. 그녀에게 경고해야할 것이 남아 있었기 때문이다.

"다음부턴 무슨 일 있으면 나한테 바로 얘기해 줘. 그 새끼 찾아가지 말고."

"알았어. 다음부턴 절대 안 그럴게. 대신 너도……."

"나도 뭐?"

"미남계는 쓰지 마."

"미남계?"

"그래. 그러니까 아까 너 현소정한테 일부러 잘해 줬다는 거잖아. 내 영화 캐스팅 때문에."

"뭐, 그런 셈이지."

"그거 별로야. 아주 별로야."

"지금 질투하는 거야?"

"질투? 음…… 맞는 것 같기도 하고. 아무튼 기분 진짜 안 좋았어. 걔가 막 너 여기 터치하고."

유경이 녀석의 단단한 팔뚝을 주먹으로 툭 건드렸다.

"왜 때려?"

"때리긴 뭘 때려. 애정 표현이지. 아무튼 신경 써 줘서 고마운데, 내 일은 내가 알아서 잘해 볼게. 너 이용하면서까지 현소정 캐스팅하고 싶지 않아."

"알았어. 그럼 난 응원만 할게."

서하가 부드럽게 웃으며 유경의 머리를 쓰다듬었다.

"머린 이제 안 아파?"

"조금 괜찮아진 것 같아. 우리 이제 집에 가자."

유경과 서하는 두 손을 꽉 잡은 채 편의점을 나왔다. 그리고 얘기를 나누며 천천히 유경의 집을 향해 걸었다.

"나 너한테 할 얘기 있는데."

"뭔데?"

"……."

잠시 뜸을 들이던 서하가 뒤늦게 입을 열었다.

"그 여자가 호텔에 찾아왔어."

"왜?"

"서지웅한테 사과하래."

서하는 생모를 만난 일을 유경에게 털어놓았다.

"그래서 금요일에 서지웅 씨를 만나러 간다고? 만나서 뭐 어쩌려고?"

"서지웅이 보자고 한 이유가 뭔지 들어나 보려고."

"안 가면 안 돼?"

"사실 안 가려고 했는데, 오늘 갈 이유가 생겼어."

"……."

"내가 서지웅 만나서 얘기할게. 투자 문제 말이야. 잘 정리하고 올 테니까 너무 걱정하지 마."

"너 또 다치고 올까 봐 그러지."

"안 다쳐. 설사 다쳐도 난 니가 있으니까, 무서울 거 없어."

"그래도 절대 다치면 안 돼. 알았지?"

"알았어. 다 왔다. 추운데 얼른 들어가."

서하가 걸음을 멈추고, 잡고 있던 유경의 손을 놓아주었다.

"너도 조심히 들어가. 도착하면 문자 하고. 잘 가."

"잠깐."

건물 안으로 들어가려는 유경을 서하가 급히 잡았다. 유경이 걸음을 멈추고 고개를 돌렸다.

"왜?"

"뭐 잊은 거 없어?"

"잊은 거?"

"응."

유경은 저를 빤히 쳐다보고 있는 녀석과 눈이 마주치자 얼굴이 새빨개졌다. 녀석의 눈빛이 무엇을 말하는지 알 것 같았다.

몸을 배배 꼬며 부끄러워하던 유경은 잠시 망설이다가 까치발을 들었다. 그리고 녀석의 입술에 쪼옥, 뽀뽀를 했다.

"이제 됐지? 빨리 가."

서하는 부드러운 촉감이 닿았다 떨어진 제 입술을 매만지며 그녀를 얼떨떨하게 바라봤다.

"갑자기 왜 이렇게 예쁘게 굴어? 나 집에 가지 마?"

"무슨 소리야. 니가 먼저 잊은 거 없냐고……."

"난 이거 말한 건데?"

서하가 어깨에 메고 있던 가방을 그녀에게 건네며 피식 웃었다.

"뽀뽀도 중요한데, 가방도 잘 챙겨야지."

아우 씨. 쪽팔려. 유경은 두 손으로 얼굴을 황급히 가렸다.

"나 먼저 들어간다! 도착하면 연락해!"

그리고 후다닥 건물 안으로 들어가 버렸다.

골목에 덩그러니 혼자 남은 서하는 방금 당황해 하던 유경의 얼굴을 떠올리며 웃음을 터뜨렸다. 진짜 귀여워 죽겠네. 금세 또 그녀가 보고 싶어졌다. 그녀를 두고 혼자 가야 한다니, 서하는 도무지 발길이 떨어지지 않았다.

뒤늦게 그녀의 방에 불이 켜지는 것을 확인하고서야 겨우 발길을 돌렸다. 작업 때문에 집이 아닌 호텔로 돌아가야 했다. 정류장에서 택시를 잡아탄 서하는 멍하니 창밖을 바라보고 있는데.

지이잉. 지이잉.

핸드폰으로 문자가 한 통 도착했다. 당연히 그녀일 거라 생각하며 기분 좋게 메시지 함을 열었는데, 발신인은 생모였다.

[금요일 2시, 그랜드호텔 크리스탈홀. 꼭 나오렴. 이 엄마 목숨이 걸린 중요한 일이야.]

서지웅에게 사과하는 일이 어째서 목숨이 걸린 일인지, 그 여자를 도무지 이해할 수 없었다.

'내가 나 혼자만 죽을 것 같니? 우유경 그 여자애도 같이 죽여 버릴 거야!'

생모가 그런 말을 했다고 유경에겐 말하지 않았다. 어떻게 말을 하겠는가. 저 자신도 이렇게 끔찍하고 싫은데. 자꾸만 유경을 가지고 협박하던 생모의 목소리가 머릿속을 어지럽혔다.

답답한 마음에 서하는 창밖을 바라보며 한숨을 길게 내쉬었다. 그녀와 사귀면서 한 번도 피우지 않았던 담배 생각이 오늘따라 절실했다.

17.
채서하 신드롬

금요일 2시. 그랜드호텔. 연회장은 기자들로 가득 찼다. 이토록 많은 기자들이 오늘 이곳에 모인 이유는 바로 연회장 중앙에 걸린 플래카드 속 내용 때문이었다.

[〈빅토리픽쳐스〉 소설 「피어싱」 영화화 판권 계약 체결]

대형 플래카드 밑에 마련된 테이블. 의자는 두 개였다. 하지만 아직 자리 주인이 도착하지 않았는지 의자는 텅 비어 있었다.

바로 옆 대기실에서 초조하게 빈 의자를 바라보던 최은설이 어디론가 전화를 걸었다.

"이쪽은 준비 다 끝났습니다. 근데 작가님은 언제 도착하실까요? 네. 알겠습니다."

은설이 통화를 종료하고 급히 단상으로 올라갔다. 그리고 마이크를

71

잡았다.

"10분 후 채서하 작가님 모시고 기자 간담회 진행하도록 하겠습……
니다……."

쾅.

갑자기 문이 열렸고, 은설이 말끝을 흐리며 그곳을 응시했다.

찰각. 찰각. 찰각.

문을 열고 등장한 서하를 향해 카메라 기자들이 무차별적으로 셔터를
눌러 댔다.

명성자동차.

지웅이 보고 있던 서류를 덮고 자리에서 일어났다. 그러곤 손목에 찬
시계를 보며 시간을 확인했다. 2시 10분. 약속 시간은 이미 지났다. 오
늘 아침부터 그 자식과의 만남을 기대했는데, 김이 팍 새 버렸다.

생각할수록 괘씸했다. 그 자식과 그 자식을 낳은 여자가. 감히 날 기
다리게 만들어?

지웅이 헛웃음을 짓고 있는데, 노크 소리와 함께 문이 열리고 생록이
들어왔다.

"야, 채서하는?"

"그게요……."

머뭇거리는 생록을 향해 지웅이 얼른 말하라는 눈빛으로 쳐다봤다.
결국, 생록이 지웅의 눈치를 보며 입을 열었다.

"아무래도 오늘 채 작가 안 올 것 같은데요."

"왜?"

"지금 다른 곳에 가 있어요."

"다른 곳? 어디?"

지웅의 물음에 생록이 작게 한숨을 내쉬며 태블릿 PC를 내밀었다.

"채 작가 기자 간담회 중이에요. 그것도 인터넷 생중계로. 지금 난리 났어요. 베일에 싸여 있던 천재 작가 얼굴이 드디어 벗겨졌다면서. 근데 또 채 작가가 잘생겼잖아요. 반응이 아주 폭발적이에요."

"잘생기긴 개뿔."

"잘생겼는데……."

지웅이 째려보자 생록이 말끝을 흐렸다. 다시 태블릿 화면을 응시하던 지웅의 눈빛이 날카로워졌다.

"그래서 지금 「피어싱」 판권 어떻게 된 건데? 빅토리로 넘어간 거야?"

"네. 윤성희 씨가 채 작가 동의 없이 넘긴 것 같아요. 그분이 원래 그런 거 잘하시잖아요."

어쩐지 얼마 전부터 고분고분 말 잘 듣나 했더니, 이런 식으로 뒤통수를 치려고 그랬나? 윤성희에게 속았다는 생각에 지웅은 분통이 터졌다.

"그 정신 나간 아줌마가 아주 발악을 하는군."

지웅이 주먹을 세게 움켜쥐었다. 분위기가 험악해지자, 생록은 무슨 말을 어떻게 꺼내야 할지 고민하다가 조심스레 입을 열었다.

"어제 말씀하신 건 준비 다 됐는데, 어떻게 할까요? 아무래도 유경 씨한텐 제가 연락하는 게 낫겠죠?"

"아니. 연락할 필요 없어."

"정말요? 잘 생각하셨어요. 이제 유경 씨는 포기하고……."

"내가 직접 만나서 얘기할 거야."

"네?"

"가자."

갑자기 지웅이 외투를 걸치더니 사장실을 나갔다. 자신을 찬 여자를 만나러 가는 주제에 그는 기분이 매우 좋아 보였다.

"사장님, 아무래도 오늘은 가만히 계시는 게 좋을 것 같은데요. 사장
니임!"

생록이 지웅의 뒤를 황급히 따라가며 울상을 지었다.

"으, 어떡하지……."

사무실 구석에서 유경이 끙끙 앓는 소리를 냈다. 며칠 동안 아무리 머
리를 싸매고 고민을 해 봐도 시나리오가 잘 풀리지 않았다.

머리카락을 마구 헝클어뜨리며 괴로워하던 유경의 시야에 문득 벽에 걸
린 시계가 들어왔다. 시간은 2시 30분. 유경은 한숨이 절로 나왔다. 2시에
서지웅을 만나러 간다던 서하가 떠오른 것이다.

'끝나고 연락한다고 했는데, 아직도 얘기 중인가? 둘이 또 주먹질하
고 막 싸우고 있는 건 아니겠지? 별일 없어야 하는데…….'

유경이 걱정 가득한 얼굴로 시계를 올려다보고 있는데.

"감독님!"

회의실에서 캐스팅 업무를 보던 김 피디가 갑자기 밖으로 뛰쳐나왔
다. 유경이 놀란 얼굴로 김 피디를 쳐다봤다.

"왜 그래요? 무슨 일 있어요?"

"감독님 남자 친구분 지금 인터넷에서 난리 났어요."

"인터넷이요? 왜요?"

"그분 「피어싱」 채서하 작가라면서요."

"!!"

김 피디의 말에 유경이 화들짝 놀랐다.

"지금 기자 간담회 인터넷 생중계로 내보내고 있던데요."

유경이 얼른 노트북을 열어 포털 사이트에 접속했다. 실시간 검색어 순위 1위부터 10위까지 녀석과 관련된 단어들로 도배가 되어 있었다.

"근데 남자 친구분 저번에 봤을 땐 말씀 잘하셨는데, 지금 기자 간담회선 입도 뻥긋 안 하시더라고요. 옆에 있는 관계자만 계속 얘기하고……."

김 피디의 말을 들으며 유경은 동영상을 재생시켰다. 정말 김 피디의 말대로 녀석은 입도 뻥긋하지 않고, 그저 무표정한 얼굴로 플래시 세례를 견디고 있었다. 대신 최은설이 녀석의 대변인이라도 되는 것처럼 기자들의 질문에 답변하며 인터뷰를 주도했다.

'난 앞으로 두 번 다시는 대중 매체에 얼굴 드러낼 생각 없어. 이미 한번 겪어 봤잖아. 우리 엄마가 그거 때문에 많이 힘들어하셨고.'

유경은 얼마 전 녀석이 했던 말이 떠올랐다. 그래서 더더욱 지금 저곳에 앉아 있는 녀석의 심정이 어떨지, 얼마나 지옥 같을지 짐작이 갔다. 유경의 가슴이 무너질 것처럼 아팠다.

'이게 도대체 어떻게 된 일이지?'

서지웅을 만나러 간다던 녀석이 왜 저곳에 앉아 있는지 유경은 이해할 수 없었다.

'설마…… 서지웅 씨 짓인가?'

"이 나쁜 놈!"

유경이 저도 모르게 큰 소리를 내며 자리에서 벌떡 일어났다. 그 바람에 옆에 있던 김 피디가 화들짝 놀랐다.

"감독님, 괜찮으세요?"

"김 피디님 미안한데요, 저 먼저 들어가 볼게요."

"아, 네. 그러세요. 근데 정말 괜찮으신 거 맞죠?"

김 피디의 걱정을 뒤로하고 유경은 서둘러 가방을 챙겨 사무실을 나왔다. 그리고 무작정 택시 정류장으로 달려갔다.

하지만 대기 중인 택시는 없었고.

"택시!"

오늘따라 택시가 더럽게 안 잡혔다. 유경의 속이 바짝바짝 타고, 피가 말랐다.

그런데 그때, 기다리던 택시는 안 오고 엉뚱한 차 한 대가 달려와 멈춰 섰다. 차 뒷좌석에서 내린 사람은 다름 아닌 지웅이었다. 유경이 지웅을 잔뜩 노려봤다.

지웅은 만나자마자 유경의 차가운 눈빛이 제게 날아오자 억울한 표정으로 말했다.

"왜 째려봐? 나 오늘은 잘못한 거 없는데."

"잘못한 게 없다고요?"

유경이 전에 없이 더욱 차갑게 굴자 지웅은 당황스러웠다. 하지만 짐짓 아무렇지도 않은 척 태연하게 말했다.

"야, 표정 좀 풀어. 오늘은 중요한 용건 있어서 온 거니까."

"무슨 용건인데요?"

"너한테 보여 줄 게 있어."

"서지웅 씨."

"왜?"

"그렇게 살면 좋아요? 행복해요?"

"……."

"나한테 보여 준다는 거, 그거 혹시 서하 기자 간담회 영상이에요?"

지웅의 표정이 굳어졌다. 그녀가 왜 이렇게 차갑게 구나 했더니, 저를 오해하고 있는 모양이었다. 그녀의 화난 얼굴을 마주한 지웅은 속상한 마음을 숨기려 애써 웃었다.

그가 피식 웃자, 유경은 더 크게 화를 냈다.

"지금 웃음이 나와요?"

"……."

"서하 그쪽 때문에 원하지 않게 매체에 얼굴 다 드러났어요."

"그래서 어쩌라고. 그게 뭐 큰일이야? 그 새끼 얼굴에 무슨 금테라도 둘렀냐? 뭔데 이렇게 싸고돌아. 짜증 나게."

"나야말로 진짜 짜증 나거든요? 불만 있으면 차라리 나한테 풀어요. 서하 건드리지 말고! 도대체 무슨 생각으로 그런 짓을 벌인 거예요? 원하는 게 뭐냐고요!"

"글쎄. 도대체 무슨 생각으로 그런 짓을 벌인 걸까? 원하는 게 뭘까?"

지웅이 남 얘기 하듯 중얼거리며 장난스러운 태도를 보이자, 유경은 고개를 절레절레 흔들며 뒷걸음질 쳤다.

"얘기하다 말고 어디 가. 내 용건 아직 안 끝났는데."

"난 더 이상 그쪽이랑 할 말 없어요. 따라오지 마세요!"

유경이 소리를 버럭 질렀다. 그러곤 마침 도착한 택시를 잡아탔다. 갑자기 그녀가 택시를 타고 사라지자 지웅은 허탈했다.

"사장님, 유경 씨 왜 그냥 가요?"

차에서 내린 생록이 지웅에게 다가가며 물었다.

"또 유경 씨 화나게 했어요?"

"몰라. 그 아줌마 때문에 나만 혼났어."

"그 얘긴 했죠? 오늘부터 유경 씨가 만든 영상…… 어! 저기 떴다!"

생록이 손가락으로 맞은편에 있는 가장 높은 빌딩을 가리켰다. 빌딩 외벽에 설치된 스크린에선 유경이 만든 강소윤의 추모 영상이 플레이되고 있었다. 영화 예고편 뺨치는 아름다운 영상미는 길을 걷던 사람들도 걸음을 멈추고 올려다보게 만드는 힘이 있었다.

영상 속 소윤을 바라보던 지웅은 이내 힘없이 차에 올라탔다. 이곳으로 향할 땐 그렇게 기분이 좋아 보이더니.

"유경 씨한테 말 못 했나 보네. 저거 보여 주러 온 거면서……."

생록은 운전석에 앉으며 백미러로 흘끗 뒤를 살폈다. 의자에 머리를 기댄 채 두 눈을 감고 있는 지웅의 모습이 오늘따라 애잔했다.

사무실에서 기자 간담회가 열리고 있는 그랜드호텔까진 그리 멀지 않았다.

"기사님 죄송한데요, 조금만 더 빨리 가 주세요."

유경은 택시 기사를 재촉했다.

가까스로 도착한 호텔 앞. 유경은 밖으로 튕겨져 나오듯 택시에서 내렸다. 그리고 급히 로비로 향했다. 마침 기자들이 우르르 몰려나오고 있었다. 간담회가 모두 끝난 모양이다.

유경은 기자들을 지나쳐 엘리베이터로 향하며 생각했다. 아직 연회장에 있을까? 아니면 벌써 이곳을 빠져나갔으려나? 유경은 손에 쥔 핸드폰을 내려다봤다. 택시에서부터 계속 녀석에게 전화를 걸었지만, 연결이 되지 않았다. 하긴, 지금 핸드폰 확인할 정신이 어디 있겠어. 도대체 이게 무슨 난리야.

유경이 한숨을 푹푹 내쉬고 있는데, 마침 엘리베이터가 도착했다. 엘리베이터에 올라탄 유경은 연회장이 있는 11층 버튼을 눌렀고.

"어?"

문이 반쯤 닫혔을 때, 유경의 두 눈이 휘둥그레졌다. 맞은편 엘리베이터 문이 열리며 최은설이 내린 것이다. 그리고 최은설 옆에 서하의 모친인 윤성희가 함께인 것을 보곤 더 놀랐다.

유경은 황급히 열림 버튼을 눌렀지만, 이미 문이 닫힌 엘리베이터는 빠른 속도로 위로 올라가고 있었다.

"두 사람이 왜 같이 있지?"

유경의 머릿속이 복잡해졌다. 생각이 꼬리를 물고 여기저기 돌아다니다가 마침내 결론이 났다.

"서지웅 씨가 아니라, 저 아줌마가 꾸민 짓이었어?"

유경은 오늘 이 기자 간담회를 열어 서하를 곤란에 빠트린 사람이 지웅이 아닌 윤성희라는 사실을 뒤늦게 알아차렸다.

엘리베이터에서 내린 유경은 윤성희를 향한 분노가 치밀었다. 생모면다야? 도대체 무슨 권리로 그 녀석 인생을 멋대로 조종하는 거냐고.

지이잉. 지이잉.

손에 쥔 핸드폰이 울리자 유경이 깜짝 놀랐다. 액정을 확인하니 오빠였다.

"오빠! 혹시 집에 서하 있어?"

— 어. 방금 들어왔어. 그 녀석 지금 핸드폰 꺼 놨대. 너 걱정한다고 문자 하나 보내 달라고 해서 전화하는 거야.

"서하는 좀 어때?"

— 기분 엄청 안 좋아 보여. 나 지금 출근해야 하니까, 니가 와서 같이 밥 좀 먹어. 저 녀석 저러다 쓰러지겠다. 얼굴에 핏기가 하나도 없어.

유성을 통해 녀석의 상태를 들은 유경은 당장 망원동으로 달려갔다.

오빠가 알려 준 비밀번호를 누르고 집으로 들어간 유경은 생소한 기분이 들었다. 여기가 그 녀석이 사는 집이구나…….

심플하면서도 모던한 인테리어. 문화시에 있는 녀석의 별장과는 조금 다른 느낌이었다. 별장은 앤티크한 인테리어 소품들과 가구들이 배치되어 따뜻한 느낌이었는데, 이곳은 넓고 한강 뷰가 끝내주게 좋았지만 뭔가 차갑고 횡한 느낌이 들었다. 마치 집주인의 사랑을 제대로 받지 못한 느낌이랄까.

유경은 휘둥그레진 눈으로 집을 둘러보다가, 녀석이 자고 있다는 2층으로 향했다.

"서하야……."

유경이 녀석의 이름을 작게 부르며 방으로 들어갔다.

침대 위에서 곤히 자고 있는 녀석을 발견한 유경은 조용히 그곳으로 다가갔다. 살며시 침대에 걸터앉아 녀석의 얼굴을 애틋하게 바라봤다. 오늘 얼마나 힘들었을까? 유경은 조심히 손을 뻗어 녀석의 이마에 붙은 머리카락을 넘겨 주었다.

그 순간, 녀석의 눈이 스르륵 떠졌다.

"미안. 깨우려고 한 건 아닌데……."

"언제 왔어?"

"방금. 잠깐 너 얼굴만 보고 가려고 했는데."

녀석이 피곤한 듯 눈을 비비며 상체를 일으켜 앉았다.

"왜 일어나? 더 자지. 너 엄청 피곤해 보여."

"아니야. 하나도 안 피곤해. 근데 오늘 일찍 끝났네?"

"너 걱정돼서……."

"봤어?"

유경이 고개를 작게 끄덕였다.

"오늘 많이 힘들었지? 사실 아까 너 찾으러 그랜드호텔 갔다가 최은설이랑 아줌마, 둘이 같이 있는 거 봤어. 오늘 일 혹시……."

유경이 녀석을 바라보며 조심스레 입을 열었다. 그러자 녀석이 아주 덤덤한 표정으로 말했다.

"맞아. 그 여자 짓이야. 난 또 당했고."

"……."

"너한테 면목이 없다. 「피어싱」내가 너 주기로 약속했는데…… 뺏겨버렸네."

서하가 자책했다. 유경은 녀석을 어떻게 위로해야 할지 고민하다가 어렵게 말을 꺼냈다.

"내가 저번에도 말했지만, 빅토리 좋은 회사야. 이런 식으로 판권 계약하게 된 건 너무 유감이지만, 어쨌든 결과적으론 너한테 잘된 일이야. 우리 좋게 생각하자."

"좋게? 오늘 그 빌어먹을 기자 회견 때문에 내 얼굴 다 알려졌는데? 인터넷이고 뉴스고, 하아……."

서하가 골치가 아픈 듯 한숨을 길게 내쉬었다. 그러자 유경도 시무룩한 표정으로 맞장구를 쳤다.

"솔직히 그건 나도 별로야. 그렇지 않아도 너 지나갈 때마다 여자들이 다 쳐다보는데, 이제 어디 밖에 나가지도 못할 거 아니야."

"그 정돈 아니거든?"

"그 정도거든? 그저께 현소정도 막 니 얼굴에서 눈을 못 떼더만."

웃으라고 한 소리였는데, 녀석의 얼굴을 빤히 쳐다보던 유경의 표정이 진짜 심각해졌다. 이거 진짜 큰일이네. 이 얼굴 나만 보고 싶은데. 유경이 갑자기 손을 뻗어 녀석의 앞머리를 넘겨 이마를 깠다.

"너 앞머리를 이렇게 까고 다녀 볼래? 아…… 아니구나. 이건 더 잘생겨 보이네."

유경은 얼른 올렸던 앞머리를 다시 내려 이마를 덮게 하더니, 곰곰이 생각에 잠겼다. 어떻게 해야 이 미모를 가릴 수 있을까? 하지만 그건 부질없는 고민이었다. 아마 녀석은 반삭을 해도, 뽀글이 파마를 해도 잘어울릴 것 같았다.

"배고프지? 밥이나 먹자."

결국, 녀석의 잘난 외모를 가릴 방법을 찾지 못한 유경은 시무룩한 얼굴로 자리에서 일어났다.

늦은 밤까지 서재에서 서류를 검토하던 지웅은 쓴웃음을 지었다. 아까 낮에 저를 차가운 눈빛으로 바라보던 유경이 떠오른 것이다. 나 싫다는 여자가 왜 자꾸 생각나는 건지. 다른 남자 좋다는 여자가 왜 자꾸 보고 싶은 건지. 미치고 팔짝 뛸 노릇이었다.

"아, 짜증 나……."

답답한 마음에 지웅이 자리에서 벌떡 일어났다. 오늘 밤도 쉽게 잠이 오지 않을 것 같았다.

1층 다이닝룸으로 향한 지웅은 냉장고에서 맥주를 꺼내 마시고 있는데, 거실에서 인기척이 들렸다. 지웅이 맥주를 마시며 거실로 나갔다.

마침 현관문을 열고 윤성희가 들어왔다. 거실 중앙에 삐딱하게 서 있던 지웅이 비틀거리며 들어오는 윤성희를 관찰하듯 지켜봤다.

"넌 어른을 보고 인사도 안 하니?"

윤성희가 비아냥거리듯 말했다. 그녀에게서 술 냄새가 진동했다. 지웅이 미간을 잔뜩 찌푸리며 윤성희를 노려봤다.

"아줌마, 아버지 출장 갔다고 아주 살맛 났네?"

"그래. 나 아주 살 것 같아. 이제야 숨이 좀 쉬어지네."

"그럼 다시 조여야겠네. 그 숨통."

"뭐?"

"오늘 약속 안 지켰더라? 그 새끼 내 앞에 무릎 꿇게 만든다며."

"그렇겐 못 하지. 절대 못 해. 우리 서하 아주아주 높이 올려놓을 거야. 너 따위가 절대 건드리지 못하게."

윤성희가 손가락으로 천장을 가리켰다. 그녀는 취해서 제자리에 서 있는 것도 버거워하며 비틀거렸다.

"취하니까 눈에 뵈는 게 없지?"

지웅이 비웃음을 쳤다. 그를 본 윤성희가 이해할 수 없다는 듯 지웅을 쳐다봤다.

"너 말이야. 왜 회장님한테 얘기 안 하니?"

"그건 너무 진부하잖아. 재미도 없고."

지웅이 어깨를 으쓱이자 윤성희가 고개를 절레절레 흔들었다.

"난 도대체 니가 무슨 생각을 하면서 사는지 모르겠구나."

"그건 나도 마찬가지야. 나도 아줌마가 무슨 생각으로 오늘 같은 일을 벌였는지 이해가 안 되네? 머리가 나쁜 건 알고 있었지만."

"뭐……라고?"

"내가 저번에 말 안 했나? 채서하 그 새끼 높이 올라가면 올라갈수록 좋다고. 왜? 높은 곳에서 밀어야 추락하는 재미가 있지."

"!!"

"어디 한번 아줌마 아들 열심히 올려 봐. 어디까지 올라가나 구경이나 하게."

그 새끼가 아주 높이높이 올라가서 우유경이랑도 멀어지게 만들어 주면 아주 좋고.

"아줌마, 그럼 화이팅."

지웅이 피식 웃으며 다 마신 맥주 캔을 윤성희 손에 쥐여 주고 2층으로 올라갔다. 여유 넘치던 지웅의 얼굴이 곧 무표정하게 변했다.

남자 친구가 하루아침에 유명 인사가 되어 버렸다. 물론 그 녀석의 커리어만 보면 지금의 인기는 당연한 거였다. 하지만 옆에서 보고 있기 무서울 정도로 녀석의 인기가 미친 듯이 치솟았다.

벌써 일주일째, 실시간 검색어 순위에서 녀석의 이름이 내려갈 줄 몰랐다. 자고 일어나면 녀석과 관련된 기사들이 수백 개씩 쏟아졌고, 녀석의 잘생긴 외모 덕에 웬만한 아이돌 그룹 버금가는 팬덤까지 형성되었다. 덕분에 「피어싱」의 판매 부수는 기하급수적으로 늘어나면서 품귀 현상까지 나타났다.

그야말로 '채서하 신드롬'이 따로 없었다. 혜성같이 등장한 문학계 아이돌 채서하 때문에 대한민국이 들썩거렸다.

유경은 오늘도 출근하자마자 포털 사이트에 접속했다. 녀석의 인기는 어제보다 더하면 더했지, 줄어들지 않았다.

그리고 녀석만큼이나 최근 이슈가 되고 있는 인물이 한 명 더 있었다.

[故 강소윤 사망 5주기, 추모 물결 이어져⋯⋯.]

유경은 소윤과 관련된 기사들을 읽으며 여러 가지 감정들이 교차하는 듯했다.

얼마 전 자신이 제작한 소윤의 추모 영상이 동시다발적으로 뿌려졌다는 사실을 생록을 통해 알게 되었다. 영상은 각종 포털 사이트는 물론 시내 곳곳에 설치된 옥외 광고판에 걸렸다. 영화 예고편처럼 제작된 추모 영상은 사람들의 호기심을 불러일으켰다.

덕분에 소윤의 이름이 검색어에 오르며 그녀의 죽음에 대한 대중들의 관심이 쏟아졌고, 5년이 지난 지금에서야 과거 그녀가 연루되었던 사건들이 무혐의로 종결 났다는 사실이 뒤늦게 밝혀졌다.

"우 감독."

상념에 젖어 있던 유경을 깨운 건 문 감독이었다.

"소윤 씨 추모 영상 우 감독이 만든 거라면서?"

"네. 근데 그건 어떻게 아셨어요?"

"서정화 선생님한테 들었지. 영상 잘 만들었더라? 그 영상 보니까 나도 소윤 씨가 출연한 영화들 다시 보고 싶어지더라고. 근데 우 감독, 나 뭐 하나만 물어봐도 돼?"

"네. 말씀하세요."

"저 영상 제이미디어랑 작업한 거라면서?"

문 감독이 창밖을 가리켰다. 정확히는 맞은편 빌딩에 걸린 대형 옥외 광고판을. 광고판엔 소윤의 추모 영상이 플레이되고 있었다.

유경은 문득 일주일 전 빌딩 앞에서 만났던 지웅이 떠올랐다.

'너한테 보여 줄 게 있어.'

대뜸 나타나 보여 줄 게 있다더니, 아무래도 광고판 속 영상을 보여 준다는 말이었던 것 같다. 난 그것도 모르고 그 사람한테 폭언을 퍼부었다.

물론 그날은 서하를 곤경에 빠트린 게 그 사람이라고 오해를 하고 있던 상황이기도 했고, 상처받았을 서하를 생각하느라 정신이 없기도 했다. 아무튼 상황이 여러모로 좋지 않은 날이었다.

하지만 광고판을 보니 괜히 그 사람한테 미안한 마음이 들었다. 그날 내가 뭐라고 퍼부었더라? 욕은 안 했던 것 같은데…….

"우 감독!"

그날 지웅에게 뭐라고 했는지 기억을 되짚어 보던 유경은 문 감독이 부르는 소리에 뒤늦게 정신을 차렸다.

"네? 감독님 죄송해요. 방금 뭐라고 하셨어요?"

"제이미디어 대표랑 친한 사이냐고 물었어. 혹시 그 회사에서 우 감독하고의 친분 때문에 우리 영화에 투자하겠다고 한 건가 싶어서."

"……."

유경이 선뜻 대답을 못 하자 문 감독이 자신의 턱을 매만졌다.

"역시 내 예상이 맞았구나?"

"죄송해요. 먼저 말씀드렸어야 했는데……."

"죄송하긴. 어쩐지 그 큰 회사에서 뭘 믿고 그렇게 통 크게 투자하나 했다. 근데 내가 그 회사 대표라도 우 감독한테 투자하겠어. 저 영상을 보니까."

문 감독이 광고판을 보며 말했다.

"저거 그냥 대충 영상 오려서 편집한 거 아니잖아. 콘티만 수십 번 고쳤지? 배경에 쓰인 영상 몇 개는 직접 찍은 거고. 그치?"

문 감독의 칭찬에 유경이 쑥스러워하며 배시시 웃었다.

"맞다. 이번에 우 감독 덕분에 소윤 씨 백호영화제에서 상 받겠더라."

"네? 그게 무슨 소리예요?"

"아마 공로상일 거야. 백호영화제에서 상 받는 게 소윤 씨 평생소원이었대. 근데 죽고 나서야 받네……."

"진짜예요? 백호영화제에서 상 준대요?"

"어. 방금 서정화 선생님 만나고 오는 길인데, 영화제 측에서 선생님한테 대리 수상 해 줄 수 있냐고 물어봤나 봐. 두 사람 친했거든."

"아…… 잘됐네요……."

유경은 갑자기 지웅이 예전에 했던 말이 떠올랐다. 추모 영상을 만들려는 진짜 이유가 백호영화제에서 소윤이 상을 받게 하기 위함이라고. 그리고 그건 병상에 누워 계시는 소윤의 어머니 마지막 소원이라고.

결국, 그 사람이 원하는 대로 되었다는 생각에 유경은 기분이 묘했다. 어떻게든 자신이 원하고 바라는 건 반드시 손에 넣는 남자. 역시 피할 수 있으면 피해야겠다. 유경은 앞으로 더 지웅을 조심해야겠다는 생각을 하며, 영상 속 소윤의 환한 미소를 바라보았다.

"너무 유명해졌어."

유경이 시무룩한 얼굴로 말했다. 그러곤 전골집 앞에 길게 늘어선 줄을 절망적인 눈빛으로 쳐다봤다.

"그렇지 않아도 이 집 사람 많았는데, 어제 맛집 프로그램에 나와서 더 유명해졌나 봐. 왠지 엄청 멀어진 느낌이야."

줄을 서 보지도 못하고, 재료 소진으로 인해 유경과 서하는 전골집 문턱에서 발길을 돌릴 수밖에 없었다.

"나만 알고 싶은 맛집이었는데. 사람들한테 다 뺏겼어. 억울해."

유경이 계속 중얼거렸다. 그 말을 들은 서하는 알쏭달쏭했다. 나한테 하는 소린가?

"어멋! 저 사람이 너 알아봤나 봐."

유경이 얼른 가방에서 모자를 꺼내 녀석의 머리에 씌웠다. 하지만 어림없었다. 모자 따위로 녀석의 외모를 가릴 순 없었다.

벌써 녀석의 존재를 알아차렸는지 전골집 앞에 줄을 선 사람들이 흘끔거리며 수군거렸다. 심지어 어떤 사람은 가방에서 메모지와 볼펜을 꺼내고 있었다.

그를 먼저 발견한 유경이 잽싸게 녀석의 손을 잡고 달렸다. 녀석을 절대 사인 지옥에 빠지게 만들어선 안 된다는 일념 하나로 죽어라 뛰었다. 어제도 데이트하러 영화관에 갔다가 정작 영화는 못 보고, 사인만 수십 장 하고 돌아온 것이 떠오르자 유경의 걸음이 더욱 빨라졌다.

"이제 그만 뛰어도 될 것 같은데?"

"헉. 헉. 쫓아오는 사람 없어?"

"없어."

서하가 숨이 차서 헐떡거리는 유경을 걱정스레 바라봤다.

"미안해. 나 때문에 안 해도 되는 고생을 하네."

"고생은 무슨. 근데 이제 우리 어디 가지?"

"글쎄. 난 그냥 어디 안 가도 너랑 같이 있기만 하면 좋은데."

"그래? 그럼 우리 그냥 집에 가서 시켜 먹을까?"

"집?"

"응. 집."

"좋아."

서하가 흔쾌히 대답했다. 그는 오래간만에 그녀의 집에서의 오붓한
데이트를 꿈꾸며 걸음을 서둘렀다.

"으, 매워!"

유경이 먹던 닭발을 얼른 내려놓았다. 그러곤 유성이 마시고 있는 쿨
피스를 뺏어 먹었다.

"야! 너 다 마시면 죽는다 진짜! 아우, 매워. 이거 진짜 맵다."

남매의 식성은 아주 판박이였다. 유경과 유성은 매운맛에 얼굴까지
새빨개졌다.

땀을 삐질삐질 흘리며 닭발을 먹는 남매를 옆에서 뚱하게 쳐다보던
서하는 내심 서운했다. 그녀가 가자던 집이 우리 집이었다니. 이 집에
유성이 있는 걸 뻔히 알면서, 그녀는 왜 여기로 오자고 한 건지 이해할
수 없었다.

"오빠 진짜 쪼잔하게 닭발을 쏘냐?"

"인마, 니가 닭발 먹고 싶다고 그랬잖아."

"난 오빠가 월급 받은 줄 몰랐지. 아무튼 내일 다시 쏴."

"그딴 게 어딨어. 이미 먹었으니까 땡이야."

티격태격하는 남매를 구경하며 서하는 계란찜을 퍼먹었다. 그런 서하를 힐끔 보던 유성이 유경에게 말했다.

"우유경, 너 고생 좀 하겠다? 채서하 쟤 입맛 엄청 까다로워."

"알아. 그래서 내가 맨날 검증된 맛집만 데려가잖아."

"여기도 나름 맛집인데."

"그러게. 이거 매운데 엄청 맛있다. 서하야, 이 집 닭발 진짜 맛있어. 한번 먹어 봐."

유경의 권유에도 서하가 고개 절레절레 흔들었다. 하지만 유경은 포기하지 않고 계속 어필했다.

"이 닭발 먹으면 진짜 스트레스가 싹 날아갈 텐데."

"나 스트레스 없어."

녀석이 딱 잘라 거절하자 유경은 씁쓸한 표정을 지었다. 그러자 이번엔 옆에서 지켜보던 유성이 나섰다.

"스트레스가 없긴! 전화가 무슨 1분에 한 통씩 오더만. 통화로 인터뷰 거절하는 것도 스트레스지. 게다가 사인해 달라고 부동산 아저씨까지 집에 찾아오고. 채서하, 너 나 없었으면 진짜 어쩔 뻔했냐. 이 형이랑 같이 사니까 든든하지? 누가 찾아오면 알아서 다 쫓아내 주고."

유성이 손가락으로 브이를 그리며 철없이 웃었다. 그런 그를 향해 유경이 대뜸 물었다.

"오빠. 근데 집은 언제 구할 거야?"

"집 구해야 해?"

"이 인간이! 월급도 나왔으니까 빨리 구해서 나가. 오빠 입으로 말했잖아. 당분간만 지내겠다고."

"야, 집주인도 가만히 있는데 니가 왜 그러냐?"

"집주인이 가만있으니까 내가 이러는 거지."

유경은 유성을 이 집에서 당장 쫓아낼 기세로 달려들었다. 그러자 유성이 서하에게 구원의 눈빛을 보냈다.

"서하야, 우리 그냥 같이 살면 안 될까? 내가 지금처럼 니 아침 꼬박꼬박 다 챙겨 줄게. 그리고 청소랑 빨래도 당연히 내가 하는 거고. 우리 진짜 잘 맞는 것 같지……. 쟤 어디 가니?"

갑자기 전화를 받으며 자리에서 일어난 서하가 테라스로 나가 버렸다. 테라스에서 통화하는 녀석을 보며 유성이 긍정의 미소를 지었다.

"대답 미루는 거 보면 싫다는 건 아니야. 내가 채서하를 이제 좀 알겠거든."

"알긴 개뿔. 그게 왜 그렇게 해석이 되냐? 좋은 말로 할 때 방 구해. 알았지?"

유경은 유성에게 으름장을 놓으며 닭발을 마저 먹었다. 그러곤 추운데 외투도 걸치지 않고 테라스에서 통화하는 녀석을 걱정스레 바라보았다.

"오빠, 서하 집에선 어때?"

"뭐가?"

"오빠가 아까 그랬잖아. 서하 쟤 스트레스 많이 받을 거라고. 근데 나랑 있을 땐 사람들 시선도 별로 의식하지 않고, 정말 아무렇지 않아 보이거든."

"아무렇지 않은 척하는 거겠지. 쟤 너랑 있을 때랑, 지 혼자 있을 때랑 엄청 달라."

"뭐가 다른데?"

"일단 표정부터 다르지. 그리고 말도 별로 안 해. 평소엔 나 무서워서 쟤한테 말도 못 건다니까."

"무슨 소리야. 농담하지 말고 똑바로 말해."

"농담 아니거든? 진짜야. 진심."

유성이 정말 진지한 표정으로 말했다.

"얼마 전엔 지 생모랑 통화하는 거 들었는데, 완전 살벌해. 지금도 표정 보니까 그 여자 전화가 봐."

유성의 말에 유경은 굳어진 얼굴로 테라스를 응시했다. 누군가와 통화를 하는 녀석의 표정이 점점 더 심각해졌다.

오래간만에 주말에 늦게까지 잠을 자려던 유경은 핸드폰 진동음 소리에 꼼지락거리며 이불 속으로 더욱 파고들었다. 하지만 머리맡에 둔 핸드폰은 눈치도 없이 계속 몸을 떨었다.

결국 더는 버티지 못하고 유경이 손을 쭉 뻗었다. 그러곤 핸드폰을 손에 쥐었다. 두 눈을 게슴츠레 뜨고 발신인을 확인한 유경은 갑자기 정신이 번쩍 드는 듯했다. 상체를 벌떡 일으켜 앉은 유경이 얼른 목소리를 가다듬고 전화를 받았다.

"선생님! 안녕하세요. 아침부터 어쩐 일이세요?"

— 에이, 아침은 아니지. 해가 중천에 떴는데.

시계를 보니 12시가 훌쩍 지나 있었다.

— 우 감독, 자는 거 깨워서 미안한데. 나 부탁 하나만 해도 될까?

"부탁이요? 네. 말씀하세요."

— 혹시 오늘 뭐 해?

당연히 데이트가…… 없구나. 아주 오래간만에 데이트가 없는 주말이었다. 녀석은 요즘 무척이나 바빴다. 여기저기 인터뷰에 불려 다니느라. 그가 졸업한 대학에서, 그가 소속된 영화사에서, 선배와 후배들이 좀처럼 그를 가만히 내버려 두지 않았다. 오늘도 「애니와 샘」 각색과 관련된 중요한 인터뷰가 있다고 했다.

"선생님, 저 오늘 한가해요. 혹시 무슨 일 있으세요?"

— 그래? 그럼 별다른 일 없으면 나랑 소윤이한테 같이 갈래?

"아…… . 곧 소윤 언니 기일이죠?"

— 응. 그것도 있고, 나 이번에 백호영화제에서 소윤이 대리 수상 ㅎ 거든.

"네. 문 감독님한테 들었어요. 근데 괜찮으시겠어요? 아직 부정적인 시선이 남아 있는데…… ."

— 그래도 이번엔 해야지. 사실 전에도 비슷한 제안이 몇 번 있었는데, 그땐 용기가 없어서 다 거절했었거든. 사람이 참 간사하지? 이제 오서 여론 좀 좋아지니까 하겠다고 나섰잖아. 하아…… . 요새 내 마음ㅇ 좀 싱숭생숭해. 그래서 소윤이한테 좀 가려고 하는데, 혼자서는 용기ㄱ 안 나네. 우 감독이 같이 좀 가 줄래?

선생님의 진심 어린 부탁에 유경은 당연히 그러겠노라 대답했다.

— 그럼 내가 우 감독 집 앞으로 차 보낼게. 그 차 타고 와. 난 근처에 촬영 있어서 그쪽으로 바로 갈게.

알겠다고 대답을 하고 유경은 전화를 끊었다. 그리고 준비를 서둘렀다.

소윤의 납골당은 그녀의 고향 강원도 속초에 있었다.

유경이 차에서 내리자 매서운 바닷바람이 뺨을 스치고 지나갔다. 서울에서 미리 준비한 꽃다발을 들고 유경은 천천히 계단을 올라갔다.

동해 바다가 한눈에 내려다보이는 납골당 입구. 주변을 둘러보던 유경은 유리문 너머에 있는 납골당 안을 잠시 들여다봤다. 그러다 눈에 아주 익은 뒷모습을 발견했다.

'서지웅 씨?'

유경은 저도 모르게 옆으로 몸을 숨겼다. 그리고 알 수 없는 호기심이 발동해 지웅을 훔쳐봤다. 그는 그저 멍하니 소윤이 잠든 납골함을 바라보고 있었다.

저 사람은 지금 무슨 생각을 하고 있을까? 에잇! 그게 왜 궁금한데? 저 사람이 무슨 생각을 하든 말든, 그딴 걸 내가 알아서 뭐 하게? 이러고 있을 때가 아니지. 저번에 멋대로 오해하고 폭언한 일도 있고, 마주치면 괜히 뻘쭘하니까 빨리 도망가자.

유경은 서둘러 자리를 피해 다시 계단을 내려갔다. 거의 다 내려왔을 때쯤, 입구에 차 한 대가 멈춰 섰다.

"우 감독, 일찍 왔네?"

차에서 내린 서정화가 유경을 향해 반갑게 인사했다.

"추운데 들어가 있지, 왜 나와 있어?"

"네? 아…… 선생님이랑 같이 가려구요. 금방 오셨네요?"

"어. 촬영 빨리 끝내 달라고 했거든. 그나저나 그동안 잘 지냈어?"

유경은 서정화와 대화를 나누며 다시 계단을 올라갔다.

"맞다! 현소정 캐스팅은 어떻게 됐어?"

"현소정이 하겠다고 구두로 계약은 했는데, 잘 모르겠어요."

"걘 그냥 빼는 게 낫겠어. 오늘도 스캔들 터졌던데."

뭐야. 애인도 있는 계집애가, 그날 그렇게 서하한테 여우 짓을 한 거야?

"근데 누구랑 스캔들 났어요?"

유경이 시큰둥하게 물었다. 그러자 서정화가 대답했다.

"요새 엄청 유명한 작가 있잖아. 채서하. 그 작가랑 사건다던데?"

"네?"

유경의 두 눈이 휘둥그레졌다.

"우 감독. 유경아!"

서정화가 유경을 재차 불렀다. 하지만 녀석과 현소정의 스캔들 소식을 들은 유경은 반쯤 정신이 나가 있었다.

"우유경!"

"네?"

유경이 뒤늦게 정신을 차리고 두 눈을 끔뻑였다. 서정화가 그녀를 걱정스레 쳐다봤다.

"현소정이 스캔들 터진 게 그렇게 놀랄 일이야?"

네, 선생님. 현소정이랑 스캔들 난 남자가 제 애인이거든요, 라고 말도 못 하고. 유경은 잔뜩 억울한 얼굴로 서정화를 바라봤다.

그런 유경을 빤히 보던 서정화가 유경의 어깨를 두드리며 위로했다.

"캐스팅 때문이구나? 미안하다 얘, 내가 괜한 얘기를 해 가지고."

서정화가 괜히 스캔들 얘기를 꺼냈다며 자책하자, 유경은 그런 거 아니라며 대충 둘러댔다. 소윤을 추모하러 온 자리에서 애인이 어쨌니 저쨌니 하며 우는소리 하는 것도 꼴사납지 않은가.

하지만 유경의 머릿속은 복잡했다. 도대체 이게 무슨 일이야. 웬 스캔들? 그것도 현소정이랑? 당장이라도 핸드폰을 꺼내 확인하고 싶었지만, 상황이 상황이니만큼 꾹 참았다.

간신히 마음을 가라앉힌 유경은 차분히 서정화를 따라 납골당 안으로 들어갔다.

"누가 왔다 갔나?"

소윤의 납골함 앞에 놓인 싱싱한 생화를 발견한 서정화가 주위를 두리번거렸다. 유경은 뒤늦게 아까 이곳에 홀로 서 있던 지웅의 모습이 떠올랐다.

"선생님, 사실 저 아까 여기서 서지웅 씨 봤어요. 방해될까 봐 먼저 나왔는데……."

"그래? 그랬구나……. 지웅이가 왔었어. 하아……."

서정화가 한숨을 길게 내쉬며 액자 속 소윤의 사진을 허망하게 바라봤다.

"소윤아…… 나 왔어. 이 독한 계집애. 조금만 더 견디지, 이게 다 뭐니……."

유리문을 손으로 매만지며 서정화는 눈시울을 붉혔다.

옆에 있던 유경도 조용히 꽃다발을 내려놓고 묵념했다. 그리고 고개를 들었는데, 소윤의 납골함 바로 옆에 있는 칸에 시선이 닿았다. 그곳에도 누가 방금 놓고 간 듯 싱싱한 생화가 놓여 있었고, 액자가 하나 있었다. 액자 속엔 소윤과 중년 여성이 환하게 웃고 있었다.

'아……. 소윤 언니 어머니도 여기에 모셨구나…….'

사진 속 행복해 보이는 모녀를 보며 유경은 울컥했다. 동시에 서정화가 울음을 터뜨렸다.

"너무 늦게 와서 미안하다, 소윤아……."

그동안 사람들의 이목을 신경 쓰느라 처음 납골당을 찾은 서정화는 소윤을 지키지 못했다는 죄책감에 눈물을 쏟았다. 유경은 말없이 그녀를 안아 주며 위로했다.

그렇게 한참이 지나고 나서야 두 사람은 로비로 나왔다.

"유경아, 나 잠깐 화장실 좀."

울어서 눈이 충혈된 서정화가 서둘러 화장실로 향했고, 유경은 출입문 옆 창가에 섰다. 아까 계단을 올라오면서도 느꼈지만, 이곳 전망이 참 아름다웠다. 탁 트인 시야로 푸른 동해 바다가 그림처럼 펼쳐진 이곳이 추모관이라는 사실이 조금은 쓸쓸하게 느껴지기도 했다.

청정한 바다가 소윤을 닮았다는 생각을 하며 잠시 멍하니 감상하고 있던 유경은 문득 녀석이 떠올랐다.

'아, 맞다. 스캔들!'

기사를 찾아보기 위해 얼른 가방에서 핸드폰을 꺼냈다. 녀석과 현소정의 스캔들 기사는 이미 포털 사이트 메인에 크게 걸려 있었다.

"이게 뭐야?"

기사 속 사진을 본 유경의 두 눈이 휘둥그레졌다. 사진은 얼마 전 회식 자리에서 찍힌 것이었다. 녀석이 현소정을 캐스팅하려고 조언해 주고 응원해 주던 그날, 그 자리에서. 분명 바로 맞은편엔 문 감독도 있었고 나도 있었고, 옆 테이블엔 김 피디도 있었고, 사람이 그렇게나 많았는데……. 사진은 마치 두 사람이 은밀한 데이트를 나누고 있는 것처럼 보였다.

와, 진짜 너무하네. 사진을 이렇게 자르다니. 이 기자 이름이 뭐야.

유경이 씩씩거리며 기사 맨 끝에 달린 기자 이름을 노려보고 있는데.

"전혀 행복한 표정이 아니네?"

"!!"

갑자기 뒤에서 들리는 소리에 유경이 화들짝 놀라 고개를 돌렸다.

"서지웅 씨?"

지웅이 유경의 핸드폰을 물끄러미 내려다보고 있었다. 그를 알아차린 유경이 핸드폰을 재빨리 몸 뒤로 숨기며 소리쳤다.

"뭐예요! 깜짝 놀랐잖아요. 언제부터 거기 있었어요?"

"아까부터."

지웅은 유경을 빤히 쳐다봤다.

"채서하 옆에 있기만 해도 행복하다면서. 근데 아닌 것 같은데?"

"내가 행복한지 안 한지 그쪽이 어떻게 알아요?"

"누가 그러더라, 표정을 보면 알 수 있다고."

지웅이 피식 웃었다. 카메라를 볼모로 잡고 유경을 레스토랑으로 끌고 갔었던 그날, 그녀가 분명 그랬다.

'그들이 행복한지 안 한지 니가 어떻게 알아?'

'표정을 보면 알죠. 지금 서지웅 씨가 아주 불행해 보이는 것처럼.'

그동안 잘 숨기며 살아왔다고 생각했는데, 그날 그렇게 그녀에게 들키고 말았다. 나의 가장 약한 부분을. 아마 그때부터였을까? 지웅은 당황해 하는 유경을 바라보며 잠시 생각에 잠겨 있다가 뒤늦게 입을 열었다.

"그때 니가 그랬잖아. 내가 아주 불행해 보인다고. 그렇다면 지금은 어때?"

"어떻긴 뭐가 어때요?"

"내 얼굴 잘 봐 봐. 나 아직도 불행해 보여?"

"……"

"난 오늘 너 만나서 아주 행복한데."

그렇게 말하며 지웅이 부드럽게 미소를 지었다. 그 미소를 정면에서 마주한 유경은 당황스러웠다. 이 남자가 미쳤나 봐. 왜 저렇게 웃어? 그나저나 겨울 햇살이 이렇게 따뜻했었나? 얼굴에 닿은 볕 때문인지, 서지웅의 눈빛 때문인지 유경의 얼굴이 뜨거워졌다.

순간 어색한 정적이 흘렀다.

으, 숨 막혀. 속마음과 달리 애써 아무렇지 않은 척 버티고 있던 유경은 더는 견디지 못하고, 지웅의 시선을 먼저 피해 버렸다. 사람을 왜 저렇게 빤히 쳐다보는 거야.

"흠흠."

헛기침을 하며 딴청을 피우던 유경은 멀리서 걸어오는 서정화를 발견하곤, 구세주라도 만난 사람처럼 얼굴이 밝아졌다.

"선생님!"

유경은 지웅을 지나쳐 서정화를 향해 달려갔다. 저를 피해 도망가는 유경을 보며 피식 웃던 지웅은 서정화와 눈이 마주치자 고개를 숙여 인사했다. 그리고 그녀 앞으로 성큼성큼 걸어갔다.

"선생님, 그동안 잘 지내셨어요?"

지웅이 서정화를 향해 다정한 말투로 인사를 건넸다. 유경은 그런 지웅이 낯설었다. 뭐야, 선생님 앞에선 되게 공손하네. 갑자기 순한 양처럼 구는 지웅이 유경은 영 적응되지 않았다.

"나야 뭐 똑같지. 그렇지 않아도 유경이가 아까 너 봤다길래 연락하려고 했는데. 어디 있었어?"

"아까 우유경 씨가 저 보고 도망가길래 그냥 집에 가려다가, 선생님께 인사는 해야 할 것 같아서 다시 왔어요."

"저기요 서지웅 씨, 제가 도망간 게 아니라 일부러 자리 피해 준 거거든요?"

이 남자가 선생님 앞에서 날 이상한 사람 만드네. 유경이 눈을 흘기자 지웅이 말을 돌렸다.

"선생님, 식사 아직 안 하셨죠?"

"이제 저녁 먹으러 가려던 참이었어. 내가 유경이 맛있는 거 사 주기로 했거든."

"저도 같이 가도 되죠?"

"그럼. 되고말고. 유경이 너도 지웅이랑 아는 사이지? 같이 저녁 먹고 천천히 집에 가자."

"네? 네⋯⋯."

유경은 얼떨결에 그러겠노라 대답을 해 버렸다. 당황한 기색이 역력한 유경의 얼굴을 바라보던 지웅은 고개를 돌려 남몰래 웃음을 참았다.

유경은 괜히 찜찜했다. 서지웅이랑 같이 저녁 먹는 거 그 녀석이 알면 가만있지 않을 텐데. 아우, 저 인간은 왜 갑자기 끼어들어 가지고.

시무룩한 유경의 표정을 보지 못한 서정화는 유경의 팔짱을 끼며 먼저 추모관 밖으로 나갔다.

유경과 서정화의 뒤를 따라가던 지웅은 걸음을 멈추더니 조금 떨어진 곳에서 핸드폰을 꺼냈다. 그리고 생록에게 전화를 걸었다.

"최 비서, 오늘 오후 일정 다 취소해."

그건 절대 안 된다며 절규하는 생록의 목소리를 무시하고 지웅은 전화를 끊어 버렸다. 그리고 납골당 건물을 애틋하게 바라보다가 조금은 홀가분한 얼굴로 계단을 내려갔다.

"지금 학과장실에 채서하 선배 와 있대."

"진짜? 맞다, 너 오늘 기사 봤어?"

"봤지. 선배는 무슨 기사 사진도 잘생겼더라."

"근데 그거 진짜래? 현소정 선배랑 사귀는 거."

신입생 오티 준비 때문에 모인 학생들의 대화 주제는 오늘도 역시나 '채서하'였다. 급기야 선배의 잘생긴 얼굴을 보겠다며 여학생들이 우르르 학과장실로 향했다.

한편, 학과장실 안에서는 서하와 학과장이 마주 보고 앉아 차를 마시고 있었다.

"내일 제작사 사무실 이전하면 건물에 서하 니가 작업할 수 있는 공간도 따로 마련해 줄게."

"네. 감사합니다."

"그나저나 요새 많이 힘들지? 알아보는 사람도 많고. 우리 학교랑 회사에도 문의 전화가 그렇게 많이 온대."

"죄송해요. 저 때문에 여러모로 신경 쓰이시죠?"

"나한테 죄송할 게 뭐가 있어. 니가 걱정이지. 아주 언론에서 널 가만 두지 않더구먼. 소정이랑은 어떻게 된 거야? 저번에 여자 친구 있다고 하지 않았어?"

"사실 그 문제 때문에 교수님한테 부탁드릴 게 있어요."

서하가 찻잔을 내려놓으며 다부진 눈빛으로 말했다.

"친한 기자님 계시면 소개 좀 해 주세요."

"갑자기 웬 기자? 무슨 일 때문에 그러는데?"

"스캔들 반박 기사 내려고요. 제가 그쪽으론 루트가 없어서요. 누굴 믿어야 될지도 모르겠고."

서하는 마음이 조급했다. 아직 유경에게 아무런 연락이 없는 걸로 봐선……. 열애설이 터진 걸 모르고 있거나, 기사를 보고 열이 받았거나 둘 중 하나인데. 오늘 소문에 민감한 서정화 선생님과 만난다고 했으니, 아무래도 후자일 것 같은 느낌이 강하게 들었다. 현소정과 말 몇 마디 섞은 걸로도 심하게 질투하던 그녀인데, 그 말 몇 마디 섞은 일 때문에 이런 스캔들이 터졌으니.

"하아……."

한숨이 절로 나왔다.

"푸하하하."

갑자기 학과장이 소리 내어 웃자 서하가 뚱한 표정으로 그를 쳐다봤다.

"왜 웃으세요?"

"서하 너 쫄았구나? 여자 친구가 기사 보고 화났을까 봐."

"교수님 생각에도 화났을 것 같죠?"

"그럼. 당연하지. 소정이 측에서도 반박 기사 안 내고 있고, 너희 둘이 사귀는 거 거의 기정사실화돼 버린 것 같던데. 게다가 같이 있는 사진도 찍혔고. 맞다. 현소정이랑 영화 시사회 같이 간 건 무슨 얘기야?

너 원래 그런 데 잘 안 다니잖아."

서하는 골치가 아프다는 듯 마른세수를 했다. 그리고 시사회에 간 건 현소정 때문이 아니라, 여자 친구의 시나리오를 표절한 감독을 만나러 갔다가 우연히 현소정을 마주친 거라고 해명했다. 그 얘기를 들은 학과장은 서하의 새로운 면을 알게 됐다며 즐거워했다.

"아무튼 교수님, 기자님 연락처 부탁드려요."

"알았어. 내가 알아보고 문자로 연락처 보내마."

"그럼 이만 일어나 보겠습니다."

학과장에게 인사를 하고 사무실을 나온 서하는 문 앞에 몰려든 여학생들을 보곤 한숨을 길게 내쉬었다. 그러자 여학생들이 서로 눈치를 보며 홍해 갈라지듯 길을 터 주었다. 그게 익숙한 듯 서하는 무덤덤한 표정으로 여학생들을 지나쳤다.

그렇게 그는 사람들의 시선을 한 몸에 받으며 유유히 건물을 빠져나왔다.

"우리 2차 가자. 2차!"

만취한 서정화가 호텔 한식당을 나오자마자 2차를 외쳤다. 결국, 유경은 서정화의 손에 이끌려 지하에 있는 바(BAR)로 향했다.

룸으로 들어가 자리에 앉자마자 서정화가 또 술을 들이켰다.

"선생님. 오늘 너무 과음하시는 거 아니에요?"

"괜찮아."

잔을 뺏으려는 유경의 손을 부드럽게 치워 내며 서정화가 술을 원샷했다. 유경은 마침 룸으로 들어온 지웅을 향해 도움의 눈길을 보냈다. 그러자 이번엔 지웅이 서정화를 만류했다.

"그만 드세요. 매니저한테 물어보니까 내일 오후에 촬영 있다던데?"

"인마, 그러니까 마시는 거지. 촬영은 오후 늦게부터야. 근데 지웅이 넌 왜 술 안 마셔?"

"데려다줘야죠. 두 사람."

"매니저 있거든?"

"늦어질 것 같아서 방금 제가 보냈어요."

"그래? 그럼 넌 운전해야 하니까 마시지 말고. 유경아! 우린 마시자. 쟤가 데려다준대."

"하하하. 네……."

유경이 억지웃음을 흘리며 서정화가 내미는 술잔을 받았다. 그리고 눈치껏 마시는 척만 하려다가, 그녀와 눈이 마주치자 저도 모르게 양주를 꿀꺽 원샷했다.

으, 완전 독해. 인상을 잔뜩 찌푸린 유경이 혀를 내밀며 안주를 찾고 있는데, 옆에 있던 지웅이 얼른 파인애플 하나를 집어 들어 유경의 입속에 넣어 주었다. 놀란 유경은 입에 파인애플을 문 채로 지웅을 쳐다봤다. 그리고 눈으로 뭐 하는 짓이냐고 묻고 있는데.

"얼른 먹어. 너 그러다 훅 간다. 그 양주 엄청 독하거든."

걱정돼서 그랬다는 말을 돌려 하며 지웅이 어색해했다. 마찬가지로 유경도 엄청 어색해하며 입에 문 파인애플을 뱉을까 말까 고민하고 있는데.

"유경아! 아니 우 감독!"

선생님의 부름에 유경이 본능적으로 파인애플을 삼키고 얼른 대답했다.

"네! 선생님. 아휴, 선생님도 안주 좀 드시면서 마셔요. 그러다 속 다 버리겠어요."

유경이 얼른 포크로 과일을 찍어 서정화에게 내밀었다.

"유경이 너 영상 잘 만들었더라. 그거 이번에 백호영화제에 내보낸다던데."

"백호영화제요?"

유경이 놀라 묻자, 서정화가 계속해서 말을 이었다.

"지웅이가 아직 얘기 안 했나 보네. 서지웅! 지웅이 넌 왜 영상 만든 사람한테 그런 얘기도 안 해 주니?"

"말할 기회를 줘야 하죠. 안 그래요, 우유경 씨?"

지웅이 불만스러운 얼굴로 유경을 쳐다봤다. 하지만 유경은 못 들은 척하며 열심히 과일만 집어 먹었다.

그런 두 사람을 번갈아 가며 보던 서정화가 고개를 갸웃했다.

"혹시 둘이 일하다가 싸웠니? 아닌데……. 싸웠으면 결과물이 그렇게 좋을 리가 없는데. 아무튼 둘 다 고생 많았어. 특히 지웅이 너. 이번 언론 플레이 니 작품이지?"

언론 플레이? 이건 또 무슨 얘기야? 과일을 먹던 유경이 지웅을 흘끔 쳐다봤다. 다리를 꼬고 앉아 팔짱을 낀 지웅은 서정화의 칭찬이 어색한지 고개를 흔들며 부정하고 있었다.

"아니긴 뭐가 아니야. 이렇게 단기간에 여론을 한 방에 돌리려면 그 방법밖에 더 있어? 아무튼 지웅이 넌 진짜 대단해."

"다 영상이 잘 나온 덕분이죠."

지웅이 유경에게 공을 돌리자, 서정화가 유경을 애틋하게 바라봤다.

"유경아, 고맙다."

유경이 미소로 화답했고, 그렇게 술자리는 계속 이어졌다.

"우리 지웅이 너도 이제 좋은 여자 만나서 행복해져야지."

"저도 그러고 싶은데요. 좋은 여자가 나 같은 놈을 좋아할까요?"

지웅이 유경을 빤히 보면서 말했다. 멍하니 있다가 지웅과 눈이 마주친 유경은 얼른 고개를 돌려 토마토를 입에 쑤셔 넣었다. 지웅은 아예 몸을 돌려 유경을 대놓고 바라보고 있었다. 그 바람에 얼굴이 화락 달아오른 유경은 선생님이 행여 지웅이 왜 저러는지 알아차리기라도 할까 봐 가슴이 조마조마했다.

하지만 눈치 빠른 그녀는 이미 알아챈 모양이다. 지웅과 유경을 바라보는 서정화의 눈빛에 흥미가 어렸다.

"유경아, 너 혹시 애인 있니?"

"네!"

유경은 지웅이 들으라는 듯이 크게 대답했다. 그녀의 의도를 알아차린 지웅의 표정이 굳어졌다. 그를 못 본 척, 유경은 아예 쐐기를 박아 버렸다.

"선생님, 저 남자 친구한테 늦는다고 전화 좀 하고 올게요."

유경이 자리에서 벌떡 일어났다. 그러곤 룸을 나가 비상구로 향했다.

뒤늦게 술기운이 올라오는 모양인지 유경의 얼굴이 새빨갰다. 손으로 부채질을 하며 유경은 통화 버튼을 꾹 눌렀다.

— 어디야?

곧장 녀석의 목소리가 들려왔다.

"나 강원도."

— 아직도 안 왔어?

"선생님이랑 저녁만 먹고 금방 가려고 했는데, 2차도 오게 돼서⋯⋯."

— 술 마셨냐?

"조금? 별로 안 마셨어. 진짜야. 그냥 분위기만 맞춰 주려고 살짝."

— 그래서 집엔 어떻게 올 건데?

"선생님 매니저가⋯⋯."

아, 맞다. 매니저 대신 서지웅 그 사람이 데려다준다고 했는데⋯⋯.

— 매니저가 데려다준대?

"어? 어. 선생님 매니저가 집까지 데려다준대."

저도 모르게 거짓말을 하고 말았다. 유경은 아랫입술을 꽉 깨물었다.

— 그 매니저 남자야?

"아마도?"

수화기 너머로 들리는 녀석의 한숨 소리.

— 거기 강원도 어디야?

"그건 왜?"

— 너 데리러 가려고.

"여길 온다고?"

— 어. 왜 그렇게 놀라?

유경은 너무 당황해서 등에서 식은땀까지 났다. 애초에 거짓말을 하는 게 아니었는데. 어떡하지?

유경이 초조한 기색으로 왔다 갔다 하고 있는데.

— 주소 문자로 보내.

"아, 안 돼!"

— 왜?

"그게 그러니까……. 맞다. 너 팔 다쳤잖아! 깁스한 팔로 장거리 운전은 절대 안 돼. 나 이제 금방 갈 거야. 술도 더 이상 안 마실게. 그러니까 그냥 집에 있어. 응?"

유경이 애원하듯 말했다. 사실 처음엔 녀석과 서지웅이 만날까 봐 오지 말라고 했지만, 말하다 보니 깁스한 팔로 장거리 운전까지 해서 이곳에 오겠다는 녀석이 너무 걱정됐다. 그래서 더 필사적으로 녀석을 만류했는데, 뭔가 잘못된 모양이다.

갑자기 수화기 너머로 아무 소리도 들리지 않았다.

"여보세요? 채서하. 서하……."

— 너 혹시 나한테 화났어? 그래서 오지 말라는 거야?

"화? 무슨 화?"

— 기사 아직 못 봤어?

"아…… 그 스캔들 기사? 그거 봤지. 근데 그거 때문에 이러는 거 아니야. 난 진짜 너 걱정돼서 그래. 그 팔로 2시간이나 넘게 운전해서 온다니까. 그러다 사고라도 나면 어떡해."

— 알았어. 안 갈게. 대신 집에 도착하면 꼭 전화해. 나 안 자고 기다릴 거야.

"그럼 당연하지. 도착하자마자 연락할게."

녀석을 겨우 달래고 유경은 전화를 끊었다. 그러곤 착잡한 심정으로 한숨을 길게 내쉬었다.

'괜히 거짓말했어. 그냥 처음부터 서지웅 씨도 같이 있다고 말할 걸……. 아니야. 그랬다간 그 녀석 분명 그 팔로 운전해서 달려왔을 거야. 얘기 안 하길 잘한 거야. 잘했어.'

유경은 마음속으로 자신이 유리한 쪽으로 자기 암시를 걸었다. 하지만 지금 서울에서 혼자 아무것도 모르고 저를 기다리고 있을 녀석을 떠올리니 죄책감이 들어 괴로웠다.

이게 다 서지웅 때문이야! 유경은 룸 쪽을 원망스레 흘겨봤다.

지웅은 아까부터 계속 유경이 언제 들어오나 문만 뚫어져라 바라보고 있었다. 그 모습을 서정화가 지켜보며 술을 마셨다.

"지웅이 너 유경이 좋아하니?"

서정화가 지웅을 향해 물었다. 그제야 지웅의 시선이 서정화에게로 옮겨 갔다. 지웅이 대답이 없자, 서정화가 다시 물었다.

"언제부터 좋아했는데?"

서정화의 질문을 머릿속에 되새기듯 골몰한 표정으로 있던 지웅이 뒤늦게 입을 열었다.

"먹는 모습이 예쁘더라고요."

지웅이 엉뚱한 대답을 하며 멋쩍게 웃었다. 그런 그를 서정화가 안쓰럽게 쳐다봤다.

"지웅아, 유경이 남자 친구 있다잖아."

"결혼한 건 아니잖아요."

"그건 그렇지만……. 너 부영식품 막내딸이랑 정략결혼 소식 들리던데. 그건 어쩌고? 서 회장님이 알면 가만있지 않으실 텐데."

서정화는 지웅도 지웅이지만, 유경이가 더 걱정됐다. 괜히 서 회장이 아들 버릇 고쳐 놓는다고 아무 잘못도 없는 유경을 건드릴까 봐.

서정화가 걱정스러운 눈빛으로 바라보자, 그 눈빛을 읽은 지웅이 입을 열었다.

"선생님, 소윤이 죽고 5년이나 지났어요. 그동안 제가 어떻게 살았는지 아세요?"

"……."

"아무리 아버지라고 해도, 이제 함부로 제 사람 못 건드려요."

이제껏 아버지가 시키는 대로 납작 엎드려 그 말에 복종하며 살았던 이유는 하나였다. 다시는 권력 때문에 내가 가진 소중한 것들을 뺏기지 않기 위해.

"저기 터미널에서 세워 주세요!"

뒷좌석에 앉아 있던 유경이 엉덩이를 들썩이며 다급한 목소리로 외쳤다. 하지만 그녀의 바람과 달리 차는 터미널을 지나쳐 도로를 달렸다.

유경은 운전을 하는 지웅의 뒤통수를 노려봤다.

"뭐예요. 터미널에 내려 준다면서요."

"그걸 믿냐?"

역시 이 차를 타는 게 아니었어.

유경은 당연히 이 차에 선생님도 타 있을 줄 알았다. 하지만 선생님은 서울이 아닌 영화 촬영 중인 숙소로 바로 갔다는 얘기를 하며 서지웅이 차를 출발시켰다. 갑자기 차가 출발하는 바람에 내리지도 못하고, 꼼짝없이 차에 갇혀 버린 유경은 그야말로 멘붕에 빠졌다.

그렇게 차는 고속 도로에 진입했고, 유경은 자포자기하는 심정으로 유리창에 머리를 기댔다. 서울엔 언제 도착할는지. 어색해 죽겠네.

"저기요. 라디오라도 틀어 주시면 안 될까요?"

지웅은 그녀의 소원대로 라디오를 켰다.

— 오늘 오후 늦게부터 눈 소식이 있습니다. 아마 이번 겨울의 마지막 눈이 될 걸로 예상되는데요……

아나운서의 사무적인 멘트가 끝나고, 신청곡들이 줄줄이 이어졌다. 익숙한 음악 덕분에 긴장이 풀린 유경은 노곤하니 잠이 쏟아졌다. 어라, 이상하다. 갑자기 왜 이렇게 몸이 으슬으슬하지.

"엣취!"

예고도 없이 재채기가 튀어나온 유경은 당황해서 입을 가렸다. 그런 유경을 백미러로 흘끔 보던 지웅은 서둘러 손을 뻗어 히터 온도를 올리다가, 실수로 라디오를 꺼 버리고 말았다. 갑자기 차 안에 정적이 흘렀다.

유경이 코를 훌쩍이며 앞을 쳐다봤다.

"왜 꺼요? 방금 음악 좋았는데."

끄려고 끈 게 아닌데. 지웅은 당황했지만 애써 태연한 척 대답했다.

"난 시끄러운 음악 질색이야."

"아…… 네. 알겠습니다."

유경은 건성으로 대답하며 코를 훌쩍였다.

"너 감기 걸렸어?"

"모르겠어요. 재채기가 자꾸우…… 엣취! 아, 죄송해요."

시트에 튄 침을 소매로 닦으며 유경이 재빨리 사과했다. 그러자 지웅이 혀를 내찼다.

"가지가지 한다."

지웅이 조수석에 올려놓은 코트를 집어 뒷좌석으로 내던졌다.

"으악!"

갑자기 코트가 날아와 얼굴을 정통으로 맞은 유경이 지웅을 째려봤다.

"왜 옷을 막 던져요?"

"덮으라고."

"그럼 좋게 주시든가. 이상한 사람이야."

유경은 지웅의 코트를 옆 좌석으로 치워 버렸다. 그걸 백미러로 본 지웅의 아래턱에 힘이 잔뜩 들어갔다.

"사람 성의를 아주 개무시하네."

유경은 자신이 너무 심했나 싶어 옆자리에 아무렇게나 내팽개친 지웅의 코트를 가지런히 접어 조수석에 올려 두었다.

"됐죠?"

"되긴 뭐가 돼. 더 열받아."

"그럼 뭐 어쩌라고요."

"맞다. 너 왜 나한테 사과 안 하냐?"

"저 이제 그쪽한테 사과할 일 전혀 없거든요?"

"없다고? 있을 텐데. 잘 생각해 봐. 하나 있을걸. 힌트 줄까? 기자 회견."

"기자 회견 뭐 어쩌라고……."

유경이 말끝을 흐렸다. 하필 그날 일이 떠오른 것이다.

"생각났나 보네. 거봐. 내가 있을 거라고 했잖아. 야, 난 그날 진짜 순수하게 추모 영상 오픈한 거 보여 주러 갔는데 말이야. 윤성희 대신 내가 욕을 바가지로 먹었잖아. 아, 억울해."

"그러게 그때 바로 아니라고 얘기하면 될 것을⋯⋯."

"되긴 뭐가 돼. 내가 나 아니라고 했으면 믿어 줬고?"

안 믿었겠지. 그땐 서지웅이 서하를 곤경에 빠뜨린 거라고 철석같이 믿고 있었으니까. 윤성희 그 아줌마가 벌인 일이라곤 정말 꿈에도 몰랐으니까. 할 말이 없어진 유경은 조용히 입을 다물고 창밖을 내다봤다.

얼마나 달렸을까. 드디어 고속 도로를 벗어난 차는 서울에 진입하고 있었다. 익숙한 동네가 보이자 유경은 마음이 한결 편안해졌다.

"저기 골목 앞에서 세워 주세요!"

유경이 또 급히 외쳤지만, 지웅은 또 유경의 말을 무시하고 차를 멈추지 않았다.

"골목 앞에 세워 줄 거면, 아까 고속 도로에서 갖다 버렸지."

"뭐라고요? 버려?"

"내가 알아서 집 앞까지 잘 모셔다줄 테니까, 이래라저래라 하지 말라고."

아우, 저 싸가지. 유경이 눈을 흘기고 있는데.

"다음 주 수요일에 뭐 해?"

지웅이 넌지시 물으며 유경의 집 앞에 차를 세웠다. 그리고 뒤를 돌았다. 인사도 없이 내리려던 유경이 멈칫했다.

"그날 저녁에 백호영화제 있으니까 행사장으로 와."

"제가 거길 왜 가요?"

"니가 만든 영상 직접 와서 보면 좋잖아. 초대장 보낼게."

"서지웅 씨도 와요?"

"왜? 나 가면 너 안 오려고?"

"네."

0.1초의 고민도 없이 튀어나온 유경의 대답에 지웅이 미간을 찌푸렸다.

"내가 너한테 뭐 잘못한 거 있냐? 난 아무리 생각해도 모르겠거든? 니가 좀 알려 줘라. 내가 너한테 뭘 잘못했는지."

"음……. 서지웅 씨가 뭘 잘못했냐면……."

뭐부터 말하면 좋을지 유경이 곰곰이 생각하는 제스처를 취하자, 지웅이 버럭 소리쳤다.

"됐어! 말하지 마. 안 들을래."

"네. 그럼 저 가 볼게요. 어쨌든 태워다 주셔서 감사합니다."

유경이 영혼 없는 인사를 하고선 차에서 후다닥 내렸다. 이 정도면 서지웅과 큰소리 내지 않고 잘 마무리했다는 생각을 하며, 유경은 빌라 안으로 뛰어 들어갔다.

드디어 서지웅에게서 벗어나 집에 도착했다는 해방감에 기분 좋게 도어록 비밀번호를 누르고 있는데, 뭔가 이상하게 허전한 느낌이 들었다. 뭐지? 뭔가 두고 온 느낌인데…….

"내 핸드폰! 아니, 가방!"

유경은 뒤늦게 핸드폰을 넣어 둔 가방을 통째로 지웅의 차에 놓고 내렸다는 사실을 깨달았다.

황급히 건물 밖으로 달려 나간 유경은 안도의 한숨을 내쉬었다. 지웅의 차가 아직 출발하지 않고 그 자리에 있었기 때문이다. 마침 운전석에서 지웅이 내렸다.

"이거 찾아?"

그는 유경의 가방과 핸드폰을 번쩍 들더니, 장난스레 말했다.

"전화 왔더라. 채서하한테서."

"!!"

"뭘 그렇게 놀라?"

유경이 지웅에게 달려가 가방과 핸드폰을 뺏어 들었다. 그리고 핸드폰 통화 목록을 확인했다. 유경의 표정이 굳어졌다.

"전화……받았어요?"

"어."

"왜 남의 전활 멋대로 받아요!"

유경이 소리를 버럭 지르며 화를 냈다. 그러곤 신경질적으로 앞머리를 쓸어 넘기며 곧장 서하에게 전화를 걸었다.

— 여보세요.

잔뜩 가라앉은 녀석의 목소리. 유경은 서둘러 변명을 했다.

"서하야, 방금 어떻게 된 거냐면, 서정화 선생님이랑 서지웅 씨랑 아는 사이……."

— 지금 어디야?

"집 앞. 이제 도착했어. 원래 서정화 선생님 매니저가 데려다준다고 했는데……."

— 알았어. 알았으니까 일단 들어가. 내일 연락할게.

뚝.

화났다. 녀석이 화가 단단히 난 모양이다. 유경은 가슴이 철렁 내려앉았다.

"야, 너 그러다 울겠다?"

놀리는 듯한 지웅의 목소리에 유경은 천천히 고개를 들었다. 그리고 그를 원망스레 쳐다봤다.

"전화받아서 뭐라고 했어요? 서하한테 뭐라고 했냐고."

"너랑 오늘 하루 종일 같이 있었다고 했지. 사실이잖아."

"아니죠. 전 오늘 그쪽이랑 같이 있었던 게 아니고, 서정화 선생님이랑 같이 있었던 거예요."

"그게 그거지."

"이봐요 서지웅 씨. 아까 저더러 왜 자길 싫어하냐고 물어봤었죠? 이러니까 싫어."

"······."

"너랑 같이 있으면 서하랑 멀어지니까. 넌 매번 그걸 이용하잖아! 그리고 솔직히 잘 생각해 봐요. 서하 괴롭히고 싶어서 날 좋아하는 척하는 건 아닌지."

"그건 아닐걸."

또 장난처럼 웃으며 말하는 지웅을 이해할 수 없다는 듯 쳐다보던 유경은 뒤로 휙 돌아 건물 안으로 뛰어 들어갔다.

현관문을 열고 집으로 들어오자마자 유경은 가방을 내팽개쳤다. 그리고 녀석에게 다시 전화를 걸었다.

— 왜 자꾸 전화해? 나한테 무슨 할 얘기 있어?

"그게······."

수화기 너머로 녀석의 냉랭한 목소리가 들려오자, 유경은 눈물이 핑 돌았다.

— 집에 데려다준다던 매니저가 서지웅이야? 너 그래서 아까 나한테 오지 말라고 한 거냐고.

"······거짓말해서 미안해."

— ······.

"난 너 괜히 신경쓸까 봐······."

— 알았어. 그만하자.

"그러지 말고 우리 지금 만날래? 내가 너희 집 앞으로 갈게."

— 됐어.

"······."

유경은 순간 말문이 막혔다. 처음 있는 일이었다. 서하가 나를 이렇게 싸늘하게 대하는 건. 유경은 심장이 반으로 쪼개질 듯 아팠다.

— 하아…….

녀석의 깊은 한숨 소리. 유경은 더 이상 녀석을 괴롭히지 말고 이만 전화를 끊어야겠다는 생각을 했다.

"알았어. 그럼 이만 끊을……."

— 내가 갈게. 집에서 기다려.

쿵쾅쿵쾅.

계단을 급히 내려가는 발소리. 뛰어오는 듯 헐떡이는 목소리. 수화기 너머로 녀석의 거친 숨소리가 들렸다.

— 지금, 가고 있으니까. 이따 봐.

전화를 끊은 유경은 이게 어떻게 된 일인가 싶어 어안이 벙벙해졌다. 두 눈을 끔쩍이며 핸드폰을 바라보던 유경은 집에서 기다리라는 녀석의 말을 잊은 채 밖으로 달려 나갔다.

골목을 서성이며 녀석이 언제 오나 기다리고 있는데, 얼굴에 차가운 것이 살포시 내려앉더니 사르륵 녹았다. 고개를 들어 하늘을 보니 하얀 눈이 예쁘게 흩날리고 있었다. 올겨울 마지막 눈은 쉽게 끝나지 않을 모양이다. 눈발이 점점 거세지고 있었다.

끼이이익—

하얀 눈과 함께 녀석의 차가 달려와 바로 앞에 멈췄다. 창문이 내려가고 녀석이 고개를 숙여 유경을 빤히 보더니.

"뭐 해? 빨리 타."

여전히 화가 난 녀석의 말투에 유경은 주눅이 들어 얼른 차에 올라탔다.

"왜 밖에 나와 있어? 집에서 기다리라니까."

녀석이 퉁명스럽게 말했다. 하지만 유경의 머리에 묻은 눈을 털어 주는 손길은 한없이 다정했다.

"눈 다 맞았잖아. 감기 걸리면 어쩌려고. 왜 이렇게 말을 안 들어? 마시지 말라는 술도 마시고, 만나지 말라는 남자랑 단둘이 차를 타고."

"……."

"너 진짜 나한테 혼날래?"

무섭게 쳐다보는 녀석의 시선을 피하며 유경이 사과했다.

"잘못했어. 서지웅 씨 일은 내가…… 읍!"

녀석이 갑자기 유경의 턱을 끌어당겨 입을 맞췄다. 오늘 입술로 그녀를 혼낼 모양인지, 녀석의 키스가 평소와 달리 아주 거칠었다.

맞붙은 입술의 움직임이 점점 더 거세졌다. 맹렬하게 키스를 퍼붓는 녀석의 힘에 놀란 유경은 어쩔 줄을 몰라 하다가 그냥 두 눈을 꽉 감아 버렸다.

아예 의자까지 뒤로 젖혀 그녀를 눕힌 서하가 다시 그녀의 입술로 달려들었다. 키스의 농도가 짙어질수록, 두 사람의 호흡도 빨라졌다. 녀석은 영역 표시를 하듯 유경의 목에 잇자국과 입술 자국을 만들며 뜨겁게 키스했다.

"아!"

유경의 입에서 저도 모르게 신음 소리가 터졌고, 거기에 흥분한 녀석은 또다시 그녀의 입술을 찾았다. 두 사람은 뜨거워진 입술을 핥으며 서로의 숨결을 나눴다.

키스의 여파로 뿌옇게 서린 창문 너머로 새하얀 눈이 소복소복 쌓이고 있었다.

18.

심장이 간지러워

지웅이 도로변에 차를 세웠다. 그리고 차에서 내려 눈을 맞으며 길 건너에 있는 약국으로 달려갔다. 하지만 이곳 역시 문이 닫혀 있었다.

쾅쾅.

홧김에 주먹으로 문을 두어 번 내리친 지웅의 머리와 어깨가 다 젖어 있었다. 그는 벌써 30분째 눈을 맞으며 약국을 찾아 돌아다니고 있었다.

지웅은 결국 핸드폰을 꺼내 전화를 걸었다. 생록의 잠이 덜 깬 목소리가 들렸다.

— 사장님, 무슨 일 있으세요?

"이 시간에 감기약을 어디서 구하지? 약국 문 다 닫았는데. 정 박사님한테 가야 하나?"

— 헐……. 사장님, 요샌 편의점에서도 감기약 다 팔아요.

지웅은 허탈한 표정으로 전화를 끊었다. 눈에 보이는 편의점만 대여섯 개였다. 감기약을 바로 앞에 두고 망원동을 얼마나 뛰어다녔는지, 한

겨울에 그것도 눈이 내리는 이 날씨에 온몸이 땀으로 다 젖을 정도였다.

지웅은 편의점에서 감기약과 따뜻한 음료를 계산하고 밖으로 나왔다. 차에 올라탄 그는 다시 유경의 빌라로 향했다.

골목에 들어서자 차의 속도를 서서히 줄였다. 그리고 이내 차를 완전히 멈춘 그는 창밖을 바라봤다.

유경과 서하가 차 안에서 격렬한 키스를 나누고 있었다. 그 모습을 보게 된 지웅의 눈빛이 크게 흔들렸다.

회의를 마치고 세미나실을 나온 지웅이 돌연 걸음을 멈췄다. 그 뒤를 따르던 직원들도 같이 멈춰 서서 지웅의 표정을 살폈다. 묘하게 일그러진 지웅의 얼굴. 또 어떤 불호령이 떨어질지 직원들이 잔뜩 겁을 먹고 있는데.

"엣취!"

지웅이 재채기를 했다. 그는 연신 코를 훌쩍이며 직원들을 향해 저리 가라며 손짓했다.

직원들이 사라지자 옆에 있던 생록이 걱정스레 물었다.

"어제 감기약 안 드셨어요? 혹시 약 파는 데 못 찾아서 못 드신 거예요? 지금 바로 병원으로 갈까요?"

"됐어. 이까짓 걸로 병원은 무슨."

지웅은 대수롭지 않게 말을 내뱉었지만, 감기 때문에 열이 오른 머리가 지끈거려 미칠 지경이었다. 하지만 지금은 병원 갈 시간도 없이 바빴다. 어제 미룬 업무까지 오늘 24시간 하루 종일 일만 해도 모자랐다.

지웅은 빠른 걸음으로 사무실로 향하며 관자놀이를 어루만졌다.

"아, 맞다. 문 감독님이 투자 문제로 만나자고 하시네요."

"내일 약속 잡아. 내가 나갈게."

"내일은 일정 안 되십니다."

"왜?"

"공항으로 회장님 마중 나가셔야죠."

"아……."

잊고 있던 아버지의 귀국 소식에 지웅은 골이 다 흔들렸다. 아마 공항에서 만나자마자 결혼 얘기부터 꺼낼 게 뻔했다.

"사장님, 제가 회장님 수행 비서한테 들은 얘긴데요."

"수행 비서 누구? 박 실장?"

"네. 박 실장님이 그러시는데, 내일 둘째 형님도 같이 들어오신답니다. 회장님이랑 같이."

전혀 예상치도 못한 얘기였다. 지웅의 표정이 돌연 굳어졌다. 눈치를 보던 생록이 말을 계속할까 말까 고민하고 있는데.

"또 뭔데?"

그걸 귀신같이 알아챈 지웅이 할 말 있으면 빨리하라는 듯 제스처를 취했다. 생록은 지웅을 위해서 말을 하는 편이 좋겠다는 판단을 내리고 뒤늦게 입을 열었다.

"아무래도 회장님께서 사장님을 견제할 역할로 둘째 형님을 선택하신 것 같아요. 설마 둘째 형님을 다시 회사로 불러들이진 않으시겠죠?"

"일이 재밌게 돌아가네."

굳어 있던 표정을 풀고 지웅이 피식 웃었다. 그가 속내를 감추고 여유를 가장한 미소를 지으며 복도를 걸었다.

"우 감독, 제이미디어랑 다음 주에 투자 관련해서 미팅하기로 했어."

문 감독의 말에 유경은 뒤늦게 잊고 있던 문제가 떠올랐다.

어제 서지웅이 멋대로 전화를 받는 바람에 하마터면 서하와 크게 다툴 뻔했다. 앞으로 두 번 다신 서지웅 그 사람과 엮이지 말아야지. 유경은 굳게 다짐했다.

하지만 유경이 저 혼자만 피한다고 해서 해결될 문제가 아니었다. 이렇게 투자 문제가 걸려 있는 한, 보고 싶지 않아도 서지웅의 얼굴을 마주해야 하는 일이 분명 생기고 말 것이다. 그렇다고 문 감독님에게 투자를 포기하라고 말할 순 없었다. 그건 월권이었다. 유경의 시름이 깊어져만 갔다.

그런 그녀의 고민을 알아챈 것일까? 문 감독이 그녀를 흘끔 보더니 천천히 입을 열었다.

"다음 주에 제이미디어 실무권자 만나서 정말 이 영화에 투자하려는 이유를 좀 들어 보려고. 그냥 별생각 없이 친분 때문에 투자하겠다는 거면, 다시 생각해 봐야지. 나도 자존심이 있거든. 그러니까 너무 걱정하지 마."

"네. 걱정 안 해요. 투자 문제는 감독님 결정에 따를 거예요. 제가 나설 사안은 아닌 것 같아서요."

"그래. 그렇게 하자. 우 감독은 나 믿고 연출에만 신경 써 줘. 아, 맞다! 채 작가 기사 봤어. 어쩐지 내가 그 이름을 어디서 많이 들어 봤다 했다니까. 난 진짜 상상도 못 했네. 그 채서하가 그 채서하라니."

이야기의 주제가 순식간에 작가 채서하로 넘어갔다.

"근데 채 작가랑 현소정이랑 열애설 난 거, 그건 좀 심하지 않았어? 내가 바로 앞에 있었는데. 사진 절묘하더라."

"그러게요. 저도 그 자리에 없었으면 진짜 믿을 뻔했어요."

"푸하하하. 우 감독 화났구나?"

"기자한테 메일 보내려다 겨우 참았어요."

억울한 얼굴로 말하는 유경이 귀여워 문 감독이 웃음을 터뜨렸다.

"그나저나 현소정 걔는 열애설 인정 안 하기로 유명한데, 이번엔 왜 가만히 있지?"

내 말이 그 말이다. 유경은 오늘 아침에 올라온 기사 내용이 떠올라 머리에 스팀이 차올랐다. 인터넷만 보면 이미 녀석과 현소정은 2개월째 열애 중인 넘사벽 비주얼 커플이었다. 댓글엔 '너무 잘 어울려요.', '존예와 존잘의 만남.', '결혼하면 2세 대박일 듯.' 따위의 축하와 찬사가 쏟아졌다.

이렇게 반응이 좋으니, 현소정 입장에서도 바로 반박 기사를 내는 건 손해라고 생각했을 것이다. 녀석이 그냥 소설가도 아니고, 천재라는 타이틀을 가진 연예인 뺨치게 잘생긴 베스트셀러 작가가 아닌가. 녀석의 이름 앞에 붙은 수식어가 도대체 몇 개냐고. 그런 녀석이 내 남자라니.

유경은 문득 어젯밤 차 안에서 집요하게 자신의 입술을 쪽쪽 물고 빨던 녀석의 관능적인 모습이 떠올라 심장이 두근거렸다.

'으흣! 자, 잠깐, 거긴 왜 만……져?'

'별로야?'

'……응. 기분 이상해.'

'그럼 이건?'

'아흑, 야! 뭐 하는 거야. 그…… 그만…… 아!'

하마터면 차 안에서……. 으, 미쳤어. 유경은 고개를 절레절레 흔들었다.

"우 감독, 너무 열받아 하지 마. 스캔들 금방 잠잠해질 거야."

"네? 네……."

얼굴이 새빨개진 유경을 스캔들 때문에 화가 나서 그런 거라고 오해했는지 문 감독이 위로의 말을 건넸다.

"바깥공기도 좀 쐴 겸, 커피나 마시러 가자."

"네, 좋아요!"

자리에서 벌떡 일어난 유경이 문 감독을 따라 사무실을 나왔다.

"이사 왔나 보네."

문 감독이 호기심 어린 시선으로 어딘가를 보며 말했다. 마찬가지로 유경도 문 감독이 응시하고 있는 곳으로 시선을 옮겼다.

시선이 닿은 곳은 복도 제일 끝에 있는 사무실이었다. 사무실 앞엔 책상과 소파를 비롯한 각종 새 가구들이 잔뜩 놓여 있었다.

유경은 어느 제작사가 이사 왔는지 궁금하다는 얘기를 하며 문 감독과 함께 엘리베이터 앞에 섰다.

띵—

마침 엘리베이터가 도착했다. 그리고 문이 열렸는데.

"어? 채 작가!"

엘리베이터 안에 있던 사람은 다름 아닌 서하였다. 문 감독과 유경이 놀란 얼굴로 서하를 쳐다봤다.

"니가 이 시간에 여긴 웬일이야?"

유경의 물음에 녀석이 웃으며 그녀를 지그시 바라보더니.

"이사 왔어."

복도 끝 사무실을 가리키며 대답했다.

"갑자기 웬 이사?"

아직 정돈이 덜 돼 어수선한 녀석의 집필실을 둘러보며 유경이 물었다.

"혹시 나 따라온 거야?"

책을 정리하던 서하가 허리를 펴고 유경에게 다가갔다. 바로 코앞까지 다가온 녀석은 유경의 입술을 빤히 보며 침을 꼴깍 삼켰다. 유경은 자동 반사적으로 입술을 가렸다.

"여기선 안 돼!"

"왜 안 돼? 여기가 아주 최적의 장소인데. 밖에서 안 보이지, 방음도 죽이지. 우리 둘뿐이지."

"이거 봐. 너 나 따라온 거 맞지?"

"아쉽게도 이번엔 아니야. 진짜 우연이야. 제작사에서 준 집필실인데, 나도 여기인 줄 정말 몰랐어."

"진짜?"

"왜? 섭섭해? 그냥 따라왔다고 할 걸 그랬나?"

서하가 짓궂게 말하며 웃었다. 그런 그를 유경이 의아하게 쳐다봤다.

"근데 너 오늘 기분 되게 좋아 보여. 무슨 좋은 일 있었어?"

"지금 좋은 일 생겼잖아. 너랑 엄청 가까운 데서 일하게 된 거."

"그게 좋아?"

"어. 넌 안 좋아?"

"나도 완전 좋아."

배시시 웃는 유경을 바라보던 서하가 손을 뻗어 그녀의 얼굴을 어루만졌다.

"앞으로 일 끝나고 딴 데로 샐 생각은 접는 게 좋을 거야. 어제처럼 혼나고 싶지 않으면."

순식간에 녀석의 눈빛이 정욕으로 번들거렸다. 위험하다. 녀석은 마치 유혹하듯 아주 천천히 유경의 뺨을 손가락으로 쓸어내렸다. 그리고 하얀 목선을 타고 밑으로 내려가 어깨를 잡았다. 금방이라도 그녀의 몸을 끌어당겨 입술을 삼켜 버릴 것 같은 눈빛으로.

"우리 어제 하다 만 거 언제 할까?"

"맞다! 어젠 정신이 없어서 까먹고 있었는데 현소정 말이야."

유경이 서둘러 말을 돌렸다. 그러자 녀석이 오늘은 특별히 넘어가 준다는 듯 웃으며 그녀의 말에 귀를 기울였다.

"현소정 뭐?"

"스캔들!"

"아⋯⋯. 나도 어제 정신이 없어서 잊고 있었는데, 현소정 말이야. 그거 처리 좀 할까 하는데, 그래도 돼?"

"처리? 그게 무슨 말이야?"

"내 입장을 기사로 낼 거야. 근데 니 허락이 필요해."

도대체 무슨 말인지 모르겠다는 눈빛으로 유경이 녀석을 쳐다봤다.

"결혼할 여자가 있다고 기사를 낼 생각이야."

"뭐, 뭐라고? 결⋯⋯혼?"

화들짝 놀란 유경의 표정을 마주한 서하의 얼굴에 서운한 기색이 스쳤다.

"왜 그렇게 놀라? 넌 나랑 결혼 안 할 거야?"

"아니. 그게 아니라⋯⋯ 너무 갑작스러워서. 결혼이라니, 한 번도 생각해 본 적 없는데⋯⋯."

"⋯⋯없다고?"

서하는 이제껏 저 혼자만 그녀와의 미래를 꿈꾸고 있었다는 생각에 적지 않은 충격을 받았다.

"저기, 삐졌어? 아니, 내 말은 너랑 결혼을 안 하겠다는 게 아니라."

"그럼 할 거야?"

"언제?"

"난 준비됐어. 지금 당장 해도 돼."

"에이, 그건 아니지. 지금 너도 바쁘고, 나도 곧 영화 촬영 들어갈 텐데⋯⋯."

"일보다 내가 더 중요하다며."

"그건 그렇지만⋯⋯. 근데 내가 저번에 그랬잖아. 지금 각자 하고 있는 일엔 최선을 다하자고."

"난 너랑 결혼하면 더 열심히 일할 수 있을 것 같은데."

유경은 대뜸 결혼하자고 달려드는 녀석 때문에 당황스러웠다.

"근데…… 내가 잘 몰라서 그러는데, 결혼 얘기를 이렇게 막 사무실 짐 정리하다가 아무렇게나 꺼내도 되는 거야? 드라마나 영화에선 아니었는데……. 좀 더 로맨틱했던 것 같은데. 역시 현실은 다른가?"

유경이 팔짱을 끼고 녀석을 근엄하게 쳐다봤다. 아무런 준비도 없이 섣불리 결혼 얘기를 꺼낸 서하가 뒤늦게 제 실수를 깨닫곤 서둘러 말을 돌렸다.

"금요일에 일찍 끝난다고 했지? 우리 놀러 가자."

"어디로?"

"문화시에 있는 별장. 얼마 전에 조경 공사 했거든. 너 나중에 거기서 촬영할 때 그림 예쁘게 나오라고."

"진짜?"

감격한 유경의 눈빛을 보자 서하는 결혼 얘기를 금요일에 꺼낼걸, 하는 후회를 했다.

"카메라 들고 가야겠다. 사진 많이 찍어야지."

"자고 올 거야."

유경의 들뜬 얼굴을 빤히 보던 서하가 대뜸 말했다. 놀랄 법도 한데 유경은 서하의 깁스한 팔을 힐끔 보더니 해맑게 웃으며 대답했다.

"응! 좋아. 자고 오자."

흔쾌히 떨어진 허락에 서하는 기분이 묘했다. 서하가 손가락으로 깁스한 팔을 툭툭 건드리며 투덜거렸다.

"너 이거 너무 믿는 거 아니야?"

"내가 뭘."

"팔 이래도 다 할 수 있다니까?"

"농담 그만하고. 난 마저 작업하러 갈게. 이따 퇴근하고 보자."

유경이 사무실을 도망치듯 후다닥 나와 버렸다. 그리고 복도를 달리다가 마침 외근 나갔다가 들어온 김 피디와 딱 마주쳤다.

"감독님, 왜 거기서 나와요? 그리고 지금 얼굴 엄청 빨개요."

"하하하. 그래요? 춥죠? 빨리 들어가요."

유경은 잽싸게 얼굴을 가리며 말을 돌렸다. 그러곤 김 피디와 함께 사무실로 들어갔다.

자리에 앉은 유경은 작업을 하기 위해 곧장 노트북을 열었다.

'자고 올 거야.'

유경이 두 눈을 꽉 감았다가 떴다. 미쳤나 봐. 왜 자꾸 그 말만 생각나지?

콩닥콩닥.

아깐 태연한 척 굴었지만 유경의 심장이 미친 듯이 뛰었다. 유경은 가슴 언저리에 손을 얹고 애써 진정하려고 노력했다. 그러다 문득 떠오른 생각.

'그 팔로는 역시 안 되겠지?'

몹쓸 상상을 하고 만 유경의 얼굴이 아까보다 더 새빨개졌다.

금요일.

"어? 너 팔이⋯⋯."

유경은 퇴근하고 회사 앞에서 만난 녀석을 보고 깜짝 놀랐다. 녀석이 깁스를 풀고 나타난 것이다.

"방금 병원 갔다 왔어. 다 나았대."

갑자기? 유경은 의심스러운 눈초리로 녀석을 쳐다봤다.

"진짜 다 나은 거 맞아?"

"그럼 내가 뭐 일부러 다 나은 척할까 봐? 왜? 뭐 때문에?"

서하의 노골적인 시선에 유경은 헛기침을 하며 말을 돌렸다.

"차 막히기 전에 빨리 출발하자."

먼저 차에 올라탄 유경은 운전석에 앉아 안전벨트를 매는 녀석을 흘끔 보며 생각에 잠겼다.

어떡하지? 깁스한 팔만 믿고 나 아무것도 준비 안 했는데. 이럴 줄 알았으면 어제저녁에 고기 조금만 먹을걸. 속옷도 다른 거 챙길걸. 지금이라도 잠깐 집에 들렀다 가자고 할까?

"나 깁스 푼 거 별로야? 난 니가 엄청 좋아할 줄 알았는데."

녀석이 넌지시 말하며 차를 출발시켰다. 유경은 서운해하는 녀석의 말투가 마음에 걸렸다. 운전하는 녀석을 흘끔 보던 유경이 조심스레 손을 뻗어 녀석의 손을 잡아 주었다. 오래간만에 잡는 녀석의 오른쪽 손.

"좋다."

유경이 녀석을 향해 싱긋 웃으며 말했다. 그 한마디에 서하는 서운하던 마음이 사르르 녹아 버렸다. 서하가 화답이라도 하듯 미소 지었다.

"나도 좋다."

"오늘 날씨도 진짜 좋아."

"그러게. 봄이 오긴 오나 봐."

창밖으로 쏟아지는 햇살과 청명한 하늘을 보며 서하가 창문을 살짝 내렸다. 아직은 조금 쌀쌀하지만, 살결에 닿았을 때 시리지 않은 바람.

"무슨 생각 해?"

창밖을 바라보는 유경을 향해 서하가 물었다. 유경이 천천히 대답했다.

"너랑 함께하게 될 봄은 어떤 느낌일지 궁금하다, 뭐 그런 생각. 너는 무슨 생각 해?"

"너랑 같은 생각."

벌써 봄이 찾아온 듯, 두 사람 사이에서 향긋한 봄 향기가 나는 것 같다.

드디어 문화시에 도착했다. 차는 바다 위 다리를 건너고 있었다. 저 멀리 눈에 익숙한 문화포구와 빨간 등대가 보였다.

"우리 마트 좀 잠깐 들렀다 가자."

서하가 알았다며 핸들을 꺾어 근처 마트로 향했다. 지상에 있는 주차장에 차를 세우고 서하도 유경을 따라 차에서 내리려는데.

"나 혼자 갔다 올게."

차 문을 열고 나가려던 서하가 고개를 돌려 유경을 쳐다봤다.

"혼자 간다고?"

"응. 고기만 사면 되잖아. 내가 금방 사 올게."

"맥주는?"

"맞다. 맥주도 사고."

"상추는?"

"맞다. 쌈 채소도."

사야 하는 품목들이 점점 늘어나자 유경이 멋쩍어하며 이마를 긁적였다. 도대체 왜 저러는 거지? 서하가 바른대로 말하라는 눈빛으로 그녀를 빤히 쳐다봤다.

그러자 유경이 이실직고했다.

"오늘 금요일이라 마트에 사람 많을 텐데, 사람들이 다 너 알아볼 거야."

"상관없어."

"내가 상관있거든? 다들 또 몰려와서 사인해 달라고 줄 서면 우리 시간만 다 뺏기잖아. 난 너랑 빨리 가서 둘만 있고 싶은데."

그건 맞는 말이다.

"조심히 다녀와. 차에서 얌전히 기다릴게."

절대 뜻을 굽히지 않을 것 같았던 서하가 금세 유경의 말에 수긍하더 잘 다녀오라고 인사를 건넸다. 제 말이 먹힌 게 기쁜 나머지 유경이 훌 짝 웃었다. 그러곤 얼른 차에서 내려 마트를 향해 달렸다.

제일 먼저 고기를 사고, 쌈 채소를 샀다. 그리고 신이 나서 주류 코너 로 달려갔다. 평소 자주 마시던 맥주를 집어 들었다가 다시 내려놓은 유 경은 고민에 빠졌다.

오래간만에 하는 데이트인데, 분위기 있게 와인을 살까? 아니면 그냥 편하게 마시던 맥주를 살까?

곰곰이 생각에 잠겨 있던 유경은 마침내 고민을 끝내고 쪼르르 와인 코너로 달려갔다. 이번엔 어떤 와인을 살지 고민에 빠져 있는데.

"유경 언니!"

뒤에서 자신을 부르는 소리를 들은 유경이 고개를 돌렸다. 20대 중반 으로 보이는 참한 인상을 가진 여자애가 웃으며 서 있었다.

어디서 많이 본 얼굴인데……. 누구더라? 저 핑크색 머리띠도 많이 보던 건데. 대체 넌 누구냐.

유경은 모든 기억력을 총동원해 봤지만, 생각이 나지 않았다. 하지만 여자애는 유경을 잘 아는지 골몰하는 유경의 표정을 재밌어하며 구경하 고 있었다. 그게 묘하게 기분이 나빴던 유경은 약간 퉁명스러운 말투로 여자애를 향해 물었다.

"미안한데, 혹시 이름이 뭐예요?"

"언니, 너무 섭섭해요. 저 은영이에요. 김. 은. 영."

"은영이? 내가 알던 은영이는……."

"저 대학 가서 20킬로 뺐어요."

"아……. 우와. 너 엄청 예뻐졌다. 근데 살만 빠진 건 아닌 것 같은데? 뭐가 좀 달라졌는데……."

유경이 은영의 얼굴을 유심히 관찰했다. 그러자 은영이 꺄르르 웃더니 작은 목소리로 비밀스럽게 얘기했다.

"코 살짝 했어요."

"야, 너 잘했다. 인상이 완전 달라졌어."

"고마워요. 근데 언니, 얼굴 괜찮아요? 저번에 우리 엄마한테 마사지 받다가 얼굴에 멍들었다면서요."

"말도 마. 나 그때 아파서 죽을 뻔했어. 아줌마 손 진짜 장난 아니야."

"그날 엄마가 되게 미안해했는데. 제가 대신 사과드릴게요."

반달 모양으로 예쁘게 눈을 접으며 은영이가 웃었다. 싱그러운 은영이의 미소에 유경은 흐뭇했다.

"그나저나 은영이 너 진짜 많이 컸다. 옛날에 울 엄마랑 너희 엄마랑 머리하러 갈 때마다 내가 너 업고 하루 종일 고생했었는데. 너 그거 기억 안 나지?"

"기억이…… 당연히 안 나죠. 그때가 저 세 살, 네 살? 근데 언니는 지금 몇 살이에요?"

내가 몇 살이더라.

"암튼 아줌마가 마사지해 주면서 니 자랑을 얼마나 하시던지. 지금 대학병원에서 근무한다면서? 일은 적성에 잘 맞고?"

유경은 자연스럽게 말을 돌렸다. 하지만 눈치 없는 은영이는 굳이 유경의 나이를 계산하고 있었다.

"저 초등학생 때 언니 고등학생이었던 것 같은데, 맞죠?"

"그렇다 치고, 은영아 만나서 반가웠다. 언니 지금 무지 바쁘거든? 그러니까 너도 얼른 가 보렴."

유경은 서둘러 인사를 하며 은영이를 계산대 쪽으로 슬쩍 밀었다. 마침 사람들이 우르르 지나가는 중이었고, 그 길에 휩쓸려 은영이는 뒤로 밀려나고 있었다.

"언니, 그럼 다음에 봐요! 잘 가요!"

핑크 컬러의 캐시미어 코트를 입은 은영이는 긴 생머리를 찰랑거리며 계산대로 향했다.

은영이가 사라지고 마저 와인을 둘러보던 유경은 자꾸만 은영이의 여성스러운 말투와 걸음걸이가 머릿속에서 떠나지 않았다. 그러다 문득 맞은편 거울에 비친 자신을 보았다. 청바지에 까만 폴라티, 그 위에 걸친 패딩 조끼. 은영이에 비하면 아주 초라한 행색이었다.

"하아⋯⋯. 난 저 나이 때 뭐 했지?"

아, 현장에서 자장면 시켰다가 감독한테 뒤지게 혼나고 있었구나. 유경은 가느다랗게 한숨을 내쉬었다.

그나저나 나 오늘 무슨 생각으로 이러고 나온 거지? 그래도 명색이 데이트인데, 녀석이 편해지긴 했나 보다. 녀석과 처음 데이트할 때만 해도 마사지에 원피스에 아주 난리도 아니었는데. 화장이라도 좀 하고 나올걸.

어리고 예쁜 은영이를 만나고 나니, 갑자기 자신감이 확 떨어진 유경은 시무룩한 얼굴로 와인을 하나 골라 장바구니에 담았다. 계산대로 돌아가면서도 바구니에 이것저것 담았더니, 결국 봉투가 두 개나 나왔다.

봉투를 양손에 하나씩 들고 낑낑거리며 밖으로 나온 유경은 너무 무거워서 녀석에게 전화를 할까 말까 잠시 고민했다. 하지만 깁스도 오늘 풀었는데, 나 조금 편하자고 녀석을 고생시키고 싶지 않았다. 게다가 녀석은 얼굴이 알려져도 너무 알려졌다. 잠깐 나왔다가 사람들이 알아보기라도 한다면 그게 더 골치 아픈 일이었다. 유경은 고개를 절레절레 흔들었다.

나 혼자 들 수 있어! 젖 먹던 힘까지 다해 봉투를 번쩍 들었다. 으, 손에 피가 안 통하는 것 같아. 팔이 빠질 것 같았지만, 유경은 꾹 참고 비틀거리며 주차장 쪽으로 걸어가고 있었는데 익숙한 뒷모습을 두 개나 발견했다.

하나는 핑크 코트를 입은 참한 여자애 김은영이었고, 다른 하나는 떡 벌어진 어깨를 자랑하는 채서였다.

"둘이 왜 같이 있어?"

두 사람은 나란히 걸어가고 있었다. 누가 보면 애인인 줄. 게다가 녀석의 오른쪽 손엔 김은영의 것으로 추측되는 장바구니가 들려 있었다. 나도 아까워서 아직 사용하지 않고 있는 팔인데.

"무거워."

유경은 신경질적으로 봉투를 바닥에 내려놓았다. 그러곤 나란히 걸어 차로 향하는 두 사람의 뒷모습을 잔뜩 노려봤다. 녀석이 김은영의 차 뒷좌석에 장바구니를 실어 주며 미소를 짓는 게 아닌가.

어라? 웃어? 녀석의 근사한 미소에 김은영의 뺨이 발그레해졌다. 떠나기 아쉬운 듯 연신 뒤를 돌아보던 김은영이 운전석에 올라탔고, 차는 아주 느리게 주차장을 벗어났다. 그제야 녀석이 걸음을 옮겨 자기 차로 향했다.

돌아봐라. 돌아봐. 돌아보라고.

유경은 마음속으로 주문을 외우며 녀석의 뒤통수를 한껏 째려봤다. 그게 통했는지 녀석이 뒤통수를 매만지며 뒤를 돌았다. 유경을 발견한 녀석이 한걸음에 달려왔다.

"뭘 이렇게 많이 샀어? 무거웠겠네. 전화를 하지."

녀석이 걱정스레 말하며 짐을 번쩍 들고 차로 향했다. 그 뒤를 따라가며 유경이 구시렁거렸다.

"근데 넌 차에 있으라니까 왜 나와 있어?"

"잠깐 뭐 살 거 있어서 길 건너 편의점 갔다 오느라."

녀석은 짐을 트렁크에 실으며 대수롭지 않게 말했다. 그리고 조수석 문을 열어 주며 활짝 웃었다.

"빨리 가자."

또 웃네.

"너 갑자기 왜 웃어? 무슨 기분 좋은 일이라도 있었어?"

"넌 표정이 왜 그래? 안에서 무슨 기분 안 좋은 일 있었어?"

"몰라."

유경이 시큰둥한 표정으로 대답하며 차에 올라탔다. 서하는 영문을 모르겠다는 듯 고개를 갸웃하며 운전석에 올라탔다.

"왜 그래? 화났어? 내가 뭐 잘못했어?"

서하가 안전벨트를 매며 넌지시 물었다. 뚱하게 있던 유경이 고개를 휙 돌려 녀석을 째려봤다.

"너 은영이랑 친해?"

"은영이? 아…… 김은영? 걔 나랑 동창인데."

"도…… 뭐라고? 동창?"

아……. 그렇겠구나. 둘이 동갑이겠구나. 질투가 날 만큼 싱그러운 은영이가 녀석과 같은 나이라니. 순간 자괴감이 밀려왔다.

그러니까 내가 초등학생 때 엄마가 미용실 갈 때마다 은영이를 우쭈쭈 하며 업고 다녔는데, 그러니까 그때 이 녀석도…….

유경의 마음이 싱숭생숭했다.

"우유경."

유경을 빤히 쳐다보던 녀석이 손을 뻗어 유경의 턱을 잡아당겼다.

"너 또 질투하냐?"

"아니거든?"

"편의점 갔다 오다가 앞에서 우연히 만났어. 저번에 다쳐서 입원했을 때 김은영한테 신세 진 것도 있고 해서 고맙다고 인사하다가 짐 좀 들어

132

달라고 해서 들어 줬어. 끝."

"입원했을 때? 아, 저번에 칼 맞았을 때? 근데, 그때 무슨 신세를 졌
는데?"

서하의 해명에 그녀의 목소리가 살짝 누그러들었다. 녀석은 질투한 거
맞네, 하며 피식 웃었다. 그러곤 무슨 신세를 졌는지 또 열심히 설명했다.

"우리 첫 데이트할 때 내가 끌고 나온 차 기억나?"

"당연하지. 동창한테 빌린 차라면서. 그 차에서 막 핑크색 머리띠 나
오고……. 아! 그거 은영이 차였어?"

"어. 김은영이 빌려준 차였어. 그날 김은영 아니었으면 내가 너 엄청
기다리게 했겠지. 그랬으면 니가 날 더 마음에 안 들어 했을 거고."

"내가 널 왜 마음에 안 들어 해?"

"잊었어? 너 처음엔 나 별로 안 좋아했잖아."

얘기가 왜 그쪽으로 샜을까나. 유경이 멋쩍은 표정으로 이마를 긁적
였다. 녀석은 이제 와서 그날의 억울함을 토로했다.

"내가 너 집에 데려다주고 이따 전화한다니까 니가 뭐랬더라……. 할
말 있으면 지금 하지 전화는 왜 하냐고 그랬었나?"

"내, 내가 그랬어?"

"하아……. 그때 내가 가슴이 얼마나 아팠는지 알아?"

"야, 솔직히 너도 좀 이상했어. 10년 만에 만나서 말 트자마자 갑자기
매일매일 만나자고 하질 않나, 집에도 막 쳐들어오고……."

"너 다른 생각 못 하게 하려고 그랬지. 넌 너무 생각이 많아서 탈이
야. 근데 왜 그 생각은 못 해?"

"무슨 생각?"

"너 예뻐."

녀석이 유경의 얼굴을 어루만지며 다정한 눈빛으로 바라봤다.

"나한테 여자로 보이는 사람은 이 세상에서 너 하나뿐이야."

으, 미치겠다. 심장이 간지러워. 유경의 얼굴이 새빨개졌다. 뚫어질 듯 쳐다보는 녀석의 눈빛에 유경의 온몸이 후끈 달아올랐다.

녀석이 왜 이렇게까지 하는지 유경은 너무나도 잘 알고 있었다. 내 자존감 높여 주려고 또 노력 중이구나.

"고마워."

"뭐가?"

유경은 녀석의 노력에 힘입어 활짝 웃으며 자신 있게 대답했다.

"나 이제 질투 안 할게."

"아니야. 해도 돼. 난 그런 너도 좋아."

"좋긴. 완전 추해. 나 이제 절대절대 질투 안 할 거야."

"진짜?"

"당연하지. 아, 근데 너 아까 편의점엔 왜 갔어?"

"그냥."

"그냥? 필요한 거 있음 나한테 전화를 하지. 내가 마트에서 사 오면 되는데."

"내가 쓸 거니까 내가 사야지."

"뭘 샀는데?"

"빨리 가자. 배고프지? 출발한다."

녀석은 편의점에서 뭘 샀는지 끝까지 대답을 하지 않았다. 그러곤 차를 급히 출발시켰다.

"우와!"

별장 거실에 들어선 유경은 창가로 달려갔다. 그리고 창문을 활짝 열었다. 이곳에서 이렇게 보니 또 색달랐다. 잔디가 깔린 푸른 정원 덕분에 눈이 정화되는 느낌이 들었다.

　처음 이곳에 왔을 땐 사방이 눈으로 덮여 있었는데, 어느새 눈은 녹아 없어지고, 나무엔 꽃봉오리가 맺혀 있었다. 시간 참 빠르네……. 유경은 목련나무에 돋아난 꽃봉오리를 응시하며 미소 지었다.

　"서하야, 너도 목련꽃 좋아해? 나도 좋아하는데. 내가 진짜 돌아다니면서 목련꽃 많이 봤는데, 너네 집 마당에 핀 목련꽃이 제일 예뻐."

　유경이 재잘거리며 거실을 거닐다가 주방으로 향했고.

　맞아, 좋지, 나도 그렇게 생각해.

　녀석은 그녀의 말에 맞장구치며 저녁 준비를 하고 있었다.

　"메뉴가 뭐야? 내가 도와줄게."

　"아니야. 내가 할 테니까 가서 앉아 있어."

　채소를 흐르는 물에 씻고 있는 녀석을 물끄러미 보던 유경이 웃음을 터뜨렸다.

　"왜 웃어?"

　"갑자기 저번에 나 여기 처음 왔을 때 생각나서. 그때 진짜 어색했는데. 너 기억나?"

　"당연하지. 나 그때 고기 다 태우고 난리 났었어."

　"고기가 탔다고? 엄청 맛있었는데."

　"그러게. 넌 잘 먹더라. 난 떨려 죽을 뻔했는데."

　"에이. 너 완전 아무렇지도 않아 보였는데."

　"아무렇지 않을 리가 없잖아. 너한테 제대로 고백하기도 전에 들켰는데. 그 뒤로 내가 지갑 노이로제 걸렸어."

　"맞다! 야, 지갑에 있는 사진 바꿔 줘. 그거 완전 내 흑역사라고."

　"왜 예쁜데."

　"예쁘긴! 완전 못생겼어. 내 인생에서 제일 못생겼을 때야, 그때가."

　"지금이랑 똑같은데."

"나 지금 못생겼다는 거냐?"

"그게 아니고……. 우리 고기 먹자. 내가 맛있게 구워 줄게."

서하가 고기를 구워 주겠다며 말을 돌렸다. 그러곤 얼른 냉장고에서 고기를 꺼내 왔다.

유경은 말 나온 김에 사진을 바꿔야겠다는 생각이 들었다. 가방에서 다이어리를 꺼낸 유경은 그 속에서 증명사진을 집어 들고 다시 주방으로 향했다. 그러곤 사진을 녀석에게 내밀었다.

"나 이 사진으로 바꿔 주라. 고딩 때 사진은 반납하고. 응?"

"싫어."

서하가 단호하게 대답했다. 그리고 포장된 고기를 뜯고 있는데 유경이 녀석의 뒷주머니가 볼록 튀어나온 것을 물끄러미 보다가 천천히 손을 뻗었다.

"서하야, 미안. 내 사진 최신 걸로 바꿀게!"

의미심장한 미소를 지으며 유경이 녀석의 뒷주머니에서 얼른 지갑을 꺼냈다. 그러자 서하가 화들짝 놀라 고기를 내팽개치고 뒤로 휙 돌았다.

"아, 지갑……."

도망치는 유경의 뒷모습을 바라보던 서하가 마른세수를 하며 탄식했다.

"……안 되는데."

서하가 왜 그러는지 전혀 알 길이 없는 유경은 거실로 달려가며 지갑을 펼쳤다. 그리고 자신의 흑역사인 고딩 때 사진을 주욱 잡아당겨 꺼냈는데.

투두둑. 투둑.

사진과 함께 지갑 속에서 뭔가 빠져나와 바닥으로 떨어졌다. 유경이 걸음을 멈추고 쪼그려 앉았다. 그리고 바닥에 떨어진 것을 유심히 쳐다보다가 하나를 주워 들었다. 정사각형?

"이게 뭐야?"

터벅터벅.

서하가 애써 태연한 척 굴며 걸어와 바닥에 떨어진 정사각형을 하나, 둘, 셋, 그리고 유경의 손에 있는 것까지 네 개를 뺏어 주머니에 구겨 넣더니 다시 주방으로 가 버렸다. 묵묵히 인덕션 앞에 서서 고기를 굽는 녀석의 귀가 빨개져 있었다.

유경은 뒤늦게 알아차렸다. 녀석이 아까 편의점에 간 이유를.

"설거지는 내가 할게."

"됐어. 가서 쉬고 있어."

유경이 설거지를 하겠다고 나섰지만 녀석에게 떠밀려 거실로 쫓겨났다. 뭔가 상황이 저번 날 이곳에 처음 왔을 때랑 비슷하게 돌아가고 있다는 생각이 들었다.

아니지, 아니야. 전혀 비슷하지 않아. 그날은 적어도 고기는 맛있었다고. 하지만 이번엔 고기가 입으로 들어가는지 코로 들어가는지 모를 정도로 자꾸만 눈앞에서 콘돔이 어른거려 미치는 줄 알았다. 한 개도 아니고, 두 개도 아니고, 네 개씩이나…….

그게 왜 네 개나 지갑에 있었던 거지? 도대체 왜?

유경은 설거지를 하고 있는 녀석을 흘끔 훔쳐봤다. 걷어 올린 소매, 그 아래 팔뚝에서부터 손가락까지 이어지는 힘줄. 완전 섹시해. 저 손으로……. 옴마낫, 내가 지금 무슨 생각을 하는 거야? 미쳤어.

유경이 정신을 차리기 위해 고개를 절레절레 흔들었다. 이게 다 콘돔 때문이야. 유경은 볼록 튀어나온 녀석의 뒷주머니에 시선을 고정했다. 아까 보니까 저 녀석, 지갑에 다시 그것을 고이 넣으시던데. 유경의 얼굴이 다시금 화락 달아올랐다.

색깔도 각양각색이었고, 포장지에 딸기, 바나나, 포도, 복숭아 같은 과일이 그려져 있었어. 근데 콘돔에 맛은 왜 있는 거지? 불현듯 머릿속에 그런 궁금증이 들었다. 하지만 생각과 동시에 정답을 바로 알아채고 말았다.

침착하자. 침착해. 유경은 손으로 부채질을 하며 얼굴에 오른 열을 식히려고 노력했다. 하지만 진정이 되기는커녕 심장이 밖으로 튀어나올 것처럼 쿵쾅거렸고, 손에선 식은땀이 났다.

지이잉. 지이잉.

하필 그때, 테이블 위에 있던 녀석의 핸드폰이 진동을 했다. 깜짝 놀란 유경의 시선이 절로 테이블 위로 향했다. 보지 말자, 보면 안 된다, 하면서도 자꾸만 핸드폰 액정으로 시선이 꽂혔다. 결국 액정 위에 뜬 문자 내용을 엿보고 말았다.

[나 은영이야. 우리 언제 만날까? 내일 시간 어때?]

문자를 확인한 유경의 두 눈이 가늘어졌다. 마침 설거지를 마치고 녀석이 와인과 와인 잔을 들고 다가오고 있었다. 유경의 시선을 마주한 서하가 움찔했다.

"왜 또 그런 눈으로 봐?"

"아무것도 아니야. 너 문자 왔더라."

유경이 시큰둥하게 대답했다. 그런 유경을 의아하게 쳐다보던 서하가 테이블 위에 잔을 내려놓고 와인을 따랐다. 그리고 자연스럽게 그녀 옆에 앉으며 핸드폰을 집어 들었다.

와인을 마시며 은영에게서 온 문자를 확인한 서하가 유경을 흘끔 쳐다봤다. 유경이 와인을 벌컥벌컥 마시고 있었다. 서하가 걱정스레 바라보며 말했다.

"천천히 마셔. 그거 도수 꽤 높아."

"그래? 근데 이거 완전 맛있어."

홧김에 마셨는데, 생각보다 너무 맛있어서 유경이 두 눈을 반짝거렸다. 와인을 홀짝홀짝 잘도 마시는 유경이 귀여워서 서하가 피식 웃었다.

"너 그러다 훅 간다. 조심해."

"치이. 너나 조심해."

"내가 뭘?"

"아까 은영이랑 나중에 만나기로 약속했나 보지? 짐만 들어 줬다더니, 거짓말."

"차 빌려준 답례로 커피 한잔 사 달라고 해서 그러겠다고 예의상 대답했는데, 진짜 날짜까지 잡을 줄은 몰랐네. 어떡하지?"

"그걸 왜 나한테 물어?"

"나 내일 김은영 커피 사 주러 나갔다간, 너한테 머리카락 다 뜯길 것 같아서. 눈빛이 딱 그런 눈빛인데."

"무슨 소리야. 아니거든?"

또 질투한다고 놀리는 녀석의 짓궂은 장난에 유경은 쪽팔려서 어디 쥐구멍에라도 숨고 싶은 심정이었다.

질투 안 하겠다고 한 지 1시간 조금 지났나? 나 미쳤나 봐. 진짜 요즘 왜 이러지? 이러지 말자. 난 어른이야. 질투 따위 하지 않는 성숙한 어른 여자라고.

마인드 컨트롤을 마친 유경이 차분한 목소리로 말했다.

"당연히 답례해야지. 내일 은영이 커피 맛있는 거 사 주고 와."

"진짜? 알았어. 니가 가라면 가야지. 그럼 내일 만나자고 답장 보낸다?"

"어? 어……. 보내."

괜찮아. 난 괜찮다.

유경은 태연한 척 웃으며 와인을 마셨다. 그러곤 문자를 쓰고 있는 녀석을 물끄러미 쳐다봤다.

"뭘 그렇게 길게 써?"

녀석이 대답도 하지 않고 핸드폰에서 시선을 떼지 않자, 유경이 테이블 위에 잔을 내려놓았다. 어찌나 세게 내려놓았는지 탕, 소리에 문자를 쓰던 서하가 놀라 고개를 돌렸다.

녀석과 눈이 마주친 유경이 멋쩍게 웃으며 말했다.

"내일 나도 같이 가면 이상하려나?"

"풉."

서하가 웃음을 터뜨리며 유경의 머리카락을 헝클어뜨렸다. 유경이 헝클어진 머리카락을 매만지며 녀석을 원망스레 바라봤다.

"너 진짜 내일 은영이 만날 거야? 커피 마시러 갈 거냐고."

"가긴 어딜 가. 안 가. 너랑 놀 시간도 부족한데 내가 김은영을 왜 만나냐."

"그럼 방금 뭐 했어? 문자 쓴 거 아니야?"

"커피 기프티콘 보냈다, 왜. 고마운 건 고마운 거니까."

그렇게 말하며 녀석이 핸드폰을 테이블 위에 무심하게 툭 내던졌다. 그리고 잔을 들어 와인을 한 모금 마시며 유경을 빤히 쳐다봤다. 유경은 질투에 눈이 멀어 또 질척거린 자신의 머리통을 쥐어박으며 자책하고 있었다.

그런 유경을 지켜보던 서하가 피식 웃었다.

"진짜 미치겠다."

"왜?"

"질투를 왜 이렇게 귀엽게 해?"

녀석이 갑자기 잔을 내려놓더니, 유경의 얼굴에 시선을 고정했다. 녀석의 뜨거운 시선을 정면으로 마주한 유경은 얼굴이 다 화끈거렸다.

"귀, 귀엽다니. 너 지금 나 놀리는 거지?"

"내가 널 왜 놀려? 귀여워서 귀엽다고 하는데, 무슨 문제 있어?"

녀석이 반항적인 말투와 눈빛으로 유경의 입술을 노골적으로 쳐다보며 말했다.

"니가 질투할 때마다 너무 좋아서 미칠 것 같아. 그러니까 계속해 봐."

"하다니, 뭘⋯⋯."

녀석의 눈빛이 평소와 달랐다. 정욕으로 가득 찬 눈빛은 뭔가 허락을 구하는 듯 간절해 보였다. 녀석이 지금 원하는 게 뭔지 눈빛만 봐도 알 수 있었다. 녀석은 유경의 얼굴에서 시선을 절대 떼지 않았다.

분위기가 야릇하게 흘러가자 유경은 창밖을 보며 어색한 웃음을 흘렸다. 그러곤 재빨리 말을 돌렸다.

"저번에 왔을 땐 목련나무 없었는데, 이번에 심은 거야? 꽃 피면 진짜 예쁘겠다⋯⋯."

유경이 말끝을 흐렸다. 녀석이 유경의 턱 끝을 잡아당겨 자신의 얼굴을 보게 했다. 그리고 나지막이 말했다.

"지금 나무가 눈에 들어와?"

"어? 응. 목련나무가⋯⋯ 읍!"

목련나무가 너무 예쁘다는 말을 하려던 유경의 입술을 녀석이 먹어버렸다.

쪽. 쪽쪽⋯⋯.

유경의 입술을 물고 핥으며 부드럽게 버드키스를 하던 녀석이 한참이 지난 후에야 입술을 뗐다. 그리고 살짝 풀어진 눈으로 그녀를 지그시 바라봤다.

"침대로 갈까?"

"치, 침대? 그게⋯⋯ 으악!"

유경이 망설이는 순간을 놓치지 않고 녀석이 유경을 번쩍 안아 들었다. 당장이라도 잡아먹을 듯 바라보는 녀석의 눈빛에 유경은 어쩔 줄 몰라 하며 손으로 얼굴을 가렸다.

하지만 녀석은 얼굴을 가린 유경의 손등부터 그녀의 작은 귀, 부드러운 목, 턱까지 순서대로 입을 맞췄다. 녀석은 입술로 그녀를 달래며 침실로 향했다.

계속되는 스킨십에 유경의 머릿속이 하얘졌다. 뭘 어떻게 해야 하는지 아무 생각도 들지 않았다.

그러는 동안 어느새 자신은 침대 위에 눕혀졌다. 셔츠 단추를 하나씩 풀어 옷을 벗고 있는 녀석을 보며 유경은 이제야 실감했다.

아, 이게 그거구나.

언제였더라, 영화 뒤풀이 자리에서 서정화 선생님이 했던 말이 떠올랐다.

'유경아, 너 아직 섹스 안 해 봤지?'

'네? 아니요……가 아니고, 네. 사실 그렇습니다. 근데, 그걸 어떻게…….'

'김 이사 조심하라고. 처음을 그런 쓰레기랑 하면 너무 아깝잖아.'

'에이! 저요, 절대 그분하고 그럴 생각 전혀 없어요!'

'장담하지 말어. 여자 분위기 타면 그냥 한 방에 훅 가는 거야. 명심해.'

이거였구나. 분위기 타고 한 방에 훅 가는 거. 그나저나 이 녀석 처음 맞아? 왜 이렇게 자연스럽지?

유경은 계속해서 스킨십을 하며 사람 정신을 홀려 놓고, 어느새 자신을 침대까지 데려온 녀석의 스킬에 감탄했다. 그리고 이번엔 시각적 효과까지 가세할 모양이다. 녀석이 과감히 셔츠를 벗었다. 녀석의 탄탄한 상반신 근육을 보며 유경은 더욱더 정신이 아찔해졌다.

"하다가 아프거나 힘들면 바로 말해."

행동은 남자다운데, 말투는 어찌나 다정한지. 녀석은 유경의 이마에 부드럽게 키스하며 손목에 찬 시계를 벗어 협탁 위에 내려놓았다. 그리고 무드 등을 켰다.

은은한 불빛 아래 누워 있는 유경은 시선을 어디에 둬야 할지 몰라 방황하고 있는데, 그사이 녀석이 몸을 덮쳤다. 녀석의 커다란 몸 아래에 깔린 유경은 이제야 실감했다.

우리가 진짜 하는구나.

때론 피하기도 했고, 때론 기다리기도 했던 그날이 바로 오늘이라니.

"후우……."

유경은 너무 떨린 나머지 가쁜 숨을 몰아쉬었다.

"괜찮아. 나 믿고 몸에 힘 빼."

입을 맞추며 녀석이 그녀를 달랬다. 유경은 누운 채로 몸에 힘을 빼고 녀석을 지그시 올려다보았다. 밑에서 봐도 잘생겼네. 나른하게 뜬 서하의 눈빛을 마주한 유경은 저도 모르게 녀석에게 키스를 했다.

입술이 맞붙은 직후부터는 본능에 몸을 맡겼다. 서하의 목에 손을 두른 채 유경은 그동안 녀석에게 배운 키스를 되돌려 주었다. 그게 도화선이 되어 두 사람은 부둥켜안고 격정적으로 키스를 나누었다.

유경과 서하는 그 어느 때보다 더 뜨겁게 서로의 입술을 탐했다. 그녀의 벌어진 입술 사이로 혀를 끌어당겨 쪽쪽 빨아 마시며 갈증을 채우던 녀석의 오른쪽 손이 바삐 움직였다.

그는 어느새 가슴께까지 말려 올라간 그녀의 폴라티를 쑥 잡아당겨 옷을 벗겼다. 그 바람에 정전기가 난 그녀의 머리카락이 붕붕 떠다녔다.

"앗."

유경이 당황해 하며 머리카락을 매만지자, 서하가 웃음을 터뜨렸다.

"앞으로 졸업할 땐 폴라티 금지. 청바지도."

녀석의 손이 그녀의 청바지 지퍼에 닿아 있었다.

"앗, 그, 그건 내가 할게."

유경이 허둥지둥 지퍼를 내렸다. 서하는 유경의 정전기 난 머리를 쓰다듬으며 이마에 키스했다. 그리고 몸을 더욱 가깝게 겹치며 속삭였다.

"아까 목련나무 얘기가 나와서 말인데, 난 꽃 중에서 목련꽃이 제일 좋아. 널 닮았거든."

그런 로맨틱한 말을 이렇게 홀딱 벗고…….

녀석의 뜨거워진 입술이 맨살에 닿을 때마다 유경의 몸이 파르르 떨렸다. 낯선 전율에 입술 사이로 신음이 새어 나왔다. 막을 수가 없었다.

"아!"

녀석은 유경의 몸에 더욱 깊숙이 자신을 각인시키며 고백했다.

"어느 시인이 목련의 첫 발음을 할 때면, 목이 메어서 온 생이 떨린다더라. 나한테 우유경, 니가 그래."

"……."

불규칙하고 거칠던 호흡이 점차 안정적으로 변할 때쯤.

"내 온 생이 떨릴 정도로…… 사랑해."

고백과 함께 녀석의 눈빛은 다음 단계에 대한 허락을 구하는 듯했다.

유경은 작게 고개를 끄덕이며 나도 사랑한다고 속삭이듯 말했다. 그러자 녀석이 정말 세상을 다 가진 듯 환하게 웃으며, 그녀에게 입을 맞추며 천천히 하체를 움직였다.

19.
지금 가장 이루고 싶은 꿈

잠에서 깬 유경은 멀뚱히 천장만 바라보다가 맨살에 보드라운 촉감이
느껴지자, 슬그머니 이불을 들춰 안을 확인했다.

세상에, 속옷도 안 입고 잤어.

유경은 이불을 꽉 껴안은 채 두리번거리며 침대 밑을 살폈다.

내 속옷이 어디 있지? 반대쪽에 있나?

천천히 고개를 돌리자, 바로 옆자리에서 곤히 자고 있는 녀석이 보였
다. 역시나 녀석도 옷을 홀딱 벗고 있었다.

아침부터 눈 호강 제대로 한다는 느낌으로 유경은 녀석을 눈에 가득
담았다.

아침마다 운동한다더니 그냥 하는 말이 아니었나 보다. 떡 벌어진 어
깨에서부터 팔목까지 근육으로 인해 만들어진 곡선이 참 아름다웠다. 어
젯밤 저 단단한 팔에 매달려 몸을 떨던 자신의 모습이 떠오른 유경은 너
무 부끄러워 몸서리를 쳤다.

하지만 그럴수록 기억은 더욱 생생해졌다.

'아파. 서하야, 아프다구우……'

'다리 좀.'

'안 돼, 보지 마. 거긴 안 돼……'

'괜찮아. 어차피 아까 다 봤어. 지금은 어때?'

'좋아……. 잠깐, 천천. 히. 아흑! 아!'

새벽까지 입술로 손으로 집요하게 저를 괴롭히던 색기 잘잘 흐르던 모습은 어딜 가고, 바로 옆에 누워 잠들어 있는 녀석의 얼굴은 아기처럼 온순해 보였다.

뽀송뽀송한 얼굴, 긴 속눈썹, 촉촉한 입술.

유경은 조심스레 손을 뻗어 녀석의 흐트러진 머리카락을 쓸어 넘겨 주었다. 그리고 아쉬움을 뒤로하고 녀석이 깨기 전에 손을 거두려는데.

"잘 잤어?"

녀석이 유경의 손을 덥석 잡더니, 그녀의 기다란 손가락에 쪽쪽, 입을 맞추며 두 눈을 떴다. 아기처럼 온순하다는 거 취소. 아침부터 위험할 정도로 녀석의 얼굴에 생기가 넘쳤다.

"몸은 괜찮아? 아픈 덴 없고?"

"어? 응. 괜찮아."

"다행이다."

녀석이 환하게 웃으며 그녀의 손을 쭈욱 잡아당겼다. 그리고 그녀를 품에 꽉 안았다.

녀석의 단단한 가슴팍에 이마를 폭 기댄 유경은 벌거벗은 것도 잊고 두 팔을 벌려 녀석의 허리를 꽉 껴안았다가 화들짝 놀랐다.

"앗, 너……"

"미안. 사실 아까부터 계속 너 언제 일어나나 기다리고 있었어."

"안 돼. 너 빨리 팬티 입어."

유경이 도망가려고 했지만, 녀석의 품에 갇힌 유경은 꼼짝도 할 수가 없었다.

"윽! 하, 하지…… 마."

다리 사이를 파고드는 뜨거운 기운이 느껴지자, 유경은 곤란한 얼굴로 녀석을 올려다봤다.

"아침부터 너 진짜."

"좋아서 그래. 니가 너무 좋아서."

그렇게 말하며 녀석이 유경의 이마에 키스를 했다. 그리고 그녀를 더욱 세게 껴안으며 천천히 몸을 움직이기 시작했다. 새벽에 이어 또다시 시작된 녀석의 야한 몸짓. 유경은 하는 수 없이 또 녀석의 목에 매달리며 같이 몸을 움직였다.

"내 꿈이 뭐냐고 다시 물어봐 주라."

녀석이 가쁜 숨을 몰아쉰 뒤 그녀를 바라보며 말했다. 그러자 유경은 저번 날 편의점에서 녀석과 나눴던 대화를 떠올렸다.

'너는? 너도 설렐 만한 꿈 있지?'

'없어.'

아주 건조한 표정으로 꿈이 없다고 말하던 녀석의 표정이 생각나자 가슴이 먹먹했다. 그랬던 녀석이 갑자기 꿈 얘기는 왜 꺼내는 걸까? 유경이 의아한 눈빛으로 녀석을 바라봤다.

"갑자기 꿈은 왜? 넌 더 이상 꿈이 없다며."

"그랬었지."

"사실 그때 나 니가 되게 가여웠어. 그래서 따뜻한 말로 널 위로해 주고 싶었는데, 그러지 못해서 내내 마음에 걸렸거든."

"이제 가여워할 필요 없어. 나도 꿈이 생겼으니까. 바로 어제."

"진짜?"

유경은 제 일처럼 기뻐하며 녀석을 웃는 얼굴로 바라봤다.

"뭔데? 궁금해. 니 꿈이 뭔지."

"우유경."

절대 물러서지 않을 것 같은 눈빛으로 녀석이 말했다.

"나 너랑 결혼할 거야."

"!!"

"그게 내 인생 목표이자, 지금 가장 이루고 싶은 꿈이야."

욕실에서 씻고 나온 유경은 드라이어로 젖은 머리를 말리며 거울 앞에 섰다. 울긋불긋한 목 주변을 보자 어젯밤부터 오늘 아침까지 녀석과 함께했던 행위들이 떠올라 얼굴이 홧홧해졌다.

사랑하는 사람끼리 나누는 자연스러운 애정 행각일 뿐이라고 대수롭지 않게 여기고 싶었지만, 유경은 녀석과의 잠자리만 떠올리면 가슴이 쿵쾅거려 미칠 것 같았다.

"으, 정신 차리자. 난 아무렇지도 않다. 아무렇지도 않……을 수가 없잖아. 이제 그 녀석 얼굴을 어떻게 보지?"

머리도 다 말렸겠다, 밖으로 나가야 하는데 용기가 나지 않았다.

쏴아아아─ 지글지글.

밖에선 녀석이 식사 준비를 하는지 달그락거리는 소리가 들렸다. 부지런도 하지. 그냥 시켜 먹자니까 아침밥 해 주겠다고 서둘러 나가더니.

우와, 맛있는 냄새. 녀석은 겉보기엔 엄청 시크한데, 하는 행동을 보면 무척이나 다정하고 가정적인 남자였다. 유경이 평소 막연하게 꿈꾸고 바라던 남편감에 적격이었다.

결혼해도 변하지 않을까? 이제는 자연스럽게 녀석과 결혼하면 어떨지 상상하게 됐다. 이게 다 녀석의 고백 때문이었다.

'나 너랑 결혼할 거야.'
'그게 내 인생 목표이자, 지금 가장 이루고 싶은 꿈이야.'

고백을 가장한 청혼인지 포부인지 헷갈리긴 하지만, 어쨌든 유경에게 엄청나게 큰 영향을 준 건 맞았다.

유경은 난생처음 결혼에 대해 진지하게 생각해 봤다. 당장 눈앞에 닥친 현실을 살아가기 급급해 결혼은 아주 먼 미래의 이야기일 뿐이라고 치부해 왔는데 녀석과의 결혼은 생각만 해도 황홀했고, 행복할 것만 같았다.

'난 반드시 너랑 결혼할 거야. 그러니까 내가 서둘러도, 조금 빠르더라도, 니가 이해해 줘.'
'그게 무슨 말이야? 서둘러? 빠르……다니, 앗, 처…… 천천히. 서하야, 천천히!'

또 생각났다. 오늘 아침 녀석과 진하게 나눴던 사랑이. 폭주하듯 빠르게 움직이는 녀석에게 애원하듯 매달려 결국 울음을 터뜨린 자신의 못난 모습이 떠올라 유경은 고개를 푹 숙여 버렸다.

지이잉. 지이잉.

그때 탁자 위 핸드폰이 진동했다. 무슨 일인지 단톡방에서 연신 알람이 울려 대고 있었다. 유경이 얼른 톡을 확인했다.

　[우 감독님, 결혼하세요?]
　[나도 방금 기사 봤음.]
　[결혼 축하!]
　[채 작가님 이용해서 현소정 이미지 메이킹 하려던 거 다 들통났음.]
　[속이 다 시원하네.]

이게 다 무슨 말이야? 기사? 유경이 화들짝 놀라 단톡방에 김 피디가 올린 기사를 확인했다. 기사의 내용은 이랬다.

"채서하 작가, 올해 안에 결혼할 예정이라고 밝혀……. 어린 나이에 결혼, 두렵지 않아. 인생의 새로운 출발이라고 생각……."

유경은 믿기지 않는 얼굴로 기사를 보고 있는데 철컥, 문이 열렸다.

"다 씻었어? 밥 먹자."

안으로 들어온 녀석이 유경을 향해 미소 지으며 말했다. 그러다 그녀가 손에 쥐고 있는 핸드폰을 물끄러미 보더니 다 들켰다는 듯 체념하는 표정으로 입을 열었다.

"내가 아침에 말했잖아. 서두를 거라고, 빨리할 거라고."

"아……. 그 빨리가 이 빨리였어?"

난 다른 속도를 말하는 줄.

"그 빨리는 뭐고, 이 빨리는 뭔데?"

"아무것도 아니야. 빨리 밥 먹자!"

유경이 민망한 웃음을 흘리며 잽싸게 말을 돌렸다. 그러곤 얼른 밖으로 나가려는데, 뒤에서 서하가 껴안았다. 서하가 그녀의 어깨에 얼굴을 묻은 채 말했다.

"진짜 좋다. 너랑 아침부터 이렇게 계속 같이 있으니까 너무 좋아."

웃음기가 묻어난 녀석의 즐거운 목소리에 유경의 기분도 좋아졌다. 이번엔 유경이 뒤돌아 녀석을 꽉 끌어안았다. 그러곤 녀석의 품에 얼굴을 기댄 채 속삭였다.

"나도 좋다. 너랑 같이 있으니까. 아침부터 기사 때문에 주변이 좀 시끄러워지긴 했지만."

"미안해. 마음대로 기사 내서."

"아니야. 아주 잘했어. 이제 현소정이고 뭐고 너한테 수작 부리는 여자들 싹 다 없어지겠지?"

"그게 좋은 거야?"

"당연하지. 현소정 걔 진짜 마음에 안 들어. 김 피디가 그러는데, 너이용해서 이미지 메이킹 하려고 했대. 이거 이거, 현소정이 일부러 열애설 낸 거 아니야? 그때 막 너한테 스킨십하고……. 아우 씨, 열받아."

"너 또 질투하냐? 나 갑자기 밥 먹기 싫어졌어. 우리 한 번 더……."

"아이고, 배고파. 우리 빨리 밥 먹자!"

유경이 화들짝 놀라 녀석의 가슴팍을 퍽, 밀치고 후다닥 밖으로 달려나갔다. 그녀의 손길이 닿았던 가슴을 매만지며 서하가 기분 좋은 미소를 지었다.

한남동.

서 회장의 저택 3층 드레스룸으로 윤성희가 들어갔다. 크림색 투피스를 곱게 차려입은 윤성희가 창가로 가서 창문을 활짝 열었다. 밖에서 사람들의 깔깔거리는 웃음소리와 화기애애한 대화 소리가 들려왔다.

지금 바로 아래에서는 서 회장의 생일을 맞아 가든파티가 열리고 있었다. 서 회장의 네 명의 아들과 며느리, 그리고 손주들이 모두 다 참석

한 자리였다. 하나부터 열까지, 오늘의 파티를 준비하는 데 윤성희의 손
길이 닿지 않은 곳이 단 한 군데도 없었다.

하지만 그 자리에 윤성희의 자리는 없었다. 짜증이 솟구친 윤성희의
빨간 입술이 비틀렸다.

지이잉. 지이잉.

"그래. 알아봤어?"

윤성희가 전화를 받더니, 수화기 너머로 소리쳤다.

"뭐라고? 그게 무슨 소리야! 서하가 직접 기사를 뿌려? 알았어. 일단
끊어."

윤성희가 전화를 끊고 욕을 읊조렸다. 그리고 아침부터 계속 마시던
보드카를 향해 손을 뻗었다. 병째 술을 들이켠 그녀는 쉽사리 화가 가라
앉지 않았다.

"결혼? 누구 맘대로!"

적어도 내 아들의 혼사만큼은 서지웅에게 뒤처지지 않기를 바랐다. 무
슨 수를 써서라도 내 아들을 서지웅보다 더 높은 자리에 올려서 지난날 서
지웅 모친에게 받았던 수모를 되갚아 주겠다는 희망으로 살아왔는데…….

술을 마시며 생각에 잠겨 있던 윤성희가 다시 핸드폰을 들어 어디론
가 전화를 걸었다.

"덕희니? 나야, 성희. 우리 좀 만나자. 내가 문화시로…….

똑똑똑.

갑작스러운 노크 소리에 윤성희가 화들짝 놀라 말끝을 흐렸다. 그러
곤 아주 작게 수화기에 대고 얘기했다.

"내가 다시 연락할게."

윤성희가 통화를 종료하자마자 문이 열리고 한 남자가 들어왔다.

얼마 전에 서 회장과 함께 미국에서 귀국한 둘째 아들 서혁준. 그는
외적으론 서 회장을 가장 많이 닮았으나, 네 명의 형제들 중 사업적인

수완과 능력이 가장 모자랐다.

"무슨 일이니?"

윤성희가 탐탁지 않은 표정으로 서혁준을 쳐다봤다.

"같은 편끼리 건배나 할까 해서요."

서혁준이 윤성희와 마찬가지로 보드카를 병째 들고 있었다. 윤성희가 황당하다는 듯 웃었다.

"같은 편? 내 기억이 잘못된 건가? 니가 지웅이한테 자리 뺏기고 5년 전 미국으로 떠나던 그날 나한테 뭐라고 했더라."

"제가 뭐라고 했는데요?"

"돌아오면 나부터 쫓아낸다고 했었지. 기억 안 나니?"

"제가요? 에이, 그럴 리가. 우리 과거는 잊읍시다. 솔직히 여사님도 나도, 지웅이 녀석한테 손톱 발톱 다 뽑혀서 싸울 힘도, 능력도 없잖아요."

그 소리에 분한 마음이 든 윤성희가 술을 벌컥벌컥 들이켰다. 그런 윤성희를 흘끔 보던 서혁준이 그녀에게 다가가 작게 속삭였다.

"왜 그런 말도 있잖아요. 적의 적은 동지다."

"……."

"여사님, 나랑 같이 힘 합쳐서, 우리 귀여운 막내 손 좀 봐 줍시다."

그 소리를 가만히 들으며 윤성희가 창밖을 내다봤다. 다들 멀끔한 슈트 차림으로 앉아 있는데, 저 혼자만 패딩을 껴입고 연신 재채기만 해 대는 지웅을 빤히 쳐다보던 윤성희가 천천히 고개를 돌렸다. 그리고 서혁준을 바라보며 싱긋 웃었다.

"엣취!"

지웅은 패딩을 껴입고도 몸을 부들부들 떨며 와인을 마셨다. 그가 앉은 테이블엔 아무도 없었다. 지웅의 주변으론 그의 형제들과 조카들 ㄱ 누구도 다가오지 않았다. 그가 감기에 걸렸기 때문은 아니었다. 원래도 이랬다. 이 먹이 사슬에서 지웅의 편은 아무도 없었다.

게다가 아직 열 살밖에 안 된 조카도 이곳에 오기 전에 지 부모한테 무슨 교육이라도 받았는지, 지웅과는 눈도 마주치지 않고 서 회장 옆에 딱 달라붙어 책을 읽고 있었다. 벌써부터 권력을 아는 거지. 그 아이를 보며 지웅은 어이가 없었다.

씁쓸한 미소를 지으며 지웅은 와인을 들이켰다. 그러곤 빈 잔을 테이 블 위에 올려놓은 후 자리에서 일어났다.

순간, 주변이 술렁거렸다. 모두가 신경 쓰지 않는 척하며 지웅을 주시 하고 있었던 것이다. 그런 사람들의 시선을 즐기며 지웅은 서 회장이 있 는 테이블로 향했다.

"아버지, 생신 축하드립니다."

지웅이 비틀거리며 서 회장의 맞은편에 앉았다. 그러곤 서 회장에게 태블릿 PC를 건넸다.

"생신 선물이에요."

서 회장이 못마땅한 눈초리로 태블릿 PC를 쳐다봤다. 하지만 액정에 뜬 보고서를 보자마자 서 회장의 두 눈이 커다래졌다. 심지어 비서에게 건네받은 돋보기안경까지 쓰고 보고서를 읽어 내려가기 시작했다.

지웅이 설명을 덧붙였다.

"이제 본격적으로 촉매 기술을 접목한 신차 개발에 전력을 쏟을 생z 이에요. 보시는 건 기획서고, 맨 뒷장에 설계도 있으니까 천천히 보세요 황은범 박사한테 자문 구해서 만든 설계도예요."

"이게 가능하단 말이지?"

"무조건 가능하도록 만들어야죠."

"하하하."

지웅의 자신감 넘치는 대답에 서 회장이 오래간만에 웃음을 터뜨렸다.

"아, 그리고 오늘 새벽에 도착한 소식인데요. 우리 자동차가 북미 '올해의 차'에 선정됐다네요. 월요일쯤 국내 언론에 홍보 기사 뿌릴 예정이에요."

"니가 저번에 북미에서만 따로 개발을 추진한 SUV 차량 말이냐?"

"네. 그 차 맞아요. 아버지 소원대로 우리 회사 명예를 높였으니, 실적은 저절로 오르겠죠? 그럼 저 할 일 다 한 거 맞죠? 그러니까 결혼은……"

"에헴."

서 회장이 헛기침을 하며 지웅의 말을 끊었다. 일로는 뭐라고 나무랄 데 없이 완벽한데, 어찌 저 녀석은 매번 중요한 일을 앞두고 사랑 타령인지.

"박 실장, 저 녀석 감기 몸살인 것 같으니까 당장 정 박사 불러서 입원시켜."

괜히 할 말이 없어진 서 회장이 박 실장을 불러 명령했다. 지웅은 박 실장을 향해 손을 들어 올려 됐다는 제스처를 취했다.

"됐어요. 더 심하게 아플 때도 아버지 손 잡고 선보러 나갔는데, 이 정도쯤이야. 콜록콜록."

저 자식이 지금 애비를 놀리는 건가? 서 회장이 넌덜머리가 난다는 듯 고개를 절레절레 흔들더니 바로 옆에 앉아 책을 읽고 있는 손주의 머리를 쓰다듬었다. 손주 앞에선 세상 어디에도 없는 인자한 할아버지였다.

그 모습을 흥미롭게 지켜보던 지웅의 표정이 순식간에 굳어졌다. 동화책이나 읽고 있는 줄 알았더니, 아니었다. 아이가 읽고 있는 책은 다름 아닌 「피어싱」이었다.

마찬가지로 자기 손주가 무슨 책을 그리 재밌게 읽고 있는지 궁금했던 서 회장이 책의 제목, 그리고 저자를 확인하더니 묘하게 표정이 일그러졌다. 그를 본 지웅이 일어나며 실소를 터뜨렸다.

"지웅아, 나랑 얘기 좀 하자."

그때, 지웅의 곁으로 다가온 셋째 형이 그를 정원 밖으로 불러냈다. 주변에 아무도 없는지 두리번거리던 셋째 형이 말문을 열었다.

"너 아버지한테 부영식품 막내랑 결혼 안 한다고 했다며? 그럼 누구랑 결혼할 건데?"

"비밀."

"부영식품 막내보다 더 나이스한 혼처가 있는 거야? 어느 집안 딸인데? 인마, 나한테 정보 좀 줘."

서 회장이 직접 주선한 자리인 만큼 모두가 서지웅은 무슨 일이 있어도, 수단과 방법을 가리지 않고 무조건 결혼을 추진할 거라고 예상했다. 하지만 그 예상은 보기 좋게 빗나가고 말았다.

지웅의 맞선 소식을 들은 이후부터 회사 돈까지 무리하게 끌어다 부영식품에 투자했던 셋째는 오늘 지웅이 파혼할지도 모른다는 얘기를 듣고 마음이 조급해졌다.

그런 셋째를 한심하게 쳐다보며 지웅이 말했다.

"형. 하청 업체 등치고, 거기에 빨대 꽂아 뽑아낸 돈 원래대로 갖다놔. 기한은 일주일."

"얘가 지금 무슨 소릴……."

"3일."

"서지웅!"

"내일까지."

"……."

"오케이. 내일까지 장난친 장부 원래대로 돌려놔. 안 그럼 형 자리 없애 버릴 거야."

셋째가 이를 바득바득 갈며 지웅을 노려봤다.

"미친 새끼. 너 강소윤 때문에 결혼 안 하는 거지? 니가 지금 그깟 년 추모 영상이나 만들고 있을 때냐? 윤성희 그 여자 주주들 만나고 다닌다 더라? 둘째 형도 귀국했겠다, 니 자리도 언제 날아갈지 모르거든?"

셋째를 무시하고 자리로 돌아가려던 지웅이 돌연 뒤를 돌았다. 그리고 그를 향해 웃으며 말했다.

"내 자리 날아가기 전에, 내가 형 아들 교육 좀 시켜도 돼?"

"뭐?"

무슨 말을 하는지 영문을 모르겠다는 표정으로 셋째가 서 있는데, 지웅이 성큼성큼 서 회장이 있는 테이블로 걸어갔다. 사람이 옆에 온 줄도 모르고 책에 빠져 있는 조카를 가만히 보던 지웅이 무표정한 얼굴로 그 책을 뺏어 버렸다.

"이리 주세요! 내 책!"

조카가 책을 달라고 손을 뻗으며 떼를 썼지만, 지웅은 아랑곳하지 않았다.

"인마, 어른을 봤으면 인사를 먼저 해야지. 이깟 책이 중요해?"

라고 말하며 서 회장을 포함한 형제들 그리고 3층에서 이 모든 상황을 지켜보고 있을 윤성희 보란 듯이 지웅은 연못을 향해 책을 내던졌다.

풍덩—

차가운 물속으로 책이 점점 가라앉고 있었다.

유경은 소파에 누워 페이퍼 뭉텅이를 열심히 넘기며 읽고 있었다.

"안 돼. 이제 그만."

어느새 녀석의 손이 티셔츠 안으로 들어와 지분거리며 몸을 만졌다. 유경은 녀석의 손을 치워 냈다. 그러곤 녀석의 얼굴을 잡아 똑바로 고정한 채 엄한 표정으로 말했다.

"쉬는 시간이라고 했잖아."

"난 이게 쉬는 건데."

"너 때문에 집중이 안 되잖아. 이거 너무 재밌어서 빨리 읽고 싶단 말이야."

"그거 괜히 줬다. 이래 내놔."

"싫어. 안 돼. 나 읽을 거야."

유경이 다시 소파에 엎드려 열심히 페이퍼를 넘겼다. 그녀가 지금 읽고 있는 글은 녀석이 쓴 소설이었다. 사제폭탄을 만들어서 복수하는 내용. 녀석이 설거지를 하는 동안 서재에서 이 페이퍼를 발견한 유경은 녀석의 허락을 구하고 글을 읽기 시작한 것이다.

그런데 첫 줄부터 빠져들어 도무지 글에서 헤어날 수 없었다. 와, 이 녀석 진짜 천재 맞네. 어떻게 이런 생각을 하지? 감탄사를 연신 내뱉으며 유경이 다시 소설에 빠져 한창 허우적대고 있는데.

"어? 뒷장이 왜 없지?"

더 이상 넘길 종이가 없자 유경의 두 눈이 휘둥그레졌다. 설마 이게 끝은 아니겠지? 유경이 페이퍼를 탈탈 털며 맨 뒷장을 살피기까지 했다. 그런다고 다음 장이 나올 리가 있나. 어떡하지. 나 궁금해 죽겠는데.

동시에 유경의 시선이 소파 구석에 있는 원작자에게로 향했다. 그녀가 소설을 읽는 동안 방치당한 녀석이 삐져 있었다.

이제야 그녀가 제게 눈길을 주자 서하가 그녀를 뚱하게 쳐다봤다. 뒤늦게 미안해진 유경이 배시시 웃으며 녀석에게 다가갔다.

"서하야."

"왜?"

"이거 다음 장 어딨어?"

그녀의 물음에 무덤덤한 표정으로 녀석이 자기 머리를 손가락으로 가리켰다. 그러자 유경의 얼굴에 실망한 기색이 역력했다.

"아직 다 안 썼어? 그럼 지금 니 머리에만 있는 거야?"

"어. 영화 각색 때문에 조금 늦어지고 있어."

"그럼 이거 다음은 어떻게 돼? 엔딩은 정했어? 결국 복수는 성공하는 거겠지? 나 궁금해 죽겠어."

"뒷이야기 알려 줄까?"

"응!"

"그럼 너도 알려 줘."

"뭘?"

"어제 어땠는지. 난 진짜 좋았거든."

노골적인 물음에 유경의 얼굴이 발그레해졌다.

"넌 무슨 그런 걸 물어."

"궁금하니까. 빨리 말해 줘."

"나…… 사실 나도 좋았어. 그러니까 아침에도 또 했지. 진짜 좋았어. 너 최고야. 이제 됐어? 자, 대답했으니까 너도 얼른 뒷이야기 알려 줘."

"키스해 주면."

조건이 하나씩 늘어나고 있었다. 유경은 속는 셈 치고 녀석의 입술에 쪽, 하고 키스했다. 뒷이야기가 궁금한 것도 있지만, 소설을 읽는 동안 녀석을 버려둔 것에 대한 미안한 마음이 더 컸다. 그 마음을 담아 정성스럽게 녀석의 입술을 핥으며 입술 안을 파고들었다.

어제 이후부터 딥키스가 기본이 되어 버린 두 사람은 누가 먼저랄 것도 없이 또 불이 붙고 말았다.

"앗."

녀석과 키스를 나누는 데 정신이 팔려 소파 위에 발라당 넘어진 유경의 위로 녀석이 몸을 겹쳐 왔다. 녀석이 그녀의 귓가에 속삭였다.

"지금부터 내가 시키는 대로 하면, 그래서 우리가 성공하면, 내가 소설 한 줄씩 읽어 줄게."

"시키는 대로? 성공하다니, 뭘?"

"일단 엎드려."

"엎드리라고? 변태!"

유경이 화들짝 놀라며 서하의 가슴팍을 퍽 때렸다. 그러자 서하가 아주 손쉽게 그녀의 몸을 돌려세웠다.

"지금부터 뒤에서 얘기할게."

원래 계획은 저녁에 서울로 올라가는 것이었다. 하지만 녀석에게서 소설 내용을 듣느라 시간이 어떻게 가는 줄도 몰랐다.

낭독 장소는 폭신한 소파였다가, 딱딱한 식탁이었다가, 뜨거운 물이 쏟아지는 샤워기 아래였다가……. 수시로 바뀌었다.

스킨십에 후진은 없다더니, 눈만 마주쳐도 녀석의 몸이 자석처럼 나에게 달라붙었다. 때론 강아지처럼 내 품에 파고들었다가, 때론 맹수처럼 거칠게 달려들기도 했다. 둘 다 거부하기 힘들 정도로 매력적인 모습이었다.

'우리 서울 올라가지 말고, 그냥 여기서 같이 살까?'

저녁에 맥주 한 캔을 들고 정원으로 나가 보름달을 올려다보고 있는데, 녀석이 말했다.

'꿈 같아. 너랑 이렇게 같이 있는 거. 그래서 진짜인지 아닌지 자꾸만 확인하고 싶어.'

'확인?'

'응. 확인.'

애틋한 눈빛으로 바라보던 녀석은 입술을 겹쳐 왔다. 그리고 눈을 떠 보니 다음 날 아침이었다.

"응?"

천장을 바라보던 유경은 두 눈을 끔뻑였다. 꿈인가? 아니야. 그러기엔 몸이 너무 예전 같지 않아.

"으, 허리야."

유경이 끙, 앓는 소리를 내며 침대에서 내려왔는데, 뭔가 아래가 허전했다. 내려다보니 군데군데 붉은 자국이 남은 맨다리가 보였다.

"내 바지!"

어떻게 된 일인지 기억을 되짚어 보던 유경은 문득 어제 욕실에서 있었던 일이 떠올라 얼굴이 새빨개졌다.

찰박거리는 물소리, 욕실이라 웅웅 울리는 녀석의 목소리, 물에 젖은 녀석의 얼굴. 따끈한 수증기와 함께 퍼지는 달콤한 향기까지. 모든 것이 위험할 정도로 섹시했다.

"아침부터 무슨 생각을 하는 거야. 그만. 그만."

유경은 정신을 차리려 고개를 절레절레 흔들었다. 그리고 다시 바지의 행방을 찾기 위해 침대 밑을 수색하듯 뒤졌다. 하지만 아무리 찾아봐도 바지는 보이지 않았다.

유경은 하는 수 없이 허벅지까지 내려온 티셔츠만 걸친 채 문을 살짝 열었는데.

'찾았다!'

곱게 접힌 바지가 소파 위에 놓여 있었다.

덜그럭. 쏴아—

녀석은 언제 일어났는지 아침부터 주방에서 분주하게 움직이고 있었다.

유경은 살금살금 거실로 나와 소파로 향했다. 녀석이 눈치채지 못하도록 최대한 조용히 가서 바지를 입을 생각이었다. 유경의 걸음이 점점 더 빨라졌다. 드디어 바지를 손에 넣었고, 얼른 펼쳐 발을 끼어 넣는 순간.

"천천히 입어. 바지 거꾸로 입지 말고."

녀석의 목소리가 들리자 유경이 고개를 번쩍 들었다. 녀석은 이미 유경이 거실에 나온 사실을 알고 있었는지 피식 웃으며 냉장고에서 과일을 꺼내고 있었다. 그러곤 바지를 거꾸로 입고 있던 유경을 스윽 보더니 다시 싱크대로 돌아가 과일을 씻기 시작했다.

쏴아아아—

물 흐르는 소리가 들림과 동시에 유경은 다시 고개를 푹 숙여 버렸다. 아우, 쪽팔려.

유경은 홧홧해진 얼굴로 얼른 바지를 벗었다. 그리고 앞뒤를 확인하곤 이번엔 제대로 입었다.

아침부터 왜 이렇게 더운 거야. 유경은 자연스럽게 머리를 묶으려는데, 손목에 당연히 있어야 할 머리끈이 보이지 않았다. 바지에 이어 머리끈까지. 오늘따라 없어진 게 너무 많네. 눈으로 거실 바닥으로 훑으며 머리끈을 찾고 있는데.

"과일 먹어."

녀석이 테이블 위에 접시를 내려놓았다. 접시에는 딸기, 바나나, 오렌지, 사과, 토마토 형형색색의 과일들이 예쁘게 담겨 있었다. 요리도 잘하고, 과일도 잘 깎고, 소설 낭독도 잘하고. 도대체 못하는 게 뭐지?

유경은 서하가 내민 포크를 받다가, 녀석의 손목에 걸려 있는 머리끈을 발견하곤 화색이 돌았다.

"찾았다!"

"이거 찾고 있었어?"

"응. 이리 줘. 먹을 때 걸리적거리니까 얼른 묶고 먹어야겠…… 읍."

서하가 유경의 입에 딸기를 쏙 넣어 주곤 웃으며 말했다.

"내가 묶어 줄게. 여기 앉아 봐."

"거기 앉으라고?"

자기 무릎을 툭툭 치는 서하를 유경은 의심스러운 눈초리로 쳐다봤다.

"거기 앉으면 안 될 것 같은데. 너 어제도…… 으악!"

녀석의 길고 단단한 팔이 유경의 허리를 바로 낚아챘다. 그리고 단숨에 그녀를 자기 무릎에 앉혔다.

유경은 곤란한 얼굴로 녀석을 바라보다가 아까 녀석이 입에 넣어 준 딸기를 꼴깍 삼켰다. 저건 머리만 묶고 끝날 눈빛이 아닌데. 하지만 유경은 애써 모르는 척 배시시 웃었다.

"너 머리 묶을 줄은 알아?"

"그냥 묶으면 되는 거 아니야?"

그렇게 말하자 녀석은 유경의 머리카락을 쓸어 올려 움켜잡았다. 그 손길이 어색하기 짝이 없었다. 게다가 겨우 움켜잡은 머리카락은 머리끈으로 묶으려고 하자 사르륵 풀어지고 말았다.

채서하가 못하는 거 찾았다. 유경은 속으로 생각하며 겨우 웃음을 참았다.

녀석은 또다시 유경의 머리카락을 한 움큼 잡았다. 이번엔 잘하나 싶더니 방향이 너무 왼쪽으로 치우치자 녀석이 고개를 갸웃했다.

유경은 유리창에 비친 녀석의 골몰한 표정을 보곤 결국 웃음을 터뜨리고 말았다.

"너 뭐 해? 그냥 대충 하나로 묶어. 그것도 못해?"

유경이 놀리듯 말하자 녀석은 정말 당황스러워하며, 다시 심혈을 기울여 그녀의 머리카락을 쓸어 손가락 안에 담았다.

잔머리가 흘러내린 그녀의 새하얀 목선을 빤히 보던 서하의 귀가 새빨개졌다. 미치겠다. 어제부터 계속 시도 때도 없이 그녀만 보면 몸이 먼저 반응해 버린다.

"에잇, 머리끈 이리 줘. 내가 할게. 이러다 날 새겠다."

참다못한 유경이 서하가 들고 있던 머리끈을 뺏어 입에 물었다. 그러곤 머리를 하나로 높이 움켜잡았다. 서하는 또다시 눈앞에 그녀의 목선이 보이자 중얼거리듯 혼잣말을 했다.

"그냥 머리 풀고 있는 게 나을 것 같은데."

"응?"

무슨 소린가 싶어 머리를 묶고 고개를 돌리려던 유경이 몸을 움찔 떨었다. 목 뒤에 녀석의 입술이 닿았기 때문이다.

입술에 하듯 세심한 키스는 점점 더 깊어졌다. 벌써 흥분했는지 녀석의 가빠진 숨소리가 거실 안을 가득 채웠다. 쪽쪽, 물고 핥으며 서하의 입술은 유경의 목에서 떠날 줄 모르고 점점 더 깊게 포개졌다. 목에 닿은 녀석의 혀끝이 뜨거웠다.

"……아!"

유경의 입술 사이로 짧은 탄성이 흘러나왔다. 뱃속이 저릿해지며 몸이 달아오르기 시작했다.

"으훗, 그, 그만! 저기 서하야……."

유경은 제 허리를 단단히 안은 녀석의 팔을 겨우 떼어 냈다. 그러곤 뒤를 돌아 녀석의 목을 끌어안고 눈을 마주쳤다.

"내 체력도 생각해 줘야지. 나 오늘은 진짜 힘들어."

"힘들어?"

"응."

유경이 고개를 세게 끄덕였다. 그러자 서하가 과일 접시를 턱 끝으로 가리키며 말했다.

"그래서 과일 가져왔잖아. 먹으면서 천천히 해 보자. 딱 한 번만 더. 응?"

유혹하는 눈빛으로 녀석의 얼굴이 점점 더 가까워지고 있는데.

지이잉. 지이잉.

테이블 위 핸드폰이 진동을 했다.

"어머, 전화 왔네."

전화 핑계를 대고 유경이 얼른 서하의 무릎에서 폴짝 내려왔다. 서하가 잔뜩 아쉬운 표정으로 딸기를 입에 넣었다.

그사이 유경은 핸드폰을 확인하고 있었다.

"어떡해, 어떡해."

유경이 핸드폰을 손에 쥔 채 발을 동동거렸다.

"왜? 누군데?"

"울 엄마."

"얼른 받아."

"어? 어……."

통화 버튼을 눌러야 하는데 손가락이 말을 듣지 않았다. 엄마 몰래 불장난하다 들킨 어린아이처럼 유경의 가슴이 콩닥거렸다.

유경이 망설이는 동안 진동이 멈췄다. 그리고 곧 문자가 도착했다.

[너 지금 문화시에 있는 거 다 안다. 퍼뜩 전화해라.]

문자만 읽었을 뿐인데, 엄마의 목소리가 귓가에서 들리는 듯했다.

'그나저나 울 엄마 나 문화시에 있는 거 어떻게 알았지?'

유경이 눈알을 또르르 굴리며 생각에 잠겨 있자, 궁금해진 서하가 뒤에서 슬쩍 문자를 보더니 말했다.

"뭐 해? 퍼뜩 전화하라고 하시잖아. 무슨 급한 일 있으신 것 같은데."

"그치? 해야지. 해야 하는데……. 전화해서 엄마한테 뭐라고 하지? 문화시에 왜 왔냐고 물으면?"

"그냥 솔직하게 말해. 나랑 놀러 왔다고."

"그랬다가 언제 왔냐고 물으면?"

"그저께 왔다고 사실대로……."

"사실대로 말 못 하지. 그건 절대 안 돼."

"왜?"

"울 엄마 눈치가 완전 백 단이 넘는다고. 너랑 그저께 왔다고 하면 분명 둘이 뭐 했냐고 물을 거야. 그럼 너랑 그렇고 그런 거……. 어떡해. 또 전화 왔어!"

손에 쥔 핸드폰이 다시 진동을 하자, 유경이 갑자기 심호흡을 몇 번 하더니 전화를 받았다.

"엄마, 전화했었네? 무슨 일 있……."

― 우유경이 너 지금 어디야?

"나? 나…… 서울……."

― 문화시엔 언제 왔어?

"……오……늘?"

― 그저께 금요일에 왔지? 마트에서 은영이가 너 봤다던데.

엄만, 알면서 왜 계속 묻는 걸까.

― 문화시엔 왜 온 거야?

"친구 만나러……."

― 서하랑 같이 왔지? 옆에 서하 있는 거 다 알아. 바꿔.

"서하? 당최 무슨 말인지 모르겠……."

― 은영이가 그저께 서하도 봤다던데. 둘이 같이 온 거 맞잖아. 얼른

바꿔.

역시 거짓말엔 소질이 없었다. 유경이 얌전히 핸드폰을 서하에게 내밀었다.

이미 옆에서 통화 내용을 다 들은 서하가 얼른 전화를 받았다.

"안녕하세요. 아주머니."

— 그래, 서하야. 유경이랑 재밌게 다 놀았지?

"네? 네……."

— 그럼 힘들 텐데, 점심은 집에 와서 먹어. 아줌마가 맛있는 거 해 놓고 기다릴게.

힘들 텐데, 라뇨. 장난기 가득한 장 여사의 목소리를 들은 서하가 멋쩍게 웃자.

— 근데 너희 피임은 했지? 결혼 전에 임신부터 하면 절대 안 된다. 알았지?

장 여사가 호탕하게 웃곤 이따 보자며 전화를 끊었다.

전화를 끊은 서하는 유경과 눈이 마주치자 뒤늦게 부끄러움이 밀려왔다.

"울 엄마가 뭐래?"

"피임했냐고."

"뭐?"

"점심은 집에서 먹으래. 빨리 준비하고 나가자."

그렇게 장 여사에게 소환당한 두 사람은 나갈 준비를 하느라 바빠졌다.

"엄마! 나 왔어."

엄마를 부르며 집으로 뛰어 들어온 사람은 유경이 아니라 유성이었다.

"어우, 맛있는 냄새."

첫 월급을 탄 기념으로 두 손 가득 쇼핑백을 들고 집에 온 그는 쿵쿵거리며 주방으로 향했다. 식탁 위에 차려진 진수성찬에 유성의 두 눈이 휘둥그레졌다.

"울 엄마도 참. 나 집에 올 줄 어떻게 알고……."

"더러운 손 치워라."

씻지도 않은 손으로 동그랑땡 하나 집어 먹으려던 유성의 손을 장 여사가 방에서 달려 나와 막았다.

"너 먹으라고 차린 거 아니거든? 이따 다 같이 먹어."

"이따 누가 오는데? 대체 누구 먹이려고 이렇게 상다리가 부러지게 차렸대? 엄마 혹시 남자 생겼어?"

"이 자식이!"

장 여사가 눈을 부라리자, 유성이 얼른 말을 돌렸다.

"엄마, 이거 선물!"

유성이 내민 쇼핑백을 받은 장 여사의 표정이 별안간 환해졌다.

"선물?"

"나 이번에 월급 탔잖아. 얼른 뜯어봐."

"니가 사다 주는 거 마음에 든 적 한 번도 없었는데. 어디 한번 볼까?"

장 여사가 입가에 번지는 미소를 애써 감추며 포장을 뜯었다. 그 틈을 타 유성이 동그랑땡을 집어 입에 쏙 넣었다. 오물오물 반찬을 주워 먹으며 이 밥상의 주인이 누군지 궁금해진 유성이 넌지시 물었다.

"근데 이따 누가 오는데?"

"서하랑 유경이 오기로 했어. 그리고 이건 땡큐. 니가 웬일로 엄마 맘에 드는 걸로 사 왔냐. 서울 가더니 안목이 좀 높아졌네?"

장 여사가 흐뭇하게 웃은 뒤 블라우스를 이리저리 몸에 대 보며 방으로 들어갔다. 그러곤 장롱에 블라우스를 소중히 걸어 놓았다.

그 모습을 뿌듯하게 보던 유성이 고개를 갸웃했다.

"엄마! 우유경이랑 서하랑 같이 온다고? 어디서? 서울에서?"

"걔네 요 근처에 있대. 그저께부터 같이 있었다던데."

"그저께부터 같이? 어쩐지 둘 다 안 보이더라. 그나저나 이것들이 사귄 지 얼마나 됐다고 벌써부터 외박이야. 지금까지 한 번도 그런 적 없었는데. 오면 아주 혼내…… 아얏!"

찰싹.

주접을 떨며 쉴 새 없이 반찬을 집어 먹던 유성의 손을 장 여사가 차지게 내려쳤다.

"그만 먹으라니까. 이따 애들 오면 같이 먹으라고."

"알았어. 안 먹어. 음식 가지고 되게 치사하게 구네."

"그나저나 너 서울에 새로 구한 집은 어때?"

"집? 아……. 깨끗하고 좋아."

"엄마가 한번 가 봐야 하는데, 주소 보내라니까 왜 안 보내?"

"에이, 뭐 하러 서울까지 와. 엄마도 바쁜데."

"그래도 가서 아들내미 어떻게 사는지 봐야 엄마가 마음이 편하지."

"아이고, 배고파. 애들은 언제 오려나."

유성이 황급히 말을 돌렸다. 서하네 집에 얹혀살고 있는 사실을 장 여사에게 들킬까 마음이 조마조마했다.

하지만 거기에 넘어갈 장 여사가 아니었다. 갑자기 다리를 덜덜 떠는 아들을 의심스러운 눈초리로 보던 장 여사가 은근슬쩍 유도 신문을 시작했다.

"너, 서울에서 우유경이 자주 들여다보는 거지? 하나밖에 없는 동생 잘 챙겨야지."

"그럼. 내가 얼마나 잘 챙겨 주는데. 이따 우유경이 오면 물어봐. 오빠가 얼마 전에 닭발도 사 주고 말이야."

"닭발? 서하도 같이 먹었어?"

"걘 입맛이 어찌나 까탈스러운지 그런 거 절대 안 먹어. 아침에도 밥 안 먹고, 과일이나 단백질 셰이크 같은 거 먹는다니까. 젊은 놈이 몸 관리를 얼마나 열심히 하는데. 와, 걔 아침마다 운동하는 거 보면 장난 아니야. 대박. 역시 성공한 사람은 달라."

"니가 그걸 어떻게 알아? 서하랑 같이 살기라도 해?"

"사, 살다니, 누가? 내가? 채서하랑? 말도 안 돼. 엄마도 참."

"그렇지? 말이 안 되지. 난 내 자식들이 어디 가서 민폐 끼치는 거 딱 질색인데. 그랬다간 너 죽고 나 죽는 거지 뭐."

"그러엄! 나도 엄마 닮아 가지고 어디 가서 민폐 끼치는 거 젤루 싫어하거든요?"

아니라고 팔짝팔짝 뛰는 유성의 행동에 장 여사가 어느 정도 의심을 풀고 평소 궁금하던 것을 물었다.

"유경이랑 서하 둘이 잘 지내지?"

"잘 지내고말고. 둘이 장난 아니야."

"뭐가 장난 아닌데?"

"서하 걔 유경이 말에 꼼짝도 못 해. 우유경이가 시키는 대로 아주 다 해. 막 우유경이 출퇴근도 시켜 주고, 그 녀석 하루 종일 전화기만 붙들고 있다니까. 우유경 5분 대기조야."

"서하가 하루 종일 전화기만 붙들고 있어?"

"어. 그렇다니까. 암튼 내가 딱 봤을 때, 그 녀석이 우유경이 더 많이 좋아해. 백퍼."

"그래? 서하 걔 우유경이를 왜 그렇게 좋아한다니?"

"글쎄, 나도 그게 의문이야."

"오늘 그 녀석 술 좀 먹여 볼까? 술 취하면 어떤지 좀 봐야지."

"엄마. 걔 술주정도 없어. 술 엄청 세."

"어쩜. 완벽하네."

"내 말이. 내가 개랑 같이 살면서 느낀 건데, 진짜 애가 단점이 없……."

유성이 말실수를 뒤늦게 알아차리고 자신의 입을 틀어막았다. 하지만 이미 장 여사의 귀에 같이 산다는 말이 꽂히고 말았다.

"같이 살면서? 느껴? 뭘?"

"그, 그게……. 그러니까…… 나도 그런 남자랑 같이 살고 싶다고."

"뒤질래? 바른대로 말 못 해?"

장 여사의 눈초리가 점점 더 가늘어지자 유성이 도망가려고 슬금슬금 자리에서 일어났다. 그리고 냅다 달려 거실로 도망쳤다.

하지만 장 여사가 더 빨랐다. 도망가는 유성의 뒷덜미를 낚아챈 장 여사가 아들의 등짝을 마구 때렸다.

퍼억. 퍼억.

"이 자식 너, 집 안 구했지? 지금 서하네 집에 얹혀사는 거지? 이 미친놈아!"

벌컥.

"엄마, 나 왔어."

장 여사가 유성을 두들겨 패고 있는데, 마침 현관문이 열리고 유경과 서하가 들어왔다. 장 여사의 시선이 두 사람에게로 향하는 사이 유성이 방으로 도망쳐 버렸다. 민망해진 장 여사가 어색하게 웃으며 서하를 맞이했다.

"서하야, 어서 오렴."

"네. 안녕하세요."

고개를 숙여 인사하는 서하를 흐뭇하게 보던 장 여사가 미안한 표정으로 말했다.

"서하야. 이 아줌마가 방금 얘기 들었는데, 우리 유성이가 너랑 같이 산다는데, 이게 무슨 말이니?"

"아……. 네. 맞아요. 지금 형이랑 같이 살고 있어요."

"어휴. 아줌마가 미안하다. 저 녀석은 형이 돼 가지고 도대체 왜 저러나 몰라."

유성이 방문을 빼꼼 열고 거실의 상황을 주시했다. 불안에 떨고 있는 유성의 얼굴을 흘끔 보며 서하가 입을 열었다.

"아니에요. 제가 먼저 형한테 같이 살자고 했어요. 저는 주로 작업실에 있어서 집이 비어 있거든요. 그래서 형이 저 대신 집도 관리해 주고, 저도 잘 챙겨 주셔서 저는 형이랑 같이 지내는 거 좋아요."

"그래도 혼자 살다가 남이랑 지내는 거 불편할 텐데……."

"저는 유성이 형 남이라고 생각 안 해요. 이미 가족이라고 생각하고 있어요."

"가…… 가족?"

장 여사는 물론 옆에 있던 유경이까지 놀라 서하를 바라봤다. 그리고 문 뒤에 숨어 있던 유성이도 슬그머니 거실로 나왔다. 그렇게 세 사람의 시선을 한 몸에 받고 서 있던 서하가 말을 계속 이었다.

"어머님. 저 누나랑 결혼하고 싶습니다. 허락해 주세요."

서하가 유경의 손을 잡으며 다부진 눈빛으로 장 여사를 향해 말했다.

"자, 한 잔 더!"

장 여사가 잔을 내밀자, 서하가 얼른 술병을 들었다. 그러곤 공손히 두 손으로 장 여사의 잔에 술을 따랐다. 취기 때문에 살짝 시야가 흔들리긴 했지만, 이 정도는 끄떡없었다.

쪼르륵, 마지막 한 방울 남은 술까지 모조리 따랐다. 벌써 열 병째다. 서하가 다 마신 소주병을 식탁 밑에 내려놓았다. 발아래엔 빈 병이 가득했다.

"소주가 다 떨어졌네."

장 여사가 서둘러 소주를 원샷하곤, 얼른 일어나 베란다에서 매실주를 꺼내 왔다. 비장의 무기였다.

"담금주 괜찮지?"

"네. 좋아합니다."

서하가 넉살 좋게 말하며 소주잔을 내밀자, 장 여사가 의미심장한 미소를 짓더니 사발을 들고 왔다. 그러곤 사발 가득 매실주를 따라 서하에게 건넸다.

"원샷!"

장 여사의 외침과 동시에 서하가 매실주를 원샷했다.

잘생긴 놈이 술도 잘 마시네. 게다가 술을 그렇게 많이 먹었는데도 한 치의 흐트러짐도 보이지 않았다. 입가에 묻은 술을 손등으로 대충 닦는 모습도 태가 남달랐다. 누구 자식인지 참 잘났네. 저렇게 잘난 녀석이 내 사위가 된다고?

장 여사의 시선이 유경에게로 향했다. 이미 30분 전에 만취해서 뻗은 유경은 식탁 위에 엎드려 입까지 벌린 채로 자고 있었다. 내 딸이지만, 부끄럽군.

장 여사가 눈 정화를 위해 얼른 시선을 옮겨 서하를 응시했다. 하지만 녀석의 시선은 유경에게로 향해 있었다. 유경을 사랑스럽게 바라보는 서하의 눈빛을 목격한 장 여사의 표정이 흐뭇해졌다. 뭐가 저렇게 좋을까?

"서하야, 우리 유경이 많이 좋아해 줘서 고맙다."

"저야말로 감사합니다. 이렇게 예쁜 사람 낳아 주고 키워 주셔서."

잘나가는 작가라더니, 멘트가 아주 예술이구먼. 술이 술술 들어간다.

기분 좋게 술을 마시던 장 여사는 문득 어제 윤성희에게서 걸려 온 전화 내용이 떠올랐다. 그 망할 년, 또 무슨 소릴 하려고 만나자고 한 걸까? 역시 이 결혼은……. 장 여사의 시름이 깊어졌다.

잠시 고민하던 장 여사가 진지한 톤으로 말했다.

"서하야, 지금부터 내 말 너무 섭섭하게 생각하지 말고 들어."

"네. 말씀하세요."

"사실 난 유경이가 평범한 남자랑 결혼했으면 했거든."

"…….."

"안정적인 직장 다니고, 적지만 월급 꼬박꼬박 나오고."

"원하시면 직장 들어가겠습니다. 안정적이고 월급 꼬박꼬박 나오는 직장에 취업할게요. 뭐든 다 할 수 있어요. 누나를 위해서라면."

충동적으로 하는 말이 아니었다. 녀석의 눈빛이 절실했다.

그런 그를 안쓰럽게 보던 장 여사가 술을 들이켰다. 그리고 서하를 향해 물었다.

"서하 너 지금 하는 일은 어쩌고? 소설 쓰는 거 말이야. TV에도 나오고 그러던데, 되게 유명하다면서. 근데 그걸 포기하겠다는 거야? 우리 유경이 때문에?"

"포기가 아니라 제 인생에 있어 더 중요한 걸 선택하는 거라고 생각해 주셨으면 좋겠어요."

포기가 아닌 선택이라, 멋진 말이군. 어쩜, 생각도 잘생겼어. 서하에게 푹 빠진 장 여사가 고개를 절레절레 흔들며 다시 정신을 차리고 말했다.

"그래도 일단 결혼은 보류. 이 아줌마가 좀 더 고민해 볼게."

"…….."

결국, 결혼 승낙을 받지 못한 서하의 마음이 무거워졌다.

"서하야."

"네."

"너 혹시 결혼 서두르는 이유…… 성희 때문이니?"

생모의 이름을 들은 서하가 잠시 망설이다가 입을 열었다.

"솔직히 그분 영향이 아예 없는 건 아니에요. 죄송해요."

"죄송하긴. 니가 뭘 잘못했다고."

장 여사가 한숨을 길게 내쉬었다.

"물론 나도 결혼 보류하는 이유에 성희가 아예 없진 않아. 근데 그보다 더 큰 이유는, 너희 둘을 위해서야. 너도 그렇고 유경이도 처음 연애해 보는 거잖아. 지금이 가장 좋을 때인데, 좀 더 즐겨. 그러다 나중에 준비가 되면 결혼은 그때 해도 늦지 않아. 두 사람 마음만 변하지 않는다면. 그러니까 너무 조급하게 생각하지 마. 너 아직 어리잖아."

"네. 그럴게요."

서하가 애써 미소 지으며 장 여사를 안심시켰다. 그러곤 곯아떨어진 유경을 애틋한 눈빛으로 바라보았다.

20.

결혼 소식

서울로 돌아가는 차 안에서 어색함이 흘렀다. 운전하는 서하를 흘끔
보던 유경이 조심스레 입을 열었다.

"혹시 내가 어제 술 먹고 무슨 실수라도 했어?"

"아니. 너 바로 뻗었잖아. 실수할 시간이 없었지."

"그럼 울 오빠가 실수했나? 맞지? 술 먹고 또 막 이상한 소리 했지?"

"아니. 형 어제 술 안 마셨잖아. 저녁에 일 간다고."

"그럼 뭘까? 너 기분 엄청 안 좋아 보여."

"조금 피곤해서 그래. 어제 술을 너무 많이 마셔서."

"으휴. 울 엄마 때문이었구나? 안 봐도 뻔해. 술 엄청 먹였지?"

"먹이긴. 내가 마시고 싶어서 마신 거야. 아, 속 쓰려."

녀석은 가슴팍을 문지르며 엄살을 부렸다.

그런 그를 걱정스레 보던 유경은 문득 아침에 있던 일이 떠올랐다. 서
하의 시선을 은근히 피하던 엄마의 모습. 어째 엄마도 표정이 별로 안

좋았던 것 같은데……. 그것도 숙취 때문인가? 유경은 알쏭달쏭한 표정으로 서하를 바라봤다.

"울 엄마랑 어제 늦게까지 무슨 얘기 했어?"

"니 얘기도 하고, 내 얘기도 하고, 이런저런 얘기 했어. 왜?"

"아니야, 아무것도."

분명 뭔가 있는 것 같은데……. 생각이 많아 보이는 녀석의 옆얼굴을 물끄러미 보던 유경이 분위기 전환을 위해 밝은 목소리로 외쳤다.

"우리 해장하러 가자!"

유경이 손을 뻗어 내비게이션에 주소를 찍더니 출발을 외쳤다.

"내가 조개탕 끝내주는 집 알거든. 바지락에 살이 완전 꽉 찼어. 국물은 또 어찌나 시원한지, 한 숟가락만 먹어도 해장 바로 끝. 해장과 동시에 또 술이 마시고 싶어지는 맛이랄까."

맛집 리포터처럼 국물 맛을 설명하는 유경 때문에 서하가 웃음을 터뜨렸다. 얼른 조개탕이 먹고 싶다는 마음보다, 그녀가 맛있게 먹는 모습을 빨리 보고 싶은 마음이 먼저였다.

서하가 차의 속도를 높였다. 내비게이션의 안내를 따라 해안 도로를 열심히 달렸다.

마침내 목적지에 도착한 두 사람이 차에서 내렸다.

맛집 포스 제대로 풍기는 허름한 외관. 바닷가 근처에 위치한 2층 건물 가게 안과 밖에서는 종업원들이 장사 준비로 분주하게 움직이고 있었다.

"아직 오픈 전인 것 같은데."

"괜찮아. 여기 사장님이 나랑 친하거든. 얼른 들어가자."

도대체 이런 집은 어떻게 알고 찾아오는 걸까? 서하는 그런 생각을 하며 유경의 뒤를 따라 가게 안으로 들어갔다.

그런데 갑자기 주방에 있던 젊은 남자가 달려 나왔다.

"유경아!"

남자가 유경을 발견하곤 달려와 포옹을 했다. 그녀가 말한 가게 사장이 저 젊은 남자인 건가? 속이 쓰린 건 술 때문이겠지? 서하가 미간을 찌푸렸다. 그러곤 남자와 반갑게 인사하고 있는 유경을 쳐다봤다.

하지만 그녀는 물 만난 고기처럼 남자와 수다를 떠느라 정신이 없었다.

"문 감독님이랑 같이 일한다고? 완전 대박. 장르는?"

"청춘 로맨스."

"오올. 선배 너 잘하겠다. 어울리네."

"그래? 고마워."

"근데 뒤에 있는 저 남자랑 같이 온 거야? 어디서 많이 본 얼굴인데, 어디서 봤…… 혹시, 채서하 작가?"

서하의 얼굴을 찬찬히 뜯어보던 남자가 화들짝 놀라 두 눈을 번쩍 떴다.

"선배, 채서하 작가랑 같이 일하는 거야?"

"아니. 같이 일하는 사이는 아니고……. 내 남자 친구야."

"뭐라고? 남자 친구?"

남자가 토끼 눈을 뜨고 놀라자 서하는 괜히 기분이 언짢았다. 그녀에게 남자 친구가 있다는 게 저렇게 놀랄 일인가? 왜? 유경이한테 관심 있었나? 굳은 표정으로 서 있던 서하가 먼저 남자에게 인사했다.

"안녕하세요. 유경이 남자 친구 채서하입니다."

"네. 반가워요. 저는 유경 선배랑 전에 같이 일했던 최선우라고 합니다. 근데 진짜 선배 남자 친구 맞아요?"

그럼 뭘로 보이는데. 반항적인 눈빛으로 서하가 남자를 쳐다봤다. 그러자 남자가 위축된 목소리로 말했다.

"선배가 입봉하기 전까진 남자 안 만난다고 그랬거……."

"야! 내가 언제 그랬어."

"작년에도 우리 집에서 술 먹고 나한테 그랬잖아. 기억 안 나?"

어디서 술을 마셔? 집? 너 진짜 그랬냐? 대답을 요구하듯 서하가 유경을 빤히 쳐다봤다.

유경이 오해라며 손사래를 치다가 최선우를 향해 소리를 빽 질렀다.

"최선우! 넌 왜 쓸데없는 소릴 해."

"알았어. 내가 실언했네. 됐지?"

서하는 티격태격 말다툼을 하는 유경과 최선우를 보니 미묘한 기분이 들었다. 나보다 저 남자랑 더 친해 보이잖아. 애써 짜증을 억누르고 있는데.

"서하야. 너 먼저 올라가 있어. 난 얘랑 얘기할 게 있어서."

그렇게 떠들고 또 무슨 할 얘기가 남았는데, 라는 말이 목구멍까지 차올랐지만, 현실은 유경에게 떠밀려 2층으로 올라가고 있었다. 서하는 연신 뒤를 돌아보며 얘기를 나누고 있는 유경과 최선우를 흘겨봤다.

"해장이 아니라 저 남자 때문에 여기 온 거 아니야?"

구시렁거리며 서하가 자리에 앉았다. 조개탕이고 나발이고 맛없기만 해 봐. 둥근 테이블도 별로고, 수저통도 없고, 의자도 불편하고. 하나부터 열까지 다 마음에 들지 않았다. 통유리 밖으로 보이는 바다 전경만 아니었다면 벌써 가게를 박차고 나갔을지도 모르겠다는 생각을 했다.

푸른 바다를 하염없이 바라보던 서하는 문득 어제 일이 떠올랐다.

'그래도 일단 결혼은 보류. 이 아줌마가 좀 더 고민해 볼게.'

장 여사의 말이 자꾸만 뇌리에 맴돌았다. 서하는 심란했다. 내가 나이가 조금만 많았더라면, 그냥 평범한 직장인이었다면, 상황은 달라졌겠지? 가장 뼈아픈 건, 장 여사에게 내가 사윗감으로 썩 미덥지 않아 보였다는 것이다. 한숨이 절로 나왔다.

"웬 한숨을 그렇게 크게 쉬어?"

어느새 2층으로 올라온 유경이 한숨을 쉬고 있는 서하를 걱정스레 쳐다봤다. 서하가 고개를 돌리자 유경이 다가와 대뜸 도화지와 매직을 내밀었다.

"서하야, 여기 사인 좀 해 주라. '맛있게 잘 먹고 갑니다. 작가 채서하.' 라고 하면 될까?"

"아직 먹지도 않았는데 맛있는지 맛없는지 어떻게 알아?"

"내가 보증한다니까. 진짜 맛있어. 선우 쟤가 음식 하난 끝내주게 잘하거든."

"많이 먹어 봤나 봐? 최선우 씨가 만든 음식."

"응. 많이 먹었지."

"나 사인 안 해."

고개를 흔들며 팔짱을 낀 서하가 사인을 거부했다. 그런 녀석을 의아하게 바라보던 유경이 뒤늦게 웃음을 터뜨렸다.

"푸하하하. 야, 채서하. 너 혹시 질투하는 거야?"

갑자기 유경이 배꼽을 잡고 웃자, 서하가 그녀를 원망스레 쳐다봤다. 그리고 아까부터 계속 마음에 담아 두었던 말을 쏟아 냈다.

"뭘 잘했다고 웃어? 남자 혼자 사는 집에 가서 술을 마셔? 너 제정신이야?"

"혼자 사는 집에 간 거 아니거든?"

웃음을 거둔 유경이 발끈했다.

"최선우 유부남이야. 집들이 간 거다. 집들이."

"……집들이?"

"그래. 선우 쟤 초등학생 딸도 있거든? 와이프는 지금 임신 3개월이야. 내 주변에 결혼해서 살고 있는 부부들 중에 가장 사이가 좋다고. 질투할 사람이 따로 있지, 너도 참."

"사인 뭐 어떻게 하라고? 맛있게 잘 먹고 갑니다?"

젠장. 조금만 더 참을걸. 민망해 죽겠네. 서하가 얼른 매직을 들고 도화지 위에 급하게 사인을 하기 시작했다. 그런 서하를 물끄러미 바라보던 유경이 한 번 봐준다는 제스처를 하며 미소 지었다.

사인을 마친 서하가 유경을 향해 물었다.

"근데 둘이 어떻게 알게 된 사이야?"

"전에 나 음식 영화 준비했었다고 했잖아. 그때 같이 일했던 기획 피디. 쟤는 일하다가 진짜 적성을 찾은 거지. 여기도 그때 우리 같이 미팅 왔던 맛집인데, 선우가 작년에 인수한 거야."

설명을 마친 유경에게 서하가 사인한 도화지를 내밀었다.

"이렇게 하면 되겠지?"

"오케이. 맞다. 근데 나 어떡하지?"

"왜?"

"집에 핸드폰 두고 왔나 봐. 주머니랑 가방을 아무리 뒤져도 없어."

저번에 유경의 핸드폰이 고장 나서 엄청 고생했던 기억이 떠오른 서하가 바로 대책을 세웠다.

"밥 다 먹고 다시 집으로 가자. 가서 핸드폰 가져오자."

"그래도 돼? 너 오늘 바쁜 일 없어?"

"없어. 지금 나한텐 니 핸드폰 찾아오는 게 제일 중요한 일이야."

"그럼 조개탕 하나 포장해서 올 엄마 갖다줘야겠다."

"그래, 그러자. 대신 계산은 내가 할게. 나 어머님한테 잘 보여야 하거든."

"올 엄마한테? 왜?"

"그런 게 있어. 근데 밑에서 최선우 씨랑 둘이 무슨 얘기 했어?"

유경이 새침한 표정으로 고개를 흔들었다.

"음…… 비밀."

"결혼하니까 좋으냐고 묻던데요."

마침 냄비를 들고 2층으로 올라온 선우가 그녀의 비밀을 폭로했다.

"선배, 미안. 하하."

냄비를 테이블 위에 내려놓으며 선우가 호탕하게 웃자, 유경이 선우를 향해 주먹을 내보였다. 그러자 선우가 얼른 시선을 돌려 서하를 바라보며 말했다.

"그래서 제가 이렇게 대답했죠."

선우가 너무나도 행복한 표정으로 말을 이었다.

"너무 좋으니까 선배도 빨리 결혼하라고."

결혼을 적극 권장하는 선우의 표정을 보며 서하는 결심했다. 이따 조개탕 들고 집에 가서, 오늘 안에 무조건 장 여사를 설득시키겠다고.

"아이고, 또 핸드폰 놓고 갔네. 이늠의 계집애."

청소를 하던 장 여사가 신발장 위에서 유경의 핸드폰을 발견했다. 신발 신다가 놓고 간 모양이다.

딩동. 딩동.

그때 초인종이 울리자 장 여사가 의아한 얼굴로 현관을 쳐다봤다. 벨을 누른 걸 보니 유경이는 아닐 테고. 누구지?

문을 열자 모피 코트를 걸친 윤성희가 나타났다.

"니가 여긴 왜?"

"내가 조만간 만나자고 했잖아. 너 서울로 오라고 하면 안 올 것 같아서 내가 왔어."

"일단 들어와. 차나 한잔하면서 얘기……."

"됐거든? 차는 무슨 차. 나 시간 없어. 용건만 말하고 갈게."

장 여사의 말을 자르고 윤성희가 현관 앞에서 자기 할 말만 늘어놓았다.

"내가 백번 양보해서 서하랑 니 딸, 둘이 사귀는 거 봐줬어. 근데 결혼은 아니지. 어떻게 우리 서하가 여섯 살이나 많은 여자랑 결혼을 하냐고. 넌 그게 말이 된다고 생각하니?"

황당한 표정으로 윤성희를 쳐다보던 장 여사가 주먹을 꽉 움켜쥐었다.

"그게 왜 말이 안 돼? 여섯 살 많은 게 뭐 어때서. 요새 연예인들도 연상연하 커플 많아. 박보검이 나오는 거 뭐야, 그 드라마에서도 송혜교랑 나이 차이 나더만."

"야, 니 딸이 송혜교는 아니잖아. 그리고 우유경 걔 백수잖아. 가진 것도 개뿔 없으면서 감히 누굴 넘봐."

"니 방금 뭐랬니? 뭐? 가진 게 개뿔 없어? 백수? 야! 우유경이 백수 아니거든? 지금 영화 찍을라고 준비 중이거든?"

흥분한 장 여사의 입에서 사투리가 튀어나오기 시작했다. 그건 적색경보나 마찬가지였다.

하지만 그 사실을 모르는 윤성희가 계속해서 장 여사를 도발했다.

"준비? 그게 백수지, 뭐니. 내 아들은 베스트셀러 작가에, 걔가 한 달에 벌어들이는 인세만 해도……."

"야, 이 미친 가스나야! 서하가 왜 니 아들이가? 숙영 언니 아들이지."

"뭐?"

"막말로 서하 니가 키웠어? 숙영 언니가 키웠지. 낳으면 다 부몬가. 그동안 부모 노릇 하지도 않은 년이, 이제 와서 부모랍시고 감 놔라 배 놔라 지랄이야."

"지, 지랄? 너 말 다 했니?"

"아직 다 안 했다, 마!"

장 여사가 윤성희를 향해 삿대질을 하며 소리쳤다.

"내 딸내미가 어째서! 우유경이도 학교 다닐 때 공부 잘했그든? 니 인자 봐라, 영화 개봉만 하믄 우유경이 깐느 간다. 니 한 번만 더 내 딸내미 무시하면, 니 주둥아리를 쳐 주 따뿐다. 알겠나?"

사투리 공격에 이어, 청소하느라 잠시 옆에 세워 뒀던 밀대를 장 여사가 집어 들었다.

"당장 꺼지라!"

밀대 끝에 달린 걸레가 옷에 닿자 윤성희가 소스라치게 놀라며 뒷걸음을 치고 있는데.

벌컥.

문이 열리고 유경이 들어왔다.

"엄마! 나 핸드폰……."

유경이 놀란 눈으로 윤성희를 쳐다봤다. 그러곤 바로 고개를 돌려 뒤에 있는 서하를 바라봤다. 이미 윤성희를 본 서하의 표정이 굳어졌다.

서하가 윤성희를 죽일 듯이 노려봤다. 윤성희가 서하의 시선을 피하며 옷매무새를 매만지고 있는데.

"서하 너 마침 잘 왔다. 어제 아줌마가 한 얘기 싹 다 잊어."

장 여사가 서하를 향해 말했다.

"보류 끝. 둘이 결혼해."

"!!"

"숙영 언니 여행 갔다 오는 대로 바로 날 잡자."

"야! 장덕희! 그게 무슨 말이야! 누구 맘대로 결혼……."

"닥치라! 누구든지 이 결혼 방해하기만 해 봐. 내가 가만 안 둬!"

밀대를 든 장 여사의 눈에서 불꽃이 튀었다. 당장이라도 걸레로 윤성희의 귀싸대기를 날릴 기세였다.

"사모님, 도착했습니다."

한남동 집에 다 왔다는 김 기사의 말이 들리지 않는지 윤성희는 생각에 잠겨 있었다.

'장덕희 니가 감히, 내 아들 앞에서 나를 개망신을 줘?'

2시간 전에 하마터면 장 여사에게 걸레로 따귀를 맞을 뻔했다. 그뿐인가. 서하와 유경이 보는 앞에서 장 여사에게 맞을까 봐 찍소리도 못하고 도망쳤다. 윤성희는 그게 너무나도 치욕스러웠다.

'장덕희, 두고 봐. 내가 너 가만 안 둬.'

뒤늦게 차에서 내린 윤성희가 설욕을 다짐하며 집으로 들어갔다. 거실에 들어서자 메이드가 달려와 윤성희가 벗은 코트를 건네받았다.

"회장님은?"

"둘째 아드님이랑 저녁 식사하시고 늦게 오신답니다. 박 실장님한테서 방금 연락받았어요."

둘째랑? 서혁준이 정말 작정을 했나 보군. 미국으로 쫓겨날 땐 아버지고 뭐고 다신 안 볼 것처럼 굴더니.

'여사님, 나랑 같이 힘 합쳐서, 우리 귀여운 막내 손 좀 봐 줍시다.'

둘째와 서지웅의 밥그릇 싸움이라? 굿이나 보고 떡이나 먹게 생겼네.

앞으로 재밌는 구경거리가 넘쳐 나겠다는 생각에 윤성희가 피식 웃음을 터뜨렸다. 그러곤 다이닝룸으로 향했다. 메이드가 건넨 물을 받아 마시며 윤성희가 명령했다.

"아줌마, 오늘 저녁은 지웅이 것만 준비해. 난 생각 없으니까."

"막내 도련님도 식사 안 하실 것 같은데요."

"또 야근?"

"아니요. 오늘 출근 안 하셨어요. 하루 종일 방에만 계세요."

"출근을 안 했다고? 그 일 중독자가?"

"네. 아침 점심도 다 거르셨어요. 몸이 좀 안 좋으신 것 같아요."

"몸이 왜?"

"글쎄요."

"알았어. 가서 아줌마 일 봐."

난 구경 가 봐야겠으니까.

무슨 기분 좋은 소식이라도 들은 듯 윤성희가 콧노래를 부르며 와인을 잔에 가득 따랐다. 그렇지 않아도 기분도 별로고, 화풀이 대상이 필요했던 윤성희가 와인을 마시며 느긋하게 2층으로 올라갔다.

그리고 의미 없는 노크를 했다. 역시나 반응은 없었다. 주인 허락도 없이 윤성희가 문을 벌컥 열었다.

불 꺼진 방 안에 주황빛 스탠드 조명만 감돌았다. 뭐지? 왜 이렇게 조용하지? 윤성희가 천천히 걸음을 하며 제일 먼저 책상 쪽으로 시선을 돌렸다. 매일같이 저곳에 앉아 업무를 보던 지웅이 오늘은 웬일인지 자리에 없었다. 침대 위에도, 드레스룸에도 이 방의 주인은 없었다.

아무래도 아줌마가 착각한 모양이다. 그 녀석이 회사를 안 갈 리가 없지.

잔뜩 김샌 표정으로 그냥 나가려던 윤성희가 돌연 걸음을 멈췄다. 욕실로 향하는 모퉁이 아래, 그곳에 사람 손이 튀어나와 있었다.

윤성희가 그곳으로 달려갔다.

"서지웅!"

욕실 앞에 쓰러져 있는 지웅을 발견한 윤성희는 너무 놀라서 하마터면 와인 잔을 떨어뜨릴 뻔했다. 윤성희가 와인 잔을 테이블 위에 내려놓고 지웅을 흔들어 깨웠다.

"애! 정신 차려! 서지웅!"

윤성희가 소리쳤지만, 지웅은 아무런 대답도 없었다. 그의 몸이 불덩이처럼 뜨거웠다. 바들바들 떨고 있는 지웅을 알 수 없는 눈빛으로 바라보던 윤성희가 천천히 자리에서 일어났다.

그러곤 매몰찬 얼굴로 뒤를 돌았다. 내려놓았던 와인 잔을 다시 든 그녀는 생각했다.

니가 죽든지 말든지. 내가 알 게 뭐야.

윤성희가 느긋하게 와인을 마시며 방을 나가려던 그때.

"……엄……마……."

윤성희가 걸음을 멈추고, 자신의 귀를 의심했다. 그리고 천천히 고개를 돌렸다.

여전히 서지웅이 잔뜩 몸을 움츠린 채 애처롭게 떨고 있었다. 무슨 악몽이라도 꾸는지 잔뜩 괴로운 표정으로 그는 눈물을 흘렸다.

그런 지웅을 바라보는 윤성희의 표정이 복잡미묘했다.

"엄마, 나 지금 집에 도착했어."

망원동 집에 도착하자마자 유경은 제일 먼저 장 여사에게 전화를 걸었다. 유경이 장 여사와 통화를 하는 동안 서하는 아까 오는 길에 장을 봐 온 식품들을 냉장고에 넣고 있었다.

통화를 마친 유경이 정리를 거들며 말했다.

"엄마가 조개탕 너무 잘 먹었대."

"다행이네. 어머님이랑 같이 저녁까지 먹고 왔으면 좋았을 텐데."

"그랬으면 너 동네 아줌마들한테 둘러싸여서 세상 피곤했을걸? 울 엄마 지금 아줌마들이랑 저녁 먹고 고스톱 친대."

"어머님이 또 뭐라고 하셔?"

"뭐라고 하긴. 너랑 잘 지내고 있으라고……. 근데 너 어머님이란 소리가 이제 아예 입에 붙었다?"

정리를 다 끝낸 녀석이 멋쩍게 웃으며 빈 봉투를 접어 테이블 위에 올려놓았다. 그러곤 의자에 앉았다. 유경도 맞은편에 앉으며 낮에 있었던 일을 조심스레 입 밖으로 꺼냈다.

"왜 얘기 안 했어?"

"뭘?"

"아침에 기분 안 좋았던 이유가 어제 우리 엄마한테 결혼 보류당해서였잖아. 맞지?"

"맞는데, 어차피 조개탕 들고 다시 찾아가서 승부 볼 생각이었어."

"무슨 승부?"

"어머님 입에서 결혼 허락 떨어질 때까지 서울 안 가려고 했지."

그래서 그토록 조개탕 포장에 집착했었던 거구나. 정작 유경은 먹느라 포장하는 걸 까먹고 있었는데, 그걸 귀신같이 챙긴 건 서하였다. 그게 다 이유가 있었다니.

장 여사가 진작 결혼 승낙을 해서 다행이었다. 그러지 않았으면 오늘 둘 중 하나난 조개탕에 코를 박고 쓰러졌을지도.

"어머님 술 진짜 세더라. 너랑 유성이 형은 술 약하잖아."

"우린 아빠 닮아서, 라고 말하면 엄만 자기도 예전엔 안 그랬다고 우기는데, 다 뻥이야. 엄만 예전부터 술 잘 드셨어. 아빠랑도 술 마시다가 만났잖아. 동생 친구인 줄도 모르고 술 엄청 마시고 찾아가서 먼저 사구자고 해 버렸대."

누가 듣는 것도 아닌데, 그녀가 작은 목소리로 귀여운 폭로를 했다하가 웃음을 터뜨렸다.

"아버님이 몇 살 연하였는데?"

"네 살."

손가락 네 개를 펼치며 잠시 상념에 젖어 있는 유경을 서하가 놓치지 않았다. 아버지 생각을 하는 걸까? 서하가 손을 뻗어 유경의 손을 잡아 주었다. 그녀의 보드라운 손을 어루만지며 말했다.

"조만간 시간 내서 같이 가 보자. 아버님 모신 곳에."

"알았어. 근데 기분 되게 이상하다. 우리 진짜 결혼하는 거야? 맞다. 희 엄마는? 연락해 봤어?"

"원래 여행 중엔 전화도 안 받으셔. 간혹 메일을 확인하긴 하는 데……. 일단 메일 보내 놨으니까 기다려 보자."

"메일 뭐라고 보냈어?"

"나 결혼할 거라고. 그러니까 빨리 귀국하시라고."

"어후. 그 결혼 상대가 나인 거 알면, 아줌마 완전 깜짝 놀라시겠다."

"아닐걸?"

"응?"

"아마 그럴 줄 알았다고 하실 거야."

유경이 믿기지 않는다는 듯 고개를 갸웃하자, 서하가 설명을 덧붙였다.

"우리 엄마 다 알아. 내가 너 좋아했던 거. 지갑에 니 사진 갖고 다니 거 들켰거든."

"풉. 너 은근 허술하다니까. 지갑 좀 잘 챙겨. 이상한 거 넣고 다니다 걸리지 말고."

유경이 그를 놀리듯 말했다. 지갑 소리에, 서하가 주머니에 지갑이 잘 있는지 확인하더니 말을 계속했다.

"아무튼 우리 엄만 다 알고 있었고, 나 일부러 너희 집으로 심부름 보내고 그랬어."

"진짜?"

"비 오는 날엔 부침개랑 칼국수. 여름엔 콩국수, 냉면. 기억 안 나
나 열심히 배달 다녔는데."

"당연히 기억나지. 나 그래서 맨날 비 오는 날만 기다렸잖아. 아줌마
가 만든 김치전 먹고 싶어서."

"김치전 배달한 난 안중에도 없었지? 갑자기 확 억울하네."

"뭐가 또 억울해. 맛있게 잘 먹었으면 됐지."

서하는 문득 어렸을 적에 김치전 배달 갔다가 황태은과 같이 있던 그
녀의 학창 시절 모습이 떠올랐다.

교복을 입은 그녀는 수줍게 붉어진 두 뺨을 한 채 환하게 웃었다. 황
태은을 바라보며.

서하는 그날 깨달았다. 황태은을 향한 누나의 미소가 제게 보여 주던
미소와는 다른 종류라는 걸.

그녀의 첫사랑을 알게 된 동시에, 내 첫사랑이 그녀라는 것도 확인하
게 된 날이었다. 다른 남자를 좋아하고 있는 누나의 맘을 알게 된 게 어
찌나 속이 상하던지.

그런 그녀가 지금 내 앞에 있다. 이렇게 손을 잡고.

서하는 유경을 애틋하게 바라봤다.

"나 김치전 잘해."

"그럴 것 같아. 넌 못하는 게 없잖아. 아, 머리는 못 묶더라."

"오늘부터 연습할 거야."

그는 머리끈을 박스째로 사서 연습할 기세였다. 괜히 자극했다. 유경
은 말을 돌렸다.

"김치전은 아줌마한테 배운 거야?"

"응. 나중에 너랑 결혼하면 해 주려고 배웠어."

"무슨 그런 말도 안 되는 소릴. 넌 나랑 결혼할 줄 알았다는 거야?"

"당연하지. 말 나온 김에 지금 김치전 해 줄까?"

갑자기 녀석이 두 팔을 걷어붙이고 자리에서 일어나자, 유경이 진정하라며 녀석을 끌어 다시 의자에 앉혔다.

"오늘은 그만 먹자. 아까 휴게소에서도 먹고 왔잖아. 배불러."

"그럼 소화 좀 시킬까? 운동하자."

"지금? 운동하려면 밖에 나가야 하잖아. 오늘 밖에 좀 쌀쌀하던데."

"안에서 하면 되지."

"안에서 무슨 운동을 해?"

"너 먼저 씻을래? 아님 같이 씻을까?"

"어후, 뭐야."

"왜. 그게 제일 좋은 운동인데. 밖에 안 나가도 되고, 안에서 쉽고 빠르게 할 수 있잖아."

녀석이 능청스럽게 말하며 유경이 앉은 의자를 끌어당겼다. 그러곤 가까이서 그녀를 지그시 바라보며 말했다.

"자고 가도 돼?"

유경은 순간, 그 넓은 별장에서도 좁다고 느껴질 정도로 공간 장악력이 뛰어났던 녀석의 행위가 떠올랐다. 이곳에서 별장에서처럼 했다간 민원이 들어올지도 모른다는 아주 현실적인 생각이 먼저 들었다.

"여기는 좀 그렇지 않아? 방음도 안 되고……."

"방음?"

"층간 소음도……."

"층간 소음?"

녀석이 자꾸만 되물으며 웃었다.

"왜 웃어?"

유경이 눈을 살짝 가늘게 떴다.

"같이 좀 웃자. 왜 웃냐니까."

"귀여워서. 난 그냥 순수하게 잠만 자고 가려고 했는데, 니가 방음이랑 충간 소음을 신경 쓰니까."

"앗, 그건 니가 먼저 막 안에서 운동하자고……."

"솔직히 말해 봐. 너도 나랑 하고 싶지?"

유경의 뺨을 어루만지며 녀석이 말했다. 아주 야한 목소리로.

"나도 지금 하고 싶어졌어. 어떡하지?"

"자, 잠깐. 일단 말로 하자. 난 너랑 할 얘기도 많은데……."

"할 얘기 뭐? 빨리 끝내고, 빨리하자."

녀석은 벌써부터 셔츠 단추를 하나씩 푸르고 있었다.

"결혼 날짜 말이야."

"무조건 너한테 맞출 거야. 그건 걱정하지 마."

"진짜? 너 지금 급해서 대충 대답하는 것 같은데?"

들켰네. 서하가 이번엔 사뭇 진지한 얼굴로 물었다.

"날짜는 언제가 좋겠어?"

"난 영화 크랭크 업 한 뒤에 하면 좋겠는데……."

"뭐? 크랭크 인 전이 아니라, 크랭크 업 후?"

녀석이 오래간만에 놀란 듯 눈을 크게 떴다.

"사실 크랭크 업 하고, 후반 작업도 마치고 하면 더 좋을 것 같아."

어쩌면 올해를 넘길 수도 있겠다. 서하는 불길한 생각이 들었다.

"나랑 결혼하긴 할 거지?"

"당연하지. 그러니까 나 믿고 조금만 더 기다려 주라."

잠시 고민에 빠져 있던 서하가 어렵게 대답했다.

"알았어. 기다릴게. 근데 지금 투자 문제는 어떻게 되고 있어?"

"문 감독님이 조만간 제이미디어 만나기로 했어."

"만나서 어떻게 하신대?"

"그쪽 얘기 들어 보고 결정하신대. 난 사적인 감정 배제하고, 무조건 감독님 결정에 따르겠다고 했어."

"혹시 제작비 얼마 정도 예상하고 있는지 물어봐도 돼?"

그건 왜 묻느냐고 물으려던 유경은 녀석의 질문 의도를 금세 알아차려 버렸다.

"너 우리 영화에 투자하려고 그러지? 안 돼! 절대 안 돼!"

"왜 안 돼?"

"저기, 서하야. 내 일은 내가 알아서 할게."

알아서 하겠다는 말이 자동 반사적으로 튀어나왔다. 습관적으로 내뱉은 그녀의 말에 서하가 서운한 기색을 내비쳤다. 그를 알아챈 유경이 서하의 손을 잡으며 말했다.

"내 힘으로 할 수 있는 데까진 해 보고 싶어."

"……."

"그래도 정 안 되면 너한테 도와 달라고 말할게."

"넌 절대 나한테 도와 달라는 말 안 할 거 알지만, 그렇게 하겠다고 말해 줘서 고마워. 이제 나한테 목표가 하나 더 생겼네."

"무슨 목표?"

"우유경이 아무런 부담 없이 도와 달라고 말할 수 있는 남자가 되기. 그러려면 우리 더 가까워져야겠다. 그치?"

서하가 자리에서 일어났다.

"나 먼저 씻을게."

자고 가기로 마음을 먹었는지 녀석이 욕실로 들어가 버렸다.

그 뒤로 녀석은 샴푸는 어디 있냐며, 비누는 뭘 써야 하고, 치약은 도대체 어디 있는지 모르겠다며 찾아 달라고 졸라 댔다. 문 앞에서 그건 어딨고, 저건 어딨고, 알려 주던 유경은 참다못해 욕실 안으로 들어갔다.

들어가는 건 순간이었지만, 나오는 덴 한참이 걸렸다.

다음 날.

소파에 앉아 있던 윤성희가 자리에서 벌떡 일어났다. 마침 쟁반을 들고 2층으로 올라가려는 메이드 앞을 윤성희가 막아섰다. 그러곤 죽 그릇이 담긴 쟁반을 뺏어 들었다.

"내가 올라갈게."

어젯밤 정 박사가 방문한 뒤로 지웅이 여태 혼자 방에서 뭐 하고 있는지 궁금했던 윤성희가 2층으로 올라갔다. 그리고 방문을 열었다.

죽은 듯이 누워 자고 있을 줄 알았던 지웅이 침대 등받이에 기대앉아 태블릿 PC로 업무를 보고 있었다. 손목에 링거 바늘을 꽂은 채로.

"대단하다, 대단해."

그 말이 절로 나왔다. 어젠 다 죽어 가더니, 이 와중에 일을 해? 독종.

"죽이야. 식기 전에 먹어."

"영양제 맞고 있는 거 안 보여? 나가."

지웅이 태블릿에서 잠시도 시선을 떼지 않고 말했다. 갈라진 목소리와 수척해진 얼굴.

그냥 나가려던 윤성희가 한 번 더 권유했다.

"죽 먹어. 거기로 들어가는 거랑 입으로 들어가는 거랑 같니? 한 숟가락이라도 뜨고. 또 쓰러져서 사람 귀찮게 하지 말고."

"어울리지 않게 웬 오지랖이야? 나가라고."

어젯밤 비 맞은 강아지처럼 바들바들 떨던 녀석은 어디로 가고, 사나운 눈초리로 째려본다. 기껏 생각해서 아침부터 사람들 달달 볶아 대며 만든 비싼 전복죽인데. 저 싸가지 없는 새끼.

윤성희가 이를 바득바득 갈며 쟁반을 들고 도로 나가려다가 멈춰 섰다. 당한 건 갚아 줘야지.

"너 엄마 보고 싶니?"

비아냥거리는 윤성희의 말투에 지웅이 태블릿 PC에서 시선을 옮겨 윤성희를 날카로운 시선으로 쳐다봤다.

"아침부터 헛소리 지껄이지 말고 꺼져."

"하긴, 니 엄마가 너라면 아주 껌뻑 죽었지. 막내라 그런지 어쩌나 애지중지하면서 키웠……."

쾅!

"꺄악!"

윤성희가 몸을 움츠렸다. 지웅이 태블릿 PC를 윤성희 바로 옆으로 던졌기 때문이다. 벽에 부딪친 태블릿 PC가 박살이 나 바닥에 떨어졌다. 윤성희가 분노로 주먹을 꽉 쥐었다.

"이 미친놈! 어른한테 물건을 집어 던져? 어디서 배워 먹은 짓이야!"

"한 번만 더 그 더러운 입에서 우리 엄마 얘기 나오면, 물건이 아니라 아줌마를 집어 던져 버릴 거야."

"뭐라고?"

황당한 얼굴로 지웅을 쳐다보던 윤성희의 표정이 돌연 바뀌었다. 여유로운 미소를 지으며 윤성희가 지웅을 도발했다.

"너 우유경 소식 들었니? 걔 결혼한다던데? 상대가 누군지는 알지?"

"……."

어라? 저 표정은 뭐야? 윤성희가 아주 재미있는 걸 발견했다는 듯 크게 웃었다.

"어머, 너 설마 상처받았니? 세상에……. 내가 왜 진작 이 생각을 못 했지?"

"꺼져. 꺼지라고!"

"알았어. 꺼질게. 얼른 우유경 엄마한테 가서 결혼 서두르라고 해야겠네."

가소롭다는 듯 웃으며 윤성희가 밖으로 나가 버렸다.

문이 닫히고 홀로 남은 지웅이 골치가 아픈 듯 마른세수를 했다. 그러다 걸리적거리는 링거 바늘을 거칠게 뽑아 버렸다.

"……결혼?"

생각지도 못한 소식에 반쯤 넋이 나간 지웅이 어디론가 급히 전화를 걸었다. 곧 수화기 너머로 생록의 목소리가 들려왔다.

— 사장님, 정 박사님한테 다 들었어요. 오늘은 제발 집에서 푹 쉬세요.

"문 감독이랑 미팅이 언제라고 했더라?"

— 그건 왜요?

"최 비서, 지금부터 내 말 잘 들어."

지웅이 굳은 표정으로 생록에게 말했다.

"우 감독, 제이미디어에서 투자 안 하겠대."

문 감독이 어이가 없다는 표정으로 말했다. 바쁜 스케줄을 쪼개 명성 자동차 본사까지 찾아갔건만, 미팅 장소에 도착하자마자 담당자는 코빼기도 비치지 않고, 웬 얼굴도 모르는 직원이 와서 다짜고짜 투자 건은 없던 일로 하게 됐다며 돌아가라고 했다.

물도 한 잔 못 얻어먹고 쫓겨난 것이다. 말 그대로 문전박대.

"그럼 사전에 미리 연락을 주든가. 이게 무슨 예의야. 우 감독, 제이 미디어 대표 말이야. 최생록. 혹시 그 사람 위에 결정권자가 따로 있어? 저번에 미팅할 때 보니까 전화로 계속 누구한테 보고를 받더라고."

이왕 이렇게 된 거 유경은 솔직하게 털어놓았다.

"사실은 최생록 대표가 명성자동차 서지웅 사장 비서예요."

"뭐?"

"그러니까 제이미디어는 서지웅 사장 소유인 거죠."

문 감독의 입이 다물어지지 않았다.

"그럼 이 난리가 난 것도 서지웅 사장 짓이라는 거야?"

유경이 작게 고개를 끄덕였다.

"세상에. 우 감독, 그 양반한테 뭐 밉보인 거라도 있어?"

밉보일 짓은 그 인간이 했다구요.

유경은 얼마 전 소윤의 납골당에서 만난 지웅을 떠올렸다. 소중한 사람을 둘씩이나 떠나보낸 그의 마음이 오죽 안 좋을까 싶어서 될 수 있으면 좋게 헤어지고 싶었다. 그가 멋대로 내 전화를 받아 서하를 자극하기 전까진.

'이러니까 싫어. 너랑 같이 있으면 서하랑 멀어지니까. 넌 매번 그 걸 이용하잖아!'

결국 또 화를 내고 말았다. 하지만 서지웅은 내가 소리를 지르는데도 웃고 있었다. 이러려고 웃었나? 나한테 이렇게 복수하려고? 나쁜 자식!

유경은 괜히 문 감독에게 미안한 마음이 들었다. 처음 투자 제안이 들어왔을 때 받지 말라고 말렸어야 했는데.

사실, 혹시나 했다. 서지웅 그 사람이 정말 영화 제작에 관심이 있어서, 좋은 영화를 만들어 보고 싶은 마음에 제이미디어를 설립한 건 아닐까 하고. 그것 또한 소윤 언니가 이루고 싶었던 일들 중 하나였으니까.

근데 오늘에서야 알았다. 그 인간은 애초에 영화엔 관심도 없었고, 그냥 날 괴롭히고 싶어서 투자 제안을 넣은 거였다. 투자를 미끼 삼아 날

자기 멋대로 휘두르고 싶어서.

유경이 주먹을 꽉 움켜쥐었다. 생각할수록 화가 났다.

"감독님, 이게 다 저 때문에……."

"아니야. 괜찮아. 차라리 잘됐어. 지금이라도 알았으니 다행이지, 영화 진행 중에 갑자기 투자 철회한다는 소리 했어 봐. 아마 그게 더 큰 문제였을 거야."

"제가 생각이 짧았어요. 정말 죄송해요. 그럼 저희 영화 이제 어떡하죠?"

수정된 시나리오의 배경은 봄이었다. 영화의 장르가 로맨스이다 보니, 싱그러운 봄 배경이 아무래도 영화의 감성을 한층 더 효과적으로 전할 수 있기 때문에 선택한 계절이었다.

그리고 얼마 후면 꽃 피는 봄이 온다. 이러다 또 촬영 시기를 놓쳐 내년 봄을 기다려야 되는 상황이 온다면, 그야말로 무한 루프에 빠지게 되는 것이다. 입봉의 길은 역시 멀고도 험난했다.

"우 감독, 너무 걱정하지 마. 우린 예정대로 4월에 촬영 나가는 거야."

"가능할까요?"

"지금 접촉 중인 회사 몇 군데 더 있으니까 기다려 보자고. 그리고 예산 관련은 나랑 김 피디한테 맡겨 두고, 우 감독은 장소 헌팅이랑 콘티 작성에만 신경 써 줘."

"네……."

"에이, 그 미안해하는 표정 좀 어떻게 해 봐. 나 정말 괜찮다니까. 어차피 우 감독 아니었으면 제이미디어한테 투자 제안 오지도 않았을 건데 뭐. 내가 더 열심히 뛰어 볼게. 우리 힘내자고."

"넵! 저도 더 열심히 하겠습니다."

유경이 환하게 웃으며 대답하자, 이제야 마음이 놓이는지 문 감독이 대표실로 들어갔다.

"4월, 봄, 촬영, 입봉! 이번엔 기필코!"

유경은 떠오르는 단어들을 읊조리며, 주먹을 불끈 쥐었다. 그러곤 드로잉북을 꺼냈다. 연필을 잡고 한참 동안 고민하던 유경은 마침내 좋은 장면이 떠올랐는지 스케치를 시작했다.

슥슥. 슥삭. 슥슥슥.

흰 종이에 미친 듯이 콘티를 그렸다.

마침 외근 갔다가 돌아온 김 피디가 콘티를 그리는 유경을 신기하게 쳐다봤다. 뒤늦게 인기척을 느낀 유경이 고개를 들었다.

"어? 김 피디님, 언제 오셨어요?"

"10분 전에요. 근데 감독님은 왜 벌써부터 전투 모드에 돌입하셨어요? 혹시 회사에 무슨 일 있었어요?"

김 피디의 물음에 유경은 고개를 끄덕였다.

"무슨 일인데요? 제이미디어에서 투자 빠진다는 것만 아니면 되는데."

역시 김 피디의 타고난 현장감. 유경이 멋쩍게 웃자, 김 피디가 망연자실했다.

"어떡하죠. 제이미디어 투자 믿고 여주는 신인으로 가려고 했는데. 다음 주에 오디션도 잡아 났단 말이에요."

"신인 배우에 신인 감독으로 투자받기 쉽지 않을 텐데, 그쵸?"

"물론 쉽지 않죠. 근데 우린 책이 끝내주잖아요. 시나리오 좋다고 소문 다 났어요. 오디션도 지원자 넘쳐 나서 난리고."

감독 기 살려 준다고 김 피디가 너스레를 떨었다.

"에이, 몰라. 정 안 되면, 문 감독님이 빚내서라도 이번 영화 간다고 하셨으니까 책임지라고 하면 되죠. 그러니까 투자 문제는 문 감독님한테 맡기고, 감독님은 어깨 펴시고 힘내세요. 이번엔 꼭 입봉하셔야죠."

김 피디가 호탕하게 웃는 얼굴로 유경의 어깨를 주무르며 위로했다. 그러곤 오디션 일정을 상의해야 한다며 대표실로 들어갔다.

지이잉. 지이잉.

마침 유경의 핸드폰이 울렸다. 액정을 확인하니 제이미디어 최 대표였다. 보나 마나 서지웅이 시켜서 한 전화겠지. 두 번은 안 속아. 투자 문제를 들먹이면서 또 무슨 헛소리를 하려고. 유경은 그가 괘씸하다는 생각이 들었다. 핸드폰이 계속해서 울리자 아예 전원을 꺼 버렸다.

괜히 마음이 심란해진 유경은 자리에서 일어나 사무실을 나갔다. 그리고 복도 끝으로 향했다. 잘생긴 채서하 얼굴 보면서 스트레스 날려 버려야지. 유경의 발걸음이 점점 더 빨라졌다.

끼이이익.

하지만 열심히 녀석의 작업실로 향하던 유경이 급브레이크를 밟았다. 제자리에 우뚝 멈춰 선 유경은 고민에 빠졌다.

방해되려나? 오늘까지 시나리오 수정 끝내야 한다고 했는데. 역시 안 되겠다. 퇴근하고 보자.

그에게 달려가 위로받고 싶은 마음을 애써 억누른 채 유경은 사무실 쪽으로 몸을 돌렸다. 그런데 그때.

철컥.

작업실 문이 열리는 소리가 들렸다. 녀석이 나온 모양이다. 반가운 마음에 유경이 활짝 웃으며 뒤를 돌았다. 그런데 작업실 문을 열고 나온 사람은 녀석이 아니라 웬 여자였다. 그것도 엄청 예쁜. 누구지? 배우? 하얀 피부, 동그란 눈, 귀여우면서도 단아한 얼굴이 단번에 시선을 사로잡았다. 얼굴은 청순한데, 살짝 어두운 레드 톤의 팬츠와 재킷을 걸친 모습이 섹시했다.

유경이 휘둥그레진 눈으로 여자를 바라봤다. 그러자 여자가 활짝 웃으며 다가왔다.

"어머, 안녕하세요. 채 작가님 여자 친구분이시죠?"

"네? 네……. 저를 아세요?"

"그럼요. 우리 구면인데. 저 기억 안 나세요?"

여자가 해사하게 웃었다. 어디서 본 듯한 얼굴이긴 한데, 어디서 봤더라……. 기억이 날 듯 말 듯 유경의 머리에서 쥐가 날 것 같았다.

"호텔!"

"?"

"로비!"

갑자기 여자가 퀴즈 프로그램 MC처럼 힌트를 투척했다.

"만취!"

이래도 몰라? 여자의 익살스러운 눈빛에 유경은 어색한 웃음을 흘렸다. 젠장. 기억나고 말았다.

"방금 딱 기억난 표정인데? 맞죠?"

"네. 덕분에 지금 막 기억이 되살아나고 있어요."

택시 기사의 말만 믿고, 녀석이 여자와 호텔에 갔다고 오해했던 날. 속상한 마음에 술을 마구 퍼마시고 만취해서 호텔 로비에 뻗은 바로 그날.

'그 직원이랑 통성명도 못 했어. 그 말인즉, 이름도 모르는 사이라는 거지. 지금은 얼굴도 기억 안 나고.'

다음 날 일어나자마자 같이 있던 그 예쁜 여자는 누구냐고 따져 물으니 녀석이 그렇게 말했었다. 이름도 모르고, 얼굴도 기억 안 나는 영화사 직원이라고. 아니, 그 녀석도 참 이상하단 말이야. 이렇게 예쁜 여자를 얼굴도 기억 안 나는 엑스트라로 만들다니.

그나저나 직원이라더니 작가 작업실에 막 드나드네. 나도 녀석 글 쓰

201

는 데 방해될까 봐 잘 안 가는 작업실을. 유경은 마뜩잖은 표정으로 여자를 쳐다봤다. 그를 느꼈는지 눈치 빠른 여자가 서둘러 변명했다.

"제가 오늘 퇴사하거든요. 그래서 채 작가님한테 인사하러 잠깐 들렀어요. 저도 작업실은 처음 와 봤는데 좋더라구요."

유경의 오해를 풀어 주기 위해 여자가 열심히 말을 꺼냈다. 괜히 미안해진 유경은 경계의 눈빛을 풀고 미소를 지었다.

"저번엔 제가 술이 너무 많이 취해서 죄송했어요. 제 기억엔……."

"저한테 실수하신 건 없어요. 그냥 뭐 삿대질 정도? 근데 그거야 뭐, 다 이해해요. 술 취하면 그럴 수도 있죠."

"하하하. 이해해 주셔서 감사해요. 앗, 소개가 늦었네요. 저는 우유경이라고 합니다."

"저는 초림이라고 합니다. 장초림. 장조림 아니구요."

초림의 유쾌한 소개에 유경이 웃음을 터뜨렸다. 얼굴도 예쁜 데다, 말하는 센스도 남달랐다.

"근데 초림 씨는 오늘 퇴사하신다고요?"

"네. 이게 다 채 작가님 덕분이에요. 채 작가님이 각색한 「애니와 샘」 시나리오에 이런 대사가 있거든요."

수십 번도 더 읽었던 시나리오를 상기하며 초림이 대사를 읊었다. 마치 주인공이 되어 연기하듯이.

"그렇게 이루고 싶었던 꿈을, 넌 너무 빨리 포기하는 거 아니야? 꿈이 천직이 아닐 수도 있어. 그렇다고 끝까지 해 보지도 않고 도망치는 건 너답지 않아. 분명 후회할 거야."

유경도 잘 아는 대사였다. 녀석이 각색한 시나리오를 봤으니까.

초림이 뱉은 대사는 남자 주인공이 여자 주인공에게 하는 말이었다. 꿈과 현실 사이에서 고민하는 여자 주인공에게 하는 말. 그게 자극제가 되어 여자 주인공이 다시 꿈을 향해 달려간다는 전개.

"사실 저 배우 생활 몇 년 하다가 2년 전에 관두고 영화사 마케팅 일을 시작했거든요. 이 일이 천직이라고 생각했어요. 역시 배우 그만두길 잘했다고 생각한 적도 많아요. 근데…… 일 마치고 집에 돌아가면 너무 허전한 거 있죠. 가슴이 뻥 뚫린 것처럼 허무하고, 인생의 목표가 사라진 것처럼 느껴지고."

"저도 그 마음 알아요."

유경이 격하게 공감했다. 생계를 위해 어쩔 수 없이 촬영 현장이 아닌, 결혼식장이나 졸업식장으로 알바를 가야 했을 때, 그곳에서 일을 마치고 돌아오면서 유경도 초림과 같은 기분을 느꼈었다. 이대로 영영 꿈을 접어야 할지도 모른다는 불안한 마음과 그동안 고생했던 내가 너무 가엽고 초라해지는 마음.

"채 작가님의 시나리오를 읽고 생각해 보니까 정말 그런 것 같더라구요. 내가 너무 빨리 포기한 건 아닌가 싶고. 꿈이 천직이 아닐 수도 있다는 말에 용기도 났어요. 그래서 다시 돌아가려구요. 그리고 이번엔 좀 더 끈질기게 도전할 거예요."

초림이 당차게 말했다. 유경은 문득 저번에 녀석이 한 말이 떠올랐다.

'난 착한 사람이 아니거든. 나 같은 놈은 글 쓰면 안 되는데. 가끔 그런 생각 해.'

인사를 하고 밝은 얼굴로 복도를 떠나는 초림의 뒷모습을 보며 생각했다.

서하야, 넌 평생 글 써야겠다. 유경은 흐뭇한 미소를 지으며 녀석의 작업실 쪽을 바라봤다. 역시, 방해하지 말아야지.

유경은 서둘러 사무실로 돌아갔다.

서하가 포장마차 내부를 찬찬히 둘러봤다. 그사이 유경은 잔치국수를 한 젓가락 크게 집어 녀석의 그릇에 덜어 주었다.

　"많이 먹어. 여기 국수 면발이 장난 아니야."

　"이런 덴 또 어떻게 알고 온 거야?"

　서하는 차가 달리는 도로 옆 공터에 포장마차가 있다는 사실을 오늘 처음 알았다.

　"여기 내 장소 리스트에 있는 집이야. 이번에 우리 영화 포장마차 신 여기서 찍을 거야. 아까 사장님한테 허락 다 받았어. 맘껏 쓰래. 아주 쿨하셔."

　"데이트가 아니라, 장소 헌팅하러 온 거야?"

　서하가 눈을 가늘게 뜨자 유경이 손사래를 쳤다.

　"아니지. 데이트하러 왔다가 장소 헌팅하고 가는 거지. 그리고 여긴 널 위해서 특별히 고른 곳이거든?"

　"여길?"

　갑자기 천막을 열고 라이딩복을 갖춰 입은 40대 아저씨들이 우르르 밀려 들어왔다.

　날 위해서라고? 서하가 떨떠름한 표정으로 그녀를 쳐다봤다. 그러자 유경이 서둘러 부연 설명을 덧붙였다.

　"여긴 보통 밤에 열어. 요 앞이 라이딩 구간이라 주로 자전거 타시는 분들 위주로 오거든. 그 말은 젊은 사람은 별로 없단 얘기야. 좋지 않아? 알아보는 사람도 없고, 사인해 달라는 사람도 없고, 데이트하기 완전 딱 좋은 장소잖아. 그치?"

　그런 깊은 뜻이 있었다니.

"왜 그렇게 봐? 맛이 없어?"

"아니. 맛있어. 근데 너 그거 알아?"

"뭘?"

"너 이렇게 데이트 리드할 때마다 되게 멋있어."

"으응?"

"난 너랑 데이트할 때마다 어딜 가야 하는지, 뭘 먹어야 하는지 하루 종일 고민하는데, 넌 고민도 없이 바로 내비게이션에 주소부터 찍잖아. 얼마나 든든한지."

"이런 게 연륜이지. 이 누나가 앞으로도 좋은 곳 많이 데려가 줄게. 넌 누나만 믿고 따라오면 돼."

유경이 으스대며 국수를 먹었다. 그런 유경이 귀여워 서하가 피식 웃으며 그녀를 따라 국수 국물을 마셨다. 목구멍을 타고 배 속까지 전해지는 육수의 시원한 맛에 서하가 감탄사를 내뱉었다.

"진짜 맛있다. 너랑 같이 먹어서 그런가?"

"그것도 있고, 이 집이 국수를 잘해. 솔직히 다른 건 맛없어. 특히 김치전. 김치전은 너희 엄마가 최고야."

냉정한 유경의 맛 평가에 서하가 또 한 번 웃음을 터뜨렸다. 유경과 함께 있는 서하의 얼굴에선 웃음이 떠나갈 줄 몰랐다.

"서하야, 날 풀리면 우리도 자전거 타러 가자."

"좋지. 밖에 벚꽃 피면 예쁘겠더라."

"벚꽃……. 아, 맞다. 자전거 못 탈 수도 있겠다."

"왜?"

"우리 영화 봄에 크랭크 인 할 것 같아."

"투자는? 제이미디어랑 하기로 했어?"

"아니. 제이미디어에서 그저께 일방적으로 통보했어. 투자 안 하겠대."

서지웅 이 미친 새끼. 또 무슨 꿍꿍이야. 서하의 아래턱에 힘이 잔뜩 들어갔다.

서하가 애써 화를 억누르며 대화 주제를 바꿔 버렸다.

"봄부터 촬영이면, 잘됐네. 나야 니가 빨리 영화 다 찍으면 좋지. 우리 올해 안에 결혼할 수 있겠는데?"

"그런가? 맞다. 넌 시나리오 각색 다 끝났어?"

"응. 지금은 소설 쓰고 있어."

"사제폭탄 그 얘기? 근데 그건 제목이 뭐야?"

"아직 못 정했어. 뭐가 좋을까?"

"음…… 잠깐. 이렇게 국수 먹다가 막 지을 순 없지. 그것도 대박 날 것 같단 말이야. 일단 나한테 며칠 더 시간을 줘."

유경의 표정이 사뭇 진지해졌다.

"알았어. 기다릴게."

"그럼 만약에 내가 지은 제목이 니 마음에 들면…… 그걸로 가는 거야?"

"당연하지."

"오, 그럼 완전 뿌듯할 것 같아. 내가 진짜 열심히 생각해 볼게."

"역시 든든하다니까."

"뭘 자꾸 든든하대. 사실 나도 얼마 전에 너 되게 든든하고 멋있었어."

"언제?"

"저번에 복도에서 초림 씨 만났거든. 초림 씨가 그러더라. 니가 쓴 시나리오를 보고 다시 배우의 길을 걷기로 다짐했다고."

"그런 얘길 너한테도 했어? 그 사람은 낯가림도 없어. 처음 만난 사람 붙잡고 무슨 그런 얘길 하냐."

괜히 부끄러워서 툴툴대는 서하를 귀엽다는 듯이 보던 유경이 말했다.

"넌 니가 착한 사람이 아니라고 하는데, 너 착해. 그리고 아주 좋은 작가야. 그러니까 앞으로 어떤 상황이 와도 글은 계속 써. 알았지?"

"알았어. 니가 하라면 해야지. 근데 갑자기 왜 이렇게 칭찬을 해?"

"너 따라 하는 건데?"

"내가 너한테 그랬어?"

"응. 넌 맨날 내 칭찬만 하잖아. 나 단점은 없어?"

"아직 못 찾았어."

사실 찾을 생각도 없어.

"와, 벌써부터 걱정된다. 니 눈에 씐 콩깍지 벗겨질까 봐. 너 나중에 나 요리 못한다고, 잘 안 치운다고 구박하기만 해 봐."

"구박을 왜 해. 내가 요리하고, 내가 치우면 되지. 그리고 이미 10년 전부터 너 요리 못하고 안 치워서 더러운 거 다 알고 있었는데 뭐."

녀석이 대수롭지 않게 말하며 젓가락으로 김치를 찢어서 유경의 그릇에 올려 줬다.

"미안하지만, 그 정도로 쉽게 벗겨질 콩깍지 아니야."

"그럼 어떻게 해야 벗겨지나?"

"벗기고 싶어? 콩깍지 말고 다른 거 벗길 생각을 해. 다 벗어 줄 테니까."

얘기가 또 왜 거기로 샜을까나.

"붇겠다. 빨리 먹자."

유경은 얼른 말을 돌리며 국수를 먹었다.

21.

백호영화제의 매직

현장 답사를 끝내고 유경은 늦은 저녁 사무실로 돌아왔다. 책상 앞에 앉아 현장에서 찍은 사진들을 정리하고 있는데, 핸드폰이 진동했다. 모르는 번호였다. 아까 장소 대여 때문에 명함을 놓고 왔는데, 혹시 가게 주인일까?

유경이 얼른 전화를 받았다.

"여보세요. 우유경입니다."

— 감독님, 저 서정화 선생님 매니저인데요.

"네, 종우 씨. 무슨 일이에요?"

— 선생님께서 어제 영화 촬영 중에 쓰러지셨어요.

"네? 갑자기 왜……."

— 수중 신 찍다가 실신하셨는데요. 지금 서 있는 것도 힘들어하시면서 백호영화제에 가겠다고 하시네요. 소윤 선배 대리 수상 해야 한다면서요.

"아, 내 정신 좀 봐. 백호영화제가 오늘이었어요? 몇 시죠?"

— 30분 후면 시작이에요. 감독님, 정말 죄송한데요. 감독님이 선생님 대신 트로피 좀 받아 주시면 안 될까요?

"제가요?"

지금 영화제에 있는 여러 배우들에게 부탁을 해 봤지만, 부담스럽다는 이유로 모두들 거절했다고 한다.

유경은 고민 끝에 입을 열었다.

"먹자!"

유성이 퇴근길에 사 온 치킨을 테이블 위에 펼쳤다.

"근데 니가 웬일로 거실에 나와 있어?"

닭다리를 뜯으며 유성은 소파에 앉아 TV를 보고 있는 서하를 의문스럽게 쳐다봤다. 항상 방구석에 처박혀 글만 쓰던 녀석이 무슨 바람이 들어서 이 시간에 TV를 보고 있을까.

"뭘 그렇게 열심히 봐? 시상식?"

녀석이 백호영화제 시상식을 시청하고 있었다.

"어? 우유경 왜 저기서 나와?"

무대 위에 등장한 유경을 본 유성의 두 눈이 휘둥그레졌다. 너무 놀라 먹던 닭다리까지 떨어뜨렸다.

"뭐야, 지금 무슨 상 받는 거야? 공로상? 근데 강소윤 상을 우유경이 쟤가 왜 대신 받아?"

도대체 무슨 일이 벌어지고 있는 건지. 유성은 이해할 수 없었다.

"채서하, 넌 알고 있었어?"

유성의 물음에 서하가 고개를 끄덕였다.

"아…… 그래서 아까부터 계속 TV 보고 있었구나? 참나. 그나저나 잰 쪽팔리게 저길 왜 저러고 갔대? 운동화 끈 풀린 거 실화냐? 청바지에 저 재킷 대빵 안 어울려. 남의 거 빌려 입었나 봐. 푸하하하."

유성이 쉴 새 없이 떠들었다. 그러자 서하는 조용히 리모컨을 들어 볼륨을 마구 높였다.

"치이. 알았다. 알았어. 조용히 하면 되잖아."

이미 높일 대로 높인 볼륨 덕분에 유성의 말 따위 서하의 귀에 들어오지 않았다. 오로지 유경의 목소리만 들렸다.

서하는 TV 속 유경의 모습을 지켜봤다. 아까 전화로 너무 떨린다면서, 제발 무대 올라가서 울지만 않았으면 좋겠다고 말하던 그녀의 약한 모습은 전혀 찾아볼 수 없었다. 트로피를 들고 마이크 앞에 선 그녀는 덤덤한 표정으로 소감을 이어 나갔다.

자신을 소윤의 유작인 '비밀'을 함께 촬영했던 연출부 스태프라고 밝힌 유경은 소윤이 간절히 바랐던 이 무대에서 그녀의 이름이 새겨진 트로피를 받게 되어 기쁜 한편, 지금 이 자리에 자신이 아닌 소윤이 서 있다면 얼마나 좋을까, 그런 생각을 하니 너무 마음이 아프다고 말했다.

그리고 마지막으로 꼭 해야 할 말이 있다며, 유경이 다부진 눈빛으로 입을 열었다.

— 앞에 배우님들 많이 앉아 계시는데요. 일반인이나 다름없는 제가 왜 이 중요한 자리에 올라오게 되었을까요? 「피어싱」이라는 소설에 이런 구절이 있죠. '죽은 아버지의 결백이 밝혀지고 나서도 사람들은 믿지 않았다. 불편한 진실보다 달콤한 거짓에 빠져 사는 것을 택한 그들은 죄책감도 없었다.'.

서하가 웃어 버렸다. 너무나 우유경다운 발언이었다. 아직도 사람들이, 심지어 가장 가까웠던 동료들도 소윤을 믿지 않는다며 그게 너무 화가 난다고 하던 유경이 폭발하고 만 것이다.

— 우리는 *죄책감을 가져야 한다고 생각합니다. 5년 전에도, 그리고 지금도 그녀를 외면하고 있으니까요. 이상입니다.*

트로피를 들고 씩씩하게 무대를 내려가는 유경을 배우들이 넋이 나간 얼굴로 바라보고 있었다. 일반인이나 다름없는 듣보잡 스태프에게 일침을 당한 배우들의 당황하는 표정이 압권이었다.

"와, 우유경 저 또라이. 저기서 저런 말을 왜 하냐. 갑분싸 어쩔 거야."

"왜요. 멋있는데."

"멋있기는. 쟤 저러다 이번 영화 망하는 거 아니야? 가뜩이나 투자도 안 붙고, 캐스팅도 아직이라면서."

"형."

"난 걱정돼서 그러지. 지금 배우들한테 잘 보여도 모자랄 판에. 하여튼 쟤는 저러니까 아직 입봉도 못 하고……."

"형."

"그게 또 우유경이 매력이지. 지나치게 올곧은 거."

"알면 치킨이나 드세요."

눈빛으로 유성을 따끔하게 혼내 준 서하는 되감기 버튼을 눌러 유경의 수상 소감을 다시 감상했다.

녹화는 또 언제 한 거야? 유성은 고개를 절레절레 흔들며 치킨을 마저 뜯었다.

한창 시상식이 열리고 있는 행사장을 빠져나온 유경은 얼떨떨했다.

211

아까 무대 올라가서 뭐라고 했더라? 방금 있었던 일인데, 머릿속이 까마 득했다.

유경은 가방 속을 슬그머니 들여다봤다. 금빛 트로피를 보고 나서야, 오늘 벌어진 일들이 전부 꿈이 아니라는 것을 실감했다.

"저기…… 아까 강소윤 배우 공로상 대리 수상 하신 분?"

후문으로 향하던 유경이 고개를 돌렸다. 바로 뒤에 카메라를 어깨에 멘 남자가 서 있었다. 딱 봐도 기자였다. 그리고 저 멀리 냄새를 맡고 달려오고 있는 사람들까지.

"인터뷰 좀 할 수 있을까요?"

"아니요. 제가 좀 바빠서요."

유경은 그를 무시한 채 걸음을 빨리했다. 하지만 기자들은 더 빨랐다. 이미 뒤쪽으로 대여섯 명의 기자들이 질문 공세를 펼치며 따라오고 있었 다.

"강소윤 배우와는 구체적으로 어떻게 아는 사입니까?"

"오늘 수상 소감은 따로 준비하신 건가요?"

"더 하고 싶은 얘기가 있으실 것 같은데, 저희와 따로 인터뷰를 좀 할 수 있을까요?"

안 되겠다. 뛰자. 유경은 속으로 하나, 둘, 셋을 외침과 동시에 냅다 달렸다.

우르르르.

기자들도 같이 뛰기 시작했다.

유경은 미친 듯이 달려 후문을 빠져나왔다. 그리고 갈림길에서 망설 였다. 어디로 가지?

그런데 그때였다. 누군가 유경의 손목을 잡고 끌어당겼다.

"앗."

유경이 놀라 고개를 들었다.

"서지웅 씨?"

지웅이 유경을 끌고 가 차에 태우는 동안 생록이 기자들을 막았다.

"다들 찍지 마세요. 특히 명성스포츠 기자님 저랑 얘기 좀 하시죠."

생록의 포스에 기가 죽은 기자들이 셔터질을 멈추고 뒷걸음질 쳤다.

얼떨결에 조수석에 탄 유경은 백미러로 바깥 상황을 주시하고 있었는데.

부우웅—

갑자기 차가 출발했다. 유경이 놀라 고개를 휙 돌렸다. 그러곤 황당한 표정으로 지웅을 쳐다봤다.

"최 대표님은요?"

유경이 백미러를 흘끔 봤다. 생록이 자신을 버리고 가는 차 뒤꽁무니를 허망하게 바라보고 있었다. 유경이 지웅을 향해 따져 물었다.

"저기 봐요. 최 대표님 지금 당황해 하고 있잖아요. 사람을 저렇게 버리고 가면 어떡해요?"

"내 비서야. 버리고 가든 말든, 니가 무슨 상관인데."

그의 거침없는 말투가 유경은 이젠 놀랍지도 않았다.

"서지웅 씨, 혹시나 오해할까 봐 말하는데요. 오늘 시상식 그쪽 때문에 온 거 아니에요. 선생님께서 많이 편찮으셔서 제가 대신……."

"알아. 그래서 나도 지금 병원으로 가는 중이야."

"안다니 뭐, 다행이고요."

그렇지 않아도 시상식 끝나고 병문안을 갈 생각이던 유경은 한국대병원으로 향하는 차의 방향을 보고 그냥 입을 다물었다. 어차피 내려 달라고 해도 안 내려 줄 게 뻔하니까. 괜히 힘 빼지 말자. 유경은 그저 창밖만 바라봤다. 그리고 고개가 아플 정도로 지웅에게는 눈길도 주지 않았다.

"……오늘 고마웠어."

유경은 자신의 두 귀를 의심하며 창가에 비친 지웅의 옆얼굴을 응시했다. 빨간 신호에 걸린 차는 멈췄고, 지웅은 고개를 돌려 유경을 바라봤다. 창문을 통해 지웅과 눈이 마주친 유경은 괜히 얼굴이 화끈거렸다. 저 사람 또 왜 저래?

"진심이야. 정말 진심으로 너한테 고맙게 생각하고 있어."

"……."

"난 오늘만 기다렸거든. 오늘이 오기 전까진 절대 죽지 말아야지 다짐하면서 살았는데, 이제 다 됐네. 죽어도 되겠어."

죽다니. 왜 또 저런 소리를 하는 거야! 유경은 순간 서정화 선생님께 들었던 얘기가 떠올랐다. 서지웅 저 인간이 소윤 언니를 떠나보내고 자살 시도를 했다는 얘기 말이다.

유경이 천천히 고개를 돌려 지웅을 쳐다봤다. 그러자 지웅이 피식 웃으며 말했다.

"왜 그렇게 봐? 내가 또 뭐 잘못했냐?"

"서지웅 씨는 죽는단 소릴 진짜 아무렇지도 않게 하네요. 지금도 봐. 왜 웃어요?"

"좋아서. 방금 니가 나 걱정해 주는 것 같았거든. 이러면 내가 또 살고 싶어지는데, 큰일이네."

"살아요. 제대로."

유경은 순간 저도 모르게 말이 터져 나왔다.

"저는요, 서지웅 씨가 진짜진짜 싫은데. 너무너무 싫은데. 그래서 무시해 버리고 싶은데. 그럴 수가 없어요. 왠지 아세요?"

"알아. 강소윤…… 때문이겠지."

"맞아요. 소윤 언니 때문이에요. 언니 생각하면 당신을 그냥 내버려 둘 수가 없어요. 도대체 왜 이렇게밖에 못 살아요?"

지웅의 눈동자가 작게 흔들렸다. 유경이 한숨을 길게 내쉬었다.

"왜 죽을 생각을 해요? 소윤 언니 몫 대신 열심히 살아야겠다는 생각은 안 들어요?"

"……."

"서지웅 씨는 자기 자신을 망가뜨리려고 작정한 사람 같아. 저는 그런 사람 진짜 별로예요."

"그 자식은?"

"누구요? 서하요? 서하는 안 그래요. 걔가 얼마나 열심히 사는지 알아요?"

"니가 그렇게 되도록 옆에서 도와준 거겠지. 우유경, 나도 좀 도와주라. 나도 잘 살고 싶어."

"……."

"너처럼 이렇게 내가 잘못했을 때 옆에서 혼내 주고, 날 좀 더 좋은 방향으로 이끌어 줄 사람이 필요해. 그래서 니가 좋은 거고. 그래서…… 널 포기할 수가 없어."

정말 절실한 표정으로 지웅이 유경을 바라봤다. 그 얼굴을 마주한 유경은 당황한 기색을 애써 감춘 채 말을 돌렸다.

"파란불!"

유경이 신호등을 가리켰다. 차를 출발시키며 지웅이 무심한 말투로 물었다.

"결혼한다면서?"

어떻게 알았을까? 아직 나랑 서하, 그리고 엄마밖에 모르는 일인데. 아, 한 명 더 있었지. 서지웅과 같은 집에 살고 있다는 서하의 생모.

"진짜 결혼할 거야?"

"네."

유경의 거침없는 대답을 끝으로 지웅은 아무런 말 없이 운전만 했다. 곧 병원 앞에 도착했고, 차가 멈추자마자 유경이 내리려는데 지웅이 그녀의 팔을 잡았다.

"그 새끼랑 결혼하지 마. 그건 내가 진짜 못 견딜 것 같아."

"……."

"너도 내가 제대로 살기를 바란다며. 죽지 말라며."

"지금 나 협박하는 거예요?"

"협박? 아…… 내가 그 생각을 못 했네. 협박 좋지. 어떤 협박이 좋을까? 내가 너 이 바닥에서 매장시켜 버릴 수도 있다는 건 알지? 감독되는 건 꿈도 못 꾸게 밟아 버릴 수도 있고."

"맘대로 하세요."

"그래? 그럼 채서하 망가뜨릴까? 내가 그 자식 명성 박살 낸다고 해도, 너 이 결혼 할 거야? 협박은 이런 거지."

"이봐요, 서지웅 씨!"

"왜?"

"그동안은 소윤 언니와의 관계도 있고, 당신이 무례하게 굴어도 참고 봐줬는데, 딱 여기까지예요. 서하 건드리지 마. 걔 털끝 하나 건드렸다간 내가 너 가만 안 둬. 알았어?"

지웅을 한껏 째려보던 유경이 서둘러 차에서 내려 버렸다. 그러곤 병원 안으로 뛰어 들어갔다.

차에 홀로 남은 지웅은 분에 못 이겨 핸들을 내리쳤다.

다음 날.

잠에서 깬 유경은 출근 준비를 서둘렀다. 양치를 하면서도 화장을 하면서도 이불 정리를 하면서도 도저히 믿기지 않았다. 어제 시상식에서 내뱉었던 말들이 자꾸만 머릿속을 어지럽혔다. 이제야 객석에 있던 배우들과 관계자들의 어이없어하던 표정이 새록새록 떠올랐다.

'에잇, 몰라. 이미 뱉은 말 주워 담을 수도 없고.'

심란한 마음으로 출근 준비를 마친 유경은 밖으로 나갔다.

"어? 서하야!"

빌라 앞에 서 있는 서하를 발견한 유경이 달려갔다.

"언제 왔어?"

"방금. 출근하자."

서하가 차 문을 열어 그녀를 조수석에 태웠다. 그리고 안전벨트까지 다정하게 채워 줬다.

"왜 그렇게 봐?"

가까이서 유경을 빤히 쳐다보던 서하가 그녀의 입술에 쪽, 키스를 했다.

"너 어제 진짜 멋있었어."

"에이, 멋있긴. 어젠 내가 완전 경솔했지. 아무리 화가 나도 그렇지, 공개적인 자리에서 그렇게 무례하게 행동하면 안 되는 거였는데."

"후회해?"

"근데…… 다시 돌아가도 나 똑같이 행동했을 것 같아."

"그럼 후회하지 마. 난 너 어제 당당하고 보기 좋았어. 내 책 홍보도 해 주고. 기특하던데?"

"그으래?"

금세 기분이 풀려 그녀가 히죽 웃었다. 그런 그녀를 따라 서하도 기분 좋게 웃으며 운전석에 올라탔다.

지이잉. 지이잉.

아침부터 무슨 전화지? 진동 소리에 유경이 얼른 가방에서 핸드폰을 꺼냈다. 발신인을 확인하니 문 감독님이었다. 얼른 전화를 받았다.

"네. 감독님."

통화하는 유경을 흘끔 보던 서하가 차를 출발시키려다 말았다. 유경의 놀란 표정 때문이었다.

"네? 뭐라구요? 네…….알겠습니다."

통화를 마친 유경을 향해 서하가 걱정스레 물었다.

"무슨 일 있어?"

"어떡해."

유경이 어안이 벙벙한 얼굴로 서하를 쳐다봤다.

"서하야…….'

"어. 말해. 왜?"

"지금 20대 남배우 중에 톱이 누군지 알아?"

"글쎄. 별로 관심 없는데."

"안설휘잖아. 모델 출신에 얼굴도 잘생겼고, 연기도 엄청 잘하고, 성격도 미남이래."

"결혼할 남자 앞에서 딴 남자 잘생겼다는 소리가 잘도 나온다?"

"아무튼 지금 큰일 났어. 안설휘가 우리 영화 한다고 했대."

"잘된 거야?"

"그럼! 무지 잘된 거지. 그렇지 않아도 투자받기 힘들었는데, 안설휘 덕분에 살았다."

"축하해."

"고마워. 이게 다 니 덕분이야."

너무 기쁜 나머지 유경은 서하를 와락 껴안아 버렸다. 그리고 녀석의 볼에 입술을 눌러 찍듯이 키스했다. 기습 키스를 당한 서하가 몸을 움찔 떨었다.

"서하야, 난 너 만나고부터 인생이 잘 풀리는 것 같아."

귓가에 나지막이 울리는 그녀의 목소리. 2차 공격이다. 서하가 침을 꼴깍 삼키며 그녀를 겨우 몸에서 떼어 냈다.

"유경아."

"응?"

"오늘 출근 늦게 해도 돼?"

"출근? 응. 오늘은 늦게 해도 상관없어. 근데 왜?"

"그럼 잠깐 집에 들어갔다 나올까?"

그게 무슨 말인지 곰곰이 생각하던 유경은 정답을 찾았는지 얼굴이 새빨개졌다.

"너 아침부터……."

"시간이 지금밖에 없어서 그래."

"핑계도 참 여러 가지다. 시간이 왜 없어? 내일도 있고……."

"나 내일 새벽에 예비군 훈련 가."

"뭐? 아……. 너 군대는 갔다 왔다고 했지. 예비군 그거 뭐 몇 시간 하고 오는 거 아니야?"

"아니야. 너 나 2박 3일 동안 못 보는 거야."

"그렇게나 길게? 너 어디 딴 데 놀러 가는 건 아니지?"

어떻게 날 의심하느냐는 눈빛으로 녀석이 흘겨보자, 유경이 헛기침을 하며 시선을 피했다.

"거기 가면 핸드폰도 반납해야 해."

"핸드폰도? 2박 3일 동안?"

서하가 심각한 표정으로 고개를 끄덕이자 덩달아 유경의 표정도 심각해졌다. 잠시 생각에 잠겨 있던 유경이 느릿하게 안전벨트를 풀더니 차에서 내렸다. 그러곤 새침한 표정으로 말했다.

"뭐 해? 빨리 내려."

"어? 어!"

대답과 동시에 얼른 차에서 내린 서하가 유경의 뒤를 쫄레쫄레 따라갔다.

"사장님, 지금 회의실에 배우 안설휘 씨 와 있다고 합니다."

서류에 사인하던 지웅이 미간을 찌푸렸다.

"아이 씨. 바빠 죽겠는데 걘 왜 지금 와? 미팅 내일 아니었어?"

"안설휘 씨 내일 예비군 훈련 간다고 오늘로 변경했는데. 오전에 말씀드렸잖아요."

"어디 있다고?"

"회의실이요."

지웅이 일어나 코트를 걸치고 사무실을 나갔다. 그리고 회의실로 향했다.

생록이 회의실 문을 열자, 느긋하게 커피를 마시고 있는 안설휘가 보였다.

"안설휘 씨, 인사하세요. 저희 명성자동차 서지웅 사장님이세요."

생록이 지웅을 소개한 뒤 밖으로 나갔다. 자리에서 일어난 안설휘가 대충 고개를 까닥이며 인사했다.

인사를 왜 저따위로 하지? 싸가지 없는 새끼. 지웅이 안설휘를 날카롭게 쳐다보며 맞은편에 앉았다.

먼저 말문을 연 건 안설휘였다.

"회사에서 가라고 해서 오긴 왔는데, 사장님께 단도직입적으로 물을게요. 저를 보자고 한 이유가 뭐죠?"

"안설휘 씨, 우리 회사 전속 모델 계약 만료됐다고 하던데."

"아…… 네. 저번 달에 만료됐어요."

"계약 연장하고 싶지 않아?"

"당연히 연장하고 싶죠. 아무래도 명성자동차가 국내는 물론 해외에서도 인정받는 브랜드니까요."

"연장해 줄게. 업계 최고 대우로 3년 계약. 단, 조건이 있어."

"조건이라……. 그게 뭐죠?"

안설휘가 흥미로운 눈빛으로 지웅을 응시했다.

"네. 영화사 〈문필름〉입니다. 아…… 투자 관련 문의요?"

김 피디가 이젠 놀랍지도 않다는 표정으로 차분히 전화를 받았다. 벌써 다섯 번째 투자 문의 전화였다.

"네. 저희 대표님 일정 알아보고 다시 연락드리겠습니다."

김 피디가 전화를 끊자마자 기쁨의 어퍼컷을 날렸다. 그러는 와중에 또 전화벨이 울렸다. 쉴 새 없이 전화를 받는 김 피디를 유경은 어안이 벙벙한 얼굴로 바라봤다. 이게 꿈이야 생시야?

유경은 어제 그리고 오늘, 자신에게 일어난 일들이 도저히 믿기지 않았다. 김 피디는 이 상황을 '백호영화제의 매직'이라고 칭했다. 이 모든 일들이 그저께 백호영화제에서 유경이 수상 소감을 말한 이후부터 생겨났기 때문이다.

어젠 갑자기 톱스타 안설휘가 나타나서 출연 계약서에 도장을 쾅, 찍더니. 오늘은 유경의 수상 소감이 인상 깊었다며 투자를 하겠다는 회사와 개인의 문의 전화가 빗발쳤다. 방송의 위력이 대단하긴 하네.

그나저나 세상에……. 이번엔 진짠가 봐. 잡힐 듯 잡히지 않던 입봉이 바로 코앞으로 다가왔다. 유경은 이 기쁜 소식을 녀석에게 당장 알리고 싶었다. 그녀는 곧장 핸드폰을 들어 서하에게 전화를 걸었다. 하지만 전원이 꺼져 있다는 멘트만 흘러나올 뿐이었다.

"이상하네. 전화를 왜 꺼 놨지? ……아, 예비군!"

유경은 녀석이 오늘 새벽 일찍 2박 3일 예비군 훈련을 떠났다는 사실을 뒤늦게 자각했다.

오늘따라 그 녀석 목소리가 되게 듣고 싶네. 이럴 줄 알았으면 새벽에 잘 다녀오라고 인사나 하고 보낼걸. 늦잠만 안 잤어도……. 유경은 자신의 머리통을 쥐어박으며 후회했다.

그러다 허한 마음을 달래기 위해 핸드폰 사진첩을 열었다. 그녀는 얼마 전 별장에서 찍은 녀석의 사진을 흐뭇한 표정으로 바라봤다. 딱 봐도 사진 찍는 거 별로 안 좋아할 것 같은 녀석에게 유경은 그날 조심스럽게 물었다.

'서하야, 나 너 좀 찍어도 돼?'
'얼마든지. 너 하고 싶은 대로 해.'

당연히 거절당할 거라는 예상과 달리 녀석은 아주 흔쾌히 대답했고, 유경은 셔터를 마구 눌러 댔다. 역시 많이 찍혀 본 사람은 달랐다. 녀석의 포즈가 아주 자연스러웠다.

유경은 사진첩 속 사진을 한 장씩 넘겼다. 이건 소파에서 책 읽는 서하. 이건 밥 먹는 서하. 이건 산책하는 서하. 유경이 히죽거리며 사진을 보고 있는데.

"감독님!"

김 피디가 책상 위에 똑똑, 노크를 했다.

"아까부터 뭘 그렇게 재밌게 보세요?"

"아무것도 아니에요."

유경이 민망한 웃음을 흘리며 얼른 핸드폰을 내려놓았다. 그러자 김 피디가 들뜬 얼굴로 말했다.

"감독님, 이따 퇴근하고 시간 있으세요?"

"왜요? 혹시 술?"

"네! 안설휘 캐스팅도 됐겠다, 투자도 막 들어오고. 기분 좋잖아요. 우리 오래간만에 한잔해요."

"오, 좋죠. 그렇지 않아도 술 당겼는데."

"그럼 우리 오늘 제대로 달려 볼까요? 채 작가님도 오라고…… 하면 안 되겠구나. 작가님 지금 예비군 훈련 가셨죠?"

"김 피디가 그걸 어떻게 알아요?"

난 아무한테도 말한 적 없는데. 유경이 의아한 얼굴로 쳐다보자, 김 피디가 핸드폰으로 뭔가 검색하더니 그녀를 향해 쭉 내밀었다.

"감독님, 이 사진 못 보셨어요? 지금 인터넷에서 난린데."

유경은 김 피디가 내민 핸드폰 속 사진을 유심히 들여다봤다. 군복을 입은 남자들이 훈련하고 있는 사진이었다. 그런데 저 오른쪽에 있는 남자의 얼굴이 매우 낯이 익었다.

"어? 서하가 왜 여기……."

"역시 감독님은 애인부터 보이시는구나? 센터에 안설휘는 안 보이세요?"

"아…… 안설휘 씨도 있었네요."

미안하다. 안 보였다. 그러거나 말거나, 유경은 군복도 잘 어울리는 서하의 모습에서 눈을 떼지 못하고 있었다.

"지금 실검 1위가 '안설휘 예비군 훈련'이에요."

"그러니까 이게 오늘 사진이라는 거죠?"

훈련소에서 고생하고 있을 녀석을 생각하니, 사진을 바라보는 유경의 눈빛이 애틋해졌다.

"네. 지금 안설휘 훈련소 사진 인스타에 올라오고 난리도 아니에요. 덩달아 채 작가님도 유명해졌어요. 안설휘 옆에서도 꿀리지 않는 유일한 남자라고."

223

그렇지. 절대 꿀리지 않지. 오히려 안설휘가 진 거 같은데?

"근데 감독님도 그거 아셨어요?"

"뭘요?"

"안설휘 씨요. 채 작가님이랑 군대 동기래요. 둘이 휴가도 맞춰서 같이 나오고, 같이 들어가고 그랬다던데. 엄청 친한가 봐요."

"그래요? 난 처음 듣는 소린데……."

어제 안설휘 캐스팅 얘기할 때만 해도 녀석은 아무 소리 없었다. 그저 뭐가 잘생겼냐며 질투나 했지.

근데 둘이 친하다고? 어떻게 된 거지? 녀석은 그 사실을 나한테 왜 숨겼을까? 설마…….

유경이 생각에 잠겨 있는 사이, 마침 사무실 문이 열리고 문 감독이 들어왔다.

"감독님!"

유경이 일어나 문 감독을 불렀다.

"어, 우 감독. 왜?"

"안설휘 배우 말인데요. 캐스팅 어떻게 하신 거예요?"

"캐스팅? 아, 그거 어떻게 된 거냐면 말이야……."

문 감독에게서 안설휘 캐스팅 비화를 전해 들은 유경의 표정이 복잡 미묘했다.

영화사 식구들과 기분 좋게 술 한잔을 하고 집으로 돌아가는 길. 버스에서 내린 유경의 발걸음이 돌연 무거워졌다. 문 감독의 말이 떠오른 것이다.

'설휘 씨가 그러더라고. 친한 동생이 자기한테 처음으로 한 부탁이라고.'

'무슨 부탁이요?'

'우리 시나리오 좀 읽어 보라고 했대.'

'그럼 이 영화를 하겠다고 한 이유가…….'

'부탁 때문에 어쩔 수 없이 시나리오를 읽어 봤는데, 너무 재미있었대. 캐릭터도 매력적이고. 그래서 하기로 결정한 거래. 물론 그 동생 부탁이 없었다면, 설휘 씨 같은 톱스타가 여자 주인공이 메인인 우리 시나리오엔 관심도 없었겠지만.'

'그 동생이 누군지 혹시 아세요?'

'나도 물어봤지. 근데 말 안 해 주더라고.'

유경은 아무래도 그 동생이 서하인 것 같은 느낌이 들었다. 하지만 녀석과 연락이 안 되니 확인할 길이 없다.

"후우……."

유경은 한숨을 길게 내쉬었다. 괜히 녀석에게 미안한 마음이 들었다. 그 녀석 남한테 아쉬운 소리 잘 못 하는 성격인데, 날 위해서 안설휘한테 시나리오 읽어 봐 달라고 부탁까지 했다니. 가뜩이나 본인 소설이며 시나리오 집필하느라 엄청 바쁘면서.

"으……. 속 아파."

속도 상하고, 속도 쓰리네. 오래간만에 술을 마셨더니, 많은 양도 아닌데 약간 알딸딸했다.

집으로 향하던 유경의 시야에 편의점이 들어왔다.

"해장이나 하고 갈까?"

편의점으로 달려간 유경이 문을 활짝 열었다.

"상혁아, 안녕!"

오늘도 열심히 공부 중이던 상혁이 그녀를 반갑게 맞이했다.

"누나, 또 술 드셨어요? 이거 얼른 마셔요. 숙취 해소제예요."

"땡큐. 아, 맞다. 나 술 마신 건 비밀."

상혁이 건넨 숙취 해소제를 마시며 유경이 배시시 웃었다.

"근데 상혁이 넌 언제부터 여기서 알바했어?"

"2년 넘었어요. 고등학생 때부터 했으니까. 그리고 1년 전에 점주가 형으로 바뀌었고."

"아······."

"근데 그거 아세요? 서하 형으로 점주 바뀌고 나서 매출 엄청 올랐어요. 우리 편의점이 이 근방에서 톱이에요."

"그러게. 저번에 잠깐 일해 보니까 그럴 것 같더라. 특히 여학생들 엄청 많이 오던데."

"이게 다 서하 형의 미모 덕분이죠. 아니다. 누나 덕분인가?"

"나? 왜?"

"형이 유명해진 게 저 자리 때문이잖아요. 맨날 저기서 누나 기다린 거 맞죠?"

그렇다고 하더라. 유경이 멋쩍은 미소를 지었다.

"근데 누나는 왜 1년 동안 서하 형 모른 척했어요?"

"내가 모른 척한 게 아니라, 인사를 하려고 했는데, 출근 시간에 바쁘기도 하고······."

"아무리 바빠도 그렇지. 사람을 1년 동안 쌩까냐. 서하 형 맨날 저기서 한숨만 쉬고, 어느 날은 밖에 나갈까 말까 엄청 고민하다가 또 한숨 쉬고. 지금 생각해 보니까, 그게 다 누나 때문이었네요."

그 부분에 대해선 할 말이 없었다. 유경은 서둘러 말을 돌렸다.

"근데 넌 무슨 공부를 그렇게 열심히 해?"

"경찰 공무원 시험 준비하고 있어요."

"경찰이라……. 잘 어울리네. 파이팅. 그럼 누난 컵라면 하나만 먹고 갈게."

"같은 편끼리 막 흘리고 그러지 맙시다."

"알았어. 깨끗하게 먹을게."

유경은 컵라면을 계산하고, 녀석이 1년 동안 서서 저를 기다렸다던 그곳으로 향했다. 컵라면에 물을 붓고, 면이 익기를 기다리며 유경은 창밖을 바라봤다.

서하가 여기서 한숨을 쉬었다고? 나 때문에? 바보. 그냥 먼저 알은척했으면 좋았잖아. 그랬으면 너랑 나 더 일찍 만났을 텐데. 아닌가? 사랑은 타이밍이라던데……. 그 타이밍이 어긋났다면, 우리가 지금 같은 관계로 발전하지 못했겠지?

에이, 아니야. 난 그 녀석을 언제 만났더라도 분명 좋아하게 됐을 거야. 지금도 이렇게 보고 싶은 걸 보면……. 생각하면 할수록 더더욱 녀석이 보고 싶고, 그리웠다.

유경은 힘없이 라면 뚜껑을 열어 젓가락으로 면발을 뒤적였다. 녀석과 함께 먹을 땐 그렇게 맛있던 라면이 오늘따라 정말 맛없게 느껴졌다.

"어떡해……. 고작 하루밖에 안 지났는데."

채서하가 없는 서울의 밤은 너무도 길었다.

일식당.

"사장님, 제발 술 좀 그만 드세요."

생록이 애원하듯 말했다. 하지만 지웅은 들리지 않는지 계속 술만 들이켰다. 그리고 한참이 지난 후에야 지웅의 시선이 생록에게로 향했다.

"내가 알아보라고 한 건?"

지웅의 날카로운 목소리가 들리자, 생록은 조심스럽게 입을 열었다.

"사장님 말이 맞았어요. 안설휘랑 채 작가 아는 사이더라구요. 군대 동기래요."

"하."

지웅이 실소를 터뜨렸다.

"내가 또 한발 늦었네."

도대체 난 왜 계속 그 새끼보다 늦는 거지? 채서하 그 새끼는 도대체 뭔데, 나보다 먼저…… 우유경을 만난 거냐고.

지웅은 요즘 그게 가장 화가 났다. 채서하가 가진 판권도 촉매 기술도 지웅이 마음만 먹으면 충분히 뺏을 수 있는 것들이었다. 하지만 그녀의 마음은 돈으로도 살 수 없었고, 힘으로도 뺏을 수 있는 것이 아니었다.

"그래서 안설휘는 그 영화 하기로 했대?"

"네. 어제 계약서에 도장까지 찍었대요. 아마 유경 씨 입봉하는 데는, 크게 문제없을 거예요. 그러니까 이제 걱정 놓으세요."

"걱정은 무슨."

"사장님, 저한텐 숨기지 않으셔도 돼요. 유경 씨 도와주려고 어제 안설휘 회사로 부른 거잖아요."

"……"

"유경 씨 영화에 안설휘 출연시키려고 만료된 계약까지 3년씩이나 연장해 줬잖아요."

그럼 뭐 하겠는가. 유경 씨는 이 사실을 알지도 못하는데.

"근데 제가 진짜 궁금해서 그러는데요. 유경 씨는 사장님이 왜 싫대요? 성격이 좀 괴팍한 거 빼고는 나름 괜찮은 남잔데."

"그거 욕이냐, 칭찬이냐?"

"칭찬은 안 했는데요."

"뭐?"

"죄송합니다. 술 한잔 따라 드릴게요."

생록이 얼른 병을 들어 지웅의 잔에 술을 따랐다.

"사장님, 힘내세요."

역시 지웅의 편은 최생록밖에 없었다.

드디어 녀석이 돌아왔다.

유경은 퇴근하자마자 집으로 달려갔다. 그리고 아침엔 바빠서 감지 못했던 머리를 박박 감고, 화장도 하고…….

"뭐 입지?"

장롱에서 옷이란 옷은 죄다 꺼내 침대 위에 뿌려 놓은 유경은 제법 따뜻해진 날씨를 떠올리며 무슨 옷을 입을지 고민했다. 그러다 예전에 사 놓고 몇 번 입지 않은 원피스가 눈에 들어왔다.

"이건 너무 오버겠지?"

그래. 분명 오버야. 그냥 평소대로 청바지나 입자.

머리론 분명 설득시켜 놨는데, 정신을 차려 보니 이미 원피스를 입고 있었다.

준비를 끝낸 유경은 벽시계를 올려다봤다. 녀석과 8시에 집 앞에서 만나기로 했는데 벌써 약속 시간 10분 전이었다.

쿵, 쿵.

옴마낫, 이게 어떻게 된 일이지? 갑자기 왜 이렇게 심장이 뛰는 거 야? 수능 날 아침보다 더 떨렸다.

"어떡해. 나 미쳤나 봐. 손에서 식은땀까지 나."

손에 난 땀을 옷에 마구 문지르며, 유경은 심호흡을 크게 했다.

"후우, 후우."

겨우 떨리는 마음을 진정시키고 유경은 딱 8시 정각에 맞춰 밖으로 나갔다.

그런데 평소처럼 차를 타고 올 줄 알았던 녀석이 웬일인지 자전거를 타고 나타났다.

끼이이익.

브레이크를 잡은 서하가 자전거에서 내렸다. 안 본 사이에 녀석은…….

"너 키가 더 커진 것 같아."

"설마."

"진짜야."

"그래? 근데 너……."

서하가 말끝을 흐렸다. 그녀의 머리끝에서부터 발끝까지 쭉 내려가던 서하의 시선이 다시 올라가 그녀의 짧은 치마에서 멈췄다.

"치마 입었네?"

"응."

부끄러워진 유경이 재빨리 말을 돌렸다.

"근데 이 자전거는 뭐야?"

"너랑 같이 타려고 샀어. 내 건 집에 있고, 이건 너 타. 편의점이나 카페 갈 때 타고 다녀. 치마 입고 타면 안 되고."

녀석이 또다시 유경의 치마를 흘끔 쳐다봤다.

"근데, 오늘 이러고 출근했어?"

"어? 어."

너한테 예쁘게 보이고 싶어서 갈아입었다는 말을 하기엔 너무 부끄러웠다.

유경의 얼굴이 빨개진 줄도 모르고, 서하는 그녀가 저 짧은 치마를 입고 회사에 갔다는 사실을 도저히 받아들일 수가 없었다.

"근데 너 원래 치마 잘 안 입지 않아?"

"아니야. 나 원래 잘 입어."

"그래? 치마 예쁘네. 근데 안 추워? 진짜 그러고 회사 갔어? 그리고 머리는 왜 풀었어?"

"왜? 이상해?"

"아니. 음······."

"왜 그러는데? 왜 그런 눈으로 봐?"

"너무 예쁘잖아."

"뭐?"

"넌 왜 나 없을 때 이러고 다녀?"

"응?"

"우유경, 나 없는 동안 어디서 뭐 했는지 하나도 빠트리지 말고 다 말해 봐. 내가 좀 들어야겠어. 너 오늘 좀 이상해."

녀석이 질투 가득한 눈초리로 보자, 유경의 가슴께가 간질간질했다.

"사실······."

너 때문에 치마도 입고, 머리도 풀었다, 라고 이실직고하려고 했는데 녀석이 갑자기 입고 있던 자신의 카디건을 벗어 유경의 허리에 묶어 주었다. 옷이 어찌나 큰지 종아리까지 내려왔다.

"너 안 추워?"

"어. 안 추워."

이 정도론 끄떡없다는 듯 어깨를 으쓱이던 녀석은 자전거에 올라탔다. 그러곤 턱 끝으로 뒷좌석을 가리켰다.

"얼른 타. 한강으로 드라이브 가자."

"드라이브? 좋지."

신이 난 얼굴로 유경이 얼른 뒷좌석에 살포시 앉았다.

"꽉 잡아. 출발한다."

유경이 녀석의 단단한 허리를 살짝 잡았다. 그러자 곧 자전거가 출발했다. 익숙한 녀석의 향수 냄새와 함께 향긋한 봄바람이 코끝으로 스며들었다.

"와…… 너무 좋다."

니가 돌아와서.

"뭐라고?"

"한강 가서 핫도그 먹자!"

"풉."

핫도그라니. 생각지도 못한 그녀의 대답에 서하가 웃음을 터뜨렸다. 그 바람에 핸들이 마구 흔들렸다.

"으악! 야, 운전 똑바로 해!"

자전거가 흔들리자 유경이 서하의 허리를 잡으며 소리쳤다.

"근데 서하야, 한강은 좌회전이야!"

"생각이 바뀌었어. 한강 말고 우리 집으로 가자."

"너희 집은 왜?"

"가 보면 알아."

서하가 일부러 페달을 세게 밟았다.

"꺄악!"

갑자기 빨라진 속도에 놀란 유경이 서하를 꽉 껴안아 버렸다. 몸에 닿은 그녀의 온기를 느끼며 서하가 미소를 지었다.

녀석은 신나게 자전거 페달을 밟았고, 집까지 도착하는 데 그리 오래 걸리지 않았다.

유경은 그제야 녀석의 허리를 꽉 잡고 있던 손을 풀고 자전거에서 내렸다. 그러곤 자전거를 끌고 건물 안으로 들어가는 녀석을 뒤따라갔다.

"갑자기 집엔 왜?"

엘리베이터 안에서 유경과 눈이 마주친 녀석은 시선을 피하며 얼버무렸다.

"그게…… 그냥, 뭐…… 그냥……."

"응? 뭐야. 뭔데 그래?"

"가 보면 알아."

아까부터 계속 뭘 가 보면 안다는 거야. 궁금해 죽겠네. 유경은 고개를 갸웃하며 녀석과 함께 집으로 들어갔다.

그나저나 올 때마다 놀라는 이 집구석. 남자 둘이 사는데 먼지 한 톨 없는 거 실화냐.

"유경아, 잠깐."

서하가 두리번거리고 있는 유경의 어깨를 살며시 끌고 가 소파에 앉혔다.

"여기 앉아 있어. 나 방에 좀 갔다 올게."

유경이 고개를 끄덕이자, 녀석은 2층에 있는 자신의 방으로 올라가려다가 주방으로 걸음을 옮겨 냉장고 문을 열었다. 생수를 꺼내 물을 벌컥벌컥 마시고 있는 녀석을 유경이 의아하게 쳐다봤다. 쟤 오늘 왜 저러지? 방엔 왜 갔다 온다는 거야?

물을 다 마시고도 혼자 고민에 빠져 있던 녀석의 얼굴이 새빨개졌다. 수상해. 오늘따라 아주 많이 수상한 녀석이 갑자기 뭔가 결심한 듯 2층으로 뛰어 올라갔다.

그리고 시간이 조금 지난 후, 계단을 두 개씩 밟으며 다시 뛰어 내려왔다. 방에 갔다 온 녀석의 양손엔 커다란 쇼핑백이 들려 있었다. 쭈뼛거리며 서 있던 녀석이 불쑥 쇼핑백을 내밀었다.

"이게 뭐야?"

유경이 쇼핑백 안을 흘끔 쳐다봤다. 뭔가 알록달록 비닐로 포장된 과자와 박스가 여러 개 보였다.

"웬 과자?"

녀석이 쇼핑백을 내려놓으며 무심한 말투로 말했다.

"그냥 사람들이 다 사길래 나도 몇 개 샀어."

"이렇게나 많이? 어디서 샀는데?"

"PX."

"아……. 군대 안에 있는 매점?"

"어."

"근데 뭘 그렇게 쑥스러워하면서 줘? 오, 맛있겠다. 땡큐."

유경이 대수롭지 않게 말하며, 쇼핑백에 든 과자를 하나씩 꺼내 테이블 위에 올려놓았다.

"이거 내가 좋아하는 과자네?"

반짝이는 눈망울로 과자를 구경하는 유경의 얼굴에 미소가 만연했다.

"우와. 이 과자 딸기 맛도 있었어? 처음 봐. 맛있겠다."

유경은 과자를 하나씩 꺼낼 때마다 행복한 비명을 질렀다. 그런 그녀를 흐뭇하게 바라보던 서하는 훈련소에서 저 리미티드 에디션인 딸기 맛 과자를 손에 넣기 위해 아침마다 PX로 달려가 보이지 않는 전투에서 승리한 자신이 대견스러웠다.

솔직히 작년엔 이해가 되지 않았다. 고작 저 딸기 맛 과자를 여자 친구에게 줘야 한다며 전속력을 다해 PX로 달려가던 동기들이.

아…… 이래서 다들 미친놈처럼 뛰었구나. 벌써 포장지를 까서 과자를 먹고 있는 유경의 눈빛에 감동이 어렸다.

"마시써."

두 눈이 동그래진 유경이 맛있다는 말을 연발하자, 서하가 흐뭇하게 웃었다.

"내년에도 사 올게."

"너 내년에도 예비군이야? 세상에. 이 나이에 PX에서 사 온 과자를 선물로 받을 줄이야."

"좋다는 거지?"

"그러엄! 완전 좋아. 젊어진 기분이야. 이 딸기 맛 과자처럼 기분이 아주 상큼해."

민방위도 아닌 예비군 다녀온 남친이라니. 유경은 자꾸만 웃음이 새어 나왔다. 하나같이 내 취향에 맞는 과자를 쏙쏙 골라 온 녀석의 세심함도 좋았고, 훈련소까지 가서 저를 떠올리며 과자를 골랐을 녀석을 생각하니 마음이 몽글몽글해졌다.

"맛있어?"

"응. 너도 먹어 봐."

유경이 얼른 손에 들고 있던 초코 과자를 입에 물고, 새로운 과자를 꺼내 포장을 벗겼다. 그리고 녀석에게 과자를 내밀었는데…….

"!!"

녀석의 입속으로 들어간 과자는 유경이 입에 물고 있던 과자였다. 하마터면 들고 있던 과자를 바닥에 떨어뜨릴 뻔했다.

입에 물고 있던 과자가 사라진 자리, 그녀의 입술에 초콜릿이 묻어 있었다. 그녀의 입술을 빤히 쳐다보며 녀석이 말했다.

"그것도 먹어 줄까?"

"아니!"

유경이 얼른 티슈로 입술을 닦으며 방어 태세로 전환했다. 오늘은 아예 시작하지 말아야지. 저 눈빛 좀 봐. 언제 잡아먹을까, 하는 녀석의 눈빛이 딱 봐도 시작과 함께 폭주할 각이었다. 잔뜩 아쉬워하며 입맛을 다시는 녀석의 표정이 호시탐탐 먹잇감을 노리는 포식자 같았다.

유경은 살아남기 위해 얼른 과자를 녀석의 입안에 넣어 줬다.

"안 돼. 넌 과자나 먹어."

녀석이 피식 웃으며 과자를 냠냠 맛있게 먹었다. 그런 녀석을 밉지 않게 흘겨보던 유경은 계속해서 녀석의 입안에 과자를 넣어 줬다.

"어이구, 잘 먹는다."

넙죽넙죽 과자를 잘만 받아먹던 녀석이 갑자기 과자가 아닌 유경의 손가락을 입에 물었다.

"앗!"

쪼옥.

유경은 자신의 손가락을 야한 눈빛으로 쪼옥, 빨아 먹는 녀석을 곤란한 눈빛으로 쳐다봤다.

"뭐…… 하는 거야……."

녀석의 입에 들어간 손가락을 빼내 뒤로 숨긴 유경의 얼굴에 홍조가 피었다.

"보고 싶었어."

몸으로 들이대도 안 되자, 이번엔 녀석이 감미로운 목소리로 공격했다.

"훈련소 가서 새삼 느낀 건데, 난 너 없인 정말 하루도 못 살 것 같아."

로맨틱한 대사 공격까지. 녀석을 곤란한 얼굴로 바라보던 유경이 멋쩍게 웃었다.

"오늘은 안 돼. 참아."

"왜?"

"조심해야 하는 날이야."

"그래? 알았어. 내가 진짜 조심해서 잘해 볼게."

조심해서 한다고? 어떻게? 궁금하잖아. 아니야. 난 하나도 안 궁금해.

"채서하, 오늘은 절대 안 돼. 진짜 불안해서 그래."

"알았어……."

"뭐지, 그 힘없는 표정은?"

"내가 뭘. 나 힘 완전 넘치는데. 근데 넌 나 없는 동안 뭐 했어? 내 생각 하긴 했어?"

"당연하지. 자면서도 니 생각 했어."

"거짓말."

"진짜야."

"내 생각 한다는 여자가 밤늦게까지 술 마시고 다녔어?"

젠장. 어떻게 알았지?

"무슨 소리야. 나 술 마신 적 없는데?"

유경이 시치미를 떼자 녀석이 작게 눈을 흘겼다.

"혼날래?"

뭔가 아는 눈치다. 서하가 유경이 흘린 과자 부스러기를 주우며 말했다.

"상혁이한테 다 들었어."

"들켰네."

"누구랑 마셨어?"

"누구긴 누구야. 영화사 사람들이랑 마셨지. 안. 설. 휘. 캐스팅 기념으로다가."

유경이 일부러 안설휘의 이름을 힘주어 말했다.

"그래? 그럼 뭐, 좋은 일로 마신 거니까 봐줄게. 주스 마실래? 오렌지, 포도, 어떤 거?"

녀석이 서둘러 자리에서 일어나 주방으로 향했다. 뭐야, 지금 일부러 말 돌린 거야? 이상하네. 안설휘 얘기를 왜 안 하지?

유경은 녀석을 유심히 관찰했다. 녀석은 뭔가 생각이 많은 듯한 표정으로 컵에 주스를 따르고 있었다.

"마셔."

어느새 다가와 컵을 내미는 서하를 물끄러미 보던 유경이 주스를 마시며 넌지시 물었다.

"근데 너 나한테 무슨 할 말 없어?"

"너 더 예뻐진 것 같아."

"그, 그래?"

아니야. 이럴 때가 아니야. 정신 차리자. 유경이 고개를 절레절레 흔들었다.

"아니, 그거 말고. 다른 말."

"사랑해."

"……."

꺄악! 유경의 얼굴이 발그레해졌다. 아……. 내가 무슨 말을 하려고 했지? 까먹었어. 뭐였더라? 아, 맞다. 안설휘.

"채서하. 너 안설휘 씨랑 친하다면서."

유경이 그냥 단도직입적으로 물었다. 그러자 서하의 표정이 약간 경직되었다. 올 게 왔다는 반응이다.

"너 다 들켰거든? 너랑 안설휘 씨, 둘이 같이 훈련소에 있는 사진 봤어."

"어디서?"

"인터넷에 막 올라오던데."

빌어먹을 인터넷.

"그리고 문 감독님한테도 들었어. 안설휘 씨가 아는 동생이 우리 작품 추천해서 읽었다더라. 그 아는 동생이 너 맞지?"

잠시 머뭇거리던 녀석이 입을 열었다.

"미리 말 못 해서 미안해."

"나한테 왜 숨겼어?"

"니가 싫어할까 봐. 저번에 니가 그랬잖아. 내 일은 내가 알아서 할 테니까, 도와 달라고 말할 때까지 기다리라고."

"그러게. 그래서 잘 기다리고 있는 줄 알았는데……."

유경이 작게 한숨을 내쉬었다.

"화났어?"

"아니, 전혀. 내가 왜 화를 내. 니가 나 생각해서 도와준 건데. 근데……."

"근데?"

"그냥……. 내가 좀 더 유능한 연출자였으면 배우도 알아서 쫘악 세팅하고, 내 이름만으로도 투자가 막 들어오고 그랬으면 좋았을 텐데. 너까지 괜히 신경 쓰이게 만들어서 미안해서 그렇지."

"미안하긴 뭐가 미안해. 그리고 나 신경 하나도 안 쓰였어. 설휘 형 일부러 찾아간 것도 아니야. 그냥 미팅 자리에서 우연히 만났고, 만난 김에 말 그대로 추천만 했어. 니 작품 하라고 등 떠밀거나 그런 거 절대 없었어. 순전히 형 의지로, 시나리오가 좋아서 선택한 거야. 그러니까 설휘 형 캐스팅은 니가 다 한 거야."

행여 유경의 자존심이 다칠까 봐 녀석의 말에는 배려가 가득했다. 그걸 유경도 충분히 느끼고 있었다.

유경은 말없이 양팔을 벌렸다. 그러자 서하가 그녀의 품에 파고들었다. 유경이 커다란 녀석의 몸을 꽉 껴안았다. 그리고 등을 토닥이며 말했다.

"고마워."

"……."

"너 만나면 이 말이 제일 먼저 하고 싶었어."

"다른 말은?"

"다른 말? 뭐?"

유경이 새초롬하게 말하자, 서하가 그녀의 품에서 떨어져 나왔다. 그리고 작게 눈을 흘겼다.

"왜. 왜 또 그렇게 봐?"

"다른 말은?"

"다른 말? 아, 우리 영화 투자 문제도 다 해결됐어. 진짜 요새 좋은 일만 계속 생기는 거 있지. 기쁘니까 니가 제일 먼저 생각나더라."

"기쁠 때만 내 생각 나는 거야?"

"응?"

"난 눈을 감고 있을 때도, 뜨고 있을 때도 항상 니 생각만 하는데."

녀석이 집요하게 유경의 얼굴을 눈빛으로 어루만졌다. 그리고 점점 녀석의 얼굴이 그녀에게로 기울어졌고. 또다시 위험 신호를 감지한 유경의 몸이 본능적으로 뒤로 물러서자, 녀석이 유경의 허리를 끌어안았다.

"웃! 오늘은 안 하기로 했잖아……."

"안 할게. 그냥 안고만 있으려고."

그게 더 위험하다고.

"저기……. 올 오빠 올 때 되지 않았어?"

"오늘 철야 근무야. 내일 아침에 들어와."

"하하하. 그래?"

녀석의 손이 좀 더 은밀한 곳으로 옮겨 갔다.

"아홋!"

"멈출까?"

바로 코앞에서 녀석이 속삭이듯 말했다. 뜨거운 입김이 귓가를 스치고 지나갔다. 녀석의 따뜻한 숨결과 다정한 손짓에 금세 몸이 달아오른 유경은 고민에 빠졌다.

어떡하지? 나 너무 끌려……. 목에 닿은 녀석의 촉촉한 입술. 관능적인 눈빛.

에라, 모르겠다. 유경의 입술이 뒤늦게 열렸다.

"방으로 가서 하…… 꺄악!"

유경의 허락이 떨어지기가 무섭게 녀석이 그녀를 번쩍 안아 들었다. 품 안에서 두 다리를 바동거리던 유경의 입에 키스를 퍼부으며 녀석은 서둘러 2층으로 향했다.

22.
굿바이 마이 걸

'소녀'라는 가제로 시작한 영화에 진짜 제목이 생겼다.

「굿바이 마이 걸」

좀 더 서정적인 제목이었으면 좋겠다는 문 감독의 의견을 반영한 것이었다.

이렇게 제목도 확정. 투자 문제도 해결. 심지어 남자 주인공엔 톱스타 안설휘가 캐스팅되었다. 모든 것이 다 순조로웠다.

이제 가장 중요한 문제가 하나 남아 있었다. 그건 바로 여주인공 캐스팅이었다. 이미 「굿바이 마이 걸」의 수정된 시나리오가 충무로에 떠돌며 하반기 기대작으로 평가받은 상태였다. 동시에 이 영화의 여주인공이 누가 될지 기대와 관심이 집중되고 있었다. 덕분에 〈문필름〉으로 배우들의 프로필이 쏟아져 들어왔다.

"문 감독님, 어떡하죠?"

"그러게 말이야."

며칠째 배우들의 프로필 파일을 검토 중인 문 감독과 유경의 시름이 깊어져만 갔다.

"배우가 이렇게나 많은데 어떻게 눈에 들어오는 친구가 한 명도 없지?"

"오디션 봐야겠죠? 연기하는 거 보면 다를 수도 있잖아요."

"그럴까? 사진으론 영 다 마음에 안 드는데. 우 감독은 어때? 누구 있어?"

"저도 없네요."

유경이 시무룩한 표정으로 종이를 넘겼다. 상상하던 여주인공 이미지에 딱 맞아떨어지진 않더라도, 아주 약간이라도 비슷한 느낌을 가진 배우가 있었으면 했는데. 하지만 아무리 눈을 크게 뜨고 봐도 없었다.

문 감독은 눈이 피곤한지 아예 안경을 벗어 테이블 위에 올려놓았다. 그러곤 눈을 감고 가만히 생각에 잠겼다.

"감독님은 시나리오 초고 작업하실 때 여주인공에 누구 떠올리면서 집필하셨어요?"

유경의 물음에 문 감독이 두 눈을 번쩍 떴다.

"아마 우 감독이랑 같은 사람 떠올리면서 집필했을걸."

"혹시……."

"맞아. 강소윤."

"역시."

"소윤 씨가 처음이자 마지막으로 고등학생 역할로 출연했던 영화 있잖아."

"네. 맞아요. 거기서 언니 정말 예뻤죠."

유경이 손뼉을 치며 반겼다.

"그때 소윤 씨가 아마 20대 중반이었나? 그랬을 거야. 근데 진짜 완벽하게 고등학생 같았잖아. 남자 주인공한테 첫눈에 반해 버린 소윤 씨의 아련한 그 눈빛이 난 아직도 잊히지가 않아. 그거 찍을 때 나 직접 봤거든. 김 감독 촬영 현장에 놀러 갔다가."

"하아……. 감독님, 아무래도 우리가 기준을 너무 높게 잡은 것 같은데 어쩌죠?"

"하하. 그런가? 그렇지? 지금 포스트 강소윤을 찾는 건 무리겠지?"

유경이 고개를 끄덕이며 마지막으로 몇 사람의 프로필을 더 검토하고 있었는데.

"아!"

문 감독이 갑자기 안경을 쓰고 핸드폰을 꺼냈다.

"우 감독, 잠깐만."

그러더니 어디론가 전화를 걸었다.

"어. 설휘 씨, 나야 문 감독. 저번에 추천하고 싶은 여배우 한 명 있다고 했었지? 어. 알았어. 어. 지금 문자로 보내 줘. 어, 그래."

문 감독이 전화를 끊자 유경이 물었다.

"설휘 씨가 추천을 해요?"

"어. 저번에 계약할 때 추천하고 싶은 친구가 있다고 하더라고. 그때 나이를 들었는데 좀 많아서 거절했었지. 근데 지금 생각해 보니까 소윤 씨도 20대 넘어서 고등학생 역할 했었잖아. 게다가 설휘 씨가 추천하는 덴 다 이유가 있지 않을까 싶어서 한번 만나 보려고. 아, 우 감독이 먼저 보고 올래?"

"제가요?"

"지금 그 친구가 대학로에서 공연하고 있대. 설휘 씨 말로는 직접 가서 그 연극 보면 자기가 누굴 추천하려는 건지 알 수 있을 거라던데?"

"오, 자신 있나 보네요."

"그러게. 설휘 씨가 그렇게 자신 있어 하는 거 보면 기대해도 되겠어. 일단 공연이 오늘 저녁에 하나 있대. 근데 내가 오늘 저녁엔 투자 미팅이 있어서…….”

“제가 갔다 올게요. 빨리 가서 만나 보고 싶어요.”

“그래. 그럼 우 감독이 먼저 좀 보고 와. 간 김에 채 작가랑 데이트도 좀 하고. 이제 촬영 시작하면 데이트하기 힘들 텐데.”

“그럴까요?”

유경이 능청스럽게 웃으며 말했다. 그러자 문 감독이 껄껄대며 연극 티켓을 보내 준다며 핸드폰을 들여다봤다.

“감독님, 감사합니다. 잘 보고 올게요.”

티켓을 받은 유경은 회의실을 나와 녀석의 작업실로 향했다. 오늘 저녁에 약속 있다고 했었던 것 같은데. 일단 같이 갈 수 있냐고 물어나 보자.

유경은 노크와 함께 문을 열고 녀석의 작업실 안으로 들어갔는데, 서하가 심각한 얼굴로 전화를 받고 있었다. 문소리를 들은 서하가 고개를 돌려 유경을 확인하더니, ‘이만 끊을게.’ 라고 말하며 급히 통화를 종료했다.

“내가 방해한 거야? 미안.”

“아니야. 앉아. 커피 한잔할래?”

서하가 애써 아무렇지 않은 척 유경을 향해 웃어 보이며 커피포트의 전원을 켰다. 그런데 머그잔에 커피를 타는 녀석의 표정이 다시 심각해졌다. 그를 걱정스럽게 보던 유경이 넌지시 물었다.

“방금 누구랑 통화한 거야? 심각해 보이던데.”

“엄마.”

“숙영 아줌마?”

서하가 고개를 끄덕였다. 유경은 의아한 눈빛으로 녀석을 바라봤다.

“왜? 숙영 아줌마한테 무슨 일 있어?”

“엄마가…….”

서하가 굳은 얼굴로 입을 열었다.

"남자 친구가 생겼대."

커피를 건네며 녀석이 멍한 얼굴로 말했다. 유경은 자신의 두 귀를 의심했다.

"뭐라고? 남자 친구? 누가?"

"우리 엄마."

"세상에……. 어떤 사람인데?"

"여행하다가 만났대."

"아……. 여행하다가 만나셨구나. 그럴 수 있지."

근데 이 녀석 완전 나라 잃은 표정이네.

"그럼 그동안 그 남자랑 같이 여행 다닌 건가……. 하아……."

녀석이 한숨을 길게 내쉬었다. 표정은 더욱 심각해졌다. 유경은 녀석에게 어떤 말을 건네야 할지 몰라 난감한 얼굴로 그저 커피만 홀짝홀짝 마셨다.

다행히 녀석이 먼저 입을 열었다.

"그래, 그럴 수 있지. 엄마도 여자니까, 엄마의 인생도 중요하니까. 그치?"

"어? 어. 그렇지. 그럴 수 있어."

"아니야. 아무리 그래도 그건 아니야."

"응?"

서하가 도저히 안 되겠는지 본심을 토로했다.

"요즘 세상이 얼마나 위험한데, 어떤 사람인지 제대로 알지도 못하면서 같이 여행 다니는 게 말이 돼? 그것도 몇 개월씩이나. 그 남자 좀 수상해. 너도 그렇게 생각하지?"

몇 개월씩이나 같이 다녔는데 아줌마한테 아무 일도 없는 거 보면 나쁜 사람은 아닐지도 모른다는 생각을 했지만, 녀석의 표정이 하도 '답정너'라서 유경은 고개를 끄덕일 수밖에 없었다.

"아무튼 난 그 남자 마음에 안 들어."

"만나 보지도 않고 벌써?"

"만나기도 싫어."

정말 싫은가 보다. 늘 차분하고 포커페이스를 유지하던 녀석이 뜨거운 커피를 벌컥벌컥 마시다가 '아, 뜨거!' 하며 방정을 떨었다. 녀석은 입천장을 데었는지 고통스러워했다. 유경이 얼른 티슈를 내밀었다.

"근데 너 엄마 얘기 하니까 좀 귀엽다."

티슈로 입가를 닦으며 녀석이 미간을 찌푸렸다.

"그거 안 좋은 말이지? 애 같다는 뜻이잖아."

"그런 뜻 아니거든?"

"그럼 무슨 뜻인데?"

"편해 보인다는 뜻이지. 엄마 얘기 하는 너, 지금 엄청 편하고 자연스러워 보인다고."

"그래도 싫어. 귀엽다는 말은. 내가 어딜 봐서 귀엽냐. 나 남자야. 너도 봐서 알잖아."

"내가 뭐, 뭘 봤는데."

"지금 다시 보여 줘?"

"아니! 알았어. 너 하나도 안 귀여워."

이 녀석, 고집이 장난 아니다. 귀엽다고 두 번 말했다간, 이 자리에서 당장 날 잡아먹을 기세다. 녀석은 괜히 더 어깨를 펴고 근육을 뽐내며 앞으로 귀엽다는 말 금지라면서, 너한테 애같이 보이는 거 싫다면서 계속 투덜거렸다.

그래, 알았다. 알았어. 항복.

유경은 커피를 마시며 자연스럽게 말을 돌렸다.

"그래서 아줌마는 한국에 언제 오신대?"

"조만간. 남자 친구랑 같이 온대."

엄마의 남친 얘기를 하며 녀석은 또 성난 표정을 지었다. 결국, 유경이 웃음을 터뜨렸다.

"야, 채서하. 너 너무 웃겨. 푸하하하."

"왜. 또 귀엽냐?"

"귀여운 건 둘째 치고, 나 갑자기 아줌마가 너무 부러워졌어."

"뭐가 부러운데?"

"나도 나중에 내 아들이 채서하처럼 이렇게 엄마를 생각해 주고 사랑해 주면 좋을 것 같아. 너 지금 되게 보기 좋아."

유경이 엄지를 척 치켜들었다. 그러자 서하가 진지한 얼굴로 유경을 바라봤다.

"아들은 갖고 싶단 말이지?"

이 녀석 또 이상한 데 꽂혔네. 유경은 고개를 절레절레 흔들며 슬그머니 자리에서 일어났다.

"난 이만 가 봐야겠다."

"왜? 좀만 더 있다가 가."

서하가 서둘러 유경의 팔을 잡아끌어 다시 자리에 앉혔다.

"나 일해야 해."

"근데 일하다가 여긴 왜 왔어? 나한테 무슨 할 말 있어서 온 거 아니야?"

아, 그랬었지. 유경은 뒤늦게 자신이 이곳에 왜 왔는지 생각났다.

"우리 저녁에 연극 보러 갈래?"

"좋아."

"근데 너 오늘 약속 있다고 하지 않았어? 진짜 괜찮아?"

"취소하면 돼."

"취소해도 되는 약속이야?"

"응. 나한텐 니가 1순위니까."

"에이. 그럼 상대방한테 미안하잖아. 누구 만나기로 했는데?"

"오영 선배."

"아…… 그래? 그건 취소해도 되겠다. 권오영 걔 분명 너 만나서 하려는 얘기 뻔하지. 시나리오 모니터해 달라는 소리일 거야."

유경은 문득 어제 오영에게서 받은 메일이 떠올랐다. 시나리오 피드백해 달라고 징징거리는 내용의 메일이었다. 어차피 그 자식은 피드백해줘도 수정도 안 할 거면서, 왜 서하까지 괴롭혀? 하여튼 밉다, 밉다 하니까 정말 미워.

사실 유경은 지웅과 만나 한바탕할 때마다 오영을 향한 원망이 들 때가 많았다. 권오영만 아니었어도 서지웅이랑 엮이는 일 따위 없었을 텐데. 원수 같은 놈!

그나저나 권오영이랑 서지웅은 어떻게 아는 사이지?

"무슨 생각 해?"

"어? 아니야. 아무것도……."

서하는 알까? 물어보면 분명 화내겠지? 서지웅의 시옷 자만 들어도 난리가 나는 녀석이니까. 유경은 서글서글한 미소로 저를 바라보고 있는 녀석과의 평화를 지키기 위해 얼른 화제를 바꿨다.

"우리 이따 연극 보고 맛있는 거 먹으러 가자. 내가 또 대학로 맛집 잘 알지."

"기대되는데?"

"기대해도 좋아."

유경이 자신 있게 말했다. 그렇지 않아도 전부터 녀석과 대학로에서 데이트를 하게 되면 꼭 가고 싶었던 맛집이 있었기 때문이다. 저녁 먹고 버스킹하는 밴드의 감미로운 노랫소리를 감상하며 공원을 산책하는 것도 좋을 것 같았다.

그 생각을 하니 유경의 가슴이 벌써부터 두근거렸다.

호텔 바(BAR) VIP룸.

"형, 그러지 말고 투자 좀 해 줘요."

권오영이 지웅을 향해 두 손까지 모아 간절하게 말했다. 하지만 지웅은 오영이 테이블 위에 올려놓은 시나리오를 쳐다보지도 않고 그저 술만 마셨다.

"내가 무슨 자선 사업가냐? 이딴 영화에 투자하게?"

"이딴 영화라뇨. 그리고 형, 이 바닥에 소문 다 났어요. 명성그룹 계열사에서 〈문필름〉에 투자하려고 했다는 거. 유경 선배 영화는 되고, 내 영화는 왜 안 되는데요?"

"우유경 영화는 첫째, 글이 좋았고. 둘째, 흥행할 것 같았거든. 근데 이건 제목부터 별로잖아."

지웅이 종이 위에 새겨진 제목을 손가락으로 툭툭 쳤다.

"'우주 청소부'가 뭐냐. 그리고 우주 얘기는 한국에서 아직 안 통해. 왜? 고증이 어렵거든. 넌 시장 분석 같은 거 안 하냐? 돈을 벌 수 있는 영화를 만들어야지."

"돈보다 중요한 것도 있는 거예요. 이 영화는 과학자들의 노고와 애환을 다룬 아주 감동적인 이야기라고요."

"상업 영화에서 노고와 애환만 다루면 망하는 거야. 재미를 다뤄야지."

"형은 예술을 몰라도 너무 몰라요."

"예술도 돈이 있어야 하는 거거든? 내가 아무리 봐도 넌 영화에 소질이 없어. 니 아버지 권 이사님 그만 속 썩이고 집으로 들어가."

지웅의 말에 이번엔 오영이 술을 들이켰다.

"형, 저 진짜 섭섭해요. 저는 진짜 형 믿고 유경 선배도 그렇고, 서하도 그렇고. 내 사람들 다 형한테 소개시켜 줬는데. 그런데 지금 어떻게 된 줄 알아요? 둘 다 연락이 안 돼요. 형 때문에 내 사람들까지 다 잃었다고요."

"인마. 그게 왜 나 때문이야? 내가 뭘 어쨌다고!"

이 새끼가 오냐오냐했더니. 지웅이 당장 멱살이라도 잡을 기세로 노려보자 오영이 움찔했다.

"말 나온 김에 잘됐다. 니가 대신 대답해 봐."

"네?"

"내가 도대체 무슨 잘못을 했냐? 내가 뭘 어쨌길래 그렇게까지 싫어하냐고. 전화 멋대로 받은 거? 마침 전화가 왔는데 어쩌라고."

지웅은 얼마 전 유경이 왜 남의 전화를 멋대로 받느냐며 자신을 경멸에 찬 눈빛으로 쳐다보던 게 떠올라 가슴 언저리가 따끔거렸다.

"그게 그렇게 화낼 일이야? 그리고 그냥 내 밑에 있었으면 좋았잖아. 그랬으면 벌써 입봉하고도 남았겠다. 진짜 이해할 수가 없어. 지는 내가 아프고 힘들 때 다 도와줘 놓고, 내 호의는 왜 다 거절하는데?"

생각할수록 억울한 일투성이였다. 지웅은 술을 벌컥벌컥 들이켰다. 그리고 빈 잔을 쾅, 하고 테이블 위에 내려놓았다. 오영이 화들짝 놀랐다.

"형님, 죄송합니다. 제가 오늘 번지수를 잘못 찾아왔네요. 그럼 저는 이만."

아무래도 분위기가 심상치 않자 주섬주섬 가방을 챙긴 오영이 잽싸게 도망쳐 버렸다.

오영이 룸을 벗어나자, 생록이 지웅에게로 다가왔다.

"사장님, 그만 드시고 집으로 가시죠."

"생록아."

"네."

"나 이제 어떻게 하면 되나?"

답답한지 넥타이를 느슨하게 풀며 지웅이 한숨과 함께 물었다. 그러사 생록이 그를 안타깝게 바라보며 대답했다.

"잊으셔야죠."

"그러니까 어떻게?"

"해야 하는 일이 많으시잖아요. 명성그룹 회장 자리 포기하셨어요?"

"아니. 절대 포기 못 하지."

"그럼 지금부터가 진짜 시작인 것 같아요."

"그게 무슨 소리야?"

생록의 표정이 심각했다.

"둘째 형님께서 요즘 저희 회사 주요 인사들과 골프 치러 다닌대요. 어떻게 해서든 사장님 끌어내릴 작정인가 봐요. 그러니까 조심하세요. 앞으론 저 없을 때 혼자 술 드시지 마시고요. 위험하니까요."

"그럼 오늘은 마셔도 되지? 혼자 아니니까."

지웅이 피식 웃으며 잔에 술을 가득 따랐다. 술의 힘을 빌려서라도 오늘은 푹 자고 싶었던 지웅이 입안에 술을 털어 넣었다.

골프웨어 차림의 중년 남성들이 야간 골프를 마친 뒤 연이어 전동 카트를 타고 클럽 하우스에 도착했다. VIP룸에 모인 그들은 명성그룹에서 다들 한자리씩 하는 인사들이었다. 테이블 위에는 고급 양주와 안주들이 가득했다.

"자, 건배합시다!"

이 자리를 마련한 주인공 서혁준이 당당하게 일어나 건배 제의를 했다. 동시에 남자들 옆에 앉아 있던 여자들이 잔에 술을 가득 따랐다. 여자들의 야한 옷차림과 애교에 남자들의 입가에 만족스러운 미소가 지어졌다.

지웅과 함께 일할 때는 절대 누릴 수 없는 호사였다. 재계의 망나니라는 소문과 달리 서지웅 사장은 여자 보기를 돌같이 하는 양반이었다. 그래서 접대 자리에 여자가 나오면 불같이 화를 내곤 했다. 거기에 불만이 많았던 남자들이 여기 다 모였다. 그들은 고삐 풀린 망아지처럼 날뛰며, 술을 마시고 노래를 부르고 쾌락에 젖어 갔다.

그사이 서혁준이 술병을 들고 권 이사 옆으로 가서 앉았다.

"권 팀장님, 아니 권 이사님! 한 잔 받아야지."

5년 전 서혁준을 버리고 지웅의 라인으로 갈아타며 권 이사는 지금의 위치까지 올 수 있었다. 권 이사가 잔뜩 불편한 표정으로 서혁준이 따라 준 잔을 원샷했다.

"요새 회사에 재밌는 일 없나?"

그렇게 말하며 서혁준이 권 이사에게 라커룸 열쇠를 건넸다. 갈등하던 권 이사가 열쇠를 챙기자, 서혁준의 눈빛이 돌변했다.

"자, 이제 돈값 하셔야지. 시작."

머뭇거리던 권 이사가 어렵게 입을 열었다.

"지금 서지웅 사장이 가장 애착을 가지고 밀고 있는 사업이 촉매 기술을 접합한 신차 개발입니다."

"촉매 기술이라……. 그리고 또."

"서지웅 사장한테 여자가 있는 건 아십니까? '제이미디어'를 괜히 설립한 게 아니더라고요."

"여자? 어떤 여잔데? 그 얘기 좀 계속해 봐."

권 이사의 말을 들은 서혁준의 눈빛에 흥미가 일었다.

대학로 소극장.

컴컴한 객석엔 열 명 정도의 관객이 전부였다. 그중에 두 명은 유경과 서하였다.

적은 관객들 앞에서도 무대 위 배우들은 혼신의 힘을 다해 연기했다. 그런데 문제는 배우들이 정말 열심히는 하는데 연기를 너무 못했다. 저 어색한 대사 톤, 엉망인 시선 처리. 어쩌면 좋아. 도저히 못 보겠다.

오그라든 손가락을 겨우 펴고 유경은 고개를 돌렸다. 옆자리엔 녀석이 하품을 참으며 연극을 보고 있었다. 어떡해. 우리 서하 졸린가 봐. 글 쓰느라 바쁜 사람 괜히 여기까지 데리고 와서 고생시키네.

유경은 잔뜩 미안한 표정으로 녀석의 팔을 손가락으로 쿡쿡 찔렀다. 고개를 돌린 서하가 유경을 바라보며 눈으로 왜 그러느냐고 물었다. 그러자 유경이 작게 말했다.

"졸리지? 그냥 나갈까?"

"괜찮아. 근데 이 연극 맞아? 설휘 형이 진짜 여기 출연하고 있는 배우 추천한다고 했어?"

"응. 그 배우를 보자마자 딱 알 수 있다고 했는데……."

하지만 주인공, 심지어 엑스트라로 나온 인물들 중에도 눈에 들어오는 배우가 한 명도 없었다. 도대체 어떻게 된 거지? 안설휘는 왜 이런 연극을 보라고 한 거냐고. 뭔가 이유가 있겠지. 있을 거야……

유경과 서하가 인내심을 갖고 연극을 계속 지켜보던 그때였다.

"잠깐만요!"

갑자기 극의 클라이맥스 부분에서 여고생 한 명이 무대에 올랐다. 그런데 교복을 입은 여자의 얼굴이 매우 낯이 익었다. 어? 저 사람은! 누가 먼저랄 것도 없이 유경과 서하가 동시에 고개를 돌려 서로를 바라봤다.

"저 여고생 초림 씨 맞지?"

"그런 것 같은데."

두 사람의 시선이 다시 무대 위로 향했다. 맨얼굴의 초림은 정말 고등학생 같았다. 연기도 자연스러웠고, 발성과 연기 톤도 마음에 들었다. 무엇보다 초림의 이미지가 유경이 머릿속으로 그려 왔던 여자 주인공의 이미지와 매우 흡사했다.

유경은 이제야 알았다. 안설휘가 왜 이 연극을 보라고 했는지.

영화사 관계자가 연극을 보러 왔단 사실이 배우들에게 부담이 될 것 같았다. 그래서 유경은 서하와 함께 객석의 불이 켜지기 전에 서둘러 소극장을 나왔다. 그리고 근처 오뎅집으로 향했다.

사실 초림에게 연극에 대한 감상을 솔직하게 말할 자신이 없기도 했다.

"뭐 어때. 그냥 재미없었다고 하면 되지."

"니가 그럴까 봐 내가 빨리 나오자고 한 거야."

"내가 뭘."

안 봐도 뻔했다. 촌철살인 같은 피드백으로 거기 있는 배우들 모두 거품 물고 쓰러지게 하고도 남을 녀석이었다.

"서하야, 오뎅이나 먹어."

"근데 오뎅을 왜 여기까지 와서 먹어?"

"여긴 달라. 30년 전통의 맛집이라고. 특히 요 떡심 꼬치가 이 집에서 제일 잘 나가. 차가운 정종이랑 같이 먹으면 아주 끝내줘."

서하가 유경의 말대로 떡심을 한입 베어 물고 맛을 보더니 피식 웃었다.

"맛있지?"

고개를 끄덕이는 서하의 반응에 유경이 흡족해하며 오뎅을 먹었다.

"그나저나 초림 씨가 거기서 나올 줄은 진짜 상상도 못 했어. 안설휘

"씨가 너한테도 별 얘기 안 했어?"

"어. 서로 사생활엔 관심 없어."

"그럼 만나면 무슨 얘기 해?"

"영화나 책."

"에이, 거짓말. 남자들은 모이면 여자 얘기만 한다던데?"

"여자가 있었어야지."

"뭐야. 완전 재미없어. 둘이 술도 안 마셔?"

"그 형이 자기 관리 엄청 열심히 하는 사람이라, 술이랑 담배 절대 안 해."

"우와, 멋있다. 연기도 잘하고, 잘생겼고, 심지어 자기 관리까지 완벽하다니. 안설휘 씨 진짜 대단……."

녀석이 째려보자 유경이 말끝을 흐렸다.

"왜. 왜 그렇게 봐?"

"내 앞에서 딴 남자 칭찬하지 마."

"아이고, 무서워라."

유경이 놀리듯 말하자 녀석이 정말 무서운 표정으로 그녀를 빤히 쳐다봤다. 화났나? 진짜 무섭네. 유경이 깨갱, 하고 먼저 시선을 피해 버렸다. 그러곤 오뎅 국물을 홀짝홀짝 마시며 약간 기가 죽은 목소리로 말했다.

"넌 무슨 친한 형한테도 질투를 하냐. 설마 화난 건 아니지?"

"너 아까 니 눈빛이 어땠는지 알아?"

"나야 모르지. 안 보이니까. 왜, 어땠는데?"

"그렇게 사랑스러운 눈빛으로 다른 남자 얘기를 왜 하냐고."

"사…… 사랑스럽다니, 내가 뭘."

국물에서 올라오는 뜨거운 김 때문인가? 얼굴이 후끈거렸다. 유경이 얼른 시원한 정종을 한 모금 들이켰다.

255

"캬아!"

둥둥 떠 있는 살얼음 덕분에 속이 단번에 시원해졌다. 유경의 표정 때문에 정종 맛이 궁금해진 서하가 잔을 들어 술을 마셨다. 와, 역시. 맛있다. 두 눈이 번쩍 떠진 서하를 보며 유경이 웃음을 터뜨리고 말았다. 그리고 '너무 귀여워!' 라고 외칠 뻔했으나, 녀석의 눈빛이 '나한테 귀엽다고 하기만 해 봐.' 라고 말하고 있었다.

유경은 자연스럽게 화제를 전환했다.

"맞다! 나 소설 제목 떠올랐어. 궁금하지? 내가 생각한 제목이 뭐냐면……."

유경이 두구두구두구 입으로 효과음까지 내다가 제목을 발표했다.

"43번 국도."

"아……."

제목을 듣자마자 서하가 바로 수긍하며 고개를 끄덕였다.

"좋지?"

"어. 진짜 좋다."

"주인공이 43번 국도에서 탈옥하면서 소설이 시작되잖아. 마지막에 죽는 곳도 그곳이고……."

제목 얘기로 한참을 떠들던 유경이 갑자기 녀석을 향해 주인공을 꼭 죽여야만 했냐고 항의했다. 주인공의 죽음을 얘기하던 유경의 눈가가 촉촉해졌다.

"서하야, 그냥 살리면 안 될까?"

"음……. 오늘 밤에 너 하는 거 봐서."

갑자기 뜨거워진 녀석의 눈빛에 유경이 정종을 마시며 뱉었던 말을 다시 주워 담았다.

"아니다. 그냥 죽이는 게 낫겠다. 그게 작가 의도에 더 맞는 것 같아. 여운도 길게 남고."

"진짜 그렇게 생각해?"

"아니이……. 제발 죽이지 마라. 그냥 살려 주면 안 될까? 응?"

유경의 애교에 녹아 버린 서하가 당장 집에 가서 엔딩을 다시 쓸까, 심각하게 고민했다.

한편, 두 사람이 알콩달콩 대화를 나누며 오뎅을 먹는 동안, 뒤쪽 테이블에 앉은 남자가 몰래 핸드폰을 꺼내 사진을 찍고 있었다.

찰각—

유경과 서하가 서로를 바라보며 환하게 웃고 있는 모습이 카메라에 담겼다.

「굿바이 마이 걸」의 여주인공 자리를 두고 배우들의 치열한 경쟁이 시작됐다. 며칠간 진행된 오디션과 인터뷰 그리고 카메라 테스트까지. 그렇게 어렵게 최종 명단에 오른 세 명의 배우를 두고 문 감독과 유경의 고민이 깊어졌다. 이럴 땐 다수결이지.

투표를 위해 스태프들이 모두 한곳에 모였다. 그리고 투표 결과, 여주인공 이미지와 가장 근접하고, 중고 신인이라 연기력도 다른 경쟁자들에 비해 기본기가 탄탄한 장초림이 낙점되었다. 그 소식은 빠르게 퍼져 기사화가 되기도 했다.

며칠 후, 대본 리딩을 앞둔 어느 날. 사무실 벽에 걸린 화이트보드에는 스케줄 표가 크게 붙여졌다. 3주 후면 촬영이 시작된다. 촬영 기간은 3개월. 촬영 회차는 50회.

스케줄을 눈으로 쭉 훑어보던 유경은 감회와 감격이 교차했다. 그리고 그간의 일들이 주마등처럼 스쳐 지나갔다.

돌잔치, 결혼식, 졸업식 등등 닥치는 대로 알바를 하며 난 언제쯤 연출할 수 있을까, 망망대해 한가운데 떨어진 기분으로 방황하던 때가 엊그제 같았는데. 그땐 이런 날이 오리라곤 정말 상상도 못 했었지.

생각해 보니까 내가 힘들 때마다 그 녀석이 옆에 있었다. 황 대표에게 갑작스러운 해고 통보를 받고 백수가 되었을 때. 로비에서 명지훈과 싸우다가 문 감독님한테 까였을 때. 그때마다 녀석은 내게 위로와 격려를 아끼지 않았다.

유경은 새삼스레 녀석을 향한 고마움이 마구 샘솟았다. 아마 녀석을 만나지 않았더라면, 그래서 그때 힘들었던 순간에 영화를 포기했더라면, 아마 오늘의 나는 없었을 것이다.

"우리 서하 지금 뭐 하고 있으려나?"

유경은 갑자기 녀석이 너무 보고 싶어졌다.

약속 있어서 먼저 작업실을 나간 서하에게 유경은 문자를 보냈다. 녀석의 답장을 기다리는 유경의 표정은 더없이 행복했다.

주차를 하고 차에서 내린 서하의 발걸음이 가벼웠다. 그도 그럴 것이 유경이 제목을 붙여 준 「43번 국도」라는 소설을 완성했기 때문이다. 부쩍 바빠진 그녀 덕분에 데이트는커녕 얼굴 보는 것도 힘들었던 몇 주 동안, 작업실에만 처박혀 있던 결과였다. 이걸 웃어야 할지, 울어야 할지.

그래도 어젠 유경이 바쁜 시간을 쪼개 저를 만나러 집까지 찾아왔었다. 예쁜 케이크를 들고. 예쁘게 웃으며.

'엔딩은 어떻게 했어? 수정했어?'

'책 나오면 확인해.'

'에이, 뭐야. 나한텐 그냥 알려 줘도 되잖아.'

'초 다 녹는다. 어서 불어.'

'불은 주인공이 꺼야지. 자, 어서!'

'후—'

'오, 넌 어째 폐활량도 좋냐. 한 번에 다 껐어.'

'내가 원래 다 잘해.'

'흠흠. 아무튼 채서하 작가 신작 완성하신 거 축하합니다! 앞으로도 오래오래 글 써 주세요. 알았죠?'

어제저녁 케이크 앞에서 축하 인사와 덕담을 건네며 환하게 웃던 유경의 얼굴이 떠오르자 서하가 웃음을 터뜨렸다. 진짜 병이다. 그녀만 생각하면 웃음을 멈추기가 힘들다.

그가 혼자 실실 쪼개며 걷자 지나가는 사람들이 쳐다본다. 주변을 의식한 서하가 애써 웃음을 지워 내고 어디론가 향했다.

그가 향한 곳은 M연구소였다. 자신의 1호 팬이자 스승인 황 박사님께 소설을 완성했다는 기쁜 소식을 전하기 위해 이곳을 찾은 것이다.

그런데 그때, 연구소 로비에 들어선 서하의 주머니에서 핸드폰이 진동했다.

[어디야? 보고 싶어.]

유경에게서 온 문자 메시지를 확인한 서하가 곧장 통화 버튼을 누르려는데.

"김 팀장! 빨리 압수한 컴퓨터 차로 옮겨!"

"CCTV 영상은요?"

소란스러운 정면을 응시하는 서하의 발걸음이 점점 느려졌다. 검은 양복을 입은 남자 대여섯 명이 노트북이며 각종 서류들이 담긴 박스를 들고 연구실에서 나오고 있었다.

'저 사람들은 뭐지? 왜 교수님 연구실에서⋯⋯.'

황 박사님한테 무슨 일이 생긴 건 아닌지 걱정된 서하가 서둘러 연구실로 달려갔다.

"교수님!"

연구실엔 황 박사가 망연자실한 얼굴로 의자에 앉아 있었다.

"대체 무슨 일이에요?"

"서하야⋯⋯."

"네."

"우리 술이나 한잔하러 가자."

힘없이 자리에서 일어난 황 박사가 외투를 걸치고 연구실을 나갔다. 그 뒤를 서하가 묵묵히 따라갔다.

한남동.

"어서 오렴."

윤성희의 인사를 무시하고 지웅은 거실로 향했다.

"지금 회장님 서재에서 너 기다리고 계셔. 화가 엄청 나셨던데. 얼른 들어가 봐."

2층으로 올라가려던 지웅을 윤성희가 붙잡았다. 그러자 지웅이 윤성희의 팔을 뿌리치며 노려봤다.

"아줌마."

"왜? 나한테 무슨 할 말 있니? 예를 들면, 도와 달라거나…… 뭐 그런 거."

비아냥거리는 윤성희를 마주한 지웅의 아래턱에 힘이 잔뜩 들어갔다.

"재밌어?"

시비조로 말하는 지웅을 향해 윤성희가 가소롭다는 듯 웃었다.

"넌 또 왜 가만히 있는 사람한테 시비니?"

"가만히 있는 사람? 이 아줌마가 진짜 사람 환장하게 만드네."

욕을 읊조리던 지웅이 한숨을 길게 내뱉었다.

"내가 도대체 어디까지 참고 봐줘야 해?"

"니가 날 언제 봐줬니? 걸핏하면 사람 협박하고 궁지로 몰아세운 건 너야. 니 오만함이 날 이렇게 만들었다고. 이 천벌받을 놈아!"

윤성희가 매섭게 쏘아붙이고는 방으로 들어가 버렸다.

"하아……."

긴 한숨과 함께 서재 앞에 선 지웅은 애써 담담한 표정으로 문을 열었다.

쨍그랑!

문을 열고 서재 안으로 들어가자마자 찻잔이 날아왔다. 지겹다. 이런 전개. 아버지가 찻잔이든 노트북이든 화병이든 뭔가 던질 거라는 걸 이미 경험으로 알고 있었다. 하지만 피할 생각은 없었다. 맞고 죽을 일도 없을뿐더러, 날 죽게 내버려 둘 아버지도 아니기 때문이다.

지웅은 바닥에 퍼진 유리 조각을 슬리퍼로 슥슥 밀며 걸음을 옮겼다. 그리고 책상에 앉아 있는 서 회장의 앞에 섰다.

"대안은?"

아버지가 아들에게 하는 첫마디는 늘 한결같았다. 밥은 먹었느냐, 건강은 괜찮으냐, 그런 일반적인 대화 따윈 없었다. 언제나 일이 우선이었다.

마찬가지로 지웅도 사무적인 목소리로 대답했다.

"우리 촉매 기술을 빼돌려 K사에 팔아먹은 주범을 찾아내 법적 책임을 물을 생각입니다."

"도대체 어떤 새끼 짓이야."

"확인해 봐야 알겠지만, 아무래도 M연구소 직원 소행인 것 같습니다."

"이미 K사에서 촉매 기술 관련 기사까지 낸 마당에, 대체 어쩔 셈인 게야!"

"증거 찾아서, 소송해야죠."

"애초에 이런 일을 만들지 말았어야지! 너 도대체 요새 정신을 어디다 팔아먹고 다니는 게야! 왜 일을 이 지경까지 오게 만들어!"

"죄송합니다."

"이번 일 해결 못 하면 너 책임지고 사장 자리에서 물러날 각오 해. 사장 자리에서 물러난다는 게 무슨 의미인지 알지? 너 이 자식, 내 호적에서 파 버릴 거야. 이 집에서 맨몸으로 내쫓아 버릴 거라고!"

"……."

"나가!"

지웅이 묵묵히 고개 숙여 인사를 하곤 뒤를 돌았다. 그리고 문을 열고 나가려는데.

"이름이 우유경이라고 했던가?"

지웅이 놀란 눈으로 서 회장을 쳐다봤다.

"왜? 애비가 그것도 모를 줄 알았더냐?"

"저랑 아무 상관 없는 여자예요. 건드리지 마세요."

"좋게 말할 때 정리해."

"정리할 것도 없어요. 진짜 아무 상관도 없는……."

"5년 전이랑 똑같구나. 니가 이렇게 그 여자애를 두둔하는 걸 보니."

262

"……."

"부영식품 막내랑 결혼 서둘러야 할 게다. 그 여자애가 정말 아무 상관도 없는 계집애라는 걸 증명하려면."

"내가 보겠습니다."

흔들리는 눈빛을 애써 감추려 지웅이 고개를 돌려 버렸다. 그리고 겨우 걸음을 옮겨 서재 밖으로 나왔다.

2층으로 올라가는 지웅의 손이 제 의지와는 상관없이 자꾸만 바르르 떨렸다. 그것을 숨기기 위해 지웅은 주머니에 손을 찔러 넣었다.

유경은 퇴근길에 서하와 통화를 하며 골목에 들어섰다.

"그래서 스승님은 괜찮으셔?"

— 아니. 지금 술 많이 드셔서 댁까지 모셔다드려야 할 것 같아.

"알았어. 얼른 모셔다드리고 너도 집에 가서 푹 쉬어. 나 이제 집에 다 왔다. 응. 끊을게."

서하와 기분 좋게 통화를 마무리하고 전화를 끊었다. 그리고 유경이 고개를 들었는데, 가로등 밑에 익숙한 실루엣이 보였다.

'서지웅? 저 사람은 또 여길 왜 온 거야? 도망가야겠다.'

지웅에게 들키기 전에 얼른 몸을 숨기려고 두리번거리고 있는데.

"우유경, 너 어디 가냐?"

들키고 말았다. 지웅이 성큼성큼 걸어 유경에게 다가왔다. 그사이 유경은 핸드폰을 귀에 가져다 댔다.

"여보세요. 네. 경찰서죠. 스토커 신고하려고요. 여기 망원동 32번지……."

"마지막으로 할 말이 있어서 왔어."

마지막이라는 말에 유경은 말끝을 흐렸다. 그리고 신고하는 척하며 귀에 대고 있던 핸드폰을 도로 주머니 속에 넣었다.

지웅의 분위기가 평소와 달랐다. 뭔가 힘 다 빠진 호랑이 같달까. 왜 저래? 유경이 의아한 눈초리로 지웅을 쳐다봤다.

"우유경. 마지막으로 한 번만 더 물어볼게. 나한테 올 생각 없지?"

"서지웅 씨."

"오케이. 알았어. 여기까지. 너까지 다치게 할 순 없으니까. 나랑 아무 상관도 없는 여자를."

"그게 무슨 말이에요?"

"그런 게 있어. 근데 너 뭐 별일 없지?"

"별일?"

"없는 것 같네. 그럼 됐어. 잘 있어라."

"잠깐만요!"

쓸쓸한 미소를 지으며 지웅이 뒤를 돌자, 유경이 달려가 그의 앞을 막았다.

"지금 뭐 하는 거예요?"

"뭐 하긴. 마지막 인사 곱게 하고 집에 가려고 하는 거지."

"그러니까 그 마지막이 무슨 뜻이냐고요. 혹시……."

"그런 거 아니야."

"뭐가 아닌데요?"

"안 죽어. 나 안 죽는다고. 그러니까 표정 풀어."

"……진짜예요?"

"그래."

"근데 왜 자꾸 마지막이래? 저번엔 죽는다고 하질 않나."

"너 결혼한다며. 결혼할 남자 있는 여자 계속 만날 순 없잖아. 그러니까 마지막이지. 왜? 싫어? 나 계속 너 찾아와도 되냐?"

"아니요!"

"거봐. 너도 나랑 마지막이고 싶잖아."

"……."

"아, 이거 받아."

지웅이 쇼핑백을 하나 내밀었다. 그러자 유경이 질색하며 손사래를 쳤다.

"싫어요. 그게 뭔지는 모르겠지만, 안 받을래요."

"너 주려고 산 거야. 내가 너한테 준 게 하나도 없잖아. 그러니까 이 것만큼은 가져가라고. 마지막 선물."

지웅이 유경의 품에 억지로 쇼핑백을 안겼다.

"넌 아니겠지만, 난 너 만나서 좋았어. 소윤이가 자기 대신 나한테 보 내 준 사람 같았거든. 어디서 어떻게 뭐가 잘못됐는지는 모르겠지만, 후 회해도 돌이킬 수 없겠지만, 그동안 고마웠다."

돌아서는 지웅의 뒷모습을 멍하니 보던 유경은 자꾸만 불안한 마음이 들었다. 지웅의 마지막 미소가 자꾸만 소윤의 마지막 모습과 닮았다는 생각이 들었기 때문이다.

저 사람 오늘 이상해. 잡아야 하나?

하지만 이미 늦었다. 지웅이 탄 차는 이미 출발해 골목을 빠져나가고 있었다.

한 발자국 앞으로 움직인 유경은 뒤늦게 지웅이 건넨 쇼핑백 안을 들 여다봤다. 머뭇거리다가 쇼핑백 안에서 박스를 꺼내 열었다.

작은 박스 안에는 화려한 큐빅이 박힌 머리핀이 들어 있었다.

23.

그녀를 지키는 방법

명성자동차 사장실.

"둘째 형님 오셨습……."

지웅에게 보고하려는 생록을 밀치고 서혁준이 들어왔다. 그는 마치 자기 사무실인 양 주인 허락도 없이 소파에 털썩 앉았다. 그런 서혁준을 생록이 불안하게 쳐다봤다.

"최 비서, 나가서 기다려."

거울 앞에서 넥타이를 고쳐 매던 지웅의 지시에 생록이 머뭇거리다가 밖으로 나갔다.

지웅이 여전히 거울을 보며 건성으로 말했다.

"나 지금 회의 있어서 나가 봐야 하니까 본론만 말할게."

"형님이 왔는데 쳐다보지도 않고, 차도 한잔 대접 안 하고. 싸가지 없는 새끼."

"지금부터 그쪽이랑 나 혈연관계 아니야."

"뭐?"

지웅이 슈트 재킷을 걸치며 서혁준을 노려봤다.

"M연구소 직원 매수해서 촉매 기술 빼돌린 거 너지?"

"이 새끼가!"

"증인, 증거 다 확보했어. 곧 아버지한테 보고할 거야. 그 전에 기회나 한번 줘 볼까 했는데."

서혁준이 주먹을 움켜쥐었다.

"기회?"

"빠른 시일 내에 티켓 끊어. 미국으로 돌아가는 티켓 말이야. 시키는 대로 하면 이번 일, 특별히 눈감아 줄게."

"⋯⋯."

자기보다 한참이나 어린 동생한테 이딴 취급이나 받자고 한국으로 돌아온 게 아니었다. 서혁준은 치욕스러웠다.

"비서 시켜서 차 한잔 줄 테니까, 차 마시면서 천천히 사무실 구경이나 하고, 집에 가든지 말든지. 그럼 난 바빠서 이만."

지웅이 같잖다는 듯 서혁준을 보며 비웃음을 쳤다. 그리고 유유히 사장실을 빠져나갔다.

"저 새끼 저거, 내가 진짜 가만 안 둬."

서혁준은 5년 전에 받았던 수모와 방금 받은 치욕을 다 합쳐서 반드시 대갚음해 주리라 다짐하며 이를 바득바득 갈았다.

대본 리딩을 마친 배우들과 스태프들이 회식을 위해 하나둘씩 고깃집에 모이기 시작했다.

조금 늦게 도착한 유경의 표정이 별로 좋지 않았다. 오늘 하루 종일 연락 두절인 서하 때문이었다.

'전화를 왜 안 받지? 혹시 무슨 일 있나?'

유경은 걱정이 가득한 얼굴로 김 피디가 있는 테이블로 가서 앉았다.

"우 감독님, 오늘 수고 많으셨어요. 한 잔 받으세요."

김 피디가 소주잔을 내밀었다. 잔을 받아 술을 마시면서도 유경은 핸드폰을 손에서 놓지 않았다.

불편한 유경의 마음과 상관없이 회식 분위기는 화기애애했다. 고깃집은 유쾌한 대화와 웃음소리로 가득했다.

그런데 그때 맞은편 테이블에 있던 문 감독이 유경에게로 달려왔다.

"우 감독! 방금 뉴스 속보 떴는데……."

"뉴스요?"

갑자기 웬 뉴스.

"사람이 죽었대."

"누……가요?"

순간, 불길한 기운이 스쳤다. 문 감독의 표정이 매우 안 좋았다. 동시에 유경의 눈빛이 흔들렸다.

"누가 죽었는데요?"

유경이 재차 물었다. 그러자 문 감독이 입을 열었다.

"우 감독, 저번에 명성자동차 서지웅 사장 잘 안다고 했었지?"

"네. 서지웅 씨 알죠. 근데 왜요? 설마…… 죽었다는 사람이 서지웅 씨예요?"

유경은 너무 놀라 그 자리에서 얼어붙었다. 그러자 문 감독이 서둘러 말을 이었다.

"아니. 서지웅 사장이 죽은 게 아니라, 그 사람 때문에 젊은 연구원 하나가 죽었대."

전자도 후자도 놀랍기는 마찬가지였다. 언제나 자기중심적이고, 제멋대로인 서지웅이 싫었다. 하지만 그가 죽거나 다치는 건 원하지 않는다. 그건 소윤 언니에 대한 의리쯤이라고 생각했다. 남들이 뭐라고 하든 간에 서지웅이 소윤 언니한테만큼은 진심이었다는 사실을 내가 가장 잘 아니까.

물론 그렇다고 해서 내게 했던 그 사람의 이기적인 행동들이 모두 다 정당화될 순 없지만, 그 대가가 그 사람이 죽거나 회생이 불가능할 정도로 망가지는 건 아니었다. 유경은 될 수 있으면 그가 소윤 언니 몫까지 잘 살기를 바랐다.

유경은 착잡했다. 순간 목이 타는 듯한 느낌이 들었다.

"우 감독, 괜찮아?"

"네. 괜찮아요. 근데 사람이 어떻게 죽었는데요? 자세히 좀 얘기해 주세요."

유경은 맥주를 벌컥벌컥 마신 후, 문 감독의 설명을 들었다.

"명성자동차 산하에 있는 연구소 사람이 죽었는데, 그게 글쎄 과로사래. 서지웅 사장이 신차 개발 때문에 무리하게 일을 시킨 모양이야. 지금 뉴스에서 난리도 아니야."

"이러다 명성자동차 망하는 거 아니에요?"

옆에서 듣던 스태프 한 명이 끼어들었다. 그러자 맞은편에 앉아 술을 마시던 김 피디도 대화에 합류했다.

"명성자동차는 절대 안 망하죠. 서지웅 사장이 명성그룹 후계자라면서요. 명성에서 어떻게든 쉴드 치겠죠. 내일부터 연예인 스캔들 막 터지고."

"우리 안설휘 씨 조심하라고 해야겠네."

"그러게요. 근데 어쨌든 결과적으론 명성자동차에서 투자 안 받길 잘 했네요."

"내 말이 그 말이야. 하늘이 도왔어."

스태프들이 안도의 한숨을 내쉬며 잔을 부딪쳤다.

그런데 왠지 유경은 어딘가 모르게 마음 한구석이 불편했다. 어떤 이의 불행이 어떤 이에겐 천운이라니. 정말 모두의 말대로 서지웅 때문에 사람이 죽은 걸까? 제겐 목숨보다 더 소중한 사람을 두 명씩이나 떠나보낸 서지웅이 정말 누군가를 죽을 만큼 궁지로 몰았을까?

그 사람 말만 세게 하지, 실제론 끝까지 가지도 못하던데. 내 영화 투자도 다 막아 버린다고 그렇게 큰소리치더니, 지금까지 가만히 있는 것만 봐도…….

지이잉. 지이잉.

상념에 빠져 있던 유경의 정신을 깨운 건 문자 진동음이었다.

[미안. 지금 장례식장이라서 통화하기 어려워. 회식 잘하고, 이따 전화할게.]

하루 종일 연락이 되지 않던 서하에게서 온 문자였다. 오늘 진짜 이상하네. 서하까지 장례식장이라니. 도대체 무슨 일이야. 어쩐지 불안해.

[응. 나 신경 쓰지 말고, 나중에 통화하자.]

한숨을 길게 내쉬던 유경은 애써 침착하게 답장을 보냈다. 그리고 핸드폰을 내려 두려다가 호기심에 서지웅과 관련된 인터넷 뉴스 기사 몇 개를 읽기 시작했다.

생각보다 여론이 꽤 안 좋았다. 성매매니 마약이니, 그가 하지도 않은 일을 했다는 악플러까지 등장했다. 지웅을 향해 쏟아지는 악의적인 댓글을 읽어 내려가던 유경의 눈살이 찌푸렸다.

이 사람 인생도 참. 유경은 고개를 절레절레 흔들며 핸드폰을 가방 속에 넣어 버렸다. 그리고 맥주를 마셨다.

됐어. 그 사람이 욕을 먹든 말든. 신경 끄자. 유경은 고개를 돌려 스 태프들의 대화에 귀를 기울였다. 그들은 현장에서 겪은 여러 가지 에피 소드를 털어놓고 있었다.

"나도 닭 잡아 봤는데."

"에이."

"감독님, 약해요. 약해."

유경이 끼어들자 야유가 쏟아졌다. 고개를 갸웃하는 유경을 향해 김 피디가 설명했다.

"치영 씨는 닭 모가지 비트는 것도 직접 했대요."

"진짜요? 난 거기까진 못 했는데. 치영 씨, 그럼 우리 이번에도 그거 한번 갈까요?"

"감독님 왜 그러세요. 살려 주세요. 저 그 뒤로 치킨도 못 먹어요. 으 윽."

조연출 치영이 몸서리를 치자, 여기저기서 웃음이 터졌다.

그렇게 신나게 먹고 마시고, 회식 분위기가 한창 무르익어 갈 무렵.

"2차는 저희 안설휘 배우님이 쏘신답니다!"

안설휘 매니저가 큰 소리로 외치자 여기저기서 환호성이 쏟아졌다. 그렇게 회식은 2차로 이어졌다.

장례식장 앞.

밖으로 나온 황 박사가 벤치에 앉아 연신 흐르는 눈물을 닦아 냈다. 제자이자 동료를 잃은 황 박사는 깊은 슬픔으로 몸을 제대로 가누지 못 할 정도였다.

"교수님……."

서하가 편의점에서 사 온 따뜻한 꿀물을 내밀며 옆에 앉았다. 황 박사가 음료를 받지 않자, 이번엔 주머니에서 손수건을 꺼내 내밀었다.

"……고맙다."

손수건을 받아 눈물을 훔치는 황 박사를 향해 서하가 조심스레 물었다.

"교수님……. 선배님 말이에요. 언론에선 과로로 인한 돌연사라고 하던데, 그거 사실 아니죠?"

거액의 돈을 받고 K사에 촉매 기술을 팔아넘긴 용의자로 지목된 김 선배가 오늘 아침 갑자기 세상을 떠났다.

황 박사가 애통한 목소리로 대답했다.

"그래. 그 녀석 자살이야. 언론엔 왜 그렇게 알려졌는지 모르겠지만……. 서하야, 윤수 내가 발견했어. 오늘 아침 연구실에서……."

황 박사가 손으로 두 눈을 가려 버렸다. 자꾸만 죽은 제자 김윤수의 얼굴이 떠올라 괴로웠다.

"그 녀석이 왜 그런 선택을……."

혼잣말을 중얼거리는 황 박사를 서하가 옆에서 걱정스레 쳐다봤다.

"교수님, 일단 이것 좀 마시고 진정하세요. 들어가서 유족들도 만나 봬야죠."

"그래, 그래야지……. 근데 서하야……."

"네. 말씀하세요."

머뭇거리던 황 박사가 입을 열었다.

"내가 사실은 너한테 얘기 못 한 게 하나 있어. 오늘 아침에 발견한 윤수 시신에서……."

"도착했습니다!"

"저기다! 저기 서지웅 사장이다!"

어렵게 입을 뗀 황 박사의 말을 막은 건 기자들의 외침이었다. 장례식 장 앞에 진을 치고 있던 기자들이 마침 도착한 고급 세단을 향해 달려갔 다.

번쩍. 번쩍. 플래시가 마구 터졌다. 카메라가 일제히 차에서 내리는 서지웅에게로 향했다.

하지만 수십 대의 카메라가 자신을 저격하고 있는데도 서지웅 그는 눈 하나 깜짝하지 않았다. 오히려 평소보다 더 차분한 얼굴로 슈트 재킷 의 단추를 잠그고 있었다.

뒤이어 화환을 실은 트럭이 도착했고, 경호원으로 보이는 사람들이 차에서 화환을 내려 장례식장 안으로 들어가고 있었는데.

"여기가 어디라고 와!"

"당장 꺼져!"

과로사든 자살이든, 아들을 죽음으로 내몬 게 언론에서 떠드는 것처 럼 서지웅의 탓이라고 믿고 있는 유족들이 밖으로 달려 나왔다. 그리고 화환을 서지웅이 서 있는 쪽으로 내던졌다.

콰앙! 퍼억!

남자 형제들이 서지웅의 멱살을 잡았다. 경호원들이 서지웅에게서 유 족들을 떼어 내려고 했지만, 서지웅이 손을 들어 그냥 내버려 두라는 제 스처를 취했다. 서지웅의 명령에 경호원들은 뒤로 물러날 수밖에 없었 다.

그 모습을 조금 떨어진 곳에서 지켜보던 서하가 제 눈을 의심했다. 서 지웅이 유족들을 향해 고개를 숙이고 있었기 때문이다.

"뭐라 드릴 말씀이 없습니다. 그냥 저를 원망하세요. 다 제 책임입니 다."

쇼맨십이라고 하기엔 너무 진심 같아 보였다. 남자의 눈빛이.

서지웅을 알 수 없는 시선으로 응시하던 서하가 천천히 고개를 돌렸다. 그리고 황 박사를 바라보며 말했다.

"교수님……. 서지웅 사장이랑 선배님, 두 사람 혹시 최근에 만난 적 있을까요?"

"당연히 만났지. 서지웅 사장이 윤수한테 그랬대. 일단 조용히 있으라고. 처분은 나중에 내릴 테니까. 근데 갑자기 그건 왜?"

"이상해서요. 오보가 났는데도 서지웅이 가만히 있는 것도 그렇고, 저렇게 당당하게 이곳을 찾아온 것도 그렇고……."

생각에 잠겨 있던 서하가 초조한 기색인 황 박사의 얼굴을 마주했다.

"맞다. 교수님, 아까 하려던 말 계속하세요. 선배님 시신에 무슨 문제라도 있었어요? 아까 시신에서……."

"아니, 아무것도 아니야. 내가 말이 헛나온 거야. 우리 이만 들어가자."

잔뜩 어두운 표정으로 황 박사가 서둘러 자리에서 일어났다.

뭐지? 교수님이 나한테 뭔가 숨기고 있는 것 같은데……. 건물 안으로 들어가는 황 박사의 뒤를 따르던 서하는 순간 불안감이 엄습했다.

다음 날.

'아이고, 머리야. 머리가 왜 이렇게 아프지?

잠에서 깬 유경은 눈을 감은 채 생각했다. 어제 회식을 했고, 2차로 호프집을 갔고, 3차로 노래방을 갔……. 노래방을 갔었나? 기억이 가물가물하다. 집엔 어떻게 왔더라? 그것도 기억 안 나. 몰라. 어쨌든 오늘은 주말이니까 좀 더 잘 수 있겠다.

유경은 이불을 폭 끌어안은 채 잠을 더 자 볼까 했는데. 쿵쿵. 이게 무슨 냄새지? 어디선가 고소한 냄새가 폴폴 올라왔다. 게슴츠레 눈을 뜬 유경이 냄새의 근원지인 주방 쪽을 쳐다봤다.

싱크대 앞에 서 있는 서하의 뒷모습이 보이자 유경의 두 눈이 번쩍 떠졌다. 옷으로도 가릴 수 없는 탄탄한 등 근육과 넓은 어깨 라인에서 듬직함이 느껴졌다.

유경이 눈을 비비고 일어나 침대에서 내려왔다. 그리고 살금살금 주방으로 향했다. 유경은 녀석을 놀래 줄 생각에 웃음이 절로 나왔다.

어느새 녀석의 등 뒤에 바짝 다가선 유경은 속으로 하나, 둘, 셋……을 세려고 했는데.

"잘 잤어?"

"으악!"

갑자기 녀석이 뒤를 도는 바람에 유경이 화들짝 놀랐다. 심장 떨어질 뻔. 유경은 가슴께에 손을 얹고 애써 놀란 가슴을 진정시켰다.

"놀랐잖아. 나 뒤에 있는 거 어떻게 알았어?"

"냄새."

"어멋, 나한테서 좋은 냄새 나?"

"응. 술 냄새."

"……."

유경의 얼굴이 새빨개졌다.

"미안. 얼른 씻고 나올게."

민망해진 유경이 후다닥 화장실로 뛰어 들어갔다.

그사이 서하는 밥상을 차렸다. 국그릇에 북엇국을 가득 담아 식탁 위에 내려놓으며 서하가 자리에 앉자, 유경이 화장실에서 나왔다. 세수하고 나온 그녀의 얼굴이 촉촉했다.

"우와! 북엇국이네? 살았다. 그렇지 않아도 머리도 아프고, 속도 안 좋았는데."

해장을 할 수 있다는 기쁨에 유경의 두 눈이 반짝거렸다.

"속 많이 안 좋아?"

"응. 근데 이거 먹으면 좋아질 것 같아."

"천천히 먹어."

서하가 걱정스레 말하자 유경이 배시시 웃으며 수저를 들었다.

"잘 먹을게."

유경이 북엇국을 한 숟가락 떠서 맛을 보더니 감탄했다.

"크아. 시원해. 완전 맛있어. 근데 너 언제 왔어? 소리 못 들었는데."

"어제."

"어제?"

"기억 안 나? 나 너랑 같이 잤는데."

"응?"

유경이 전혀 모르겠다는 얼굴을 하자, 서하가 미간을 찌푸렸다.

"정말 하나도 기억 안 나?"

"자, 잠깐만. 그러니까 어제 노래방에서 놀다가……. 맞다! 설휘 씨가 같은 방향이라고 집까지……."

"맞아. 너 설휘 형 차에서 내리더라. 새벽 3시 23분에."

역시 내 남자 친구는 기억력도 좋아. 초 단위까지 기억 안 하는 게 어디야. 아니야, 저 녀석은 기억하고 있을지도 몰라.

그나저나 왜 또 저렇게 화가 났지? 유경이 서하의 눈치를 보며 국을 떠먹고 있는데.

"너 어제 노래방에서 춤췄다면서?"

"캑캑!"

하마터면 국을 뿜을 뻔했다. 유경이 목에 사레가 들려 기침을 해 대자, 서하가 컵에 물을 가득 따라 내밀었다. 그녀가 물을 마시며 안정을 되찾아 가고 있는데.

"설휘 형한테 다 들었어. 너 술 취하면 어떻게 노는지."

망할. 안설휘가 스파이였구만.

"내가 뭘."

"걸그룹 뺨치게 춤을 잘 추신다고."

"하하하. 내가?"

유경이 억지로 웃으며 말을 돌렸다.

"계란말이 맛있겠다."

불만 가득한 녀석의 시선을 피하며 유경이 열심히 밥을 먹기 시작했다.

"나도 보여 줘."

"보여 달라니, 뭘?"

"너 춤추는 거."

"갑자기? 아침 먹다 말고? 맨정신에? 술도 안 마셨는데?"

"도대체 어젠 술을 왜 그렇게 많이 마신 거야?"

"그게 있잖아……. 촬영 들어가기 전에 스태프들이랑 친해지려고 마시다 보니까, 한 잔이 두 잔 되고, 세 잔 되고, 뭐 그런 거지."

"스태프 절반 이상이 남잔데."

"남자 노노. 동료."

"어쨌든 남자 동료들 앞에서 막 술 취해서 춤을 췄다는 건데……."

제가 없는 자리에서 그녀가 술에 잔뜩 취해 남자들과 함께 춤을 추고 놀았다는 게 충격적이었다. 서하는 정말 속이 많이 상했다.

"춤을……. 와……."

"……."

"하아……."

녀석이 수저로 국물을 저으며 한숨을 푹푹 쉬었다.

유경은 살짝 억울했다. 도대체 내가 뭔 춤을 췄다는 거야. 아무리 기억을 더듬어 봐도 떠오르지가 않았다.

한남동.

3층 테라스 난간에 기댄 윤성희가 누군가와 은밀하게 통화 중이었다.

"돈이 얼마가 들어도 상관없으니까 유족들 입 무조건 막아. 기자들 냄새 못 맡게 특별히 조심하고."

윤성희가 초조한 기색으로 아랫입술을 질끈 깨물었다.

"그 애 이름에 흠집 나서는 절대 안 돼. 알아들었어?"

다시 한번 명령조로 상대방에게 날카롭게 말한 뒤, 윤성희가 전화를 끊었다.

그리고 안으로 들어가려는데 마당에 서 있는 지웅과 눈이 마주쳐 멈칫했다. 저 자식……. 설마 들은 건 아니겠지? 불안한 기색으로 지웅을 쳐다보던 윤성희가 이내 포커페이스를 되찾곤, 그를 향해 피식 웃더니 안으로 들어가 버렸다.

마당에 덩그러니 서 있던 지웅은 핸드폰을 들어 생록에게 전화를 걸었다.

"오늘 죽은 연구원 말이야. 채서하랑 관련 있는 것 같으니까 조사해 봐."

식당에서 저녁을 먹고 나온 유경과 서하가 나란히 골목을 걸었다.

"우리 저기 들어갈래?"

유경이 손가락으로 건물 하나를 가리켰다. 건물 앞 간판을 응시하던 서하가 의아한 눈빛으로 유경을 쳐다봤다.

"진짜? 저기 가자고?"

"응. 너 아침부터 계속 삐져 있잖아."

"삐지긴 뭘 삐져. 나 안 삐졌어."

안 삐졌다고 우겨도 소용없거든? 아까 식당에서 걸그룹 음악이 나왔을 때 녀석은 밥맛이 없다며 수저를 내려놓았다. 어찌나 한숨을 크게 쉬던지. 땅이 꺼지는 줄.

"가자! 누나가 춤 보여 줄게!"

유경이 다부진 눈빛으로 서하의 손을 덥석 잡았다. 그리고 녀석을 건물 안으로 끌고 갔다.

노래 간주와 마이크 에코 소리가 들리는 이곳은 노래방이었다. 유경은 의아했다. 사실 녀석이 이런 곳은 안 가겠다고 거부할 줄 알았다. 그런데 이 녀석, 내 손에 순순히 끌려온다. 표정을 보니 삐진 게 약간 풀린 것 같기도 하고.

근데 나 맨정신에 춤을 어떻게 추지?

"서하야, 우리 맥주 한 캔씩만 할까?"

"내가 사 올게."

술 마시지 말라고 그렇게 잔소리를 해 대던 녀석이 또 순순히 일어나 맥주를 사 왔다. 그리고 무척이나 기대하는 듯한 얼굴로 그녀를 바라본다. 이거 뭔가 낚인 것 같은데.

유경이 고개를 갸웃하며 맥주를 마시고 있는데.

"내가 눌러 줄까? 너 어제 이거 불렀다던데."

노래방 책자를 정독하듯 읽어 내려가던 녀석이 갑자기 리모컨을 들어 번호를 눌렀다. 구팔칠오육, 시작.

쿵쾅쿵쾅.

반주 기계에서 경쾌한 리듬이 흘러나오자, 유경은 어제의 기억이 새록새록 떠오르기 시작했다.

그래, 까짓것 보여 주자. 그렇게 소원이라는데.

서하의 기대를 한 몸에 받은 유경이 둠칫둠칫 리듬을 타며 자리에서 일어났다.

"이게 무슨 소리지?"

방에서 출근 준비를 하던 유성이 귀를 쫑긋 세웠다. 웬 아침부터 우리 트둥이들의 상큼 발랄 큐티뽀짝 노래가 거실에서 들리는 걸까.

유성은 노래를 흥얼거리며 거실로 나갔다가 말도 안 되는 광경을 목격했다. 채서하가 TV를 보고 있는 게 아닌가. 그것도 음악 방송을. 걸그룹 트와이스가 노래 부르며 춤을 추고 있는 모습을 서하가 세상 심각한 얼굴로 감상하고 있었다.

"야, 채서하. 너 뭐 하냐? 니가 왜 그런 걸 보고 있어?"

"뉴스 보려고 틀었다가……."

"잠깐, 끄지 마. 우리 마저 보자. 예스 오알 예스! 선택은 존중해, 거절은 거절해. 오, 역시 예뻐. 아침부터 눈 호강 제대로 하네."

노래를 흥얼거리던 유성이 리듬에 맞춰 춤까지 췄다. 그 모습을 언짢게 쳐다보던 서하가 미간을 찌푸리자, 유성이 아주 자연스럽게 문워크를 하며 방으로 들어갔다.

서하의 시선이 다시 자연스레 TV로 향했다.

"원래 이런 노래였구나."

유경이가 춤출 땐 좀 더 섹시하면서도 귀여웠는데. 서하는 자꾸만 얼마 전 노래방에서 춤추며 노래를 부르던 유경이 떠올라 웃음이 새어 나왔다.

마침 그 모습을 출근 준비를 마치고 나온 유성이 목격하고 말았다. 채

서하가 TV 속 걸그룹을 보며 실실 쪼개다니. 유성이 흠칫 놀랐다.

"인마. 너 원스 가입할 기세다?"

"원스? 그게 뭔데요?"

"트와이스 팬클럽 이름."

"그런 거 아니거든요?"

서하가 인상을 확 구기며 음악 방송을 뉴스 채널로 돌려 버렸다. 강한 부정은 긍정이랬다. 저 자식, 뭔가 수상한데? 아무래도 우리 트둥이들한테 빠진 게 분명해. 이건 비상이다, 비상! 이러다 우리 늙은 우유경이는 차이는 거 아니야?

갑자기 서른인 동생에게 측은지심이 발동한 유성은 유경의 장점을 어필하기 시작했다.

"채서하, 우리 우유경이도 저런 춤 잘 춰. 걔 고등학생 때 댄스 동아리였잖아."

안다. 누나가 마당에서 춤 연습 하는 거 본 적 있으니까. 서하가 뉴스에 시선을 고정한 채 유성의 말을 다 듣고 있었다.

"걔 축제 때 무대 한번 올라가면 아주 장난 아니었어. 인기 폭발."

그것도 안다. 영재교육원 땡땡이치고 누나 보러 축제에 갔으니까. 그래서 그녀가 술 마시고 춤췄다는 얘기를 듣고 더 불안했던 것이다. 춤출 때 그녀의 매력이 얼마나 치명적인지 너무나도 잘 알고 있으니까.

"에휴. 근데 그럼 뭐 해. 지금은 우리 트둥이들 발톱만큼도 못 쫓아갈……."

서하가 매섭게 노려보자 유성은 말끝을 흐리며 깨달았다. 채서하는 아직까진 트와이스보다 우유경이라는 것을.

"미안. 내가 경솔했네. 암튼 우리 우유경이가 30대 중엔 제일 예뻐. 그치? 그럼 난 이만 출근할게."

유성이 후다닥 현관으로 달려갔다.

"형."

현관 앞에서 서둘러 신발을 신고 있던 유성이 화들짝 놀랐다. 녀석이 유성을 빤히 쳐다보고 있었다.

"왜? 내가 또 무슨 실수 했니?"

"신발 벗어요. 그거 내 거잖아요."

"알지. 근데 나 오늘 니 구두 한 번만 신으면 안 될까?"

유성이 멋쩍은 미소를 지었다. 하지만 녀석의 표정은 여전히 굳어 있었다.

"한 번만 신게 해 주라."

"안 돼요. 그거 누나가 선물해 준 거예요. 빨리 벗어요."

"알았어, 알았어. 벗으면 될 거 아니야. 우유경 걔는 지 오빠 선물은 한 번도 안 사 줬으면서. 칫."

"다른 거 신어요. 그것만 빼고."

"오케이."

또 좋다고 유성이 얼른 신발장을 열어 다른 구두를 꺼내 신었다.

"오, 이거 딱 내 스타일인데? 땡큐! 대신 내가 오늘 저녁에 아주 기가 막히게 맛있는 된장찌개 끓여 줄게. 이따 퇴근하고 보자."

유성이 요란스럽게 인사를 하고 밖으로 나갔다.

적막이 흐르는 거실. 서하는 소파에서 내려와 어기적거리며 현관으로 향했다. 그러곤 구두를 집어 들어 어디 흠집은 나지 않았나 유심히 살펴보더니, 손수건으로 닦기 시작했다. 반짝반짝 광이 날 때까지.

영화 크랭크 인 날짜가 확정되고, 통장에 계약금이 들어왔다며 그녀가 사 준 구두였다. 아까워서 몇 번 신지도 않은 그 구두를 뿌듯하게 바라보던 서하가 웃으며 서재로 들어갔다.

노트북을 열어 제일 먼저 메일함을 확인했다.

출판사에서 「43번 국도」의 출간을 앞당길 수 있겠냐는 메일이 도착

해 있었다. 이미 수정도 다 끝냈고, 일정을 앞당겨도 상관없었다. 그러
겠노라, 답장을 작성하고 있었는데.

지이잉. 지이잉.

얼마 전부터 계속 같은 번호로 전화가 왔다. 액정을 물끄러미 바라보
던 서하가 전화를 받았다. 상대방의 목소리를 들은 서하의 표정이 무섭
게 굳어졌다.

명성자동차 사장실.

똑똑, 노크 소리와 함께 문이 열리고 생록이 들어왔다.

"사장님, 지금 로비에 채 작가 도착했다고 합니다."

"알았어. 이따 차는 됐고, 너도 나가 있어."

"어쩌려고 그러세요? 설마 채 작가한테 다 얘기하실 거예요?"

"글쎄. 나도 모르겠어. 일단 만나 보고 결정하려고."

지웅이 나가라고 손짓을 하자, 생록이 작게 한숨을 내쉬며 밖으로 나
갔다.

그리고 얼마 지나지 않아 문이 열리고 서하가 들어왔다. 지웅이 기다
렸다는 듯이 의자에서 일어나 소파로 자리를 옮겼다. 그리고 맞은편 자
리를 가리키며 말했다.

"앉아."

서하가 무표정한 얼굴로 지웅과 멀찍이 떨어진 곳에 앉았다. 문과 가
까운 곳. 오래 있을 생각이 없다는 거였다. 그를 알아차린 지웅이 피식
웃었다.

"내가 널 왜 불렀을 것 같아?"

"난 왜 왔을 것 같은데? 그쪽이 부른다고 내가 순순히 오겠다고 한

이유는 뭘 거 같냐고."

어린놈의 새끼가 진짜 한마디도 안 지네. 지웅이 팔짱을 낀 채 서하를 빤히 쳐다봤다.

"니가 이딴 식으로 나오면 내가 널 봐줄 명분이 없어지는데."

"그쪽이 지금 날 봐줄 처지가 되나? 밖에 아직도 기자들 깔렸던데."

"그 정도는 뭐, 아무것도 아니야. 난 더한 일도 많이 겪어 봤거든."

여유롭게 농담조로 말하는 지웅을 어이없다는 듯 보던 서하가 물었다.

"날 부른 이유가 뭐야?"

"너랑 같은 이유겠지. 우유경."

"그 이름 함부로 입에 담지 마."

"그럼 뭐라고 부를까? 우 감독?"

서하가 지웅을 노려봤다. 하지만 지웅은 계속했다. 마치 서하를 도발하듯이.

"크랭크 인이 다음 주라고 했던가?"

"신경 꺼."

"그럴 순 없지. 난 우유경이 무사히 그 영화를 다 찍고, 멋있게 성공하기를 바라거든."

"그런 얘길 나한테 왜 하는데?"

"글쎄?"

지웅이 또 빙긋 웃었다.

저 사람 도대체 속내가 뭘까? 저 여유로움은 뭐지? 그 이유가 뭔지 알 수 없어 기분이 아주 더러웠다. 서하는 지웅과의 기싸움에서 밀리지 않도록 애써 태연한 척 굴었다.

"위기에 몰리더니 머리가 어떻게 됐나 봐? 제정신일 때 다시 연락해. 지금은 말이 안 통할 것 같으니까."

할 말을 끝낸 서하가 자리에서 일어났다.

"앉아. 내 얘기 아직 다 안 끝났어."

그래도 서하가 나가려고 하자, 지웅이 사나운 표정으로 말했다.

"내가 안 되면, 너도 안 돼."

"……."

"그러니까 너도 우유경 포기해."

걸음을 멈춘 서하가 고개를 돌렸다. 그가 얼어붙은 표정으로 지웅을 □며 말했다.

"난 너랑 달라."

"아니. 같아."

"어떤 면이?"

"지금 우유경 옆에 있으면 안 되는 존재거든. 너랑 나는."

너무 어이가 없어서 서하가 비웃음을 쳤다. 거기에 자극받은 지웅이 □국 말을 꺼내고 말았다.

"그 연구원, 과로사가 아니라 자살인 거 너도 알지?"

"갑자기 그 얘긴 왜 꺼내는데?"

"오보 난 거 말이야. 전화 한 통이면 해결할 수 있어. 근데 내가 왜 □만히 있는지 알아?"

사실 그게 가장 궁금했다. 서하가 이곳에 찾아온 이유 중 하나이기 □ 했다.

"너 때문이잖아. 아니, 우유경 때문이지."

"앞뒤 자르지 말고 똑바로 말해. 그게 무슨 소리야."

"내가 입만 뻥긋하면, 비난의 화살은 내가 아니라 너한테로 향할 테 □까."

"……."

"니가 추락하면 옆에 있는 우유경 그 여자도 같이 밑바닥으로 떨어질 □니까. 이제 겨우 날개 달고 날아 보려고 하는 그 여자 불쌍해서 가만히 있는 거라고."

젠장. 뭐라고 하는지 하나도 모르겠다. 서하의 머릿속이 어지러웠다.

"그 연구원 나 때문이 아니라, 너 때문에 죽었다고."

그때 지웅이 쐐기를 박는 말을 했다.

서하는 순간 얼마 전 황 박사가 하려던 말이 떠올랐다.

'오늘 아침에 발견한 윤수 시신에서……'

그때도 분명 이상하다고 생각했었는데.

"자살한 연구원을 발견한 게 황 박사라고 하던데. 정 궁금하면 황 박사한테 가서 물어보든가. 그 연구원이 어떻게 죽었는지."

"……."

"거봐. 내가 말했잖아. 너도 우유경 옆에 있으면 안 된……."

쾅!

지웅의 말이 끝나기도 전에 서하가 문을 열고 밖으로 나가 버렸다.

사무실에 홀로 남은 지웅은 소파에서 일어나 책상 앞에 앉으려다 말고, 발로 의자를 걷어찼다. 젠장! 우유경은 왜 하필 만나도 저런 놈을 만난 거냐고. 신경 쓰이게……. 허리춤에 손을 올린 지웅의 아래턱에 힘이 잔뜩 들어갔다.

황 박사를 만나고 연구소를 나온 서하는 비교적 침착해 보였다.

하지만 차에 올라타는 순간, 무너지고 말았다. 초점을 잃은 눈빛. 불안하게 흔들리는 눈동자.

'서하야…… 니 잘못이 아니야. 너 이럴까 봐, 이렇게 자책할까 봐 내가 말 안 하려고 했던 건데…….'

어째서 내 잘못이 아니란 말인가. 내 책을 보고, 책에 나온 방법대로 아주 끔찍하게 사람이 죽었는데.

운전대를 잡은 서하의 손이 떨리고 있었다.

작년이었던가? 「피어싱」이 출간될 무렵, 윤수 선배가 직접 서점에서 사 온 책이라며 사인을 해 달라고 했었다. 그때 선배님의 밝았던 얼굴이 떠오르자, 서하는 두 눈을 질끈 감아 버렸다.

후드득후드득.

창문 너머로 보이는 회색빛 하늘에서 비가 쏟아지고 있었다.

명성그룹 회장실.

우르르 쾅쾅.

번쩍거리며 세상이 무너질 듯 천둥과 번개가 쳤다. 창가에 선 서 회장이 거세게 쏟아지는 비를 바라보며 생각에 잠겨 있었다.

서 회장의 상념을 깨운 건 박 비서였다.

"회장님. 말씀하신 일, 준비 다 끝났습니다."

박 비서가 결재판을 책상 위에 올려놓았다. 서 회장이 자리로 돌아가 의자에 앉았다. 그러곤 결재판을 열어 내용을 살폈다.

[M연구소 연구원 과로사 아닌 자살, 소설 「피어싱」 때문]

기사의 헤드라인을 유심히 보던 서 회장이 단호하게 말했다.

"이걸론 부족해."

"네?"

"사람까지 죽게 만든 흉측한 소설을 쓴 작가에게 비난의 화살이 날아가도록, 좀 더 자극적으로 만들어 보란 말이야."

"네. 수정해 보겠습니다."

박 비서가 머리를 조아렸다.

"명성자동차는?"

"곧 주주총회 소집할 것 같습니다. 안건은 서지웅 사장님 해임……."

"감히 누가 누굴 해임해!"

서 회장이 소리를 버럭 질렀다.

"무슨 수를 써서라도 막아!"

"그게…… 좀 힘들 것 같습니다. 주주들 과반 이상이 사장님한테서 등을 돌린 상태고, 아무래도 이번 촉매 기술 유출 사건도 그렇고, 연구원 과로사 일도 그렇고, 사장님 이미지가 대외적으로 너무 안 좋다 보니까……."

"그러니까 빨리 서둘란 말이야! 주총 전에 기사 뿌리고, 지웅이 녀석 이미지 어떻게든 복구해 놔. 알았어?"

"네. 알겠습니다."

박 비서가 고개 숙여 인사를 하고 밖으로 나갔다.

서 회장이 「피어싱」이란 단어가 적힌 헤드라인을 다시 유심히 보다가 결재판을 탁, 닫아 버렸다.

"웬 비가 이렇게 많이 와?"

하늘에 구멍이라도 났는지 비가 무섭게 쏟아졌다. 유경은 다시 집으로 들어가 좀 더 큰 우산을 들고 나왔다. 그리고 우산을 쓰고 골목을 내려갔다.

오래간만에 밖에서 하는 데이트인데 비가 와서 조금 아쉽긴 하지만, 그런대로 운치가 있어서 좋았다.

그녀는 한강 근처에 있는 소극장으로 향했다. 서하와 종종 영화 보러 가는 곳. 8시에 그곳에서 서하와 만나기로 한 유경의 발걸음이 가벼웠다.

드디어 소극장 앞에 도착한 유경은 우산을 접고, 비에 젖은 옷을 털었다.

"오늘도 아무도 없네? 또 빌렸나?"

그러지 말라니까. 만나면 돈 좀 아껴 쓰라고 혼내야겠다.

유경은 아무도 없는 건물 안을 두리번거리며 극장 안으로 들어갔다. 찾았다! 객석 중간쯤에 앉아 있는 녀석의 모습이 보였다.

"서……."

손을 흔들며 녀석의 이름을 부르려던 유경은 멈칫했다. 멍한 얼굴로 앞을 응시하고 있는 녀석의 모습이 어쩐지 굉장히 쓸쓸해 보였기 때문이다. 저 녀석 저런 표정 진짜 오래간만에 보네……. 생모랑 또 무슨 일 있었나? 얼른 가서 위로해 줘야지.

유경은 평소보다 더 밝게 웃으며 달려가 녀석의 옆자리에 앉았다.

"채서하, 무슨 생각을 그렇게 해?"

서하가 뒤늦게 고개를 돌렸다.

"아니야, 아무것도……. 언제 왔어?"

"방금. 지금 밖에 비 엄청 많이 오는……. 너 비 맞았어?"

가까이서 보니 녀석의 머리카락이며 옷이 다 젖어 있었다. 그리고 녀석의 눈동자도.

"너 무슨 일 있었지?"

"……."

잠시 아무 말 없이 유경을 지그시 바라보던 서하가 입을 열었다.

"유경아, 우리 당분간……."

"자, 잠깐!"

유경이 화들짝 놀라며 손사래를 쳤다.

"나 당분간이란 단어 트라우마 있단 말이야. 너 진짜 왜 그래. 그 표정은 뭔데? 왜 이렇게 심각한 건데."

유경이 잔뜩 겁먹은 얼굴로 말하자, 서하가 애써 웃었다. 그러곤 그녀의 얼굴을 어루만지며 달랬다.

"나 하나도 안 심각해. 별거 아니야."

별거 아닌 일이, 아닌 것 같다. 녀석의 손끝이 아주 차가웠다. 유경은 의아한 얼굴로 녀석을 바라봤다.

"알았어. 들어 줄게. 당분간 뭐? 하려던 얘기 계속해 봐."

"다음 주면 영화 크랭크 인이잖아."

"응."

"영화 찍는 동안 건강 관리 잘하고, 아프지 말고."

"뭐야……. 멀리 떠나는 사람처럼 왜 그렇게 말해?"

"우리 영화 찍는 동안 어차피 못 만나잖아."

"아닌데? 영화 24시간 내내 찍는 거 아니야. 촬영 없거나 일찍 끝나면 난 너 만나려고 했는데……. 넌 아니었어?"

"나야 너 만나면 좋지. 근데 나 당분간 문화시에 가 있을 거야."

"뭐야, 깜짝 놀랐잖아. 어디 멀리 가는 줄 알고. 문화시면……. 별장에 가 있는 거야?"

서하가 고개를 끄덕였다. 십년감수했네.

그나저나 별장에 가 있겠다는 말을 왜 이렇게 심각하게 하지? 이 녀석 정말 별일 없나? 유경이 서하의 어두운 표정을 바라보며 넌지시 물었다.

"글이 잘 안 풀려? 너 글 잘 안 풀리면 그 별장 가잖아."

"……."

서하가 아무런 대답이 없자 유경이 재차 물었다.

"근데 지금 무슨 글 쓰고 있어?"

"……."

"뭐야. 왜 말을 안 해? 혹시 비밀이야? 가만있어 보자. 폭탄 다음은 뭐가……."

"나 이제 글 안 쓸 거야."

"뭐라고?"

"내가 저번에 말했잖아. 나 같은 놈은 글 쓰면 안 되는 사람이라고……."

"서하야……."

"사람이 죽었어. 내가 쓴 글 때문에."

애처롭게 흔들리는 녀석의 눈빛을 마주한 유경은 심장이 덜컹 내려앉았다.

24.

우리도 점점 닮아 가나 봐

드림월드 스피드웨이.

탈의실에서 레이싱 슈트로 갈아입고 서킷으로 나온 지웅이 차고로 향했다.

"사장님!"

멀리서 생록이 다급한 얼굴로 달려왔다. 그런 생록을 무시하고 지웅은 태연하게 차고로 들어갔다.

오늘은 어떤 차를 탈까, 고민하던 지웅이 하는 수 없이 생록에게 눈길을 줬다.

"왜?"

"채 작가 지금 큰일 났어요."

역시, 별로 듣고 싶지 않은 소식이었다.

"노인네 왜 가만히 있나 했다."

"어떻게 아셨어요? 회장님 쪽 라인에서 움직인 것 같아요. 연구원 과로사가 아닌 자살이라고 오보 난 거 정정된 이후로 사장님 관련 기사들도 다 삭제되고 있어요. 대신……."

"채서하 죽이기, 들어갔겠네."

"네. 맞아요. 상황이 꽤 심각해요."

"……아, 그래? 우유경 속상하겠네."

"네?"

이 와중에 그 여자 걱정을 내가 왜 하고 앉아 있는 건지. 지웅은 머리카락을 헝클어뜨리며 다시 차 고르는 일에 집중했다.

"지금 어느 정도냐면요. 그 연구원 시신 훼손 상태가 어떤지 상세하게 적힌 찌라시까지 뿌려졌어요. 그걸 본 네티즌들은 광분하고, 청와대 국민신문고에 모방 범죄 부추기는 책을 쓴 채 작가에게 책임을 물어야 한다고……."

생록의 재잘거림을 가만히 듣고만 있던 지웅이 실소를 터뜨렸다. 사실, 전혀 예상 못 한 전개는 아니었다. 그래도 이번 일은 아무리 제 아버지라지만 미쳤다고밖엔 할 수 없었다. 그 노인네가 사람 하나 죽이려고 작정했네.

"채 작가 이제 어떡해요? 앞으로 우리나라에서 작품 활동은 못 할 것 같은데. 유경 씨도 불쌍하고."

"인마. 지금 내 앞에서 누굴 걱정하는 거야!"

"사장님도 속으로 걱정하고 계시잖아요."

"걱정은 무슨. 잘됐지. 그러게 왜 그런 놈을 만나냐고. 채서하 그 새끼 몸만 컸지, 아직 애송이야."

"당연히 그렇겠죠. 채 작가 스물넷밖에 안 됐잖아요. 이런 시련을 어디서 겪어나 봤겠어요?"

"그런 놈이 무슨 사랑을 안다고……. 결혼? 웃기고 있네."

"사장님, 근데 왜 화를 내세요? 좋아하셔야 되는 거 아니에요? 채 작가 멘탈 나가서 유경 씨랑 헤어지면 사장님한테 기회가 생길지도 모르잖아요."

"넌 우유경을 몰라."

"네?"

"채서하가 망가지면 나한텐 더 승산이 없어."

그 여잔 이제 채서하 절대 못 버릴 테니까.

지웅은 속으로 생각했다. 촬영장에서 얼굴 몇 번 본 게 전부인 소윤이 억울한 일을 당했을 때도, 모두가 소윤을 외면하고 등을 돌렸을 때도 유일하게 옆에 남아 있던 여자가 우유경이었다. 그런 그녀가 사랑하는 남자에겐 오죽할까.

지웅은 생각이 거기까지 닿자, 궁지에 몰린 그 녀석이 부럽다는 생각마저 들었다.

"오늘은 저걸로 하자."

지웅은 애써 태연한 척 굴며 빨간색 스포츠카를 손가락으로 가리켰다.

"우 감독, 괜찮아?"

문 감독이 걱정스러운 얼굴로 다가와 물었다. 첫 촬영을 앞두고 콘티 점검 중이던 유경은 고개를 돌려 대답 대신 어색한 미소를 지었다.

괜찮지 않았다. 너무 속상해서 그동안 일부러 인터넷을 멀리하기까지 했다.

"채 작가는 어쩌고 있어?"

유경은 비가 쏟아지던 그날 밤, 축축한 공기가 맴돌던 작은 극장 안에서 더 이상 글을 쓰지 않을 거라고 덤덤하게 말하던 녀석이 떠올라 가슴이 먹먹했다.

결국, 녀석을 잡지 못했다. 어떤 말로 위로해야 할지, 그럼에도 글을 쓰라고 녀석을 붙잡아야 하는지 판단이 서질 않았다.

녀석이 절필 선언을 하고 서울을 떠났다는 얘기를 가슴에 묻은 채 유경은 대답했다.

"그냥 평소랑 다를 거 없이 지내고 있어요."

"다행이네. 요새 우 감독 표정도 안 좋고, 채 작가랑 전화 통화도 안 하는 것 같아서 난 두 사람 헤어졌나 했어."

"감독님······."

갑자기 유경이 진지한 얼굴로 문 감독을 불렀다. 유경은 말을 할까 말까 잠시 고민하다가 입을 열었다.

"감독님한테만 드리는 얘긴데요······. 저 이번 촬영 끝나면 채 작가랑 결혼하기로 했어요."

"진짜? 이거 축하해야 할 일 맞지? 요새 여론이 많이 안 좋잖아. 행여 두 사람 관계 언론에 밝혀져서 우 감독한테까지 화살이 날아올까 봐, 난 그게 걱정이야."

유경이 다부진 눈빛으로 말했다.

"감독님 저요, 화살이 날아와도 안 피할 거예요. 다만 제가 걱정되는 건, 영화 흥행에 피해를 줄까 봐서요. 저 혼자 만드는 영화가 아니니까······."

"어휴. 무슨 벌써부터 그런 걱정을 해? 우 감독도 알다시피 좋은 영화는 그 어떤 방해로도 막을 수 없어. 그만큼 잘 만들어 보자. 후회 없이."

"네. 진짜 열심히 할게요."

"그래. 채 작가한테 안부 전해 주고. 힘내라고."

문 감독이 따뜻한 위로를 건넸다. 그러곤 대표실로 들어갔다.

마저 일을 하려고 페이퍼를 손에 든 유경의 시선이 자연스럽게 책상 위 책꽂이로 향했다. 책꽂이에 꽂혀 있는 녀석의 책. 제목 「피어싱」, 작가 '채서하'. 책에 새겨진 녀석의 이름 세 글자를 손가락으로 어루만지던 유경은 한숨을 작게 내쉬었다.

며칠 후.

드디어 첫 촬영이 시작되었다. 촬영 장소는 백화점 지하에 있는 대형 서점이었다. 오늘은 성인이 된 남녀 주인공이 서점에서 우연히 재회하는 신을 찍을 예정이었다.

장비를 들고 분주하게 움직이는 스태프들. 대본을 손에 쥐고, 최대한 감정을 끌어올리려고 노력하고 있는 배우들.

유경은 서하를 향한 걱정은 잠시 접어 두고 촬영에만 집중하기로 했다. 그렇게 마음을 단단히 먹은 유경의 눈빛이 달라졌다.

유경은 촬영 감독과 조명 감독에게 신의 느낌을 충분히 설명한 뒤, 조연출 치영을 불렀다.

"치영 씨는 내가 아까 말한 대로 배우들 위치 마킹해 주고, 10분 후에 숏 들어가자."

"넵!"

우렁찬 대답과 함께 치영이 배우들에게로 달려갔다. 그는 유경의 말대로 배우들이 서야 할 위치를 지정해 주고, 마지막으로 의상팀과 분장팀을 호출했다. 스태프들이 달려와 배우들의 옷을 만지며 점검했고, 안설휘와 초림의 얼굴을 분첩으로 마무리했다.

"감독님, 준비 다 됐습니다!"

치영이 양팔로 동그라미를 그렸다. 그러자 모니터 앞 의자에 앉은 유경이 무전기에 대고 말했다.

"자, 갑니다. 숏, 레디……."

모든 스태프와 배우가 유경의 사인만을 기다렸다.

"액션!"

탁, 하는 슬레이트 소리와 함께 우유경 감독의 첫 촬영이 시작되었다.

"컷! 오케이!"

유경이 처음 연출을 맡은 영화의 첫 번째 신이 그렇게 완성됐다.

"다음 장소로 이동하겠습니다!"

치영이 힘차게 외쳤다. 이어 스태프들이 분주하게 움직이기 시작했다.

다음 촬영 장소인 백화점 옥상으로 향하려던 유경이 돌연 걸음을 멈췄다.

"어?"

멀리 스테디셀러 코너에서 「피어싱」을 발견한 것이다. 유경이 서둘러 그곳으로 향했다. 당당하게 1위에 랭크되어 있는 녀석의 책. 유경은 얼른 핸드폰을 꺼내 사진을 찍으려는데.

"잠시만요."

갑자기 카트를 끌고 나타난 서점 직원이 녀석의 책을 몽땅 들어 카트에 던지는 것이 아닌가. 유경은 황당한 얼굴로 직원을 쳐다봤다.

"저기요. 그 책 왜 치우는 거예요?"

"손님들 항의가 들어와서요. 유해 서적을 왜 진열해 놓느냐고……."

"유해 서적이라뇨. 누가 그런 소릴 해요?"

"지금 인터넷이랑 뉴스에서 난리도 아닌데, 모르셨어요?"

"그럼 저 책들은 다 어디로 가는 거예요?"

"아무도 안 사는데 언젠간 폐기되겠죠. 그럼 비켜 주세요."

왜 저러는 거야? 직원이 유경을 이상하게 쳐다보며 책을 마저 옮기기 시작했다. 「피어싱」이 카트 위에 수북이 쌓였다.

유경은 버려진 책을 가슴 아프게 바라보다가, 카트를 끌고 창고로 향하는 직원을 향해 외쳤다.

"잠깐만요! 그 책 제가 다 살게요!"

유경은 내일 오후에 있을 지방 촬영 때문에 회사 차를 끌고 집으로 향했다.

"하아……."

백미러로 뒷좌석에 가득 쌓인 수십 권의 책을 보니 한숨이 절로 나왔다.

그나저나 그 녀석 밥은 먹었나? 맨날 전화하면 먹었다고는 하는데, 확인을 할 수 없으니……. 말만 먹었다고 하고, 안 먹었을 것 같은데. 걱정돼 죽겠네.

끼이이익.

결국, 유경은 차를 유턴했다. 그리고 문화시로 향했다.

하지만 퇴근 시간이라 도로가 꽉 막혔다. 엎친 데 덮친 격으로 며칠 전부터 계속 잠을 설쳤더니 졸음이 쏟아졌다. 하품을 늘어지게 하며 유경은 잠도 깰 겸 라디오를 틀었는데.

— 최근 정말 경악할 만한 일이 벌어졌죠. 추리 소설 「피어싱」의 모방 범죄, 이대로 괜찮을까요? 오늘은 범죄심리학자 김은미 교수님을 모시고 말씀 나누겠습니다.

하필 이 얘기가 왜 나와.

— 네. 김은미 교수입니다. 얼마 전 숨진 연구원이 소설 「피어싱」속에 등장한 방법으로 자살을 했습니다. 그 방법이 아주 끔찍했죠.

유경은 라디오를 끄려다가 멈칫했다.

— 물론 범죄나 추리, 액션이 들어간 영화와 책은 이런 모방 범죄 논란에서 자유로울 수 없는 게 사실이지만, 지금 문제가 되고 있는 건 「피어싱」을 집필한 채서하 작가인데요. 채 작가 소설이 주로 이런 기이한 살해 방법을 다루고 있다는 겁니다. 그건 아마 소설 판매를 위한 것으로 해석이 되고, 채 작가는 하루빨리 정신 감정을 받아야 할 필요가…….

띠.

화가 난 유경이 라디오를 꺼 버렸다.

"이 사람들이 누굴 정신병자 취급을 하고 있어!"

유경은 갑자기 5년 전 일이 오버랩되어 괴로웠다. 소윤이 추락하는 모습을 옆에서 전부 지켜봤던 유경은 왜 이런 비극이 녀석에게 일어난 건지 답답했다.

과도한 인신공격, 확인되지 않은 루머의 확산. 녀석은 이미 책 판매에 눈이 멀어 일부러 잔인한 이야기를 써 대는 정신 이상자가 되어 버렸다.

이건 분명 누군가 개입한 거야. 누구지? 누굴까? 누가 이런 짓을 꾸민 거냐고!

꽉 막힌 도로가 마치 제 속과 같았다. 유경의 한숨이 깊어졌다.

차에서 내린 유경은 마당을 지나가다 두 눈이 휘둥그레졌다. 마당 구석에 수백 권의 책과 종이 뭉텅이가 가득 쌓여 있었기 때문이다. 아무래도 버리려고 내다 놓은 것 같았다. 당연히 그곳엔 녀석이 집필한 책도 있었다.

그 녀석 정말 절필할 생각인가 보다. 불 꺼진 별장 안을 바라보는 유경의 마음이 무거웠다.

현관 앞에 선 유경은 잠시 망설이다 벨 대신 비밀번호를 누르고 조용히 안으로 들어갔다.

혹시나 자고 있을 녀석을 깨우고 싶지 않았다.

하지만 별장 안 어디에도 서하는 없었다.

"어디 갔지? 잠깐 밖에 나갔나?"

유경은 녀석이 뭘 먹고 사는지 걱정되는 마음에 제일 먼저 냉장고 문을 열었다. 이곳에 놀러 올 때마다 항상 가득 차 있던 냉장고 안이 텅 비어 있었다. 싱크대도 바짝 말라 있다. 오랫동안 물을 안 쓴 티가 역력했다.

"이 녀석이 진짜!"

유경은 눈물이 핑 돌았다. 안 봐도 뻔했다. 안 먹고, 안 자고, 그 좋아하는 글도 못 쓰고. 얼마나 괴로울까.

이건 아니야. 이래선 안 돼. 일단 저녁부터 먹이자. 녀석이 돌아오기 전에 밥상 딱 차려 놔야지. 그러려면 마트 가서 장을 봐야겠네. 냉장고도 다 채워 놓을 거야!

유경은 손등으로 눈물을 훔치며 밖으로 나가 차에 올라탔다. 그리고 시내에 있는 마트로 향했다.

한편, 그 시각.

문화시 시내에 있는 카페에서 서하가 모자를 푹 눌러쓴 채 구석 테이블에 앉아 있었다.

"할 얘기가 뭔데?"

서하가 맞은편에 있는 상대방을 노려봤다. 그러자 은설이 천연덕스럽게 웃으며 대답했다.

"일단 커피부터 마시고 천천히. 아, 나 말 놓을게. 유경이랑 나 친구잖아."

"친구?"

서하가 황당하다는 듯 웃어 버렸다. 역시 괜히 나왔다. 아침부터 작업실에 찾아와서 벨을 눌러 대던 최은설이 쪽지를 남겼고, 하필 그 쪽지를 읽고 말았다. 유경이 일로 할 얘기가 있으니 카페로 나오라며, 안 나오면 내일 또 찾아올 거라는 내용의 쪽지였다.

다리를 꼰 채 우아하게 커피를 마시는 은설을 향해 서하가 비아냥거렸다.

"아줌마는 할 일 없어?"

"어. 누구 때문에 엄청 한가해. 나 빅토리에서 잘렸거든. 「피어싱」 같은 문제작을 계약했다고. 보는 눈이 없다나 뭐라나."

"그래서 지금 나한테 시위하는 거야? 니가 멋대로 계약해 놓고?"

커피 잔을 내려놓으며 은설이 피식 웃었다.

"그만 날 세우고, 우리 친하게 좀 지내자."

"웃지 마. 역겨우니까."

"성격은 여전하구나? 이런 최악의 상황에서도 꼿꼿한 게 마음에 드네."

"너 진짜 내가 죽여 버린다?"

독기가 잔뜩 오른 서하의 눈빛을 마주한 은설이 잠시 주춤하더니 서둘러 본론을 꺼냈다.

"내가 이번에 작가 에이전시를 하나 차릴까 하거든. 우리 계약하자."

"무슨 개소리야."

"너 이제 한국에서 끝났어. 다른 살길 찾아야지. 내가 봤을 때 넌, 필명 바꿔서 시나리오 작가로 미국에서 활동하면 좋을 것 같아. 니 글이 미국에서 먹히거든. 스케일이 커서."

들은 척도 하지 않고 서하가 자리에서 일어나려고 하자, 은설이 다급하게 외쳤다.

"나랑 계약 안 하면, 당장 기사 뿌릴 거야! 너랑 우유경이랑 깊은 관계라고!"

다시 자리에 앉은 서하가 물컵을 손에 들자, 은설이 물벼락을 맞는 줄 알고 움찔했다가 서둘러 일방적으로 말을 뱉었다.

"그림이 딱 그려지지 않아? 우유경 걔 지금 영화 찍고 있지? 너랑 사귀는 거 언론에 알려지면 네티즌들이 뭐라고 하겠어? 그 여자 감독도 똑같다, 어쨌다 하면서 난리가 나겠지. 그럼 감독 자리에서 잘리는 건 시간문제겠네."

서하는 말문이 막혔다. 사실 그 이유 때문에 문화시로 내려온 거였다. 유경에게 자신이 걸림돌이 될까 봐.

"나랑 작가 계약 하면 둘이 그런 사이인 거 눈감아 줄게. 드디어 내 오랜 친구 유경이가 입봉하게 생겼는데 그 정도는 봐줘야……."

갑자기 은설이 서하 뒤쪽을 보고 말끝을 흐렸다.

서하는 뒤쪽에서 풍기는 익숙한 향수 냄새를 맡곤 직감했다. 그녀가 이곳에 있다고.

서하가 천천히 고개를 돌리려는데.

"유…… 유경아, 그거 내려놔. 여기 공공장소야."

최은설이 갑자기 경악하며 허둥지둥 가방을 챙겨 일어났다.

"공공장소고 나발이고, 너 진짜 내가 오늘 아작 내 버릴 거야!"

씩씩거리며 서하 옆에 선 유경이 들고 있던 계란 한 판을 최은설을 향해 힘껏 던졌다.

퍼억!

"으악!"

스트라이크. 정확히 최은설의 얼굴을 명중했다. 유성이 아니라 유경이 야구를 했으면 메이저리그에 갔을 거라고 서하는 속으로 생각하며 그녀를 바라봤다. 그러다 유경과 두 눈이 딱 마주쳤다.

"넌 여기서 뭐 해! 왜 쓸데없는 말을 듣고 있어? 일어나!"

유경이 버럭 화를 내며 서하의 손목을 잡아끌었다. 서하는 아무 말도 할 수가 없었다. 평소 순하던 유경이 한번 화가 나면 엄청 무섭다는 걸 잘 알고 있었기 때문이다. 방금도 봐라, 계란을 사람 얼굴에…….

"야! 우유경!"

계란으로 온몸이 범벅이 된 최은설이 유경을 향해 삿대질하며 소리쳤다. 그에 질세라 유경은 더 큰 소리로.

"왜! 이 미친년아!"

"미, 미친년?"

얼굴에 흐르는 노란 물을 휴지로 닦으며 최은설이 울상을 지었다.

"너 지금 큰 실수 하는 거야. 내가 아는 기자한테 전화해서 두 사람 사이 다 까발릴 거야. 넌 이제 끝났어! 정신병자 사이코패스 채서하 여자 친구가 찍은 영화를 누가 보겠니?"

"너 말 다 했냐?"

유경이 은설을 다시 죽일 듯이 노려봤다. 또 무슨 짓을 할지 모르는 무서운 눈빛이었다. 은설은 계란물 때문에 따갑다는 핑계로 눈을 비비며 시선을 피했다.

"야, 최은설. 너 그 기자한테 전화 꼭 해라. 서하랑 나 결혼도 할 거니까, 여기저기 모르는 사람 없게 소문 다 내라고."

"너 미쳤어? 너 그럼 입봉 못 해. 다시 바닥으로 내려가고 싶니?"

은설의 비아냥에 유경은 서하를 보며 말했다.

"난 상관없어. 그런 거 하나도 안 두려워."

다부진 유경의 눈빛을 마주한 서하는 어딘가 한 대 맞은 듯한 얼굴로 서 있었다.

"가자."

유경이 씩씩하게 서하의 손목을 잡아끌고 밖으로 나왔다. 그녀는 도로변에 있는 차 조수석에 서하를 구겨 넣더니, 본인도 운전석에 올라탔다. 그리고 시동을 켜고 있는데.

"왜 그랬어. 진짜 기자한테 연락이라도 하면 어쩌려고……."

"왜? 겁나?"

"……겁나."

서하의 눈동자가 불안하게 흔들렸다.

"나 때문에 너도 같이 사람들한테 손가락질당할까 봐. 그토록 바라던 꿈 앞에서 좌절할까 봐."

서하가 솔직한 자신의 속내를 드러냈다. 그러자 유경이 서하의 손을 맞잡으며 아주 다정한 목소리로 말했다.

"좌절하면 어때. 다시 일어나서, 다시 시작하면 되지."

"……."

"나한테 니가 있고, 너한텐 내가 있는데 뭐가 두려워?"

"……."

"서하야, 내가 저번에 말했지? 어떤 상황이 와도 꼭 글 쓰라고……."

"……."

"니가 가장 좋아하는 일이잖아. 널 다시 살아갈 수 있게 만들어 준 일이잖아."

"……"

서하는 뒷좌석에 가득 쌓인 자신의 책을 멍하니 보다가 다시 고개를 돌려 그녀를 바라봤다.

"아……. 저 책은 말이야……."

유경이 멋쩍어서 괜히 너스레를 떨었다.

"오늘 서점 촬영 갔다가 내가 몽땅 사 버렸어. 나중에 책 안 산 사람들 분명 다 후회할걸? 그때 완전 비싸게 팔아야겠다."

"……"

"배고프다. 뭐 먹을까? 너 계란탕 만들어 주려고 했는데, 계란이 없……."

유경을 애틋하게 바라보던 서하가 그녀를 와락 안아 버렸다. 사랑한다는 말로는 모자랄 만큼 벅찬 감정이 그의 가슴속에서 끓어올랐다.

한남동.

앞치마를 두른 가정부 여럿이 저녁 식사를 준비하느라 주방이 북적북적했다. 그들을 통솔하는 사람은 단연 윤성희였다.

"회장님 좋아하시는 보리굴비는?"

"지금 손질해서 올려놓겠습니다. 사모님."

"이 국은 너무 짠 것 같은데?"

"죄송합니다. 다시 만들겠습니다."

윤성희의 지시에 가정부가 바쁘게 움직였다. 식탁 위엔 구절판부터 시작해서 일반 가정에선 보기 힘든 화려한 음식들로 가득했다.

"또 빠진 게 뭐가 있지?"

윤성희가 초조한 기색으로 손톱을 물어뜯었다. 언론 매체에서는 연일 작가 채서하를 죽이기로 작정했는지 기사를 쏟아 냈고, 수백 개의 기사가 포털 사이트를 장악했다. 윤성희의 표정이 경직되었다. 아들의 명성이 하루아침에 추락하는 모습을 지켜볼 수밖에 없었던 그녀는 정신이 온전하지 않았다.

"사모님……."

메이드의 목소리에 윤성희가 뒤늦게 고개를 돌렸다. 그러자 메이드가 주변 사람들의 눈치를 보며 작게 말했다.

"박 비서님한테서 방금 연락 왔는데요. 회장님께서 오늘 판교에서 주무신다고……."

"뭐라고?"

윤성희가 신경질적으로 되묻자, 겁먹은 메이드가 뒤로 물러났다.

"다들 나가!"

그녀가 고함을 치듯 명령했다. 곧 주방과 다이닝룸에 있던 직원들이 서둘러 밖으로 나갔다.

넓은 식탁에 홀로 앉아 있던 윤성희가 빨간 입술을 질끈 깨물었다. 내 자식은 악마, 사이코패스, 살인자 따위의 온갖 추악한 단어들을 뒤집어쓰고 나락으로 떨어졌는데, 어딜 가서 자고 와? 판교? 또 어떤 년이야! 요새 걸핏하면 판교로 걸음하는 서 회장을 생각하니 속에서 천불이 났다.

윤성희가 서 회장을 위해 특별히 준비한 청주가 담긴 도자기를 노려보다가, 홧김에 번쩍 들어 바닥으로 내던지려던 그 순간.

누군가 윤성희의 손에 든 병을 뺏어 식탁 위에 도로 올려놓았다.

"남의 집에서 함부로 물건 던지면 안 되지."

지웅이었다. 그가 식탁 위 진수성찬을 보며 비웃음 쳤다.

"웬 잔칫상?"

"내가 잔치를 열든 말든, 넌 그냥 평소대로 신경 끄고 올라가."

지웅을 노려보던 윤성희가 병째로 청주를 들이켰다.

"나도 그러고 싶은데 하도 어이가 없어서. 아줌마, 술 마실 시간에 어떻게 하면 내 새끼 살릴까, 고민해야 하는 거 아니야? 아주 천하태평이네?"

"고민? 내가 고민한다고 뭐가 달라지니? 회장님이랑 니가 사람 하나 죽이려고 작정했는데, 내가 무슨 수로 막아!"

"이 아줌마 말 이상하게 하네? 죽이긴 누굴 죽여. 난 아무 짓도 안 했는데."

"이게 다 너 때문에 일어난 일이잖아. 서하가 너 대신 희생양이 된 거고."

"멍청하면 이래서 문제야."

지웅의 목소리가 돌변했다. 그가 굳은 표정으로 윤성희를 쳐다봤다.

"내가 아니라 아줌마 때문이지."

"그게 무슨 소리야?"

"아직도 몰라?"

"……."

"회장님이 그 새끼 자식으로 인정 안 하겠다는 거잖아."

"……뭐……라고?"

지웅이 한심하다는 듯 윤성희를 보며 고개를 절레절레 흔들었다.

"왜 그렇게 놀라? 설마 아버지가 모를 거라고 생각했어?"

"니가 말했니?"

"그게 중요한 게 아닐 텐데."

"난 그게 중요해. 니가 말했냐고!"

"원래 알고 있었을걸? 아무리 자식이라도 쓸모없으면 버리는 게 회장님 특기잖아. 그런 의미에서 아버지가 버린 둘째 자식이랑 손잡은 어리석은 아줌마한테 충고 하나 할게."

충격에서 벗어나지 못한 윤성희가 넋이 나간 얼굴로 지웅을 쳐다봤다.

"지금부터 아무것도 하지 마. 그냥 여기서 가만히 숨만 쉬고 있어. 그럼 내가 채서하 구제해 줄게. 나한테 좋은 방법이 하나 있거든."

"……."

"왜 대답이 없어? 내가 아줌마 아들 구해 준다니까? 이게 고민할 문제가?"

대답 대신 묵묵히 술만 마시는 윤성희의 행동에 지웅이 실소를 터뜨렸다.

"아들보단 내가 먼저 살고 보자, 뭐 그런 마인드인 거야? 이런……. 그 녀석 나만큼 불쌍하네."

지웅은 넌덜머리가 난다는 표정으로 혼자 중얼거렸다. 그러곤 윤성희를 같잖게 쳐다보다가 거실로 나가 버렸다.

"진짜 이게 먹고 싶었어?"

유경의 물음에 서하가 고개를 끄덕였다.

"우리 통했나 봐. 나도 이거 진짜 먹고 싶었는데."

식탁 위 매운 닭발을 보자 유경의 입안 가득 군침이 돌았다. 최은설에게 계란 한 판을 멋지게 날리고 별장으로 돌아오는 길에 포장해 온 닭발이었다. 거실 테이블 앞에 나란히 앉은 두 사람은 닭발 포장을 뜯었다.

"오, 맛있겠다. 우리 빨리 먹자."

신이 난 유경이 냉큼 닭발을 들어 녀석의 입을 향해 내밀었다.

"자, 아— 해 봐."

"어?"

"빨리. 닭발 먹고 싶었다면서."

"그게……. 잠깐만."

닭발 모양을 가까이서 아주 자세히 들여다보던 서하는 아무래도 자신의 판단이 잘못됐다는 걸 뒤늦게 알아차렸다. 생각해 보니 닭발이 먹고 싶었던 게 아니었다. 닭발을 먹는 유경이, 그러니까 그냥 유경이가 보고 싶었던 거다.

"서하야, 너 원래 닭발 못 먹잖아. 근데 갑자기 왜 이게 먹고 싶어졌어?"

닭발이 아니라, 난 니가…….

"좋아하면 닮는다더니, 그래서 우리도 점점 닮아 가나 봐. 그치?"

닭발 얘기 꺼낼 때부터 그녀의 얼굴에서 웃음이 떠나지 않았던 이유를 이제야 알았다. 좋아하면 닮는다……. 그 말을 속으로 곱씹어 보던 서하가 그녀를 따라 웃었다.

"자, 빨리, 아—"

그리고 용기를 내서 유경의 추임새에 맞춰 아— 하고 입을 벌렸다. 서하의 입이 벌어지자마자, 빨간 양념 범벅인 닭발이 입안으로 쏘옥 들어왔다.

"!!"

동시에 서하의 얼굴이 새빨개졌다. 상상을 초월한 매운맛에 서하가 화들짝 놀라 닭발을 얼른 내려놓았다. 그러곤 유경이 들고 있던 쿨피스를 뺏어 벌컥벌컥 마셨다. 쿨피스를 단번에 원샷한 서하의 이마에 식은땀까지 났다.

"뭘 그렇게까지 호들갑이야. 많이 매워?"

"이건 매운 게 아니라……. 쓰읍, 혀……가 아픈데?"

서하가 죽을 것 같은 표정으로 혀를 내밀고 있자, 유경이 고개를 갸웃했다.

"에이, 말도 안 돼. 나 이거 옛날에 자주 먹었는데 별로 안 매웠…… 아악!"

젓가락으로 양념을 푹 찍어 맛을 본 유경이 괴성을 질렀다.

"맵지?"

유경이 고개를 격하게 끄덕이며 자리에서 벌떡 일어났다. 그리고 냉장고에서 얼음을 꺼내 왔다.

"이거 진짜 매워. 대박."

얼음을 입에 넣은 채 웅얼웅얼 말하며 다가온 유경이 서하의 입에도 얼음을 한 개 넣어 줬다.

"거봐. 맵다고 했잖아."

서로 마주 본 유경과 서하가 얼음을 아그작아그작 씹으며 웃음을 터뜨렸다. 얼음 덕분에 입안에서 돌던 매운맛이 슬슬 사라지자, 유경이 닭발을 보며 고민했다.

"어떡하지? 이건 못 먹겠다. 그치? 아니다. 밥이랑 같이 먹을까? 그럼 덜 매울 텐데."

"밥? 쌀 없는데."

"맞다. 아까 쌀 사 오는 거 까먹었다. 근데 너 집에 쌀도 없고, 그동안 뭐 먹고 지냈어?"

"이것저것 많이 먹었어."

"진짜? 근데 집에 왜 쌀이 없어? 너 솔직히 말해 봐. 잘 먹고, 잘 지내고 있다는 거 다 거짓말이었지?"

"아니야. 진짜 잘 먹고 잘 지냈어."

서하가 진지하게 말했다. 거짓말하는 것 같아 보이진 않았다. 유경은 녀석의 얼굴을 찬찬히 뜯어봤다. 일단 혈색은 좋고. 살도 빠진 것 같진 않고, 오히려 조금 찐 것 같기도 하고. 굶은 얼굴은 분명 아니야.

"그럼 그동안 나가서 다 사 먹었어?"

"아니. 사실…… 장모님이랑 같이 먹었어."

"우리 엄마?"

서하가 고개를 끄덕였다. 유경은 약간 서운한 기색으로 입을 열었다.

"근데 나한테 왜 얘기 안 했어? 난 너 걱정했잖아."

"미안. 통화할 때마다 너 바쁜 것 같아서 만나면 얘기하려고 했지. 대신 오늘 다 말해 줄게. 그동안 나 어떻게 지냈는지, 장모님이랑 뭐 먹었는지."

서하가 유경의 입술에 묻은 양념을 휴지로 닦아 주며 부드럽게 웃었다.

"오늘 자고 갈 거지?"

서하의 은밀한 시선에 유경이 수줍게 고개를 끄덕였다.

"뭘 그렇게 부끄러워해? 우리가 한두 번 잔 것도 아니고."

녀석의 말 한마디로 갑자기 분위기가 그쪽으로 흘렀다.

"나 사실 아까부터 계속, 하고 싶었어."

"하다니 뭘?"

"알면서 모른 척하지 마."

서하의 커다란 손이 유경의 어깨에 닿았다. 그리고 그녀의 하얀 목덜미를 손가락으로 쓸어 올리던 서하의 눈동자가 점점 짙어졌다. 녀석의 농염한 눈빛을 마주한 유경은 위험 신호를 감지했다.

"저기 서하야……. 근데 나 내일 일찍 나가야 해."

"알았어. 너 내일 일하는 데 지장 가지 않도록 조심할게. 됐지?"

역시 안 통한다.

"그럼 이제 방으로 갈까?"

"자, 잠깐! 있잖아, 마당……."

"마당에서 하자고?"

"마당에서 하긴 뭘 해. 너 변태야?"

"농담이야."

유경이 정색하자 멋쩍어진 서하가 괜히 먼 산을 쳐다보며 딴청을 피웠다.

"채서하. 마당에서 니가 할 일이 있긴 해."

"뭔데?"

"저 책들 말이야. 안으로 옮기자."

유경이 창밖을 가리켰다. 정확히는 마당 구석에 가득 쌓인 책을. 그것을 본 서하가 어리둥절한 눈빛으로 유경을 바라봤다.

"저걸 왜 안으로 옮겨?"

"그럼 저대로 다 버릴 거야? 서하야…… 그러지 마. 글 다시 쓰자. 응?"

유경이 간절한 목소리로 애원했다. 아직 녀석에게서 제대로 된 대답을 듣지 못했기 때문이다.

"조금만 더 생각할 시간을 줘."

그리고 이번에도 녀석은 대답을 미루었다. 그래, 시간이 필요한 문제지. 유경은 자신이 너무 녀석을 채근한 건 아닌지 미안한 마음이 들었다.

"알았어. 기다릴게. 그리고 니가 어떤 결정을 내리든 존중할게."

"고마워. 맞다. 그리고 저 책은 버리는 게 아니라, 잠깐 밖에 내놓은 거야."

"왜?"

"서재에 있는 책장이 낡아서 바꾸려고."

유경의 표정이 별안간 밝아졌다. 버린 게 아니라니. 다행이다.

"아…… 그런 거였어? 난 또."

"응. 그런 거야. 그러니까 어디서 할래?"

녀석이 짓궂은 얼굴로 말하며 유경의 팔목을 단숨에 끌어당겨 품에 안았다. 그리고 고개를 숙여 입을 맞추려는데.

지이잉. 지이잉.

진동의 근원지는 테이블 위 유경의 핸드폰이었다. 발신인을 확인한 유경의 두 눈이 커다래졌다.

"엄마다!"

서하가 입맛을 다시며 유경을 향해 얼른 받으라는 제스처를 취했다. 그러자 유경이 전화를 받았다.

— 우유경이! 너 문화시지?

헐. 어떻게 알았지?

— 왜 대답이 없어? 너 문화시 맞잖아. 은영 엄마가 지나가다가 너 봤다던데? 은설이 년 얼굴에 계란 던지는 거.

"하하하……. 은영이네 아줌마는 눈썰미도 좋으셔."

— 야, 우유경이 너 진짜 계란이 뭐냐 계란이.

"엄마, 지금 나 혼내려고 전화한 거야?"

— 그래. 닭똥을 뿌려도 시원찮을 년한테, 계란이 뭐냐고. 계란값이 요새 얼마나 비싼데. 돈 아깝게 말이야.

"내가 은설이한테 왜 그랬는지는 안 물어봐?"

— 그년이 또 속 박박 긁었겠지. 내 딸이 아무한테나 해코지했겠어? 아무튼 은설이 그 계집애 나랑 마주치기만 해 봐. 아주 아작을 내 줄 테니까.

옆에서 장 여사의 말투를 들으며 서하는 생각했다. 유경이가 장 여사를 참 많이 닮았다고.

— 맞다. 너 지금 서하랑 같이 있지?

같이 있냐는 소리에, 서하는 괜히 양심의 가책을 느꼈다. 장 여사한테 유경이 문화시에 왔다는 소식도 전하지 않고, 하룻밤부터 보낼 생각을 했다는 것에 대한 죄책감이 마구 밀려왔다.

— 둘 다 지금 당장 집으로 와. 할 얘기 있으니까.

"할 얘기? 뭔데?"

— 집에 와 보면 알아. 끊는다.

뚝.

이번에도 장 여사는 자기 할 말만 하고 전화를 끊었다. 뭐지? 이마를 긁적이며 유경이 고개를 돌려 서하를 바라봤다.

서하는 이미 외투를 챙겨 입고 장 여사에게로 갈 준비를 하고 있었다.

장 여사가 전화를 끊고 맞은편에 앉아 있는 여자를 쳐다봤다. 장 여사와 비슷한 또래로 보이는 여자가 커피 잔을 내려놓으며 빙긋 웃었다.

"애들한테 내 얘기 안 했지?"

"언니가 하지 말래서 안 하긴 했는데, 근데 서하도 모르지? 언니 귀국한 거."

"응. 그 녀석 알면 아주 깜짝 놀랄 거야. 벌써부터 재밌다, 애."

숙영이 짓궂게 웃자, 장 여사가 거실 쪽을 흘끔 쳐다봤다.

"저 사람 보면 깜짝 놀라긴 할 것 같은데……."

거실 바닥에 불편하게 앉아 있는 외국인 남자를 보며 장 여사가 중얼거렸다. 외국인은 좌식이 영 불편한지 왼발과 오른발을 바꿔 가며 양반다리를 하고 있었다.

"언니도 참 대단하다. 그 나이에 어떻게 외국 남자 사귈 생각을 해?"

"인종이 뭐 중요한가? 마음만 통하면 되지. 덕희야, 나 잠깐 집에 좀 갔다 올게."

"뭐뭐뭐뭐, 뭐라노?"

당황해서 튀어나온 사투리에 말까지 더듬으며 장 여사가 숙영의 손을 꼭 붙들었다.

"에이, 안 된다. 애들 오면 가라. 내 영어 못한단 말이야."

장 여사가 거실을 흘끔흘끔 보며 불안한 얼굴로 말하자, 숙영이 부드럽게 웃으며 장 여사의 손을 떼어 냈다.

"괜찮아. 저 사람 한국말 조금 할 줄 알아. 그럼 갔다 온다."

"잠깐. 언니야, 가지……."

가지 말라는 말을 끝까지 하지도 못하고 숙영이 사라지자 장 여사가 입을 꾹 다물었다. 외국인과 눈이 마주친 것이다. 장 여사는 행여 외국인이 말이라도 붙일까 봐 시선을 획 피해 버렸다.

그 뒤로도 계속 장 여사는 목이 빠지게 천장만 바라볼 뿐이었다. 천장에 뭐가 있나? 장 여사를 따라 천장을 바라보던 외국인 빌은 드디어 다리가 저리기 시작했다. 빌은 저린 다리 때문에 몸을 배배 꼬았고, 장 여사는 여전히 천장만 하염없이 바라보고 있었다.

그렇게 불편한 정적이 흘렀고, 외국인 울렁증이 심한 장 여사의 이마에선 식은땀까지 났다.

그때, 장 여사를 구원한 건 핸드폰 벨소리였다.

"여보세요? 어. 진숙이니? 너 오늘따라 진짜 반갑다."

장 여사가 통화하는 티를 팍팍 내며 방으로 들어갔다.

"너도 그 소식 들었나? 그래, 내 딸내미 유경이 맞다. 이번에 영화감독 됐잖아. 니도 그 안설휘 알지? 톱스타. 걔가 남자 주인공이라니까. 그렇지. 그래. 사인? 당연히 받아 줄 수 있지. 내 딸이 감독인데 그 정도쯤이야."

사투리 억양이 섞인 장 여사의 말은 고난도의 한국말이었다.

빌은 어리둥절한 표정으로 통화 내용에 귀를 기울이다가, 갑자기 자

315

리에서 벌떡 일어나 깽깽 뛰며 호들갑을 떨었다. 쥐가 허벅지까지 올라온 것이다. 빌은 저번에 숙영이 알려 준 대로 코에 침을 열심히 바르기 시작했다. 그 모습이 영락없는 한국인 같았다.

집 앞에 도착한 유경과 서하가 차에서 내렸다.

"유경아."

집으로 들어가려는 유경의 손을 서하가 잡았다. 유경이 고개를 돌렸다.

"응? 왜?"

"편의점 좀 들렀다 가자. 장모님이 어제 아이스크림 먹고 싶다고 하셨어. 어떤 아이스크림 좋아하셔?"

"우리 엄만 무조건 콘이지. 가자. 나도 아이스크림 먹고 싶었는데, 잘됐다. 그나저나 편의점 하니까 망원동에 있는 우리 상혁이 생각나네? 잘지내려나."

"우리 상혁이? 편의점 하면 내가 생각나야지 상혁이가 왜 생각나? 너진짜 이상하다."

또 질투야? 귀엽잖아.

"이상하긴 뭐가 이상해. 얼른 편의점이나 가자."

"편의점 안 가. 길 건너에 있는 슈퍼에 갈 거야."

"에이……. 왜 또 삐딱해졌데? 알았어. 편의점 하면 채서하가 제일 먼저 생각나. 됐지?"

"아니. 안 됐어. 내 생각 일부러 안 해도 돼. 상혁이 보고 싶은가 본데, 전화번호 알려 줄까?"

"상혁이 번호 나도 아는데?"

"뭐라고? 번호를 안다고? 왜?"

"그건……. 비밀!"

"비밀? 그런 게 어딨어. 핸드폰 좀 줘 봐."

"왜? 또 스팸 등록하게? 너 태은 오빠도 그렇고, 남자는 죄다 스팸 등록해 놨더라? 내가 다 봤어."

두 사람이 티격태격하고 있던 그때였다.

"아들!"

응? 뒤에서 들리는 소리에 유경과 서하가 동시에 고개를 돌렸다.

"아드으으으을!"

양팔을 벌린 숙영이 빠른 속도로 달려오고 있었다. 그리고 녀석은 몸을 옆으로 살짝 피했고, 숙영은 제 품에 안길 줄 알았던 아들이 도망가자 곧바로 타깃을 바꿨다. 숙영이 아주 자연스럽게 원래 유경을 안으려고 했던 것처럼 그녀를 와락 껴안았다.

"유경아 너무 반갑다. 그동안 잘 지냈어?"

유경을 품에서 떼어 낸 숙영이 애틋하게 쳐다봤다.

"어머, 너 예뻐졌다 애. 연애해서 그런가?"

"하하. 아줌마도 더 젊어지셨어요. 연애하셔서 그런……."

실수다. 유경은 말끝을 흐리며 녀석의 눈치를 봤다. 하지만 눈치 없는 숙영은 호탕하게 웃으며 대답했다.

"맞아. 나도 연애해. 서하한테 들었어? 저 녀석 유경이 누나한테 안 하는 얘기가 없구나?"

녀석의 표정이 매우 안 좋다. 숙영이 샐쭉한 얼굴로 손을 쭈욱 뻗어 '으이구, 내 새끼…….' 하며 서하의 엉덩이를 토닥거리려고 하자, 서하가 무표정한 얼굴로 또 숙영의 손길을 피했다.

허공에 붕 뜬 숙영의 손. 숙영은 이번에도 아주 자연스럽게 서하의 엉덩이가 아닌 자신의 머리카락을 귀 뒤로 넘기며 어색한 웃음을 흘렸다.

"이런, 내 정신 좀 봐. 우리 아들이 유경이 누나 앞에선 이런 거 하지 말랬는데. 서하야 미안해. 엄마가 깜빡했네."

"조용히 좀 말해. 누나 듣잖아."

"나 이미 다 들었는데."

유경이 두 사람의 대화에 끼어들었다.

"아줌마, 그냥 하세요. 오래간만에 아들 만났는데 포옹도 하고, 엉덩이도 토닥토닥하고."

"그치? 그게 자연스러운 건데, 저 녀석은 집에선 잘만 받아 주면서 니 앞에선 하지 말랜다. 치이."

뭐 저런 걸 다 말하고 있어. 서하가 낭패감에 휩싸인 얼굴로 고개를 절레절레 흔들었다.

그런 서하의 속도 모르고 숙영은 유경을 만나서 신이 났다.

"서하 저 녀석 어릴 때부터 유경이 누나한테 의젓해 보이고 싶었는지, 나한테 밖에서 하지 말라는 게 얼마나 많았는데. 맞다. 유경아, 너 쟤 지갑 봤니? 거기 니 사진 있다?"

그거 이미 들켰거든? 서하가 미간을 찌푸리며 숙영을 쨰려봤다.

"그리고 유경아, 너 그거 아니? 잠깐 이리 와 봐."

숙영이 유경의 귀에 대고 작게 속삭였다.

뭔데. 무슨 얘길 하는 거야.

안절부절못하고 서 있는 서하를 흘끔 보던 유경이 숙영에게서 무슨 소릴 들었는지 웃음을 터뜨렸다.

"진짜요? 채서하가 진짜 그랬어요? 푸하하하."

배까지 붙잡고 박장대소하는 유경을 보니, 서하는 엄마가 그녀에게 무슨 얘기를 했을지 감이 잡혔다.

젠장.

"채서하. 너 진짜 울었어?"

역시 그 얘기 한 거 맞네.

"뭐라는 거야. 내가 울긴 왜 울어."

숙영을 흘끔거리며 서하가 아니라고 우겨 대자 숙영이 폭로했다.

"어머, 서하 너 기억 안 나? 옛날에 내가 니 잠바 주머니에 지갑 있는지 모르고 세탁기 돌렸다가 너 울었잖아. 엄마가 다 봤어 애."

나 때문에 울어도 봤다더니, 진짠가 보네. 어머, 짠해라. 유경이 녀석을 측은한 눈빛으로 바라봤다. 그러자 녀석이 아니라고 팔짝팔짝 뛰기 시작했다.

"아니야. 나 안 울었어. 그냥 기분이 조금 안 좋았던 거지 운 거 아니라고. 엄마, 내가 언제 울었다고 그래. 아니잖아. 아니라고 빨리 말해."

"유경아. 우리 서하 운 거 아니……긴 개뿔. 울었어. 애 운 거 맞아. 막 울면서 사진 창문에 널어놓고 그랬다."

아……. 그래서 사진이 약간 쪼글쪼글했구나. 유경은 더더욱 녀석을 가엾게 쳐다봤다. 그러자 서하가 자포자기의 심정으로 한숨을 길게 내쉬었다.

아들 놀려 먹는 재미에 한창 웃고 떠들던 숙영이 갑자기 조금 진지해졌다.

"그래서 둘이 결혼은 언제 한다고?"

"그런 걸 왜 길바닥에서 물어."

"아차차. 그렇지. 그럼 얼른 들어가자. 안에 엄마 남자 친구도 와 있어."

"뭐? 누구? 남자 친구?"

서하가 미간을 확 구기자 숙영이 유경을 향해 도움의 눈빛을 보냈다. 그를 알아차린 유경이 서하의 소매를 쭉쭉 잡아당겼다.

서하가 고개를 돌려 유경을 바라봤다. 그러자 유경이 서하를 향해 그런 표정 짓지 말라며 눈빛으로 말했다.

"내가 뭘. 눈이 그냥 피곤해서 그래. 들어가자."

녀석이 우물쭈물하며 안으로 먼저 들어갔다. 그 모습을 흐뭇하게 지켜보던 숙영이 유경을 향해 엄지를 치켜세웠다.

"역시, 우리 서하가 유경이 말은 잘 듣는구나? 쟨 지 엄마보다 유경이 누나가 더 좋을걸."

"아니에요. 서하가 아줌마를 얼마나 좋아하는데요. 그리고 지금 괜히 삐딱하게 구는 건, 질투 나서 저러는 거예요. 저번에 아줌마한테 남자친구 생겼다니까, 아주 나라 잃은 표정으로 한숨을 얼마나 크게 쉬던지."

"하하하. 그래?"

유경이 너스레를 떨며 말하자 숙영이 까르르 웃다가 사뭇 진지해졌다. 숙영이 유경의 손을 꼭 붙잡고 어루만졌다.

"유경아, 아줌마가 서하한테 큰일이 생겼다는 걸 오늘 귀국해서야 알았어. 정말 엄마 자격 없지?"

아……. 그래서 아까 일부러 더 밝은 척하신 거구나.

"TV랑 인터넷을 봤는데, 우리 서하 어쩌면 좋니. 어떡해……."

숙영의 눈동자에 금세 눈물이 차올랐다.

"그동안 서하 많이 힘들어했지?"

"너무 걱정하지 마세요. 서하 잘 견디고 있어요."

"그래……. 서하 옆에 니가 있어서 정말 다행이야. 아줌마는 너한테 너무 고마워."

"아니에요. 오히려 서하한테 제가 더 고마운 게 많아요. 사실 저도 올 초에 힘든 일 많았거든요. 근데 그때마다 서하가 정말 많은 의지가 됐어요."

유경은 그동안 녀석이 제게 나누었던 따뜻한 위로의 말들을 떠올리며 미소 지었다.

"내가 감독이 될 수 있을까, 맨날 의심하고 포기하고 싶고 그랬는데……. 그럴 때마다 매번 서하가 좋은 감독이 될 거라고 포기하지 말라고 응원해 주고 용기 북돋아 줬어요. 그래서 저도 앞으로 서하한테 그런 사람이 될 수 있도록 노력하려구요."

"우리 서하가 유경이 누나를 그렇게 쫓아다니더니 소원 성취했네. 그래, 유경아. 앞으로도 잘 부탁한다."

"네."

유경이 밝게 웃으며 대답했다. 그런 유경을 바라보는 숙영의 눈에 애정이 가득했다.

거실에 놓인 상 주변에 다섯 명이 둘러앉았다. 하필 빌과 마주 보고 앉은 서하의 표정이 뚱했다.

"자, 어색한데 다들 건배나 하자!"

장 여사가 호탕하게 말하며 막걸리 사발을 사람들에게 돌렸다.

"첫 잔은 원샷 알지?"

장 여사가 먼저 판을 깔았고, 유경이 장 여사를 도와 숙영과 빌의 잔에 막걸리를 따라 주었다. 그리고 마지막으로 녀석의 잔에도 막걸리를 가득 따랐다.

"이거 울 엄마 고향에서 직접 만든 막걸리야. 완전 맛있어."

걸쭉한 막걸리를 응시하고 있는 서하를 향해 유경이 말했다.

"어머, 덕희야! 정말 너무 맛있다!"

숙영이 건배를 하기도 전에 막걸리 맛을 살짝 보더니 감탄사를 연발했다.

"우리 빨리 건배하자. 이거 진짜 맛있어."

막걸리 맛에 벌써부터 흠뻑 취한 숙영이 잔을 높이 들었다.

"자, 건배!"

짠. 짠. 짠. 그렇게 유경과 장 여사, 서하와 숙영, 빌도 서로 잔을 부딪쳤다.

"!!"

막걸리 맛을 본 빌과 서하의 두 눈이 동시에 번쩍 떠졌다. 이것이 정녕 막걸리란 말인가. 최적의 발효 상태, 달콤하고 끈적한 맛이 흡사 요플레 같았다.

"한 잔 더 드릴까요?"

빌과 서하가 동시에 빈 잔을 쭉 내밀었다. 막걸리 통을 들고 있던 유경은 두 개의 잔을 번갈아 가며 보다가, 연장자 빌의 잔에 먼저 술을 채웠다. 그리고 서하의 잔에 술을 따르며 작게 속삭였다.

"천천히 마시는 게 좋을걸? 이거 한 방에 훅 가."

"알았어. 조심할게."

라고 말한 서하는 빌이 또 원샷을 하자, 거기에 질세라 얼른 잔을 비웠다. 유경은 그런 녀석을 걱정스럽게 바라봤다.

1시간 후.

막걸리를 마시고 취한 서하와 빌이 뒤엉켜 거실 바닥에 뻗어 있었다. 그리고 그 옆에 숙영까지, 세 사람은 사이좋게 나란히 누워 자고 있었다.

그 모습을 유경과 장 여사가 막걸리를 홀짝홀짝 마시며 구경했다.

"이상하네……. 서하 쟤 술 세지 않았어?"

"막걸리는 약한가 봐."

"둘이 모자 사이라고 닮았나 보네. 숙영 언니도 막걸리는 약한데. 그리고 저 아저씨도 생긴 거랑 다르게 입맛이 완전 한국인이더라."

"맞아. 아깐 두부를 김치에 싸서 드시더라고. 누가 알려 주지도 않았
는데."

"그래? 웃기는 외국인이네. 자, 우리도 막잔 건배하자!"

"오케이. 건배!"

유경과 장 여사가 술을 마시며 얘기를 나눴다.

"일은 어때? 힘들진 않아?"

"응. 진짜 하나도 안 힘들어. 너무 행복해."

촬영 현장을 떠올리며 유경이 배시시 웃었다.

"엄마. 나 오늘 첫 촬영 했잖아. 그동안 내가 머릿속으로만 생각했던
그림들이 눈앞에서 그대로 펼쳐지는데, 너무 감동적인 거 있지? 그 순간
알았어. 아…… 그렇지, 내가 그동안 이날을 위해서 견뎠었구나."

마치 꿈을 꾸듯 행복한 표정을 지으며 유경이 말했다.

"지금까지 힘들었던 거 하나도 기억 안 나. 다 보상받은 느낌이었어."

"으이구. 그렇게 좋아?"

"응."

"끝까지 열심히 해 봐. 아, 그리고 결혼 말인데……."

잠시 머뭇거리던 장 여사가 자고 있는 서하를 흘끔 보더니 입을 열었다.

"결혼은 아무래도 미루는 게 좋겠지? 너 영화 다 찍으면 개봉도 해야
하고, 차기작 바로 들어갈 수도 있잖아."

"차기작? 에이, 엄마. 그러면 끝도 없어. 영화 다 찍고 후반 작업까지
만 마치고 결혼했으면 좋겠어. 올해 안으로."

"그래?"

"왜? 엄마 뭐 마음에 안 드는 거 있어?"

"그게 아니라……."

"뭔데 그래?"

"사실…… 서하가 어제 그러더라. 결혼은 자기가 준비되면 그때 하는 게 좋을 것 같다고. 괜히 너한테까지 피해 주고 싶지 않대. 지금은 니 영화가 잘되는 게 우선이래. 서하 상황이 지금 좀 그렇잖아. 일단 그 문제부터 해결하고 싶은가 봐."

"서하가 그런 얘길 엄마한테 했어?"

"그래. 저 녀석 너 엄청 좋아하나 봐. 지도 마음 안 좋을 텐데, 니 생각부터 하고."

그러게 저 녀석은 왜 이런 상황에서도 날 먼저 생각하는 건지. 유경은 그런 서하가 너무 안쓰러웠다.

"그나저나 도대체 일이 왜 이렇게 꼬였대? 나 진짜 열받아서 요새 TV도 안 보잖아."

장 여사가 홧김에 잔을 단숨에 비워 냈다. 유경은 잠든 서하를 보며 속에 있는 마음을 고백했다.

"엄마…… 나 있잖아. 처음엔 서하가 나이답지 않게 어른스러워서 좋았다? 쟤가 하는 건 뭐든 다 능숙해 보였거든. 일하는 것도 그렇고, 생활하는 것도 그렇고, 말투도 행동도 다……. 웬만한 일엔 놀라지도 않고, 침착하고……."

장 여사가 유경의 말에 그렇지, 하며 맞장구를 쳤다. 그러곤 딸의 얘기에 귀를 기울였다.

"근데 요즘 서하를 보면…… 나를 보는 것 같아."

"……."

"20대 때의 내 모습을 보는 것 같아서 애틋한 마음이 들어. 물론 그때의 나보다 지금의 서하가 더 힘들겠지. 난 그냥 고만고만한 자리에서 오르락내리락한 거고, 서하는 가장 높은 곳에서 하루아침에 절벽 아래로 떨어져 버린 거잖아. 지금도 계속 밑으로, 밑으로……."

유경은 가슴이 따끔거렸다.

"하루하루 얼마나 무섭고 두려울까? 그 생각을 하면 가슴이 너무 아파."

"니가 있어서 괜찮대."

"응?"

"나도 물어봤지. 저 녀석한테. 힘들지 않느냐고. 그랬더니 너만 있으면 자긴 다시 일어날 수 있대. 하나도 안 힘들대."

"그런 말도 했어?"

유경의 볼이 발그레해졌다. 쟤는 왜 나한테 얘길 안 하고, 엄마한테 그런 얘길……. 부끄럽게.

"그리고 당분간 자기가 우유경이 외조 열심히 하겠다더라."

"외조? 서하가 엄마한테 되게 잘 보이고 싶었나 보다."

"그러게. 자기 어필을 얼마나 열심히 하던지. 집에 깜빡거리는 형광등도 다 갈아 주고. 아들보다 백배 천배 낫더라."

"엄마. 오빠가 들으면 서운하겠다."

"들으라고 하는 거야. 아마 오늘 밤에 귀 대빵 가려울 거다. 그 새끼는 언제 철이 들려나. 왜 남의 집에서 계속 얹혀사는 거야?"

"내 말이. 진짜 눈치도 없어. 지금도 봐. 서하는 여기 와 있고, 거긴 완전 오빠네 집 됐잖아."

"내 새끼지만 참 이상한 놈이야."

언제나 그랬듯 유경과 장 여사의 술자리 마지막 피날레는 철부지 유성의 뒷담화였다.

유경의 집 거실 창문으로 햇살이 쏟아져 들어왔다. 무슨 꿈을 꾸는지 세상 행복한 표정으로 잠이 든 서하의 얼굴에 햇빛이 닿았다. 그 바람에 서하가 몸을 뒤척였고, 습관처럼 눈을 감은 채 스르륵 상체를 일으켰다.

아, 머리야. 왜 이렇게 머리가 아프지? 관자놀이를 문지르며 비몽사몽하던 서하가 두 눈을 번쩍 떴다.

여기가 어디야? 뒤늦게 익숙한 거실 풍경을 확인한 서하가 이제야 이곳이 유경의 집이라는 걸 깨달았다. 어제 술에 취해 그대로 잠이 든 모양이다.

그런데 지금 그게 문제가 아니었다. 서하의 미간이 단번에 구겨졌다. 바로 옆에서 엄마가 빌 아저씨의 팔을 베고 자고 있는 게 아닌가.

"에이."

두 사람이 딱 붙어서 자고 있는 것을 당황스럽게 보던 서하가 베개를 집어 들어 두 사람 사이에 억지로 끼어 놓았다. 그래도 뭔가 부족한데. 서하가 빌 아저씨의 옷을 잡아당겨 열심히 엄마와 분리시키고 있던 그 때.

"머리는 안 아파?"

언제부터 있었는지 장 여사가 웃으며 서하에게 꿀물이 가득 담긴 컵을 내밀었다. 그렇지 않아도 아까부터 계속 머리가 아팠던 서하가 컵을 받았다.

"감사합니다."

꿀물을 마시며 서하가 주변을 두리번거렸다.

"유경이 찾아?"

"네. 누나 아직 자고 있어요?"

"아니. 우유경이는 출근했지. 오늘도 촬영 있다던데."

"네? 지금 몇 시……."

서하가 허둥지둥하며 시계를 올려다보더니 좌절했다. 12시라니. 이게 말이 돼? 서하는 너무 황당했다. 태어나서 처음 있는 일이었다. 12시까지 잠을 잔 건.

"장모님, 누나 언제 갔어요? 내가 데려다주려고 했는데. 아…… 어떡하지. 지금이라도……."

세상이 무너져도 눈 하나 깜짝 안 할 것 같은 녀석이 무슨 큰일이라도 난 사람처럼 호들갑을 떨었다. 그런 서하가 귀여웠던 장 여사가 웃음을 터뜨렸다.

"어떡하긴, 어떡해. 빨리 해장국 먹고 정신 차려야지. 얼른 엄마랑 저 아저씨 깨워. 밥 먹게."

마침 숙영과 빌이 약속이라도 한 듯 머리를 부여잡으며 일어났다.

"으, 머리야."

"으웩!"

"어머나. 빌, 왜 그래? 속 안 좋아?"

헛구역질을 하던 빌이 갑자기 '오 마이 갓.'을 연발하며 화장실로 달려갔다. 숙영이 서하를 쳐다봤다.

"날 왜 봐?"

"가서 저 사람 등 좀 두들겨 줘 봐."

"내가 왜?"

"그럼 내가 가야겠네. 아이고, 머리야……."

"됐어. 내가 갈게."

못 이기는 척 자리에서 일어난 서하가 화장실로 향했다. 그러곤 변기통을 붙잡고 있는 빌의 등을 약간의 감정을 실어 마구 두드렸다.

퍼억. 퍽. 퍽.

서하의 속도 모르고, 속을 다 비워 낸 빌이 입을 헹군 후 밝게 웃는다.

"아들. 고마워요."

서툰 한국말로.

어딘지 엄마의 말투와 닮았다는 생각에 서하는 기분이 이상했다.

장 여사가 끓여 준 북엇국 덕분에 숙취를 말끔히 해결한 숙영과 서하, 그리고 빌이 장 여사에게 감사 인사를 하고 밖으로 나왔다. 그리고 바로 옆에 있는 집으로 들어갔다.

　거실에 제일 먼저 들어선 서하가 깜짝 놀랐다. 분명 그저께 청소해 놓은 집 안이 엉망이었다. 여기저기 여행 가방이 열린 채로 널브러져 있었고, 옷과 각종 기념품들이 소파 위에 어질러져 있었다.

　"서하야, 엄마가 이번에 끝내주게 맛있는 차 사 왔어. 조금만 기다려."

　숙영이 신이 나서 주방으로 달려갔고, 그사이 서하는 어질러져 있는 짐을 하나씩 주워 거실을 정리하고 있었는데.

　"아들."

　어눌한 한국어로 서하를 부르며 빌이 그의 등을 손가락으로 쿡쿡 찔렀다. 서하가 고개를 돌리자 빌이 볼펜과 책 한 권을 내밀었다. 빌이 내민 책은 미국에서 출간한 「피어싱」이었다.

　서하가 빌을 의아한 눈빛으로 쳐다봤다. 그러자 어느새 거실로 나온 숙영이 차를 테이블에 내려놓으며 말했다.

　"나랑 빌이랑 여행지에서 「피어싱」 얘기하면서 친해졌어."

　빌이 고개를 끄덕이며 영어로 말했다.

　《최근에 알았어요. 이 멋진 책을 쓴 작가가 숙영의 아들이라는 걸. 만나서 영광입니다, 작가님. 사인 꼭 부탁드려요. 난 당신의 팬이에요.》

　《죄송하지만, 저는 더 이상 이 책에 사인을 할 수가 없어요. 자격을 잃었거든요.》

　단호한 말투였지만, 서하의 눈빛은 매우 슬퍼 보였다. 숙영과 빌이 서하를 안타깝게 쳐다봤다. 숙영은 속상해서 아무 말도 할 수가 없었다. 그저 차만 마셨다.

빌은 당황해서 어쩔 줄을 몰라 하며 서 있다가 뒤늦게 입을 열었다. 좀 더 친근한 말투로.

《아들, 아니야. 넌 자격 충분해. 그 사람이 죽은 건 너의 잘못이 아니야. 그냥 그 사람의 선택이었을 뿐이지. 난 너의 책을 읽고 사람 하나를 살려야겠다는 선택을 했어.》

《…….》

《정말 죽이고 싶을 만큼 미웠던 친구가 있었는데, 바로 이 책을 읽고 용서하기로 했거든. 용서는 남을 위해서 하는 것이 아니라, 나 자신을 위해서 하는 거라고 난 이 책을 통해 깨달았어. 그리고 여행을 떠났고, 지금 아주 멋진 삶을 살고 있어. 이게 바로 니가 내게 선물해 준 삶이야. 고마워.》

《…….》

《그리고 앞으로도 더 많은 사람들이 행복한 선택을 할 수 있도록 용기와 희망을 주는 글을 쓰면 좋겠어. 팬으로서 하는 부탁이야.》

그렇게 말하며 빌이 웃었다. 처음엔 느끼지 못했지만, 이제 보니 그는 아주 선한 인상을 가졌다. 그 얼굴에서 진심이 느껴졌다.

그런 그를 무표정한 얼굴로 빤히 보던 서하가 빌이 들고 있던 책과 볼펜을 뺏었다. 그리고 책의 맨 앞장을 펼쳤다.

《풀 네임이 어떻게 되세요?》

이제야 빌에 대해 궁금해졌다.

《빌 딕슨.》

고개를 끄덕인 서하가 사인을 하기 시작했다.

하지만 사인은 좀처럼 끝날 생각을 하지 않았다. 한국 사람들은 사인이 긴가? 빌이 호기심 어린 눈빛으로 기다리고 있는데.

"엄마. 나 별장에서 옷 좀 갈아입고 올게."

서하가 갑자기 숙영에게 말하며 무심한 듯 다정하게 빌에게 책을 돌려주었다. 그러곤 서둘러 밖으로 나갔다.

그사이 숙영에게로 빌이 다가와 책을 내밀었다.

《숙영. 사인이 엄청 길어. 뭐라고 쓰여 있는 거야?》

빌의 물음에 숙영이 책을 응시했다. 서하의 사인 밑에는 부끄러워서 직접 입 밖으로 꺼내지 못한 서하의 솔직한 마음이 적혀 있었다.

[빌, 나도 고마워요. 엄마와 함께 무사히 여행을 마치고 돌아와 줘서. 우리 엄마 앞으로도 잘 부탁드려요.]

서하의 정직하고 곧은 필체를 애틋하게 바라보는 숙영의 입가에 미소가 번졌다.

25.
봄꽃

일주일간의 지방 촬영을 마치고 서울로 돌아온 유경에게 달콤한 휴가가 주어졌다. 기간은 내일 단 하루.

"우 감독, 수고 많았어. 얼른 들어가서 푹 쉬어."

"네. 먼저 들어가 보겠습니다."

촬영 스케줄 보고를 위해 사무실에 잠깐 들른 유경은 문 감독과 짧게 회의를 하고 밖으로 나왔다.

"와, 진짜 봄이네."

두 뺨에 닿는 봄바람이 포근했다. 전라남도에 위치한 시골 마을에서 촬영하며 이미 충분히 봄을 만끽한 상태였지만, 서울의 봄은 또 달랐다.

거리 곳곳에 피어난 봄꽃을 보며 유경은 생각했다. 내일모레 지방 갔다 오면, 저 꽃은 지고 없겠지? 짧은 기간 동안 피고 지는 봄꽃. 그래서 더욱 아름다운 게 아닐까. 그런 생각을 하자, 이름 모를 꽃이 더욱 애틋하게 느껴졌다.

버스를 타고 동네에 도착한 유경은 봄기운을 느끼며 골목을 걸었다.

"어?"

유경의 두 눈이 휘둥그레졌다. 자신의 방이 있는 2층 창문에 불이 켜져 있는 게 아닌가. 서하다! 분명 서하일 것이다.

유경의 걸음이 빨라졌다. 계단을 두 개씩 밟으며 현관 앞에 도착한 유경이 문을 활짝 열었다.

"어서 와."

그러자 기다렸다는 듯 서하가 웃으며 그녀를 반겼다. 유경이 서하를 와락 안았다. 그리고 녀석의 단단한 가슴에 얼굴을 묻고 속삭이듯이 말했다.

"보고 싶었어."

"알아. 그래서 막 뛰어왔지?"

"어떻게 알았어?"

"뛰어오는 소리가 딱 우유경 소리 같더라."

"그런 것도 구분할 줄 알아?"

"당연하지."

서하가 능청스럽게 말하며 제 품에 안겨 있는 유경을 떼어 냈다.

"나도 보고 싶었어. 우리 얼굴 좀 보자."

그러곤 유경의 얼굴을 지그시 바라봤다. 유경이 쑥스러워하며 넌지시 말을 건넸다.

"언제 왔어?"

"아침에."

"아침부터 혼자 여기서 뭐 했어?"

"청소도 하고, 니 침대에서 잠도 자고, 하루 종일 니 생각 하면서 너올 때까지 기다렸지."

어쩐지 집이 깨끗하더라. 청소를 얼마나 열심히 한 거야? 게다가 침대 이불도 봄 이불로 바뀌어 있었다.

유경이 기대에 찬 눈으로 깨끗해진 방을 둘러보는 동안에도, 서하의 눈은 유경에게만 고정되어 있었다.

"하하. 너 진짜 나 보고 싶었구나? 눈빛이 아주 탈 것 같아."

유경이 멋쩍은 듯 웃음을 터뜨렸다.

"근데 진짜 어디서 타는 냄새 나지 않아?"

유경이 코를 킁킁거렸다.

"냄새? 아!"

서하가 화들짝 놀라 주방으로 달려갔다. 그리고 얼른 가스 불을 끄고 프라이팬에서 타고 있는 음식을 뒤집었다. 까맣게 탄 음식 위에서 연기가 모락모락 나고 있었다.

"이게 뭐야? 설마 김치전?"

"미안. 내가 다시 해 줄게."

서하가 타 버린 김치전을 싱크대에 버리고, 다시 프라이팬에 기름을 두르고 반죽을 부었다.

"올. 능숙한데?"

"엄마한테 일주일 동안 특훈 받았지. 너 해 주려고."

"맛있겠다!"

이번에는 아까와 달리 노릇노릇 잘 익어 가는 김치전을 보며 유경은 배가 고파졌다.

"김치는 장모님이 주신 거야. 김치 말고도 이것저것 많이 챙겨 주셨어."

식탁 위에 밑반찬 통이 가득 쌓여 있었다.

"얼른 들어가서 옷 갈아입고 나와. 밥 먹자."

"응!"

유경이 잽싸게 편한 옷으로 갈아입고 거실로 다시 나왔다.

갓 지은 밥, 엄마표 반찬들, 서하가 만든 김치전까지. 정말 오래간만에 제대로 된 저녁상 앞에 앉았다. 유경은 가슴이 뭉클했다.

"아, 맞다."

자리에 앉으려던 서하가 냉장고로 가서 막걸리를 꺼내 들고 왔다. 유경의 두 눈이 번쩍 떠졌다.

"오! 막걸리다! 그렇지 않아도 김치전 보니까 막걸리 먹고 싶었는데."

"이것도 장모님이 챙겨 주셨어."

서하가 웃으며 잔에 막걸리를 가득 따라 그녀에게 건넸다.

"근데 니 잔은 왜 없어?"

"난 안 마실래. 오늘은 맨정신으로 니 얼굴 맘껏 볼 거야."

저번에 막걸리 먹고 취하는 바람에 그녀를 혼자 보낸 것이 내내 마음에 걸렸던 서하였다. 그 뒤로 앞으로 두 번 다시 막걸리는 입에도 대지 않겠다고 스스로 다짐했었다.

그 사실을 알 리 없는 유경은 맛있는 음식 앞에서 마음이 들떴다. 그리고 설레었다. 오래간만에 갖는 둘만의 시간이 아니던가. 유경은 1분 1초가 아깝게 느껴질 정도로 지금 이 시간이 너무 소중했다.

그건 서하도 마찬가지였다. 그는 맛있게 밥을 먹는 유경을 보기만 해도 배가 불렀다. 젓가락으로 김치전을 먹기 좋게 찢어서 유경의 밥그릇 위에 올려 주며 그가 미소 지었다.

"많이 먹어."

유경이 행복한 얼굴로 고개를 끄덕이며 마저 밥을 먹었다.

저녁 식사를 마친 두 사람은 커피를 마시며 얘기를 나누었다.

"촬영은 어땠어?"

"너무 좋았어. 설휘 씨가 왜 톱인지 알겠더라. 시나리오 분석 엄청 열심히 했나 봐. 감정 연기가 아주 끝내줘. 설휘 씨는 그냥 그 얼굴에 카메라만 갖다 대도 예술이라니까…… 왜 또 그렇게 봐? 설마 또 질투?"

서하가 뚱한 표정으로 고개를 절레절레 흔들었다.

"아니긴 뭐가 아니야. 니 얼굴에 딱 쓰여 있는데."

"그게 보여?"

"당연하지. 난 이제 니 눈빛만 봐도, 니가 무슨 생각 하는지 다 알아."

"그래? 그럼 지금 내가 무슨 생각 하는지 맞춰 봐."

유경이 오케이, 하며 자신 있게 녀석의 눈빛을 응시했다. 그리고 0.1초 만에 녀석의 생각을 알아차려 버렸다.

"이상하네……. 오늘따라 왜 이렇게 피곤하지? 씻고 빨리 자야겠다."

녀석의 야한 시선을 피해 유경이 자리에서 벌떡 일어났다. 그리고 서둘러 욕실로 들어가 문을 닫으려는데, 문 사이로 녀석의 팔이 턱, 하고 들어왔다. 이내 문이 활짝 열렸다.

"뭐야. 넌 왜 들어와?"

"너 피곤하니까 내가 씻겨 주려고."

"그런 순수한 의도는 아닌 것 같은데?"

"아니야. 니가 잘못 봤어. 나 완전 순수해."

유경이 계속 의심스러운 눈초리로 쳐다보자, 서하가 능청을 떨며 수건을 하나 꺼내 유경의 목에 둘러 줬다. 그리고 손에 따뜻한 물을 적셔 유경의 얼굴을 닦아 주었다. 마치 신생아를 목욕시키는 것처럼 아주 조심스럽게.

"채서하, 지금 뭐 해? 이왕 닦아 줄 거면 팍팍 좀 문대. 에잇, 내가 할래."

답답했던 유경이 스스로 닦으려고 손을 뻗으려는데, 서하가 막았다.

"가만히 있어 봐. 내가 해 줄게."

녀석은 오기가 생겼는지, 아까보다는 조금 더 힘을 준 상태로 그녀의 얼굴을 깨끗이 닦아 주었다. 그리고 이번엔 녀석이 칫솔을 들었다.

"자, 아—"

유경이 못 이기는 척 입을 벌리자, 녀석이 그녀의 입안을 칫솔질했다. 이거 완전 편하고 좋은데? 유경이 히죽 웃었다.

"천천히."

천천히 하라고 하면 녀석이 천천히 움직이고.

"빨리!"

빨리하라고 하면 빨리한다. 신난다.

열심히 그녀의 이를 닦아 준 녀석이 이번엔 발을 닦아 준다며 샤워기를 들고 물을 틀었다.

"앗, 차거!"

유경이 몸을 떨었다. 녀석이 들고 있는 샤워기가 아니라, 머리 위에 달린 샤워기 헤드에서 물이 쏟아진 것이다. 졸지에 홀딱 젖은 유경이 놀란 눈으로 서하를 바라봤다.

그러자 서하가 한 템포 느리게.

"……미안."

말과는 달리 전혀 미안하지 않은 표정이었다. 유경이 의심스러운 눈초리로 쳐다보자, 녀석이 멋쩍게 웃었다. 더 수상해.

"일부러 그랬지?"

"아니."

"아니긴, 맞잖아. 너 일부러 그랬잖아. 그치?"

"일부러 그랬으면 어쩔 건데?"

녀석의 도발적인 말투에 유경의 심장이 콩닥거렸다.

"지금부터 내가 제대로 씻겨 줄게."

갑자기 녀석이 윗옷을 벗고 성큼 다가왔다.

서하가 욕실 정리를 하느라 유경보다 늦게 거실로 나왔다. 맨몸으로 나온 그가 티셔츠를 입으며 주방 쪽을 쳐다봤다. 차를 준비하며 유경이 콧노래를 흥얼거리고 있었다. 서하가 피식 웃으며 식탁으로 가서 앉았다.

"우리 엄마 선물 마음에 들어?"

"응. 향이 너무 좋아. 완전 내 취향."

유경이 찻잔 두 개를 테이블 위에 내려놓았다. 그러곤 서하와 마주 보고 앉았다.

"차도 맛있고, 이 찻잔도 너무 예뻐. 아줌마한테 선물 너무 고맙다고 꼭 전해 드려."

"알았어."

서하가 대답을 하며 유경을 물끄러미 쳐다봤다. 젖은 머리카락, 헐렁한 티셔츠 덕분에 쇄골과 어깨선이 아찔하게 드러났다. 씻고 나온 지 얼마 안 된 그녀의 촉촉한 얼굴, 약간 불그스레 홍조 띤 뺨.

"나 어떡하지?"

"왜? 무슨 일 있어?"

녀석이 아주 심각한 얼굴로 말했다.

"또 하고 싶어."

"……."

뜨거워진 서하의 눈빛에 유경은 귀까지 빨개졌다. 유경이 갑자기 헛기침을 하며 자리에서 벌떡 일어났다.

"머리나 말려야겠…… 으흣!"

도망가려는 유경의 팔을 서하가 힘껏 잡아당겼다. 그러곤 그녀를 번쩍 안아 들고 침대로 향했다.

침대 위에 유경을 눕히고 그 위에 올라탄 서하. 이 모든 게 10초 안에 일어났다. 아무튼 동작 하난 끝내주게 빨라. 어떡하지, 또 할 건가 봐.

"저기…… 서하야, 오늘은 그만하자."

"아까 싫었어?"

"어? 아……니. 그런 게 아니라, 또 씻어야 하잖아."

"내가 또 씻겨 줄게."

"그럼 넌 또 씻겨 준다고 하면서 아까처럼 또 할 거고……. 봐. 이게 계속 반복이잖아. 나 힘들다고."

"……알았어. 그만할게. 너 힘들면 안 되지. 내가 참아 볼게."

유경의 뺨을 어루만지며 녀석이 부드러운 말투로 말했다. 그러곤 그녀의 머리카락을 귀 뒤로 넘겨 주며 웃었다.

"내일 촬영 없다고?"

"응."

"그럼 내일도 계속 같이 있자."

서하가 침대 위에 비스듬히 누워 머리를 괸 채 그녀를 바라봤다.

"그래. 좋지."

유경도 서하 쪽으로 몸을 돌려 배시시 웃으며 말했다.

"서하야, 일주일 동안 문화시에서 뭐 하고 지냈어?"

유경의 물음에 서하가 0.1초의 고민도 없이 바로 대답했다.

"우유경 생각."

"진짜? 일주일 내내?"

"응. 일주일 진짜 길더라. 시간이 너무 안 가서 미칠 뻔했어. 그래서 아침부터 달려왔지."

"와 줘서 고마워. 오는 데 별일 없었어?"

유경이 녀석을 걱정스레 쳐다봤다. 온갖 추문에 휩싸인 녀석이 서울

을 떠날 때의 심정이 어땠는지 잘 알기에, 여러 위험을 감수하고 저를
보기 위해 서울까지 달려와 준 것이 고맙기도 하고 미안하기도 했다.

"내가 문화시로 갔어야 했는데. 내일모레 또 촬영 있어서……."

"유경아, 그래서 말인데……. 우리 같이 살래?"

유경이 대답 대신 놀란 눈으로 녀석을 바라봤다. 그러자 녀석이 차분
히 설명했다.

"촬영하는 동안 어차피 이 집에 자주 못 올 거 아니야. 근데 월세는
계속 나가고 있고, 그럴 바엔 아예 집을 빼고 우리 집으로 들어오는 게
어때?"

"너네 집? 망원동?"

"어. 너 들어온다고 하면 나도 서울로 다시 올라오려고."

"진짜? 근데 짐 정리하려면, 내가 지금 시간이……."

"너 바쁘니까 짐은 내가 알아서 옮겨 놓을게. 유성이 형도 이번 달 안
에 방 구해서 나가기로 했거든."

"아…… 그래? 일단 생각해 볼게."

"지금 생각해 봐."

"바로 대답하긴 좀 그래."

"왜?"

"음…… 그러니까 같이 살자는 거, 그거 동거하자는 얘기잖아. 아직
결혼도 전인데……. 어른들한테도 물어봐야지."

"장모님한텐 허락받았어."

녀석이 당당하게 말했다.

"우리 엄마가 허락했다고?"

"우리 엄마도 허락했어."

"아줌마한테도 말했어?"

"어. 왜?"

"야, 채서하. 넌 그런 걸 왜 어른들한테 먼저 말해? 내가 아직 허락도 안 했는데."

유경이 엄격, 근엄, 진지한 얼굴로 말하자 서하가 풀이 죽었다.

"미안……. 허락 안 해 줄 거야?"

주눅 든 녀석을 보니 마음이 약해진다.

"허락해 주라. 내가 진짜 잘할게."

"잘하다니, 뭘?"

"니가 원하는 거 전부 다. 낮에는 집안일 잘하고, 밤에는 침대에서 잘하고."

솔깃해지면 안 되는데.

"그럼, 허락한 거지?"

"나 허락한다고 안 했는데?"

"너 얼굴 빨개졌어."

"아, 아니거든?"

말까지 더듬으며 아니라고 우기는 그녀가 너무 귀여웠다. 덩달아 서하의 얼굴도 붉어졌다.

"어떡하지? 나 아까 진짜 겨우 참았는데……."

"안 돼."

"안 돼?"

서하가 곤란한 얼굴로 유경에게 허락을 구하듯 바라봤다.

"진짜 안 될까? 너 힘들지 않게 내가 알아서 잘할게."

다부진 녀석의 눈빛.

"유경아…… 제발."

애원하는 말투. 잠시 망설이던 유경이 수줍게 고개를 끄덕였다. 그러자 녀석이 이불 속에서 바쁘게 손을 움직이더니 그녀를 부둥켜안았다.

"으훗."

자동 반사적으로 야한 소리가 입 밖으로 터져 나왔다. 그녀를 만족시키기 위해 최선을 다하며 서하가 천천히 몸을 움직였다. 그리고 그녀의 귓가에 속삭였다.

　　"나 다시 시작하려고. 소설 쓰는 일."

　　"진짜?"

　　"응. 그러니까 칭찬해 줘."

　　"당연하지. 잘했어. 잘 생각했어. 기특하다. 장하다!"

　　유경이 자기 일처럼 기뻐하며 서하의 볼과 입에 쪽쪽, 뽀뽀를 했다. 뽀뽀는 어느새 진한 키스로 바뀌었고, 두 사람의 위치도 바뀌었다. 서하가 유경을 뒤에서 껴안으며 말했다.

　　"니가 제목 지어 준 소설 「43번 국도」 말이야……. 그거 내가 직접 만들어 보려고."

　　"책을 직접 만든다고? 이미 계약한 출판사는 어쩌고?"

　　"그쪽께 계약 해지 내용 증명 보냈더라."

　　"이런 씨!"

　　유경이 화를 냈다.

　　"그 사람들 진짜 의리 없다. 좋다고 할 땐 언제고, 너무들 하네. 아무튼 너 반드시 재기해서 그 사람들 코를 납작하게 해 주자."

　　"응. 그럴 거야."

　　자신감 넘치는 녀석의 표정을 보니, 이제야 내가 알던, 언제나 어디서나 당당한 채서하 같았다.

　　"진짜 잘 생각했어. 내가 오늘 칭찬 백 번도 넘게 해 줄게!"

　　"그 말, 책임질 수 있어?"

　　"응! 우리 오늘 끝까지 가 보자."

　　호기롭게 외친 유경의 발랄한 목소리는 얼마 지나지 않아 앓는 소리로 바뀌었다.

촬영 때문에 지방으로 내려온 지 이틀째 되던 날 아침.

숙소에서 뒤늦게 준비를 마치고 나온 유경은 의아했다. 어제와 달리 현장 분위기가 약간 어두웠다. 시끄럽게 떠들던 스태프들이 유경이 오자 아무 일도 없었던 것처럼 서둘러 흩어진다거나. 핸드폰을 들여다보며 깊은 한숨을 내쉰다든가. 멀리서 수군거리며 유경을 흘깃거린다든가.

"김 피디님, 무슨 일 있어요?"

마침 밖으로 나온 김 피디를 붙잡고 유경이 물었다. 머뭇거리던 김 피디가 대답했다.

"채 작가님이랑 감독님 사귄다고 오늘 아침에 기사가 떴는데……."

더 이상 말을 잇지 못하는 김 피디의 심각한 얼굴을 보며 유경은 직감했다. 여론이 별로 좋지 않구나.

"괜찮으니까 솔직하게 말해 주세요. 지금 어떤 상황이에요?"

"그게 사실은……. 안설휘 씨 팬들이 감독님 교체해 달라고 서명 운동까지 시작했어요. 아무래도 지금 채 작가님 이미지가 많이 안 좋다 보니까, 감독님까지 같이……."

"아……."

사실 예상은 했다. 어느 정도 각오도 한 일이었고. 하지만 막상 일이 터지니까 머릿속이 하얘졌다.

유경은 괜찮은 척 애써 웃었다.

"어쩔 수 없죠 뭐. 근데 아직 감독 교체된 건 아니니까, 그때까진 열심히 해야죠. 그럼 전 촬영 준비하러 갈게요."

씩씩하게 말하고 뒤를 돌아선 유경의 표정이 무거웠다. 자신이 언제 잘릴지 모른다는 불안감보다, 겨우 다시 시작하기로 한 녀석이 행여 이번 사건으로 인해 또 마음에 상처를 입고 아예 작가라는 업을 포기해 버리면 어쩌나, 걱정이 되었다.

"하아……."

유경의 한숨이 깊어졌다.

인천 공항.

해외에서 콘서트를 마치고 귀국하는 아이돌을 촬영하기 위해 일찍부터 공항을 찾은 연예부 기자의 눈이 바삐 움직였다. 기자는 커다란 카메라를 손에 쥔 채 맞은편 디지털시계를 올려다봤다.

"왜 안 나오지? 혹시 다른 문으로 나갔나?"

오늘도 허탕을 친 건 아닌지, 기자의 얼굴에 초조한 기색이 묻어났다.

그런데 그때, 기자의 두 눈이 휘둥그레졌다. 바로 옆 게이트를 통과하고 있는 외국인 때문이었다.

"세상에! 저 사람……. 존 라이너 감독 아니야?"

기자가 화들짝 놀라며 얼른 카메라를 들고 뛰기 시작했다. 그리고 셔터를 마구 눌렀다.

존 라이너 감독은 게이트를 빠져나가 최고급 리무진을 타고 공항을 벗어나고 있었다.

명성자동차 사장실.

똑똑.

창가에 서서 누군가와 통화를 하고 있던 지웅이 노크 소리에 고개를 돌렸다. 문을 열고 얼굴을 들이민 생록이 보였다. 생록이 입 모양으로 '들어가도 돼요?' 라고 묻자, 지웅이 고개를 끄덕였다. 그러곤 다시 창밖을 보며 통화를 했다. 그는 영어로 통화 중이었다.

《그럼요. 제가 얼마든지 도와야죠. 혹시 가고 싶은 곳 있으시면 말씀하세요. 제가 모실게요. 바쁘긴요. 감독님 얼굴도 뵙고, 저야 좋죠 뭐.》

오래간만에 듣는 지웅의 유쾌한 목소리에 생록도 덩달아 기분이 좋아졌다. 방글방글 웃으며 생록은 직접 사 온 화분 하나를 빛이 잘 들어오는 창가에 내려놓았다.

《필요한 거 있으시면 언제든지 말씀해 주세요. 물론이죠. 제가 다 해 드려야죠. 네. 그럼 조만간 찾아뵙겠습니다.》

통화를 종료한 지웅이 책상에 걸터앉아 태블릿으로 스케줄을 확인했다.

"최 비서."

화분을 정리하고 나가려던 생록이 뒤를 돌았다.

"네. 사장님. 말씀하세요."

지웅이 태블릿을 책상 위에 내려놓으며, 창가에 있는 화분을 쳐다봤다.

"저 노란색 꽃은 사무실이랑 너무 안 어울리지 않냐?"

"왜요? 예쁘고 좋은데. 어차피 몇 주 후엔 보고 싶어도 못 봐요. 금방 지고 없어지거든요."

"보고 싶어도 못 본다?"

"네. 그러니까 볼 수 있을 때, 맘껏 보세요."

생록의 말에 지웅이 노란색 꽃을 응시했다. 활짝 핀 꽃을 보니 유경이 절로 떠올랐다. 내게 단 한 번도 웃어 준 적 없고, 나를 보면 항상 도망가기 바빴던 그녀이지만, 지웅은 그녀가 좋았다. 그녀에게서 뿜어져 나오는 따뜻한 온기가 좋았고, 어디 하나 모난 구석 없이 밝고 당찬 성격도 좋았다. 하다못해 절대 흔들리지 않고 한 남자만 바라보는 그녀의 고지식한 성격마저도 좋았다.

미친놈. 포기해야지, 하면서도 맘대로 안 된다.

"사장님, 방금 존 라이너 감독님이랑 통화하신 거 맞죠?"

상념에 빠져 있던 지웅이 고개를 들었다. 생록이 그를 향해 넌지시 물었다.

"근데 존 라이너 감독님이랑은 어떻게 아는 사이세요?"

"관심사가 비슷해. 예를 들면 차."

독일에서 매년 열리는 모터쇼. 지웅과 존 라이너 감독은 그곳에서 만났다.

"그리고 영화."

모터쇼와 같이 공식적인 자리에선 차 이야기를 했고, 사석에선 주로 영화 이야기를 하며 친분을 쌓았다.

"근데 갑자기 감독님을 한국으로 왜 초대하신 거예요?"

생록은 그게 가장 궁금했다. 비행기 티켓부터 시작해서 존 라이너 감독이 한국에서 머물 숙소까지 지웅이 직접 알아보고 예약까지 했다는 사실을 알고 어찌나 놀랐는지.

"쓸데없는 소리 하지 말고, 감독님 원하는 시간에 아무 때나 갈 수 있게 스피드웨이랑 드림월드 쪽에 연락해 놔."

"스피드웨이도요? 거긴 큰형님 가족한테도 안 열어 주는 곳이면서. 완전 파격적인데요? 감독님한테 왜 그렇게까지 잘해 주세요? 뭐 부탁할 거라도 있나?"

생록이 의심 가득한 눈빛으로 쳐다보자, 지웅이 이제야 솔직한 심정을 토로했다.

"야. 그럼 어쩌라고. 이거 봐. 내가 가만히 있게 생겼어?"

지웅이 노트북을 휙 돌려 생록에게 보여 줬다. 화면엔 업무 관련 문서

가 아닌, 서하와 유경의 열애설 기사가 떠 있었다. 기사 밑엔 지금 촬영 중인 영화에서 그녀를 하차시켜야 한다는 악성 댓글이 대부분이었다.

"내가 이럴 줄 알았어. 그 자식 때문에 우유경도 같이 욕먹잖아."

심란한 지웅이 신경질을 냈다. 듣고만 있던 생록도 거들었다.

"그러게요. 저도 아까 댓글 봤는데 심하긴 하더라고요. 아무래도 유경 씨 잘릴 것 같던데……."

"이게 다 너 때문이잖아."

"왜, 왜 저 때문이에요?"

"내가 열애설 기사만큼은 무조건 막으라고 했냐, 안 했냐? 너 진짜 죽고 싶냐?"

생록은 억울했다.

"요새 인터넷 신문사가 한두 개여야죠. 그걸 다 어떻게 막아요."

"누가 터뜨린 거야? 그 기자 새끼 데리고 와."

"데리고 오면요?"

"누가 제보했는지 찾아야지."

"찾으면요?"

"그 새끼 인생도 똑같이 조져 놔야지."

"네?"

저건 백퍼 진심이다. 생록은 부디 그 제보자가 한국에 없기를 바랐다.

"아무튼 결론적으로 우유경 욕먹는 건 다 채서하 때문이니까, 채서하 문제부터 해결하자."

"그러니까 지금 채 작가 도와주자는 말이죠?"

"도와주긴 뭘 도와줘. 솔직히 그 새낀 잘못 없잖아. 등신같이 언론 플레이에 놀아난 거지."

"사장님……. 저 진짜 사장님 다시 봤어요. 남자답고 멋있어요."

"너 멋있으라고 하는 행동 아닌데?"

"그러게요. 이런 건 유경 씨가 알아야 하는데……. 사장님이 이렇게 자기 생각해 주고 있다는 거 유경 씨는 모르겠죠? 솔직히 저는 사장님이 유경 씨한테 차이고 복수라도 할 줄 알았어요."

"내가 무슨 초딩이냐?"

"그러니까요. 그런 줄 알았……. 죄송합니다. 그럼 일은 어떻게 진행할까요?"

"채서하가 존 라이너 감독님이랑 각색 작업 한 게 있대. 그거 관련해서 보도 자료 준비해. 감독님이 한국에서 이미지가 좋으니까 아마 대중들한테 먹힐 거야."

"그걸로 채 작가의 바닥 친 이미지가 복구될까요?"

"그게 안 되면 방법은 하나지 뭐."

생록이 지웅의 말에 귀를 기울였다.

"이번엔 희생양이 아니라, 진짜 가해자가 누구인지 밝혀야지."

"설마……."

"그 연구원 자살한 거 둘째 형 때문이잖아. 증거도 있겠다, 그거 터뜨리면 되겠네."

"사장님……. 지금 채 작가를 위해서 둘째 형님이랑 싸우시겠다는 거예요?"

"누가 누굴 위해 싸워. 채서하 아니었어도, 원래 이렇게 하려고 했어."

"괜찮으시겠어요? 둘째 형님이 다음 주 주주총회 때 사장님 해임 카드 내밀 것 같던데……."

"그래? 그거 좋다. 그때 터뜨리면 되겠네."

"네?"

"주총 때 둘째 형 비리 까발리자고. 5년 전 비리까지 싹 다. 그래서 두 번 다신 한국에 못 들어오게 박살을 내 버리자."

지웅이 차갑게 말하며 창가에 섰다. 그러곤 유리창에 비친 책상을 응시했다. 책상 밑에 붙은 작은 기계에서 빨간불이 들어오고 있었다.

"재밌네."

지웅이 피식 웃으며 고개를 돌려 우중충한 하늘을 바라봤다.

한남동.

신발을 벗고 현관에 들어선 둘째 서혁준이 제일 먼저 한 일은 서 회장이 집에 있는지 없는지부터 살피는 거였다.

"회장님 집에 안 계셔."

거실 소파에 앉아 차를 마시던 윤성희가 두리번거리는 서혁준을 향해 말했다. 그러자 서혁준의 목소리가 커졌다.

"여사님, 왜 연락이 안 돼요? 우리 손잡기로 한 거 아니었나?"

"전화했었니? 이런, 못 봤네. 내가 요즘 바빠서."

하루아침에 나락으로 떨어진 서하 때문에 그녀는 매일매일이 지옥이었다. 윤성희는 서혁준을 향한 분노가 속에서 들끓었다. 이게 다 저 새끼 때문이야. 저 새끼가 돈으로 매수해 기술 빼돌리게 하고, 지웅에게 발설하면 죽여 버리겠다고 협박하지만 않았어도 그 연구원은 자살하지 않았을 테니까.

"다들 나가 있어."

갑자기 서혁준이 일하는 사람들을 밖으로 내보내고 윤성희와 마주 보고 앉았다. 그러곤 소형 녹음기 하나를 꺼냈다.

"그게 뭐니?"

다리를 꼬고 앉은 윤성희가 여전히 반갑지 않은 눈빛으로 그를 쳐다봤다. 하지만 그녀를 자신의 편이라고 철석같이 믿고 있는 서혁준은 당히 버튼을 눌러 녹음기를 재생시켰다.

— 근데 갑자기 감독님을 한국으로 왜 초대하신 거예요?

곧 지웅의 비서 생록의 목소리가 들렸다.
"너 서지웅 도청했니?"
"쉿. 계속 들어 봐요."
서혁준이 볼륨을 높였다.

— 채서하가 존 라이너 감독님이랑 각색 작업 한 게 있대. 그거 관
련해서 보도 자료 준비해. 감독님이 한국에서 이미지가 좋으니까 아마
대중들한테 먹힐 거야.
— 사장님······. 지금 채 작가를 위해서 둘째 형님이랑 싸우시겠다는
거예요?

생록과 지웅의 대화를 들은 윤성희의 표정이 살짝 굳어졌다. 윤성희
가 애써 태연한 척 굴며 도청 내용을 들었다.

— 주총 때 둘째 형 비리 까발리자고. 5년 전 비리까지 싹 다. 그래
서 두 번 다신 한국에 못 들어오게 박살을 내 버리자.

띠.
녹음기를 끈 서혁준의 눈빛에 독기가 가득했다. 마지막 지웅의 말이
서혁준을 이곳으로 달려오게 한 이유였다.
"이 새끼 혼내 줄 무슨 좋은 방법 없을까요?"
"글쎄. 생각 좀 해 보고······."

윤성희는 머릿속이 복잡했다. 그동안 서지웅이 가장 큰 적이라고 생각해 왔는데 그놈이 내 아들의 명예를 되찾아 주기 위해 외국에서 지안까지 불러들였다. 물론 지가 좋아하는 우유경 때문이긴 하지만.

"여사님, 강 이사네 사모님이랑 친하다면서요?"

"그건 왜?"

윤성희가 표정을 숨기고 조용히 차를 마셨다.

"강 이사가 움직여야 과반으로 서지웅 그 새끼 사장 자리에서 해임시킬 수 있어요. 다음 주 주총 전까지 여사님이 손 좀 써 주세요."

이미 계산을 마친 윤성희가 찻잔을 내려놓으며 말했다.

"그건 어렵겠는데? 너도 알다시피 강 이사는 회장님 사람이야. 당연히 회장님 사람이 지웅이 사람이고."

"그래서 못 도와주시겠다?"

"그런 셈이지. 대신 니가 미국으로 돌아간다고 하면, 그건 도와줄 수 있어. 그러니 이제라도 일 더 커지기 전에 미국으로 돌아……."

"돌아가긴 어딜 돌아가! 여기가 내 집인데, 서지웅 그 새끼가 지금 앉아 있는 자리가 내 자리라고!"

궁지에 몰린 서혁준이 주먹으로 테이블을 쾅, 내리쳤다.

"주총에서 뭘 터뜨려? 내 비리? 이 미친 새끼. 여사님, 빨리 생각해 봐. 그 새끼 주총에 못 나오게 만들 방법 말이야."

윤성희가 생각하는 척하며 다시 찻잔을 들었다. 그러곤 차를 마시며 서혁준의 표정을 살폈다. 그는 지금 제정신이 아니었다.

"다리를 부러뜨리면 휠체어 타고서라도 나올 놈인데. 아예 반송장을 만들어 버릴까."

지 동생을 반송장으로 만들어? 저 새끼가 미쳐 돌았나. 속내를 숨긴 윤성희가 서혁준을 향해 넌지시 물었다.

"뭘 어떻게 할 셈이야?"

"말하면 도와줄 건가?"

"일단 들어 보고. 내가 너보다 지웅이에 대해 더 잘 아니까, 도와줄 수 있으면 도와주고. 그러니까 어서 말해 봐."

윤성희가 이어지는 서혁준의 말에 귀를 기울였다.

"그 새끼가 어렸을 적부터 차를 무지하게 좋아했어요. 요새도 스피드 웨이 자주 간다던데……."

어제는 촬영하는 곳까지 안설휘의 팬들이 찾아와 피켓 시위를 하기도 했다. 유경은 속으로 크게 당황했지만, 겉으로는 전혀 내색하지 않았다. 그저 담담한 얼굴로 평소처럼 촬영을 이어 갔다.

"30분만 쉬었다 가겠습니다!"

휴식을 알리는 조연출 치영의 목소리. 밤새 한숨도 못 잔 유경이 피곤한 눈을 매만지고 있는데, 주머니에서 핸드폰이 진동했다. 발신인은 서하였다. 유경이 핸드폰을 들고 자리에서 일어나 스태프들과 멀리 떨어진 곳에서 전화를 받았다.

"여보세요."

— 오늘은 전화받네?

"미안. 어제 전화하려고 했는데……."

— 괜찮아?

"응? 왜? 무슨 일 있어?"

유경은 일부러 모르는 척하며 말을 돌렸다.

"그나저나 여기 날씨 너무 덥다. 봄에서 갑자기 여름으로 넘어간 느낌이야. 서울은 어때?"

— 설휘 형한테 다 들었어. 현장 분위기 안 좋다면서.

들켰다.

"뭐야, 안설휘 씨 안 되겠네? 스파이였어."

— 결국, 나 때문에 너까지 힘들어졌네…… 미안해.

"에이, 그런 소리 하지 말라니까. 일단 우린 지금 각자 하는 일 열심히 하자. 넌 책 열심히 쓰고, 난 열심히 영화 찍고. 그다음에 결과물로 보여 주자고. 우리가 어떤 사람인지. 오케이?"

— …….

"왜 대답이 없어? 설마 자신 없어?"

— 아니. 자신 있어. 니 말대로 나 열심히 글 쓰고 있어. 그러니까 너도 힘내.

"이제야 힘이 난다. 니 목소리 들으니까."

— 나도. 유경아…… 나도 그래. 그러니까 잊지 마. 니 옆에 내가 있다는 거.

순간, 참았던 눈물이 핑 돌았다.

"앗, 나 이제 끊어야겠다. 촬영 들어가야 해서. 이따 저녁에 전화할게. 응. 끊는다."

서둘러 전화를 끊은 유경이 손등으로 눈물을 훔쳤다. 미쳤나 봐. 왜 이렇게 눈물이 나지?

소매로 눈물을 박박 닦으며 유경은 하늘을 올려다봤다. 새까만 하늘. 곧 비가 쏟아질 것 같았다. 비 오기 전에 얼른 촬영 끝내야겠네. 그 생각을 하자 눈물이 쏙 들어갔다. 갑자기 마음이 바빠진 유경은 다음에 촬영할 장소로 이동했다.

4차선 도로 가운데 있는 중앙 인도. 바로 저곳에서 남자 주인공이 여자 주인공을 기다리는 장면을 촬영할 예정이었다.

"치영 씨. 근데 여기 차가 너무 빨리 달리는데, 괜찮을까?"

빠른 속도로 달리는 차들을 보며 유경은 문득 걱정이 되었다. 스태프들이 장비를 옮기려면 이곳을 수시로 건너야 했기 때문이다.

하지만 중간에 신호등이 있어 주행 차량이 없는 시간을 이용하면 문제가 없을 거라는 치영의 대답에 유경은 그대로 촬영을 진행하기로 했다.

"감독님."

대기 중이던 유경의 뒤로 안설휘가 다가왔다. 유경이 고개를 돌렸다.

"설휘 씨, 왜 벌써 나왔어요?"

"많이 힘드시죠?"

현장에서 시나리오 얘기 말고는 거의 사담을 하지 않던 설휘가 그녀에게 위로의 말을 건넸다.

"팬들 대신 제가 사과드릴게요."

"에이, 사과라뇨. 팬들 입장에선 충분히 그럴 수 있다고 생각해요. 당연히 우리 배우 더 좋은 감독과 일했으면 하는 마음이 크겠죠. 그래서 제가 몇 배는 더 열심히 하려고요. 그런 의미에서 혹시 이따 비 오면…… 비 맞는 신을 추가로 좀 찍을 수 있을까요?"

은근슬쩍 추가 촬영을 요구하는 유경의 익살스러운 표정에 설휘가 기분 좋은 웃음을 터뜨렸다.

"그 웃음은 뭐죠? 하겠다는 건가?"

"그건 곤란합니다, 감독님."

좋다 말았네. 유경이 포기하는 듯싶더니 이번엔 진지하게 말했다.

"사실 비 맞는 신 찍어 뒀다가, 후반부 몽타주 컷에 쓰면 남자 주인공의 애틋한 감정이 더 살 것 같아서 제안한 거였어요."

유경의 말을 가만히 듣던 설휘가 잠시 생각에 잠겨 있다가 입을 열었다.

"그건 좋을 것 같네요. 그럼 그렇게 하죠."

그러자 유경이 내적 환호를 지르며 얼른 무전으로 치영에게 상황을 설명했다.

"감독님. 준비 다 끝난 것 같은데, 건널까요?"

"네. 갑시다."

저 멀리 신호에 걸려 차들이 멈춰 있는 사이, 설휘의 에스코트를 받아 유경이 차도를 건너고 있던 그때였다.

부우우웅—

차 한 대가 신호를 무시하고 과속 질주를 하며 달려오고 있었다. 그 차를 먼저 발견한 건 유경이었다.

"!!"

유경은 본능적으로 몸을 던져 설휘를 밀었다. 차에 치일 뻔한 설휘를 구한 유경은 바닥을 굴렀다.

"감독님!"

넘어졌던 설휘가 얼른 자리에서 일어나 유경에게로 달려갔다. 유경이 정신을 잃은 채 쓰러져 있었다.

"여기! 빨리 119 불러요!"

스태프들이 놀라서 달려오기 시작했다.

"감독님! 정신 차리세요! 감독님!"

현장은 순식간에 아수라장이 되고 말았다.

서하가 호텔 로비에 들어서자 학과장이 달려왔다.

"차 막힌다더니, 일찍 왔네? 어서 올라가자."

"교수님, 근데 오늘 무슨 일로 부르신 건데요?"

서하의 물음에 학과장이 작게 말했다.

"존 라이너 감독님이 지금 이 호텔에 계셔."

"네?"

"그저께 내한했는데, 아직 기사는 안 났더라고."

"갑자기 내한은 왜⋯⋯."

"그거야 모르지. 일단 올라가자. 감독님이 너 만나고 싶어 하셔."

이런저런 얘기를 나누며 두 사람은 호텔 21층에 있는 한식당으로 향했다. 직원의 안내를 받아 룸으로 들어가자 존 라이너 감독이 웃으며 두 사람을 반겼다.

《어서들 와요. 한국에서 보니 더욱 반갑네요.》

화상 회의로 이미 얼굴을 마주하며 대화를 나눠 본 사이라 그런지 어색함이 덜했다. 세 사람은 자연스럽게 안부를 물으며 저녁을 먹었다.

《채 작가는 술 못 마시나?》

《아닙니다. 마실 수 있는데요⋯⋯.》

하필 존 라이너 감독이 선택한 술이 막걸리였다. 저번에 막걸리한테 엄청 당한 기억이 있어 마실까 말까 고민하던 서하가 잔을 내밀었다.

《저는 딱 한 잔만 마실게요. 막걸리는 약한 편이라.》

막걸리를 받아 든 서하는 저번 날 유경의 집에서 가족들과 함께했던 저녁 식사가 떠올라 미소가 절로 지어졌다. 그날 평소보다 더 빨리 취한 이유는, 마음이 편했기 때문이 아닐까? 서하는 분위기에 취한다는 말이 무엇인지 그날 처음 경험했다.

《내가 채 작가한테 궁금한 게 많아.》

학과장이 잠시 화장실을 간 사이 존 라이너 감독이 서하를 향해 조심스레 물었다.

《한국에서 입장이 곤란하게 됐다고 들었는데, 괜찮은 거지?》

서하가 차분히 대답했다.

《저는 괜찮은데, 사실 상황이 많이 안 좋아요. 저희 대표님한테도 말씀드렸지만, 각색 작업은 다른 작가를 다시 찾아보셔야 할 것 같아요.

괜히 저 때문에 감독님 명성에 흠집이 생기면 안 되니까요.》

《그건 걱정할 필요 없다고 내 친구가 그러던데?》

《네? 친구요?》

《그래. 내 유일한 한국인 친구. 서지웅.》

존 라이너 감독의 입에서 지웅의 이름이 나오자, 서하가 크게 놀랐다.

《서지웅은 아주 똑똑하고 유능한 친구거든. 그 친구가 별문제 없을 거라고 말했으니, 채 작가도 너무 걱정 마. 다 좋아질 거야.》

그렇게 말하며 존 라이너 감독이 웃었다.

학과장이 존 라이너 감독과 한잔 더 한다기에 서하는 컨디션 핑계를 대고 먼저 자리에서 일어났다.

《사실 한국 여행은 계획에 없었는데, 그 친구가 와 달라고 부탁을 했어. 원래 부탁 같은 거 잘 안 하는 친구라 이상하다 싶어서 냉큼 달려왔지.》

서하는 아까 존 라이너 감독이 했던 말이 계속 마음에 걸렸다. 서지웅이 부탁을 해서 일부러 왔다고? 왜? 엘리베이터에서 내린 서하의 머리가 지끈거렸다. 한 잔만 마시려던 막걸리를 지웅의 얘기를 듣느라 꽤 여러 잔 마신 탓이었다.

"어이!"

호랑이도 제 말 하면 온다더니. 바로 앞에서 들리는 거만한 목소리에 서하가 고개를 들었다. 로비에 들어선 지웅이 다가오고 있었다. 그는 특유의 여유 만만한 표정으로 손을 흔들었다.

"싸가지 없는 새끼. 사람이 인사를 하면 받아 줄 줄 알아야지."

지웅이 투덜거리며 무안해진 손을 주머니에 꽂았다. 어쩜 사람이 저렇게 한결같을까. 서하가 그를 빤히 쳐다봤다.

"왜? 나한테 무슨 할 말 있냐? 오늘은 왜 그러고 서 있어? 평소엔 쌩까고 잘만 가더니."

"이유가 뭐야?"

"다짜고짜 무슨 이유?"

"존 라이너 감독님 한국으로 모신 이유 말이야."

"아…… 그거? 그거야 당연히 우유경 때문이지. 알면서 뭘 물어."

서하가 미간을 확 구겼다.

"도대체 유경이한테 왜 이렇게 집착해? 그거 병이야."

"그래? 병이야? 좋은 병이네."

미친놈. 서하가 능청스럽게 말하는 지웅을 이해할 수 없다는 듯 보고 있는데, 주머니에서 진동이 울렸다.

"서지웅 씨, 그거 좋은 병 아니고 위험한 병이니까 꼭 치료받아. 꼭 낫길 바랄게."

핸드폰을 꺼내며 서하는 지웅에게 대충 눈인사를 건네고 그를 지나쳐 걸었다. 그러곤 전화를 받았다.

"여보세……. 뭐라고? 유경이가 다쳤다고?"

서하가 제자리에 우뚝 멈춰 섰다. 유경의 부상 소식에 서하의 얼굴이 하얗게 질려 갔다.

"많이 다쳤어? 지금 어디 병원이야?"

수화기 너머로 들려오는 목소리에 잠시 넋이 나가 있던 서하가 서둘러 전화를 끊었다. 그러곤 미친 듯이 호텔 밖으로 달려 나갔다.

"택시!"

하필 그 많던 택시도 보이지 않는다. 그런데 그때, 누군가 서하의 어깨를 잡아끌었다. 지웅이었다.

"뭔데 그래? 우유경 다쳤어? 어딜? 얼마나?"

진지하게 묻는 지웅의 손을 뿌리치고 서하가 정문을 향해 뛰었다. 그러자 지웅도 같이 달렸다.

"뭐야. 왜 따라와! 따라오지 마."

"나 너 따라가는 거 아니거든? 내 비서 저기 있거든? 그리고 니가 날 따라와야 할걸?"

지웅이 서하를 지나쳐 달려가 마침 앞에 대기하고 있던 차로 향했다. 차 문을 열고 그대로 올라타려던 지웅이 택시를 찾는 서하를 빤히 보다가.

"야! 타."

서하가 어이없다는 표정으로 지웅을 쳐다봤다.

"싫음 말아. 너보다 내가 더 빨리 우유경한테 도착할 거니까."

그 소리에 고민할 겨를도 없이 서하가 지웅의 차에 올라탔다.

운전하는 생록은 죽을 맛이었다. 숨 막히는 정적. 이 분위기 어쩔 거야.

목적지는 전라남도 순천의 어느 병원이라는데. 벌써 3시간 넘게 한마디도 못 하고 운전만 했더니 입에서 단내가 났다.

생록은 백미러로 뒷좌석에 나란히 앉아 있는 지웅과 서하를 흘끔 쳐다봤다. 두 사람은 서로 등을 진 채 창밖을 바라보고 있었다. 아마 둘다 같은 여자를 생각하고 있으리라.

생록이 용기 내어 입을 열었다.

"사장님……."

"……."

씹혔다.

"저기…… 채 작가님. 유경 씨 어디가 어떻게 다쳤대요? 많이 다친 건 아니죠?"

"……."

또 씹혔다.

둘이 왠지 닮았단 말이야. 얼굴도 얼핏 보면 닮았고, 사람 말 무시하는 것도 닮았고, 저 차가운 눈빛도 닮았어. 나쁜 남자들. 생록이 속으로 중얼거리며 묵묵히 운전을 했다.

그렇게 1시간을 더 달려 드디어 목적지에 도착했다.

"감사합니다."

차가 멈춰 서기가 무섭게 생록을 향해 인사를 건넨 서하가 문을 열고 밖으로 달려 나갔다. 그리고 그 뒤를 지웅도 따라갔다. 어느 병실로 들어가는 서하를 발견한 지웅이 그곳으로 걸음을 옮겼다.

살짝 열려 있는 병실 문. 문 앞에 선 지웅이 병실 안을 들여다봤다. 서하와 유경이 서로 껴안고 있었다. 애틋해 보이는 두 사람의 모습에 지웅이 자조 섞인 한숨과 함께 뒤를 돌았다.

"아이 씨. 깜짝이야."

바로 뒤에 서 있는 생록 때문에 지웅이 화들짝 놀라 뒤로 한 발 물러났다. 생록은 어쩐지 그런 지웅이 너무 불쌍했다.

"인마, 그런 눈으로 보지 마."

"제가 뭘요. 여기까지 왔는데 들어가서 유경 씨한테 인사라도……."

"됐어. 우유경 또 쓰러지게 할 일 있냐. 가자."

태연한 척 주머니에 손을 꽂고 복도를 걷는 지웅의 뒤를 생록이 조용히 따라갔다. 생록의 눈에는 오늘따라 지웅의 뒷모습이 한없이 작아 보였다.

"나 진짜 괜찮아. 멀쩡하다니까."

유경이 활짝 웃다가 이마에 난 상처가 땅겼는지 눈썹을 찡긋거렸다. 그런 그녀를 서하가 걱정스레 바라봤다.

"이마 말고 또 다른 데 다친 곳은 없어?"

"그냥 팔꿈치랑 무릎 조금 까졌어."

"설휘 형이 너 정신 잃었었다던데?"

"가벼운 뇌진탕이래. 설휘 씨도 참……. 너한테 얘기하지 말라니까."

"나한테 얘기를 왜 안 해. 니가 다치면 당연히 내가 제일 먼저 알아야지."

"너 이렇게 걱정하니까 그렇지. 표정 좀 풀어라. 너 때문에 안 아픈 곳도 아파질라 그래."

"어디? 또 어디 아픈데?"

"윽, 마음이……."

가슴에 손을 얹으며 유경이 능청스럽게 연기를 하자, 서하가 어쩔 수 없다는 듯 웃고 말았다. 미소 짓는 서하를 보자 유경은 이제야 안심이 됐다.

"서하야, 너 차 가져왔지?"

"차? 왜?"

"퇴원하려고."

"무슨 소리야. 며칠 입원해서 경과 지켜봐야 한다던데. 정밀 검사도 하고."

"내일 촬영 있는데."

"지금 촬영이 문제야? 너 하마터면 교통사고 크게 날 뻔했대. 그리고 나 차 없어."

"거짓말. 그럼 뭐 타고 왔는데?"

"저녁에 술 마시는 바람에, 서지웅 차 얻어 타고 왔어."

"누구 차? 서지웅 씨?"

"어."

녀석의 표정을 보니 거짓말은 아닌 것 같았다. 게다가 서지웅까지 들먹이면서 거짓말을 할 녀석도 아니고. 어떻게 된 일이지?

"어쨌든, 그럼 택시라도 타고 숙소로 돌아가자. 내일 촬영 준비……."

"우유경."

서하가 엄한 표정으로 유경의 이름을 불렀다. 유경이 약간 기가 죽은 얼굴로 대답했다.

"알았어, 알았어. 의사 선생님이 퇴원하라고 하면 할게. 근데 내일 촬영……."

"감독님! 저희 왔어요."

마침 노크 소리와 함께 김 피디가 들어왔다. 병실 밖에는 스태프들이 우르르 서 있었다. 밖에서 언제 들어가면 좋을까 기회만 엿보던 김 피디가 미안한 얼굴로 서하와 유경을 향해 인사했다.

"방해해서 죄송합니다. 병실이 좁아서 저만 대표로 들어왔어요."

"와 주셔서 감사합니다."

서하가 김 피디와 밖에 있는 스태프들을 향해 눈인사를 건넸다.

"그럼 말씀 나누세요."

서하가 조용히 뒤로 물러나 창가에 섰다. 그런 서하의 옆모습을 흘끔 보던 김 피디가 유경에게 작게 말했다.

"여전히 잘생기셨네요."

"나도 그렇게 생각해요."

유경의 너스레에 김 피디가 웃음을 터뜨렸다.

"감독님, 많이 안 다치셔서 진짜 다행이에요. 채 작가님 말씀대로 며칠 입원해서 경과 지켜보는 게 좋을 것 같아요. 내일 촬영은 문 감독님한테 부탁드렸어요. 감독님이 엄청 걱정하셨어요. 아마 이따 전화하실 거예요."

"김 피디, 고마워요. 그리고 미안해요, 다들……."

유경이 바깥에 서 있는 스태프들을 향해 고개를 숙였다. 그러자 스태프들이 유경을 향해 빨리 나으라며 파이팅을 작게 외쳤다.

"미안하긴요. 감독님 아니었으면 큰 사고 날 뻔했는걸요. 진짜 종이 한 장 차이로 피했잖아요. 그 신호 위반한 차량 음주 측정했는데 면허 취소 나왔대요."

다시 생각해 봐도 아찔한 사고였다면서 김 피디가 몸을 부르르 떨었다.

"그럼 감독님, 푹 쉬세요. 내일 또 들를게요."

김 피디를 비롯한 스태프들이 유경에게 인사를 하고 병실을 나가자 서하가 다가왔다.

"하아……."

서하가 긴 한숨을 내쉬었다.

"왜 또. 나 뭐 잘못했어?"

현장에서 직접 사고 현장을 목격한 김 피디의 말을 들으니, 서하는 살이 떨릴 정도로 공포가 밀려왔다.

하마터면 그녀가 차에 치일 뻔했단다.

"너 앞으로 한 번만 더 다치면, 나 너 현장에 못 보내. 안 보내."

"응?"

"나 여기 서지웅 차 얻어 타고 왔어."

"알아. 아까 말했잖아."

"나 서지웅 진짜 싫어해."

"그것도 알지."

"근데 아깐 눈에 뵈는 게 없더라. 너 다쳤다니까, 서지웅이고 나발이고 누구 차든 상관없더라고. 너한테 빨리 갈 수만 있다면 무슨 짓이든 했을 거야."

서하가 유경의 뺨을 어루만졌다.

"진짜 하늘이 무너지는 것 같았어."

"에이, 요거 살짝 다쳤는데 무슨 하늘까지 무너지……. 알았어. 알았어. 근데 우리 며칠 만에 보는 거지? 어찌 됐든 너 보니까 좋다."

은근슬쩍 말을 돌린 유경이 배시시 웃으며 양팔을 벌렸다.

"안아 줘."

"뭐가 예쁘다고."

"싫음 말고…… 읍!"

서하가 유경의 입술에 짧게 입을 맞춘 후 얼굴을 떼어 냈다.

"뭐야……. 안 예쁜 여자한테 키스는 왜 하냐. 치이."

부끄러웠던 유경이 괜히 중얼거리며 입술을 매만졌다. 서하가 유경을 빤히 쳐다봤다.

"왜 계속 쳐다봐?"

"내 여자 내가 보겠다는데, 왜. 안 돼?"

내 여자? 유경의 뺨이 복숭앗빛으로 물들었다.

그녀를 가만히 바라보던 서하의 호흡이 점점 거칠어지기 시작했다. 서하는 결국 참지 못하고 그녀의 입술을 짐승처럼 파고들었다. 그녀의 뒤통수를 손으로 받치고 허리를 단단히 붙든다. 그리고 더 깊이 입술을 맞추었다.

유경을 향한 서하의 애타는 마음이 키스에서 고스란히 느껴졌다. 유경은 화답이라도 하듯 서하의 목에 팔을 두르고 좀 더 적극적으로 키스를 받아 주었다.

그렇게 두 사람의 키스는 점점 더 농밀해지고 있었다.

한남동.

집으로 돌아온 지웅은 방으로 들어가자마자 넥타이를 벗어 던지고, 침대 위에 몸을 뉘었다. 그리고 눈을 감았다. 자꾸만 아까 병실에서 채서하의 품에 안긴 유경의 모습이 떠올라 착잡했다.

"그래도 많이 안 다쳐서 다행이네……."

한숨과 함께 지웅이 눈을 뜨고 침대에서 내려왔다. 그리고 트레이닝복으로 갈아입고 1층으로 향했다.

"이 밤에 어디 가니?"

지웅이 신발을 신고 있는데, 자다가 깬 윤성희가 슬립 차림으로 달려나왔다. 못 볼 꼴을 봤다는 듯 지웅이 미간을 확 구겼다.

"에이 씨, 눈 버렸네. 빨리 들어가. 남의 집에서 왜 아줌마 맘대로 벗고 다녀. 제정신이야?"

"지금 그게 문제가 아니라, 너 어디 가냐고!"

"내가 어딜 가든 말든 무슨 상관인데."

"자, 잠깐만!"

나가려는 지웅을 윤성희가 붙들었다. 지웅은 덜덜 떨리는 윤성희의 손을 가만히 응시했다. 그러자 윤성희가 얼른 손을 내려놓고 애써 차분한 척 말을 이었다.

"이따 회장님이 와서 너 찾을 수도 있잖아. 너 어디 갔는지 알아야 내가 대답을 하지."

"회장님 안 들어오실 것 같은데? 요새 딴 집 가서 주무시잖아. 아줌마 찬밥 됐네? 축하해."

"뭐라고? 이 자식이! 도대체가 넌 왜 그 모양이니? 이러니 내가 널 어떻게 예뻐해!"

"누가 예뻐해 달래? 가서 아줌마 새끼나 맘껏 예뻐해. 그 새끼 누구 닮았는지 진짜 더럽게 재수 없더라."

"니 동생이니까 너 닮았겠지. 핏줄이 어디 가니?"

"동생? 웃기고 앉아 있네. 아버지도 인정 안 하는 서자 따위가 왜 내 동생이야!"

자꾸만 신경을 건드리는 지웅의 말에 윤성희가 이를 악물었다. 그래, 저 새끼는 한번 된통 당해야 해. 죽든지 말든지 신경 끄자.

"내가 미쳤었나 보다. 너 같은 놈이 어디 가서 뭘 하든 말든⋯⋯. 그래, 어서 가 보렴."

윤성희가 팔짱을 낀 채 삐딱하게 서서 지웅이 가는 모습을 지켜봤다. 쾅, 문을 닫고 지웅이 밖으로 나가자 윤성희가 허탈하게 웃으며 뒤를 돌았다. 그리고 방으로 들어가려는데⋯⋯.

도저히 발길이 떨어지지 않았다. 결국, 그녀는 다시 뒤를 돌아 현관 밖으로 달려 나갔다. 신발도 신지 않고 밖으로 나온 윤성희가 맨발로 마당을 가로질러 지웅의 팔을 잡았다.

"너, 레이싱하러 가는 거지?"

이 시간에 지웅이 운동복 차림으로 나가는 걸 보니, 십중팔구였다.

"스피드웨이 가는 거면, 가지 마."

지웅은 맨발로 뛰어나온 윤성희를 흥미롭게 쳐다보며 말했다.

"들어가."

"당분간 거기 가지 말라고!"

"⋯⋯."

"특히 너 자주 타는 빨간색 차 타지 마. 죽고 싶지 않으면."

"죽고 싶으면, 그 차 타면 되는 거야?"

"이 자식이! 너 미쳤어?"

"아줌마……."

"……."

"나 안 죽어. 아줌마 망하는 꼴 보기 전까진 안 죽는다고. 그러니까 이거 놔."

지웅이 윤성희의 팔을 뿌리치고 가 버렸다.

"서지웅! 난 분명히 말했어! 너 또 후회할 짓 하지 마!"

윤성희가 지웅의 뒤통수에 대고 소리쳤다. 지웅이 피식 웃으며 대문을 나섰다.

평소처럼 레이싱 슈트로 갈아입고 서킷으로 나온 지웅이 머리카락을 쓸어 넘기며 하늘을 올려다봤다. 별 하나 없는 깜깜한 밤. 제 마음을 들여다보는 것 같아 더욱 쓸쓸했다.

"가 볼까."

그는 헬멧을 쓰고 윤성희가 타지 말라던 빨간색 차에 기어코 올라탔다.

부우우웅―

그리고 시동을 걸고 서킷을 질주하기 시작했다. 한 바퀴, 두 바퀴, 세 바퀴……. 차는 멈추는 법을 잊은 것처럼 미친 듯이 속도를 내더니.

끼이이이익― 쾅!

코스를 벗어난 차가 난간을 들이박았다.

퍼엉!

폭발음과 함께 차에 활활 불이 타올랐다.

26.
해피 엔딩을 믿는다는 건

유경은 혹시 뇌출혈이나 다른 이상은 없는지 정밀 검사를 받았다. 검사 결과 머리 쪽으론 아무 이상이 없다는 의사의 소견에도 서하는 안심할 수 없었는지, 계속해서 그녀를 걱정했다. 그리고 끊임없이 의심했다. 유경의 팔이며 다리며 매의 눈으로 보고, 만지고.

'여기 왜 상처가 생겼지? 팔 좀 들었다 내려 봐.'
'허리 굽혔다 펴 보고.'
'잠깐, 걸음걸이가 왜 그래? 다시 걸어 봐.'

유경의 발목 인대가 늘어난 사실을 캐치한 서하는 곧장 의사를 호출했다. 결국 유경은 발목 보호대를 착용하고 일주일 동안 꼼짝없이 병원 신세를 져야 했다. 다행인지 불행인지 한동안 비가 내렸고, 그 이유 때문에 며칠간 촬영은 중단되었다.

병실 침대에 누워 있던 유경은 멍하니 창밖을 바라봤다. 여전히 쏟아지는 비. 이놈의 인대는 왜 늘어나 가지고, 답답해 죽겠네.

똑똑.

노크 소리와 함께 문이 열리고 문 감독이 들어왔다.

"우 감독, 몸은 좀 괜찮아? 어어어, 일어나지 말고 앉아 있어."

유경이 괜찮다며 얼른 상체를 일으켜 문 감독을 향해 밝게 인사했다.

"감독님, 바쁘신데 여기까지 어떻게 오셨어요."

"어휴, 늦게 와서 미안해."

문 감독이 의자에 앉으며 미안한 기색을 내비쳤다.

"진작 오려고 했는데, 촬영 스케줄 조정하느라고."

"죄송해요. 저 때문에 고생 많으시죠."

"무슨 소리야. 우 감독 덕분에 큰 사고 막았는데. 메이킹 영상 보니까 진짜 큰일 날 뻔했더라. 우 감독도 뉴스 봤지?"

"아직 보진 못했는데, 김 피디한테 들었어요. 지금 상황이 어떻게 돌아가고 있는지."

김 피디 말에 따르면, 차에 치일 뻔한 설휘를 보호하는 유경의 모습이 메이킹 영상에 담겼고, 그 영상이 웹에 공개되면서 여론이 유경에게로 확 기울어졌다고 한다. 자기 배우 지키고자 몸까지 내던진 연출자의 살신성인 자세를 보고 많은 사람들이, 특히 설휘의 팬들이 감동을 받았다는 것인데.

"우 감독 영화에서 하차시키라고 서명 운동 할 땐 언제고. 사람들도 참. 근데 저건 다 뭐야?"

문 감독이 테이블 위에 쌓인 선물 박스를 가리켰다. 건강 음료, 홍삼, 쿠키까지 다양한 선물이 가득했다. 침대에서 내려온 유경이 절뚝이며 홍삼액 하나를 꺼내 문 감독에게 내밀었다.

"하나 드셔 보세요. 이거 다 설휘 씨 팬들이 보낸 거예요."

"설휘 씨 팬들이?"

"네. 아까 설휘 씨가 가져다줬어요."

"오, 그래? 설휘 씨도 왔었구나. 땡큐, 잘 먹을게."

문 감독이 홍삼액을 마시며 얘기했다.

"퇴원은 언제 해도 된대?"

"사실 퇴원은 지금이라도 할 수 있는데, 채 작가가 너무 걱정을 해서……."

침대에 앉은 유경이 멋쩍게 웃으며 이마를 긁적였다.

"사실 인대가 아주 살짝 늘어난 거라서, 촬영 나가는 데 별문제 없거든요."

"에이, 그래도 이번 주까지는 푹 쉬어. 내가 스케줄 조정해 놨으니까. 사실 우 감독 요새 너무 무리했어. 마음고생도 많았고."

문 감독이 다시 테이블 위 선물을 응시했다.

"근데 설휘 씨는 왔다가 그냥 갔어?"

"아직 밑에 있을 텐데? 못 보셨어요? 채 작가랑 얘기한다고 나갔는데."

"글쎄, 못 봤는데. 그나저나 채 작가는 어떡하면 좋아. 우 감독 문제와는 별개로 아직 채 작가를 향한 여론은 싸늘하더라고."

"그 문제는 쉽게 해결될 것 같진 않아요. 아무래도 사람이 죽었으니까……. 채 작가 본인도 어느 정도 책임을 느끼고 반성하고 있는 상태니까, 시간이 지나면 사람들도 알아주겠죠."

"어휴, 속상해. 언론 보도가 왜 그렇게 편중되었을까? 난 그 연구원이 자살한 방법이 아니라, 그 이유가 궁금하거든? 근데 그 경위에 대해선 일언반구도 없잖아. 이상하지 않아?"

유경이 잔뜩 억울한 표정으로 고개를 끄덕였다. 이상하죠. 그것도 아주 많이 이상하죠.

"아무튼 나는 채 작가가 꼭 다시 재기했으면 좋겠어. 이거 아무래도 명성그룹의 음모 같단 말이야. 분명 그 연구원의 죽음이랑 명성그룹이 관련 있을 거야."

"사실 저도 그렇게 생각해요."

유경이 작게 얘기했다.

"감독님, 우리 이거 다음에 영화로 만들까요?"

"그럴까? 그러다 우리 둘 다 쥐도 새도 모르게 어디 묻히는 거 아니야? 난 애가 셋이라고. 막내는 이제 겨우 중학생이야. 우 감독, 우리 애들 시집 장가 보낼 때까지만 일단 참자."

문 감독의 너스레에 유경이 웃음을 터뜨렸다.

"그럼 난 이만 일어나야겠다."

"잠시만요. 제가 채 작가한테 전화해서 감독님한테 인사드리라고 할게요."

"아니야. 뭐 하러 그래. 내가 내려가면서 한번 찾아볼게. 만나면 인사하고, 못 만나면 다음에 보면 되지. 그럼 우 감독, 푹 쉬고 퇴원하면 연락 줘."

"네. 그럼 조심히 가세요."

병실을 나가는 문 감독을 향해 유경이 환하게 웃으며 인사했다. 그리고 고개를 돌려 창밖을 바라봤다. 빗줄기가 점점 더 거세지고 있었다.

병원 지하에 있는 카페에 오늘따라 유난히 손님이 많았다. 이유는 톱스타 안설휘 때문이었다. 그리고 한 사람 더. 모자를 써서 누군지는 잘 모르겠으나, 어쨌든 안설휘만큼 잘생긴 서하의 얼굴도 한몫했다.

"자리 옮길까?"

서하가 설휘를 향해 물었다. 그러자 설휘가 대수롭지 않은 표정으로 커피를 마신 후 대답했다.

"어차피 어딜 가나 마찬가지야. 왜? 불편해?"

"난 괜찮은데, 형이 불편하지. 괜히 나랑 같이 있는 거 사진이라도 찍혔다가 기사화되면 어쩌려고. 알잖아, 나 요새……."

"상관없어."

시니컬한 설휘의 대답에 서하는 고마운 마음보다 걱정이 앞섰다.

"이미지가 생명인 배우가 그런 소리 막 해도 돼?"

"니가 몰라서 하는 말인데, 난 이미지가 아니라 연기력으로 승부하는 배우거든."

설휘의 잘난 척에 서하가 피식 웃으며 조용히 차를 마셨다.

"그나저나 우 감독님 많이 안 다쳐서 다행이야. 하마터면 나 너 평생 못 볼 뻔했다."

"못 보다니, 왜?"

"우 감독님 다쳤으면 너 나랑 인연 끊었을 거잖아. 아니야?"

"무슨 그런 소릴 해. 형, 나는 우 감독이 소중하게 생각하는 거 똑같이 소중하게 생각해. 나 같아도 그 상황이었음 주연 배우 구했겠다."

"뭐야. 그렇게 나오면 내가 뭐가 되냐."

"그러니까 목숨값 제대로 갚아. 이번 영화에서."

"참나. 알았다, 알았어. 내가 목숨 걸고 혼신을 다해 연기하마."

"당연히 그래야지."

서하의 말에 설휘가 못 말린다는 듯 웃으며 커피를 마셨다. 그러다 창밖으로 명성자동차 광고 현수막을 발견하곤 얼른 잔을 내려놓았다.

"맞다. 너 혹시 명성자동차 서지웅 사장 알아?"

서하가 눈으로 왜냐고 묻자 설휘가 대답했다.

"사실 나 이 영화 계약하기 전에 서지웅 사장 만났었거든. 광고 모델 계약 문제 때문에."

"그 사람이 뭐래?"

"모델 계약 연장해 줄 테니까 이 영화 출연하라고 하던데?"

"뭐라고?"

그 자식 미친 거 아니야? 유경이한텐 영화 못 찍게 투자 다 막아 버린다고 협박했다더니, 뒤에선 왜 도와줘? 도대체 속셈이 뭐냐고. 유경이한테 설마 진심인 건가?

서하가 물을 벌컥벌컥 마셨다.

"내가 이미 그 영화 하기로 했다니까 서지웅 사장이 대번에 그러는 거야. 혹시 채서하 알아?"

설휘가 서지웅 특유의 거만한 말투를 흉내 냈다.

"그래서 내가 너랑 친한 사이라고 하니까, '아이 씨, 짜증 나.' 하더라고. 진짜 소문대로 싸가지 없더라. 무례하고. 넌 그런 사람을 어떻게 알아?"

배우답게 디테일한 표정까지 지웅을 완벽하게 흉내 내는 설휘를 보니, 서하는 일주일 전 이곳 병원까지 데려다준 지웅이 떠올랐다. 도대체 그 속에 뭐가 들었는지 모르겠단 말이야. 분명 같이 있으면 기분 더럽고, 하는 말마다 사람 열받게 하는 나쁜 놈인데……. 하지만 그게 다가 아닌 것 같은 느낌.

됐어. 신경 끄자.

"근데 그 서지웅 사장 사고 났다더라."

"사고?"

서하가 놀란 얼굴로 되물었다.

"어쩌다가 사고가 났는데?"

"글쎄. 자세한 건 모르겠어. 우리 회사 실장님이 CF 콘셉트 회의하러 명성자동차 갔다가 들은 얘긴데, 많이 다쳤대. 의식 불명이라는 소문도 있고. 회사도 안 나온대."

지웅의 사고 소식을 접한 서하는 괜히 마음이 좋지 않았다.

명성병원 VIP 병실 앞.

명품백 대신 커다란 보온병을 손에 든 윤성희가 병실 앞을 서성였다. 벌써 20분째였다. 노크를 할까 말까, 문을 열까 말까, 그냥 집으로 돌아갈까 말까.

손톱을 물어뜯으며 병실 앞에서 왔다 갔다 하던 윤성희가 뭔가 단단히 결심을 한 듯, 문을 벌컥 열어 버렸다. 그리고 허리를 곱게 펴고 자신 있게 안으로 들어갔다.

또각또각.

구두 소리를 내며 침대로 향하던 윤성희의 걸음이 빨라졌다.

"서지웅! 너 지금 뭐 하는 거니?"

윤성희가 놀란 얼굴로 침대로 달려갔다. 두 다리와 오른쪽 팔 그리고 목에까지 깁스를 한, 그야말로 만신창이 몸을 한 지웅이 태블릿으로 업무를 보고 있었다.

"너 지금 뭐 하냐니까!"

"뭐 하긴 뭘 해. 일하잖아."

지금 멀쩡한 건 왼쪽 손밖에 없었다. 지웅이 굉장히 불편해 보이는 자세로 태블릿 액정을 들여다봤다. 어제까지 눈도 제대로 못 뜨던 사람이 일이라니.

"너 제정신이니?"

윤성희가 태블릿을 홱 빼앗어 버렸다.

"내놔. 안 내놔?"

지웅이 손가락을 까딱거리며 미간을 잔뜩 찌푸렸다. 하지만 윤성희는 들은 척도 하지 않고 침대 위에 보조 테이블을 펼쳤다. 그리고 그 위에 보온병을 올려놓았다. 뚜껑을 열어 먹기 좋게 죽을 덜어 낸 후 수저를 내려놓았다.

"먹어."

"내가 이걸 왜 먹어? 난 아줌마가 만든 거 안 먹어."

"어째서? 내가 만든 건 왜 안 먹는데?"

"독이라도 탔으면 어떡해."

"뭐라고?"

지웅이 전복죽을 쳐다보지도 않자 윤성희가 이를 악물었다. 그리고 그를 노려봤다.

"독은 무섭나 보지? 브레이크 고장 난 차는 안 무섭고?"

지웅이 피식 웃었다.

"웃어? 지금 웃음이 나와? 넌 도대체 목숨이 몇 개니?"

"또 왜 시비야. 아픈 사람한테."

"내가 차 타지 말랬잖아! 왜 내 말을 안 들어! 왜!"

윤성희가 소리를 버럭 질렀다. 하마터면 그날 서지웅은 죽을 뻔했다.

"이 미친 녀석! 내가 타지 말라는 그 빨간 차를 굳이 골라 타 가지고……."

"아이 씨. 시끄러워."

지웅이 귀를 후비적거리며 딴청을 부렸다. 지웅은 그날 사고가 나자마자 스피드웨이로 소방차와 구급차를 이끌고 나타나 자신을 구한 윤성희의 겁에 질린 얼굴이 문득 떠올랐다.

"내가 전부터 궁금한 게 있었는데……."

지웅이 입을 열었다.

"아줌마는 왜 자꾸 날 살려?"

윤성희를 빤히 쳐다보는 지웅의 표정이 진지했다.

"5년 전에도 그렇고, 이번에도…… 날 왜 자꾸 살리느냐고."

지웅의 물음에 윤성희는 선뜻 대답하지 못했다.

대학병원 간호사 출신으로 아주 오래전부터 서 회장의 집에서 입주 간호사를 하다가 본처가 죽고서야 호적에 오른 윤성희는 처음부터 지웅을 싫어했던 건 아니었다.

하지만 5년 전 그날 이후, 두 사람의 관계가 크게 어긋나기 시작했다. 지웅은 죽으려는 자신을 살린 윤성희를 원망했고, 윤성희는 기껏 살려 줬더니 점점 더 막 나가는 지웅이 꼴 보기 싫었다.

"날 그냥 죽게 내버려 둘 수도 있었잖아."

그랬지. 죽어 가는 널 모른 척할 수도 있었지. 하지만 그럴 수 없었다. 욕실에서 손목을 그어 피를 철철 흘리며 죽어 가는 지웅을 본 순간, 윤성희는 자신의 아들 서하가 떠올랐기 때문이다. 어쩌면 그래서 더욱 필사적으로 지웅을 살린 걸지도 모른다.

그런데 이번엔 내가 이 녀석을 왜 살렸을까? 미운 정이 더 무섭다더니. 윤성희가 자조 섞인 미소를 지었다.

"서지웅."

윤성희가 나지막하게 지웅의 이름을 불렀다. 지웅이 대답 대신 그녀를 쳐다봤다.

"나 망하는 꼴 보고 죽는다면서."

"그랬지."

"나 절대 안 망할 거야. 그러니까 너도…… 죽지 마."

"……."

"나한테 복수하고 싶으면 죽지 말고 끝까지, 악착같이, 살아남으라고. 알았니?"

살짝 떨리는 목소리. 갑자기 감정이 복받쳐 오른 윤성희가 뒤로 휙 돌더니, 황급히 병실을 뛰쳐나가 버렸다.

지웅은 당황스러운 얼굴로 전복죽을 응시했다.

"죽지 말라고?"

전복죽을 먹으라고 갖다주면서…….

"악착같이 살아남으라?"

전복 알레르기가 있는 지웅은 턱을 매만지며 생각했다.

"이건 아무리 생각해 봐도 죽으라는 건데. 하여튼 저 아줌마 마음에 안 들어."

지웅이 피식 웃으며 창밖을 내다봤다. 바로 맞은편에 명성자동차 건물이 보였다. 지웅이 핸드폰을 들어 전화를 걸었다.

"최 비서, 나 퇴원해야겠다."

스피커 너머로 절대 안 된다며 생록의 잔소리가 쏟아지자 지웅이 귀에서 핸드폰을 멀리 떼며 말했다.

"좋은 말로 할 때, 튀어 와라. 10분 준다."

전화를 끊은 지웅은 하늘을 올려다봤다. 새까만 구름 뒤에 가려져 있던 찬란한 햇빛이 모습을 드러내기 시작했다.

서하가 창구에서 퇴원 수속을 하는 동안 유경은 로비에 놓인 의자에 앉아 환자복을 입은 어르신들과 함께 TV를 시청했다.

"아이고 저 망할 놈의 새끼. 지 부모한테 간 준다고 돈만 홀랑 처받아 놓고, 수술 앞두고 내빼다니."

"드라마가 뭐 이따위야. 개막장이구먼!"

할머니들은 막장이라고 욕을 하면서도 막상 드라마가 끝나니 왜 예고도 안 하냐고 아쉬워했다. 그사이 할아버지가 얼른 뉴스로 채널을 돌렸다.

"어?"

자리에서 일어나려던 유경이 화면을 보고 놀라 동작을 멈췄다.

[명성家 왕자의 난, 피 튀기는 후계 다툼.]

자막과 함께 뉴스가 보도되고 있었다.

"세상에! 그깟 돈이 뭐길래 형이 동생을 죽이려고 해? 드라마보다 현실이 더 막장이구먼."

살인미수죄로 구속당한 서혁준의 수갑 찬 모습을 보며 할아버지가 혀를 내찼다.

"쯧쯧. 자식 교육을 어떻게 시켰길래. 그렇지, 서 회장 저 사람도 물러나야지."

기자들 앞에서 대국민 사과를 하는 서 회장의 모습에 이어 명성그룹 주주총회에 참석하는 지웅의 모습이 자료 화면으로 나오고 있었다.

유경의 두 눈이 커다래졌다. 휠체어를 타고 카메라 앞에 등장한 지웅 때문이었다. 그는 멀끔한 슈트 차림이었지만, 멀쩡한 구석이 하나도 없어 보였다. 하지만 두 다리와 팔 그리고 목에 깁스를 하고서도 그는 꼿꼿하게 휠체어에 앉아 있었다. 형에게 살해당할 뻔한 사람치곤 꽤 태연한 모습이었다.

하긴, 저 사람은 자기 감정 잘 드러내지 않고, 숨기는 거 잘하니까.

"여전하네……."

지웅이 탄 휠체어를 생록이 밀고 기자들 사이를 지나갔다. 쏟아지는 기자들의 질문에도 묵묵히 건물 안으로 들어가는 지웅의 모습. 그 위로 앵커의 멘트가 덧입혀졌다.

— 피보다 진한 경영권, 이 게임의 승자는 서지웅 사장이었습니다.

서필준 회장의 퇴임으로 후계 구도가 명확해진 명성은 '서지웅 체제'의 4세 경영을 본격화할 예정으로 보입니다.

　사람이 죽을 뻔했는데, 게임의 승자? 이 와중에 경영권을 논하다니. 유경은 왠지 씁쓸했다. 서지웅의 인생이 가엽다는 생각과 함께 녀석의 생모 윤성희에게 고마운 마음마저 들었다. 자의든 타의든 저런 끔찍한 세상에 서하를 데리고 가지 않아서 정말 다행이었다.

　"유경아, 가자."

　뒤에서 들리는 소리에 유경이 고개를 돌렸다. 서하가 뭘 그렇게 열심히 보고 있냐고 물었다. 그러곤 녀석도 TV를 응시했다. 화면 속 지웅을 본 서하의 표정이 복잡미묘했다.

　"참 속을 알 수 없는 사람이야."

　중얼거리던 서하가 시선을 돌려 유경을 바라봤다. 그의 눈빛에 애틋함이 묻어났다.

　"나한테 니가 없었다면, 나도 서지웅 저 사람이랑 별반 다를 거 없는 인생을 살았을 거야. 내가 진짜 원하는 게 뭔지 알지 못한 채, 보이는 것에만 치중하는 삶 말이야. 고마워. 내 인생에 등장해 줘서."

　"갑자기 웬 사랑 고백?"

　자리에서 일어난 유경이 쑥스러워 괜히 너스레를 떨고 있는데, 서하가 갑자기 아까부터 몸 뒤에 숨기고 있던 팔을 불쑥 내밀었다. 녀석의 손에는 꽃다발이 들려 있었다.

　"퇴원 축하해."

　"우와! 어쩐지 아까부터 계속 어디서 좋은 향기가 나더라. 근데 이거 무슨 꽃이야? 예쁘다."

　"자목련. 꽃말은 믿음."

　"향기도 좋고, 예쁘게 생긴 게, 꽃말까지 완벽하네? 누구처럼."

"누구? 나?"

"그래, 너다 너. 알면서 뭘 묻냐."

발그레해진 유경이 팔꿈치로 괜스레 녀석의 옆구리를 푹 찌르곤, 꽃향기를 맡았다.

"좋다. 좋아."

행복해하는 유경을 서하가 흐뭇하게 바라봤다. 그리고 유경의 손을 잡고 같이 밖으로 나갔다.

"집에 가기 전에 잠깐 들를 데가 있어."

"어디?"

차에 올라탄 서하가 내비게이션에 인천 공항을 찍었다. 유경이 놀란 얼굴로 서하를 바라봤다.

"웬 공항?"

"널 만나고 싶어 하는 사람이 있어."

"누군데?"

"존 라이너 감독님."

서하가 차를 출발시키며 말하자, 유경의 두 눈이 휘둥그레졌다.

"뭐라고? 누가 날 만나고 싶어 해? 너 지금 농담하는 거지?"

"농담인지 아닌지는 가서 보면 알겠지."

"세상에……. 진짠가 봐."

잠시 동안 유경이 멍해졌다가 얼른 다시 정신을 차렸다.

"근데 존 라이너 감독님이 한국엔 왜? 아니, 나를 왜 만나고 싶어 하시는데?"

"글쎄. 난 그저 「애니와 샘」 각색하는 데 니가 많은 조언과 영감을 줬다고 말했을 뿐인데."

"어떡해. 감독님 만나면 나 무슨 말 하지? 나중에 할리우드 초대해 달라고 할까?"

"유경아, 거긴 누구한테 초대받지 않아도 그냥 갈 수 있어. 지금이라도 내가 너 데려갈 수 있는데."

"그래? 근데 그걸 왜 지금 말해. 그럼 우리 당장 할리우드 가자."

"그래. 지금 당장 가자."

"아, 맞다! 나 다음 주부터 촬영 나가는데. 미안한데, 할리우드 가는 건 잠깐 미루자."

그럼 그렇지. 기대도 안 했다는 표정으로 서하가 운전을 하며 유경을 흘끔 쳐다봤다.

"너 아무 말이나 막 하는 거 보니까, 떨리는구나?"

"응. 나 지금 너무 떨려. 너도 알잖아. 내가 제일 좋아하는 감독님인 거."

"좋아하는 빼고, 존경하는으로 바꾸자. 질투 나."

"픕."

별걸 다 질투한다며 유경이 웃음을 터뜨렸다. 그러곤 선심 쓰듯 말했다.

"그래. 내가 존경하는 감독님은 존 라이너 감독님이고, 좋아하는 남자는 세상에 단 한 명밖에 없지."

유경의 애교 섞인 목소리에 서하가 만족스러운 미소를 지으며 창문을 내렸다. 따뜻하고 포근한 봄바람이 불어오자 유경이 감탄사를 연발했다.

"으, 진짜 좋다. 오늘 날씨도 좋고, 꽃도 예쁘고, 옆에 좋아하는 남자도 있고."

배시시 웃는 유경의 머리카락이 바람에 흩날렸다. 서하는 코끝으로 스며들어 오는 그녀의 향기를 맡으며 기분 좋은 미소를 지었다.

벚꽃이 흩날리는 가로수 길을 달리는 차 안에서 행복한 기운이 물씬 풍겼다.

장 여사네 집 거실이 어수선했다. 김장 매트 위에 앉은 장 여사가 대
야에 쌓인 배추에 양념을 버무리고 있었다.

　"빌! 스토옵! 그만 좀 먹어. 숙영 언니야, 통역 좀 해라. 저 아저씨 그
만 좀 먹으라고."

　배춧잎에 양념을 싸서 맛있게 먹는 빌을 장 여사가 째려보며 중얼거
렸다.

　"혼자 배추 한 통을 다 먹다니. 아무리 봐도 외국인 아닌 것 같은데."

　장 여사와 마주 보고 앉아 같이 김장을 하던 숙영이 빌에게 그만 먹
으라고 통역을 하자, 빌이 손가락에 묻은 양념을 쪽쪽 빨며 아쉬워했다.

　"빌, TV나 틀어 줘. 숙영 언니, 통역."

　장 여사의 말을 숙영이 통역하기도 전에 빌이 귀신같이 알아듣고 리
모컨으로 TV를 켰다.

　— 생방송 '한낮의 연예 뉴스'입니다. 할리우드 거장 존 라이너 감독
이 한국을 깜짝 방문한 사실이 뒤늦게 알려져 화제가 되고 있는데요…….

　자료 화면으로 인천 공항에서 출국하는 존 라이너 감독의 모습이 나
오고 있었다.

　"빌, 드라마 틀어 줘. 언니 통역."

　빌이 또 먼저 알아들었는지 리모컨을 만지다가 음소거 버튼을 눌러
버렸다. 대번에 장 여사의 따가운 눈빛이 날아오자 빌이 얼른 숙영에게
리모컨을 넘겼다.

　"엄마얏!"

숙영이 리모컨을 받다가 대야에 빠트려 버렸다.

"아이고, 어떡해."

빨간 양념이 묻은 리모컨을 건져 낸 숙영을 보며 장 여사가 고개를 절레절레 흔들었다.

"아, 진짜 드라마 할 시간인데……. 이잉?"

TV를 본 장 여사의 두 눈이 휘둥그레졌다. 덩달아 TV로 시선을 돌린 숙영의 표정도 밝아졌다.

"어머나. 저 연예인 잘생겼다. 요새 남자 배우들은 다 예쁘게 생겼네."

"언니."

"응?"

"저 예쁘게 생긴 애 언니 아들이잖아."

"으응?"

숙영이 두 눈을 크게 뜨고 다시 화면을 바라봤다. 존 라이너 감독과 함께 서 있는 예쁘게 생긴 남자는 분명 서하였다.

"진짜 우리 서하네? 쟤가 왜 저기 있어?"

"리모컨 안 돼? 소리 좀 키워 봐."

"이거 안 되네. 고장 났나 봐."

"빌 아저씨 완전 똥손이네 똥손. 어머나 비이이일, 내 TV는 만지지 마! 언니 빨랑 통역! 내 물건 손대지 말라고 통역!"

빌이 볼륨을 높이기 위해 TV를 만지려고 하자, 장 여사가 다급히 외쳤다. 급기야 고무장갑을 벗고 빌을 밀쳐 낸 장 여사는 직접 TV 볼륨을 높였다.

─ 이번 한국 여행의 가장 큰 목적은 채 작가를 만나는 거였어요. 그리고 그에게 직접 얘기를 듣고 싶었죠. 소설 「피어싱」의 세계관에 대해 궁금한 것들이 너무 많았거든요. 그를 만나서 얘기를 나눠 보니

워 확신이 들더군요. 죽기 전에 이 친구와 꼭 한 번 다시 만나 같이
일을 해야겠다고…….

아까부터 계속 티격태격하던 세 사람은 존 라이너 감독이 작가 채서
허를 극찬하는 인터뷰를 보며 순식간에 한마음이 되어 기뻐했다.

"그렇지. 저 양반이 괜히 거장이 아니야. 보는 눈이 아주 정확하네."

장 여사의 말에 숙영의 눈시울이 붉어졌다. 그러자 빌이 재빨리 숙영
의 눈물을 티슈로 닦아 주었다.

그런 두 사람을 흐뭇하게 보던 덕희는 마침 울리는 전화벨 소리에 안
방으로 달려가 전화를 받았다.

"여보세요? 지영 엄마, 무슨 일이야?"

— 유성 엄마, 저번에 우리 서점에서 몽땅 사 간 책 있잖아. 그거 좀
다시 갖다줄 수 있을까?

"왜? 버릴 땐 언제고."

— 그게 말이야, 오해가 있었더라고. 지금 사람들 그 책 찾고 난린데,
절판돼서 구할 수도 없고……. 내가 돈 다시 줄 테니까 좀 갖다주라.

"돈 얼마 줄 건데? 열 배? 스무 배? 아니, 백배를 줘도 안 팔아."

— 유성 엄마, 이웃끼리 그러지 말고…….

"그러게 내가 말했잖아. 그 책 빼면, 니 후회한다고. 됐다, 마. 끊는다."

전화를 끊은 장 여사가 장롱 옆에 가득 쌓인 책 「피어싱」을 흐뭇하게
바라보았다.

5개월 후. 늦더위가 기승을 부리는 9월.

여름 내내 스태프로 북적이던 〈문필름〉 사무실이 오래간만에 한가했

다. 크랭크업을 한 지도 벌써 한 달이 지났다.

"어우, 더워!"

30도가 넘는 더위에 하필 에어컨이 고장 나 사무실 안은 찜통이었다. 더위를 많이 타는 유경은 죽을 맛이었다. 하지만 그늘 하나 제대로 없는 야외 촬영 현장에서 고생했던 것을 떠올리니, 이곳은 천국이나 다름없었다.

그만큼 촬영은 고되고 힘들었다. 매일 크고 작은 사고가 끊이지 않았고, 날씨도 우리 편이 아니었다. 진짜 누구 하나 크게 다치지 않고 무사히 촬영을 마친 것만으로도 감사히 여겨야 했다. 서류로 부채질을 하던 유경의 머릿속에 그간 고생했던 날들이 주마등처럼 스치고 지나갔다.

"우 감독, 김 피디! 할 얘기 있으니까 바로 회의실로!"

배급사 미팅을 마치고 사무실로 돌아온 문 감독이 회의실로 뛰어 들어갔다.

"무슨 일이시지?"

유경이 의아한 얼굴로 김 피디를 보자, 김 피디가 저도 모르겠다는 듯 고개를 갸웃거렸다. 두 사람은 서둘러 회의실로 들어갔다.

의자에 앉아 한숨을 푹푹 쉬어 대는 문 감독의 표정이 심각했다. 아무래도 배급사에서 우리 영화 깠나 보다. 유경의 가슴이 철렁 내려앉았다.

"그 배급사 보는 눈이 없나 봐요. 우리 영화 완전 잘 나왔는데. 감독님, 저희 선진미디어 가 보는 건 어떨까요? 거기가 제일 크잖아요."

"오늘 다녀온 곳이 선진미디어야."

"그, 그래요?"

괜히 말했다. 애써 밝은 척 문 감독을 위로하던 유경의 표정이 흙빛이 되었다. 이러다 진짜 개봉 못 하는 거 아니야? 시무룩한 유경의 표정을 흘끔 보던 문 감독이 조심스럽게 입을 열었다.

"내가 오늘 선진미디어 배급 담당자를 직접 만났는데, 그 이사님이 만나자마자 나한테 뭐라고 했는지 알아?"

유경과 김 피디가 동시에 고개를 절레절레 흔들었다.

"영화가 너무 자기 취향이더래."

으응? 갑자기 문 감독의 표정이 밝아졌다.

"우 감독, 김 피디! 무슨 말인지 모르겠어? 영화 너무 재밌었대. 자기가 팍팍 밀어주겠대."

"네?"

"오늘 개봉일도 확정받았다니까."

"정말요? 감독님, 진짜예요? 날짜가 언젠데요?"

믿기지 않는다는 듯 유경이 질문을 쏟아 내자, 문 감독이 자신감에 찬 얼굴로 대답했다.

"2월 14일! 발렌타인데이!"

"꺄악! 대박. 날짜까지 완벽해."

김 피디가 감탄사를 쏟아 냈다.

"감독님, 이거 꿈은 아니죠? 발렌타인데이에 개봉하는 거 우리가 진짜 바라던 상황이잖아요."

유경이 살며시 볼을 꼬집어 봤다. 그러자 문 감독이 웃으며 너스레를 떨었다.

"사실, 나 오늘 미팅에 사활을 걸었거든. 안 되면 이사님 바짓가랑이라도 붙들고 빌라고 했어. 그래야 우 감독 마음 편하게 결혼할 거 아니야."

"우 감독님 결혼하세요?"

김 피디가 놀란 얼굴로 유경을 쳐다봤다. 유경이 수줍게 웃으며 고개를 끄덕였다.

"언제요?"

"다음 달이요. 늦게 알려 드려서 죄송해요. 개봉 날짜 잡히면 청첩장 돌리려고 했는데, 드디어 그날이 왔네요. 하하. 이따 모바일로 먼저 쏴 드릴게요."

"축하해요! 완전 겹경사네요!"

김 피디가 호들갑을 떨며 박수를 쳤다. 유경이 화답이라도 하듯 환하 게 웃었다. 기분 좋은 소식이 연이어 들려오자 더위가 싹 날아가 버렸 다.

회의실을 나와서도 김 피디의 축하가 이어졌다.

"감독님, 우리 오늘 한잔할까요? 개봉일 확정 기념으로다가. 족발 어 때요? 여의도에 아는 맛집 있는……. 아, 맞다. 오늘 여의도는 안 되겠 네요."

"여의도 족발 좋은데, 왜요?"

"오늘 불꽃 축제 때문에 거기 사람 엄청 많을 거예요. 그럼 어디로 가 지? 족발은 괜찮으신 거죠?"

"족발 좋죠. 너무 좋은데……."

유경은 볼살을 만지작거리며 고민에 빠졌다.

"피디님, 제가 진짜 오늘 같은 날엔 같이 한잔하고 싶은데……."

"어머나. 맞다, 맞다. 결혼식 얼마 안 남았죠? 제가 괜한 소릴 꺼냈네 요. 그럼 요새 다이어트하고 계신 거예요?"

"네. 근데 티가 전혀 안 나죠?"

김 피디가 아주 솔직한 표정으로 고개를 끄덕였다. 이런 젠장.

"더 열심히 하셔야 할 것 같아요. 채 작가님 얼굴이 워낙 작으시니 까."

"……."

"농담이에요."

"농담 아닌 것 같은데요?"

"그나저나 신혼집은 어디예요?"

거봐. 말 돌리는 거 보니 농담 아니다. 유경은 가방에서 꺼낸 휴대용 마사지기로 얼굴을 마구 문지르며 대답했다.

"신혼집은 채 작가랑 저랑 둘 다 문화시가 고향이라서 지금 그쪽으로 알아보고 있어요."

"그러시구나. 아무튼 너무 부러워요. 채 작가님 나이도 어리고, 잘생겼고, 능력도 좋고…… . 아, 맞다! 저 얼마 전에 출간된 채 작가님 소설 「43번 국도」 봤어요. 그거 혹시 판권 팔렸어요?"

유경이 미안한 기색을 내비치자, 기대감에 가득 차 있던 김 피디가 안타까움의 탄식을 내뱉었다.

"팔렸구나? 아이고, 아까워라. 어디 팔았어요?"

"이거 대외빈데…… . 존 라이너 감독님이 드라마로 하자고 하셔서 지금 조율 중이에요."

"존…… 라이너 감독님이요? 대박. 와우, 진짜 채 작가님은 클라스가 다르네. 존 라이너 감독님이랑 드라마를 기획하다니."

유경이 멋쩍게 웃었다.

"이쯤 되니까 봄에 채 작가님한테 정신 감정 받으라고 막말했던 그 범죄심리학 교수 근황이 궁금해지네요. 듣기론 채 작가님이 명예 훼손으로 교수고 기자고 방송국이고 싹 다 고소했다던데. 그거 사실이에요?"

사실이었다. 명성그룹 서혁준이 살인미수죄로 잡혀 들어간 이후, 그가 과거에 저질렀던 악행들이 낱낱이 만천하에 공개되었다. 그리고 그 과정에서 서혁준이 연구원 자살 사건에 일조한 사실과 그 사실을 덮으려고 서하를 희생양 삼은 명성그룹의 음모가 밝혀졌다.

지난여름, 유경이 열심히 일을 하는 동안 서하는 아주 열심히 법원을 다녔다.

"그러다 합의금으로 빌딩 사시는 거 아니에요?"

"아마 그럴지도 모르겠어요. 채 작가 지금 승소하는 거 맛 들렸거든요. 다음 글이 법정물인데, 영감이 마구 떠오른다면서 즐기고 있어요. 변호사도 없이 혼자 법원 다니고, 증거 제출하고, 판사 앞에서 진술하고."

"와, 채 작가님은 대체 못하는 게 뭐예요? 프러포즈는 어떻게 했는지 진짜 궁금해요."

프러포즈? 유경이 곰곰이 생각에 잠겼다. 그동안 서로의 일이 너무 바빠서 정신이 없기도 했고, 결혼 날짜는 어른들이랑 밥 먹는 자리에서 그냥 자연스럽게 결정된 거였다.

"우린 이미 결혼 날짜도 잡았고, 프러포즈 그런 거 안 해도 되는데⋯⋯."

유경이 얼버무리자, 김 피디가 익살스럽게 웃으며 물었다.

"프러포즈 아직 안 받으셨구나?"

"집에 막 풍선 매달고, 피아노 치면서 노래 부르고, 케이크에서 반지 나오고, 뭐 드라마에서 보던 그런 프러포즈를 말하는 거면⋯⋯. 네. 아직이요."

"에이, 실망하지 마세요. 원래 다들 결혼 날짜 잡고 하잖아요. 채 작가님도 조만간 하시겠네요. 프. 러. 포. 즈. 저 진짜 궁금해요. 추리 소설 작가 예비 남편의 프러포즈는 어떨지. 엄청 치밀하고 서프라이즈할 것 같아요."

그런가? 유경은 요새 부쩍 수상했던 녀석의 행동들이 떠올랐다. 밖으로 나가 내 눈치를 보며 누군가와 전화 통화를 한다든지, 대뜸 좋아하는 노래가 뭐냐고 묻는다든지, 지금 갖고 싶은 것 중에 가장 비싼 게 뭔지 말해 달라고 한다든지.

지이잉.

그때 문자가 도착했다.

[퇴근하고 소극장 앞에서 보자. 기다릴게.]

갑자기 웬 소극장? 물론 거기서 가끔 둘이 영화를 보기도 하지만……. 오늘은 영화가 아니라, 소극장에서 비싼 거 주면서 노래 부르려나? 나한테 딱 걸렸어. 하여튼 그 녀석은 이쪽 방면으론 하나도 안 치밀하고, 되게 허술해.

그래도 좋다. 노래 부르는 거 한 번도 못 봤는데. 히히.

유경이 배시시 웃으며 가방에서 립글로스를 꺼내 발랐다. 프러포즈받을 생각을 하니 갑자기 유경의 가슴이 콩닥거렸다.

"김 피디님, 저 오늘 먼저 퇴근할게요!"

"어? 설마 오늘 프러포즈?"

"아마도?"

유경이 능청스럽게 말하며 가방을 메고 밖으로 달려 나갔다. 그녀의 걸음이 구름 위를 걷는 것처럼 가벼웠다.

70대 할머니 할아버지들 틈에 섞여 소극장을 나온 유경은 어리둥절한 얼굴로 서하를 올려다봤다.

"왜? 영화 별로였어?"

"어? 아니……. 그게 아니라……."

진짜 영화만 보고 나올 줄 몰랐지.

"오늘은 이상하게 사람이 참 많네."

우르르 골목을 내려가는 할머니와 할아버지들의 뒷모습을 보며 유경이 중얼거렸다. 그녀의 중얼거림을 들은 서하가 말했다.

"아까 얘기 들어 보니까 근처 노인회관에서 단체로 관람 오셨대."

"아…… 그렇구나."

"사람 많아서 자리가 좀 불편했지?"

"아니, 전혀. 오히려 어르신들이랑 같이 영화 보니까 더 좋았어. 연세 있으신 분들은 어떤 포인트가 재미있어 웃으시는지, 감동을 느껴 눈물을 흘리시는지 알 수 있어서 좋았어."

물론 처음엔 약간 당황했었다. 녀석이 프러포즈하는 줄 알고 잔뜩 기대하고 있었으니까. 그런데 웬걸? 소극장에 들어갔는데 할머니 할아버지들이 객석 가득 앉아 계시는 게 아닌가.

"픕!"

김칫국을 마신 자신이 우스워 유경이 뒤늦게 웃음을 터뜨렸다. 갑자기 웃는 유경을 서하가 의아하게 쳐다봤다.

"영화가 그렇게 재밌었어?"

"어? 응. 무지 재밌었어. 으아, 배고프다."

"밥 먹으러 갈까?"

"아니. 참을래. 나 다이어트 중이라니까."

"안 해도 된다니까. 니가 뺄 데가 어디 있어."

"어디 있긴. 엄청 많지. 너도 다 봤잖아. 알면서."

"음…… 그치. 내가 다 봤지. 오늘 아침에도 봤고……."

"뭐야, 너 지금 얼굴 빨개졌어. 무슨 상상을 하는 거야."

"아……. 큰일 났다."

서하가 고개를 절레절레 흔들며 머릿속 상상을 떨쳐 내기 바빴다. 그런 녀석을 흘끔 보던 유경은 꼬르륵거리는 배를 움켜잡으며 고민에 빠졌다.

"간단하게 뭐 좀 먹을까? 살 안 찌는 음식으로다가……."

"살 안 찌는 음식? 됐고. 그냥 맛있게 먹고 운동하자. 내가 밤새 운동 시켜 줄게."

"무슨 운동······. 야!"

"왜."

서하가 당당하게 대꾸했다. 그러자 유경이 녀석을 흘겨봤다.

"오늘 아침에도 너 때문에 지각할 뻔했잖아."

"지각 좀 하면 어때. 영화 후반 작업도 다 끝났겠다, 이제 개봉 날짜만 정해지면······."

"아, 맞다. 나 개봉 날짜 정해졌어."

"진짜? 그걸 왜 이제 말해."

"지금 생각났어. 딴 데 정신 팔려 있다가······. 아무튼 개봉 날짜가 언제냐면, 2월 14일! 발렌타인데이."

서하의 두 눈이 휘둥그레졌다.

"진짜?"

"응. 진짜."

"잘됐다. 날짜 딱이네. 영화 장르랑도 잘 맞고."

"그치? 딱이지? 서하야, 있잖아. 나 막 영화 관객 천만 찍고, 백호영화제에서 신인 감독상 받고, 막 강제로 할리우드 진출해 가지고 스타 감독 되면 어떡하지?"

꿈에 부풀어서 아무 말이나 막 내뱉는 유경이 너무 귀여워 죽겠는지 서하가 웃음을 터뜨렸다.

"어떡하긴 어떡해. 가면 되지. 할리우드."

"그런가? 그냥 가면 되나? 아싸. 오늘 기분도 좋고, 안 되겠다. 맛있는 거 먹자!"

"고기 어때?"

"완전 좋지!"

"집으로 가자. 내가 구워 줄게. 소고기로."

"그건 더 좋지."

유경이 환하게 웃는 얼굴로 녀석의 팔에 팔짱을 끼며 딱 달라붙었는데. 으응? 녀석의 카디건 주머니가 툭 튀어나온 것을 느낀 유경이 슬쩍 시선을 내렸다. 뭐지? 주머니 볼록 튀어나온 거, 네모난 거 저거 뭐지? 설마, 반지 상자? 프러포즈? 다시금 피어오르는 프러포즈의 기운.

"서하야, 근데 갑자기 영화는 왜 보자고 했어?"

"……그냥."

한 템포 느린 대답. 이거 수상한데. 잔뜩 수상함을 느끼며 유경은 서하와 함께 걸었다. 소극장에서 집까지 그리 멀지 않았다.

"먼저 올라가 있어. 나 편의점 좀 들렀다 갈게."

"편의점은 왜?"

"집에 몇 개 안 남아서. 그거 사러."

"먼저 들어갈게."

얼굴이 빨개진 유경이 후다닥 건물 안으로 들어갔다. 그리고 얼른 엘리베이터에 올라탔다.

2주 전에 월세 계약 기간이 만료되는 바람에 유경은 얼떨결에 녀석과 살림을 합치게 되었다. 되도록 결혼 전까지는 동거를 안 하려고 했는데, 같이 살아 보니 왜 진작 하지 않았는지 후회가 될 정도로 하루하루가 너무 행복했다.

채서하는 정말 일등 신붓감 아니, 신랑감이었다. 청소 잘해, 빨래 잘해, 음식 잘해. 잘하는 것보다 못하는 걸 찾는 게 더 어려웠다.

띵.

어느새 도착한 제일 꼭대기 층. 엘리베이터에서 내린 유경은 익숙한 현관 비밀번호를 누르고 문을 열었는데.

"어?"

유경의 두 눈이 커다래졌다.

"이건……."

거실 천장을 가득 채운 풍선과 하트 모양의 전구. 빛이 있는 곳으로 유경이 천천히 걸음을 옮겼다. 프러포즈 장소가 소극장이 아니라, 집이었어? 유경이 감동 어린 눈빛으로 불빛을 보고 있는데, 마침 문이 열리고 서하가 들어왔다.

"유경아?"

서하가 놀란 얼굴로 다가오며 유경을 부르자, 유경이 서하의 품에 와락 안겼다.

"이런 거 안 해도 되는데, 언제 준비했어?"

"어? 그게⋯⋯."

"쑥스러워하긴. 나 사실 다 알고 있었어. 니가 오늘 프러포즈할 거라는 거. 알고 있었는데도, 너무 좋다. 근데 풍선 부느라 너 엄청 힘들었겠다."

"힘들⋯⋯었을 거야, 아마."

당황스러워하며 대답하는 서하를 유경이 의아하게 쳐다봤다.

"근데 너 표정이 왜 그래? 아⋯⋯. 내가 안 놀라서 김샜구나?"

"어? 응."

서하가 고개를 끄덕이며, 멋쩍은 웃음만 흘리고 있는데.

"엣취!"

이게 무슨 소리지? 유경이 화들짝 놀라며 고개를 돌렸다.

"방금 무슨 소리 들리지 않았어?"

"무슨 소리?"

"엣취!"

"이 소리 말이야."

"난 안 들리는데."

안 들리긴. 이거 분명 뭔가 있어. 서하의 품에서 떨어져 나온 유경이 얼른 불을 켰다. 그리고 30초 만에 소리의 근원지를 발견했다. 커튼 뒤로 보이는 익숙한 실루엣.

"저 인간이 왜 저기 있어?"

유경이 씩씩거리며 입바람으로 앞머리를 불며 말했다.

"오빠. 나와."

"……에에에이취!"

입을 틀어막고 재채기를 해 대는, 커튼 뒤에 있는 누군가는 꼼짝도 하지 않았다.

"나오라고."

그래도 안 나오고 버틴다. 하는 수 없이 서하가 뒷머리를 긁적이며 말했다.

"형님. 그냥 나오세요. 다 들켰어요."

서하가 말하자 커튼 뒤에서 냉큼 나온 유성. 그는 바람 빠진 풍선을 입에 물고 손을 흔들었다.

"하이."

"오빠가 왜 여기 있어? 한 달 전에 짐 뺐잖아."

"놓고 간 물건이 있어서 낮에 잠깐 왔는데."

"근데 왜 아직도 있냐고."

유성이 서하를 흘끔 보더니 유경을 향해 억울함을 토로했다.

"채서하가 프러포즈 어떻게 하냐고 묻길래 내가 팁을 줬지. 우리 우유경이는 풍선 이런 거 유치한 거 좋아한다고. 그랬더니 들은 척도 안 하더라고."

"흠흠."

서하가 헛기침을 하며 유성을 향해 얼른 가라고 눈빛으로 경고했다.

"가지 말래도 갈 거다. 그럼 난 이만."

유성이 후다닥 현관으로 달려 신발을 신고 도망쳐 버렸다. 서하가 멋쩍게 웃었다.

"미안. 이런 거 좋아하는 줄 알았으면, 내가 직접 풍선 불었을 텐데."

낮에 유성이 풍선 얘기할 때 콧방귀 뀌며 무시했던 것에 대한 후회가 밀려왔다. 이마를 긁적이며 서하가 낭패감이 깃든 얼굴을 하자 유경이 웃음을 터뜨렸다.

"내가 진짜 혹시나 해서 묻는 건데……. 너 소극장에서 노래 부르려고 했지?"

"어떻게 알았어?"

"그럴 것 같더라. 근데 왜 안 불렀어?"

"내가 극장 예약을 했는데, 직원이 날짜를 착각해서 어르신 손님들을 받아 버린 거지."

"풉."

"왜 웃어?"

유경이 볼록 튀어나온 주머니를 가리켰다.

"그거 반지지?"

"어떻게 알았어?"

"야. 어떻게 알긴. 티가 다 나는데."

"그래?"

"아, 진짜 웃겨. 아까 김 피디가 추리 소설 작가의 프러포즈는 아주 치밀하고 계획적이고 듣도 보도 못한 이벤트일 거라고, 엄청 궁금하다고 그랬는데."

"치밀하고 계획적이고 듣도 보도 못한 이벤트 앞으로 많이 해 줄게. 오늘은 봐주라."

"그래. 오늘은 봐주지 뭐. 근데 그 반지 언제 줄 거야?"

"내가 불지도 않은 풍선 앞에선 양심에 찔려서 안 되고, 잠깐 위로 올라가자."

서하가 유경의 손을 잡고 밖으로 나가 계단을 올라갔다. 그리고 편의점 평계를 대고 경비실에 가서 빌려 온 열쇠로 옥상 문을 열었다.

"갑자기 옥상은 왜?"

"저기."

서하가 손가락으로 하늘을 가리키는 순간.

펑. 퍼엉. 펑. 펑!

폭죽 소리와 함께 불꽃이 하늘을 아름답게 수놓았다.

"아, 오늘 한강에서 불꽃 축제 한다고 했었지……. 세상에, 너무 예뻐."

형형색색 오색 불꽃을 그저 넋 놓고 바라보던 유경은 불꽃이 아스라이 사라지자 아쉬워했다.

서하는 아까부터 계속 유경의 얼굴에서 시선을 떼지 않고 있었다. 그 시선을 느낀 유경이 고개를 돌려 서하를 바라봤다.

"불꽃 축제 이렇게 가까이서 처음 봐."

"나도. 아까 경비 아저씨가 그러더라. 여기 옥상에서 불꽃이 가장 예쁘게 잘 보인대."

"우와. 진짜? 땡잡았네. 근데 불꽃 축제 매년 열렸는데, 넌 왜 처음 봐? 여기서 오래 살았다면서."

유경은 갑자기 궁금해졌다. 작년 이맘때 화려한 불꽃 아래에서 녀석은 뭘 하고 있었는지.

"불꽃 축제가 있는 날은 그냥 시끄러운 날이었어. 사실 불꽃이 예쁘다고 느낀 건 오늘이 처음이야."

불꽃 아래에서 녀석은 행복하지 않았었구나.

"그런 눈으로 보지 않아도 돼. 나 지금 너무 행복하니까."

"그래. 지금 행복하면 됐지. 앞으로 더더욱 행복해지자."

"그래. 그러자. 그리고 고마워. 불꽃이 예쁘다는 걸 알게 해 줘서."

"나 아무것도 안 했는데……."

"너랑 사귀기 전에 나는, 세상에 그 어떤 아름다운 것들을 봐도 아름답게 느껴지지 않았어. 그러니까 다 니 덕분이지."

서하가 유경을 지그시 바라보며 말했다.

퍼엉. 펑펑. 펑!

또다시 까만 하늘에서 불꽃이 터졌다. 유경과 서하는 한동안 말없이 서로의 눈을 바라봤다. 불꽃이 비쳐 반짝이는 눈동자.

"예쁘다."

서하가 말했다.

"너 만나고 나 진짜 많이 변했어. 가장 큰 변화가 뭔지 알아?"

"음…… 뭔데?"

"해피 엔딩을 믿게 된 거."

"……."

"그리고 처음으로 해피 엔딩의 글을 썼지. 「애니와 샘」도 그렇고, 「43번 국도」도 그렇고. 그리고 내 인생도 그래. 너로 인해, 너를 위해, 앞으로는 아름답고 행복한 일만 있을 거라는 믿음이 생겨났어."

"그 말 감동이다."

"아, 반지."

하마터면 잊을 뻔했다. 서하가 서둘러 주머니에서 꺼낸 반지 케이스를 열었다. 그러곤 유경의 손가락에 끼워져 있던 커플링을 빼내고, 다이아몬드 반지를 새로 끼워 줬다.

"오, 예쁘다. 불꽃보다 더."

"그러네. 예쁘네. 다이아몬드보다 더."

서하가 유경의 뺨을 어루만지며 말했다.

"나한테 와 줘서 고마워."

"나도 너무너무 고마워. 근데 난 오늘 준비한 게 없는데, 어쩌지?"

"어쩌긴. 빨리 내려가서 밥 맛있게 먹고, 운동 열심히 하면 되지."

"그래. 그건 내가 잘할 수 있어."

"진짜? 기대해도 돼?"

"꺄악!"

서하가 '공주님 안기' 자세로 유경을 번쩍 안아 들었다. 그러곤 유경의 이마에 살포시 입을 맞췄다.

"유경아, 사랑해."

사랑 고백도 잊지 않았다.

"나도."

이마가 아닌 입에 해 달라며 유경이 입술을 쭈욱 내밀었다.

쪽.

서하가 웃으며 유경의 입술에 키스했다.

"안 되겠다. 빨리 내려가자."

불꽃놀이를 보고 있었다는 사실도 잊은 채 서하의 마음이 다급해졌다. 유경을 안은 서하가 뛰듯이 걸어 옥상을 벗어났다.

문이 닫히고 두 사람의 행복한 앞날을 축복이라도 하듯, 경쾌한 노랫소리와 함께 화려하고 웅장한 불꽃 축제의 피날레가 시작됐다.

펑! 퍼엉! 펑펑!

하늘에 '해피 엔딩'이라는 문구가 불꽃으로 멋지게 수놓아 반짝이고 있었다.

에필로그 1.
결혼식

사방이 온통 통유리로 된 연회장. 창밖으로 은빛 바다가 펼쳐진 이곳
의 뷰는 그야말로 절경이었다.

"여기 결혼식장 맞아?"

연회장에 들어서는 하객들의 입에선 감탄사가 끊이지 않았다. 바닥에
깔린 잔디, 푸릇한 나뭇잎과 파스텔 계열의 아름다운 생화 장식은 마치
휴양지에 온 듯한 착각이 들 정도였다.

"우 감독님이 결혼식을 왜 문화시에서 하나 했더니, 세상에 너무 예
쁘다."

"장소 리스트에 적어 놔야겠어요."

"나도."

직업병 제대로 도진 김 피디를 비롯한 스태프들이 핸드폰으로 사진을
찍느라 정신이 없었다. 유경의 장소 섭외력이 결혼식에서도 빛을 발한다
며 다들 엄지를 추켜세웠다.

399

"그나저나 우 감독님 남편분은 어디 계세요?"

"저기 계……셨는데, 어라? 어디 가셨지?"

조금 전까지만 해도 연회장 입구에 서 있던 새신랑이 보이지 않자 다들 의아해했다.

오늘 이 결혼식장에서 제일 바쁜 사람은 다름 아닌 유성이었다.

"여기 식권 받아 가세요."

"주차요? 지하 2층에 하시면 됩니다."

유성은 땀까지 뻘뻘 흘리며 여기저기 뛰어다니느라 정신이 없었다.

"신부님 오빠분! 신랑님 어디 계세요? 이거 설명드려야 하는데."

웨딩홀 직원이 유성에게로 달려왔다.

"신랑 저기 있……었는데, 없네?"

아우, 이 자식 또 없어. 또! 신부 대기실에서 녀석을 끌고 와 입구에 세워 놓은 지 5분도 안 돼서 또 없어졌다. 벌써 세 번째다.

"유성아. 너희 엄마 어디 계시니?"

"엄마는 저기 계시……지 않네?"

이런, 젠장. 엄마도 없고.

"저기요, 신랑 쪽 가족분들은 어디 가면 만날 수 있을까요?"

사돈어른도 없고. 이 사람들이 진짜! 유성이 자기 주변으로 모여든 하객들에게 일단 다들 기다리시라고 말한 뒤, 어디론가 부리나케 달려갔다.

유성이 도착한 곳은 신부 대기실이었다.

신랑 채서하는 두말할 것도 없고, 엄마 그리고 사돈어른과 사돈어른 남친까지. 역시나 여기 다 모여 있었다. 왜 다들 여기서 이러고 있냐고,

버럭 화를 내려던 유성은 웨딩드레스를 입은 유경을 보곤 움찔 놀랐다.

'우유경이 맞아? 쟤가 원래 저렇게 예뻤나?'

소파에 앉아 있는 순백의 웨딩드레스를 입은 아름다운 신부. 창을 통해 스며들어 오는 햇살보다 더 눈부신 신부의 미소. 아름다운 쇄골 라인, 볼륨감 넘치는 몸매와 대비되는 단아한 헤어스타일과 메이크업. 아까 연회장에서 봤던 여배우보다도 더 아름다웠다.

아, 맞다. 지금 이럴 때가 아니지. 유성이 뒤늦게 정신을 차리고 고개를 돌렸다.

찰칵. 찰칵. 찰칵.

손님들 맞이하는 건 뒷전이고, 핸드폰으로 아내 사진이나 찍어 대고 있는 팔불출 남편 채서하.

"우리 며느리 너무 예쁘다."

두 손까지 모아 감동 어린 시선으로 며느리를 바라보고 있는 사돈어른 숙영 아줌마와 그녀의 남자 친구 빌 아저씨.

"우리 우유경이가 결혼을 하다니…… 킁킁."

우리 장 여사는 왜 저기서 혼자 코까지 먹어 가며 울고 있는 건지. 여기서 제일 멀쩡한 건 유성이었다.

"저기요! 다들 정신 차리시고요. 엄마! 밖에서 이모가 찾고 난리야. 숙영 아줌마, 아니 사돈어른도 밖에 손님들이 찾으세요. 얼른 다들 제자리로 돌아갑시다."

유성이 서둘러 장 여사와 숙영 그리고 빌을 데리고 밖으로 나갔다.

"아, 맞다. 매제!"

다시 돌아온 유성이 문에 매달려 얼굴을 빼꼼 내밀었다.

"너도 얼른 나와. 사진 촬영해 주는 기사 다 있는데 왜 니가 찍고 난리야. 뭐, 예쁘긴 하다만…… 아무튼 채서하, 우유경. 결혼 축하한다! 잘 살자!"

눈시울이 약간 붉어진 유성이 갑자기 손등으로 눈물을 훔치더니 얼른 밖으로 나갔다.

"아우, 아까워. 방금 오빠 우는 거 찍었어야 했는데."

유경은 오빠를 두고두고 놀릴 수 있는 기회를 날려 버린 것에 안타까워했다.

찰각. 찰각. 찰각.

아까부터 계속 핸드폰을 세웠다가 가로로 눕혔다가 카메라 셔터만 눌러 대는 서하를 지그시 바라보던 유경이 웃음을 터뜨렸다.

"오, 지금 좋아. 더 활짝 웃어 봐."

"남편, 그만 좀 하시죠?"

"알았어. 남편 그만할게."

"이리 좀 와 봐."

그녀의 부름에 서하가 핸드폰을 주머니에 넣고 쪼르르 달려가 그녀 옆에 앉았다. 유경이 삐뚤어진 서하의 나비넥타이를 매만졌다.

"됐다."

턱시도를 입은 녀석은 그 어느 때보다 더 근사하고 멋졌다.

"누구 남편인지 잘생겼네."

유경이 아주 만족스러운 미소를 지으며 말했다. 그러자 서하가 유경의 얼굴을 지그시 바라보며 나지막한 목소리로 말했다.

"빨리 결혼식 끝나고 우리 둘만 있고 싶다."

서하는 유경의 새하얀 얼굴에서 눈을 뗄 수가 없었다. 그런 서하를 유경이 못 말린다는 듯 바라보다가, 녀석의 얼굴이 가깝게 다가오자 손으로 잽싸게 입술을 가렸다.

"안 돼. 화장 지워진단 말이야."

"……알았어. 참을게."

침을 꼴깍 삼키며 애써 아쉬움을 달래 보지만, 갈증이 나서 죽을 것만 같았다. 서하가 넌지시 말했다.

"그럼 여보가 해 주면 되겠네."

"뭘?"

서하가 손가락으로 자신의 볼을 가리키며 얼굴을 들이밀었다.

"여기다 살짝 해 줘."

"그건 더 안 되지. 얼굴에 립스틱 묻잖아."

"립스틱이 문제면 이렇게 하면 되겠네."

갑자기 녀석이 테이블에서 티슈를 한 장 뽑더니.

"지금 뭐 하는 거야?"

"키스할 거야."

티슈를 그녀의 입술 위에 올려놓은 서하가 그 위에 입을 맞췄다.

쪼옥. 쪽. 쪽.

뜨거운 숨결이 입술에 닿았다 떨어질 때마다 유경이 움찔거렸다. 에라, 모르겠다. 립스틱이고 휴지고 나발이고. 서하가 유경의 허리를 끌어안고 더욱더 농밀한 키스를 퍼부으려는데.

"저, 저기! 신랑, 신부님……."

웨딩 플래너가 먼 산을 쳐다보며 말했다.

"곧, 시작합니다. 입장 준비하고 나와 주세요."

웨딩 플래너가 후다닥 밖으로 나가자 유경의 얼굴이 새빨개졌다. 유경이 잔뜩 부끄러워하며 서하를 예쁘게 흘겨봤다.

"아, 어떡해. 쪽팔려. 휴지 그거 뭐야. 하여튼 보면 스킨십도 되게 창의적으로 해."

"내가 요새 그 방면으로 연구 많이 하고 있거든. 앞으로 기대해도 좋아."

능글맞게 말하며 서하가 자리에서 일어나 손을 내밀었다.

"가자."

"응. 가자."

유경이 서하의 손을 잡고 일어났다.

신부 대기실을 벗어난 두 사람은 연회장 앞에 나란히 섰다.

"어떡해. 나 갑자기 엄청 떨려."

유경이 약간 상기된 얼굴로 서하를 바라봤다. 이제야 결혼한다는 실감이 나는지 유경이 심호흡을 했다.

"근데 넌 안 떨려?"

"응. 난 하나도 안 떨려. 그냥 좋아. 너무 좋아서 미칠 것 같아."

굳이 말로 하지 않아도 될 만큼, 녀석의 감정이 얼굴에 다 드러났다. 정말 세상을 다 가진 표정이었다. 귀여워라. 유경이 풉, 웃음을 터뜨렸다. 어느새 긴장감이 싹 사라져 버렸다.

"자, 신랑 신부님. 입장하시겠습니다."

곧 클래식 연주와 함께 하객들의 박수 소리가 연회장에서 터져 나왔다. 행복한 미소를 지으며 서로를 바라보던 두 사람은 손을 잡고 천천히 버진 로드를 걸었다.

5시간 후, 인천 공항.

"아이고 다리야."

유경은 공항 게이트 앞 의자에 앉아 다리를 주물렀다. 결혼식이 끝나자마자 메이크업도 지우지 않고 공항으로 달려온 유경은 꽤 피곤한 상태였다.

"근데 왜 안 오지?"

커피를 사러 간 남편이 함흥차사였다. 유경이 고개를 쭈욱 내밀고 오매불망 서하만 기다리고 있는데.

"우유경?"

옆에서 들리는 익숙한 목소리. 유경이 고개를 돌렸다. 야구 잠바와 모자를 푹 눌러쓴 태은이 놀란 얼굴로 서 있었다.

"맞구나. 유경이. 근데 니가 공항엔 무슨 일이야? 아, 영화 장소 헌팅하러 왔구나? 옛날에 야구장 온 것처럼. 요샌 무슨 영화 찍어?"

"오빠. 제 소식 못 들으셨어요? 저 오늘 결……."

"너도 알잖아. 나 인터넷이고 TV고 관심 없는 거. 근데 왜? 무슨 좋은 소식이라도 있어? 혹시 입봉했어? 그치? 맞지? 영화 언제 개봉해? 이야, 역시 유경이 넌 해낼 줄 알았다니까."

이 오빠 오늘따라 왜 이렇게 말이 많지? 피곤해 죽겠는데.

"근데 유경이 너 얼굴 좋아 보인다. 더 예뻐졌네."

"오빠는 얼굴이 많이 상하셨네요. 어디 아프세요?"

까칠해진 얼굴을 매만지며 태은이 시무룩한 표정으로 말했다.

"너도 내 소식 못 들었구나? 나 오늘 일본으로 떠나. 구단에서 방출당했거든."

헐. 괜히 물어봤다. 아니나 다를까 태은이 신세 한탄을 시작했다.

"이게 다 최은설 때문이야. 유경아, 걔 또 바람피웠다. 그것도 내 후배랑."

놀랍지도 않았다. 유경은 은설의 소식을 한 귀로 듣고 한 귀로 흘려보냈다.

"아무튼 나 그 일로 후배랑 싸우는 바람에 구단에서도 방출당하고 몇 달 쉬었어. 쉬는 동안 유경이 니 생각 많이 나더라. 보고 싶기도 하고."

"저기……. 오빠, 빨리 가셔야 하는 거 아니에요? 저쪽에서 일행들 기다리고 있는 것 같은데."

분위기가 이상하게 흘러가자, 유경이 서둘러 작별 인사를 꺼내려는데.

"유경아, 나 진짜 예전부터 궁금한 게 하나 있었는데……. 뭐, 이런 얘기 지금 다 부질없는 거 아는데, 그래도 너무 궁금해서."

"뭔데요?"

"10년도 더 됐지 아마. 내가 너한테 고백했었잖아. 근데 그때 내 고백 왜 안 받아 준 거야?"

"네?"

나한테 고백을 했다고? 유경이 금시초문이라는 표정으로 태은을 쳐다 봤다.

"기억 안 나? 옛날에 내가 너한테 편지로 고백했었잖아. 좋아한다고."

"그랬……었나?"

전혀 그런 기억이 없는데.

"유성이 그놈이 지 동생 근처에 알짱거리면 죽여 버린다고 협박하는 바람에, 너 만나지도 못하고 내가 얼마나 애가 탔는데."

우유성 그 인간이 그랬다고? 하긴, 둘이 사이가 안 좋긴 했지.

"그래서 너한테 편지를 썼지. 비가 오는 날이었어. 우체통에 편지 넣고 그냥 가려다가 마침 옆집에서 꼬맹이 하나가 나오더라고. 중학생인가? 초등학생인가? 아무튼 그 남자애가 김치전 들고 너네 집에 들어가길래, 너한테 편지 좀 전해 달라고 했지."

"김치전이요? 옆집 남자애요?"

"어. 예쁘장하게 생긴 남자애였어."

예쁘장하게 생긴 남자애, 저기 오네요. 유경은 멀리서 뛰어오는 서하를 발견했다. 저러다 커피 다 쏟게 생겼네. 녀석의 눈빛이 이글이글 타오르고 있었다.

"오빠, 죄송한데요. 지난 얘기 해 봤자 아무 소용 없구요. 아무튼 일본 가서 잘 지내세요. 좋은 여자 만나시구요. 얼른 가세요."

"어? 왜. 나 아직 시간 많은데. 얘기 좀 더 하자."

"그냥 가시는 게 좋을 텐데……."

어느새 녀석은 태은의 바로 뒤에까지 와 있었다. 그런 줄도 모르고 태은은 계속해서 주저리주저리.

"나 말이야…… 그동안 자존심 상해서 이 얘기 입 밖으로 꺼낸 적 한 번도 없는데, 너한테 편지 주고 차인 날, 나 상처 많이 받았어. 그래서 바로 다음 날 홧김에 은설이랑 사귄 거고, 아마 그때부터 내 인생이 꼬이기 시작했을 거야."

"그러게 누가 그런 인생을 선택하래? 비켜."

서하가 태은을 밀치고 유경의 앞에 섰다.

"카페에 사람이 많아서 늦었어. 많이 기다렸지? 여기, 커피."

서하가 유경의 손에 따뜻한 커피를 쥐여 줬다. 그 모습을 지켜보던 태은이 황당한 얼굴로 유경에게 물었다.

"둘이 아직도 만나?"

"야, 내 여자 쳐다보지 마."

커다란 몸으로 유경을 가리며 서하가 태은을 노려봤다.

"뭐? 내 여자?"

"그래. 내 여자. 그쪽은 신문도 안 봐? 인터넷도 안 해?"

"그래. 안 본다, 안 한다, 왜!"

"난 뉴스에서 봤는데. 황태은 구단에서 방출당했다는 기사 말이야. 여자 때문에 후배 폭행해서 실명시켰다지? 그 뉴스 보고 내가 얼마나 후회했는데. 역시 그때 오른쪽 팔 못 쓰게 만들었어야 했는데."

서하가 태은의 오른쪽 팔을 빤히 쳐다보자, 태은이 슬그머니 주머니에 손을 넣었다.

"유, 유경아……. 너 내가 저번에도 말했지만 이런 음침한 녀석이랑 만나면 안 된다니까. 이 새끼 말하는 것 좀 봐."

"오빠! 이 새끼라뇨."

유경이 불쑥 서하 뒤에서 나와 둘 사이에 끼어들었다.

"오빠, 얼른 사과하세요. 전 제 남편한테 누가 이 새끼 저 새끼 하는 꼴 못 봐요."

유경이 태은을 크게 나무랐다. 그러자 태은이 고개를 갸웃했다.

"나…… 남편?"

"네. 저 오늘 결혼했어요. 공항엔 장소 헌팅이 아니라, 신혼여행 때문에 왔고요."

그렇게 말하며 유경이 서하의 손을 잡고 들어 올렸다. 두 사람의 손가락에 끼워진 결혼반지를 본 태은은 민망함에 더 이상 말을 잇지 못하고 뒷걸음질 쳤다.

"어이쿠, 비행기 시간 다 됐다. 그럼 난 이만 가 볼게. 잘 지내."

태은이 바쁜 척 서둘러 자리를 떠나고, 서하가 유경을 향해 넌지시 물었다.

"근데 아까 둘이 무슨 얘기 했어?"

"그냥 별 얘기 안 했어. 우리도 빨리 가자."

유경이 말을 돌리며 걸음을 옮기자, 그 뒤를 따라가며 서하가 다시 물었다.

"무슨 얘기 했냐니까."

"궁금해?"

"당연하지. 뭔데. 무슨 얘기 했어? 너 아까 막 웃던데?"

"아…… 그냥 뭐, 옛날이야기 좀 했어."

"옛날얘기?"

"응. 태은 오빠가 나 좋아해서 편지까지 썼었대."

"커피 맛 괜찮아? 시럽 안 탔는데."

"뭐야. 궁금하다면서 갑자기 왜 말 돌려?"

유경이 서하를 보며 놀리듯이 말했다.

"근데 그 편지가 어디로 갔을까나? 난 편지 받은 기억이 전혀 없는데. 오빠 말로는 옆집 살던 남자애한테 줬다던데……."

"뭐래. 난 몰라."

서하가 모른 척 딴청을 피우다가, 유경의 끈질긴 시선을 견디지 못하고 이실직고했다.

"그래. 그 편지 내가 없앴다. 됐냐?"

"없애? 어떻게?"

"찢어서 도로 줬지."

"뭐어? 아……. 그래서 언젠가부터 태은 오빠가 나한테 눈길도 안 줬구나. 내가 자기 뺑 차 버린 줄 알고. 난 그런 줄도 모르고……."

"그 표정은 뭐지? 억울해? 억울한가 보네. 첫사랑이랑 못 이뤄져서."

큰일 났다. 채서하 삐졌다, 삐졌어. 유경이 얼른 손사래를 쳤다.

"아니이! 억울하긴, 하나도 안 억울하지. 오히려 고맙지. 그날 편지 빼돌린 옆집 남자애 참 잘했네."

"……."

"덕분에 난 글도 잘 쓰고, 잘생기고, 나이까지 어린 남편이 생겼잖아."

"그래? 나 잘했어?"

"고럼! 근데 편지에 뭐라고 쓰여 있……. 농담이야 농담. 나 한 개도 안 궁금해. 지금 내가 제일 궁금한 건 따로 있지."

"뭔데?"

"우리 두 사람의 결혼 첫날밤?"

유경이 너스레를 떨었다. 그러자 금세 기분이 풀린 서하가 웃으며 그녀의 허리를 끌어안고 속삭였다.

"비행기 취소하고, 결혼 첫날밤 먼저 하고 갈까?"

"자, 비행기 시간 다 됐다. 어서 갑시다."

유경은 중간이 없는 남편을 어르고 달래서, 겨우 미국 로스앤젤레스 행 비행기에 몸을 실었다. 유경과 서하의 신혼여행 1일 차 첫 코스는 할리우드 탐방이었다.

　"꺄악! 할리우드다!"

에필로그 2.
신혼 일기

결혼이라는 인생에 있어 가장 큰 이벤트를 마치고, 한 달이 지났다.

일주일 전 문화시에 있는 신혼집으로 이사를 온 유경은 어제부터 서재에 있는 짐을 정리하느라 정신없이 바빴다.

"후우, 죽겠다."

겨우 정리를 끝낸 유경은 샤워를 하고 나와 거실 소파에 널브러졌다.

"이제 나 뭐 하지? 어떤 영화를 만들면 좋을까……."

늘 하는 고민. 결혼 후에도 크게 달라진 건 없었다.

아직 영화 개봉 전이니까 입봉한 것도 아니고, 안 한 것도 아니고. 포지션도 애매하고, 그럴싸한 시놉시스도 없다. 한마디로 백수인 것이다.

"차기작으로 백수들 얘기나 한번 해 볼까나."

처절한 백수들의 삶, 그건 내가 진짜 잘 표현할 수 있는데 말이야.

띠릭.

유경은 하품을 하며 리모컨으로 TV를 켰다.

— 이번 주말엔 첫눈을 기대해 봐도 좋겠습니다. 주말인 내일모레 밤부터 서울과 수도권 지역에 첫눈이 올 가능성이 있다는 기상청 예보가 있기 때문인데요…….

첫눈이 온다고? 유경이 상체를 벌떡 일으켜 앉았다.

'첫눈이 오는 날 함께하는 연인들은 행복해진대. 우리 이번 겨울엔 첫눈 오는 날 꼭 함께 있자.'

남편과 결혼 전에 했던 약속이 떠오른 유경은 시무룩해졌다. 남편이 지금 한국에 없기 때문이다.

존 라이너 감독과 드라마 대본 작업 때문에 어제 미국으로 출장을 간 서하의 귀국 예정은 한 달 뒤였다.

"한 달이라니……. 너무 길어. 역시 따라갈 걸 그랬나?"

에이, 가긴 어딜 가. 나도 빨리 다음 일 시작해야지. 한숨을 길게 내쉬며 날씨 예보를 보던 유경이 TV를 꺼 버렸다.

"으, 추워. 갑자기 몸이 왜 이렇게 으슬으슬하지?"

유경이 몸을 덜덜 떨며 방으로 들어갔다. 서랍에서 온수 매트를 꺼내 침대 위에 깔고 전원을 눌렀다. 이불 속으로 쏘옥 들어간 유경은 침대가 따뜻해지자 노곤하니 잠이 몰려왔다.

그나저나 봄에 다친 발목이 왜 이렇게 시큰하지? 이런 게 후유증? 아니면 그냥 나이를 먹어서 그런가?

으, 서하 보고 싶다……. 지금쯤 뭐 하고 있으려나.

서하를 생각하니 갑자기 잠이 싹 달아난 유경은 두 눈을 끔뻑이며 천장을 바라보다가, 손으로 옆자리를 더듬거렸다.

침대가 원래 이렇게 넓었나? 괜히 몸을 데구루루 굴려 녀석의 자리에도 가서 누워 보고. 녀석의 베개에 코를 대고 킁킁 향기도 맡아 보고.

심심해서 이런저런 쓸데없는 일들을 하고 있었는데.

지이잉. 지이잉.

반갑게도 핸드폰이 울렸다. 발신인은 남편, 영상 통화였다. 유경이 얼른 통화 버튼을 눌렀다. 그러자 화면에 서하가 나타났다.

몸이 으슬으슬했던 것도, 발목이 아팠던 것도, 심심했던 것도 모두 다 잊어버렸다. 유경이 환한 미소로 손을 마구 흔들었다.

"남편, 안녕. 어디야? 숙소?"

— 어. 근데 왜 벌써 누웠어? 한국은 지금 6시 정도 되지 않았나? 저녁은 먹고 누운 거야?

"난 조금 피곤해서 누웠고, 한국은 6시 맞고, 저녁은 아직."

— 피곤해서 누웠다고? 왜? 어디 아파? 얼굴 좀 가까이 보여 줘.

"이렇게?"

유경이 카메라 렌즈 가까이 얼굴을 들이밀었다. 그러자 화면 속 서하의 표정이 심각해졌다. 그는 아내의 얼굴을 유심히 들여다보며 고개를 갸웃했다.

— 이렇게 봐선 모르겠네. 갑자기 몸이 왜 안 좋지? 너 설마…… 내가 하지 말라는 거 한 건 아니겠지?

"미안. 하지 말라는 거 해 버렸어. 내가 서재 싹 다 정리했지롱."

— 하아……. 우유경 진짜 말 안 듣네. 그걸 혼자 하면 어떡해. 내가 출장 갔다 와서 한다고 했잖아.

"그때까지 어떻게 기다려. 그냥 할 일도 없고, 머리도 식힐 겸 정리했지."

— 힘들었지? 그래서 병난 거야?

"조금 힘들었는데, 정리 끝내니까 뿌듯했어. 너도 와서 보면 깜짝 놀랄걸?"

— 약은 먹었어?

걱정하는 서하의 얼굴을 보니 유경은 괜히 미안해졌다. 그래서 일부러 더 씩씩한 척 굴었다.

"이까짓 걸로 약은 무슨. 내가 얼마나 튼튼한데. 그냥 한숨 푹 자고 일어나면 괜찮아질 거야. 너무 걱정 마. 그나저나 거긴 날씨 어때?"

— 낮엔 좀 더워서 여보가 챙겨 준 반팔 티셔츠 입고 미팅 갔다 왔어. 존 라이너 감독님이 우유경 감독의 안부를 묻던데? 왜 너랑 같이 안 왔냐고 아쉬워하시더라.

"그러게. 나도 같이 갔으면 좋았을 텐데. 근데 주말에 선약도 있고……."

— 맞다. 내일모레라고 했던가? 서정화 선생님 생신 말이야.

"응. 내일모레. 문 감독님이랑 같이 가기로 했으니까 걱정하지 마."

— 알았어. 잘 다녀오고. 혹시라도 몸 너무 안 좋으면, 선생님께 못 간다고 전화드리고 집에서 좀 쉬어. 항상 여보 몸이 먼저야. 알았지?

"그건 내가 할 소리거든요? 여보도 쉬엄쉬엄해."

— 그럴 순 없지. 빨리 끝내고, 집에 빨리 갈 거야.

서하의 다부진 눈빛엔 일을 빨리 끝내야겠다는 의지가 가득했다. 그를 본 유경이 웃음을 터뜨렸다.

영상에서 음성 통화로 바꾸고 나서도 두 사람은 한참을 더 떠들었다. 그러다 결국 유경은 통화 중간에 잠이 들었고.

"음냐……. 보고 싶……어……."

— 나도 우유경 진짜 보고 싶다. 잘 자, 꿈속에서 만나자.

유경의 잠꼬대를 듣던 서하는 조용히 통화를 종료했다.

선생님이 분명 그랬다. 그냥 집에서 조촐하게 준비한 가든파티라고.

그런데 이게 웬걸. 대한민국에서 내로라하는 배우와 감독들이 여기
다 모여 있었다. 영화제를 방불케 한 손님들 때문에 유경은 살짝 위축됐
다.

웬 드레스? 턱시도? 다들 왜 저렇게 화려하게 입고 왔지?

유경은 슬그머니 고개를 숙여 자신의 복장을 점검했다. 나름 신경 써
서 입고 온 크림색 투피스가 초라하게 느껴질 정도였다.

"우 감독, 난 저쪽 가서 인사 좀 할게."

문 감독님이 지인들에게 인사를 한다고 가 버리고, 덩그러니 혼자 남
은 유경은 괜히 어색해서 주변을 어슬렁거리며 돌아다녔다.

"유경아!"

"선생님!"

마침 밖으로 나온 서정화 선생님의 부름에 유경이 달려갔다.

"선생님, 생신 축하드려요."

유경이 밝게 웃으며 인사를 건네자, 우아한 드레스에 모피를 걸친 서
정화가 유경의 어깨를 토닥였다.

"유경이 너도 결혼 축하한다. 결혼하더니 얼굴 더 좋아졌네? 신랑이
잘해 주나 봐?"

"그럼요. 무지 잘해 주죠. 결혼식 때 보내 주신 화환 잘 받았습니다.
감사해요."

"감사는 무슨. 내가 직접 갔어야 했는데 스케줄이 꼬이는 바람에, 미
안. 조만간 너랑 니 신랑이랑 우리 셋이 같이 저녁 먹자."

"네. 좋아요. 아, 문 감독님도 같이 왔는데 저쪽에 계세요."

"그래. 저쪽도 가서 인사해야겠다. 그럼 이따 보자."

서정화 선생님이 인사를 하고 지인들을 향해 갔다. 유경도 그들을 향
해 눈인사를 건넨 후, 스포트라이트에서 빠져나왔다.

화려한 조명과 난로 덕분에 밖인데도 꼭 실내에 있는 것처럼 후텁지

근했다. 어젠 으슬으슬 춥더니 오늘은 또 왜 이렇게 식은땀이 나지? 블라우스를 살짝 펄럭이며 정원을 거닐던 유경은 고급스러운 파티 음식을 보고 두 눈이 휘둥그레졌다.

"오, 전복구이!"

유경이 뭐에 홀린 듯 가서 접시에 전복을 가득 담았다. 그리고 테이블에 앉아 포크를 들고 전복을 먹으려는데.

"우웩!"

코를 찌르는 비린내에 저도 모르게 헛구역질을 하고 말았다. 유경은 얼른 포크를 내려놓고 입을 가렸다. 갑자기 속이 너무 안 좋았다.

"괜찮으세요?"

그때 옆으로 누군가 다가왔다. 핑크색 정장 바지를 입은 단발머리 여자가 유경을 걱정스레 쳐다봤다.

"우읍!"

계속 올라오는 구역질에 유경이 가슴을 두드리며 괴로워하자, 여자가 오렌지 주스를 건넸다.

"속이 많이 안 좋으세요? 이거 좀 마셔 봐요. 조금 나아질 거예요."

"……감사합니다."

유경이 인사를 하고 주스를 마셨다. 정말 여자의 말대로 상큼한 주스를 마시니 속이 조금은 진정되는 것 같았다.

"안색이 안 좋으신데, 제가 약이라도 사 올까요?"

"아니에요. 지금은 또 괜찮은 것 같아요. 신경 써 주셔서 감사합니다."

여자는 유경이 내팽개친 전복을 물끄러미 보다가, 의자를 당겨 앉아 유경을 향해 작게 물었다.

"음식이 별로예요?"

"네?"

"사실 여기 음식들 제가 준비한 거라서요."

"정말요? 직접 만드신 거예요?"

"에이, 제가 이걸 다 어떻게 만들어요. 만드는 건 저희 회사에서 만들었고, 저는 결재만 했죠."

"아…… 네?"

도통 무슨 소리를 하는지 모르겠다. 유경이 두 눈을 끔뻑이며 묵묵히 주스를 마셨다.

"가만있어 봐라, 내 명함이 어디 있더라……."

여자가 핸드백을 뒤적거리더니 명함을 한 장 꺼내 내밀었다. 명함을 받은 유경은 컵을 내려놓고, 눈으로 명함 속 글자를 읽어 내려갔다.

'부영식품 상무 정채련.'

으응? 부영식품? 여기 오빠가 다니는 회사잖아.

"저도 받고 싶은데, 그쪽 명함. 왠지 제 또래일 것 같아서요. 여긴 아는 사람도 없고 심심했거든요."

"죄송해요. 제가 명함이 없어서요. 저는 우유경이고, 서정화 선생님 후배 감독이에요."

"어머나. 감독님이세요? 되게 단아하게 생기셔서 아나운서인 줄 알았어요."

단아라니, 생전 처음 듣는 소리에 유경이 품, 웃음을 터뜨렸다. 채련은 자신이 무슨 말실수라도 했냐고 물으며, 이마를 긁적이다가 유경을 따라 멋쩍게 웃었다.

"근데 채련 씨는요? 선생님이랑 무슨 관계세요?"

"선생님? 아…… 배우 서정화 씨. 사실 전 그분 잘 몰라요. 제가 TV를 잘 안 보거든요. 오늘은 그냥 시댁 식구들 따라왔어요."

"시댁이요? 결혼하셨어요?"

"네. 일주일 전예요. 유경 씨는요?"

"저도 결혼한 지 얼마 안 됐어요."

"세상에, 우리 공통점이 많네요? 그럼 유경 씨도 오늘 남편분이랑 같이 오셨어요?"

"아니요. 남편은 지금 출장 중이에요. 채련 씨는요?"

"저는 남편이랑 같이 왔는데, 그 사람이 어디 있더라……."

주변을 두리번거리던 채련이 갑자기 자리에서 벌떡 일어났다.

"어뜩해. 시어머니가 저 찾나 봐요. 그럼 전 이만 가 볼게요."

10센티가 넘는 하이힐을 신고도 채련은 잔디 위를 잘만 달렸다. 뛰어가는 채련의 모습을 눈으로 좇던 유경은 화들짝 놀라 가방으로 얼굴을 가렸다.

"저 아줌마가 왜 저기 있지? 게다가 그 옆엔……."

윤성희 옆엔 슈트를 입은 지웅이 서 있었다. 정말 어울리지 않을 것 같던 두 사람이 나란히 서서 서정화 선생님과 인사를 나누고 있었다. 그리고 윤성희가 사람 좋게 웃으며 채련을 선생님께 소개하고 있었다.

아, 맞다. 저 식구들 선생님이랑 친하다고 했었지. 유경은 그 사실을 까마득히 잊고 있었다.

"안 되겠다. 도망가자."

저 아줌마도 그렇고, 서지웅과는 마지막 인사까지 했잖아. 마주쳐 봤자 서로 어색하고 불편하기만 할 거야. 선생님께는 아까 인사드렸으니 아무래도 이곳을 벗어나야겠다는 판단을 내린 유경은 서둘러 파티장을 빠져나갔다.

한편, 테이블에 착석한 지웅은 아까 유경이 앉아 있던 빈 테이블을 응시하고 있었다.

"서지웅 씨, 이거 좀 먹어 봐요."

채련이 전복을 가득 담은 접시를 테이블 위에 내려놓았다.

이 여자가 전복으로 날 죽일 셈인가. 그래서 나랑 순순히 결혼했나? 지웅이 황당한 얼굴로 채련을 쳐다봤다.

"또 사람 이상한 눈으로 째려보지 말고, 이거 먹어 보라니까요. 이거 엄청 맛없나 봐요. 누군 이거 먹고 헛구역질까지 하던데."

"너 미쳤냐? 왜 나더러 맛대가리 없는 걸 먹으래."

"내 입엔 괜찮단 말이에요. 진짜 어디가 이상한지 모르겠다구요. 근데 서지웅 씨는 그런 거 잘 맞추잖아요. 성격만큼 입맛도 지랄……. 아니, 예민하셔서."

지웅이 째려보자 채련이 금세 말을 바꿨다. 그러곤 그의 따가운 눈빛을 피해 전복을 얼른 입에 넣었다. 냠냠, 맛있게 먹으며 채련이 고개를 갸웃했다.

"이상하다? 맛있기만 한데……."

맛있다며 접시를 금세 다 비워 버린 채련을 지웅이 어이없다는 듯 쳐다봤다. 속도 없이 잘만 먹는 채련이 지웅은 마냥 신기했다.

"유경 씨!"

유경이 골목을 내려가고 있는데, 바로 옆으로 차 한 대가 멈춰 섰다. 운전석에서 내린 사람은 생록이었다.

"어? 최 대표님?"

"타세요. 집까지 태워다 드릴게요."

"아니에요. 내려가면 금방 택시 정류장인걸요. 근데 여긴 어떻게……. 아…… 안에 서지웅 씨 있었지."

"네. 사장, 아니 부회장님 안에 계세요. 부회장님이 유경 씨 금방 나올 거라고 집까지 꼭 모셔다드리라고 하셨는데."

"됐습니다. 사양할게요."

지웅의 지시라는 말에 유경이 기겁을 하고 손사래를 치자, 생록이 웃음을 터뜨렸다.

"유경 씨는 여전하시네요."

"좋은 뜻이죠?"

"그럼요."

"근데 서지웅 씨도 결혼하셨나 봐요. 부인 되신 분이 정말 예쁘고 착하시던데. 두 분이 행복하게 잘 사셨으면 좋겠어요. 진짜 진심이에요. 근데 제가 이런 말 했다고, 서지웅 씨한테는 말하지 마세요."

유경이 작게 속삭이자 생록도 작게 말했다.

"네, 알겠습니다. 절대 말 안 할게요."

짧은 기간이었지만 지웅의 뒷담화를 하며 동지애를 키웠던 두 사람은 문득 그때가 떠올라 웃음을 터뜨렸다.

"아무튼 유경 씨 바람대로 우리 부회장님도 행복해지실 겁니다. 그러니 걱정 마시고, 유경 씨도 채 작가님이랑 행복하세요."

"대표님, 아니 생록 씨도요. 혹시라도 좋은 일 생기면 저한테 꼭 연락 주세요. 제가 축하해 드릴게요."

그렇게 두 사람은 웃으며 인사를 하고 헤어졌다.

골목을 내려온 유경이 택시를 기다리고 있는데, 갑자기 또 몸이 으슬으슬, 추위가 느껴졌다.

"이거 안 되겠네……."

약 먹어야겠다. 다행히도 바로 뒤에 약국이 있었다.

유경이 조심스레 문을 열고 약국으로 들어갔다.

"실례합니다."

백발의 할머니가 눈을 비비며 밖으로 나왔다.

"뭐가 필요해서 왔슈?"

"아…… 그게요, 선생님. 제가 얼마 전부터 몸살기가 살짝 있었는데요. 어젠 또 괜찮았다가, 오늘은 또 으슬으슬 춥고, 아깐 속도 좀 안 좋고, 헛구역질도 나오고……. 근데 지금은 또 괜찮거든요. 이럴 땐 무슨 약이 좋을까요?"

할머니가 코 가운데까지 내려온 안경을 올려 쓰며 유경을 빤히 쳐다봤다.

"결혼했쥬?"

"네? 네. 신혼이에요. 히히."

유경이 히죽 웃었다. 그러자 할머니는 0.1초의 고민도 없이 서랍에서 뭔가를 꺼내 까만 비닐봉지에 담아 건넸다.

"그럼 약 먹지 말고, 일단 이거 집에 가서 해 봐유."

"이게 뭔데요?"

봉지 안을 들여다본 순간, 유경의 두 눈이 휘둥그레졌다.

택시 안에서 유경은 핸드폰을 열어 스케줄러를 확인했다.

'그러고 보니 지났네. 지났잖아? 지났어…….'

생리 날짜가 비교적 정확한 유경은 고개를 갸웃하며 다시 비닐봉지 안을 들여다봤다. 분홍색 상자에 적힌 '임신 테스트기'의 문구를 보자 문득 떠오른 그날 밤.

'그냥 하자.'

'그러다 임신하면?'

'우리 오늘부턴 하늘에 맡기자. 부부잖아.'

하늘에 맡긴다면서 평소보다 더 격렬하게 몸을 움직이던 녀석의 열기가 아직까지도 생생했다. 황홀했던 그날 밤이 떠오르자 유경의 얼굴이 새빨개졌다.

"손님, 다 왔어요!"

"네? 네!"

기사 아저씨의 말에 유경이 화들짝 놀라 택시에서 내렸다.

"어? 여기가 아닌데."

기사 아저씨가 한 블록 더 가서 내려 준 탓에 유경은 다시 집 쪽으로 걸어갈 수밖에 없었다.

사락.

그 순간 이마에 차가운 것이 살포시 내려앉았다. 유경이 하늘을 올려다봤다. 캄캄한 밤하늘에서 하얀 눈이 폴폴 내리고 있었다.

"첫눈? 예쁘다……."

한참 동안 내리는 눈을 맞고 있는데.

"그러다 감기 걸려."

이 목소리는? 유경이 고개를 돌리자 서하가 우산을 들고 달려와 옆에 섰다.

"누가 이렇게 예쁘게 하고 밖에 다니래?"

서하가 우산을 씌워 주며 유경의 입술에 쪽, 하고 뽀뽀를 했다.

"보고 싶었어."

유경은 놀란 얼굴로 서하를 바라봤다.

"혹시, 이거 꿈이야?"

"꿈 아니야."

"근데 남편이 왜 한국에 있어?"

"감독님이 보여 준다던 세트장에 문제가 생겨서 나흘 정도 일정이 딜레이 됐어."

"그래서 왔다고?"

서하가 아주 당연하다는 듯이 고개를 끄덕였다.

"나흘 동안 딱히 할 일도 없는데 거기 뭐 하러 있어. 그 시간에 아내 얼굴 보는 게 더 좋지. 왜? 내가 와서 싫어?"

"아니. 너무 반가워서 그렇지. 꿈인 줄 알았잖아."

"몸은 좀 어때? 내가 약 사 왔는데."

어디가 아픈지 몰라 온갖 약이란 약은 다 쓸어 담아 와서 봉지가 터질 것 같았다.

"그게 다 약이라고?"

"응. 약이야. 얼른 가서 먹자. 근데 손에 들고 있는 건 뭐야?"

유경이 봉지를 얼른 뒤로 감추려는데, 서하가 그녀의 팔에 걸린 가방과 함께 봉지를 빼앗 들었다.

"무거운데 이리 줘. 내가 들게. 대체 뭘 산 거야?"

"그게……."

"이게 뭐야?"

서하가 그녀가 들고 있던 봉지 안을 들춰 보더니 천천히 고개를 들어 유경을 바라봤다. 그러곤 두 눈을 느리게 떴다, 감았다.

"이거 그거잖아. 그거……."

보고도 못 믿겠는지, 녀석은 다시 봉지를 열어서 안을 들여다본다.

"하하하. 그건 말이지……. 그게 뭐냐면……."

유경이 어색한 웃음을 흘리며 변명이라도 하려고 입을 열었는데.

와락.

서하가 유경을 안아 버렸다.

"고마워. 유경아 너무 고마워!"

"아니, 아닌데……. 아직 해 보지도 않았는데……."

"아니야. 맞아. 그렇지 않아도 아까 느낌이 딱 왔거든. 분명 우리한테 아기가 왔어."

확신하는 서하를 유경이 얼떨떨한 눈빛으로 쳐다봤다. 그러자 서하가 유경의 뺨을 어루만지며 자신이 왜 확신하는지에 대한 이유를 설명했다.

"아까 비행기에서 꿈을 꿨거든."

"무슨 꿈?"

"엄청 예쁘고 커다란 복숭아를 내가 밭에서 따는 꿈이었어. 복숭아는 보통 태몽이라고 내가 들었거든. 딸이라고 했었나, 아들이라고 했었나? 아무튼 상관없어. 난 둘 다 좋아."

"저기……."

"조심해! 조심히 걸어."

갑자기 자신을 과보호하는 서하를 흘끔 보며 유경이 중얼거렸다.

"이러다 아니면 어쩌려고……."

"아니어도 우유경은 나한테 가장 소중하니까, 조심 또 조심히 걸어. 눈길에 미끄러지지 말고."

마치 중병 환자 부축하듯이 서하가 유경의 허리를 감싸 안았다.

그렇게 유경과 서하가 집에 들어간 지 30분도 지나지 않아, 집에선 예비 아빠의 우렁찬 '만세' 소리가 터졌다.

오늘도 두 사람의 하루는 해피 엔딩이었다.

— Happy Ending

424

특별 외전 1.
'외조의 왕' 채서하!

어느새 성큼 다가온 가을. 잔잔한 파도와 함께 제법 선선한 가을바람
이 해변으로 불어왔다. 하늘과 바다를 붉게 물들인 노을만큼이나 아름다
운 여자와 남자가 마주 보고 서 있었다.

"사랑해."

해변 한가운데서 사랑을 속삭이는 연인. 애틋한 눈빛으로 서로를 바
라보던 두 사람의 입술이 뜨겁게 맞붙었다.

주황빛 노을을 등진 채 진한 키스를 나누는 연인의 아름다운 모습 위
로.

"오케이, 컷!"

유경의 우렁찬 목소리가 들렸다.

그러자 키스를 하던 배우들이 입술을 떼고 감정을 추스르더니, 백여
명의 스태프들을 향해 허리를 숙여 인사했다.

"수고하셨습니다!"

두 배우 모두 이번 영화가 첫 주연작이었다. 그리고 오늘은 마지막 촬영일.

감정이 복받칠 만도 했다. 결국 여배우가 울음을 터뜨렸다. 그런 그녀를 짠하게 바라보던 유경이 달려가 안아 주었다.

"하나 씨, 방금 연기 정말 좋았어요. 그동안 너무 수고 많았고, 하나 씨는 분명 앞으로 더 잘될 거예요. 그러니까 자신감을 가져요."

"감독님 감사합니다."

끅끅, 울음을 참으며 하나가 애써 미소를 보였다. 유경이 하나의 등을 토닥이며 격려했다.

@그런데 그때였다. 유경의 뒤로 누군가 슬금슬금 다가오고 있었다. 다름 아닌 김 피디였다.

유경의 입봉작 「굿바이 마이 걸」에 이어 차기작도 함께하게 된 김 피디는 케이크를 들고 유경의 뒤에 섰다.

그리고 입 모양으로 스태프들을 향해.

'하나, 둘, 셋.'

동시에 여기저기서 축하와 감사의 인사가 쏟아졌다.

"감독님, 그동안 고생 많으셨습니다!"

"이번에도 BEP(손익분기점) 넘겨서 한턱 쏘세요!"

"300만 가즈아!"

유경이 화들짝 놀라 뒤를 돌았다. 케이크를 들고 서 있는 김 피디와 환호하는 스태프들의 얼굴을 보자 괜스레 코끝이 찡해졌다.

지난여름 얼마나 더웠는가. 기록적인 폭염 속에서도 야외에서 열심히 촬영하며, 스태프들과 동고동락하면서 고생했던 일들이 주마등처럼 스쳐지나갔다.

"감독님, 울지 마시고 얼른 초 불어요!"

"넵!"

유경이 서둘러 후, 하고 입바람을 힘껏 불었다. 초를 끄자마자 한 말씀 부탁한다는 김 피디의 요청에 유경이 씩씩하게 입을 열었다.

"일단 아무 사고 없이 무사히 촬영을 끝냈다는 것만으로도 정말 감사하게 생각하고 있어요. 다들 수고 많으셨습니다. 이제 저만 잘하면 될 것 같아요. 후반 작업 열심히 해서 모두의 노력이 헛되지 않도록, 그래서 우리 개봉 날 웃으면서 시사회장에서 만날 수 있도록, BEP 넘겨서 한우 쏠 수 있도록, 열심히 달려 보겠습니다! 이상입니다. 아, 다음 마이크는 이번 영화에서 제일 고생 많이 하신 우리 촬영 감독님께 넘기겠습니다."

유경이 공손하게 두 손으로 스태프 중 제일 나이가 많은 촬영 감독을 가리켰다. 그러자 머리가 희끗한 촬영 감독이 쑥스럽구먼, 하며 뒷머리를 긁적이더니 더듬더듬 말을 이었다.

"거참. 고생은 무슨. 내가 한 게 뭐가 있다고. 우리 우 감독이 배우들한테 디렉션도 잘 주고, 콘티도 완벽하게 준비해 오고. 이렇게 편하고 즐거웠던 현장은 30년 영화 인생 처음이라니까."

촬영 감독의 말에 조명팀, 의상팀, 미술팀 모두가 수긍하는 분위기였다.

부지런하고 꼼꼼한 유경 덕분에 스태프들은 좋은 환경에서 좋은 사람들과 즐겁게 일할 수 있었던 것이다.

계속되는 칭찬 릴레이에 유경이 부끄러워하며 손사래를 쳤다.

그렇게 공식적인 인사가 끝나고, 스태프들은 서로 얼싸안고 아쉬움 가득한 얼굴로 작별 인사를 나눴다.

유경도 마찬가지로 자리를 옮겨 다니며 스태프들 한 명 한 명과 악수를 하며 고마움을 전했다.

"우리 미술팀 막내! 성태 씨도 고생 많았어."

"저도 감독님과 함께 일할 수 있어서 영광이었어요. 감독님 입봉작

「굿바이 마이 걸」 저 진짜 재밌게 잘 봤거든요. 근데 그 영화 미술 누가 하셨어요? 미술 진짜 끝내주던데."

성태가 시치미를 뚝 떼고 옆에서 짐을 챙기고 있는 자신의 사수인 미술 감독을 흘끔 쳐다봤다.

"푸하하하. 하여튼 성태 씨 사회생활 진짜 잘한다니까."

"제가 뭘요? 전 진짜 진심으로 궁금해서 여쭤본 건데. 어머나, 혹시 우리 미술 감독님이 「굿바이 마이 걸」도 하셨어요?"

성태의 너스레에 유경이 배꼽을 잡고 웃었다.

"아이고, 우리 성태 요놈 입만 살아선."

짐을 다 챙긴 미술 감독이 애정을 팍팍 실어 성태의 머리를 쓰다듬으며 말했다.

"우 감독, 요놈 내가 교육시킨 거 아니다. 「굿바이 마이 걸」 미술이 좋았던 거다?"

"암요. 그럼요. 미술이 좋았죠. 제가 선배 덕을 제대로 봤잖아요. 그런 의미에서 다음 작품도 같이해 주실 거죠?"

유경이 두 눈을 반짝이며 미술 감독을 쳐다봤다.

"어후. 욕심도 많으셔. 다음 작품 바로 들어가려고?"

"물 들어올 때 노 저어야죠."

유경이 익살스럽게 웃자, 어느새 옆으로 다가온 김 피디가 끼어들었다.

"우 감독님, 노 젓기 전에 아기 돌잔치부터 하셔야 하는 거 아니에요?"

"아, 맞다. 내가 김 피디님한테 얘기 안 했나? 돌잔치 안 하기로 했어요. 그냥 식구들끼리 밥이나 한 끼 먹으려구요."

"정말요? 그래도 첫째인데, 채 작가님이 서운해하지 않으세요? 촬영 때문에 돌잔치도 못 하고."

"서운해하기보다는 자기가 뭐라도 해야겠다면서 저번 주에 밥차 끌고 왔잖아요."

"어머나, 그럼 그게 돌잔치 대신이었어요? 채 작가님 진짜 멋지다."

브라보를 외치며 김 피디가 박수를 치자 스태프들이 화들짝 놀라며 모여들었다.

"그 밥차 감독님 남편이 보낸 거였어요?"

"다들 못 봤어? 밥 퍼 주던 잘생긴 남자. 그분이 채 작가님이야."

"세상에. 그분 마스크 꼈는데도 잘생겼던데."

"잘생긴 것도 잘생긴 건데, 저 진짜 밥차 메뉴에 랍스터 있는 거 처음 봤어요."

"우 감독님 너무 부럽다."

작년에 아들 '채운'을 낳자마자 유경은 자신이 직접 쓴 시나리오의 연출을 맡아 복귀를 했다. 그런 유경을 대신해서 남편인 서하가 육아를 전담하고 있다는 이야기를 김 피디에게서 전해 들은 스태프들은 부럽다고 난리였다.

남편을 향한 칭찬에 유경은 부끄러워서 멋쩍은 웃음만 흘렸다.

"내가 두 분 연애 때부터 쭉 봤는데, 진짜 장난 아니야. 채 작가님 완전 사랑꾼이잖아. 성태 씨도 본받아. 그래야 결혼할 수 있어. 오죽하면 채 작가님 차기작이 육아 서적이라는 말도 있다니까."

김 피디의 말에 유경은 그건 말도 안 된다며 절대 아니라고 반박을 할 수가 없었다. 진짜 그럴 것 같았으니까. 녀석의 차기작이 육아 서적이 될 확률은 거의 99.999퍼센트였다.

갑자기 서하한테 확 미안해진 유경은 이마를 긁적이며 말을 돌렸다.

"김 피디님! 근데 우리 오늘 쫑파티는 어디서 해요?"

"쫑파티 가시려고요?"

"당연하죠."

"에이, 감독님은 거기 가셔야죠."

"거기? 어디요?"

"시상식이요!"

"무슨 시상……식이요?"

유경이 고개를 갸웃하자 이럴 줄 알았다며 김 피디가 호들갑을 떨었다.

"백호영화제요! 오늘 신인 여우상에 초림 씨는 거의 확정이고, 남우주연상에 설휘 씨는 이미 확정이고, 그리고 신인 감독상에……."

김 피디가 말끝을 흐리며 유경을 쳐다봤다. 그러자 유경이 손사래를 쳤다.

"저요? 에이, 전 아닐걸요. 백호영화제에서 나 싫어할 텐데."

"아……."

백호영화제에서 소윤의 공로상을 대리 수상 하며 시상식 무대에 올라 배우들에게 일침을 가했던 날이 떠오른 유경은 김 피디와 눈이 마주쳤다.

마찬가지로 김 피디 역시 그 사건이 떠올랐는지 아까보다는 조금 자신이 없어진 표정으로 대답했다.

"그래도 혹시 모르니까…… 가 보는 게 어떨까요? 초대는 받으셨잖아요."

"받긴 했는데, 이미 안 가겠다고 했고, 게다가 지금 복장도……."

후드 티에 청바지 차림. 누가 봐도 현장에서 며칠 밤샌 복장과 얼굴이었다.

"그래도 일단 가요! 감독님, 제 촉 믿죠? 느낌이 딱 왔다니까요."

포기를 모르는 김 피디가 기어코 유경을 서울 가는 차에 태우고 말았다.

장 여사네 집 앞마당이 시끌벅적했다. 폭염이 물러가고 가을바람이 불기 시작한 오후는 제법 쌀쌀했다.

빌이 집에서 가지고 나온 겉옷을 숙영에게 입혔다.

"땡큐, 빌."

숙영의 인사에 빌이 미소 지으며 옆을 슬쩍 봤다. 반팔을 입은 덕희가 보였다.

"도키, 안 추워?"

"노 프라블럼. 아임 베리 베리 핫! 그리고 내 이름은 도키가 아니라 덕희거든요?"

장 여사가 주민 센터에서 배운 서툰 영어와 한국어를 섞어 쓰며 배추를 번쩍 들어 옮겼다. 그녀의 이마엔 벌써 송골송골 땀이 맺혀 있었다.

순식간에 김장터로 변한 앞마당엔 김장에 필요한 각종 재료로 가득했다.

장 여사가 고무장갑을 끼고 소금에 절여 놓았던 배추에 새빨간 양념을 버무렸다.

그를 본 빌이 침을 꼴깍 삼켰다. 아는 맛이 더 무서운 법이랬다. 빌은 저도 모르게 장 여사의 주변을 어슬렁거리며 시식의 기회를 호시탐탐 노렸다. 매번 김장할 때마다 많이 먹는다고 장 여사에게 혼이 났던 것이 떠오른 빌은 섣불리 나설 수가 없었다.

"맞다. 덕희야, 아니 사돈. 아까 고기 삶는다고 불에 올려놓고 나오지 않았어?"

"안에 우리 채 서방 있잖아."

장 여사가 자랑스럽게 말했다.

"진짜 누구 아들인지 못하는 게 없다니까. 이거 김장 재료도 서하가 다 손질해 준 거잖아. 언닌 진짜 아들 하나 잘 키웠어. 우리 운이도 지 아빠 닮아서 얌전한 거 봐. 애가 잘 울지도 않고 신기하더라."

"그러게 말이야. 우리 서하 어렸을 때랑 똑 닮았다니까. 생긴 것도 예쁘장하니."

"그치? 예쁘지? 나만 그렇게 생각하는 거 아니지?"

장 여사와 숙영이 입에 침이 마르도록 손자 자랑을 하는 동안 빌이 슬그머니 손을 뻗어 배춧잎에 김칫소를 얹고 있었다.

"빌!"

한 입 크게 싸서 입에 넣으려던 빌이 화들짝 놀랐다. 장 여사에게 들킨 것이다. 성난 장 여사의 표정을 마주한 빌이 멋쩍게 웃다가 돌연 베란다 창문을 가리켰다.

왜 저래? 하며 빌이 가리킨 곳을 따라 시선을 옮긴 장 여사와 숙영의 얼굴에 화색이 돌았다.

"어머나. 우리 운이! 까꿍! 할머니 여기 있어요!"

갑자기 장 여사가 머리 위로 하트를 그렸다.

창문 너머에 서하가 아기를 안고 서 있었기 때문이다.

아기 띠를 앞에 두른 서하가 옆으로 몸을 돌려 아기의 얼굴을 덕희와 숙영에게 보여 줬다.

빌이 김치를 먹든지 말든지 뒷전이 되어 버린 두 할머니가 앞다투어 손자를 향해 손을 흔들며 온갖 재롱을 부리기 시작했다.

할머니들의 애교에 아기의 똘망똘망한 눈동자가 바쁘게 움직였다.

"귀여워."

아기가 창밖 너머에 있는 할머니들한테서 눈을 떼지 못하고 있자, 서하가 웃음을 터뜨렸다.

호기심 많은 엄마를 닮은 것인지 아기는 처음 보는 물건은 꼭 만져 봐야 직성이 풀렸고, 처음 본 사람을 두려워하지도 않고 오히려 빤히 쳐다보며 관찰하곤 했다.

"으, 허리야."

아기를 안은 채 서하가 한 손으로 허리를 두들기며 주방으로 향했다. 고기가 잘 익었는지 뚜껑을 열어 확인한 후, 허리를 가볍게 오른쪽 왼쪽으로 움직이며 스트레칭을 했다.

하루 종일 아기를 안거나 업고 집안일을 한 탓일까, 틈새 시간에 쉬지도 않고 소파에 앉아 글을 쓴 탓일까. 요즘 들어 부쩍 허리가 아팠다.

어디에서도 누구에게도 뒤처지지 않는 강철 체력의 소유자라고 자부하던 서하는 문득 그런 생각을 했다.

체력이 좋은 자신도 이렇게 힘이 드는데, 아이를 낳자마자 육아와 살림을 전담하는 어머니들은 얼마나 힘이 들까. 모성애가 없다면 절대 견딜 수 없는 육체적 노동이라는 생각도 들었다. 그런 힘듦을 내 여자에게 안겨 주고 싶지 않다는 자신의 판단은 역시 옳았다. 차라리 내가 아픈 게 낫지. 아니, 나도 아프면 안 되지. 내일부터 허리 근육을 길러야겠다.

"그나저나 운아, 엄마는 언제 올까? 오늘 촬영 다 끝난다고 했는데……. 지금쯤 쫑파티 갔으려나. 왜 연락이 없냐. 난 또 왜 혼잣말을 하고 있지?"

말 못 하는 아기랑 24시간 함께하니 부쩍 혼잣말이 많아졌다. 서하는 자신의 이런 변화도 너무 신기하고 얼떨떨했다.

"어? 자는 거야? 갑자기?"

새근새근 잠든 아기를 내려다보던 서하가 피식 웃었다. 이런 건 찍어야 해. 얼른 주머니에서 핸드폰 꺼낸 서하가 카메라로 아기를 찍고 있었는데.

지이이잉. 지이이잉.

갑자기 핸드폰이 진동을 하기 시작했다. 그 바람에 아기가 스르륵 눈을 뜨더니 서하를 보며 배시시 웃었다.

깰 때도 잘 때도 조용한 아기와 눈이 마주친 서하가 멋쩍은 웃음을 흘렸다.

"미안. 깼구나. 엄마 전화니까 용서해 줘."

서하가 서둘러 통화 버튼을 눌렀다.

"여보, 이제 끝났어? 지금 어디야? 데리러 갈게."

당장 나가려고 주머니에서 차 키를 찾던 서하가 화들짝 놀랐다. 수화기 건너편으로 심호흡을 하는 유경의 숨소리가 들렸기 때문이다.

"유경아. 우유경! 무슨 일 있어?"

— 후우……. 하아……. 남편, 나 어떡하지? 나 여기 와 버렸어.

"거기가 어딘데?"

걱정 가득한 아빠의 얼굴을 관찰하듯 쳐다보던 아기가 놀라서 결국 울음을 터뜨렸다.

"으앙—"

아기의 울음소리를 들었는지 수화기 건너편에서 유경의 다급한 목소리가 들렸다.

— 어떡해. 우리 운이 우나 봐. 뚝, 운아, 엄마야! 어머낫! 남편! 나 지금 들어가야 해.

"들어가? 어딜?"

"SBC 좀 틀어 봐. 그럼 먼저 끊는다."

아내는 알 수 없는 말만 하고 전화를 끊었고, 평소 잘 보채지도 않던 아기는 갑자기 울고, 서하는 정신이 없었다.

@애써 침착함을 유지한 채 황급히 주방으로 달려가 우유병에 분유를 타서 아기의 입에 물렸다.

아기가 울음을 그치며 한시름 놓을 수 있었던 서하는 유경의 말대로 TV를 틀었다.

"어?"

SBC에서는 백호영화제가 방송되고 있었다.

"설마…… 저기 간 거야?"

고개를 갸웃하며 서하가 볼륨을 높였다.

— 꺄악!

— 오빠, 잘생겼어요!

TV 화면에 안설휘가 비치자 팬들이 소리를 질렀다. 그 바람에 옆에 앉아 있던 유경이 화들짝 놀라며 당황해 하는 모습까지 화면에 잡히고 말았다. 그녀의 엉뚱한 모습에 객석에선 웃음이 터졌다.

자신의 얼굴이 카메라에 잡힌 것도 모르고 유경은 옆에 앉은 초림과 대화를 나누며 웃고 있었다.

"하여튼 어딜 가나 튄다니까."

TV를 보던 서하의 입가에 미소가 번졌다.

"운아, 엄마 저기 있네."

아기에게 TV 속 유경을 보여 주며 서하가 말했다.

"저기서 엄마가 제일 예쁘다, 그치?"

"우리 채 서방은 콩깍지가 아직도 안 벗겨졌네."

장 여사의 목소리에 서하가 고개를 돌렸다. 언제 들어왔는지 장 여사가 TV를 흘끗 보더니, 베란다로 나가 뭔가를 찾고 있었다.

"찾았다."

젓갈이 가득 담긴 병을 안고 현관으로 가려던 장 여사가 멈칫했다.

"우유경이 오늘 그냥 출석한 거지? 신인 감독상 후보들 보니까 쟁쟁하던데."

전혀 기대하지 않은 척하지만, 이미 후보까지 파악한 걸 보니 내심 기대를 한 모양이다. TV를 보고 있는 장 여사의 눈빛에 기대감이 가득했다.

그런 장모님에게 서하는 뭐라고 대답을 하면 좋을지 고민하다가 조심스레 입을 열었다.

"장모님, 남우 주연상이랑 신인 여우상이 운이 엄마 영화에서 나올 것 같은데 입봉작으로 영화제 2관왕이라니, 이것도 엄청난 결과라서요. 아마 오늘 신인 감독상은……."

"힘들겠지? 그치? 나도 알고 있어. 그냥 보는 거야, 그냥."

괜히 기대하고 있다가 실망하는 것보단 낫겠지 싶어서 서하가 둘러댔지만, 그럼에도 장 여사는 도무지 발이 떨어지지 않는지 TV 앞에 우두커니 서 있었다.

쿨한 장모님이 오늘따라 왜 저러시지?

서하가 장 여사를 의아한 눈빛으로 바라보고 있었는데.

"사실…… 어젯밤 꿈에 죽은 유성 아빠가 찾아왔어. 생전 잘 오지도 않던 양반이…… 우리 유경이한테 트로피를 딱 안기고 도로 가더라고. 부정 탈까 봐 조용히 입 다물고 있었는데……. 어, 시상한다."

장 여사가 꿈 얘기를 하다가 입을 꾹 다물고 TV에 시선을 고정했다.

서하는 이제야 장모님이 왜 저렇게 상에 집착하는지 알 수 있었다. 이거 큰일이다. 서하는 불안한 눈빛으로 장 여사를 바라보며 일주일 전에 있었던 일을 떠올렸다.

촬영 마지막 날과 시상식이 겹치는 바람에 유경은 백호영화제의 초대를 정중히 거절했다.

'그래서 못 간다고 했더니 그쪽에서 뭐래?'

'알았다던데? 역시 난 아닌가 봐. 만약 내가 수상자 명단에 있었다면 어떻게든 오라고 설득했을 텐데, 나한텐 관심도 없어 보이더라고. 그리고 솔직히 내가 백호영화제에서 어떻게 상을 받아. 재작년에 그 난리를 쳤는데.'

그녀의 말에 서하는 수긍했다.

사실 오늘 그녀가 상을 탈 확률은 0퍼센트였다. 그 사실을 알고 있는 서하는 좌불안석이었다.

우리 장모님 어떡하지…….

─ 네. 그럼 신인 감독상 후보부터 보시죠.

하지만 막상 유경의 영화가 자료 화면으로 나오자 서하는 괜히 손바닥에 땀이 나기 시작했다.

마찬가지로 장 여사도 침을 꼴깍 삼키며 화면에서 눈을 떼지 못하고 있었다.

그사이 장 여사를 찾아 안으로 들어온 빌과 숙영도 TV 앞으로 모였다.

"어머, 우리 며느리가 왜 저기 있어?"

톱스타 안설휘 옆에 앉은 덕분에 유독 유경의 얼굴이 TV에 많이 등장했다. 유경은 고개를 절레절레 흔들며 '난 아니야.' 라고 초림에게 말하고 있었다.

─ 제52회 백호영화제 신인 감독상…….

영화제가 열리고 있는 저곳 평화의 전당에 버금가는 긴장감이 이곳 문화시의 작은 집에서도 흐르고 있었다.

그렇게 숨 막히는 정적 속에 드디어 시상자인 남자 배우가 봉투를 열었다.

─ 자, 그럼 발표하겠습니다.

두구두구, 발표 전 드럼 효과음과 함께.

―「굿바이 마이 걸」의 우유경 감독님. 축하드립니다.

"만세! 내 딸내미 장하다!"

시상자가 유경의 이름을 부르자마자 장 여사가 만세를 외쳤다.

덩실덩실 춤을 추는 할머니의 모습에 아기가 까르르 웃음을 터뜨렸고, 서하는 너무 놀라 들고 있던 젖병을 땅에 떨어뜨렸다. 그러곤 어안이 벙벙한 얼굴로 화면 속 유경을 바라봤다.

"꿈인가? 아닌데……."

이 상황이 믿기지 않는 건 서하뿐이 아니었다. 화면 너머에 있는 유경도 마찬가지였다. 자신의 영화 속 OST가 흘러나오는데도 자리에 가만히 앉아 있던 유경은 설휘와 초림이 일어나 박수를 치자 자신을 가리키며 되물었다.

'나라고? 나? 정말? 나?'

그녀의 입 모양이 그렇게 말하고 있었다.

보다 못한 초림과 설휘가 유경을 일으켜 세웠고, 유경은 얼떨떨한 얼굴로 무대 위로 올라갔다.

"음마! 엄마아!"

화면 속 등장한 엄마를 알아본 아기 때문에 거실에 모인 가족들이 웃음을 터뜨렸다. 그러다 유경의 소감이 시작되자 재빨리 귀를 기울였다.

― 저…… 이거 꿈 아니죠? 잘못 호명하신 거 아니죠?

장 여사가 TV를 쳐다보며 혀를 내찼다.

"우유경이 정신 똑띠 차리라! 저러다 소감 망칠라."

바로 옆에 있는 사람한테 말하듯 장 여사가 잔소리를 했다. 놀라운 건 그 소리를 마치 듣기라도 한 듯 버벅거리던 유경이 갑자기 정신을 차리려 노력하더니 다부진 얼굴로 마이크 앞에 섰다.

— 어…… 일단 제 복장이 조금 예의가 없죠? 죄송합니다. 사실 오늘 크랭크 업 하고 바로 오느라 신경을 못 썼어요. 우선 우리 스태프들 고마워요. 마이 걸 스태프들 대부분이 차기작도 함께해 주셨는데요, 여러분 덕분에 이렇게 상도 받습니다. 지금쯤 아마 여의도 고깃집에서 다 같이 보고 계실 텐데, 여러분 제가 오늘 쏘겠습니다! 맘껏 드세요. 한우 드셔도 돼요. 그리고 이따 만나요. 초림 씨랑 설휘 씨도 데리고 가겠습니다. 아마 2차는 이분들이 쏠 것 같은 예감이 듭니다.

유경의 위트 있는 속사포 소감에 객석에서 웃음이 터졌다.

— 아. 그리고 우리 가족들……. 엄마, 소감을 왜 그따위로 횡설수설하느냐고 뭐라고 하지 마. 이거 되게 떨려. 그리고 그 옆에 있을 시어머니. 울지 마세요. 저도 안 울고 있잖…… 흑흑……. 왜 갑자기 눈물이 나지?

갑자기 대성통곡을 하는 유경의 모습에 서하가 걱정스러운 표정으로 이마를 긁적였다.

우리 아내가 또 흑역사를 남기고 있군.

— 우리 남편, 채서하 씨! 독박 육아 시켜서 미안해. 내 커리어 지켜 준다고 당신 커리어 포기하면서까지 나 현장에 보내 준 것도 고맙고, 여보 사랑해. 근데 오늘은 좀 늦을 것 같아. 오늘까지만 우리 운이 잘

부탁해. 그리고 마지막으로 하늘에 계신 아빠에게 이 상을 바치면서 소감 마치겠습니다. 감사합니다.

소매로 눈물을 박박 닦으며 소감을 마친 유경이 무대 뒤로 내려갔다. 그 모습을 지켜보던 장 여사와 숙영의 눈가도 촉촉해졌다.

"장모님. 저 서울에 좀 다녀와야 할 것 같은데요."

"그럼. 당연히 그래야지."

장 여사가 얼른 젓갈 통을 내려놓고 서하에게서 아기를 받아 품에 안았다.

"운이는 내가 볼 테니까 얼른 다녀와. 아니, 오지 마. 오늘은 둘이 실컷 놀다 와. 운이 걱정하지 말고."

"그래, 서하야. 유경이 그동안 고생 많았으니까 맛있는 것도 좀 사 주고, 그리고 천천히 내일 와 내일. 할머니가 둘이나 있는데 무슨 걱정이야. 얼른 가."

장 여사와 숙영이 얼른 가라며 서하의 등을 떠밀었다.

"네. 그럼 다녀오겠습니다. 운아, 아빠가 엄마 데려올게. 잘 놀고 있어."

서하가 아기를 향해 인사를 하곤 서둘러 밖으로 나갔다.

아빠가 나가자마자 울기는커녕 할머니 품이 편했는지 스르륵 잠이 든 아기를 보며 장 여사와 숙영이 미소를 지었다.

"어휴. 금방 잠들었네."

"아무튼 효자가 따로 없다니까. 그럼 운이는 빌이 보고, 우리는 마저 김장하러 나갑시다."

장 여사에게서 아기를 건네받은 빌이 고춧가루가 묻은 이빨이 다 보이게 활짝 웃었다. 그 모습에 숙영과 장 여사가 웃음을 참느라 끅끅거렸다.

오늘도 그렇게 평화로운 문화시의 저녁이 지나가고 있었다.

무대 밑으로 내려온 유경은 고개를 절레절레 흔들었다. 방금 무대 위에서 내가 무슨 말을 했더라? 수상 소감에 빠뜨린 사람은 없었겠지?

지이잉. 지이잉.

그 순간 핸드폰이 진동했다. 발신인은 우유성이었다.

"이 인간 또 몇 달 삐지게 생겼네."

한숨을 크게 내쉬며 전화를 받으려던 유경이 돌연 걸음을 멈췄다.

'어? 저 사람이 왜 저기에서 나와?'

너무 놀라 유경의 두 눈이 크게 떠졌다. 복도 끝에서부터 걸어오고 있는 지웅을 발견한 것이다. 그는 태블릿 PC에 시선을 고정한 채 걷고 있었다.

어떡하지? 인사를 해야 하나? 서지웅 씨는 아직 날 못 본 것 같은데, 그냥 모른 척 다른 길로 가 버릴까. 만나면 괜히 어색할 것 같은데…….

어떻게 하면 좋을지 고민하고 있던 그때.

지웅이 뒤늦게 고개를 들었다. 유경을 발견한 지웅도 그녀와 마찬가지로 여러 생각이 교차하는 표정이었다.

지웅은 뭔가 결심한 듯 가던 길을 계속 걸었다. 그리고 그녀 앞에 당당히 걸음을 멈추고 인사를 건넸다.

"오래간만이야."

"하하. 정말 오래간만이네요. 그동안 잘 지내셨죠? 회장 되셨다고……. 아! 뉴스에서 봤어요. 그냥 TV 틀었는데 나오더라구요. 제가 일부러 찾아서 본 건 절대 아니에요."

"굳이 뒤에 있는 말은 하지 않아도 될 텐데?"

"웃으라고 농담한 거예요."

"넌 여전하네. 나도 니 소식 들었어. 영화 잘됐다면서? 난 일부러 찾아봤어. 날 뻥 차 버린 여자가 얼마나 잘 사나 궁금했거든."

"서지웅 씨도 여전하시네요. 사람 놀리는 그 말재주."

"칭찬 고마워. 아, 그리고 그거."

지웅이 그녀가 들고 있는 트로피를 가리키며 말했다.

"축하해."

"저도 고마워요. 근데 여긴 무슨 일로 오셨어요?"

"명성자동차 인기상 시상하러. 우리 회사에서 협찬 좀 했거든."

"아…… 그러시구나. 잠깐, 협찬이요? 그럼 이거…… 혹시? 설마?"

"아니야."

"뭐가 아닌데요?"

"내가 뒤에서 너 그 상 받을 수 있도록 밀어준 건 아닌지 의심하는 거잖아. 그런 거 아니라고. 내가 얼마나 바쁜 사람인지 넌 아직도 몰라?"

"아니…… 아는데, 그니까 제 말은."

"나 이제 너 안 좋아해."

"갑자기 그런 소릴 왜 하세요. 안 물어봤는데."

"억울해서 그런다, 왜. 그리고 내가 널 아직 못 잊었다면 복수했겠지. 어떻게든 그 상 못 받게 방해했겠지."

"그러고 보니 그러네요."

"뭘 또 그렇대. 니가 그렇게 말하면 내가 되게 치졸한 사람이었던 것 같잖아."

"아니었나?"

"아니었지. 야, 아까도 말했지만 나 무지 바쁜 사람이거든? 이깟 영화제 수상 내역 따위 관심도 없거든?"

"아, 네네. 알겠습니다. 서지웅 씨 아주 바쁜 분인 거 잘 알죠. 제7

하도 당한 게 많아 가지고 말도 안 되는 상상을 해 버렸네요. 오해해서 미안해요."

멋쩍어진 유경이 이마를 긁적이자, 지웅이 피식 웃었다.

"채서하는 잘해 주냐?"

"당연하죠. 서지웅 씨는요?"

"나 뭐."

"아내분이 잘해 주시죠?"

"어떤 것 같은데?"

지웅의 얼굴을 보며 곰곰 생각에 잠겨 있던 유경이 웃으며 대답했다.

"좋아 보여요. 아내분이 엄청 잘해 주시나 봐요. 사실 전에 한번 만나 뵌 적 있거든요, 서지웅 씨 아내분. 굉장히 예쁘고 밝고 좋은 분 같았어요. 그래서 다행이라고 생각했어요."

유경이 진심 어린 눈빛으로 말했다.

"저는요. 서지웅 씨가 행복했으면 좋겠어요. 왜냐하면 내가 존경하고 좋아하는 소윤 언니가 무척이나 많이 사랑했던 사람이니까. 언니도 서지웅 씨가 행복하길 바랄 테니까. 그러니까 당신도 행복해질 자격 충분해요."

유경의 말에 지웅은 한결 가벼워진 표정으로 미소를 지었다.

"그래, 그렇게. 행복해질게."

"네. 꼭 그렇게 될 거예요. 힘내세요!"

유경이 주먹을 불끈 쥐고 파이팅을 외쳤다.

"회장님! 빨리 무대로 가셔야 합니다."

의전을 담당한 직원이 달려와 재촉하자, 유경이 지웅을 향해 얼른 가 보라며 자리를 피해 줬다.

지웅은 복도 끝으로 사라져 가는 유경의 뒷모습을 애틋하게 바라보다가 이내 고개를 돌렸다. 그러곤 빠른 걸음으로 그녀와 반대쪽으로 향했다.

지웅의 표정과 발걸음이 아까보다는 한결 가벼워 보였다.

여의도에 위치한 고깃집 안이 시끌벅적했다.

"건배!"

시상식을 마치고 종파티 자리에 합류한 유경은 테이블을 돌아다니며 스태프들과 마지막 촬영에 대한 아쉬움을 달래고 있었다.

"감독님, 제 술도 받으세요."

"어휴. 다들 왜 이러세요. 나 죽겠네."

사람들이 계속해서 술병을 들고 찾아오는 바람에 유경은 곤란했다. 마지막이라 거절도 못 하고, 한 잔 두 잔 받아먹다 보니 정신이 알딸딸했다. 이미 주량을 넘길 정도로 술을 많이 마신 그녀의 얼굴이 빨개져 있었다.

"섭섭합니다. 제 술만 안 받으시……."

"알았어요. 알았어. 그럼 딱 민태 씨까지만!"

"넵!"

조명팀 민태가 얼른 유경의 잔에 소주를 따랐다.

나 오늘 집에 갈 수 있겠지? 늦는다고 연락을 하긴 했지만, 그 녀석 분명 잠도 안 자고 나 기다릴 텐데. 왠지 이거 마시면 훅 갈 것 같은데.

술잔을 들고 마실까 말까 망설이던 유경은 사람들의 기대감 가득한 표정을 외면하지 못하고 소주를 원샷해 버렸다.

"크아."

"감독님, 여기 안주!"

옆에서 지켜보던 김 피디가 유경의 입에 오이를 물렸다. 유경이 오이를 씹으며 김 피디를 향해 배시시 웃었다.

"감독님, 취했어요?"

"쬐끔?"

"벌써 취하시면 안 되는데. 설휘 씨랑 초림 씨가 2차는 본인들이 쏜다고 예약한 곳으로 오라고 했잖아요."

"설휘 씨랑 초림 씨는 어딨는데요?"

"아까 시상식에서 인터뷰 끝나고 2차 장소에서 만나기로 했잖아요. 기억 안 나세요?"

"기억이…… 당연히 나죠! 저 하나도 안 취했어요."

유경이 두 눈을 부릅뜨며 말했다.

"그나저나 오늘 술 진짜 달다. 고기는 왜 이렇게 맛있지? 우리 남편도 고기 잘 굽는데. 으잉…… 우리 운이 보고 싶다."

취하지 않았다던 유경이 횡설수설하자 김 피디가 걱정스레 쳐다봤다.

"진짜 괜찮으시겠어요? 채 작가님한테 전화할까요?"

"안 돼요. 안 돼. 나 혼나요. 술 많이 마시지 말랬는데. 근데 2차는 어디예요? 얼른 가요! 여긴 내가 계산할 테니까, 김 피디님은 스태프들한테 2차 장소 공지 좀 해 줘요."

또 갑자기 멀쩡한 척 유경이 자리에서 일어났다.

"이상하네. 취한 것 같기도 하고, 아닌 것 같기도 하고."

김 피디는 알쏭달쏭했다. 그사이 유경이 비틀거리며 카운터로 향했다.

"사장니임! 여기 계산 좀 해 주세요."

유경의 부름에 사장이 달려왔다.

"얼마예요?"

"계산 이미 다 하셨는데요."

"네? 누가요?"

"저기, 저분이요."

고깃집 사장이 창밖을 가리켰다. 유경은 천천히 고개를 돌려 창밖에 서 있는 남자를 바라봤다.

"이상하네? 저 남자 우리 남편이랑 되게 닮았다."

고개를 갸웃하며 창밖에 서 있는 서하와 닮은 남자를 바라보던 유경의 두 눈이 번쩍 떠졌다.

"진짜 남편이잖아?"

술이 확 깨는 기분이 들었다. 서하가 팔짱을 낀 채 한숨을 내쉬고 있었기 때문이다.

유경이 배시시 웃으며 서하를 향해 손을 흔들었다. 그러곤 카운터에 놓인 박하사탕을 입에 쏙 넣고 밖으로 달려갔다.

"언제 왔어? 들어오지."

"너무 즐거워 보이길래. 방해될까 봐 밖에 있었지. 재밌게 다 놀았어?"

"응. 나 다 놀았어. 고마워, 놀게 해 줘서."

유경이 애교를 부리자 서하가 웃어 버렸다.

"알았어. 오늘은 봐줄게. 대신 빨리 술 깨자."

"응. 사실 아까 니 얼굴 보자마자 술이 다 깨 버렸어, 너무 좋아서. 우리 얼마 만이지?"

"난 아까 TV에서 니 얼굴 봤는데. 내 와이프 화면발 잘 받더라. 아, 감독상 탄 거 축하해. 얼굴 보고 직접 말하고 싶었어."

"아, 맞다! 내가 트로피 보여 줄게."

유경이 들뜬 얼굴로 가방 속을 뒤졌다. 찾는 것이 나오지 않자, 더 격렬하게 가방 속을 마구 휘저었다.

"어라? 내 트로피……."

"감독님! 트로피 챙기셔야죠!"

김 피디가 트로피를 들고 밖으로 달려 나왔다.

"채 작가님, 안녕하세요. 오래간만이에요."

"네. 안녕하세요. 잘 지내셨죠? 그건 제가 들게요."

서하가 김 피디에게서 트로피를 건네받았다.

"하여튼 우리 우 감독님은 일할 땐 그렇게 꼼꼼하면서, 카메라만 내려놓으면 허당미 장난 아니라니까."

"그게 제 아내의 매력이죠."

"어머나."

아름다운 쉴드를 치며 아내를 바라보는 서하의 꿀이 떨어지는 눈빛에 김 피디는 하루라도 빨리 결혼을 해야겠다는 생각이 들었다.

"그럼 2차는 채 작가님도 같이 가시는 거죠? 이렇게 좋은 날 사랑하는 아내를 위해 노래 한 곡 하셔야죠!"

김 피디가 짓궂게 웃으며 마침 고깃집에서 우르르 나온 스태프들을 향해 눈을 찡긋거렸다. 그러자 스태프들이 달려와 유경과 서하를 떼어 각자 끌고 갔다.

"2차 고고!"

서하는 갑자기 사람들이 자신을 끌고 어디론가 향하자 당황해 하며 유경에게 구원의 눈길을 보냈다. 하지만 유경은 어딘지 모르게 신이 난 얼굴이었다.

2차 장소는 호텔 지하에 있는 가라오케였다. 신나게 춤추고 노래를 불렀더니 술이 깬 건 물론이고, 체력이 바닥나 버렸다.

설휘가 서하한테 중요하게 할 얘기가 있다고 해서 먼저 밖으로 나온 유경은 생각에 잠겼다.

"설휘 씨 표정이 심각해 보이던데……. 무슨 일이지?"

걱정스러운 마음에 다시 안으로 들어갈까 말까 고민하던 유경은 두 사람 얘기하는 데 방해될까 싶어서 얌전히 기다리는 쪽을 택했다.

그러다 문득 아까 룸에서 스태프들의 성화에 못 이겨 마이크를 잡은 서하의 모습이 떠올랐다. 그동안 같이 노래방은 몇 번 갔었지만, 그때마다 녀석이 빼는 바람에 노래는 한 소절도 듣지 못했었다.

그래서 유경은 녀석이 머리만 못 묶는 게 아니라, 노래도 못하는 줄 알았다. 역시 신은 공평하다고 생각했었는데.

그런데…… 웬일.

녀석의 노래 실력은 수준급이었다.

유경이 히죽 웃으며 핸드폰을 꺼냈다. 그러곤 아까 몰래 녹음한 서하의 노래를 재생했다. 핸드폰을 귀에 가져다 대고 녀석의 감미로운 목소리에 흠뻑 취해 있었는데.

"뭐 해?"

"옴마얏!"

유경이 화들짝 놀라 뒤를 돌았다. 서하가 뭐 하냐고 되물었다.

"어? 아, 아무것도 아니야!"

유경이 서둘러 핸드폰을 내렸는데, 잘못 만지는 바람에 볼륨이 커지면서 서하의 노랫소리가 스피커 밖으로 삐져나왔다. 엄청 크게.

그러자 서하가 당황스러운 얼굴로 유경을 쳐다봤다.

"그거 뭐야?"

"녹음했지룽."

"무슨 그런 걸 녹음해. 얼른 끄고, 핸드폰 이리 줘."

"싫어. 나 평생 간직할 거야."

유경이 고개를 절레절레 흔들며 핸드폰을 잽싸게 주머니에 넣어 버렸다.

"그걸 왜……. 녹음을 왜…….."

"왜긴. 좋으니까 했지."

"지워."

쑥스러운지 계속 지우라는 말만 반복하던 서하는 유경이 흘깃 째려보자 수그러든 목소리로 말했다.

"혼자만 들어."

"당연하지. 근데 서하야……."

"응. 왜?"

"나 아이스크림 사 줘."

유경이 건너편에 있는 편의점을 가리켰다.

"그 말 왜 안 하나 했다. 넌 꼭 취하면 아이스크림 찾더라."

"아닌데. 나 안 취했는데? 술 다 깼는데."

"까부는 거 보니까 취한 거 맞는데 뭐. 가자. 넌 술 좀 빨리 깨야겠다."

"아까부터 왜 계속 술을 깨래? 지금 딱 좋구만."

중얼거리는 유경의 손을 잡고 서하가 편의점으로 향했다.

유경이 편의점 앞 파라솔 밑에 앉아 있는 동안 서하가 아이스크림을 사서 나왔다.

두 사람은 마주 보고 앉아 아이스크림을 먹으며 얘기를 나눴다.

"근데 우리 운이는 잘 있겠지? 아들 보고 싶어 죽겠네."

"나는? 나는 안 보고 싶었어?"

"당연히 남편도 보고 싶었지."

"운이보다 더?"

"야! 넌 무슨 아빠가 돼 가지고 아들한테까지 질투를 하냐."

"질투가 아니라, 니가 변했잖아. 나한테 전화하는 용건은 무조건 운이 때문이고, 나도 니 목소리 듣고 싶은데 맨날 전화해서 운이 바꿔 달라는 말만 하고……."

그동안 쌓인 게 많았는지 주저리주저리 서운했던 것을 늘어놓는 서하의 발언에 유경은 당황스러웠다.

"내가 그랬어? 아닌데……."

"너 그랬어."

"알았어, 미안해. 앞으론 안 그럴게. 둘 다 똑같이 사랑해 줄게. 됐지?"

"몰라."

서하가 단단히 삐졌다. 유경은 녀석을 어떻게 풀어 줘야 할지 몰라 애써 웃으며 말을 돌렸다.

"근데 아까 설휘 씨랑 무슨 얘기 했어? 설휘 씨 표정이 심각해 보이던데."

서하가 뚱하게 있다가, 유경이 얼른 말하라고 째려보자 재빨리 입을 열었다.

"설휘 형 결혼한대."

"뭐라고? 결혼? 언제?"

"다음 달에."

"다음 달 얼마 안 남았잖아. 뭐야. 누구랑 하는데?"

"너도 아는 사람이야."

"나도 아는 사람이라면……. 누구지? 누군데? 난 모르겠어."

유경은 정말 전혀 모르겠다는 얼굴이었다. 서하는 어떻게 그걸 모를 수가 있냐는 표정으로 말했다.

"장초림 씨랑 설휘 형 옛날부터 아는 사이였다던데. 몰랐어?"

"응. 난 처음 듣는 얘긴데? 근데 갑자기 초림 씨 얘긴 왜……. 설마……. 설마?"

"맞아. 두 사람 결혼한대."

"맙소사. 진짜야?"

난 그것도 모르고 아까 시상식장에서 초림 씨랑 설휘 씨 사이에 비집고 앉아서 방해꾼 노릇 제대로 했구나. 어쩐지 둘이 계속 눈 마주치고 웃고 난리가 났더라니.

"하여튼 그 방면으론 영 눈치가 없다니까. 그러니까 내가 편의점에서 1년 동안……."

"에헴!"

또 편의점 레퍼토리 나왔다. 유경이 헛기침을 하자 서하가 억울하단 표정으로 입을 다물었다.

"그나저나 우리 남편 오늘따라 왜 이렇게 투덜거리지? 나한테 무슨 불만 있나?"

"불만 있지."

"무슨 불만?"

"장모님이 나 오늘 하루 실컷 놀다 오라고 휴가 줬단 말이야. 근데 이렇게 그냥 집에 가자고?"

"집에 운이……."

"…….."

서하가 가느다랗게 한숨을 내쉬자, 유경이 녀석의 눈치를 흘끔 보며 넌지시 물었다.

"무슨 계획이라도 있어?"

"호텔 스위트룸 예약했어."

"그런 건 또 언제 했대?"

"아까 서울 오면서."

이미 계획까지 다 세워 놨었군! 그것도 모르고 집에 빨리 가자고 했으니 녀석이 삐질 만도 했다.

"우리 일주일이나 못 했어."

"저기…… 오늘은 내가 너무 피곤한데."

"피곤하게 안 할게. 그냥 넣고만 있게 해 줘."

유경의 얼굴이 새빨개졌다. 녀석이 야릇한 눈빛으로 유경의 얼굴을 어루만졌다.

"날 죽일 셈이야?"

하필 그 순간 유경이 들고 있던 아이스크림이 녹아 손에 흘렀다. 기회다. 서하가 날름 혀로 그녀의 손가락을 핥았다.

"으흣."

"이래도 안 가?"

남편의 유혹하는 눈빛과 뜨거운 숨결에 침을 꼴깍 삼키며 본능을 억누르던 유경이 자리에서 벌떡 일어났다.

"그만하고 가자."

"어딜 가? 집?"

서하가 잔뜩 아쉬워하며 말하자, 유경이 발그레해진 볼을 양손으로 가리며 작게 대답했다.

"어디 예약했는데? 빨리 가자."

쑥스러워하며 걷는 유경의 뒤를 서하가 얼른 뒤따라갔다. 그러곤 그녀의 허리에 팔을 둘렀다. 나란히 걷는 두 사람의 걸음이 점점 더 빨라졌다.

설휘와 초림의 결혼식은 3주 전에 열렸던 백호영화제의 라인업보다 더 화려한 하객 명단을 자랑했다. 게다가 각국에서 온 수백 명의 팬들이 호텔 앞으로 몰리는 진풍경을 연출하기도 했다.

그렇게 성대한 결혼식이 무사히 막을 내리고, 하객들이 연회장에 다시 모였다.

"어머, 저 아기 좀 봐. 엄청 예쁘다."

"아빠도 잘생겼어."

"누구지? 배우야?"

"너 몰라? 작가잖아, 엄청 유명한. 우유경 감독 남편."

스테이크를 썰던 여배우들이 건너편 테이블을 흘끔 쳐다보며 수군거렸다.

어깨에 아기 띠를 두른 남자. 수려한 외모와 멀끔한 슈트 차림과는 다소 어울리지 않았다.

그러거나 말거나 서하는 사람들의 시선을 전혀 의식하지 않고 그저 아기와 눈을 마주치며 온화한 미소를 짓고 있었다. 그 미소 때문이었을까? 아기를 안고 있는 서하의 주변으로 사람들이 모여들기 시작했다.

"아기는 몇 개월이에요?"

"어머나. 웃는 것 좀 봐."

"세상에 천사가 따로 없네."

순식간에 이 연회장의 주인공이 바뀌어 버렸다.

한편 아기를 서하한테 맡긴 유경은 접시를 들고 뷔페를 돌아다녔다. 유경의 얼굴에 화색이 돌았다.

"비싼 호텔답게 음식 퀄리티가 장난 아니네. 하나씩 다 먹어 봐야지."

콧노래를 부르며 접시를 들고 이동하던 유경이 돌연 걸음을 멈췄다.

"이게 무슨 냄새지? 우웩!"

유경이 입을 가리며 헛구역질을 했다.

"어머. 괜찮으세요? 어? 우리 구면이죠?"

마침 옆을 지나가던 채련이 유경을 부축했다. 유경도 채련을 알아보고 인사했다.

"안녕하세요. 오래간만…… 웨엑!"

채련이 들고 있는 접시에 전복이 가득 쌓여 있는 것을 본 유경이 또 헛구역질을 했다.

"죄, 죄송해요……."

유경이 놀라서 입을 틀어막고 뒷걸음을 치자, 채련이 어리둥절한 얼굴로 접시와 유경을 번갈아 가며 쳐다봤다.

"혹시 이 전복 때문에? 맞다. 저번에도 전복 때문에 속 안 좋으셨죠? 얼른 치울게요."

채련이 재빨리 접시를 멀리 버려 놓고 오렌지 주스를 들고 와서 내밀었다.

"이거 드세요."

"감사합니다."

유경이 주스를 벌컥벌컥 들이켰다.

아, 이제야 살 것 같다. 근데 나 왜 이렇게 속이 안 좋지?

"혹시 전복 알레르기 있으세요?"

"네?"

"제 남편도 전복 알레르기가 있거든요. 그래서 집에선 전복 절대 못 먹어요. 오늘은 좀 먹어 볼까 했는데……."

"괜히 저 때문에 죄송해요. 얼른 가서 드세요. 저 이제 괜찮아요."

"진짜 괜찮으시겠어요? 지난번 서정화 선생님 댁에서 봤을 때처럼 안색이 안 좋으신데. 그날도 전복 냄새 맡고 '우웩' 하지 않으셨어요?"

"그땐 제가 임신 중이었거든요."

"정말요? 그럼 오늘은?"

"!!"

유경의 두 눈이 휘둥그레졌다.

"어머. 또 임신하신 거예요? 축하드려요. 너무 부럽다. 완전 겹경사네요. 얼마 전에 신인 감독상 타신 거 TV로 봤어요. 어찌나 반갑던지. 저번에 만났을 때 번호 좀 딸걸, 후회했다니까요."

"이런, 쑥스럽네요. 시상식을 보셨다니……."

"특히 수상 소감이 되게 인상적이었어요. 그때 소감에서 말한 독박 육아 남편분이 채서하 작가님 맞죠?"

"저희 남편을 아세요?"

"그럼요. 저쪽 테이블에 앉아 있다가 들었어요. 채 작가님 되게 잘생기셨던데요? 그리고 사실 저희 시어머니가 채 작가님 열혈 팬이시거든요. 맨날 서재에서 몰래 채 작가님 소설 보고 우세요. 추리 소설 보고 울기가 쉽지 않은데."

잠깐, 서지웅 아내의 시어머니라면…… 윤성희?

그 아줌마가 울었다고?

유경은 믿기 어렵다는 눈빛으로 채련을 쳐다봤다.

"왜 그렇게 보세요?"

"네? 아, 아니에요. 근데 이 결혼식엔 어쩐 일로 오셨어요?"

"초림 씨가 저희 회사 전속 모델이거든요. 말이 잘 통해서 친구 하기로 했어요. 덕분에 초림 씨한테 감독님 얘기도 많이 들었고요. 엄청나게 착하고 좋은 분이라고 하던데요? 그나저나 임신하신 거 진짜 너무 축하드려요."

박수까지 치며 유경의 임신을 미리 축하해 주는 채련의 얼굴에 진심이 묻어났다.

"그럼 저는 이만 가 볼게요. 같이 온 일행이 있어서."

채련은 멀리서 일행들이 자신을 찾는 것을 보곤 서둘러 자리를 떠났다.

유경은 약간 얼떨떨한 얼굴로 오렌지 주스를 마저 다 마시고 자리로 천천히 돌아갔다.

"왜 빈손이야?"

며칠 전부터 호텔 뷔페 먹을 생각에 잔뜩 들떠 있던 아내가 빈 접시로 돌아오자 서하가 화들짝 놀랐다.

"안색이 왜 그래? 어디 아파?"

"어? 그게…… 있잖아……. 아니야."

말을 할까 말까 고민하던 유경은 말을 하지 않는 쪽을 택했다. 확실해지면 얘기해야겠다는 생각이었다.

@하지만 아무리 봐도 임신이 맞는 것 같았다. 요즘 부쩍 피곤한 것도 그렇고, 생리를 안 하는 것도 그렇고, 그리고 가장 결정적인 건 그날 밤…….

"남편, 운이 내가 안고 있을 테니까, 따뜻한 스프 좀 갖다 주라."

"알았어. 갖다 올게."

서하가 아기를 유경의 품에 안겼다. 그러곤 자리에서 벌떡 일어났다.

"저기…… 서하야."

유경이 서하의 옷자락을 잡아끌었다.

"응. 왜? 다른 거 또 필요한 거 있어? 말만 해. 내가 다 퍼 올게."

"있잖아……."

"……."

"너 혹시…… 둘째도 키워 줄 수 있어?"

"어?"

도대체 무슨 소리지? 서하가 고개를 갸웃거렸다. 그러자 유경이 진지한 얼굴로 작게 속삭였다.

"나 아무래도 임신한 것 같아. 우리 저번에 쫑파티 때……."

"!!"

서하의 두 눈이 번쩍 떠졌다.

"임신했다고?"

"야. 소리가 너무 커. 임신한 게 아니라, 그런 것 같……."

서하가 유경을 와락 껴안았다.

"으, 남편, 사람들 다 봐. 여기서 이러지 말고 진정해."

사람들의 시선을 신경 쓰는 유경과 달리 서하는 누가 보든지 말든지 아내를 놓아줄 생각이 없었다.

"여보, 고마워. 그리고 둘째 셋째 내가 다 키워 줄게. 그게 뭐 어려운 거라고. 할 수만 있다면 산고까지 대신 겪어 주고 싶은데, 그건 내 능력으론 할 수 없는 거니까 그게 미안하지."

서하가 유경을 품에서 떼어 낸 후 뺨을 어루만졌다.

"아기 낳는 게 얼마나 힘든 일인지 당신이 운이 낳는 거 보고 알았어. 하아……. 진짜 그거 생각하니까 또 걱정되네. 난 니가 아픈 건 싫은데……."

"에이, 그 정도 고통쯤이야. 이렇게 예쁜 아들을 낳았는데 감당할 만하지. 다 떠나서 남편이 그렇게 말해 줘서 난 너무 기뻐."

유경이 배시시 웃으며 서하를 바라봤다.

유경과 서하가 서로를 애틋하게 바라보고 있던 그때, 설휘와 초림이 하객들에게 인사를 하기 위해 피로연장에 들어섰다.

"저기요, 두 분은 제 결혼식장에서 애정 행각 좀 자제 바랍니다."

설휘의 농담 섞인 경고에도 팔불출 남편 서하는 아내의 얼굴에서 눈을 떼지 못하고 있었다. 그러자 설휘가 유경을 향해 물었다.

"감독님, 무슨 일 있으세요? 이 녀석 표정이 왜 저래요?"

"그게 그러니까……."

"형, 우리 와이프 임신했대."

온 동네방네 소문이라도 낼 작정인지 서하가 자랑하듯 떠들었다.

"어머, 축하해요. 여러분! 우 감독님 임신했답니다!"

녀석을 말리지는 못할망정 초림까지 나서서 큰 소리로 외쳤고, 여기저기서 유경의 임신 소식을 전해 들은 하객들은 수군거리기 시작했다.

남의 결혼식장에서 이게 무슨 행패냐며 유경이 서하를 째려봤지만, 서하는 뭐가 좋다고 실실 웃고 있었다.

"다들 우 감독님과 채 작가한테 축하의 박수 부탁드립니다."

갑자기 예능 프로 MC 경력을 가진 설휘가 진행을 하더니, 테이블마다 박수가 쏟아졌다.

그 박수 소리에 유경의 품에 안겨 있던 아기가 꺄르르 웃었다. 그 소리가 어찌나 크던지, 유경과 서하 그리고 주변에 있던 하객들이 웃음을 터뜨렸다.

그렇게 이곳에 모인 사람들은 2년 후 서로가 다시 만나게 될 것을 전혀 모른 채 행복한 시간을 보내고 있었다.

그리고 2년 후.

그때 그 호텔, 그 연회장에서, 유경과 서하의 둘째 딸 '채율'의 돌잔치가 열렸다.

특별 외전 2.
남편을 짝사랑하면 생기는 일

"정채련 상무 말이야. 결혼한 지 4년이나 됐는데 아직까지 아이가 없는 이유가 뭔지 알아?"

"김 대리, 너도 그 사진 봤구나?"

부영식품 본사 구내식당이 시끌벅적했다. 오늘 오전 사내 게시판에 올라온 사진 한 장 때문이었다.

"근데 그 사진 정 상무가 직접 올렸던데?"

"아이디 해킹당한 거 아니야? 미치지 않고서야 그런 사진을 본인이 올렸을 리가 없잖아."

도대체 무슨 사진이기에 이 난리일까. 사원들은 궁금증을 참지 못하고 수저 대신 핸드폰을 손에 쥐었다. 그리고 사내 게시판에 접속했다.

이런 난리 통에도 꿋꿋이 식판에 밥과 반찬을 가득 담아 구석 테이블로 이동하고 있는 한 여자.

"아우, 속 쓰려."

야상 점퍼에 뿔테 안경을 쓴 여자가 식판을 들고 자리로 가서 앉았다. 동시에 김 대리가 코를 막고 뒤에 앉은 여자를 흘끔거렸다. 여자에게서 술 냄새가 진동했다.

"크아, 시원해."

오늘의 메뉴는 콩나물국이었다. 역시 구내식당을 선택하길 잘했다는 생각을 하며 여자는 국을 그릇째 들고 마셨다. 그 바람에 여자의 안경에 뿌옇게 김이 서리기 시작했다.

갑자기 앞이 안 보이자 여자는 안경을 벗었다. 소매로 안경을 박박 닦으며 고개를 든 그녀는 건너편 테이블에서 밥을 먹던 대머리 서 과장과 눈이 마주치고 말았다.

그녀를 알아본 서 과장의 두 눈이 휘둥그레졌다.

'쉿!'

여자가 서 과장을 향해 두 눈을 찡긋하며 손가락으로 입을 가렸다. 그러자 서 과장이 벌어진 입을 꾹 다물었다.

그렇다. 여자의 정체는 지금도 김 대리가 열심히 씹어 대고 있는 정채련 상무였다.

"근데 정 상무는 권력욕이 전혀 없는 것 같지 않아? 그럼 대체 정략 결혼은 왜 한 거야?"

"그러게 말이야. 남편이 명성그룹 회장이면 뭐 해. 몇 년째 승진에서 물먹고 계속 제자리인데."

"혹시 정 상무가 서지웅 회장의 약점 같은 걸 쥐고 있는 거 아닐까? 그렇지 않고서야 서 회장이 정 상무 같은 여자랑 결혼을 왜 하냐고. 밑지는 장사잖아. 게다가 두 사람 결혼 시점엔 부영식품이 위기였고."

탕, 깨끗하게 비운 국그릇을 테이블 위에 내려놓은 채련은 생각에 잠겼다.

'그러게……. 그 사람은 왜 나랑 결혼했을까?'

채련의 표정이 심각해졌다. 사원들 말대로 4년 전 부영식품은 위기였다. 이물질 혼입 사건 때문에 국민들이 불매 운동까지 했고, 주가는 바닥을 쳤다.

그 시기 채련은 개인적으로도 아주 힘든 시기를 보내고 있었다. 근데 지웅은 아니었다. 그는 4년 전 '형제의 난'에서 유일하게 혼자 살아남아 왕관을 쓰고 승승장구하고 있던 중이었다.

그런 그가 왜 나랑 파혼이 아니라 결혼을 선택했을까?

손해 보는 장사는 절대 하지 않는 남자인데.

"상무님! 왜 여기 계세요?"

구내식당에 들어선 운전기사가 채련의 직함을 큰 소리로 불렀다. 그 바람에 뒤에서 신나게 채련의 뒷담화를 하던 사원들의 얼굴이 하얗게 질렸다.

어색한 정적이 흐르고. 수습에 나선 건 채련이었다.

"다들 그냥 편하게 식사하세요. 하던 얘기도 계속하시고. 전 정말 괜찮습니다."

채련이 호탕하게 말했지만, 분위기는 더욱 처참해졌다.

경직된 사원들의 모습을 보니 채련은 착잡했다. 이런 분위기 속에서도 맛있게 밥을 먹는 운전기사를 어떻게 받아들여야 할지 난감했다.

같이 일한 지 한 달밖에 안 됐는데, 저 사람을 원래 있던 보안팀으로 다시 보내야 할까?

"상무님, 오늘 따로 출근하신다더니, 옷차림이 왜 그러세요? 하마터면 못 알아볼 뻔했다구요."

"못 알아보라고 이렇게 입은 건데요."

"아…… 그런 거였구나. 근데 지금 패션도 나쁘지 않습니다. 굿!"

눈치는 없지만 해맑은 운전기사가 생글생글 웃었다.

그래, 일단 일주일만 더 두고 보자. 운전은 잘하시니까. 게다가 운동

선수 출신이라 위급 상황 시엔 경호도 자신 있다고 본인이 직접 면접 때
한 얘기도 있고. 그만하면 기사직에 최적의 조건 아니던가. 참자.

"근데 상무님도 오늘 사내 게시판 보셨어요?"

"게시판은 왜요?"

운전기사가 입을 가리고 작게 속삭였다.

"어제 술 드시고 배우 장초림 씨랑 키스하는 거……."

"키…… 뭐요? 키스?"

"사진 직접 올리셨던데. 아니에요?"

"당연히 아니죠! 저 그 사진 좀 보여 주세요!"

운전기사가 핸드폰을 꺼내 사내 게시판에 접속했다.

"어? 지워졌는데요?"

아까까지만 해도 버젓이 올라와 있던 글이 삭제되어 있었다. 아마 관
리자가 지웠나 보다.

채련은 그렇게 생각하며 대수롭지 않게 말했다.

"아무튼 그 사진 백퍼 조작이에요. 나 어제 초림 씨랑 술 마시고 집에
곱게 들어갔……잖아요. 그죠?"

"기억 안 나세요?"

"왜요. 왜?"

채련이 초초한 기색으로 손톱을 물어뜯었다.

"혹시 나 어제 곱게 안 들어갔어요?"

운전기사가 더욱 은밀한 목소리로 작게 속삭였다.

"네. 어제 곱게 안 들어가셨어요. 술 대따 꼴어서 장초림 씨 볼에 막
뽀뽀하고 난리 났었는데. 게다가 마중 나온 회장님한테도……."

"회장? 어떤 회장님?"

"남편분이요. 서지웅 회장님."

"내가 그 사람한테도? 초림 씨한테 한 거, 그거? 그걸 했다고요?"

운전기사가 고개를 끄덕였다. 그러자 채련이 손으로 자신의 입술을 자꾸 때렸다. 미쳤어. 미쳤나 봐.

채련이 머리를 쥐어뜯으며 괴로워하자 운전기사가 위로한답시고 물잔을 건넸다.

"하도 정략결혼이다, 뭐다, 이런저런 말들이 많아서 저는 두 분이 사이가 그렇게 좋은지 몰랐어요. 상무님이 걷기 힘들어하니까 회장님께서 상무님을 번쩍 안고 들어가시던데요? 어제 보니까 서 회장님 엄청 애처가시던데."

"풉!"

애처가라는 단어에 채련이 마시던 물을 운전기사의 얼굴에 뿜고 말았다.

"죄, 죄송해요!"

"괜찮습니다. 닦으면 되죠 뭐."

운전기사가 티슈로 얼굴을 닦으며 말을 계속했다.

"아무튼 오늘 올라온 사진 때문에 상무님 여배우 킬러라고 소문 쫙 났어요. 여자를 좋아해서 아직까지 애가 없다느니, 서 회장님과는 위장 결혼이라느니. 말들이 많아요."

그러든지 말든지. 채련은 지금 그깟 소문 따위 하나도 중요하지 않았다.

그녀가 지금 이토록 심각한 이유는 따로 있었다.

'내가 그 사람한테…… 키스를 했다고? 근데 왜 기억이 안 나지?'

반쯤 넋이 나가 있는 채련을 흘끔 보던 운전기사가 넌지시 말했다.

"상무님, 저 부탁드릴 게 하나 있는데요."

"네……."

이미 영혼이 가출한 그녀는 건성으로 대답했다. 그를 본 운전기사가 옳다구나! 말을 쏟아 냈다.

"주말에 차 좀 빌려 써도 될까요?"

"네……."

"정말요?"

"네……."

"그럼 차에 베이비시트 좀 장착해도 될까요? 제가 주말에 조카랑 놀러 가기로 해서요."

"네……."

"오예! 감사합니다!"

"네……."

채련의 영혼 없는 대답과 함께 운전기사의 핸드폰이 진동했다.

"잠시 전화 좀 받겠습니다."

액정을 확인한 운전기사가 환한 얼굴로 전화를 받았다. 영상 통화인지 핸드폰에 얼굴을 갖다 대며 운전기사가 손을 흔들고 있었다.

"우리 윤이, 율이, 안뇽! 삼촌 보고 시퍼쪄요?"

혀 짧은 소리를 내며 조카와 영상 통화를 하는 운전기사를 흘끔 보던 채련은 힘없이 자리에서 일어나 구내식당을 빠져나왔다.

"기억아 제발 살아나라. 어제 무슨 일이 있었니. 어제……."

사무실로 향하던 채련이 걸음을 우뚝 멈춰 섰다.

"맙소사. 이건 무슨 기억이야?"

갑자기 조각난 필름이 이어 붙여지듯 채련의 머릿속에서 어제의 일이 마구 되살아나기 시작했다. 침대 위에서 지웅과 아주 농밀한 키스를 나누던 일이, 키스를 리드한 사람이 자신이라는 것도, 아주 또렷하게 기억이 났다.

"미쳤어! 나 돌았나 봐!"

자책하며 괴로워하던 채련은 문득 그런 생각이 들었다.

근데 그 사람은 왜 날 밀쳐 내지 않았지?

"역시 못 들어가겠어."

채련이 다시 대문 밖으로 나왔다. 그러곤 담벼락에 머리를 쿵, 기댔다.

지웅과 채련은 4년 동안 식장에 들어갈 때 빼곤 손 한번 잡아 본 적 없는 섹스리스 부부였다. 흔히들 쇼윈도 부부라고 하던가.

두 사람의 결혼은 철저히 비즈니스 때문이었다. 같이 공유하는 건 이 거대한 저택 하나뿐.

높고 웅장한 담벼락을 올려다보던 채련은 한숨을 길게 내쉬었다.

"땅 꺼지겠네."

"어? 사모님."

"무슨 일 있어요?"

앞집 사는 중년 배우 서정화가 채련을 걱정스레 쳐다봤다.

"우리 집에서 차나 한잔할래요?"

"네!"

집에 들어가는 것보단 낫겠다 싶어서 채련이 얼른 서정화의 뒤를 따라갔다.

두 사람이 소파에 앉자 메이드가 금세 차를 내왔다. 홀짝홀짝 차를 마시던 채련이 조심스레 입을 열었다.

"저기……."

"할 말 있으면 편하게 해요. 특히 지웅이에 관한 건 언제나 환영."

채련은 지웅이 그녀를 엄마처럼 누나처럼 잘 따른다는 것을 알고 있었다.

혹시 이분이라면 알고 있지 않을까? 나보다는 서지웅 씨에 대해 많이 아니까.

채련은 용기를 내서 입을 열었다.

"사모님, 서지웅 씨는 왜 저랑 결혼했을까요?"

"채련 씨가 싫지 않았던 모양이죠 뭐."

"네? 아닌데. 서지웅 씨 저 엄청 싫어해요."

"싫은 여자랑 4년을 같이 살 수 있나? 내가 아는 서지웅은 절대 그렇게 못 하는데."

"사모님이 아는 서지웅 씨는 어떤 사람인데요?"

채련의 질문에 서정화가 웃음을 터뜨렸다.

"그게 이제 궁금해졌어요?"

"네? 네……."

"난 기다렸는데. 채련 씨가 언제 지웅이한테 마음을 여나. 두 사람 아직도 안 친하죠?"

"아시잖아요. 서지웅 씨는 친해지기 되게 힘든 타입이에요."

"친해지면 그만큼 든든한 내 편도 없죠. 능력 있지, 의리 있지. 그 녀석 자기 사람은 절대 안 버리거든."

채련이 그 말에 수긍하듯 고개를 끄덕였다.

지금 지웅과 같이 일하는 최생록 비서실장도 10년은 더 된 관계라고 들었다. 사포보다 더 까칠한 성격의 소유자이지만, 은근히 그룹 내에 지웅을 따르는 추종자들이 많았다. 그게 의리 때문이었구나. 하긴, 한 입으로 절대 두 말 안 하고, 내뱉은 말은 무조건 지키는 사람이니까.

"궁금한 게 그게 다예요?"

얘길 꺼낼까 말까 고민하던 채련이 기어들어 갈 것 같은 목소리로 물었다.

"혹시…… 여자가 있을까요? 세컨드 그런 거 말이에요. 시아버님은 여자가 셀 수가 없이 많으시던데……."

서정화가 찻잔을 내려놓으며 단호하게 말했다.

"지웅이가 가장 혐오하는 게 그건데, 본인이 그런 짓을 하겠어요?"

"아…… 그렇지. 그렇겠구나……. 제가 생각이 짧았어요."

"이제 나도 하나 물어봐도 돼요?"

"네. 물론이죠."

"채련 씨는 지웅이랑 왜 결혼했어요?"

통찰력이 깃든 서정화의 날카로운 눈빛에 채련은 경직되었다. 그 순간 그녀에게 모든 걸 다 들킨 것 같은 느낌이 들었기 때문이다. 동시에 4년 전 그날이 떠올랐다. 채련의 표정이 단번에 굳어졌다.

"이런, 내가 아픈 구석을 찔렀나?"

서정화가 미안한 기색을 내비쳤다.

"말하기 곤란하면 하지 않아도 돼요."

"아니요! 할게요. 얘기하고 싶어요. 사실 아무한테도 말한 적 없는데……."

"……."

"저는…… 제가 서지웅 씨랑 결혼한 이유는……."

"……."

"자포자기 심정이었어요."

서정화가 놀란 얼굴로 채련을 바라봤다. 구김살 없이 밝기만 하던 채련의 표정이 매우 쓸쓸해 보였다.

"사랑하던 남자가 있었어요. 근데 4년 전에 말도 없이 날 떠났어요. 회사는 어려워지고, 내가 할 수 있는 건 그냥 다 포기하는 것밖에 없었어요. 내 사랑을, 내 삶을, 내 신념을, 내 미래를. 그래서 그냥 해 버렸어요. 사랑하지도 않는 남자랑 결혼을……."

"결혼하니까 어떻던가요?"

서정화의 질문에 잠시 생각에 잠겨 있던 채련의 머릿속이 복잡했다.

"처음 만났을 때 서지웅 씨가 저한테 그랬거든요. 자긴 사랑하는 사람이랑은 절대 결혼하지 않을 거라고. 왜냐면 자기 옆에 있으면 불행해지니까. 맞아요. 저는 불행해지고 싶었어요. 그래서 서지웅 씨랑 결혼한 거였는데……."

채련은 지웅과 함께한 지난 4년간의 결혼 생활을 떠올려 봤다.

조금은 충격적이었다.

"사모님……."

"네. 말해요."

"……나쁘지 않았던 것 같아요. 지난 4년이요."

채련은 망치로 머리를 한 대 얻어맞은 듯한 표정으로 서정화를 바라봤다.

"그동안 아버지랑 어머니 눈치 보느라 하지 못했던 거 결혼해선 다 할 수 있었어요. 여행 가고 싶으면 갔고, 회사 가기 싫으면 안 갔고, 승진에 목매지도 않고, 사랑에 목숨 걸지도 않고, 온전히 나를 위해서만 살았어요. 자유롭고 좋았어요."

서정화가 흐뭇하게 웃었다. 그녀를 따라 채련도 잠시 지웅을 떠올리곤 부드러운 미소를 지었다.

"어떤 누구도 내 삶에 간섭하지 않도록 서지웅 씨가 다 막아 줬어요. 그 사람이 내 울타리가 돼 줬어요. 진짜 남편처럼……."

"남의 집에서 지금 뭐 하는 거지?"

다이닝룸에 들어선 지웅이 가스 불 앞에 서 있는 누군가를 빤히 쳐다봤다. 윤성희였다. 그녀는 정성껏 끓인 전복죽을 보온병에 담고 있었다.

"넌 또 왜 시비니? 그렇지 않아도 회장님 간병하느라 힘들어 죽겠는데."

3년이 넘도록 병상에 누워 있는 서 회장을 보살펴 온 윤성희의 얼굴엔 지친 기색이 역력했다. 그런 그녀를 흘끔 보던 지웅은 냉장고에서 생수를 꺼내며 말했다.

"정 힘들면 사람 시키면 되잖아."

"지금 내 걱정 해 주는 거니?"

"아님 그냥 때려치우고 도망가든가. 도대체 이 집엔 왜 계속 붙어 있는 건지 모르겠네."

"내가 누누이 말했잖니. 난 일편단심이라고. 불륜녀 주제에 미안하다만."

지웅이 어이없다는 듯 웃음을 흘렸다.

"아줌마, 아직도 정신 못 차렸어?"

"니가 할 소린 아닌 것 같구나."

윤성희가 보온병을 들고 다이닝룸을 나가려는데, 지웅이 앞을 막아섰다.

"내가 굿 뉴스 하나 알려 줄게."

"신난 표정을 보니 굿 뉴스는 절대 아닐 테고. 뭔데? 들어나 보자."

"이번 주 토요일 2시 W호텔. 돌잔치 한다더라. 둘째는 딸이라니까 선물 사는 데 참고하고."

뜻밖의 소식에 윤성희의 눈동자가 크게 흔들렸다.

"너 도대체 뭐니? 그걸 왜 나한테 얘기해 주는데?"

"가서 사과해 그냥."

"뭐?"

"평생 채서하 안 보고 살 거야?"

"안 보는 거니? 못 보는 거지. 내가 무슨 염치로 거길 가니?"

"그럼 울지나 말든가. 왜 남의 집 서재에서 맨날 울어? 시끄럽게."

"너야말로 회장님이나 좀 자주 찾아봬. 회장님 지금 몸도 마음도 많이 약해지셨어."

"싫어."

"싫다니. 그래도 니 아버진데⋯⋯."

"용서 못 해. 내가 아버지한테 아직 사과를 못 받았거든."

지웅의 말에 윤성희가 할 말을 잃고 서 있다가 어렵게 입을 열었다.

"너 아직도⋯⋯. 얘, 강소윤 일은 니 아버지도⋯⋯."

강소윤 얘기를 하려던 윤성희가 말끝을 흐렸다. 거실에 들어선 채련을 발견했기 때문이다.

"새아기 왔니?"

"네. 어머님, 저 왔어요. 아버님이 또 전복죽 드시고 싶다고 하셨나 봐요."

"야, 난 안 보여?"

지웅은 자신과 눈도 마주치지 않고 윤성희와 대화를 나누고 있는 채련을 못마땅하게 쳐다봤다.

"그럼 나는 이만 가 볼게. 둘 다 푹 쉬렴."

윤성희가 인사를 했지만, 지웅의 귀엔 들어오지 않았다. 그저 채련에게 무시당한 것이 매우 기분이 나쁠 뿐.

자꾸만 시선을 피하는 채련 때문에 지웅의 얼굴에 당혹감이 번져 있었다. 그런 지웅을 고소하다는 듯 보던 윤성희가 서둘러 밖으로 나갔다.

드디어 거실엔 지웅과 채련 둘만 남았다.

"아이고 피곤해. 그럼 저는 이만⋯⋯."

"스톱."

지웅이 2층으로 올라가려던 채련의 어깨를 잡아 돌려세웠다. 그리고 그녀를 빤히 쳐다봤다.

"너 나한테 할 말 없어?"

"할 말? 없는데요?"

"없다고? 근데 너 얼굴이 왜 이렇게 빨개? 또 술 마셨냐?"

지웅이 고개를 숙여 채련에게서 나는 냄새를 맡았다.

코앞까지 다가온 지웅의 얼굴을 마주한 채련이 흠칫 놀라 숨을 멈췄다.

"술 냄새는 안 나는데."

"오늘은 술 안 마셨거든요? 내가 무슨 알코올 중독자인 줄 알아요?"

"아무래도 그런 것 같은데? 어제 일 기억 못 하는 거 보니까."

"어제 무, 무, 무슨 일이요!"

"따라와."

지웅이 먼저 서재로 들어갔다.

채련은 죽을 맛이었다. 자꾸만 어제 지웅과 농밀한 키스를 나눈 것이 떠올라 심장이 밖으로 튀어나올 것처럼 두근거렸다.

얼굴에 오른 열을 식히며 채련은 심호흡을 크게 했다. 그리고 단단히 마음을 먹고 서재로 들어갔다.

"이게 뭐예요?"

서재에 들어선 채련에게 지웅이 대뜸 서류 봉투를 내밀었다.

"안에 니가 원하는 게 들어 있을 거야."

"내가 원하는 거요?"

채련이 고개를 갸웃하며 봉투를 열어 서류를 꺼냈다. 그리고 서류에 적힌 문구를 확인한 채련의 표정이 굳어졌다.

"이건……."

"이혼 서류야."

채련이 놀란 눈으로 고개를 들었다. 그리고 지웅을 원망스레 보며 물었다.

"이게 내가 원하는 거라구요? 어째서죠?"

"좋아하는 사람 있다면서."

"네?"

"너 어제 술 취해서 나한테 그랬어. 좋아하는 사람 생겼다고. 이미 사랑이 시작됐다고."

"제, 제가요? 제가 그런 말을 했다고요? 키스만 한 게 아니라?"

"키스한 건 기억나나 보네?"

네. 그럼요. 그걸 어떻게 잊겠습니까.

"근데 너 키스 잘하더라?"

"이 남자가 지금 누굴 놀리나. 이혼 서류 던져 주면서 그게 할 소리예요?"

"호적상 남편한테 좋아하는 남자 생겼다고 말하는 건 호적상 아내가 할 짓인가?"

"그건……."

이놈의 주둥이. 하필 그런 얘길 왜 이 남자한테 해서는…….

미치겠네, 정말!

"누구야?"

"……."

"좋아한다는 남자가 누구냐고."

지웅이 불만 가득한 눈빛으로 입을 꾹 다물고 있는 채련을 노려봤다.

"말 안 하시겠다? 이혼도 안 하고?"

채련이 고개를 세게 끄덕였다.

"내가 순순히 놔줄 때 가는 게 좋을 텐데?"

채련이 고개를 절레절레 흔들었다.

"지금이 도망갈 수 있는 최적의 기회인데도?"

"에잇. 안 간다니까요. 이혼도 안 할 거예요!"

"왜?"

"서지웅 씨 옆이 편하니까요."

"넌 내가 만만하냐?"

"그런 뜻이 아니라……."

"근데 내가 진짜 궁금해서 그러는데. 너 좋아하는 남자 있다면서 나한테 키스는 왜 했냐? 그것도 딥키스를."

"……."

"왜 대답이 없어? 너 막 아무한테나 키스하고 다니는 그런 여자야? 생각보다 되게 개방적이네."

"진짜 모르겠어요?"

"뭘."

"그게 그러니까…… 제가 좋아하는 사람이 누구냐면요……."

"결혼하기 전에 만나던 남자는 아니지?"

"당연히 아니죠. 저 사실 그 사람 좋아한 지 얼마 안 됐어요. 첫 만남은 진짜 별로였는데, 지낼수록 그 사람에 대해 알면 알수록……."

"스톱."

얼굴까지 붉히며 좋아한다는 남자에 대해 주저리주저리 떠드는 채련을 어이가 없다는 듯 바라보던 지웅이 한숨을 길게 내쉬었다.

"하아……."

갑자기 저기압이 된 지웅의 눈빛이 싸늘하게 굳어졌다.

"너 지금 뭐 하냐?"

"네? 좋아하는 사람이 누구냐면서요. 이제 말해 주려고 그랬는데."

"됐어. 나가."

"……."

"니가 누굴 좋아하는지 알고 싶지 않아졌어. 그리고 내일까지 이혼 서류에 도장 찍어서 가지고 와. 안 나가? 그래, 그럼 여기 있어. 내가 나가지 뭐."

지웅이 그대로 채련을 지나쳐 밖으로 나가 버렸다.

서재에 홀로 남은 채련은 손에 쥔 이혼 서류를 보며 입술을 꽉 깨물었다.

"회장님, 부영식품 사내 게시판에 사모님 아이디로 접속해서 사진 유포한 범인 잡았습니다. 근데 그게……."

생록이 말끝을 흐렸다. 결재 서류에 사인을 하던 지웅이 서류를 덮고 자리에서 일어났다.

"어떤 새끼야?"

"최정훈 씨요."

"뭐?"

지웅은 기가 차서 말이 안 나왔다.

"그 새끼 지금 어딨어? 당장 데리고 와."

"그렇지 않아도 그 작자가 회장님을 만나 뵙고 싶다고 난리를 쳐서 데리고 왔습니다. 들어오라고 할까요?"

지웅이 고개를 끄덕였다. 그러자 생록이 전화로 부하 직원에게 명령을 내렸다.

"회장님, 최정훈 씨 들어오면 때리진 마세요. 말로 하세요, 말로. 아셨죠?"

"봐서."

"그럼 최정훈 씨 못 보여 드립니다. 안 때린다고 약속하세요. 괜히 건드렸다가 언론에 보도라도 되면, 명성그룹 회장 갑질 폭행이니 뭐니 난리 난다고요."

"그 보도 막는 게 니 일이야. 너 그거 하기 귀찮아서 그러지? 그리고 너 지금 최정훈이 어떤 새낀지 알면서 두둔하는 거냐?"

"네네. 알겠습니다. 아주 반쯤 죽여 놓으세요. 됐죠? 근데 사모님도 참 자 보는 눈이 없으세요. 어떻게 최정훈 같은 놈이랑 5년을 만났……."

지웅이 생록을 째려보자, 생록이 냉큼 밖으로 나갔다.

지웅은 자꾸만 어젯밤 채련이 좋아하는 남자가 있다면서 얼굴을 붉히 런 게 떠올라 기분이 영 씁쓸했다. 뭐랄까, 주총에서 나를 밀어준다던 김 이사가 배신했을 때의 기분? 아니야, 그보다 더 기분이 더러웠어.

쾅쾅.

지웅이 상념에 젖어 있던 그때, 노크 소리와 함께 검은 모자를 쓴 남 자가 회장실 안으로 들어왔다.

퍽! 쨍그랑!

"으악!"

남자가 소스라치게 놀라며 자리에 주저앉고 말았다. 지웅이 화병을 런진 것이다. 하마터면 화병에 맞을 뻔한 남자가 양손으로 머리를 가린 채 부들부들 떨었다. 그런 남자를 향해 지웅이 성큼성큼 다가갔다.

"야. 고개 들어."

고개를 든 남자의 눈빛에 두려움이 가득했다.

"원하는 게 뭐야?"

"……돈."

"얼마?"

"1억."

"하아……."

지웅이 한숨을 길게 내쉬었다.

"이 미친 새끼야. 고작 1억 때문에 내 와이프 이름에 흠집을 내?"

지웅의 말에 남자가 발끈했다.

"고작 1억? 그래 당신네들은 그깟 돈 우습겠지. 근데 그 돈 없으면 난 죽어."

"무슨 개소리야. 돈이 없으면 땀을 흘려서 니 스스로 벌어야지, 왜 줍
핏하면 정채련한테 뜯어 가는 건데? 우린 뭐 돈 쉽게 버는 줄 알아?"

"……."

"정 회장님한테 듣기론 너 4년 전에 1억 받고 정채련이랑 헤어진 7
라면서?"

지웅이 그를 한심하게 쳐다봤다. 그러곤 주머니에서 지갑을 꺼냈다
1억짜리 수표 다섯 장을 남자의 머리 위에 뿌리며 말했다.

"뭐 하고 있어? 니가 좋아하는 돈 맘껏 구경이나 해. 대신, 내가 ㄴ
한 대만 때려도 되냐?"

"!!"

발을 들어 올려 남자를 걷어차 버리려던 지웅이 다리를 내렸다. 사림
패지 말라는 생록의 말이 떠오른 것이다.

그사이 남자가 바닥에 떨어진 수표를 흘끔 보며 갈등하고 있었다. ㄱ
모습을 흥미롭게 지켜보던 지웅이 말했다.

"갖고 싶으면 가져."

지웅의 말이 끝나기도 전에 남자의 눈빛이 돌변했다. 그는 바닥에 흩
뿌려진 수표를 허겁지겁 주워 자리에서 일어났다.

"여기 날카로운 흉기도 있겠다, 공범은 만들면 되고, 특수절도죄에 띠
성립되네. 잘됐네. 명예 훼손 그런 건 형량이 너무 가볍잖아. 그치?"

"무슨 소리야? 흉기라니! 이 유리는 당신이 깨트린 거잖아. 그리고 공
범 같은 건 없……."

"알아. 공범은 없지. 근데 없는 것도 있게 만들어. 우리 변호사가 일
을 잘하거든. 왜? 내가 돈을 많이 주니까. 어이, 돈 가져가라니까. 어차
피 전여친 협박해서 돈이나 뜯어내는 거 말곤 이 사회에서 할 것도 없으
면서. 내가 감방 보내 준다니까."

남자가 자존심도 없이 수표를 다시 바닥에 내려놓았다. 그 모습을 한

심하게 쳐다보던 지웅이 넥타이를 거칠게 풀어 헤치며 남자를 향해 손가
락을 까닥였다.

"너 이리 와 봐."

"!!"

"이 새끼야. 그 돈 안 가져간다고 내가 봐줄 것 같냐? 너 지금 하는
짓 보니까 감방이 아니라 저세상으로 보내 버려야겠다. 이리 오라고! 당
장!"

지웅의 험악한 인상을 마주한 남자는 기겁하며 도망치듯 달려가 문을
열었다.

"채…… 채련아?"

문 앞에 채련이 서 있었다.

놀란 건 남자뿐이 아니었다. 지웅도 놀란 얼굴로 고개를 돌려 채련을
바라봤다. 채련의 바로 뒤에서 생록이 '사모님 다 들었어요.'라고 입 모
양으로 말하고 있었다.

지웅은 곤란한 얼굴로 채련의 행동을 지켜봤다.

"누구세요?"

그녀는 무표정한 얼굴로 남자를 향해 누구냐고 물었다. 하지만 곧 바
닥에 흩뿌려진 수표를 보더니 눈동자가 크게 흔들렸다.

채련이 입술을 꽉 깨물었다.

"잘 지내. 갈게!"

남자가 도망치듯 자리를 떠나자, 채련은 아무 일도 없었다는 듯 소파
에 앉아 지웅을 향해 미소를 지었다.

지웅은 괜히 눈치를 보며 그녀와 마주 보고 앉았다.

"우리 회사엔 어쩐 일이야?"

"이거 주려고요."

채련이 가방에서 서류 봉투를 꺼내 테이블 위에 내려놨다. 그녀의 손

이 가느다랗게 떨리고 있었다. 그를 본 지웅이 채련의 안색을 살폈다.

"괜찮아?"

"쪽팔려……."

채련이 고개를 푹 숙여 버렸다. 그러곤 물어보지도 않은 말에 대한 대답을 횡설수설 늘어놓았다.

"그래요. 나…… 5년 동안 저 자식한테 이용만 당하고 버려졌어요. 그래서 당신이랑 결혼한 거예요. 자포자기 심정으로."

"알아."

"……안다고요?"

채련이 놀란 얼굴로 고개를 들었다. 그러자 지웅이 대수롭지 않다는 표정으로 말했다.

"있잖아. 내가 생각보다 너에 대해 많이 알고 있어. 아마 너보다 많이 알걸?"

"지금 농담이 나와요? 이 상황에?"

"이런 상황에도 농담을 할 수 있는 게 내 매력이거든."

지웅이 피식 웃었다. 창문 너머에서 쏟아진 햇살에 비친 지웅의 얼굴이 꽤 근사했다. 지웅에게서 눈을 떼지 못하고 있던 채련의 볼이 발그레해졌다.

채련은 뭐에 홀린 듯 손을 뻗어 테이블 위 서류 봉투를 손에 쥐더니, 한 치의 고민과 망설임도 없이 박박 찢어 버렸다.

"너 지금 뭐 하는 거야?"

"나 이혼 못 해요!"

지웅이 당황스러운 얼굴로 채련을 쳐다봤다.

"나 서지웅 씨한테 고백할 거 있어요."

"……."

"내가 좋아한다던 그 남자……."

"또 그 소리야? 안 궁금하다니까?"

"난 궁금해요."

"뭐가?"

"내가 당신을 좋아한다고 말했을 때, 당신의 반응."

지웅이 두 귀를 의심했다.

"뭐라고? 방금 뭐랬어?"

"내가 좋아한다던 그 남자가 바로 당신이라고. 나 서지웅 씨가 좋아졌어요. 나 미친 건가요?"

"아니라곤 말 못 하겠네. 이봐. 다시 잘 생각해 보지 그래?"

"갑자기 고백받아서 부끄럽구나? 당신은 부끄러우면 농담하잖아."

지웅이 아닌데, 하며 어깨를 으쓱였다.

"속마음 들켰을 땐 왼쪽 눈썹이 살짝 올라가."

지웅이 왼쪽 눈썹을 매만지며 당황해 했다.

"어때? 나도 생각보다 당신에 대해 많은 걸 알고 있지?"

"모르는 게 더 많을걸? 나 좋은 사람 아니야. 정신 차려."

"아니. 서지웅 당신은 좋은 사람이야. 남들이 당신한테 냉혈한이다, 망나니다, 뭐 말들이 많지만, 나는 알아. 당신 좋은 사람이야. 그걸 너무 늦게 알아서 미안해."

"……."

"그리고 4년 동안 고마웠어. 내 상처 다 알고도 묵묵히 그냥 다 나을 때까지 옆에서 지켜 준 거. 그리고 앞으로도 잘 부탁해. 아, 그리고 팁 하나 줄게. 말 좀 예쁘게 해 줘. 그럼 난 아마 당신한테 푹 빠져 버릴지도 몰라."

"뭐라는 거야. 진짜 미쳤군."

지웅의 귀가 빨개졌다. 마치 사랑 고백을 처음 받아 본 사춘기 소년처럼.

"어? 그 표정은 뭐야? 사랑받는 게 익숙하지 않구나? 어색하고 불편하지? 아이고, 불쌍해라."

"내가 불쌍하다고? 야, 나 명성그룹 회장이야."

"회장도 사람이야. 아무튼 걱정하지 마. 앞으로 내가 많이 사랑해 줄게. 그럼 곧 익숙해질 거야. 아, 그리고 오늘 저녁에 시간 비우고. 데이트할 거니까."

"이거 너무 급전개 아니냐?"

"4년 만에 처음으로 부부가 데이트하는데, 급전개야?"

"근데 너 왜 아까부터 계속 나한테 반말하냐?"

"당신이랑 친해지고 싶어서."

채련이 뻔뻔하게 말하고는 자리에서 일어났다. 지웅이 어안이 벙벙한 얼굴로 그녀를 바라보고 있었는데.

"그럼 이따 저녁에 봐."

손을 흔들며 인사를 하던 채련이 갑자기 허리를 숙여 지웅의 볼에 쪽, 하고 입을 맞추곤 후다닥 밖으로 도망쳤다.

"!!"

방금 뭐지? 도대체 이게 무슨 상황이야?

지웅의 머릿속이 복잡했다. 그는 얼떨떨한 표정으로 자신의 볼에 손을 얹었다. 그녀의 입술이 닿았던 뺨이 불에 덴 듯 뜨거웠다.

"회장님! 괜찮으세요? 사모님이랑 싸우신 거 맞죠?"

생록이 호들갑을 떨며 회장실로 들어왔다.

"사모님께서 뒤도 안 보고 도망가시던데……. 회장님, 어디 아프세요? 안색이 안 좋으세요."

"됐고. 저녁에 스케줄 비워."

"안 됩니다. 오늘 오후에 총수들 모임……. 혹시 무슨 일 있으세요?"

"있을 것 같아."

"무슨 일이요? 그리고 저녁에 누구랑 약속 있으신데요?"

"친해지고 싶은 사람."

도대체 무슨 소리야? 생록은 지웅의 심각한 표정에 더는 묻지 못하고, 조용히 회장실을 나갔다.

생록이 나가고 지웅이 창가에 섰다.

유리창에 비친 지웅의 입가에 미소가 번지고 있었다.

지이잉. 지이잉.

그때 지웅의 핸드폰이 진동했다. 채련에게서 온 문자였다.

[내가 진짜 궁금해서 그러는데, 서지웅 씨는 나랑 결혼한 이유가 뭐야?]

지웅이 답장을 눌러 문자를 작성했다.

[너랑 같은 이유.]

그래서 더욱 마음이 쓰였는지도 모른다. 그리고 마음을 쓴 만큼 애정이 되었다.

죽음의 문턱에서 겨우 살아나 자포자기 심정으로 선택한 결혼이었는데.

채련이 상처를 극복하고 웃음을 되찾는 과정을 보는 게 나쁘지 않았다. 어떨 땐 기쁘기도 했던 것 같다. 그리고 소소한 것에 감사하고, 행복해하는 그녀를 보는 게 좋았던 것도 같다.

"어쩌다 이렇게 된 거지?"

얼마 전 침실에서 채련에게 강제로 키스당했던 일이 갑자기 떠오른 지웅은 얼굴이 새빨개졌다. 그가 당황해 하며 방금 작성한 문자를 싹 다

지워 버렸다. 그리고 다시 문자를 적었다.

[친해지면 얘기해 줄게.]

지웅은 이 문자를 받은 채련이 '아우, 궁금해 죽겠네! 그냥 좀 알려주지, 이 나쁜 놈!' 하며 부르르 떠는 모습이 절로 상상이 되자 웃음을 터트리고 말았다.

인생의 벼랑 끝에서 만난 사이치곤 꽤 귀여운 아내였다.

특별 외전 3.

너는 모르는 이야기

　

어두운 골목길, 담벼락에 등을 기댄 서하가 주머니에서 담배와 라이터를 꺼냈다. 딸깍, 소리와 함께 라이터에 불이 켜지고 담배 끝에 불이 붙었다. 들이마셨던 연기를 후, 하고 내뱉는 서하의 표정이 어두웠다.

생모라는 여자가 「피어싱」의 영상 판권을 이름도 모르는 중국 회사에 팔아넘겼단다. 내 도장은 대체 언제 훔쳐 간 건지. 현관문에 달려 있는 도어록은 쓸모없는 물건이 된 지 오래였다.

요즘 정말 내가 왜 사는지, 무얼 위해 사는지 모르겠다.

"하아……."

서하는 한숨과 함께 담배꽁초를 쓰레기통에 신경질적으로 내던지곤, 어두운 골목을 벗어나 바로 옆 편의점으로 들어갔다.

"어서 오세요!"

편의점 카운터에서 한창 공부 중이던 상혁이 고개를 번쩍 들고 인사했다.

"어? 형, 아직 안 들어가셨어요? 아까 들어가신 줄 알았는데."

그러곤 모자를 뒤로 쓴 채 자리에서 벌떡 일어났다.

"근데 무슨 일 있으세요? 혹시 여자 친구랑 싸웠어요? 아, 형 아직 여자 친구 없다고 했죠. 근데 그 얼굴로 어떻게 여친이 없을 수가 있지? 희한하네."

아무래도 알바생 잘못 뽑은 것 같다. 애 말이 너무 많아.

"형, 따뜻한 것 좀 드릴까요?"

"나 신경 끄고, 공부나 해. 시험 얼마 안 남았잖아."

"네. 그럼 저는 공부를 계속하겠습니다."

창가 쪽 테이블로 걸음을 옮긴 서하가 창밖을 바라봤다. 맞은편에 있는 버스 정류장을 응시하던 그는 손목에 찬 시계로 시간을 확인했다.

오후 10시.

요즘 들어 그녀의 귀가 시간이 점점 더 늦어지고 있었다. 오영 선배에게 듣기론 저번 주에 촬영 다 끝나서 이제 한가해질 거라고 했는데. 어째 얼굴 보기가 더 힘들다.

하긴, 봐서 뭐 해. 누나는 날 알아보지도 못하는데.

1시간 후.

그나저나 오늘 늦어도 너무 늦네? 됐어. 내가 뭐라고 누나 귀가 시간까지 간섭하냐. 신경 끄자…….

"혹시 무슨 일 있는 거 아니야?"

답답한 마음에 한숨을 푹푹 내쉬며 턱을 괴고 밖을 바라보던 서하가 갑자기 핸드폰을 꺼내 어디론가 전화를 걸었다. 곧 스피커 너머로 오영의 목소리가 들려왔다.

― 니가 이 시간에 웬일이냐?

"선배, 내가 저번에 부탁한 거 어떻게 됐어?"

― 부탁? 아…… 그거?

"그래, 그거. 그 유경 선배랑 형이랑 친하다면서."

— 그렇지. 무지 친하지. 지금도 같이 있는데.

"같이 있다고?"

어디 갔나 했더니, 거기 있었군.

— 어. 지금 촬영 종파티 중이거든. 야, 근데 내가 진짜 궁금한 게 있는데, 왜 하필 유경 선배야? 니 주위에 예쁜 여자들 많잖아. 현소정도 너랑 동기라며.

"선배, 그 선배한테 내 얘기 한 거 맞아?"

— 당연하지. 근데 '소개팅'의 '소' 자만 꺼냈는데도 싫대. 바빠서 남자 안 만난대.

남자 안 만나는 거 좋지. 근데 나는 좀 만나 주지.

"흠……."

— 그러지 말고 니가 직접 만나 볼래? 니 얼굴 보면 또 유경 선배 생각이 달라질 수도 있잖아. 내가 문자로 주소 보낼 테니까 와. 유경 선배한테 인사시켜 줄게.

오영이 호기롭게 말하곤 전화를 끊었다.

그리고 1분도 채 지나지 않아 주소가 적힌 문자가 도착했다.

"홍대……. 가깝네."

가 볼까? 근데 만나면 뭐라고 하지? 오래간만이야, 라고 인사를 할까? 아니지. 오래간만은 개뿔. 오늘 아침에도 봤잖아.

그럼…… 오늘 아침에도 봤고, 어제도 봤고, 그저께도 봤는데, 왜 계속 나한테 알은척 안 하냐고 물어볼까?

아니야, 그건 너무 따지는 것 같잖아.

"미치겠네."

서하가 마른세수를 하며 고민에 빠졌다.

인생을 살면서 내가 만나는 사람들은, 그때 나와 꼭 만나야 하는 사람들이라고 한다. 생모를 떠올리면 그 말이 틀렸다는 생각이 들다가도 누나를 떠올리면 고개가 절로 끄덕여진다.

꼭 만나야 하는 인연.

적어도 내게 유경 누나는 그런 존재였다.

몇 개월 전, 한강 근처에 있는 소극장에서 누나를 처음 만났다. 아무도 보지 않는 독립 영화를 보며 혼자 눈물 흘리던 그녀를 본 순간, 심장이 멎는 줄 알았다.

엄마를 통해 누나가 서울에 있다는 소식을 듣긴 했지만, 이렇게 가까이에 있는 줄은 몰랐다. 그때 바로 인사를 했어야 하는데, 우느라 정신이 없는 누나를 배려하다가 놓치고 말았다.

"그래, 가자. 가서 오늘은 내가 먼저 인사해야겠다."

더는 후회하지 않도록.

늦지 않게.

식당과 주점이 즐비한 복잡한 골목. 택시에서 내린 서하가 건물 안으로 들어가려는데.

"이게 누구신가, 아이고 우리 후배님!"

골목 옆에서 담배를 피우던 남자가 껄렁거리며 다가온다. 남자에게서 진한 술 냄새가 풍기자, 서하가 미간을 확 구겼다. 그러곤 예의상 대충 고개를 끄덕였다.

"어어, 그래. 잘 있었냐? 학과장님은 잘 계시고?"

학과장님을 통해 두어 번 정도 인사를 나눈 게 전부인 학교 선배라는 이 남자는, 현재 영화 마케터로 일한다고 들었다. 그럼 영화나 잘 팔면 될 일이지, 이 새끼는 스태프들 종파티엔 왜 온 거야?

"근데 니가 여긴 웬일이냐? 너도 우리 스태프였나? 아니지, 넌 시나리오 쪽이잖아."

"안에 일행 있는데요."

"아, 그래? 그럼 들어가 봐. 재밌게 놀고, 다음에 또 보자."

서하가 차갑게 대꾸하자, 민망해진 남자가 서하의 어깨를 툭툭 건드리더니 황급히 일행들에게 달려갔다.

남자는 학교에서도 그리고 이 바닥에서도 질 나쁘기로 유명한 사람이었다. 영화 출연시켜 준다고 후배들 데려가서 페이도 제대로 주지 않고 굴린다든지, 연예인 지망생들이 불공정 계약을 하도록 유도해서 기획사 대표에게 한몫 단단히 챙긴다든지.

마케터는 개뿔, 양아치 새끼. 누나는 왜 저딴 새끼랑 일을 하는 거야.

서하는 뭔가 찝찝했다.

아니나 다를까.

"야, 유경이 지금 어딨냐?"

밖에서 들리는 소리에 계단을 올라가려던 서하가 돌연 걸음을 멈췄다.

"너 얼른 들어가서 유경이 좀 1번 방으로 데리고 와."

"유경 누나는 왜요?"

"왜긴 왜야. 토 달지 말고 데리고 오라면 데리고 와."

"누나 술 많이 취했던데."

"그러니까 데리고 오라고. 그 계집애 취하니까 귀엽더라. 접때 치마 입은 거 보니까 몸매도 죽이던데, 오늘 한번 벗겨 봐야겠다."

저, 씨발, 미친 새끼.

서하가 주먹을 쥐고 뒤를 돌아봤다. 당장 뛰어나가서 저 새끼를 그냥 죽여 버릴까, 고민하고 있는데 남자에게 특명을 받은 파란 후드 티가 서하를 지나쳐 후다닥 계단을 올라가고 있었다.

487

계단 중간에서 가만히 생각에 잠겨 있던 서하가 파란 후드 티를 따라 룸으로 들어갔다. 이 가라오케에서 가장 큰 룸이었다. 시끄러운 노랫소리. 여기저기에서 사람들이 술잔을 부딪치고 있었다. 두리번거리며 누나를 찾다가, 구석에서 이미 떡실신 한 오영 선배를 봤다.

누나는 어디…….

"찾았다."

만취한 유경이 탬버린을 안고 해롱해롱하고 있었다. 그리고 그 옆에 파란 후드 티가 유경에게 귓속말을 했다. 무슨 말을 들었는지 유경이 일어나 비틀거리며 걸어왔다. 서하는 점점 가까이 다가오는 유경을 발견하곤, 저도 모르게 숨을 참았다.

나가면 안 되는데.

서하가 유경의 앞을 막아섰다. 쿵, 하고 서하의 가슴팍에 이마를 박고서야 유경이 걸음을 멈췄다.

"누구세요?"

게슴츠레 뜬 눈으로 누나가 묻는다.

누구냐고.

취해서 하는 말인데, 기분이 상한다. 진짜 나를 모르나?

"나 몰라요?"

"으음? 네? 음……. 어디서 많이 본 얼굴인데……. 그…… 맞다. 닮았다! 걔…… 걔 이름이 뭐더라……. 취해서 지금은 기억이 안 나는데. 암튼 그 우리 옆집 살던 애, 그…… 암튼 걔 닮았다."

"이름이 기억 안 난다고?"

생각도 못 했네. 내 이름도 모를 줄이야. 충격이다.

"근데…… 여기 1번 방이 어딨어요? 나 누가 부른다던데."

"여기 1번 방 같은 거 없으니까, 앉아 있어요."

"네? 없어요? 있다 그랬는데."

"이제 없어질 예정이니까, 앉으라고."

서하가 유경의 어깨를 끌어 자리에 도로 앉혔다.

"술 그만 마시고, 이거나 마셔요."

서하가 아까 혹시 몰라서 편의점에서 챙겨 온 숙취 해소제를 꺼내 유경의 손에 쥐어 줬다. 그러곤 고개를 들어 파란 후드 티를 향해 따라 나오라고 손짓했다.

무섭게 굳어진 서하의 표정을 마주한 파란 후드 티가 취한 척하며 테이블 위에 엎어지고 있었다.

"으음……. 이번엔 개봉……할 수 있어. 있을…… 거……야……."

숙취 해소제를 손에 쥔 그녀가 꾸벅꾸벅 졸며 잠꼬대를 했다. 그런 유경을 내려다보던 서하가 한숨을 길게 내쉬었다.

오늘도 인사하긴 글렀네.

1번 방에 있던 남자는 문이 열리자 얼굴에 화색이 돌았다가 기겁했다.

"니, 니가 여길 왜?"

"선배님한테 할 얘기가 있어서요."

라고 말하면서 시계는 왜 풀어 주머니에 넣는 걸까. 서하의 표정이 심상치가 않자, 남자는 본능적으로 뒷걸음질 쳤다.

"무슨 얘기? 나중에 하면 안 될까? 내가 지금 여기서 중요하게 할 일이 있거든."

"중요하게 할 일?"

"윽!"

순식간이었다. 서하가 남자의 멱살을 잡고 벽으로 밀었다.

"이, 인마, 이거 안 놔? 지금 뭐 하는 거야! 이 어린놈의 새끼!"

아무리 발버둥을 쳐 봐도 소용없었다. 어린놈의 힘이 대단히 셌다.

"야, 이 늙은 놈의 새끼야. 너 아직도 이따위로 사냐? 술 취한 여자 데려다 어쩌려고."

"뭐? 무슨 소리야. 술 취한 여자라니. 내가 뭘 어쨌다고!"

남자가 발뺌하자 서하가 주머니에 든 보이스 펜을 꺼내 재생 버튼을 눌렀다.

— 그 계집애 취하니까 귀엽더라. 접때 치마 입은 거 보니까 몸매도 죽이던데, 오늘 한번 벗겨 봐야겠다.

녹음기에서 재생되는 자신의 목소리를 들은 남자의 얼굴이 하얗게 질렸다. 직업병이 이럴 땐 좋네, 라고 서하는 생각했다. 이럴 계획으로 녹음기를 들고 다닌 건 아니지만.

서하가 남자의 멱살을 더욱 세게 쥐며 말했다.

"이거 포함. 너한테 당한 애들 증언 다 모아서 기사 하나 쓸까? 내가 또 쓰는 게 취미고 특기라서. 이 바닥에서 너 같은 양아치 평생 일 못하게 만드는 거, 정말 쉽거든."

"뭐라고? 이 새끼가!"

남자가 박치기라도 할 작정으로 머리를 있는 힘껏 뒤로 뺐다가 들이박으려는데, 역시 이번에도 어린놈이 더 빨랐다. 남자의 머리카락을 움켜잡은 서하가 주먹을 날렸다.

퍼억!

"아아아악!"

남자가 얼굴을 잡고 바닥에 발라당 누워 버렸다. 쇼하고 앉아 있네.

"이 양아치 새끼야. 억울하면 고소해. 꼭 해라. 알았어?"

마치 더러운 벌레라도 만진 듯, 서하가 옷에 손을 박박 문대고는 밖으로 나와 버렸다. 이 더러운 곳에서 빨리 누나 데리고 나가 버려야지, 다짐하며 룸으로 들어갔는데.

어? 누나가 없다. 어디 갔지? 집에 갔나? 술 취해서 혼자 집에 어떻게 가려고.

서하가 황급히 밖으로 달려 나갔다.

다행히도 편의점 근처에서 유경을 발견한 서하는 천천히 그녀를 뒤따라갔다.

저러다 넘어지겠네. 비틀거리는 유경의 뒷모습을 안쓰럽게 보며 걷고 있는데, 그녀가 휙 뒤를 돌았다. 후다닥, 서하는 저도 모르게 전봇대 뒤에 숨고 말았다.

내가 왜 숨었지?

아무래도 이건 아닌 것 같아 뒤늦게 전봇대에서 나왔는데.

파바바바박.

갑자기 누나가 미친 듯이 골목을 뛰어 올라가는 게 아닌가. 왜 저래? 서하가 놀라서 그녀를 따라 달렸다.

"꺄악!"

잘 달리던 유경이 또 갑자기 뒤를 돌더니.

퍽. 퍼억. 퍽퍽!

가방으로 서하의 머리를 마구 때리기 시작했다.

"아! 자, 잠깐. 나야. 나라고."

"나? 니가 누군데, 이 변태 새끼야! 쫓아오지 마!"

정말 순식간이었다. 그녀에게 가방으로 머리를 신나게 얻어맞은 서하는 생각했다.

아까 그 양아치 새끼, 나한테 고마워해야 되네. 아우, 아파.

서하가 뒤통수를 어루만지며 잔뜩 억울한 표정으로 고개를 들었다. 그러나 그땐 이미 누나는 건물 안으로 뛰어 들어가고 없었다. 당황한 얼굴로 서 있던 서하가 뒤늦게 건물을 올려다봤다.

건물 2층에 불이 켜졌다. 저기가 그녀의 방인 듯했다.

"저 누나 술주정 한번 이상하네. 힘도 엄청 세."

그래도 집에 무사히 들어가는 거 봤으니 다행이라는 생각을 하며 안도의 한숨을 내쉬었다. 뒤통수는 아팠지만, 집으로 가는 서하의 발걸음은 가벼웠다.

그 후로도 몇 번 더 누나를 봤지만, 자꾸만 타이밍이 어긋났다.

― 오늘 오후부터 서울을 포함한 중부 지방을 중심으로 최고 10센티 이상의 폭설이 쏟아질 예정인데요……

편의점 스피커에서 라디오가 흘러나오고 있었다. 서하는 여느 때처럼 창가 쪽 테이블에 서서 샌드위치를 먹으며 아침 뉴스를 듣고 있었는데.

"!!"

순간 움찔했다. 길 건너 버스 정류장에서 유경이 자신을 빤히 쳐다보고 있는 게 아닌가.

드디어 날 알아본 건가? 이제야 내 이름이 생각났나? 어떻게 하면 좋을지 고민하던 서하가 조심스레 손을 들어 흔들었는데.

부우우웅. 끼이이익.

하필 그 순간에 도착한 버스가 누나를 가려 버렸다. 젠장. 민망해진 손을 주머니에 넣으며 서하가 버스를 노려봤다. 약 2분 정도 정차해 있던 버스는 누나를 태우고 그대로 멀리멀리 떠나가 버렸다.

"하아……."

저 누나가 또.

또 나를 모른 척하고 그냥 간다.

"형, 형은 맨날 거기 서서 뭘 그렇게 봐요?"

바닥 청소를 하던 상혁이 호기심 가득한 얼굴로 묻는다.

"누구 기다리는 사람이라도 있어요?"

"어. 있지. 내 이름도 기억 못 하는 사람."

"헉, 형 이름이 뭔데요?"

"너도 모르냐? 내 이름."

"들었는데 까먹었어요. 최씨였나? 서…… 뭐였더라. 아무튼 형 이름 부를 일이 없어서 까먹었어요."

"그래, 앞으로도 쭉 부르지 마."

"형, 삐졌어요? 오늘따라 왜 이렇게 예민하실까."

"됐고, 너 오늘 저녁에 집에 내려간다고 했지?"

"네. 갔다가 내일 금방 을 거예요."

"그럼 정리하고 일찍 나가 봐."

"근데 대타를 못 구했는데……."

"그냥 닫고 가."

"오, 완전 쿨해. 저는 사실 형 이름보다 직업이 더 궁금해요. 도대체 뭐 하는 사람이에요?"

상혁은 너무 궁금했다.

"간다. 내일 보자."

하지만 서하는 상혁의 궁금증을 풀어 줄 생각이 없는지 그대로 편의 점을 나가 버렸다.

493

타닥. 타다다닥. 타닥. 탁.

컴컴한 방 안에서 자판 두드리는 소리만 들려온다. 홀로 노트북 앞에 앉아 글을 쓰던 서하가 돌연 손가락을 멈추고 고개를 돌렸다. 창밖을 보니 함박눈이 쏟아지고 있었다.

"아침에 우산 안 들고 갔는데……."

버스 정류장 앞에서 봤던 누나의 손엔 분명 우산이 없었다. 가방에 챙겼으려나……. 그럴 리가 없지. 얼마 전에도 비 맞고 집까지 뛰어가는 누나를 우연히 본 적 있다.

서하가 자리에서 벌떡 일어났다. 그리고 외투를 걸치고 신발장에서 우산을 꺼내 들어 밖으로 달려 나갔다.

다행인지 불행인지 버스 정류장으로 달려가다가, 골목길 어귀에 서 있는 누나를 발견했다. 역시 우산은 없었다. 가로등 밑에 서 있는 누나는 내리는 눈을 맞고 있었다.

"하아. 하아. 하아……."

급하게 뛰어오느라 호흡이 불규칙했다. 거친 숨을 몰아쉬며 서하는 호흡을 정리했다.

그리고 다가갔다. 그녀에게로.

하얀 눈을 맞으며 덜덜 떨고 있는 유경을 보자, 서하는 본능적으로 달려가 그녀의 머리 위에 우산을 씌웠다.

그러자 마침내 누나가 고개를 돌려 나를 바라본다.

"어머, 안녕? 이게 얼마 만이야. 엄청 오래간만이다."

"오래간만이라고?"

이런, 속으로 생각하던 말을 입 밖으로 내뱉고 말았다. 누나가 당황했

494

는지 두 눈을 끔뻑이다가, 웃는다. 누나의 환한 미소에 할 말을 까먹었다. 머릿속이 하얘졌다. 그냥 한 가지 생각밖에 들지 않는다.

예쁘다.

멀리서 볼 때보다 더 예쁘다. 오늘 아침에도 봤지만, 진짜 예쁘다.

"미, 미안! 오래간만은 아니구나. 우리 어제, 아니 그저께도, 그끄저께도? 암튼 오며 가며 봤었지. 하하하. 근데 너 많이 컸다. 완전 멋있어졌네!"

내 시선이 부담스러웠는지 누나의 미소가 어색해진다. 심지어 말까지 더듬는다.

"저기…… 서하야. 날 왜 그렇게 봐? 내가 무슨 말실수라도 했니?"

"이제 생각났어? 내 이름."

"응?"

"기다렸어."

"……"

"내 이름 언제 불러 주나."

당황해 하는 유경을 보며 서하는 문득 그런 생각이 들었다. 지금 이 순간부터 나는 내 마음을 감추지 못할 것 같다고.

그리고 언젠간 누나한테 고백할 거야.

'솔직히 말해서 너를 좋아해.'

솔직히 말해서 너를 좋아해

초판 1쇄 찍음 2019년 6월 27일
초판 1쇄 펴냄 2019년 7월 5일

지은이 | 욱수진
펴낸이 | 정 필
펴낸곳 | (주)뿔미디어

기획·편집 | 이영은, 심은지, 박지희
표지 디자인 | 우 물

출판등록 | 2002년 9월 11일 (제1081-1-132호)
주소 | 경기도 부천시 원미구 소향로 17, 303(두성프라자)
전화 | 032)651-6513 / 팩스 | 032)651-6094
E-mail | dahyangs@naver.com
블로그 | http://blog.naver.com/dahyangs
비북스 | http://b-books.co.kr

값 9,000원

ISBN 979-11-315-9837-5 04810
ISBN 979-11-315-9835-1 04810 (세트)

※파본은 구입하신 서점에서 교환하여 드립니다.
※이 책은 (주)뿔미디어를 통해 독점 계약되었습니다.
저작권법에 의해 보호를 받는 저작물이므로 무단 전재와 무단 복제를 엄금합니다.

www.b-books.co.kr

www.b-books.co.kr